C. E. Bernard
Palace of Fire

C. E. Bernard

PALACE *of* FIRE

Die Kämpferin

Deutsch von Charlotte Lungstrass-Kapfer

penhaligon

MIX
Papier aus verantwortungsvollen Quellen
FSC® C083411
FSC
www.fsc.org

Verlagsgruppe Random House FSC® N001967

1. Auflage

Redaktion: Angela Kuepper
Umschlaggestaltung: © Isabelle Hirtz, Inkcraft
JaB · Herstellung: sam
Satz: Vornehm Mediengestaltung GmbH, München
Druck und Bindung: CPI books GmbH, Leck
ISBN 978-3-7645-3198-0

www.penhaligon.de

Für alle, die mit mir geträumt haben

Teil I

Die Rückkehr

Solch wilde Freude nimmt ein wildes Ende.

WILLIAM SHAKESPEARE, *Romeo und Julia*

Kapitel 1

Lasst London brennen.

Die Straßen stehen in Flammen. Dass eine Stadt so brennen kann, eine Stadt aus Glas und Stein.

Dass Glas so brennen kann. Es schmilzt vor meinen Augen. Dieser grauenhafte, brüchige Ort.

Lasst London brennen.

Ich höre Schreie.

Lasst sie alle brennen.

*

Kämpfe enden nie mit einem Schrei. Sie enden mit einem Wimmern. Meine Gegnerin presst den Arm gegen meine Kehle, drückt mich hinunter. Sie ist klein und schmal, aber ihre Hände sind ebenso nackt wie meine. Um ihren Oberkörper ist ein violettes Seidenband gewickelt. Aus der Nähe kann ich die goldenen Flecken in ihren braunen Augen sehen. Ihre Nase ist wie gemeißelt, Locken hängen ihr ins Gesicht. Und in meines. Weich wie in der Werbung.

Sie zerquetscht mir die Kehle, und ich muss würgen.

Warum konnte ich es nicht sein lassen?

Weil diese Arena einfach fantastisch ist. Natürlich sind Kämpfe dieser Art hier ebenso illegal wie dort, wo ich herkomme, aber das scheint niemanden zu interessieren. Mein Gehirn registriert den Sauerstoffmangel, und plötzlich fühle ich mich ganz leicht. Der dichte Zigarettenqualm, die glitzernden Kleider, Anzüge und Hüte des Publikums, der Geruch von Champagner … Es kommt mir so vor, als würde ich schweben. Fliegen. Absolut berauschend.

Und natürlich ihr Geist. Mit meinem Bewusstsein in ihn einzutauchen lässt mich noch höher fliegen. Er besteht aus bunten Glasperlen, die wie funkelnde Sterne vom Himmel fallen, auf glänzenden Steinfliesen landen. Sie rollen durch meinen Geist, sodass ich auf ihnen ausrutsche. Es ist eine Falle. Sie ist ein Schnüffler, und Fallen sind deren Spezialität. Immer wenn ich glaube, sicheren Boden unter den Füßen zu haben, trete ich auf eine neue Lage grüner Perlen, die unbemerkt herangerollt sind. Sie wogen hin und her wie das Meer, wie ein großes wildes Lebewesen. Sie lassen mir keine Chance zur Flucht, lassen mich nicht gehen. Mir schwirrt der Kopf. Die Welt vor meinen Augen verdunkelt sich. Ich höre nur noch mein eigenes Wimmern, mein verzweifeltes Ringen um Luft. Und das leise Klicken der Glasperlen, klick, klick, klick …

Und dann: Applaus.

Sie lässt mich los. Hustend und würgend setze ich mich auf. Meine Brust krampft, meine Lunge zieht sich zusammen, dehnt sich wieder aus. Sauerstoff schießt in meine Adern. Eine heftige Bruchlandung beendet meinen Höhenrausch – ohne abzubremsen, ohne sanften Sinkflug. Es ist eher so, als würde Blanc mir einen Schlag ins Gesicht verpassen. Und mir dann in den Bauch treten. Während ich bereits am Boden liege. Ich spüre den dunklen Teppich des Rings unter mir, sämtliche Nerven schicken Schmerzsignale durch meinen Körper. Ich spüre die Prellungen in meinem Geist. Die Kratzwunden. Mein rechter Ellbogen wird nicht gebrochen sein, aber es fühlt sich so an. Als bohrten sich die gesplitterten Knochen von innen in das Fleisch meines Oberarmes. Und mir platzt gleich der Schädel.

Das war es wert.

Ich bekomme nur ganz am Rande mit, dass der Ringsprecher meine Gegnerin zum Sieger erklärt. Das Publikum skandiert ihren Namen. *Silberpfeil* nennt sie sich. Als sie mir auf die Beine hilft, trägt sie bereits wieder Handschuhe. Der Schiedsrichter reicht mir mein Paar. Silberpfeil lächelt, und ich erwidere es gerne, als wir uns die Hände reichen – trotz der Schmerzen. Das Adrenalin rauscht noch durch meine Adern. Mein Geist dehnt sich genüsslich. Auch wenn ich verloren habe: Ihr Geist war die reinste Wonne. Hätte ich gewusst, dass es so etwas gibt, wäre ich schon viel früher nach Berlin gekommen.

Kampfarenen für Magdalenen.

Hier spielt es keine Rolle, wie man aussieht. Muskelmasse, Größe, Gewicht, alles unwichtig. Hier zählt nur dein Geist.

Die Menge bejubelt uns. Langsam bekommen die verwaschenen Konturen wieder Schärfe. Das Publikum sitzt an kleinen Tischen, die rings um den Ring aufgestellt sind. Man raucht Zigaretten im Halter, trägt Perlen und Federn. Direkt vor mir ist eine Frau in Schwarz gerade dabei, in aller Ruhe die obersten drei Hemdknöpfe ihres Begleiters zu öffnen. Sie legt ihm eine Hand auf die nackte Brust. Ihr Gesicht ist weiß geschminkt, seines ebenfalls. Augen und Lippen sind blau. Er trägt einen schwarzen Hut und ein leuchtend blaues Einstecktuch. Gelassen schiebt er ihr einen Träger ihres Kleides von der Schulter. Dann küsst er ihren Hals. Ganz langsam legt sie den Kopf in den Nacken. Die beiden beobachten mich, auch jetzt noch. Ihr Tisch war der einzige, an dem auf mich gesetzt wurde.

Silberpfeil und ich bedanken uns für den Kampf, dann taumele ich aus dem Ring. Der Schweißgeruch lässt nach, wird verdrängt von Zigarettenrauch und einem Potpourri aus scharfem Rasierwasser und feinen Parfüms. Hier drin gibt es neben dem Parkett noch zwei Ränge: Auf dem ersten trägt man statt Weste

Jackett, auf dem zweiten komplette Dreiteiler. Die Band setzt wieder ein, Klavier, Saxofon und Schlagzeug vereinen sich zu wilden Jazzklängen. Schaumwein fließt, Feuerzeuge zischen, der schwere Duft von gebratener Ente zieht vorbei. Ich nicke dem Pärchen am Tisch zu, als ich an ihnen vorbeigehe. Sie streckt die Hand aus, stützt mich. Erst da wird mir klar, dass ich torkele.

»Schön langsam«, sagt sie mit leichtem Akzent. Ihr Begleiter hat die Füße auf den letzten freien Stuhl am Tisch gelegt. »Das schien nicht gerade vergnüglich zu sein.«

Ich mustere die Frau. Im ersten Moment nehme ich nur ihre schimmernden Perlen wahr. Wie die Glasperlen. In dem Aschenbecher auf ihrem Tisch liegen drei Zigarettenstummel. Ich habe gar nicht bemerkt, dass sie geraucht hätten. Allerdings war ich auch ziemlich beschäftigt.

»Nein, es war großartig.«

Als ich an die Bar trete, hat mir die Barfrau bereits Champagner eingeschenkt. »Kämpfer kriegen einen aufs Haus«, erklärt sie mir. Ihre Haare sind ebenso dunkel wie ihre Haut. Mir gefällt die Art, wie sie sich bewegt, so geschmeidig. Und routiniert. Sie schenkt ein, mixt Cocktails. Bei einem sehe ich genauer hin: Wermut, Gin, eine klare grüne Flüssigkeit, ein Blatt Minze. Ganz zum Schluss lässt sie eine Perle hineinfallen. Offenbar ist sie essbar. Ich bin wie gebannt.

»Was ist das für ein Drink?«, frage ich.

»Wir nennen ihn den Fascinator«, erklärt sie grinsend. »Ziemlich wilder Kampf war das. Du lässt dich doch hoffentlich verarzten, wenn du nach Hause kommst, oder?«

Dass sie mich ausgerechnet jetzt daran erinnern muss.

An Robin. Allein zurückgelassen in unserem Bett, während ich mich rausgeschlichen habe wie eine heimliche Geliebte, wie ein Dieb in der Nacht. Der Gedanke daran löst den nächsten Adrenalinschub aus. Ein albernes Kichern steigt in mir auf. »Es weiß niemand, dass ich hier bin.« Mein Champagnerglas ist schon leer. Wann ist das denn passiert?

»Oh je. Lass mich raten: Rechtschaffener Freund?«

Ich muss schon wieder kichern. Die Barfrau grinst breit. Dann mixt sie einen frischen Fascinator. »Also noch einen Drink aufs Haus.«

Letzten Endes zahle ich auch für einen Drink – nein, zwei, weil ich ihr ebenfalls einen Fascinator spendiere. Als ich mich endlich losreiße, kann ich kaum noch geradeaus laufen. Irgendjemand hilft mir die Treppe hinauf – es könnte Silberpfeil gewesen sein, aber eigentlich auch jeder andere. Im Erdgeschoss sieht alles so aus wie in einem ganz normalen Berliner Stadthaus: eine lang gezogene Eingangshalle mit Mosaikfliesen, grüne Jugendstillampen aus Glas an der Decke. Nichts Ungewöhnliches, mal abgesehen von ein paar Champagnergläsern, die jemand auf den Briefkästen abgestellt hat. Und der Spur aus glitzerndem Konfetti, die sich von der Eingangstür bis zur Kellertreppe zieht. Oder dem Geruch nach Wein, Zigaretten und teurem Parfüm. Ziemlich eindeutige Hinweise, wenn ich so darüber nachdenke.

Draußen hat die Nacht offenbar vergessen, dass sie dunkel sein sollte. Straßenlaternen brennen, Neonreklame blinkt, Schaufenster und Cafés sind hell erleuchtet. Aus jedem offenen Fenster, jeder offenen Tür dringt Musik auf die Straße. Hauptsächlich Elektro-Swing oder Elektro-Jazz. Elektro eben.

Es hat aufgehört zu regnen. Der Duft von Frühling liegt in der Luft, heiß ersehnt nach einem langen Winter. An der ersten Straßenecke, die ich erreiche, steht ein Drehorgelspieler. Da wird mir klar, dass ich in die falsche Richtung laufe, und ich drehe um. In der anderen Richtung stoße ich an einer Kreuzung auf eine Frau mit weißem Kopfhörer, die sich über ein Mischpult beugt. Ihre Musik ist faszinierend, im einen Moment aufputschend, im nächsten melancholisch. Ich schiebe mich durch die Menge der

Zuschauer vor ihrem Pult. Die Leute trinken, tanzen, schubsen sich. Lachen und rauchen, sehen schweigend zu. Ich will bleiben, will tanzen, aber ich war schon zu lange hier draußen.

Umgeben von Musik, Gelächter und grellen Lichtern gehe ich zur U-Bahn. Leuchtende Schilder mit einem großen »U« darauf kennzeichnen die Haltestellen. Diese hier heißt *Ku'damm*. Hüpfend gehe ich die Treppe hinunter. Der Alkohol hat die Schmerzen vertrieben. Jetzt könnte ich wieder fliegen. Wieder in Silberpfeils faszinierenden Geist eintauchen, die klimpernden Glasperlen spüren, Sterne, die vom Himmel fallen. Den Rausch des Kampfes genießen, ohne mich verstecken zu müssen, ohne um mein Leben zu fürchten, jeder Schlag ganz ich selbst. Den Rausch von Schmerz, Adrenalin, Alkohol, Musik, dem Publikum, dem Pärchen, das mich angefeuert hat. Ihre Hand auf seiner Brust, seine Lippen an ihrem Ohr … meine Faust, die gegen Silberpfeils Kiefer kracht. Ihr Geist. Ihre Lippen, so dicht an meinen, als sie mir aufgeholfen hat.

Oh, Maria! Hoffentlich ist Robin nicht aufgewacht, während ich weg war.

Als ich in der altmodischen, ratternden Bahn sitze, versuche ich mich daran zu erinnern, wann ich am Morgen aufstehen muss. Doch selbst als es mir wieder einfällt, tut das meinen Glücksgefühlen keinen Abbruch. Morgen müssen wir uns mit dem Repräsentanten des Weißen Hofes treffen – um unsere Rückkehr nach London zu besprechen. Und in einer Woche werde ich wieder dort sein. In einer Woche werde ich Berlin verlassen und wieder Handschuhe tragen, Devotionsknickse machen und nicht an das Fallbeil denken, das ständig über meinem Kopf schwebt. In einer Woche bin ich wieder im Gläsernen Turm.

Ich lehne den Kopf ans Fenster und drücke die Finger an die Scheibe. Dann sollte ich die Zeit besser nutzen.

Am Bahnhof *Französische Straße* steige ich aus. Hier ist es ruhiger, ein respektables Viertel. Ich gehe die Friedrichstraße hinauf, bis ich Unter den Linden ankomme, auf dem größten Boulevard von Berlin. Groß und grau ragen die Bäume in den Nachthimmel auf. Inzwischen ist es so spät, dass sogar die Beleuchtung am Brandenburger Tor ausgeschaltet ist. Links davon befindet sich unser Nobelhotel, das Altair. Ich gehe über den roten Teppich, unter einem ebenfalls roten Baldachin hindurch und trete ein. Die Hotelhalle erstrahlt in goldenem Licht. Hohe Decken, Marmorboden, geschmackvolle Blumenarrangements an den Wänden. Eine Galerie zieht sich um die gesamte Halle, in der Lobby warten ausladende Sessel auf die Gäste. Normalerweise sitzen dort immer Besucher und trinken nepalesischen Tee, blättern in amerikanischen Zeitungen oder essen Gebäck aus Rom, aber um diese Uhrzeit ist nur der Nachtportier zu sehen. Er zeigt keinerlei Reaktion, als ich das Hotel betrete. Ein äußerst diskreter Mensch.

Der Fahrstuhl klingelt leise, als er das oberste Stockwerk erreicht. Die Königssuite. Ich schleiche hinein, ohne das Licht anzumachen. Brauche ich auch nicht, denn von draußen fällt genug Helligkeit ein: Unter mir breitet sich die gesamte Stadt aus mit ihren funkelnden Wolkenkratzern, beleuchteten Häusern und grellen Werbetafeln. Und das alles scheint durch die riesige Fensterfront im Wohnzimmer. Ich schiebe mich an dem Flügel vorbei, auf dem Robin vor dem Schlafengehen gespielt hat.

Na ja. Zumindest bevor *er* schlafen ging.

Ich habe jahrelange Erfahrung darin, mich irgendwo rein und raus zu schleichen. Allerdings nicht, wenn ich so betrunken bin. Betrunken und berauscht. Trotzdem schaffe ich es wohl, mich einigermaßen leise zu waschen, meine Kleidung zu verstecken und sämtliche sichtbaren Verletzungen zu versorgen. Als ich aus dem Bad komme und mich auf die Matratze sinken lasse, rührt sich Robin nicht einmal. Er atmet nur. Atmet leise und gleichmäßig weiter.

Nachdem ich unter die Decke geschlüpft bin, drehe ich mich zu ihm. Im Schlaf sieht er so friedlich aus. Selbst sein markantes Kinn scheint weicher zu sein. Sein schlanker Körper ist von der weißen Decke verhüllt, die sogar noch bleicher ist als seine Haut. An einer Seite ist sie verrutscht, sodass ich das Muttermal an seinem Brustkorb erkennen kann. Das habe ich in unserer ersten Nacht hier in der Stadt entdeckt. Ein starker Kontrast zu all der Blässe.

Am liebsten würde ich jetzt über seine Wange streichen, über seinen Hals. Über die weiche Haut an seiner Hüfte.

Noch vor wenigen Stunden lag ich ebenfalls hier, spürte seine Lippen an meinen. Ließ die Fingerspitzen über seine Rippen gleiten. Holte Luft und ließ sie tiefer wandern. Ein wohliger Schauer lief über seinen Körper.

Und dann haben wir es nicht getan. Wir sind nicht weitergegangen. Das haben wir noch nie getan, nicht in London und nicht in Paris, und ich weiß gar nicht, warum ich jedes Mal zögere. Warum er zögert. Es fühlt sich an, als liefe uns die Zeit davon, was mich unter Druck setzt. Mich jedes Mal erstarren lässt, wenn ich die Decke ganz herunterziehen könnte. Sollte es ganz spontan geschehen, wäre es in Ordnung, aber wenn ich vorher darüber nachdenke, vermassele ich es einfach.

Außerdem … Was, wenn ich etwas falsch mache? Ich habe keinerlei Erfahrung auf diesem Gebiet und auch nur eine vage Vorstellung davon, wie es sein sollte: eine eheliche Pflicht, die durchlitten wird, nichts Erfreuliches.

Und wenn es das wirklich nicht ist? Erfreulich, meine ich.

Heute Abend war ich sowieso zu rastlos. In meinem Kopf drehte sich alles um London und den Weißen König. Um Erinnerungen an die vergangenen Monate, an die unumkehrbaren

Veränderungen in meinem Leben. Ist es tatsächlich noch nicht einmal ein halbes Jahr her, dass ich in London zum Undercover-Bodyguard des Prinzen berufen wurde? Anfang Januar kam ich das erste Mal an den Weißen Hof; im März bin ich nach Paris geflohen. Jetzt haben wir Mai, und es sollte eigentlich bald Sommer sein, allerdings wurden wir bisher fast nur mit Regen und schweren, tief hängenden Wolken beglückt. Kein halbes Jahr ist vergangen, seit ich Ninon und Blanc kennengelernt und mich in Robin verliebt habe. Und trotzdem kommt es mir so vor, als würde ich sie alle schon mein Leben lang kennen. Noch immer überläuft es mich eiskalt, wenn ich an den Moment zurückdenke, als ich herausfand, dass der König nicht Robins leiblicher Vater ist und dass er deshalb Robins Tod wollte. Oder daran, wie Ninon und ich dafür gesorgt haben, dass der König das alles vergisst, was uns beide fast das Leben gekostet hätte. Als ich anschließend mit ihr, Blanc, René, dem Comte und Liam nach Paris ging, hoffte ich, endlich Frieden zu finden. Welch eine Ironie, dass ich dort ausgerechnet von meiner eigenen Mutter gejagt wurde. Die mich dann dazu brachte, nach London zurückzukehren, um im Palast für sie zu spionieren – alles unter dem Vorwand einer angeblichen Verlobung mit Robin. Wer hätte gedacht, dass Robin einem solchen Wahnsinnsplan zustimmen würde? Dass *ich* zustimmen würde?

Ja, vor wenigen Stunden lag ich hier und schlug mich mit Gedanken an Robin, an Aufruhr, Rebellion und Magdalenen herum. Dabei konnte ich hören, wie die Kreatur schnüffelnd unter unserem Bett herumkroch. Irgendwann schlief ich ein und hatte diesen furchtbaren Traum, in dem London in Flammen stand, so heiß brannte, dass sogar das ganze Glas schmolz. Die Schreie rissen mich aus dem Schlaf, Schreie von Menschen, die in ihren gläsernen Häusern eingeschlossen waren. Danach warf ich mich nur noch im Bett herum. Ich konnte einfach nicht bleiben.

Jetzt bin ich nicht mehr rastlos. Meine Angst ist verflogen. Mein Geist erstrahlt in Glückseligkeit. Heute war ich das Kind einer Nacht ohne Dunkelheit. Heute habe ich mich einem Kampf ausgeliefert, der schmerzhaft sein sollte, es aber nicht war. Ich habe Fremden ein Lächeln geschenkt, das sie mir zurückgaben, habe mich von berührender Musik verzaubern lassen und wurde von dieser Stadt willkommen geheißen, die so hell erstrahlt, so brutal kämpft, den Rhythmus im Blut hat.

Diese Nacht gehörte allein mir. Ich weiß nicht, ob es überhaupt jemals etwas gegeben hat, das so voll und ganz mir gehört hat.

»Rea?«

Ich erstarre.

Robins Augen sind offen, wenn seine Lider auch schwer erscheinen. Mit rauer Stimme fragt er: »Wie spät ist es?«

»Noch nicht Zeit aufzustehen«, antworte ich so leise wie möglich, damit er das Zittern in meiner Stimme nicht hört.

»Gut.« Er tastet nach meiner Hand. Die Seidenstränge in seinem Geist sind angespannt, fest um das Bild eines Mannes geschlungen: den Repräsentanten des Weißen Hofes. Ich bin ihm nie begegnet, aber Robin erinnert sich an ihn, den Count Vaisey von Nottingham und Hannover. Da er gerade daran denkt, kann ich Robins Erinnerung deutlich sehen: ein großer Mann von beeindruckender Statur mit einem verschlagenen Lächeln. So lächeln die Ritter der GVK, wenn sie den Befehl erteilen, einem Hautstreicher die Handschuhe an der Haut festzunähen.

»Ist alles in Ordnung?«, fragt Robin, als er merkt, wie ich erschauere.

»Ja«, sage ich. Er verschränkt unsere Finger miteinander, bevor er wieder die Augen schließt. »Gut. Das ist gut.«

Unter dem Bett höre ich die Kreatur winseln. Sie existiert nur in meinem Kopf, halte ich mir vor Augen. Ein Symptom des

Geistesfiebers, der Krankheit, gegen die ich tagtäglich ankämpfe. Schon seit ich denken kann, leide ich darunter: Die Kreatur war immer an meiner Seite, groß, grau, pelzig. Manchmal schnüffelt sie nur an meinen Beinen, manchmal ist sie so stark, dass sie schwer auf meine Brust drückt, bis ich mich nicht mehr rühren kann. In Paris war ich deswegen bei einer Ärztin, die mir erklärte, dass ich bisher Glück gehabt hätte, denn wenn Geistesfieber nicht behandelt wird, kann es katastrophale Ausmaße annehmen. Manche Patienten hat es in den Wahnsinn getrieben: Bei ihnen wurde die Kreatur so groß und mächtig, dass sie irgendwann nicht einmal mehr wussten, wer sie sind. Oder sie verfielen in eine Art Blutrausch, bekamen rot glühende Augen und endeten in einem Koma, aus dem sie nicht wieder aufwachten. Niemals wieder. Magdalenen können durch die Krankheit sogar ihre besonderen Fähigkeiten verlieren: Maltoren können nicht länger Gefühle erkennen und Schmerzen nehmen oder geben, wenn sie jemanden berühren; Memexe sind nicht mehr dazu in der Lage, bei Hautkontakt in den Erinnerungen eines anderen zu lesen; und Mensatoren wie ich verlieren die Fähigkeit, Gedanken zu lesen und zu verändern. Sogar Schnüffler erkennen keine anderen Magdalenen mehr. In Fällen des Blutrausches haben die Patienten sowohl Angehörige als auch Fremde angefallen und verstümmelt, jeden, der ihnen zu nahe kam. Eine beängstigende Vorstellung.

Aber seit Paris nehme ich Medikamente dagegen, war bei einem Therapeuten. Und es wird besser. Auch wenn ich glaube, dass das nicht nur an den Medikamenten liegt, sondern ebenso an Paris, an Berlin. Daran, dass ich endlich frei sein kann. In diesen Städten fühlt es sich so an, als könnte die Kreatur mir nichts anhaben.

Das wird sich in London ändern. Ich weiß, dass ich dort keine Therapiesitzungen mehr bekommen werde, nicht einmal übers

Internet. Meine Ärztin in Paris hat mir davon abgeraten, zurückzugehen. Aber ich kann es schaffen. Wie all die Jahre zuvor. Ich kann nach London zurückkehren, dort für meine Freiheit kämpfen und irgendwann diese grässliche Kreatur ganz loswerden.

Das wäre wirklich zu schön, um wahr zu sein.

Lasst London brennen.

Das Feuer ist so heiß. Weiß glühend wie Schneequarz. »Feuerschwester!«, rufen sie. Überall Feuerseide. Rot wie die Flammen. Rot wie das Blut.

Lasst sie brennen.

Am nächsten Morgen fühlt es sich an, als wäre mein Kopf explodiert. So habe ich noch nie gelitten. Eine eiserne Faust scheint meinen Ellbogen zu zerquetschen. Und meine Oberschenkel. Mein Sprunggelenk. Und mein Kopf … Oh, Maria! Was ist mit meinem Kopf passiert? Warum bohrt der Ball aus Eis seine pulsierenden Splitter in die Wände meines Geistes? Warum hat sich das Feuer in meinen Hals ausgebreitet, in meine Adern, und trocknet sie aus?

Aber am schlimmsten ist es, so tun zu müssen, als wäre alles in bester Ordnung, während Robin mich mit einem Kuss auf die Wange weckt. »Das ist wohl das erste Mal, dass ich vor dir auf bin. Raus aus dem Bett, zwielichtige Fremde, bevor meine Anstandsdamen dich hier finden!«

Ich presse einen nicht identifizierbaren Laut aus meiner Kehle. Seine Finger gleiten herrlich kühl über meine Schläfen und meine Stirn.

»Geht es dir wirklich gut, Rea?«

»Hab schlecht geschlafen«, murmele ich und schmiege mich noch fester an seine Hand. Er beugt sich über mich und nimmt mich einen Moment lang in den Arm. »Ich würde dich ja weiterschlafen lassen«, flüstert er mir ins Ohr, »aber wir müssen heute beim Count of Nottingham Eindruck schinden. Er darf keinen Verdacht schöpfen.«

Mein Mund wird noch trockener. Mühsam stehe ich auf und ziehe an, was Robin mir gibt: ein weißes Kleid und einen Marienkragen, beides aus Spitze, ebenso wie die Handschuhe. Sogar eine alberne kleine Kappe gehört dazu und hohe Schnürstiefel. Robin legt mir eine Perlenkette um den Hals. Spiritus apertus! Ich schwöre mir, für den Rest des Tages in keinen Spiegel mehr zu blicken. Und auch nicht darauf zu achten, dass die stählerne Faust weitergewandert ist zu meinem Magen, wo sie für leichte Übelkeit sorgt. Oder auch schwere.

Als wir in die Lobby hinunterkommen, steht unsere Entourage schon bereit: vier Kaiserliche Wachen, geschickt von Kaiserin Dana. Dann natürlich Mister Galahad, sogar noch korrekter gekleidet als sonst mit einer Brokatjacke und einem Marienkragen, wie er höher nicht sein könnte. Sein Gesicht ist weiß geschminkt. Neben ihm wirkt René nur noch mehr wie ein Freigeist. Er trägt Hemd und Hose, beides mit vielen bunten *manchettes* geschmückt. Sein taillierter Mantel ist mit breiten Streifen in Grün, Gelb, Blau und Violett verziert, die sich zu eleganten Mustern verbinden. Sein Gehstock ist so grün wie die Nadelwälder an der Ostküste der Vereinigten Staaten und in Kanada. Dazu bietet der Hemdausschnitt nicht nur einen freien Blick auf Hals und Schlüsselbeine, sondern lässt sogar den Ansatz seiner Brustmuskeln erahnen. Er trägt Eyeliner und natürlich keine Handschuhe.

»Bonjour«, begrüßt er mich und ergreift meine Hand. »Oder sollte ich besser *Guten Morgen* sagen?« Er haucht einen Kuss auf meinen Handrücken. Als seine Lippen die feinen Löcher in meinen Spitzenhandschuhen streifen, verkrampfe ich mich. Falls noch geistige Wunden von letzter Nacht geblieben sind, wird er sie bemerken.

Doch ihm scheint nichts aufzufallen, denn er lässt kommentarlos meine Hand los und begrüßt mit einem Kopfnicken den Prinzen. Sobald René aus dem Krankenhaus entlassen wurde, zwang Capitaine Jean René dazu, Urlaub zu nehmen, weshalb er spontan beschlossen hat, mit uns nach Berlin zu kommen. »Wer könnte ein besserer Fremdenführer sein als ich, wenn es um meine erste und einzig wahre Liebe Berlin geht?«, lautete sein Argument. Während er sprach, hielt ich gerade seine Hand, und so sah ich in seinen Gedanken seine Eltern vor mir und diese Stadt, deren Straßen er besser kennt als die Pfade seines eigenen Geistes. Und die er schon so lange nicht mehr besucht hatte.

Der Comte und Blanc haben versprochen, am Wochenende zu uns zu stoßen. Liam ist bereits mit seinem Kater Beethoven nach London weitergereist, um uns eine Wohnung zu suchen und ein paar Kontakte von Madame Hiver aufleben zu lassen – gegen meinen ausdrücklichen Protest.

Kaum war Liam wieder auf der Insel, wurde er auch schon am Weißen Hof vorgeladen. »An ein zukünftiges Familienmitglied«, stand auf der Einladung, die von Ihrer Majestät der Königin unterzeichnet war. Fast hätte er sie zerrissen. Aber nur fast.

Mister Galahad verbeugt sich vor uns. Er wirkt immer noch ziemlich mitgenommen. Die Gedankenkontrolle durch meine Mutter hat ihre Spuren in seinem Geist hinterlassen. Er sieht uns nicht direkt an. »Guten Morgen, Miss Emris, Königliche Hoheit. Ich hoffe, Sie hatten eine angenehme Nachtruhe?«

»Recht angenehm, ja«, antwortet der Prinz. Er hat sich ebenfalls herausgeputzt, schwarzer Brokat mit silbernen Samtaufschlägen, dazu das königliche Diadem. Und das alles für den Count of Nottingham.

»Ja, danke«, sage auch ich. Ohne mir ins Gesicht zu sehen, führt Mister Galahad uns zum Frühstücksraum. Er geht dicht neben Robin her. Lächelnd bietet René mir seinen freien Arm an. Seine Beine zittern noch immer leicht, wenn er steht. Als ich mich einhake, drückt er seine nackte Hand auf meinen durchlässigen Handschuh.

»Obwohl du nicht sonderlich viel geschlafen hast, würde ich wetten«, stellt er sachlich fest.

Eine Glasmurmel rollt durch meinen Geist. Klickend prallt sie gegen den Eisball. Ich zucke zusammen. Dann verschwindet sie. Fast so, als wäre sie von einer heilenden Hand entfernt worden.

Entgeistigte Maltoren.

René lacht nur, als ich diesen Gedanken laut ausspreche. »Um ganz ehrlich zu sein – es waren die eindeutigen Anzeichen eines Katers, die mich auf die richtige Spur gebracht haben. Warst du in der Schnellen Faust oder in der Seidenhöhle?«

»In der Seidenhöhle. Woher kennst du diese Läden?«

»Oh, das sind einfach *die* Hot Spots, wenn man jung ist, in Berlin lebt und seine ersten Schritte auf dem Gebiet der Geistesheilung macht. Ich muss dich allerdings warnen.«

Ich seufze. Natürlich muss er das. »Es wird nicht wieder vorkommen.«

Mit leidgeprüfter Miene sieht er mich an. »Es verletzt mich, dass du mir immer noch nicht ausreichend zu vertrauen scheinst, da du eine so absurde Lüge für notwendig hältst.« Ich will protestieren, während wir zwischen den Lobby-Sesseln hindurchgehen. Mister Galahad und der Prinz sind uns ein ganzes Stück voraus. René sorgt dafür, dass wir langsamer werden und der Abstand sich noch vergrößert. »Ich wollte dich gar nicht davor warnen, dort wieder hinzugehen. Ich wollte dich davor warnen, nicht zurückzukommen.«

Das entlockt mir ein Schnauben. »Natürlich komme ich zurück. Ich kann schließlich schlecht in der Seidenhöhle einziehen, oder?«

»Das meine ich nicht.« Er senkt die Stimme. »Gewalt ist eine Falle, Rea. Sie verschafft dir einen Höhenflug, durch den man leicht die Bodenhaftung verliert. Glaub mir, ich weiß das.«

Plötzlich fällt mir wieder ein, was der Comte einmal gesagt hat. *Wenn es eines gibt, was man einem Heiler nicht begreiflich machen kann, dann ist es das Bedürfnis nach Schmerz.*

»Außerdem kann ich mir kaum vorstellen, dass Seine Königliche Hoheit sonderlich begeistert davon ist«, fügt René hinzu.

Wie gut, dass er damit die Stimmung wieder etwas auflockert. »Deshalb soll es ja auch ein Geheimnis bleiben.«

Nun bleibt René ganz stehen. »Rea. Wie soll er dich je richtig kennenlernen, wenn du ihn belügst?«

Prüfend sehe ich ihn an. Weiß er es? Weiß er, dass der Comte und Blanc sich draußen im Hof gegenseitig verprügeln, wenn sie es nicht mehr aushalten, so zu tun, als wären sie unversehrt? Nicht einmal um seinetwillen?

»Wie könnte er mich lieben, wenn ich es nicht tue?«

René macht Anstalten, etwas darauf zu sagen, aber da ruft der Prinz nach mir.

»Rea? Kommt ihr?«

Er steht an der Tür zum Frühstücksraum, die Mister Galahad bereits für ihn aufhält.

Drinnen sind noch mehr Kaiserliche Wachen an den Wänden aufgereiht. Das überrascht mich nicht. Immerhin müssen sie nicht nur den Kronprinzen von England und Wales beschützen, sondern auch seine Geschwister, Prinz William und Prinzessin Victoria. Die Zwillinge sitzen bereits an einem runden Tisch im hinteren Teil des Saals. Als wir eintreten, steht Victoria auf und winkt uns zu. Mit wild wedelnden Armen zieht sie Robin an sich. Dabei ist sie um einiges kleiner als er, nur ungefähr so groß wie ich. In jeder anderen Hinsicht ist sie allerdings das komplette Gegenteil von mir: Sie hat die Augen ihres Vaters, und ihre

Haare wurden so stark gebleicht, dass sie bläulich schimmern. Schockiert muss ich feststellen, dass sie Nagellack trägt.

»Herzlichen Glückwunsch«, begrüßt sie ihren Bruder. »Du hast es eine ganze Nacht lang geschafft, weder umgebracht noch entführt zu werden. Ich führe da genau Buch drüber, weißt du?«

»Guten Morgen, Nerverl«, murmelt Robin peinlich berührt. Er hat mir bereits erzählt, dass William und er die Schwester Nerverl nennen, weil … nun ja. Manchmal kann sie einem wohl ein wenig auf die Nerven gehen. Mister Galahad räuspert sich, aber sie lässt einfach nicht los. Seufzend erwidert Robin die Umarmung, bis sie ihn schließlich freigibt. Vermutlich bin ich die Einzige, die das selige Grinsen bemerkt, das über sein Gesicht huscht. Prinz William ist ebenfalls aufgestanden. Auch er hat große Ähnlichkeit mit dem Vater, wirkt wie eine ruhigere, schüchterne Version von ihm. Die gebleichten Haare fallen ihm in die Stirn.

»Guten Morgen, Miss Emris«, sagt er förmlich, greift nach meiner Schleppe statt meiner Hand und haucht einen Kuss darauf. Ich sinke in einen Devotionsknicks. Leichte Übelkeit breitet sich in mir aus.

»Oh, bitte, Will, lass uns mit diesem Schleppenquatsch erst anfangen, wenn wir wieder im öden England sind«, protestiert Victoria und drückt mich an sich. Obwohl ihre Arme ziemlich kurz sind, ist das die stürmischste Umarmung, die ich je genießen durfte. Sie lässt Erinnerungen an ein Holzhaus an der Ostküste in mir aufsteigen, an ein kleines Kind, das vor vielen Jahren mit Bruder und Mutter im Garten spielte. »Wir sind doch schließlich so etwas wie Schwestern, oder?«, sagt sie.

»Hoheit«, rügt Mister Galahad.

»Das reicht jetzt, Nerverl«, meint auch Robin und sieht sich verstohlen um. Schon jetzt haben wir die allgemeine Aufmerksamkeit auf uns gezogen. Er beugt sich zu seiner Schwester. Da

Victoria mich noch immer festhält, kann ich hören, wie er ihr zuraunt: »Wenn wir uns heute mit Count Nottingham treffen, dürfen wir uns keinerlei Indiskretion erlauben.«

Während Victoria sich auf ihren Platz setzt, wirft er mir einen besorgten Blick zu, sagt aber nichts. Wir haben bereits über Count Nottingham gesprochen; Robin kennt ihn nicht gut, weiß aber, dass Nottingham nachgesagt wird, sich vor allen Dingen in Geheimdienst- und Militärkreisen zu bewegen. Grund genug, ihm gründlich zu misstrauen, da sind wir uns beide einig.

Denn wir sind zwar unter dem Vorwand nach Berlin gekommen, hier seine Geschwister zu treffen, um dann mit ihnen gemeinsam nach England zu reisen. Aber das ist nicht der wahre Grund unseres Besuches.

Sondern der Seidene Hof.

»Dort kann man uns helfen«, erklärte Robin flüsternd, als wir, noch in Paris, gemeinsam im Bett lagen. Angespannt ließ er die Finger über meine Handfläche gleiten. »Der Seidene Hof könnte uns dabei helfen, den Umsturz auf unsere Weise herbeizuführen, und nicht so, wie *sie* ihn gerne hätte.«

Sie hat sich bei mir gemeldet. Das tut *sie* ständig. Mein Telefon vibriert, als gerade der Tee eingeschenkt wird. (Der gnadenvolle René bestellt sich eine Riesenportion Pfannkuchen und eine Kanne Kaffee und teilt beides mit mir.) Ich werfe nur einen kurzen Blick auf das Display.

Verschlüsselte Nachricht. Der Absender ist klar.

Viel Glück heute.

Madame Hiver.

Am liebsten würde ich ihr als Antwort einen Kraftausdruck schicken, den ich in der Seidenhöhle gelernt habe: *Leck mich.* Doch bevor ich es ernsthaft in Erwägung ziehen kann, kommt schon die nächste Nachricht.

Seid vorsichtig. Sehr vorsichtig.

Ich runzele die Stirn. Robin wirft mir einen fragenden Blick zu, aber ich schüttele nur den Kopf, will ihn nicht beunruhigen. Wenn allerdings Madame Hiver wegen Count Nottingham ebenfalls besorgt ist, ist es doppelt angebracht, keine Indiskretion zu riskieren. Sie kennt sich in Geheimdienstkreisen noch besser aus als wir. Schnell beuge ich mich zu René hinüber und bitte ihn, mir nachher mit meinem Make-up zu helfen. Und als Victoria das nächste Mal etwas zu laut wird, muss ich mich zurückhalten, um ihr nicht ebenfalls über den Mund zu fahren.

Sobald das Frühstück beendet ist – das mit einer fantastischen Speisenfolge aufwartet, unter anderem Crêpe-ähnlichen Pfannkuchen mit eingebackenen Apfelstückchen und Zimt oder verschiedenen dunklen Brotsorten, auf die man erst Butter streicht, bevor man den Käse darauflegt (es ist auch diverses Fleisch im Angebot, das ich allerdings meide) –, kehren wir kurz auf unsere Zimmer zurück. René geht mir beim Make-up zur Hand. Robin hält es ungefähr fünf Sekunden lang aus, dann greift er ein. Die beiden diskutieren eine ganze Weile über Grundierung, Highlighter und Ähnliches, bis ich mich hörbar räuspere. Letzten Endes übernimmt Robin die Feinarbeit. »Woher kannst du das?«

Leichte Röte steigt in seine Wangen. »Die *Verbannten* haben es mir gezeigt.«

Er meint die Theatertruppe, deren Vorstellung wir in den Heiligen Höfen von London besucht haben. Sie sind momentan auch in Berlin und geben ihr letztes Gastspiel, bevor sie wie wir nach London zurückkehren. Dass wir sie hier noch einmal auf der Bühne erleben werden, ist nur ein schwacher Trost. Ich beobachte Robins Gesicht im Spiegel – so konzentriert, eifrig. Seine Augen funkeln richtig. »Irgendwann musst du mir mal verraten, was das ist mit dir und dem Theater.«

»Da habe ich eine bessere Idee. Irgendwann könnten wir unsere eigene Truppe gründen.«

Ich lache laut auf. »Zunächst einmal hat das nackte Überleben für mich Priorität.«

Seine Miene bleibt ernst. »Und doch wär's ein Wunderding.«

Wieder lache ich darüber, trotzdem bleibt die Idee hängen, während wir in die Lobby hinuntergehen und in die bereitstehende Limousine steigen. Unsere eigene Schauspieltruppe.

Oh, Maria! Was würde meine Mutter sagen, wenn sie mich hören könnte?

Nicht meine Mutter, rüge ich mich. *Madame Hiver.*

René kommt nicht mit. Blanc und der Comte haben ihm vor seiner Abreise eindringlich klargemacht, dass er sich in nichts verwickeln lassen darf, was auch nur annähernd gefährlich sein könnte. So sitze ich nun allein mit Robin auf unserer Seite der Limousine. Wir haben die Finger ineinander verschränkt, tragen aber Handschuhe. Gegenüber sitzen Prinzessin Victoria, Prinz William und Mister Galahad. Wir sind alle angespannt, aber bei Mister Galahad ist es am schlimmsten. Immer wieder rutscht er auf seinem Sitz herum, entschuldigt sich dann murmelnd bei den Hoheiten, wirft mir verstohlene Blicke zu, wenn er denkt, dass ich es nicht bemerke. Seit der Gedankenkontrolle ist er nicht mehr derselbe. Manchmal frage ich mich, ob er noch unter Folgeerscheinungen leidet, obwohl er danach von äußerst fähigen Maltorologen behandelt wurde – Maltoren, die auch Medizin studiert haben. Sie haben ihm versichert, dass sein Geist vollkommen wiederhergestellt sei, als wäre nie etwas passiert. Das hat mich sehr erleichtert, da es bedeutet, dass auch Ninon und ich damals in der Stahlkammer keine bleibenden Schäden in seinem Geist hinterlassen haben.

Aber ich habe auch gehört, wie die Maltorologen miteinander getuschelt haben, dass diese Gedankenkontrolle einfach perfekt gewesen sei, fast schon kunstvoll. Um sie aufzuheben, mussten sie das gedankliche Gewebe zerstören, von dem sie umgeben war, inklusive der verknüpften Erinnerungen, weshalb es hinterher unmöglich war, den Schuldigen zu identifizieren. Madame Hiver überlässt eben nichts dem Zufall. Während der Fahrt wird mir bewusst, wie sehr ich Paris vermisse, obwohl ich mich auch in Berlin bereits verliebt habe. Diese Stadt hier ist so … anders. Selbst ihre breiten Boulevards unterscheiden sich von denen anderer Hauptstädte. Hier gibt es mehr Schatten, mehr schummrige Ecken. Wie aus dem Nichts tauchen immer wieder Gebäude auf, die gar nicht zu ihren Nachbarn passen. Die einem zuzuzwinkern scheinen, klein und schmal und heruntergekommen, wie sie sind. Überall stehen Litfaßsäulen herum, auf denen offizielle Ankündigungen in einer Flut von Aufklebern und Pamphleten untergehen. Während wir vorüberfahren, grinsen sie mich an, fast so, als wüssten sie, dass ich mir am liebsten die Nase an der Scheibe platt drücken würde, um das alles zu lesen – Konzerte im Untergrund. Dichterlesungen. Öffentliche Wochenmärkte. Illegale Wettkämpfe. (Auch im Fechten, was ich sofort dem Comte schreibe. Dabei finde ich eine Nachricht von Liam: *Wünschte, du wärst hier.* Dazu ein Foto des viel zu weißen St. James's Parks.) Es gibt so viel zu sehen, so viel zu tun.

Irgendwie kann ich noch nicht wirklich glauben, dass wir nicht hierbleiben werden. Dass Robin und ich nicht einfach die nächsten zwei Jahre in der Welt herumreisen werden. Oder dass ich nicht mal eben mit Liam einen Wochenendausflug nach Salzburg machen kann. Dass Ninon und ich nicht ein Jahr lang ziellos von einer Stadt zur nächsten gondeln dürfen.

Stattdessen kehren wir in den Gläsernen Turm zurück.

Ich verflechte meine Finger mit Robins. Das englische Königshaus hat keine Ahnung, was auf sie zukommt.

Bis zum Palast der Kaiserin ist es nicht weit. Robin hat ihn mir beinahe ehrfürchtig beschrieben. Er war das letzte Mal dort, als die neue englische Botschaft eingeweiht wurde. Früher war sie in direkter Nachbarschaft des Altair, ist dann aber auf der Prachtstraße ein Stück aufgerückt, als Räumlichkeiten direkt im Palast bereitgestellt wurden. Nun befindet sie sich in dem opulenten Stadtschloss: drei Stockwerke mit hohen Fenstern, einer mittig in der Front gelegenen Kuppel und wie von Grünspan eingefärbtem Dach. In gewisser Weise sieht es aus wie das genaue Gegenteil der grellen, frechen Litfaßsäulen: Sie arbeiten, während das Schloss über ihnen thront. Sie spotten, wo das Schloss majestätischen Glanz verströmt.

Wir werden bis vor den Eingang gefahren. Dort warten bereits acht Ritter der Garde Ihrer Majestät auf uns. Sie tragen die gleichen Abzeichen wie die Mousquetaires in Paris: einen geöffneten Kreis in allen Farben des Regenbogens. Es tut gut, ihn zu sehen.

Mister Galahad geht vorweg. Drinnen sind Wände und Teppich überraschenderweise komplett schwarz. Trotzdem ist es nicht dunkel, denn überall sind funkelnde Lichter angebracht worden, nicht nur an der Decke, sondern auch an den Wänden und im Boden. Es fühlt sich an, als wandere man umgeben von Sternen durch den Nachthimmel. Sie bilden Muster und Konstellationen, dichte Kreise wie die Andromeda-Galaxie, Bänder wie die Milchstraße, breite Fächer wie der Schweif eines Kometen. Rechts und links fließt Wasser durch zwei schmale Kanäle. Es ist silbern, als wäre es mit feinem Glitzerstaub versehen. Doch alles ist lautlos. Es herrscht absolute Stille. Oder dringt da ein Pulsschlag durch den Boden? Pulsiert das Wasser? Die Wände?

Es hat etwas Magisches an sich, so durch die Nacht zu schreiten. Magisch, aber auch verstörend. Ich verliere völlig die Orientierung, weshalb ich erschrocken zusammenzucke, als wir plötzlich stehen bleiben. Einer der Ritter streckt die Hand aus. Wenn ich die Augen zusammenkneife, kann ich den Umriss einer Tür erahnen. Ist der Korridor hier zu Ende?

»Vorsicht«, murmelt Robin, als er ein letztes Mal meine Hand drückt. Ich will ihn gerade fragen, was er damit meint, als der Ritter plötzlich die Tür öffnet.

Das Licht trifft mich wie ein Schlag in den Magen. Ich weiche einen Schritt zurück, hebe abwehrend die Hände. Robin rückt etwas näher an mich heran, wohl um mich abzuschirmen, aber er hat selbst zu kämpfen. Licht und Musik, laute Musik. Im ersten Moment klingt es bloß wie Lärm, doch dann erkenne ich ein Saxofon, ein Klavier, alles abgemischt. Elektro-Swing. Vor uns befindet sich ein prachtvoller Saal voller wild tanzender Menschen. Sie werfen sich gegenseitig in die Luft, lassen sich über den Boden gleiten, wirbeln herum. Artisten hängen, nur von Stoffbahnen gehalten, unter der Decke, in zehn Metern Höhe spazieren Seiltänzer herum oder gleiten an Stangen auf und ab wie Mensch gewordenes Wasser. Das helle Licht ist weiß wie das eines blendenden Mondes. Es stammt von großen Kugeln, die scheinbar schwerelos in der Luft hängen. Sie sind so dick, dass nicht einmal zehn Männer sie mit ausgebreiteten Armen umfassen könnten. In diesem Saal haben sich die unterschiedlichsten Menschen versammelt, eine solche Vielfalt habe ich noch nie gesehen.

Mister Galahad geht als Erster hinein, gefolgt von Prinzessin Victoria, die ein leises Quietschen ausstößt. Noch immer leicht desorientiert trete ich hinter Robin über die Schwelle. Die Kanäle an den Seiten markieren auch hier einen Weg, der sich mitten durch den Saal zieht. Rechts und links sehe ich Tänzer, Künstler und Wachen, aber auch Höflinge. Manche sitzen an leuchtenden, kugelförmigen Tischen und beobachten das Spektakel. Alle tragen glitzernde Kleider und Anzüge, dazu ausladenden Federschmuck – Frauen wie Männer. Wobei einige auch einen Teil ihrer Kleidung eingebüßt haben, ähnlich wie das Publikum in der vergangenen Nacht. Ich kann einfach nicht den

Blick von ihnen abwenden. Doch der spektakulärste Anblick wartet am Ende des Saals: ein Thron. Ein Thron, der komplett aus Diamanten besteht und über mehreren Wasserbecken aufragt, umgeben von Lichtkugeln.

Auf diesem Thron sitzt Kaiserin Dana. Erst als wir dicht vor ihr stehen, bemerke ich, dass sie uns anlächelt. »Willkommen, meine Enkel, Miss Emris, Mister Galahad«, begrüßt sie uns auf Englisch. Ich hatte ganz vergessen, wie tief ihre Stimme ist. Sie ähnelt sehr der ihres Enkels, des Kronprinzen. »Willkommen am Neuen Hof.«

Sie trägt eine Krone aus Diamanten, die wie ein Sternbild auf ihrem alten Kopf schimmert. Kleid und Mantel sind gerade geschnitten und umspielen sie wie ein silberner Kometenschweif. Diener sorgen mit großen Federfächern für Kühlung, reichen ihr Trauben und Wein. Ihre braune Haut schimmert, weil eine Dienerin ihr gerade eine klare Lotion auf Arme, Hände und Gesicht schmiert. »Ich hoffe, dir gefällt es in Berlin, Robin? Und Ihnen ebenfalls, *Fräulein* Emris?«

»Es ist fantastisch«, bringe ich stammelnd hervor. Sie ist eine wirklich beeindruckende Frau. Als sie sich ein kleines Lächeln gestattet, bekomme ich einen Eindruck davon, wie eine grinsende Raubkatze aussehen muss. »Etwas Derartiges haben Sie sicherlich noch nie gesehen, oder?«

Ich blicke mich noch einmal im Saal um. Ganz sicher nicht. Diese Vielfalt an Menschen, von den Höflingen über die Tänzer und Artisten bis zur Kaiserin selbst … »Nein, nicht einmal annähernd, Eure Kaiserliche Hoheit.«

»Wir danken Euch für Eure Gastfreundschaft«, ergänzt Robin, was die Kaiserin mit einem Nicken zur Kenntnis nimmt. »Uns und unseren Geschwistern gegenüber. Wir würden unseren Aufenthalt hier nur zu gerne noch weiter ausdehnen, in Eurer Stadt ebenso wie in Eurem Palast. Und natürlich wären wir gerne nur zum Vergnügen gekommen, ohne einen protokollarischen Anlass.«

Ich bemerke, wie William seinem Bruder einen beeindruckten Blick zuwirft. Die Kaiserin lächelt noch immer. »Du bist ungeduldig, Robin. Das gefällt mir. Ganz wie deine Mutter, würde ich sagen. Und auch wie dein Bruder.«

William lässt den Kopf hängen, während die Kaiserin den Blick durch den Saal schweifen lässt und dann die Hand hebt. »Dann also zum protokollarischen Teil. Begrüßt mit mir einen weiteren Freund in der Runde: Sir Vaisey, den Count von Nottingham und Hannover.«

Meine Muskeln spannen sich an. Vorsichtig sehe ich mich um, suche nach einer großen, Furcht einflößenden Gestalt. Nach einem Lächeln, das kein Lächeln ist. Ich bin bereit, meinem Feind ins Gesicht zu sehen und mit freundlicher Miene seinen Untergang zu planen.

Aber es erscheint niemand auf dem Weg in die Mitte des Saals. Und es dauert einen Moment, bis mir bewusst wird, dass Mister Galahad und Robin sich zur Seite gedreht haben. Dass sie gar nicht auf den Weg schauen.

Sondern auf die Tanzfläche.

Da, ziemlich weit in der Mitte. Ein großer Mann. Gerade schleudert er eine Frau in die Luft, rutscht über den Boden, fängt sie wieder auf. Beide wirbeln herum, er wirft sie, fängt sie, läuft rückwärts. Dann stürmen sie aufeinander zu, sie springt, er hebt sie hoch über den Kopf. Ohrenbetäubender Applaus setzt ein. Er dreht sich im Kreis, genießt ihren Triumph.

Erst als die Musik aufhört, setzt er seine Partnerin ab. Die beiden verbeugen sich voreinander, und unter dem Jubel der Menge verlässt er die Tanzfläche. Er kommt auf uns zu. Er ist groß, er lächelt. Helles Haar, dunkle Augen. Überraschenderweise ist er nicht völlig glatt rasiert, sondern trägt einen schmalen Bart, der sich in einer sorgsam gestutzten Linie über den Bogen des Unterkiefers und das Kinn zieht. Er verleiht seinem Gesicht eine maskuline Eleganz, die ich bei einem solchen Mann nicht erwartet hätte.

»Kaiserliche Hoheit, Hoheiten! Welch eine Ehre! Welch eine Freude!«

Robin will etwas erwidern, aber der Mann wendet sich schon wieder von ihm ab. Und mir zu. Seine Wangen sind gerötet, und seine Augen funkeln, als er sich vor mir verbeugt. »Miss Emris. Das ist wohl die größte Ehre von allen.« Der Count of Nottingham, Mister Galahads Cousin, ignoriert sie alle, jeden einzelnen von ihnen, und streckt mir die Hand entgegen.

»Darf ich bitten?«

Seine Hand ist nackt.

Kapitel 2

Die Kaiserin lacht, Robin ringt sich ein gequältes Lächeln ab. Mister Galahad starrt mit finsterer Miene zu Boden. Betont langsam drehe ich mich zu Nottingham um. Meine heutige Aufgabe besteht allein darin, diesen Mann zu beeindrucken, ihn von unserer Arglosigkeit zu überzeugen, damit wir heimlich unseren Widerstand planen können. Also lächele ich. Freundlich. »Nach dem, was ich gerade gesehen habe, wäre das wohl eher enttäuschend für Euch, Eure Lordschaft.«

»Bitte, nennen Sie mich Vaisey. Oder wenigstens Nottingham, wenn Sie unbedingt auf derlei Förmlichkeiten bestehen wollen.« Er zieht die Hand zurück, doch sein Lächeln bleibt. »Wie ich sehe, muss man sich diese Ehre hart erkämpfen, Miss Emris. Doch ich kann Ihnen versichern: Ich liebe Herausforderungen.«

»Also wirklich, Vaisey, Sie sind unmöglich«, stellt die Kaiserin schmunzelnd fest.

»Ich weiß wirklich nicht, wovon Ihr sprecht, Kaiserliche Hoheit«, erwidert er mit einer allgemeinen Verbeugung. »Cousin, wie schön, dich wiederzusehen«, fährt er dann an Mister Galahad gewandt fort. »Ich hoffe, deinem Vater geht es gut?«

Mister Galahads Blick klebt weiter am Boden. »Ich denke, du bist am besten über seine Lage im Bilde.«

Nottingham legt ihm eine Hand auf die Schulter. »Ich weiß, die Lage ist heikel, aber es gibt nichts, wofür du dich schämen müsstest, mein lieber Freund. Immerhin ist es nicht deine Schuld.«

Mister Galahad presst die Lippen zusammen. Mich überrascht es kaum, dass er nicht über die peinliche Situation seines Vaters sprechen will. Immerhin hat der Duke of Buckingham das gesamte Familienvermögen verspielt, sodass dem Count of Nottingham die Verwaltung ihrer Finanzen übertragen wurde. Letzterer nimmt nun die Hand von Galahads Schulter und wendet sich den Geschwistern zu. »Hoheiten, ich war begeistert, als ich erfahren habe, dass Ihr nach London zurückkehrt. Und ebenso begeistert es mich, dass ich Euch dorthin begleiten werde. Gesetzt den Fall, Ihre Kaiserliche Hoheit kann hier auf mich verzichten.«

Die Kaiserin winkt gelassen ab. Nottingham nimmt von einer Dienerin im glitzernden Kleid eine Champagnerflöte entgegen. Ich folge seinem Beispiel. Die Kälte des Glases dringt durch meinen dünnen Handschuh, gleichzeitig spüre ich die Wärme der Lichter ringsum im Gesicht. »Euer Vater hat mich mit der ehrenvollen Aufgabe betraut, Eure Heimkehr zu organisieren«, erklärt Nottingham Robin und seinen Geschwistern, »und dafür zu sorgen, dass sie mit der angemessenen Grandeur vollzogen wird. Immerhin werdet Ihr, Königliche Hoheit, gleichzeitig auch vor den entzückten Londonern Eure Verlobung bekanntgeben – und Miss Emris der Öffentlichkeit vorstellen.«

Anscheinend merkt man mir an, wie wenig begeistert ich davon bin, denn Nottingham sagt sofort: »Oh nein, machen Sie sich keine Sorgen, Miss Emris.« Und da ist es plötzlich, dieses Lächeln. Das Lächeln aus Robins Erinnerung. »Sie sind genau das, was England jetzt braucht. Ein frischer Wind.«

Er sieht mich durchdringend an, und ich weiche seinem Blick nicht aus. Noch immer lächelnd erhebt er sein Glas: »Auf eine glückliche Rückkehr nach London.« Er zwinkert mir zu. »Und auf einen Tanz mit Miss Emris.«

»Vorsicht, Nottingham«, sagt Robin gedehnt. »Sonst muss ich Sie noch zum Duell fordern.«

Nottingham lacht fröhlich. »Wäre es nicht vielleicht besser, diesen Teil Miss Emris zu überlassen?«

Robin wird kreidebleich. Ich überspiele die Situation mit einem Lachen, spüre aber, wie es in meinen Fäusten kribbelt. Er weiß, dass ich Robins heimlicher Bodyguard war. Nachdem ich dem Kronprinzen zum zweiten Mal das Leben gerettet hatte, ließ sich das nur noch schwer geheim halten. »Nehmt Euch in Acht, Eure Lordschaft. Ich könnte Eurer Bitte nachkommen.«

»Genau darauf baue ich. Sie wissen ja sicher, dass die GVK gerade neues Personal sucht?«

»Auch Frauen?« Mister Galahad ist entsetzt. »Seit wann denn das?«

Nottingham hebt das Glas an die Lippen. »Das war nur ein Scherz, Cousin. Obwohl ich es anfangs in Erwägung gezogen habe. Immerhin erwartet Seine Majestät von mir, dass ich gewisse Neuerungen einführe. Er hat mir die Leitung übertragen. Jemand musste den Posten übernehmen, nachdem der Weiße Ritter uns verlassen hatte.«

»Blanc war aber nicht Captain der GVK, sondern der Palastwache«, stelle ich richtig. Mister Galahad zuckt kurz, doch Nottingham ist ganz auf mich konzentriert, während er antwortet: »Nachdem die Palastwache nicht in der Lage war, einen Angriff auf den König zu verhindern, der noch dazu direkt in der Stahlkammer stattfand, wurde sie mit der GVK zusammengelegt, sodass nun beide unter meinem Kommando stehen.« Wieder dieses Zwinkern. »Falls jemals Frauen zugelassen werden, würde es mich sehr freuen, Sie dort begrüßen zu dürfen, Miss Emris.«

Robin räuspert sich laut. »Das wäre wohl kaum eine angemessene Beschäftigung für eine Prinzessin, Eure Lordschaft.«

»Sie können auf mich zählen«, sage ich. Nottingham will Spielchen spielen? Es wird ihm noch leidtun, mich herausgefordert zu haben. Diese Art von Spiel spiele ich schon mein ganzes Leben lang.

»Rea«, mahnt Robin. Möglichst unauffällig funkele ich ihn an. Das erwidert er mit einem Stirnrunzeln, ist aber schlau genug, die Klappe zu halten. Schließlich plaudern Nottingham und ich nur ein wenig. Testen einander.

Nottingham schlägt vor, das Gespräch in etwas privaterem Rahmen fortzuführen, und so begeben wir uns in einen Salon neben dem Thronsaal. Auch hier gibt es die großen Leuchtkugeln, und ein Grammofon spielt leise Jazz. Drei funkelnde Sofas bieten Sitzplätze vor drei großen Leinwänden, auf denen eine Videoinstallation läuft: eine endlose Reihe von Tänzern in körnigem Schwarz-Weiß. Ihre Bewegungen ähneln denen von marschierenden Soldaten. Während Nottingham den Herren Drinks kredenzt, nimmt Robin mich kurz beiseite. »Dich als Supersoldaten anzubieten war eigentlich nicht das, was ich mir vorgestellt habe, als ich dir sagte, er dürfe keinen Verdacht schöpfen«, zischt er.

»Er hat doch nur mit mir geflirtet, Robin.« Am liebsten würde ich die Augen verdrehen. »Außerdem, überleg doch mal, in was für einer fabelhaften Position ich wäre, wenn ich der Wache angehören würde«, scherze ich.

Irritiert runzelt er die Stirn. »Fabelhafte Position wofür?«

Jetzt ist er es, der scherzt, oder? Lächelnd erkläre ich: »Für alles, wobei es von Vorteil ist, wenn man am Weißen Hof eine Waffe tragen darf.«

Robin öffnet den Mund, kommt aber nicht mehr dazu, etwas zu sagen. »Eure Hoheit? Miss Emris?« Nottingham ruft uns. Ich setze mich mit Victoria zusammen auf ein Sofa, Robin und Mister Galahad teilen sich ein zweites. Bleibt das letzte für William und Nottingham. »Ich danke für Ihre Gesellschaft.« Er hat noch immer seine Champagnerflöte in der Hand. Und wieder richtet er das Wort an mich.

»An diesem Hof muss Ihnen vieles merkwürdig vorkommen, Miss Emris.«

»Es ist sicherlich sehr beeindruckend«, antworte ich nach kurzem Zögern. »Die Kaiserin ist eine … eindrucksvolle Persönlichkeit.«

»Allerdings.« Nottingham nippt an seinem Glas. Die freie Hand hat er in die Tasche geschoben. »Dies ist die Hauptstadt eines Kaiserreiches, Miss Emris. Der Kaiser oder die Kaiserin wird von den Königinnen und Königen aller Staaten gewählt, die in diesem Reich vereint sind. Kaiserin Dana ist ebenfalls die Königin von Byzanz. In der Kunst des Herrschens kann sie also auf einige Erfahrung zurückgreifen.«

Ich lächele ihn an, was er erwidert, bevor er sein Glas leert und es auf einem Tischchen abstellt. »Es gibt so viel zu besprechen«, sagt er, an alle gewandt. »Einiges muss ich für mich behalten – nein, nein, Seine Majestät hat darauf bestanden, dass ich Euch nichts von dem Verlobungsgeschenk erzählen darf, das er für Euch plant. Doch eine Sache würde ich gerne sofort aus der Welt schaffen, da sie von eher delikater Natur ist.«

Ein Verlobungsgeschenk vom König? Danke, aber nein danke, denke ich. Nottingham fährt fort: »Wissen Sie, Miss Emris, jede zukünftige Königin von England und Wales muss sich einer bestimmten Zeremonie unterziehen.«

Erstaunt hebe ich die Brauen. Victoria hingegen verdreht die Augen. »Oh, bitte. Nicht dieses langweilige alte Gedöns.«

»Victoria«, weist Robin sie zurecht.

»Robin«, schießt sie im gleichen Tonfall zurück.

»Bitte«, schalte ich mich ein. »Ich möchte das hören.«

»Darüber musst du dir jetzt noch keine Gedanken machen«, versichert mir Robin. »Diese Zeremonie findet erst am Vorabend der Hochzeit statt.«

»Normalerweise schon«, nickt Nottingham, um dann mit

einem leutseligen Lächeln fortzufahren: »Aber Euer Vater hat entschieden, dass sie diesmal vorverlegt wird.«

Robin ist so schockiert, dass er zu stottern beginnt. »E-er hat was?«

»Oh ja. Aber es gibt ja keinen Grund zur Sorge, nicht wahr?«

»Natürlich nicht.« Robin hat sich wieder im Griff, er setzt eine gelangweilte Miene auf.

»Doch, allerdings«, widerspricht Victoria. »Willst du ihr das wirklich zumuten, Robin? Du wirst sie noch verscheuchen.«

»Das glaube ich kaum«, versichere ich so gelassen wie möglich. »Würde mir freundlicherweise jemand erklären, was diese Zeremonie beinhaltet?«

Nottingham räuspert sich. »Nun ja, Zeremonie ist wohl etwas euphemistisch ausgedrückt. Die korrektere Bezeichnung wäre wohl ›peinliche Befragung‹.«

»Peinliche … was?« Diesen Ausdruck habe ich das letzte Mal im Zusammenhang mit der Hexenverfolgung gehört. Da war es die Befragung unter der Folter. Ich werfe Robin einen Blick zu. »Das soll wohl ein Scherz sein.«

»Es ist nicht das, was Sie denken«, erklärt Nottingham. »Obwohl es für eine Dame wie Sie tatsächlich … peinlich ist. Man nennt es die Glasbläser-Zeremonie. Weil Sie dadurch *transparent* gemacht werden«, betont er.

»Sie fesseln dich an einen Stuhl und lassen dich von einem Schnüffler betatschen«, sagt Robins Schwester.

»Victoria«, sagt William.

»Was denn, erinnerst du dich etwa nicht mehr daran, Bruderherz?«, fragt sie. »Es ist ja nicht so, als müssten da nur Königsgemahlinnen durch. Auch Königskinder haben das Vergnügen. Wie alt waren wir da … sechs?«

»Das reicht jetzt, Victoria«, befiehlt Robin mit ganz und gar neutraler Miene. »Dieser Brauch dient allein unserer Sicherheit.«

Victoria schnaubt, sagt aber nichts mehr. Ich setze ein erleichtertes Lächeln auf.

»Ach, Robin, das hast du nie erwähnt. Nun ja, es ist sicher unangenehm, aber ich habe ja nichts zu verbergen. Wann möchte Seine Majestät die Zeremonie denn abhalten?«

Lächelnd erklärt Nottingham: »Am Tag Ihrer Rückkehr. Sie soll Teil des öffentlichen Auftritts werden.«

Es kostet mich meine gesamte Selbstbeherrschung, nicht aufzuspringen und davonzulaufen. Einfach gelassen sitzen zu bleiben. »Seine Majestät hat offenbar einen Hang zur Dramatik. Ich hätte nicht gedacht, dass er die zukünftige Frau seines ältesten Sohnes auf eine solche Art und Weise bloßstellen würde.«

»Dann kennst du ihn aber schlecht«, murmelt Victoria.

»Bedauerlicherweise zeigte er sich unerbittlich«, entschuldigt sich Nottingham.

»Aber …« Ich denke fieberhaft nach. »In der Öffentlichkeit? Das ist doch wirklich unangemessen, oder etwa nicht?«

»Wie gesagt, Miss Emris«, betont Nottingham gedehnt, »Sie sind ein frischer Wind.«

»Und wer wird der Glasbläser sein, der diese Aufgabe übernehmen soll? Man kann doch keinen verurteilten Kriminellen dafür abstellen, oder?«

Nottingham verzieht das Gesicht. »Äh … nein. Es wird sogar jemand sein, dem Sie ebenso viel Vertrauen entgegenbringen können wie Seiner Majestät.« Er dreht sich um. »Cousin.«

Mister Galahad hebt ruckartig den Kopf. »Wie … wie bitte?«

Nottingham zögert. »Seine Majestät ist der Meinung, dass es Zeit wird, an die Öffentlichkeit zu gehen.«

Mühsam kleistere ich mir einen schockierten Ausdruck ins Gesicht. Offiziell weiß ich nicht, dass Mister Galahad ein Schnüffler ist. Doch auch wenn ich als Schauspielerin vielleicht nicht ganz unbegabt bin – im Vergleich zu Mister Galahad ist meine Miene harmlos. Er ist so weiß geworden wie der Schleier der Königin. Sein Unterkiefer bebt. Gehetzt huscht sein Blick durch den Raum.

»Seine Majestät kann nicht ...« Für einen kurzen Moment sieht Mister Galahad mich an, dann wendet er sich an seinen Cousin: »Du. Du hast ihm das eingeredet.«

»Aber Cousin, sei doch vernünftig.«

»Meinen Vater entehrt zu sehen hat dir nicht gereicht.« Nun erhebt Mister Galahad sogar die Stimme: »Es hat dir nicht gereicht, ihn damit zu demütigen, dass du die Verwaltung unserer Finanzen übernommen hast. Du, nicht ich. Du willst uns vollständig vernichten!«

»Ich schwöre dir, Cousin, ich hatte rein gar nichts damit zu tun, dass ...«

»Es gibt doch sicher eine andere Möglichkeit«, schalte ich mich ein – leicht pikiert, auf keinen Fall panisch. Ich darf nicht panisch wirken. »Ich bin nicht sonderlich begeistert von der Vorstellung, mich einer solchen Behandlung unterziehen zu müssen.«

William räuspert sich, weicht aber meinem Blick aus. So ist es Nottingham, der mir – noch immer lächelnd – erklärt: »Nun ja, Miss Emris, verzeihen Sie mir, wenn ich das so sage, aber es ist kein Geheimnis, dass Sie eine äußerst fähige Kämpferin sind. Und die Zeremonie kann doch wohl kaum peinlicher für Sie sein, als halb nackt in einem Ring zu stehen, oder?«

Bevor sich meine Panik Bahn brechen kann, springt Mister Galahad so plötzlich auf, dass wir alle zusammenfahren. Sein Gesicht ist feuerrot. Er schafft es nicht, mir in die Augen zu sehen. »Das ist unerhört! Ich werde mit Seiner Majestät sprechen und diesem Wahnsinn ein Ende bereiten.«

Er wartet gerade noch Robins knappes Nicken ab, dann stürmt er hinaus.

Einen Moment lang sehen wir ihm alle nach, und ein drückendes Schweigen senkt sich über den Raum. Am liebsten würde ich ihm hinterherlaufen, aber ich könnte ihm nicht den Trost spenden, den er jetzt braucht, könnte es ihm nicht zuflüstern: *Sie sind nicht allein. Ich bin wie Sie. Und ich werde die Lage für uns ändern.* Nottingham zuckt die Achseln und meint: »Der arme Mann. Er hat so viel durchmachen müssen.«

»Ich werde mit Vater sprechen«, beschließt Robin. »Wir werden eine andere Lösung finden.«

Er wirkt vollkommen überzeugt. Bin ich die Einzige, die merkt, dass er ein wenig zu hektisch atmet? Er sieht mir nicht in die Augen. Was auch besser für ihn ist. Denn ich bin wirklich wütend, dass er nie etwas davon erwähnt hat.

»Selbstverständlich, Hoheit«, sagt Nottingham. Wieder wandert sein Blick zu mir, allerdings nur für einen Moment. Dann schenkt er sich aus der Flasche auf der Anrichte Champagner nach, nippt daran und fügt hinzu: »Sollen wir fortfahren?«

Wir besprechen noch einige andere Punkte bezüglich unserer Anreise und der Wohnarrangements, Protokollfragen und zeremonielle Details. Aber das bietet keine ausreichende Ablenkung. Robin und auch mir zuliebe halte ich mich zurück, bis wir uns verabschiedet haben. Bis die Wachen uns hinausbegleitet haben. Bis Robin und ich allein im Wagen sitzen. Bis ich sicher bin, dass die Schallschutzscheibe zwischen uns und dem Fahrer vollständig hochgefahren ist. Aber keine Sekunde länger.

»Maria Magdalena, Robin!«

Er nimmt Diadem und Marienkragen ab, ohne mich anzusehen. »Hör zu, Rea, wir werden eine Möglichkeit finden …«

»Warum hast du nie etwas von dieser Glasbläser-Zeremonie gesagt?« Wütend reiße ich meinen Kragen herunter. Wenigstens haben wir die Musterung durch Nottingham hinter uns gebracht und können uns jetzt wieder um die Planung unseres Widerstandes kümmern. Aber wenn diese Zeremonie tatsächlich stattfindet, werde ich wohl kaum noch eine Chance bekommen, mich der Bewegung anzuschließen. Ich muss Madame Hiver informieren. Auch wenn sich alles in mir dagegen sträubt – davon muss sie wissen. Also hole ich mein Handy aus der Tasche. »Ist dir nie der Gedanke gekommen, dass dieses kleine Detail für mich interessant sein könnte?«

Mit fahrigen Bewegungen streift er seinen Mantel ab. Die Schneiderin in mir sieht mit blutendem Herzen zu, wie er ihn gedankenlos hinter sich auf den Sitz fallen lässt, wo er sogleich verknittert. »Das war alles noch so weit weg, Rea. Normalerweise findet die Zeremonie erst am Vorabend der Hochzeit statt, und wir hatten dringendere Probleme zu lösen …«

Hastig schreibe ich eine Nachricht an Madame Hiver und schicke sie ab. Dann ziehe ich den Mantel hinter Robins Rücken hervor. Sorgfältig lege ich ihn auf der Sitzbank gegenüber ab, bevor ich meinen Marienkragen folgen lasse. Als Nächstes nehme ich die dämliche Kappe ab. »Dringender als die eine idiotensichere Methode, mich auffliegen zu lassen?«

Robin hat sich zur Tür gedreht, wo eine Packung Feuchttücher verstaut ist. »Wir werden schon einen Weg finden.«

»Und wann? Wenn du es mir gesagt hättest, hätten wir uns längst etwas überlegen können!«

Er lässt die Tücher zwischen uns auf den Sitz fallen und fängt an, sich die weiße Schminke vom Gesicht zu wischen. »Tja, und du hättest mir vielleicht verraten sollen, dass du unseren kleinen Abstecher nach Berlin dazu nutzt, dich mit anderen Leuten zu prügeln, aber das hast du ja auch nicht getan, oder?«

Eine Sekunde lang starre ich ihn mit offenem Mund an, da bin ich mir sicher. Woher weiß er das? Und wenn er es die ganze Zeit wusste, hätte ich es dann im Laufe des Tages nicht irgendwann in seinen Gedanken sehen müssen? Andererseits hatten wir heute wirklich andere Sorgen. Außerdem hatte ich nur selten Gelegenheit, ihn zu berühren. Selbst jetzt tragen wir Handschuhe. »Woher …?«

Er sieht mich noch immer nicht an, sondern reinigt weiter sein Gesicht. Mit etwas mehr Druck, als nötig gewesen wäre. »Ich bin nicht dämlich, Rea. Wir schlafen im selben Bett.«

»Aber ich hätte doch überall …«

»Dein gesamter Unterkörper ist grün und blau.«

Mit einer heftigen Bewegung schleudert er das Tuch fort. Ich nehme mir nun selbst eins. Er hat eine ziemlich große Stelle vergessen. Zwischen Unterkiefer und Ohr leuchtet ein breiter weißer Streifen.

»Ich war sehr vorsichtig«, betone ich. »Außerdem wissen die Leute dort genau, mit wem sie reden können und bei wem sie besser den Mund halten sollten. Bei Veranstaltungen, die nur Magdalenen offenstehen, kann man sich darauf verlassen, in eine verschworene Gemeinschaft zu …«

»Das war nur für Magdalenen?«

Schnell mache ich den Mund zu. Entgeistigte Zunge, hat sich verplappert. Obwohl er weiterhin angestrengt den Blick abwendet, verrät mir das Entsetzen, das neben der Wut in seiner Miene aufblitzt, dass er von diesem Detail wohl nichts gewusst hat. »Das kann nicht dein Ernst sein, Rea. Korrigiere mich, wenn ich falschliege. Aber ist es nicht so, dass wir gar keinen Glasbläser mehr brauchen, um dich auffliegen zu lassen, wenn jemand erfährt, dass du auf einer Veranstaltung nur für Magdalenen warst? Wie konntest du nur so leichtfertig sein?«

Wütend wische ich mir mit dem Tuch über die Augen. Es brennt. »Aber wenn es nach dir geht, soll ich so leichtfertig sein, mich diesem Glasbläser zu stellen, ja?«

Robin zuckt betroffen zusammen. Trotzdem mache ich weiter. »Ich kann nicht glauben, dass du mir deswegen Vorwürfe machst. René meinte noch, ich sollte es dir sagen, aber mir war klar, dass es keinen Sinn hätte …«

Ruckartig hebt Robin den Kopf. »Du hast es René erzählt?«

Oh-oh.

»René hast du es gesagt, aber mir nicht?«

»Er versteht es«, presse ich hervor, während ich mir den Lippenstift abreibe.

»Er versteht es?« Jetzt hat Robin das Spiel aufgegeben und sieht mich direkt an. Der Wagen bremst ab. Ich greife nach den Masken, die wir extra mitgenommen haben. Offenbar sind wir am Seidenen Hof angekommen, allerdings macht Robin keinerlei Anstalten, auszusteigen.

Ich drehe mich zu ihm um. »Hör mal, das kannst du einfach nicht verstehen …«

Unsicher lasse ich den Satz ausklingen. Der Wagen hat angehalten. Mit geradezu furchterregender Miene greift Robin nach seiner Maske, aber da ist immer noch dieser Make-up-Streifen. »Robin, du …«

»Was? Was kann ich nicht verstehen? Ich …«

»Nein, warte, du …« Schnell packe ich ihn am Arm. »Du hast da was übersehen.«

Irritiert zieht er die Augenbrauen zusammen. Als ihm klar wird, was ich meine, bekommt er diese verräterischen roten Flecken am Hals. »Maria Magdalena«, murmelt er und will sich ein neues Tuch nehmen, aber ich reibe bereits mit meinem über seine Wange. Seine Haut ist heiß. Wir sehen uns in die Augen, während ich die letzten Reste abwische. Sein Atem streicht über meine Lippen. Für einen kurzen Moment starrt er auf meinen Mund. Sobald sein Gesicht sauber ist, werfe ich das Tuch in den kleinen Müllbehälter an der Tür und rücke von Robin ab, um auf meiner Seite aussteigen zu können.

Plötzlich packt er mit beiden Händen mein Gesicht und zieht

mich zu sich. Meine Lippen haben sich bereits hungrig geöffnet, als wir uns berühren. Robin knabbert an meiner Unterlippe, zieht spielerisch daran. Ich zerre an ihm, schlinge ihm einen Arm um den Oberkörper, bis wir uns eng aneinanderschmiegen. Zu viel Kleidung. Indem ich an seinem Halstuch nestele, ziehe ich ihn noch enger zu mir. Er drückt mich rücklings auf den Sitz. Ich spüre das Leder an meinem Hals, seine Seidenstränge brennend heiß in meinem Geist. *Mein – dein – Maria, sie sieht fant… – reiß dich zusammen, du alberner Spinner – aber warum, das …*

Ich strecke mich ihm entgegen, lasse mich von ihm küssen, bis ich keine Luft mehr bekomme. Als wir uns voneinander gelöst haben, keinerlei Körperkontakt mehr haben, sehe ich ihn mit großen Augen an. Um anschließend die Arme vor der Brust zu verschränken. »Ich bin immer noch sauer auf dich.«

»Tja, weißt du was?«, erwidert er gespielt hochmütig. »Ich ebenfalls.«

»Das kann einfach nicht gesund sein«, brumme ich, als wir endlich unsere Masken aufsetzen und aussteigen. Während wir unsere normalen Mäntel anziehen, ertappe ich Robin bei einem frechen Grinsen. Unverschämter Bastard.

Ups, unglückliche Wortwahl, Rea.

Wir stehen am Ufer der Spree, des breiten Flusses, der sich durch Berlin zieht. Obwohl er hier eigentlich ziemlich schmal ist und sich zwischen Häuserreihen hindurchschiebt, die offenbar noch aus dem vorletzten Jahrhundert stammen. Außer uns ist niemand zu sehen. Am anderen Ufer ragen einige Kiefern auf, darunter graue Grabsteine. Wir wenden uns vom Fluss ab und gehen in das Viertel mit dem Namen Moabit hinein. René liebt es, dieses Wort weich über seine Zunge gleiten zu lassen. Es ist das Viertel Berlins, in dem sich die meisten Stundenhotels befinden, eine ganz und gar unanständige Sache, die man sich in London kaum vorstellen könnte. Und es ist das Viertel, wo wir hoffen, uns Informationen darüber zu besorgen, wie man eine Widerstandsbewegung organisiert. Hier werden wir den Seidenen Hof aufsuchen.

Wir gehen immer weiter, lassen den Wagen weit hinter uns. Mit Absicht haben wir uns ein gutes Stück von unserem eigentlichen Ziel entfernt absetzen lassen, damit der Fahrer nichts anderes vermutet als einen unerlaubten königlichen Ausflug in eines von Berlins berüchtigten Hotels. Hoffentlich gehen die wenigen Passanten, die uns um diese Tageszeit begegnen, ebenfalls davon aus. Niemand scheint zweimal hinzusehen – offenbar ist ein maskiertes Pärchen hier kein ungewöhnlicher Anblick.

Schließlich stehen wir vor einem hohen Haus. Ein roter Ziegelbau, der sich kaum von den anderen ringsum unterscheidet – wenn da nicht die fünf großen Monitore über dem Eingang wären. Sie leuchten violett, grün, gelb, blau und rot. Und vor diesem bunten Hintergrund gleiten Namen über die Bildschirme. Eine schier endlose Reihe von Namen.

... der – Cécilia Sollers – Ulrike Erlin – Jemma Jones – Agnieszka Urbański – An ...

»Es ist besser, wenn wir nicht stehen bleiben«, sage ich, obwohl ich selbst kaum den Blick von den Bildschirmen abwenden kann. Bevor wir reingehen, drückt Robin noch kurz meine Hand.

Drinnen landen wir in einer Eingangshalle. Alles hier wirkt etwas altmodisch, die Tapete ist ausgebleicht, die Möbel nicht gerade neu, aber es ist sauber und ordentlich. Hinter dem Empfangstresen hängen keine Monitore, sondern Stoffbahnen in den fünf Farben, die auch draußen prangen. Und sie sind mit Namen bestickt. Hunderten von Namen. Tausenden. Ich kann sie nicht zählen, nicht einmal alle lesen. Und es ist noch Platz frei.

Robin geht zum Tresen. Dahinter sitzt ein Mann mit silbergrau gefärbten Haaren. Sein Anzug unterscheidet sich kaum von dem, was die Männer in der Seidenhöhle getragen haben – sehr elegant, wenn auch viel nackte Haut.

»Hallo«, begrüßt ihn Robin. »Verzeihung, sprechen Sie zufällig Englisch?«

Der Mann mustert uns. »Ihr seid aus England?«

Robin sollte besser mich reden lassen; mein Akzent lässt sich schwerer zuordnen. Obwohl dieser Mann vermutlich bereits mehr über uns weiß, als uns lieb sein kann. Liam hat vor seiner Abreise nach London dieses Treffen für uns eingefädelt, da er bei der Planung für den Protestmarsch in Paris bereits Kontakt zu der Organisation aufgenommen hatte. Natürlich hat er versucht, diskret zu sein. Niemand darf je erfahren, dass Robin einen Fuß in dieses Gebäude gesetzt hat.

Anscheinend hat der Mann unsere betretenen Blicke bemerkt. »Entspannt euch, Leute, ist schon okay. Ihr seid der Zwölf-Uhr-Termin, richtig? Kommt mit, ich bring euch nach oben.«

Fragend drehe ich mich zu Robin um, der bloß mit den Schultern zuckt. Der Mann bedeutet uns, ihm zu folgen. Links von uns befindet sich eine offene Tür, doch er geht, ohne sie eines Blickes zu würdigen, daran vorbei. Dahinter befindet sich ein großer Raum mit gemütlichen Sofas und Sesseln, mit schimmernden Seidenblumen und silbernen Vorhängen. Mehrere Leute sitzen herum und lesen oder unterhalten sich angeregt. Weiter hinten meine ich, Regale zu erkennen, eine Art Bibliothek. Der Mann führt uns durch eine andere Tür in ein altes Treppenhaus, in dem alles aus Metall ist. Die Stufen quietschen.

»Immer gut, wenn man weiß, dass jemand im Anmarsch ist, oder?«, witzelt er.

Offenbar stört ihn nicht, wie angespannt wir sind. Wir steigen in den ersten Stock hinauf, dann in den zweiten. Auf jedem Treppenabsatz gibt es zwei nichtssagende weiße Holztüren. In der vierten Etage bleibt er stehen und klopft an die Tür auf der rechten Seite. Dabei benutzt er offenbar einen Code, den ich allerdings nicht entschlüsseln kann.

Wir warten kurz. Dann dringt eine Stimme durch das Holz: *»Wem gedenken wir heute?«* Da ich kein Deutsch spreche, verstehe ich kein Wort.

»James Noah«, antwortet der Mitarbeiter gelangweilt. Robin allerdings holt hörbar Luft. Mir geht es nicht anders. James Noah war früher einmal sein Leibwächter. Als eine Magdalene den Kronprinzen angriff, hat er sein Leben geopfert, um das von Robin zu retten. Ich kam an den Weißen Hof, um ihn zu ersetzen.

»Wem gedenken wir immer?«

»Der Freiheit.«

Die Tür wird entriegelt – mechanisch. Der Mann ist schon wieder auf dem Weg nach unten. »Viel Spaß, Leute.«

Ich schlucke. Robin sieht ihm kurz hinterher. Dann drücke ich seine Hand und öffne die Tür. Nur für alle Fälle hebe ich kampfbereit die Fäuste.

Hinter der Tür erwartet uns ein Korridor. Anscheinend ist das hier eine ganz normale Wohnung: Holzboden, eine Kommode, ein Garderobenständer. Weiter hinten ein leise blubbernder Heizkörper. Und haufenweise Schuhe. Auf der Kommode steht eine gefüllte Vase, dahinter ein Ganzkörperspiegel. Diese Blumen sind mir vertraut aus meiner Zeit am Hof der Farben: bunte Seidenblumen.

Und vor den Blumen steht eine Frau. Ein Teil ihrer Kleidung wird durch Tattoos ersetzt. Praktisch jedes sichtbare Fleckchen Haut ist mit Farbe getränkt. Am auffälligsten sind die Worte, die sich von der Spitze des Zeigefingers aus über ihren gesamten Arm erstrecken. Sie verschwinden unter dem aufgekrempelten Ärmel ihrer weißen Robe, die mich stark an die eines Mönchs erinnert. Ich versuche, die Worte auf ihrer Haut zu lesen, aber sie stammen aus einer Sprache, die ich nicht kenne. Nicht einmal die Buchstaben kann ich entziffern. Doch sie erinnern mich an Bücher, die ich bei Blanc gesehen habe. Es könnte also Arabisch sein. Oben am Hals tauchen sie wieder auf und enden erst an ihrer Wange. »Hier droht euch keine Gefahr«, sagt die Frau, als sie meine erhobenen Fäuste sieht. Ihre Stimme klingt weich und gelassen, was mich an René denken lässt. Mit einem halben Lächeln lasse ich die Arme sinken, bleibe aber angespannt. Die Erfahrung hat mich gelehrt, nie ganz in meiner Wachsamkeit nachzulassen.

Die Frau führt uns an einer Küche vorbei in ein Wohnzimmer. Es sieht ein bisschen so aus wie eine Mischung aus Renés Wohnung und dem Salon im Palast der Kaiserin: runde Lichtkugeln, so unverhüllt wie die Hände der Frau; in einem Kreis aufgestellte Sofas aus handpoliertem Nussholz; große, nach Norden blickende Fenster mit schweren Vorhängen. Und, natürlich, das obligatorische Grammofon.

Wir setzen uns, und die Frau serviert Tee in kleinen Gläsern. Marokkanische Minze, erklärt sie uns. Dann setzt sie sich zu uns. »Ich bin Seyran. Möge dieser Tag euch einen offenen Geist und rege Gedanken bescheren.«

Robin rutscht auf seinem Platz herum, offenbar weiß er nicht, was er darauf antworten soll. Mir fällt jedoch ein, dass Ninon und der Comte sich auf dem Ball in Paris genauso begrüßt haben. Ninon müsste bereits auf dem Weg nach Berlin sein, allerdings werden wir uns wohl erst morgen sehen können. Als Schwester des Königs muss sie sich zuerst den Staatsgeschäften widmen, und zwar in Begleitung von Madame Hiver, der offiziellen Gesandten des Hofs der Farben. »Möge dieser Abend Ihnen klare Erinnerungen und sanfte Gefühle bringen«, erwidere ich.

Seyran lächelt, als sie Robins überraschten Blick bemerkt. »Es freut mich, dass ihr zu mir gekommen seid. Kann ich euch in irgendeiner Form behilflich sein, abgesehen von einer sicheren Zuflucht, solange ihr sie braucht?«

»Das ist sehr freundlich, aber wir sind nicht gekommen, um bei Ihnen Zuflucht zu suchen«, erklärt Robin. Ich frage mich, ob unserer Gastgeberin das leise Zittern in seiner tiefen Stimme auffällt. »Wir sind hier, um Sie um Rat zu fragen.«

Seyran beugt sich vor. »Ich helfe euch gerne dabei, eure Gedanken zu ordnen, soweit ich dazu in der Lage bin.«

»Ich danke Ihnen vielmals, werte Dame.« Wie immer sind Robins Manieren tadellos. »Wir sind … Ich … Also, es ist so …«

Er verstummt. Kurz überlege ich, ob ich einspringen und die Lücken füllen soll, aber gleichzeitig weiß ich, dass es allein sein Entschluss sein muss. Es ist eine Sache, über so etwas zu reden. Und eine ganz andere, es auch durchzuziehen.

Widerstand. Rebellion.

Seyran bleibt gelassen sitzen und wartet ab. Dabei sieht sie Robin aufmerksam an.

Ich schiebe mich näher an ihn heran, woraufhin er sich kurz zu mir umdreht. Sein Lächeln reicht kaum über seine Mundwinkel hinaus. Schließlich greift er nach meiner Hand und drückt sie. Viel zu fest. »Wir bräuchten Ihren Rat in Sachen … Widerstand. Wie man rebelliert.«

Schweigen senkt sich über den Raum, nur übertönt von der Musik. Saxofon und Violine in außergewöhnlichem Paartanz zu einem elektronischen Beat. Seyran mustert uns abschätzend. »Dann freut es mich umso mehr, dass ihr gekommen seid.«

Sie steht auf und geht zu einem Bücherregal hinüber. Dort zieht sie einen dünnen Band von einem der Bretter. Während sie zu uns zurückkommt, fällt mir ihre Körperhaltung auf. Sie scheint die linke Körperhälfte nicht voll zu belasten. Vorsichtig legt sie das Buch auf den niedrigen Tisch, der zwischen den Sofas steht. »Legitimierter Widerstand erfordert vor allem zwei Dinge: erstens Geduld, zweitens Friedfertigkeit.«

Ich runzele die Stirn, während Robin sich interessiert vorbeugt. Seyran schiebt das Buch zu ihm hinüber. Der Buchdeckel ist vollkommen leer. »Veränderungen lassen sich immer herbeiführen, auch in relativ kurzer Zeit, selbst auf einer so abgeschotteten Insel wie der des Weißen Königs. Sicherlich überrascht es euch nicht, dass ihr nicht die ersten Untertanen dieses Königs seid, die bei uns um Hilfe ersuchen. Ich würde sogar so weit gehen zu behaupten, dass es nie mehr waren als heute. Aber ob euch Erfolg beschieden sein wird, hängt vor allem von einem Grundgedanken ab: keine Gewalt.«

Jetzt sind meine Brauen wohl irgendwo im Haaransatz verschwunden. Dieses Memo ist bei der GVK jedenfalls nicht angekommen.

Anscheinend hat Seyran meine skeptische Miene bemerkt. »Gewalt gegen Menschen wird euch die Unterstützung entziehen, die ihr so dringend braucht: die Unterstützung jener Menschen, die frei sein wollen; die Unterstützung ausländischer Regierungen; und die Unterstützung der Sicherheitskräfte im eigenen Land.«

»Der Sicherheitskräfte?«, frage ich perplex. »Die würden uns eher alle erschießen, als uns zu helfen.«

»Jeder einzelne von ihnen?«, fragt Seyran nach.

»Ja«, antworte ich, ohne zu zögern.

»Wirklich jeder? Unter ihnen gibt es niemanden, der vielleicht Gründe hätte, euch nicht zu erschießen?«

»Wenn ich ihre geladenen Waffen vor der Nase habe, möchte ich mich lieber nicht auf vage Hoffnungen verlassen.«

Robin zuckt kurz zusammen. Ob er je daran gedacht hat, dass er einmal eine Waffe vor der Nase haben könnte?

»Das verstehe ich«, sagt Seyran und nickt. »In dem Land, aus dem ich stamme, haben wir ebenfalls gegen unseren König gekämpft.«

Meine Finger fangen an zu kribbeln. »Erfolgreich?«

Robin räuspert sich lautstark. Wir wenden uns ihm zu. »Verzeihung«, sagt er. »Mir kam nur gerade der Gedanke, dass Sie vermutlich nicht hier wären, wenn die Sache gut ausgegangen wäre.«

Seyran erwidert lächelnd: »Ich verstehe, wie du darauf kommst. Aber glücklicherweise kann ich euch sagen, dass wir sehr wohl erfolgreich waren. Es liegt noch ein langer Weg vor uns, aber der erste Schritt ist getan.«

»Und warum sind Sie dann hier?«, bohrt Robin nach.

»Weil ich genau dafür gekämpft habe. Für das Recht, hinzugehen, wo immer ich will.«

Das ist tatsächlich ein berauschender Gedanke: durch die ganze Welt reisen zu können. Mit unserer eigenen Schauspieltruppe. Aber wir sind nicht hergekommen, um Träume zu spinnen und Märchen zu lauschen. »Natürlich wäre es uns allen lieber, wenn sich Geduld und Friedfertigkeit durchsetzen würden, aber leider haben wir nicht viel Zeit«, sage ich. Meine Gedanken wandern zu den Hautstreichern, die in der Themse ertränkt werden; zu den unzähligen Magdalenen in den Geistigen Korrektiven. »Was ist mit den Gefangenen? Mit all jenen, denen nur noch Wochen bleiben, nur noch Tage?«

Seyran tippt mit der Fingerspitze auf das Buch. »Ich bete für ihre Seelen.«

Was nicht besonders hilfreich ist, oder? Mühsam verkneife ich mir diesen Kommentar. Auf keinen Fall möchte ich ihren Glauben schlechtmachen.

»Wie können wir Unterstützer finden?«, fragt Robin. »Im Volk oder bei den Sicherheitskräften? Wie haben Sie das gemacht?«

Seyran verschränkt die Finger, sie trägt Nagellack. »Es gibt verschiedene Wege. Ihr werdet sehr vorsichtig zu Werke gehen müssen, denn natürlich wollt ihr nicht entdeckt werden. Hier ist auch eine klare, knappe Formulierung hilfreich. Ein Slogan, sozusagen. Etwas, das man überall hinterlassen kann. Sprüht es an Hauswände. Prägt es auf Münzen. Kritzelt es auf Zeitungen.

So könnt ihr anfangen, eure Botschaft zu verbreiten. Das ist der erste Schritt. Dann wartet ab, ob es aufgegriffen wird. Ob ein Verlangen nach Veränderung spürbar ist.«

»Und der zweite Schritt?«, will Robin wissen.

»Persönlich für Unterstützung sorgen. Sprecht mit Menschen, denen ihr vertrauen könnt – und *nur* mit diesen. Je nachdem, über welche Verbindungen ihr verfügt, könnt ihr euch vielleicht an Gesetzeshüter wenden oder an Vertreter des Militärs. Jeder Zugang zu diesen Kräften ist lohnenswert.«

»Und dann?«

»Folgt die Mobilisierung. Ihr braucht möglichst verlässliche Angaben über die Zahl an Menschen, auf die ihr zählen könnt. Anschließend …« Seyran zögert. Fast so, als scheue sie davor zurück, es auszusprechen: *Anschließend könnt ihr losziehen und euch von der GVK abknallen lassen. Noch Fragen?*

Stattdessen deutet sie noch einmal auf das Buch. »Nehmt es ruhig mit. Ich würde allerdings davon abraten, es nach England zu bringen. Übertragt den Text in ein persönliches Notizbuch. Hier drin ist unser gesamtes Wissen gesammelt, all unsere Erfahrungen. Ich kann das Wesentliche nur wiederholen: Verbreitet eure Botschaft, stellt sicher, dass ihr die Unterstützung der Öffentlichkeit habt, zieht die Sicherheitskräfte auf eure Seite. Und dann tretet aus dem Schatten.«

Robin und sie vertiefen sich anschließend in ein Gespräch über mögliche Strategien zur Verbreitung der Botschaft und verschiedene Arten des Protests, der, wenn auch nicht legal, auf jeden Fall legitimiert sein sollte. Und wie ein Mantra wiederholt Seyran immer wieder: keine Gewalt. Gewalt wird jene, die euch unterstützen sollen, gegen euch aufbringen.

Ich habe da so meine Zweifel. Und wundere mich vor allem über Seyran. Müsste ihr, die selbst Widerstand geübt hat, nicht klar sein, dass uns keine Zeit bleibt? Dass man mit einem Mann wie dem Weißen König nicht vernünftig verhandeln kann? Dass die Ritter ihn niemals verraten, sondern bis zum Tod für ihn kämpfen werden? Dass wir schon viel zu lange die Köpfe eingezogen und stillgehalten haben? Früher mag sie vielleicht eine Kämpferin gewesen sein, aber das scheint eine ganze Weile her zu sein. Jetzt sitzt sie in einer Wohnung in Moabit, hört Elektro-Swing und gibt sich hübschen Fantasien hin.

Trotzdem kann ich es ihr nicht übel nehmen. Erst recht nicht, nachdem ich sie eine Weile genau beobachtet habe. Ihre leicht steife Haltung studiert habe. Fast schon gekrümmt. Ich weiß noch gut, dass ich mich auch einmal so bewegt habe, und mein Bruder ebenfalls, vor vielen Jahren. Aber wir hatten Glück: Bei uns sind keine bleibenden Schäden zurückgeblieben. Wie oft die Peitsche sie getroffen haben muss, um ihren Körper so zu verkrüppeln, weiß ich nicht. Oder warum es geschehen ist. Aber bei solchen Dingen fragt man besser nicht nach.

Bevor wir gehen, steckt Robin das schmale Büchlein ein. Er ist bereits aufgestanden, als Seyran nach einer kurzen Pause hinzufügt: »Ein letzter Ratschlag noch. Jene, die den Widerstand am stärksten vorantreiben, sind nur selten auch die besten Anführer, wenn ihr Streben von Erfolg gekrönt wurde.«

Mühsam versucht Robin, eine gelassene Miene beizubehalten. »Ach ja?«

Seyran lächelt schwach. »Glaub mir. Wir sind zu sehr vom Ehrgeiz zerfressen. Zu kaputt. Nach allem, was wir durchgemacht haben, sind wir nicht mehr bereit, Kompromisse einzugehen. Und eine Gesellschaft, die noch in den Kinderschuhen steckt, braucht nichts dringender als Kompromissbereitschaft.«

Höflich neigt Robin den Kopf. »Vielen Dank, dass Sie uns Ihre Zeit geschenkt haben.«

Wir sind schon fast draußen, als er noch einmal innehält. »Es gibt da jemanden, zu dem Sie mir vielleicht etwas sagen könnten«, beginnt er zögernd. »Sein Name war James Noah.«

Natürlich muss er nach ihm fragen, auch wenn es unklug ist. Seyran scheint es nicht zu überraschen, gerade so, als ahne sie, wer hinter unseren Masken steckt, ohne es laut auszusprechen. »Er war ein Kämpfer, ein leidenschaftlicher Verfechter unserer Sache.«

Robin kann seine Zweifel kaum verbergen. »War er das?«

»Man kann seine Hingabe nicht immer auf nur eines konzentrieren«, gibt Seyran zu bedenken. »Nichts ist bloß schwarz oder weiß. Familie, Freunde, Menschen, die einem nahestehen – sie alle spielen eine Rolle bei der Entscheidung, wie und ob man sich engagieren kann und will. So erging es auch James, als er dann eine Familie hatte. Immerhin kämpfen einige von uns einzig und allein für die Freiheit, mit ihren Lieben vereint zu sein.«

Robin nickt verstehend.

»Ich wusste gar nicht, dass James Familie hatte«, murmelt er gedankenverloren, als wir vor der Wohnungstür stehen. Der Mann von der Rezeption sammelt uns auf dem Treppenabsatz ein und eskortiert uns nach draußen.

Unten auf der Straße stoße ich ein Schnauben aus. »Oh, Maria! Und dafür sind wir extra hergekommen?«

Robin verstaut gerade das Büchlein in seiner Innentasche. »Ich fand es sehr erhellend. Immerhin scheint sie Erfahrung zu haben.«

»Allerdings hat sie die nicht in England gesammelt.« Ich drehe mich um und mustere noch einmal das Gebäude. Auch jetzt laufen die aufgereihten Namen über die Bildschirme. Erst als ich einen ganz bestimmten entdecke, begreife ich, was diese Aufzählung zu bedeuten hat.

– Eira Emris –

Fast wäre ich rückwärts gestolpert, einfach über meine eigenen Füße, meinen Schock. So gedenken sie derer, die für ihre Sache gestorben sind.

So viele haben bereits mit dem Leben dafür bezahlt.

»Nein, nicht in England.« Robin scheint ganz in Gedanken versunken zu sein, er hat nicht einmal bemerkt, wie sehr es mich getroffen hat, dort oben den Namen meiner Großmutter zu lesen. Langsam setzt er sich in Bewegung. Ich muss schlucken, meine Kehle ist plötzlich ganz ausgetrocknet. Der Name meiner Großmutter erinnert mich daran, was meine Mutter mir gesagt hat, in der Arena in Paris: *Ich habe das alles für dich getan. Ich wollte, dass du in einer besseren Welt aufwächst als ich. Ich wollte nicht, dass du mit deiner Mutter durch die Straßen von London marschieren und Zeuge davon werden musst, wie sie einfach so erschossen wird. Wie du mit ansehen musst, wie sie vor deinen Augen verblutet.*

Spiritus apertus. Jetzt an meine Großmutter zu denken ist keine sonderlich gute Idee. Eira Emris trug ihre Feuerseide durch die Straßen von London, um für das Recht auf Berührungsfreiheit zu kämpfen. Am Ende lag sie in ihrem eigenen Blut. Niedergeschossen von der GVK, vor über sechsundzwanzig Jahren, im Zuge dessen, was wir heute die Seidenrebellion nennen. »Eine wirklich alberne Vorstellung«, sage ich mit zittriger Stimme, als wir um die Ecke biegen. »Dass die Ritter der GVK uns *nicht* zur Strecke bringen würden. Keine Ahnung, was die Frau sich denkt.«

»Eigentlich ist es ganz vernünftig. Überleg doch mal, wie viel einfacher alles wäre, wenn wir die Ritter auf unserer Seite hätten«, erwidert Robin. Er klingt noch immer etwas abgelenkt.

»Ich versuche bereits seit Jahren, mir so etwas auszumalen, aber geholfen hat es nicht.«

»Sie hat uns nur gesagt, was sie für richtig hält.«

»Das war nicht als Kritik gemeint«, erkläre ich und beschleunige meine Schritte. »Ich wollte lediglich darauf hinweisen, dass ich ihre Strategie für naiv halte.«

Robin schließt zu mir auf. »Wir haben aber auch keine bessere in petto.«

»Wir kennen das Problem, wir kennen den Feind.«

»Und wer wäre das?«

Fassungslos sehe ich ihn an. Im trüben Licht des wolkenverhangenen Himmels schimmert seine blasse Haut wie Silber. »Äh … lass mich kurz nachdenken … Der König? Eventuell?«

»Ohne Zweifel. Aber wir können ja schlecht aus dem Flugzeug steigen, uns kurz verbeugen und ihn dann mit bloßen Handschuhen erwürgen, oder?«, versucht er die Stimmung aufzulockern. Ich muss lachen, wenn auch unangenehm berührt. Denn eigentlich würde ich am liebsten genau das tun. Liam wäre da voll meiner Meinung, das weiß ich. »Versuchen könnten wir es. Aber unsere revolutionären Bestrebungen müssen so oder so warten, bis ich die Glasbläser-Zeremonie überlebt habe.«

Robin nickt. Jetzt mustere ich ihn genauer. Offenbar beschäftigt ihn etwas. Ich greife nach seiner Hand und verfluche die Tatsache, dass wir Handschuhe tragen. Wären unsere Finger nackt, wüsste ich jetzt, was ihn umtreibt. »Ist alles in Ordnung, Robin?«

»Hm?« Er hebt den Kopf, und sobald er mich ansieht, setzt er ein Lächeln auf. »Ja, natürlich.«

Nach kurzem Zögern verschränke ich unsere behandschuhten Finger miteinander. »Du musst das nicht tun, weißt du?«

»Was denn?«

»Dieses Lächeln aufsetzen, wenn du glaubst, das würde ich jetzt von dir erwarten. Brummelig liebe ich dich genauso wie fröhlich.«

Robin bleibt mitten auf der Straße stehen. Seine blauen Augen fixieren mich, als er langsam eine Hand an meine Wange legt.

»Rea.« Wenn er ihn ausspricht, klingt mein Name wie ein Gebet. Ich packe sein Revers, stelle mich auf die Zehenspitzen und küsse ihn. Endlich bin ich wieder in seinem Geist. *James – wo liegt der Unterschied – legitimiert, legal, wie – das ist Verrat – ich bin …*

Unser Kuss ist ganz sanft, bis ich einem frechen Impuls folge und mit der Zungenspitze seinen Mundwinkel kitzele. Ein breites Grinsen erscheint auf seinem Gesicht, und seine Gedanken hellen sich auf. Ich spüre, wie sich seine Lippen verziehen. Mein ganzer Körper kribbelt vor Freude, weil ich ihm so ein Lächeln entlockt habe. »Dasselbe gilt auch für dich«, murmelt er.

Jetzt muss ich ebenfalls grinsen. »Was soll das heißen? Ich bin immer fröhlich!« Ganz bewusst verdränge ich jeden Gedanken an die Kreatur, als er mich lachend an sich zieht und damit den Hautkontakt unterbricht. Es ist ja schon viel besser als früher, halte ich mir vor Augen. Meine Ärztin hat mir dringend geraten, meine Vorräte an Medikamenten aufzustocken, bevor wir nach London zurückkehren. Momentan habe ich kaum noch Tabletten übrig, aber für morgen habe ich einen Termin bei einem Arzt vereinbart, ohne Robin etwas davon zu erzählen. Meine Psychiaterin in Paris hat mir genau aufgeschrieben, was ich brauche und an wen ich mich hier in Berlin wenden soll. *»Gehen Sie auf keinen Fall zu irgendeinem Scharlatan, Madame«,* hat sie mich gewarnt. *»Es gibt Medikamente, die es besser machen, aber es gibt auch Pillen, die das Problem verschlimmern.«* Im Moment habe ich eher den Eindruck, als würde ich die Medikamente gar nicht brauchen. In Berlin fühlt sich alles so viel leichter an. So viel besser.

»Es tut mir leid, dass ich dir nichts von dem Glasbläser erzählt habe«, sagt Robin nun. »Das war feige von mir.«

Ich schmiege mich an ihn. Fest stützt mich sein schlanker Körper. »Und ich muss mich dafür entschuldigen, dass ich dir nichts von den Kämpfen in der Seidenhöhle gesagt habe. Das hätte ich tun müssen. Bitte verzeih mir.«

Er löst sich von mir und umfasst zärtlich mein Gesicht, während er mich durchdringend ansieht. »Seyran hatte recht, weißt du? Manche von uns kämpfen nur dafür, mit den Menschen zusammen sein zu können, die sie lieben.«

Ich mustere sein Gesicht: die hohen Wangenknochen, das markante Kinn, diese Augen, in denen ein ewiger Kampf zu toben scheint. »Und natürlich, um Gerechtigkeit und Ehre für das Königreich zu erringen.«

»Nun ja«, erwidert er in gespieltem Ernst. »Selbstverständlich. Ich bin der Kronprinz, da ist das meine heilige Pflicht.«

Als wir weitergehen, greife ich wieder nach seiner Hand. Wir werden rebellieren. Wir werden die Dinge ändern. Und wir werden es nicht so machen wie meine Großmutter. Die Geschichte wird sich nicht wiederholen. »Und das aus dem Munde des Mannes, der unbedingt ein Gesetzloser sein will.«

»Wollte. Als *Kind.*«

»Hast du das je der Presse enthüllt? Das gäbe einen netten kleinen Artikel im *Confessional.* Ich glaube, ich habe noch irgendwo Moreen Gauses Visitenkarte, warte mal ...«

Ich tue so, als würde ich in meinen Taschen herumsuchen, aber da nimmt er meine Hand und drückt einen Kuss auf den unvermeidlichen Stoff. Er ist rot angelaufen. »Nein danke.«

Lachend kehren wir zu unserem Wagen zurück, steigen ein und nehmen die Masken ab. Es ist einfach zu schön, verliebt zu sein, in Berlin zu sein, seinen Hals zu küssen. Da ist kein Platz für düstere Gedanken. Gedanken an Rebellion, mordlustige Ritter oder die Glasbläser-Zeremonie, die meinen Tod bedeuten könnte. Im Auto mustert Robin unsere Handschuhe, die ineinander verschlungenen Finger. »Berührungen sind etwas wirklich Schönes, nicht wahr?«, fragt er.

Wenn man weiß, wie man es anstellen soll, auf jeden Fall. »Stimmt.«

Fragend sieht er mich an. »Was meinst du – könnte das unser Angriffspunkt werden?« Ich verstehe nicht ganz, worauf er hinauswill. »Na ja«, erklärt er weiter, »das ist doch etwas, was die Menschen wollen. Wir könnten nach unserer Rückkehr sozusagen eine Pro-Berührungs-Kampagne für England starten. Um erst mal zu sehen, wie die Leute reagieren.«

Jetzt mustere auch ich unsere Hände. *Dann würde ich dich vorher aber gerne richtig berühren – überall.* Ich spreche den Gedanken nicht aus. Seine Idee ist gut, und jetzt ist nicht der richtige Moment für Zögerlichkeit. »Ja. Und die Magdalenen gar nicht erwähnen, zumindest vorerst nicht.«

Robin nickt bestätigend. »Das könnte doch funktionieren, oder nicht?«

Ich streife ganz kurz seinen Handschuh ab und drücke einen Kuss in seine Handfläche, bevor ich sie wieder ordentlich bedecke.

Als wir im Hotel ankommen, ist von unserer üblichen Entourage nichts zu sehen. Robin besteht darauf, dass wir uns in die gemütlichen Sessel in der Lobby setzen. Er bestellt Champagner und Trüffelpralinen. Dabei wirkt er so selbstzufrieden, dass es richtig niedlich ist. Mit leuchtenden Augen lasse ich eine himmlische Köstlichkeit aus weißer Schokolade und Haselnusscreme auf meiner Zunge zergehen. Irgendetwas daran bringt Robin so aus dem Konzept, dass er sich fast an seinem Champagner verschluckt. Er hebt den Daumen an den Mund, um die Tropfen aufzufangen. Hungrig sehe ich ihm dabei zu.

Wir sollten die Zeit besser nutzen.

»Königliche Hoheit?« Ich versuche nicht einmal, gelassen zu klingen. »Sollen wir nach oben gehen?«

Robins Stimme ist so rau, dass schon ein einziges Wort ausreicht, um mir einen Schauer über den Rücken zu jagen.

»Ja.«

Sobald sich die Fahrstuhltüren hinter uns geschlossen haben, schiebe ich Robin gegen die Wand, umfasse sein Gesicht und drücke seinen Kopf nach hinten. Ich sehe noch, wie sich seine Pupillen weiten, bevor ich ihn küsse. Ein leises Klingeln zeigt an, dass wir den ersten Stock passieren. Meine Zunge fährt über seine Lippen, dann in seinen Mund. Er drückt seinen Körper an meinen. Ich streiche über seinen Rücken, lasse die Finger knapp über seinem Hintern ruhen. Der zweite Stock gleitet vorbei. Mein Kuss wird immer tiefer. Dritter Stock. Robin hebt mich hoch, drückt mich mit dem Rücken an die Wand. Ich schlinge die Beine um seine Taille. Er beugt sich runter, küsst meinen Hals. Sofort neige ich den Kopf zurück, um es ihm leichter zu machen. Als er anfängt, an meiner Haut zu saugen, muss ich mir auf die Zunge beißen, damit mir kein Geräusch entkommt. Vierter Stock. Robins Atem geht schwer. Könnte das der Moment sein? Ja, das könnte der Moment sein, in dem es endlich passiert, in dem ich nicht darüber nachdenke. Nicht nachdenken. Fünfter Stock. Zwei fehlen noch. »Robin«, keuche ich. Gleich wird sich die Tür öffnen, aber er küsst mich einfach weiter. Zwischen meinen Beinen breitet sich Hitze aus. Sechster Stock. Spiritus apertus, es ist mir egal, ob uns jemand sieht, völlig egal, solange er mich nur weiter so küsst, als ob …

Erst im allerletzten Moment lässt Robin mich runter. Meine Knie zittern noch, als die Fahrstuhltüren aufgleiten. Es gelingt uns, ungefähr drei Sekunden lang den Anstand zu wahren, denn so lange brauchen wir, um die Wache zu grüßen und die Tür zu unserer Suite aufzusperren. Einer der Wachleute will offenbar etwas sagen, aber wir beachten ihn einfach nicht.

Die Zimmertür fällt hinter uns zu, und sofort presst Robin mich dagegen. Unwillkürlich muss ich lachen. »Die armen Wachen«, flüstere ich. Robins Hand erkundet bereits meinen Körper. Er streicht über meinen Hintern. Ein leises Stöhnen entweicht mir. Seine Finger ertasten die Knöpfe meines Kleides. Mein Blut beginnt zu kochen.

Um dann schlagartig zu gefrieren.

»Es überrascht mich schon ein wenig, dass ihr für so etwas Zeit zu haben scheint.«

Kapitel 3

Mit einem höchst uneleganten Sprung lösen wir uns voneinander. Madame Hiver sitzt mit übereinandergeschlagenen Beinen auf dem Sofa. Ihr Outfit entspricht ihrer Version der Berliner Mode: langärmlige graue Bluse mit weißen Streifen und schwarzer Spitzenkragen mit Schleife am Hals. Dazu ein schwarzer Rock, der sich eng um ihre Hüften schmiegt und vorne mit vier goldenen Knöpfen versehen ist, dann aber weit herabfällt bis über die Stiefel. Ihre Maske, wieder eine Colombina, die nur die obere Hälfte des Gesichts bedeckt, ist heute ebenfalls gestreift. Ein wenig wirkt es so, als zögen sich lange Narben senkrecht über ihre Wangen. Ich weiß allerdings, dass dies nichts ist im Vergleich zu den echten Narben unter der Maske.

»Was machst du hier?«, frage ich sie. »Wie bist du hier reingekommen?«

»Man hat mich hineingelassen«, erklärt sie. »Ich bin die offizielle Gesandte Seiner Majestät, des Königs von Frankreich, und Monsieur le Roi wäre alles andere als erfreut, wenn man mir nicht gestatten würde, den Thronerben zu sehen, der so fahrlässig die vielversprechende Werbung um die Duchesse d'Orléans hingeschmissen hat.«

»Äußerst vielversprechend, in der Tat«, schaltet sich eine weitere Stimme ein.

Ich drehe mich zum Flügel um. Und während Robin noch fragt: »Versteckt sich hier sonst noch jemand? Es wäre wirklich nett, zu erfahren, wie viele Gäste ich gerade genau empfangen darf«, laufe ich schon zu unserem zweiten Gast hinüber.

»Ninon!« Sie steht auf und kommt mir auf halbem Weg entgegen – stolz aufgerichtet, in einem feuerroten Einteiler. Ihre dunklen Augen funkeln fast so sehr wie der burgunderrote Glitzer auf Haut und Haaren. Wir fallen uns in die Arme, als hätten wir uns seit Monaten, seit Jahren nicht gesehen. Dabei ist es erst einige Tage her. »Wie kommt es, dass du schon hier bist? Warum hast du nicht vorher Bescheid gesagt?«

Unsere Wangen berühren sich, und sofort erstrahlt ihr goldenes Licht in meinem Geist. Ich genieße seine Wärme, bade darin meine Kugel aus Eis mit dem knisternden Feuerkern.

»Das war eine ziemlich spontane Entscheidung«, erklärt Ninon herzlich. »Wobei wir dafür unseren Termin mit dem Herrn Botschafter verschieben mussten, sollte ich hinzufügen.«

»Nachdem ich deine Nachricht bekommen hatte, hielt ich das für angebracht«, ergänzt Madame Hiver.

Ohne Ninons Hand loszulassen, drehe ich mich zu ihr um. Madame scheint ernsthaft besorgt zu sein. Sie sieht ungefähr so beunruhigt aus, wie ich mich fühle. Wenn ich die Glasbläser-Zeremonie nicht überlebe, ist das auch der Tod unseres Widerstands. Momentan darf es für mich nichts Wichtigeres geben.

»Ich erinnere mich noch daran, wie Königin Maria, die Tochter der Kaiserin, dem Glasbläser vorgeführt wurde«, fährt Ninon mit hörbarer Sorge in der Stimme fort. »Meine Eltern waren entsetzt darüber, dass man sie einer solchen Zeremonie unterzog. Entsetzt und wütend. Allerdings längst nicht so wütend wie die Kaiserin.« Ein schmerzliches Lächeln huscht über ihr Gesicht. »Sie ist eine bemerkenswerte Frau. Ich glaube, sie hat es dem Weißen König nie verziehen, dass er eine ihrer Töchter zu so etwas gezwungen hat.«

»Aber so schlimm kann es doch nicht sein, oder?«, frage ich –

ein eindeutiger Beweis dafür, dass von der verschämten Jungfrau in mir nicht mehr viel geblieben ist. »Wenn man nichts zu verbergen hat, meine ich.«

»Ich glaube, das war gar nicht der Grund für ihre Wut«, erklärt mir Ninon. »Sondern die Ungerechtigkeit, ohne jeden konkreten Hinweis einem solchen Verdacht ausgesetzt zu sein. Böswillige Absichten unterstellt zu bekommen, ohne je Anlass dazu gegeben zu haben.«

Robin zieht den Mantel aus. »Mein Vater hat die Zeremonie als Vorsichtsmaßnahme eingeführt.«

»Oh ja.« Madame Hiver verzieht die Lippen, aber das kann keinesfalls ein Lächeln darstellen. »So wie Kummerbund, Gladiés und Geistige Korrektiven.«

Mit unruhiger Miene umklammert Robin seinen Mantel. »Natürlich ist es falsch. Und was noch viel wichtiger ist: gefährlich. Vielleicht sollten wir unsere Pläne noch einmal überdenken.«

»Überdenken?«, frage ich.

»Das alles ist es nicht wert, dass du dein Leben verlierst.«

»Allerdings nicht«, bekräftigt Ninon.

»Und Mister Galahad ist absolut unbestechlich. Mein Vater möchte ihn zum Glasbläser bestimmen. Ich werde das zu verhindern suchen, aber George ist nun mal der loyalste Mensch, den man sich vorstellen kann.«

Ja, ich weiß nur zu gut, wie recht er damit hat. Leider. Ich denke darüber nach. Ich könnte in Berlin bleiben oder nach Paris zurückkehren. Falls man mich lässt. Ich könnte mir Arbeit suchen, würde bestimmt etwas finden, und die Sprache lernen, das würde ich schon schaffen. Ich könnte …

Madame Hiver räuspert sich. »Mir wäre es ebenfalls lieber, wenn du es dir noch einmal überlegst, Rea.«

Alles klar. Thema erledigt.

»Dann muss ich dir leider mitteilen, dass du den ganzen weiten Weg auf dich genommen hast, um enttäuscht zu werden«, erwidere ich kühl.

Ninon drückt meine Hand. Madame Hiver lächelt nur. »Ganz im Gegenteil, meine Liebe. Ich habe nichts anderes von dir erwartet. Ob es mir nun gefällt oder nicht, du bist mir ähnlicher, als du je zugeben würdest.«

»Ich bin dir ganz und gar nicht ähnlich«, fauche ich, doch sie erhebt sich gelassen und meint: »Auch wenn ich dir nur höchst ungern widerspreche, steht doch eines fest: Falls du mir wirklich so ganz und gar nicht ähnelst, solltest du daran wohl besser etwas ändern, wenn du die Glasbläser-Zeremonie überleben willst.«

Dazu fällt mir nichts mehr ein. Ihr Lächeln wird noch ein Stückchen breiter, als sie fortfährt: »Ich werde dir beibringen, wie du Mister Galahad überlisten kannst. Wie du seine Gedanken kontrollierst.«

Fassungslos starre ich sie an. »Das kannst du? In der kurzen Zeit, die uns noch bleibt?«

»Ist das realistisch, Madame?«, fragt Ninon mit Schärfe in der Stimme. »Haben Sie nicht Wochen gebraucht, um ihn unter Ihre Kontrolle zu bringen?«

»Glauben Sie etwa, ich würde das Leben meiner einzigen Tochter aufs Spiel setzen?«, erwidert Madame.

»Ja«, antworte ich wie aus der Pistole geschossen.

»Also schön. Aber das meines einzigen Spitzels?«, schießt sie zurück. Da hat sie nicht ganz unrecht. »Ich kenne seinen Geist«, fährt Madame Hiver fort. »Und du ebenfalls, Rea. Das verschafft uns einen klaren Vorteil.«

»Ist es denn auch ein wirklich entscheidender Vorteil?«, hakt Robin nach. »Ich bin nicht bereit, das Risiko einzugehen, wenn wir uns nicht ganz sicher sind.«

»Aber Königliche Hoheit«, spottet Madame Hiver. »Wie kommt Ihr denn darauf, dass es *Eure* Entscheidung wäre?«

Robin wirft mir einen bohrenden Blick zu, sagt aber nichts mehr. Stattdessen befindet Ninon: »Du kannst jederzeit mit mir nach Paris zurückkehren, Rea.«

Doch ich bin voll und ganz auf meine Mutter konzentriert. Auf Madame Hiver. Was auch immer ich von ihr halten mag – sie hat es weiter geschafft als irgendjemand vor ihr. Ihre eigene Mutter war in ihrem Alter bereits tot, ohne etwas Entscheidendes bewirkt zu haben. Sie hingegen lebt im Luxus und ist gerade dabei, eine Doppelagentin in das Herz des verhassten Königreiches einzuschleusen. Ihre Methoden mögen mir nicht gefallen, aber sie tut, was getan werden muss. Und von Furcht hat sie sich noch nie aufhalten lassen.

»Wir können es versuchen«, sage ich schließlich.

»Rea …« Robin klingt alles andere als glücklich, aber ich schüttele entschieden den Kopf.

»Pass auf, wenn wir kurz vor unserer Abreise nach London der Meinung sind, dass ich nicht bereit bin, kann ich meine Entscheidung immer noch ändern und nicht in den Flieger steigen.«

»Es bleibt nur noch eine Woche bis dahin«, sagt Robin beschwörend. »Glaubst du wirklich, eine Woche könnte reichen?«

»Ja«, behauptet Madame Hiver.

»Wir werden sehen«, entscheide ich.

»Und wir sollten besser sofort anfangen«, fügt Madame hinzu. »Wir treffen uns in einer Stunde in der Französischen Suite.«

Sie macht sich nicht die Mühe, sich vor irgendjemandem zu verbeugen, bevor sie geht. Robin begrüßt Ninon nachträglich mit einem Kuss auf die Wange, entschuldigt sich dann und verschwindet im Badezimmer.

Ninon zieht mich zum Sofa hinüber. »René wird nicht begeistert sein, wenn er davon erfährt«, sagt sie, während sie sich auf das Polster fallen lässt. »Oh je, und Blanc erst!«

»Der Comte hingegen wird entzückt sein«, ergänze ich trocken. Lachend streift Ninon ihre Schuhe ab und zieht die nackten Füße unter die Oberschenkel. Sie sieht einfach umwerfend aus. Ob wohl jemals der Punkt kommt, an dem mir das nicht mehr auffällt? »Wenn du nicht aufpasst, wird Olivier der Erste sein, der sein Leben für dich in die Waagschale wirft«, stellt sie fest.

»Niemand soll für mich irgendetwas irgendwohin werfen«, protestiere ich, setze mich neben sie und lehne mich an ihre Schulter. Die kurzen Haare bringen ihr Gesicht wunderbar zur Geltung. Vor allem aber wirkt sie wieder so furchtlos. Das hat für mich immer den größten Teil ihrer Schönheit ausgemacht.

»Du hast leicht reden«, sagt sie nun. »Ich habe Fanpost bekommen, in der mir sowohl die beste Nacht meines Lebens versprochen als auch der heldenhafte Tod im Kampf für die Berührungsfreiheit angekündigt wurde. Irgendwie scheint das austauschbar zu sein. Ich weiß immer noch nicht, ob ich mich geschmeichelt oder belästigt fühlen sollte.«

»Dann waren die Reaktionen also positiv?« Wir hatten befürchtet, ihr öffentliches Geständnis bei dem Protestmarsch in Paris könnte nach hinten losgehen. Vor Abertausenden von Demonstranten und der gesamten Weltöffentlichkeit hat sie auf einer Bühne vor dem Invalidendom enthüllt, eine Memex zu sein. Allen Attentaten von Magdaphoben auf sie zum Trotz. Das hätte sie auch zur Zielscheibe machen können. Doch es scheint ihr gut zu gehen. Sogar richtig gut.

»Größtenteils schon. Auf jeden Fall hat es die Leute wachgerüttelt und ihnen klargemacht, dass man die bei uns herrschende Berührungsfreiheit verteidigen muss. Auch wenn es einem vielleicht Angst macht.«

Sie verschränkt unsere Finger miteinander und sieht mich prüfend an. »Und bei dir? So wie es aussah, haben Madame Hiver und ich euch bei etwas gestört, was ein äußerst vergnüglicher Nachmittag hätte werden können …«

Mir steigt das Blut in die Wangen. Hoffentlich ist das kein instinktiver Reflex, der sich niemals abstellen lässt. Mit gesenkter Stimme gestehe ich: »Wir haben auf diesem Gebiet bisher … keine großen Fortschritte gemacht.«

»Für mich sah das aber schon ziemlich fortgeschritten aus.«

Meine Hände werden feucht. »Ich … ich weiß eigentlich gar nichts darüber.«

Ninon seufzt schwer. »Natürlich. Ich hätte wissen müssen, dass du nie Sexualkunde hattest.«

»Sexual-was?« Nur mit Mühe bringe ich das Wort über die Lippen.

»Kunde. Welcher Art auch immer.« Sie beugt sich zu mir. Dieses Funkeln in ihren Augen kenne ich. Gefährlich. »Das wird ein Spaß.«

»Ninon«, sage ich. »Das ist nicht witzig.«

»So habe ich es auch nicht gemeint«, versichert sie mir und legt zärtlich eine Hand an meine Wange. »Es gibt nur eine einzige Regel, Rea: Egal was passiert, es muss euch beiden Spaß machen. Sobald das nicht mehr der Fall ist, hört ihr auf, sprecht darüber und versucht etwas anderes.«

Ich schlucke schwer. Ihre Hand ist warm, warm wie das Licht in ihrem Geist. *Du bist ein Goldstück. Und du verdienst nur das Beste,* denkt sie. Noch röter können meine Wangen wohl nicht mehr werden. Ihr Gesicht ist meinem ganz nah. Ich kann die goldenen Sprenkel in ihrer Iris erkennen. Außerdem höre ich, wie im Badezimmer die Dusche angeht. Robin ist dort drin. Höchstwahrscheinlich nackt. »Ich weiß, dass man euch etwas vollkommen anderes beigebracht hat«, fährt Ninon fort. »Dass es eine Pflicht wäre. Dass man es möglichst nicht tun sollte. Und dass man es unter gar keinen Umständen als angenehm empfinden darf. Aber so muss es nicht sein. Solange ihr euch schützt, könnt ihr miteinander machen, was immer euch beiden Freude bereitet.«

»Uns schützen?«, presse ich quiekend hervor. »Geht das auch etwas genauer?«

»Spiritus apertus«, stöhnt Ninon. »Bitte sag mir, dass du weißt, was ein Kondom ist.«

»So rein theoretisch …«

»Dann solltest du dich schnellstens mit der Praxis vertraut machen«, bestimmt Ninon und wackelt vielsagend mit den Augenbrauen. Meine Damen und Herren: die Duchesse d'Orléans, Schwester des Königs von Frankreich. »Und solange du noch hier bist, müssen wir dich zu einem Arzt schaffen. Du hast dich ja bestimmt seit einer Ewigkeit nicht mehr durchchecken lassen. Oder eher noch nie? Meine Güte, warum habe ich nicht daran gedacht, als wir noch in Paris waren? Dann können die sich auch gleich um das Thema Verhütung kümmern.«

Mir schwirrt der Kopf. Verhütung? »Ich dachte immer, Enthaltsamkeit wäre die einzige Empfängnisverhütung.«

»Tja, du warst offenbar nie im horizontalen Gewerbe tätig«, stellt Ninon unbeeindruckt fest. Ich werfe ihr einen misstrauischen Blick zu. »Das hast du doch jetzt nur gesagt, um mich zu schockieren.«

»Vielleicht.« Sie grinst breit. »Das geht aber auch zu leicht.«

Trotz meiner Empörung muss ich lachen. Aber dann fängt Ninon an, mir alles ernsthaft zu erklären, und ich höre ihr konzentriert zu. Sie verrät mir nur ein paar der Dinge, die Männlein und Weiblein miteinander tun können. Oder Männlein und Männlein. Oder Weiblein und Weiblein. Ein bisschen habe ich natürlich schon selbst recherchiert, online. Sowohl in Paris als auch hier in Berlin. Weder in Großbritannien noch in den Vereinigten Staaten hätte ich diese Art von Informationen finden können, außer es hätte mir der Sinn nach dem Risiko gestanden, die staatliche Firewall zu knacken. Doch wenn Ninon es mir sagt, ist es irgendwie anders. Bei diesen Webseiten wusste ich nie, ob es auch wirklich so ist, wie die es schildern. Bei Ninon habe ich keine Zweifel.

Die Dusche läuft noch immer, als Ninon schließlich vielsagend zur Badezimmertür blickt. »Wie wäre es, wenn du ein wenig praktische Erfahrung sammelst, meine Liebe?«

»Was, jetzt sofort?« Ich bin mir ziemlich sicher, dass meine Stimme noch nie so schrill geklungen hat.

»Jetzt sag nicht, du hättest noch nie daran gedacht.« Ninon zieht die Augenbrauen hoch. »Auch du hast Bedürfnisse, Liebes.« Sie steht auf. »Wir werden diese spannende Unterhaltung einfach später fortsetzen.« Als sie sich zu mir herunterbeugt und mir einen Kuss auf die Wange drückt, werde ich förmlich angesprungen von fröhlichen Gedanken. »Tu nichts, was ich nicht auch tun würde.«

Nachdem ich sie zur Tür gebracht habe, atme ich tief durch. Dann wende ich mich der Badezimmertür zu. Nichts, was sie nicht auch tun würde …

Das schließt dann wohl gar nichts mehr aus, richtig?

Nervös ziehe ich mein Kleid zurecht. Dann wird mir klar, wie lächerlich das ist. Schließlich habe ich sowieso nicht vor, es noch viel länger anzubehalten, richtig?

Spiritus apertus. Ich bin bereit, mich dem Glasbläser zu stellen, aber habe Angst vor einer Badezimmertür?

Nicht nachdenken.

Drei Schritte, und ich habe die Tür erreicht. Meine Finger schließen sich um die Klinke, und für einen Moment genieße ich einfach die Kälte des Metalls, den sanften Druck. Dann gehe ich hinein.

Im Badezimmer ist alles durch und durch modern, so ganz anders, als ich es kenne. Es hängt ziemlich viel Dampf in der Luft. Aber ich habe nur Augen für die Glaswand hinter der Badewanne und für die Gestalt, die sich dahinter abzeichnet. Für diesen schlanken, hochgewachsenen Körper, dem pure Eleganz innewohnt. Für den Kopf, der sich dem Wasserstrahl entgegenhebt, sodass der lange Hals gestreckt wird.

Maria Magdalena.

Als er hört, wie die Tür zufällt, dreht Robin sich um. Erstaunt öffnen sich seine Lippen. »Rea.« Seine Stimme klingt rau. Dann will er das Wasser abdrehen. Nein, das darf er nicht.

So schnell ich kann, gehe ich zu ihm hinüber, trete in die Dusche und halte seine Hand fest. »Warte.«

Seine Augen werden groß, und er befeuchtet sich die Lippen. Warm und weich läuft das Wasser über meinen Körper. Durchnässt mein Kleid. »Rea«, sagt er wieder. Jetzt, aus der Nähe, erkenne ich jedes Detail – die klaren, blauen Augen, in denen sich Zweifel regt. Seine breite Brust mit den leicht geröteten Brustwarzen, die deutlich hervortretenden Hüftknochen …

Maria Magdalena.

»Rea«, sagt er ein drittes Mal. »Bist du wirklich gerade mit Kleid in die Dusche gestiegen?«

Ich kann nicht anders – ich muss lachen. Ihm geht es genauso. Dadurch lockert sich der drückende Knoten in meiner Brust etwas. Wenn das nicht falsch war, womit kann ich ihn dann noch verschrecken? Und schon jetzt genieße ich es. Es ist überhaupt nicht komisch, ihn nackt zu sehen. Eigentlich habe ich gedacht, dass es merkwürdig sein würde, aber das ist es nicht. Es löst einzig die Sehnsucht in mir aus, ihm noch näher zu sein. Also stelle ich mich vor ihn und schlinge die Arme um seinen Bauch. Meine Hände hängen knapp über seinem Po. Spiritus apertus. Irgendwie verleiht es mir ein Gefühl der Macht, voll bekleidet vor ihm zu stehen, während er splitternackt ist. »Und, stört es dich?«

Er streicht mit der Hand über meine Brust. Ich erschauere. Das Wasser lässt den weißen Stoff durchsichtig werden. »Das würde ich so nicht sagen«, murmelt er in demselben Tonfall, der mich schon im Aufzug umgehauen hat. Das leise Wispern seiner Seidenstränge umschmeichelt mich. Dann verwandeln sie sich in Feuerseide, die heiß und fest durch meinen Geist gleitet.

»Aber ich dachte immer, das würde etwas … feierlicher ablaufen«, gesteht er leicht verunsichert.

»Wie auch sonst, Königliche Hoheit«, scherze ich. Meine Hände wandern nach unten, ohne ihn zu berühren. Ich hole tief Luft. Dann lege ich sie auf seine Haut, genau an der Stelle, wo der Oberschenkel in seinen Hintern übergeht. Zischend holt er Luft. Er beugt sich vor, bis sein Atem mein Ohr streift.

»Ich brauche keine Feierlichkeiten«, flüstert er. Dann schiebt er mich sanft gegen die Wand. Seine Hände gleiten über meine Arme, meinen Hals, hinauf zum Kinn. Er drückt meinen Kopf gegen die Wand und küsst mich. Meine Lippen öffnen sich, noch bevor er mich berührt. Seine Zunge gleitet in meinen Mund. Er hat die Augen geschlossen, doch in seinem Geist sieht er uns beide vor sich, eng aneinandergepresst – sein nackter Körper an meinem verhüllten. Meine Lippen, geschwollen von seinen Küssen. Mein leicht geöffneter Mund. Der Inbegriff der Schamlosigkeit. Ich drücke die Schenkel zusammen, dann spreize ich sie. Getrieben von der immer stärker werdenden Hitze zwischen meinen Beinen presse ich Robin noch fester an mich. Seine Hüfte drängt unwillkürlich gegen meine, und er gibt ein Geräusch von sich, das mich schier wahnsinnig macht. Das Rauschen in meinen Ohren übertönt sogar den Wasserstrom der Dusche. Er wird hart. Ich muss daran denken, was Ninon mir erzählt hat. Was ich im Internet gesehen habe. Zitternd umfasse ich mit einer Hand seinen Hinterkopf und schiebe die andere nach vorne. Sei furchtlos.

Aber er fängt meine Hand ab. Völlig überraschend packt er meine Handgelenke und zieht sie über meinen Kopf. Warmes Wasser läuft über meine Arme. Robin sieht mich ernst an. »Lass mich.« Bevor ich antworten kann, gleiten seine Hände bereits nach unten.

Das Rauschen in meinen Ohren steigt zu einem Brüllen an. Seine Finger wandern über mein Gesicht, meine Lippen. *Für dich.* Ich lecke an seinem Daumen, sauge daran. Seine Pupillen werden zu riesigen schwarzen Löchern. *Maria Magdalena.* Er windet sich, reibt sich an meinem Oberschenkel. Ich stöhne laut auf. Mit einem Ruck zieht er den Finger aus meinem Mund. Es klingt obszön. Nun wandern seine Hände weiter, über meine Schultern, seitlich über meine Rippen. Er drückt gerade so fest zu, dass ich es durch den Stoff fühlen kann. Jetzt verfluche ich mich dafür, dass ich das Kleid nicht ausgezogen habe. Seine Lippen folgen seinen langen Fingern. An meinem Mund hält er kurz inne und sieht zu, wie er sich öffnet, sich ihm fiebrig entgegenhebt. Aber Robin zieht sich zurück, lässt sich bitten. Als ich mir mit der Zunge über die Lippen fahre, läuft ein Schauer über seinen Körper. Dann beendet er den Körperkontakt, indem er sich langsam auf die Knie sinken lässt. Fast bin ich dankbar dafür, sonst wären meine Sinne unter dem Ansturm durchgeschmort. Kurz huschen seine Lippen über meine Schultern, streifen die Kuhle am Schlüsselbein. Ich balle die Fäuste, um mich an irgendetwas festzuhalten. Dann erreicht er meine Brust. Das Gefühl, als sich seine Lippen um meine Brustwarze schließen, trifft mich vollkommen unvorbereitet, lässt mich haltlos über die Kacheln kratzen. Sogar durch den Stoff spüre ich seine Zähne. Irgendwie löst sich sein Name von meiner Zunge, flehend. Wo kam das denn her?

Aber eigentlich ist es mir auch egal, denn es sorgt dafür, dass er wieder von einem Schauer gepackt wird. Jetzt kniet er vor mir, streichelt meine Beine, schiebt die Röcke hoch. Höher, immer höher. Nach allem, was ich inzwischen gesehen und erlebt habe, sollte man nicht meinen, dass mir das immer noch die Schamesröte ins Gesicht treiben kann. Doch ihn so zu sehen lässt meine Selbstbeherrschung zusammenbrechen: Der Kronprinz von England kniet vollkommen nackt zwischen meinen Beinen und hebt meine Röcke an, sodass alles entblößt wird, was man mich zu verbergen gelehrt hat. Ich umfasse seinen Hinterkopf, vergrabe die Fingerspitzen in seinen Haaren. Robin beugt sich vor, drückt die Nase gegen meine Scham, die nur noch von meiner Unterwäsche bedeckt ist. Ich hebe mich ihm entgegen, wimmere. Dann legt er den Daumen auf diese eine Stelle, reibt sie durch den Stoff hindurch. Mein Körper krampft sich zusammen, ich reiße an seinen Haaren. Näher! Seine Hände wandern an meine Oberschenkel, und er löst meinen Strumpfhalter, zieht den Slip herunter. Mit aller Kraft drücke ich seinen Kopf hinunter. Bitte, *jetzt* …

Als seine Lippen das kleine Bündel an Nervenenden berühren, bäume ich mich auf. Seine Gedanken bestehen nur noch aus Bildern, aus Gefühlen – seine Hände an meinen Schenkeln, meine Finger in seinem Haar, die warme Haut unter seinen Lippen. Seine Zunge schnellt vor, gleitet nach oben, und ich beginne so heftig zu zittern, dass ich Angst bekomme, meine Knie könnten unter mir nachgeben. Aber er macht weiter, saugt und leckt über die empfindliche Stelle, von der Ninon mir erzählt hat, jagt Hitze und Kälteschauer durch meinen Körper, alles gleichzeitig. Ich winde mich hilflos unter seinem Griff. Rote Seide streicht durch meinen Geist, über meinen Körper, brennend, weich. Mein Herz schlägt dröhnend in meiner Brust. Das Blut pulsiert in meinen Adern. Meine Finger bohren sich so fest in seinen Schopf, dass ich ihm bestimmt wehtue. Ich will den Griff lockern, aber da hebt er die Hand, und ein Finger gleitet über meine Scham, streicht wieder und wieder darüber. *Komm. Ich will der Erste sein, der das für dich tut.* Ich beiße mir in den Arm, um einen Schrei zu unterdrücken. Jetzt lässt er den Daumen und die Zunge über die empfindliche Stelle gleiten, während seine Faust mit sanftem Druck auf und ab reibt. *Ich will der Erste sein, der dir solche Lust verschafft.* Und dann dringt er mit einem Finger in mich ein. Mir bleibt nicht einmal mehr die Zeit, Angst, Scham, Panik oder sonst etwas zu empfinden, denn er bewegt plötzlich seinen Finger, krümmt ihn, schiebt ihn nach oben, an einen ganz bestimmten Punkt. Ich schreie. Die Seidenstränge zerreißen. Feuer rast durch meine Adern, von meinem Schoß bis hinauf in meine Fingerspitzen. Mein gesamter Körper zieht sich zusammen, mein Rücken drückt sich durch.

Ich sinke nur deswegen nicht zu Boden, weil Robin mich immer noch festhält. Er drückt mir einen zärtlichen Kuss auf die Lippen, streicht noch einmal sanft über meine Scham, als er aufsteht. Die zarte Berührung ist elektrisierend und lässt mich zusammenzucken. Ein heftiger Schauer packt mich. Robin wird vorsichtiger, nimmt Rücksicht darauf, wie sensibel meine Haut ist. Aber nur kurz. Dann schießt ein Gedanke durch seinen Kopf, Ninons Stimme: *Zweimal ist das absolute Minimum, mein Lieber.* Schon liegt sein Daumen wieder auf den empfindlichen Nervenenden, sein Zeigefinger gleitet in mich hinein. Gar nicht mal tief, nicht wirklich, und am Druck liegt es auch nicht. Nein, es ist die Art, wie er den Finger krümmt und wieder genau den richtigen Punkt trifft. Es fühlt sich an, als wäre mein gesamtes Wesen zwischen diesen beiden Fingern gefangen, als würde ich schweben, fallen, fliegen, immer weiter und weiter hinauf. Wieder streckt sich mein Rücken, aber Robin drückt mich gegen die Wand und küsst mich hungrig. Ohne dass es mir bewusst wäre, fange ich an, mich an ihm zu reiben, mich wieder und wieder gegen seine Hand zu pressen.

Ich stöhne dicht an seinem Ohr: »Mehr, mehr, bitte, ja …«

Seine Gedanken überschlagen sich. *Ich bin das, ich kann es, zweimal ist Minimum, ich liebe sie, Maria Magdalena, habe ich es richtiggemacht, mache ich es gut, ich …*

Dann ersticke ich meinen eigenen Schrei in seinem Mund, als mich der nächste Orgasmus mit sich reißt.

Meine Beine zittern so heftig, dass ich mich an der Wand und an Robin festhalten muss, um nicht zusammenzubrechen. Er streichelt mich, küsst meine Wange, meinen Hals. Die Feuerseide umschlingt uns beide, hüllt unseren Geist in einen weichen Kokon. Ich könnte bestimmt noch einmal kommen. Aber da gibt es noch etwas, worum ich mich kümmern will.

Ihn.

»Ich kann nicht fassen, dass du dir bei Ninon Tipps geholt hast«, stelle ich mit einem verruchten Lachen fest. Sein Daumen kreist noch immer träge in meinem Schoß.

»An wen würdest du dich denn wenden?«, will er wissen.

»An niemand anderen.« Ich packe ihn an der Hüfte und drehe ihn um. Er zieht überrascht die Luft ein, als ich seinen nackten Rücken gegen mein Kleid presse. Dann küsse ich seinen Nacken, beiße ihn zärtlich in die Schulter. Lege eine Hand auf seine Hüfte. »Zeig es mir«, flüstere ich ihm ins Ohr. Immerhin hat Ninon gesagt, das wäre in Ordnung.

Was zeigen? Nein, warte, sie kann das ja hören, du kannst das hören, tut mir leid, ich will nicht …

Ich küsse einfach weiter. Dann dirigiere ich seine Hand, bis sie auf meiner liegt – und schiebe beide zu seinem Schoß hinunter.

»Zeig mir, wie du es magst«, erkläre ich ihm leise.

Er mag es schnell und kraftvoll. Und ich bin beides.

Am Anfang fühlt es sich komisch an, aber dann wünsche ich mir, ich könnte es in die Länge ziehen. Am liebsten würde ich es eine Ewigkeit lang tun. Mit anzusehen, wie er unter meinen Händen zerfließt, ist einfach fantastisch. Wie er erschauert, mich anfleht und seine Gedanken unkontrolliert durch seinen Geist jagen, bis sie schließlich jeden Sinn verlieren. Bis er sich endlich ganz hingibt, bis jedes Schuldgefühl, jeder Zweifel, jeder Gedanke an Gefahr verblasst und er nichts mehr spürt außer meiner Hand in seinem Schoß und meinen Zähnen auf seiner Haut.

Als er fertig ist, lassen wir das Wasser alle Spuren von seinem Körper waschen. Einen Moment lang sinkt er in meinen Armen in sich zusammen, und ich genieße es, ihn zu halten. Schuld empfinde ich keine. Auch als Sünde kann ich es nicht sehen. Das einzige Gefühl in mir ist eine unglaubliche, allumfassende Zufriedenheit.

Und das Verlangen, es möglichst bald wieder zu tun.

Einen kurzen Augenblick lang schockiert es mich, ein uralter Instinkt, dass ich nicht anders empfinde. Eigentlich müsste ich doch voller Scham sein, oder? Wir sind nicht einmal verheiratet, werden es vielleicht niemals sein. Wir wissen nicht, wie lange das mit uns noch dauern wird. Es war einfach nur … zum Spaß.

Dann höre ich Ninons Stimme in meinem Kopf, so klar und deutlich, als stünde sie neben mir: *Es gibt nur eine einzige Regel, Rea: Egal was passiert, es muss euch beiden Spaß machen.*

Robins Gedanken sind ebenfalls ziemlich wirr. *Oh, Maria, was haben wir getan? Hat es ihr gefallen?* Ich drücke ihm einen Kuss auf den Hals. *Es war schön, es war so … Warum denke ich das? Und warum sagst du nichts, obwohl ich ganz genau weiß, dass du das hörst?*

Das bringt mich zum Lachen. Er stimmt mit ein, dreht mich zu sich herum und küsst mich. »Es war schön«, spreche ich seinen Gedanken laut aus. »Unter Umständen könnte ich mich bereit erklären, es irgendwann noch einmal zu tun.«

Nachdem er mir noch einen langen Kuss gegeben hat, greift er nach der Seife und fängt an, sich zu waschen. »Weißt du, irgendwie ist es beängstigend, dass du Zeuge all meiner Zweifel und Ängste wirst, ich aber deine nicht kenne«, stellt er fest. Ich beobachte mit hungrigem Blick, wie er sich einseift. Als er es bemerkt, hält er inne. »Jetzt oder nie?«

Bedauernd schüttele ich den Kopf. Ich bin verabredet. Und muss eine Glasbläser-Zeremonie überstehen.

Madame Hiver erwartet mich in der Französischen Suite. Sie ist kleiner als unsere, aber nicht weniger schick. Hier wurde die Dekoration eindeutig vom Hof der Farben beeinflusst oder zumindest von einem Gang durch Paris. Die Vorhänge an den sechs großen Fenstern leuchten in allen Farben des Regenbogens. Überall stehen Vasen mit langstieligen Seidenblumen. Um einen Tisch gruppieren sich mehrere Chaiselongues. Unter den ganzen Büchern, einer leeren Kaffeekanne und einem Krug mit etwas, das aussieht wie schwarze Limonade oder Eistee, ist von dem Tisch allerdings nicht mehr viel zu sehen. In der dunklen Flüssigkeit schwimmen Minzblätter und Zitronenscheiben. An der Tischkante liegt, halb gefaltet und dann vergessen, ein Paar Handschuhe. Auf dem weißen Teppich entdecke ich einige Haarnadeln. Die Vorhänge sind zugezogen, allerdings nicht sonderlich akkurat.

Anscheinend ist Madame Hiver nicht sehr ordnungsliebend. Mit Wehmut muss ich an unser Haus an der Ostküste denken, in dem es auch immer etwas chaotisch aussah: Backbleche und Ausstechförmchen in der Küche, Regenstiefel in der Diele, Bücher, Zeitschriften und Schals auf dem Wohnzimmertisch.

Der Eindruck verstärkt sich dadurch, dass Madame keine

Maske trägt. Das ist das Gesicht meiner Mutter. Jener Frau, die mit uns Kekse gebacken und mich gekitzelt hat. Und nicht zuließ, dass ihr Ehemann sie demütigte.

»Mir wäre es lieber, wenn du sie wieder aufsetzt«, sage ich steif, als sie mir ein Glas von der schwarzen Limonade anbietet.

»Dann muss ich dir leider mitteilen, dass du den ganzen langen Weg auf dich genommen hast, um enttäuscht zu werden«, erwidert sie und streckt mir das Glas entgegen. »Hier. Das wird deinen Geist schärfen.«

Zögernd greife ich zu. »Was ist das?«

»Im Grunde nichts anderes als flüssiges Koffein.«

Sie hat sich bereits abgewandt und schiebt den Tisch beiseite. Dann stellt sie sich mitten in den Raum, zwischen die französischen Sofas. »Sollen wir anfangen?«

Es ist das erste Mal seit dem Abend in der Arena, dass ich ihr wirklich ins Gesicht sehe. Irgendwie kriege ich es in meinem Kopf nicht zusammen mit Madame Hiver, der kaltblütigen Killerin. Es ist so unverkennbar das Gesicht meiner Mutter. Nur die Narben sind neu. Wie feine Linien ziehen sie sich über ihr Gesicht, eine vom Ohr bis zum Auge. Sie schildern besser als jede Geschichte, zu welch einem Menschen meine Mutter geworden ist. Dass diese Frau dazu in der Lage ist, einen Unbeteiligten wie den Comte für ihre Zwecke zu missbrauchen; ihm Liebe vorzugaukeln, sich sogar mit ihm zu verloben, nur um an ihr Ziel zu gelangen. Schließlich war sie es, die den Comte so tief verletzt hat, dass er sich von Blanc in seinem eigenen Hinterhof verprügeln lassen muss, um das Leben in sich zu spüren. Diese Frau würde alles tun, um ihr Ziel zu erreichen.

Und so eine Frau brauche ich jetzt.

Aber ich kämpfe für das Gute, halte ich mir vor Augen. Ich tue das Richtige. Gäbe es eine andere Möglichkeit, würde ich das Mister Galahad niemals antun.

Ich baue mich vor ihr auf. Sie trägt keine Handschuhe. Mit nackten, ebenfalls narbigen Fingern krempelt sie die Ärmel hoch. »Ich nehme nicht an, dass du dich jemals in Gedankenkontrolle geübt oder eine durchgeführt hast, Rea?«

Ich stoße ein abfälliges Schnauben aus. »René hat mir gezeigt, wie man sich dagegen wehren kann. Um mich vor *dir* zu schützen.«

»Das überrascht mich nicht«, erwidert meine Mutter. Nein, Madame Hiver. »Wie hat er es eigentlich aufgenommen, dass du nach London zurückkehren wirst?«

Ganz und gar nicht gut. Wir haben eine ziemlich unangenehme Stunde zusammen verbracht, nachdem ich ihm davon erzählte. Da lag er noch im Krankenhaus. »Ich dachte, wir wollen trainieren und nicht schwatzen.« Automatisch bringe ich mich in Kampfstellung, was ihr ein lautes Lachen entlockt. So wirkt sie weicher. Das will ich aber nicht sehen. Nicht einmal ansatzweise. »In diesem Kampf werden dir deine Fäuste nicht helfen«, erklärt sie. »Entspann dich.«

Lieber nicht. Vor allem nicht, als sie auf mich zukommt und die nackte Hand nach mir ausstreckt. »Bei der Gedankenkontrolle geht es allein um geistige Stärke. Nur wenn es dir gelingt, den Geist eines Menschen bereits in dem Moment zu verschließen, in dem er dich berührt, hast du überhaupt die Chance, einen Schnüffler zu überlisten. Ein Herzschlag, Rea, mehr bleibt dir nicht. Vielleicht zwei. Oft sind es zwei, wenn derjenige noch etwas anderes von dir will, als nur deine Identität aufzudecken.«

»Was wollte Mister Galahad denn von dir?«

»Was alle Männer schon immer von mir wollten«, erwidert sie knapp.

»Oh, bitte.«

»Entscheidend ist nur, *dass* er etwas von dir will«, fährt Madame Hiver ungerührt fort. »Und dass es so ist, wissen wir schließlich beide, oder?«

Gereizt presse ich die Lippen zusammen. »Woher willst du das denn wissen?«

»Wenn er dich ansieht, hat er denselben Ausdruck in den Augen wie ich.«

»Spiritus apertus«, murmele ich.

Mit einem gezwungenen Lächeln fügt sie hinzu: »Er ist regelrecht in dich vernarrt, Rea.«

»Was sofort ein Ende haben wird, wenn er erfährt, was ich bin.« Mir wird klar, dass ich Zeit schinde. Ich sollte es angehen. Ihre Hand nehmen. Mich von ihr unterrichten lassen. Aber allein bei der Vorstellung, sie zu berühren, bekomme ich eine Gänsehaut. So etwas ist mir bisher noch nie passiert. Außer beim Duke von Buckingham vielleicht. Aber jetzt, unter diesen Umständen …

Die bittere Wahrheit ist simpel: Während eine Berührung durch den Duke von Buckingham einfach nur Ekel in mir auslöst, sehne ich mich einfach nur danach, von meiner Mutter in den Arm genommen zu werden, und das schon seit dem Moment, als mir klar wurde, dass sie noch lebt. Was ich niemals offen zugeben würde. Aber sobald sie mich berührt, wird sie es wissen.

»Wenn wir es richtig anstellen, wird er es nicht erfahren«, sagt sie. »Und dann kannst du England zum Besseren verändern.«

Trotzig starre ich sie an. »Veränderung erfordert Geduld. Wusstest du das nicht?«

Meine Mutter verzieht den Mund. »Sagt wer?«

Als ich nicht antworte, neigt sie den Kopf. Dann dämmert es ihr. »Ihr wart bei diesen Gutmenschen vom Seidenen Hof, stimmt's?«

Mein Schweigen wird noch verstockter – falls das überhaupt

möglich ist. Obwohl ich ihr eigentlich einiges zu sagen hätte. »Lass mich raten«, fährt sie fort und wedelt wegwerfend mit der Hand. »Sie haben euch etwas von friedlichem Protest erzählt, davon, dass ihr abwarten und die Leute in den Korrektiven verrotten lassen sollt, um nur ja nicht *eure eigene Bewegung zu torpedieren.*«

Plötzlich wird mein stummer Trotz zu einer untragbaren Last. »Genau das haben sie gesagt«, bricht es aus mir hervor.

Meine Mutter streckt wieder die Hand aus. »Dann kennen sie England nicht so gut, wie wir es kennen. Dann wissen sie nicht, dass man dort schnell sein muss, wenn man überleben will.«

Meine Hand beginnt zu zittern. *Sie versteht es.* Der Gedanke hat Gestalt angenommen, bevor ich es verhindern kann. Sie versteht, was Robin nicht verstehen kann: wie es ist, verfolgt zu werden, gejagt. Jeden Tag, jede Minute um sein Leben fürchten zu müssen.

»Du weißt es vielleicht nicht …«, beginne ich langsam. Bin ich im Begriff, einen Fehler zu machen? Aber diese Frau sollte über alle Optionen im Bilde sein. »Vielleicht hat Liam es dir nicht erzählt. Robin und ich … Als Ninon und ich die Erinnerungen des Königs gelöscht haben, ist Robin uns zu Hilfe gekommen. Er hat meine Hand genommen, und da haben sich seine Seide und mein Feuer verbunden …« Ich gerate ins Stocken. »Die Feuerseide war in meinem Geist. Deshalb konnte ich den Weißen König manipulieren. Ich bin wirklich eine Feuerschwester.«

Einen Moment lang steht Madame Hiver reglos da. Dann stößt sie den Atem aus. »Welch beeindruckendes Wesen du doch bist, Rea.«

»Nein, ich …«

»Eine wahre Feuerschwester.« Ihre Augen beginnen zu leuchten.

»Das ist nur ein Mythos.«

»Was soll das heißen – *nur?*« Noch immer streckt sie mir die Hand entgegen. Noch immer greife ich nicht zu. Sie zieht die Brauen zusammen, dann schießen sie in die Höhe. Ein merkwürdiger kleiner Tick. Wie eine Peitsche schlägt die Erinnerung auf mich ein: Dieser Tick hat mir früher immer verraten, wenn meine Mutter kurz davor war, die Geduld zu verlieren. So hat sie ausgesehen, wenn ich zu lange brauchte, um meinen Schlafanzug anzuziehen und mich bettfertig zu machen. Oder wenn sie meinetwegen zu spät zur Arbeit kam, weil ich meine Lieblingsschuhe nicht finden konnte.

Als Kind hatte ich diesem Gesichtsausdruck nichts entgegenzusetzen. Wenn ich ihn an ihr bemerkte, wusste ich, dass Eile angesagt war. Und so reagiere ich, als sie nun auffordernd den Arm hebt, rein instinktiv. Ich lege meine Hand in ihre.

Mein Geist fügt sich nahtlos in ihren. Ihre Eissplitterblumen und die schützende Kugel aus Eis, die meinen feurigen Kern umgibt, harmonieren auf Anhieb. Ihre Gedanken sind wahnsinnig fokussiert. Sie verbrennen mich, allerdings nicht mit Hitze, sondern durch ihre Kälte. *Was ich dir beibringen kann, erfordert höchste Konzentration. Aber vor allem brauchst du einen starken Willen. Wenn du in dem Geist eines anderen jeden Zweifel ausmerzen willst, darf es in deinem eigenen keine Unsicherheit geben. Doch für eine Feuerschwester dürfte die Herausforderung nicht allzu groß sein.*

Unter diesen gezielten Gedanken schwingt noch etwas anderes mit, eine Art feine Brise, die durch ihr Eisblumenfeld streicht. *Sie ist so groß geworden … früher war sie so klein. Es könnte gef … – Konzentration – so nah dran …*

»Weniger reden, mehr machen«, sage ich zähneknirschend. Ich versuche, die Brise auszusperren, mich nur auf den eisigen Teil ihres Geistes zu konzentrieren, auf den beißenden Frost in meinem Bewusstsein.

Mister Galahads Geist besteht aus Schachteln, das weißt du bereits. Um ihn zu verschließen, musst du sie alle in eine eigene Schachtel stecken, die du erschaffen hast. Nutze stets das, was du in dem Geist vorfindest, in den du eindringst.

Die Blumen geraten in Bewegung, strecken sich in die Höhe. Wie damals, als sie eine Mauer aus ihnen machte, um mich abzuwehren, wachsen sie nun, verformen sich, bis sie eine große Schachtel bilden. Die Schnelligkeit, mit der das vor sich geht, ist atemberaubend. *Im Inneren deiner Schachtel sollten sich neue Gedanken befinden. Einfache, klar formulierte Gedanken.*

Ich fange an zu zittern. Mir ist furchtbar kalt, aber dieser Anblick ist einfach zu faszinierend.

Ein Beispiel dafür wäre: Sie ist keine Magdalena.

Einige Blumen öffnen ihre Blüten, formen damit Worte. *Das ist die Grundlage.*

Zweifel zuckt über mein Gesicht. *Ist es wirklich so einfach, Gedanken zu kontrollieren?*, frage ich mich.

Madame Hivers Blumen schimmern im Licht. Fast scheinen sie zu grinsen. *Versuch es selbst, Feuerschwester.*

Also versuche ich es. Ich sprenge ein Loch in den Eisball, fache die Flammen an. Forme eine leise zischende Schachtel aus Feuer. Dann webe ich Worte in die Flammen.

Sie ist keine Magdalena.

Siehst du, denke ich. *Fertig.*

Die Eisblumen zittern leicht. *Du hast zwölf Herzschläge dafür gebraucht. Sobald du George Buckingham berührst, bleiben dir zwei.*

Ich muss schlucken. *Zwei?*

Wenn du Glück hast.

Plötzlich ist mein Hals ganz trocken. Ich versuche es wieder. Immerhin sind wir hier, damit ich üben kann. Dass es eine Weile dauert, ist nur normal.

Irgendwann schaffe ich es in fünf. Mein Geist erfriert langsam, aber ich mache weiter. Indem sie ihre Finger mit meinen verschränkt, hält meine Mutter mich aufrecht. Und sie zeigt mir Tricks: Wie ich schneller werden kann, was ich einem Geist einflüstern kann, damit er für mich arbeitet. *Du darfst es nicht erzwingen. Lass ihn selbst auf den Gedanken kommen. Nicht du sollst die Schachtel bauen. Sorge dafür, dass sein Geist sie für dich erschafft. Du darfst nicht zweifeln. Nicht nachdenken. Zwei Herzschläge, mehr Zeit hast du nicht.*

Sie zeigt es mir, gibt meinem Geist die Idee ein, eine Schachtel zu formen. Sofort errichte ich eine um meinen innersten Kern. Als hätte ich es selbst gewollt. Hätte ich den Gedanken nicht gerade noch in ihrem Geist gesehen, wäre ich nie darauf gekommen, dass es nicht meine Idee war. *Wenn sie das schafft, schaffe ich das auch.*

Wir schaffen das.

»Du schaffst das, Rea«, flüstert meine Mutter. »Gemeinsam können wir das Land verändern. Du musst nur die Glasbläser-Zeremonie überstehen, dann können wir die Menschen retten. Wir werden dafür sorgen, dass niemand mehr leiden muss, nur weil er so ist, wie er ist. Keine Geduld. Kein friedlicher Protest. Wandel. Koste es, was es wolle.«

Sie schafft das. Wir schaffen das.

Ich flüstere ihrem Geist dieselbe Idee ein. Doch sie bleibt nicht hängen, nicht so wie bei ihrem Manöver. Ich fasse sie in Worte – *Bau eine Schachtel* –, aber … *Gedanken sind mehr als nur Worte, Rea. Ein Geist besteht nicht aus Buchstaben.*

Meine Flammen umspielen ihre Blumen, kalt und heiß treffen zischend aufeinander. Wieder versuche ich es. Ich *denke* eine Schachtel und schiebe diese Vorstellung dann in den Geist meiner Mutter hinüber. Ihre Blumen wachsen und verformen sich, aber die Schachtel ist leer. Und es hat immer noch vier Herzschläge gedauert.

Doch wir kommen der Sache näher. Wir können es schaffen.

Mit Robins Hilfe vielleicht. Mit der Feuerseide wäre es sicher einfacher.

Du brauchst seine Hilfe nicht. Und er würde sie dir auch nicht gewähren.

Mein Feuer flackert auf.

Kein Grund, wütend zu werden. Sanft wiegen sich ihre Blumen im Wind. Die Erde unter ihren Wurzeln wird sichtbar, das Gewebe, aus dem der Geist meiner Mutter besteht. Ihre Hand ruht fest in meiner. Die Narben sind nicht nur auf ihrer Haut. Auch in ihrem Geist haben sie Spuren hinterlassen. *Er kämpft nur, damit du in Sicherheit bist. Damit du seine Königin sein kannst. Das ist alles, was er von dir will: dass du seine Ehefrau wirst.*

Ruckartig entziehe ich ihr meine Hand. Eine Sekunde lang scheint der Raum um mich herum zu schwanken. Erst langsam gewöhnt sich meine Sicht wieder an die Umgebung, ich begreife, dass ich mich noch immer im selben Zimmer befinde: die Sofas, der Tisch, die Haarnadeln. Meine Mutter. Madame Hiver. Sie steht direkt vor mir mit ihrer schmalen Nase, den tief liegenden Augen, den ungeduldig zuckenden Augenbrauen. »Robin ist zwischen uns kein Thema«, stelle ich mit harter Stimme klar.

Plötzlich verändert sich etwas in ihrem Gesicht. Sie scheint auf mich zukommen zu wollen, überlegt es sich dann aber anders. Mit gezwungener Ruhe meint sie: »Hat er dich je gefragt? Hat er dich je gefragt, was du willst? Habt ihr je darüber gesprochen, wie du dir dein Leben vorstellst, oder ist er immer einfach davon ausgegangen, dass es für dich die größte Erfüllung wäre, wenn er dich zur Frau nimmt?«

Ihre Fragen verwirren mich. Plötzlich ist die Kreatur wieder da, streicht um uns herum. Die Psychiaterin hat mich davor gewarnt, dass es Monate dauern kann, bis sie verschwindet, dass sie vielleicht nie ganz aufgeben wird. Dass es gerade in London schlimmer werden könnte. Ich atme tief ein, ignoriere die Kreatur. Ich habe das auch schon früher geschafft.

Madame Hiver holt tief Luft. »Oder ist es sogar noch schlimmer? Bist du selbst immer davon ausgegangen?«

Die Kreatur tappt zu meiner Mutter hinüber, verharrt schnurrend an ihren Beinen. Unwillkürlich weiche ich einen Schritt zurück.

»Rea?« Meine Mutter starrt mich fragend an. Dann verzieht sich ihr Gesicht auf eine Weise, an die ich mich so klar und deutlich erinnern kann, als wäre sie in mein Gehirn eingebrannt worden. Zwar sagt ihre Miene noch immer: *Alles ist gut* und *alles bestens,* aber hinter der Fassade blitzt Angst auf, alles verschlingende Sorge. »Es ist die Kreatur, richtig? Ist sie jetzt bei dir? Das Geistesfieber?«

Natürlich erinnert sie sich daran. Schließlich leide ich schon darunter, seit ich denken kann. »Wer wäre nicht gerne Königin?«, frage ich nur und wende mich ab. Aber Madame Hiver lässt nicht locker. Ihre Absätze klappern über den Boden.

»Wurde dein Geistesfieber je behandelt?«, will sie wissen.

»Wärst du gegangen, wenn du Dad wirklich geliebt hättest?«, antworte ich mit einer Gegenfrage.

Sie befeuchtet ihre Lippen. »Ich habe euren Vater geliebt.«

»Ich war bei einer Ärztin«, lasse ich sie wissen. »In Paris. René und Ninon haben sie mir empfohlen.«

»Ich habe euren Vater geliebt, Rea. Und euch beide habe ich auch geliebt. Aber er hat verlangt, dass das alles sein sollte, und das hat mir nicht gereicht.«

»War nicht genug Lug und Trug im Spiel, was? Keine tödlichen Ränkespiele«, sage ich. Langsam fährt sie sich mit der Hand über das Gesicht, streicht sich die Haare zurück. Eine Geste, geprägt von Müdigkeit. »Ich bin froh, dass deine Freunde sich um dich gekümmert haben. Wir sollten jetzt weitermachen.

Wenn du es schaffst, dich jeden Tag ein paar Stunden von Seiner Königlichen Hoheit loszureißen, solltest du nach Ablauf einer Woche durchaus in der Lage sein, Mister Galahads Gedanken zu kontrollieren.«

Ich nicke stumm. Auch ich bin mit einem Mal unsagbar müde. Die Kreatur drückt ihre Schnauze an das Knie meiner Mutter, als wir uns wieder aufstellen. Ich werde das durchziehen. Ich werde die Glasbläser-Zeremonie überleben. Und dann werde ich einen verdammt frischen Wind durch England wehen lassen.

Den Glasbläser überleben – das ist unser erstes Ziel.

Wir haben gerade erst wieder unsere Hände miteinander verbunden, als es an der Tür klopft. »Madame le Consul?«

Eine erregte Stimme. Schlimmer: eine vertraute Stimme.

»Nottingham«, flüstere ich. Sofort schiebt meine Mutter mich auf eine zweite Tür zu. »Hol dir Handschuhe«, wispert sie drängend, während sie ihre Ärmel herunterrollt und selbst Handschuhe überstreift. Ich hetze ins Schlafzimmer, wo sich Kleider auf einem Stuhl türmen und das Bett fast unter wild verstreuten Büchern verschwindet. Ich wühle in dem Haufen auf dem Stuhl herum, bis ich auf ein Paar Handschuhe stoße. Hastig ziehe ich sie an, nehme mir dann noch einen Schal und schlinge ihn mir um den Hals – sicher ist sicher. Als ich wieder in den Salon komme, ist meine Mutter bereits hinter der Maske von Madame Hiver verschwunden. Sie ist der Inbegriff von Anstand. Ich setze mich auf eine Chaiselongue und nehme mir ein Buch, während sie zur Tür geht. »Oui?«

Draußen steht Nottingham, eingerahmt von zwei Kaiserlichen Wachen. Er fährt sich immer wieder durch die Haare, und auch sein Bart wirkt leicht zerzaust. »Pardonnez-moi, Madame le Consul«, begrüßt er sie. »Wissen Sie zufällig, wo ich Miss Emris finden kann? Die Wache hat mich darüber informiert, dass sie hier sein müsste.«

Bevor Madame antworten kann, erhebe ich mich bereits vom Sofa. »Sie haben mich gefunden, Nottingham.«

»Maria sei Dank. Es tut mir furchtbar leid, Sie stören zu müssen, Miss Emris, aber es ist von größter Wichtigkeit. Seine Königliche Hoheit schickt mich.«

»Worum geht es denn?« Mein Puls beschleunigt sich. Die Kreatur wandert neugierig zu Nottingham hinüber. Freudig leckt sie sich die Schnauze.

»Seine Königliche Hoheit lässt Ihnen ausrichten, dass wir unverzüglich nach London aufbrechen müssen.«

»Was?« Madame Hivers Einwurf klingt eine Spur zu scharf.

Doch Nottingham fährt bereits atemlos fort: »Es geht um Ihren Bruder, Miss Emris. Er wurde angegriffen.«

Kapitel 4

»Was? Wo?« Auch jetzt ist es Madame Hiver, die diese Fragen stellt. Nottingham wirft ihr einen Blick zu – er weiß nicht, dass Liam ihr Sohn ist. Nur mit Mühe reißt sie sich zusammen. Mir würde das jetzt ebenfalls schwerfallen. Zum Glück muss ich es nicht.

»Was ist passiert?«, will ich wissen und baue mich vor Nottingham auf. »Wie geht es ihm?«

»Miss Emris, ich …«

»Wie geht es ihm?!«

»Er wird noch operiert.« Nottinghams Gesicht verzieht sich in respektvollem Mitgefühl. »Im St. Mary's Hospital. Die Ärzte wollten keine Prognose stellen.«

»Was ist passiert?«, wiederhole ich. Eisige Kälte frisst sich durch meine Adern. Fast fühlt es sich so an, als wüchsen Madame Hivers kalte Splitterblumen in meinem Körper. Die Glasbläser-Zeremonie ist vergessen. Ich kann an nichts anderes denken als an Liam.

Draußen im Flur ertönen schnelle Schritte. »Ich weiß es nicht«, gesteht Nottingham. »Bitte verzeihen Sie, Miss Emris. Ich habe einen Anruf bekommen von einem … Bekannten, der bei der Presse arbeitet. Man hat beobachtet, wie er ins Krankenhaus gebracht wurde. Ich weiß nur, dass Ihr Bruder heute eine Audienz bei der Königin gehabt hätte. Vom Wagen aus werde ich sofort herumtelefonieren, um herauszufinden …«

Er unterbricht sich, als Mister Galahad in der Tür erscheint. »Miss Emris!«

»George.« Er muss sich davon abhalten, auf mich zuzulaufen, das kann ich deutlich sehen. »Wissen Sie, was passiert ist?«, frage ich ihn und gehe zu ihm hinüber. Erst als ich ein wenig zu dicht vor ihm stehe, halte ich inne. Sein Atem stockt synchron mit dem von Madame Hiver.

»Man hat mir nichts gesagt«, erklärt er und wirft einen kurzen Blick auf seinen Cousin. Nottingham scheint wirklich erschüttert zu sein. »Mein Cousin meinte nur, man habe auf ihn eingestochen.«

Die Blumen breiten sich aus. Sie winden sich, fressen sich wuchernd in meine Muskeln. »Auf ihn eingestochen?« Ich drehe mich zu Nottingham um. Er steht viel zu nah bei mir. So nah, dass ich in seine dunklen Augen blicken kann. Erkennen kann, dass sein Bart verschiedene Schattierungen aufweist, die zu changieren scheinen, wann immer er den Kopf bewegt. Seine Stimme klingt, als hätte ihm jemand in die Rippen getreten. »Sechs Mal.«

Sechs Mal.

Die Kreatur beginnt zu heulen. Ich starre Mister Galahad an, dann Nottingham. Dann meine Mutter. Sie ist wie erstarrt. Ich spüre, wie das Eis mein Herz umschließt.

Abrupt wende ich ihnen allen den Rücken zu und schlage mit der Faust gegen die Wand.

»Miss Emris«, ruft Mister Galahad, aber ich höre es kaum. Das Blut rauscht in meinen Ohren. Meine Knöchel pochen, die ganze Hand tut weh. Sehr gut. Flammen züngeln über das Eis, sprengen es in Stücke, schießen durch meine Adern. »Wann brechen wir auf?«

»Der Wagen wartet bereits unten«, erklärt Nottingham, der mich scharf beobachtet. Er versucht, es sich nicht anmerken zu lassen, aber ich sehe, wie seine Augen schmal werden. »Sobald Sie so weit sind, Miss Emris.«

»Wo ist Robin?«

»Er hat das Nötigste für Sie zusammengepackt«, berichtet Mister Galahad. »Und er hat mich gebeten, nach Ihnen zu suchen und Sie nach unten in die Lobby zu bringen.«

»Dann sollten wir keine Zeit verlieren.«

»Warten Sie, Miss Emris«, versucht Madame Hiver, mich zurückzuhalten. Das Rauschen in meinen Ohren verwandelt sich in ein dröhnendes Donnern.

»Sagen Sie Ninon, wo ich abgeblieben bin«, trage ich ihr auf.

»Wir sind noch nicht fertig«, erwidert sie. »Sie sind noch nicht so weit!«

Doch ich höre ihren Protest kaum, da ich bereits den Flur hinunterstürme. Die Kreatur folgt mir mit einem freudigen Winseln. Mit halbem Ohr bekomme ich mit, wie meine Mutter die Diplomatenkarte ausspielt: »Der Hof der Farben wird einen Abgesandten schicken.«

»Der Zeitpunkt ist wohl eher ungünstig.«

»Das ist eine Selbstverständlichkeit!«

Dann höre ich nichts mehr außer der Stimme meines Bruders, so deutlich, als würde er mir ins Ohr flüstern: *Wünschte, du wärst hier.*

Halte durch, großer Bruder. Ich komme.

Ihre Kaiserliche Hoheit hat uns gestattet, ihren Privatjet zu benutzen. Dreißig Minuten später heben wir am Flughafen von Berlin ab. Bis nach London dauert es gerade mal vierzig Minuten. Die sich allerdings nicht anfühlen wie vierzig Minuten.

Stattdessen kann ich spüren, wie jeder Herzschlag Eis und Feuer durch meinen Körper pumpt, die erbittert um die Vorherrschaft kämpfen. Im einen Moment platzen in meinen Muskeln eisige Knospen auf, dann scheinen die heißen Flammen mein Blut verdampfen zu lassen. Robin trägt wieder einen Mantel mit Schleppe und einen Kummerbund, so wie ich. Als ich das breite Band um meine Taille gewickelt hatte, stieg bittere Galle in meiner Kehle auf. Jetzt geht es ein bisschen besser, da René meine Hand hält. Er tut sein Bestes, um mir den Schmerz zu nehmen, das weiß ich. Trotzdem ist es die reinste Qual. Ich bin ihm in der Lobby in die Arme gelaufen, er war mit Ninon dort. Die beiden warfen nur einen kurzen Blick auf mich und stiegen dann zu uns in den Wagen. Am Flughafen zog René mich beiseite und drückte mir ein kleines Messer in die Hand, dann nahm Ninon mich mit auf die Toilette und schlitzte in einer der Kabinen meine Handschuhe auf – je ein langer Schnitt an der Handfläche. Anschließend sorgte sie dafür, dass die beiden Seidenbänder an meinem Oberschenkel schön festgebunden waren.

Im Flugzeug bat Ninon darum, mit mir den Platz tauschen zu dürfen, weil sie angeblich etwas mit Robin zu besprechen habe. Bevor sie zu ihm ging, breitete sie noch eine Decke über mich und René. Robin schaut immer wieder zu uns herüber und presst die Lippen zusammen. Doch es gibt nichts, was er mir vorwerfen könnte. Immerhin kann niemand sehen, dass René und ich uns berühren.

Die Kreatur hat es sich auf meinem Schoß gemütlich gemacht, erdrückt mich mit ihrem Gewicht und sabbert auf die Decke. René fragt mich nach Liam, sorgt dafür, dass ich nicht aufhöre zu reden. Mister Galahad wirft mir verstohlene Blicke zu, während Nottingham mich unverblümt beobachtet. Beide diskutieren die wenigen Informationen, die wir haben. »Wir werden die Schuldigen der Gerechtigkeit zuführen«, sagt Mister Galahad so laut, dass ich es hören kann. Oh ja. Meine bloßen Hände werden sie der Gerechtigkeit zuführen.

Nach der Landung nehmen wir den Diplomatenausgang, um

möglichst schnell die Grenzkontrolle hinter uns zu bringen. René hat meine Hand losgelassen. Während des Fluges habe ich ihn immer wieder gefragt, ob es ihm gut geht. Mir ist noch viel zu deutlich bewusst, was es ihn gekostet hat, als er mir das letzte Mal beistand. »Bist du sicher, dass es dir nicht zu viel wird?« Nein, sagte er, ich solle mir seinetwegen keine Sorgen machen. Die Kreatur hat sich ein wenig zurückgezogen, sie hält jetzt zwei Schritte Abstand. Zumindest, bis ich Ninons Stimme hinter mir höre.

»Was soll das heißen, *Sie können uns nicht durchlassen?*«

Robin, Mister Galahad, Nottingham und ich haben die Passkontrolle bereits durchschritten. Als wir uns umdrehen, sehen wir Ninon und René vor dem Schalter stehen, in dem ein Ritter Dienst schiebt. »Ich bedaure, Gräfin.« Es klingt so, als wäre das sogar wahr. »Meine Befehle sind eindeutig.«

»Sie haben Befehl, die Schwester des Königs von Frankreich und ihr Sicherheitspersonal nicht einreisen zu lassen?«, zischt Ninon.

»Es tut mir wirklich überaus leid, Gräfin.« Jetzt klingt der Mann schon fast gequält. »Aufgrund der anstehenden Verlobungsfeier des Kronprinzen wurde das Sicherheitsprotokoll verschärft.«

»Wollen Sie etwa andeuten, ich wäre ein Sicherheitsrisiko?«

Der Ritter krümmt sich förmlich unter Ninons wutentbranntem Blick. Trotzdem hat es nicht den Anschein, als würde er nachgeben. »Jeder, der … Jeder, der von sich behauptet … Ich habe eindeutige Anweisungen, Gräfin. Keine Magdalenen.«

Ich schlucke entsetzt. Nottingham wirft mir einen kurzen Blick zu, bevor er sich an den Prinzen wendet: »Königliche Hoheit, ich würde vorschlagen, Ihr und die beiden anderen fahren schon einmal vor. Ich werde mich um dieses … Missverständnis kümmern.«

Ich versuche, Ninons Blick auf mich zu lenken, schaffe es aber nur, René auf mich aufmerksam zu machen. Er nickt kurz, während Nottingham bereits zu ihnen hinübermarschiert. Robin ruft mich, und wir gehen weiter, hinaus ins Flughafengebäude. Die Nachrichtensender scheinen noch keinen Wind von der Sache bekommen zu haben. Keinerlei Neuigkeiten über mein Privatleben laufen durch den Ticker – zum Glück. Wir werden von acht Rittern der GVK empfangen, die uns auf die Straße führen, wo ein Wagen mit laufendem Motor wartet. Es ist schwül-warm, der Himmel mit tief hängenden Wolken bedeckt. Gerade fallen die ersten, dicken Regentropfen aufs Pflaster und auf die kugelsichere Windschutzscheibe unserer Limousine.

Wir brauchen sechsundfünfzig Minuten, um die Innenstadt zu erreichen. Ich zähle sie, während ich die vorbeigleitenden Häuser mustere: draußen auf dem Land große Glasvillen, in den Außenbezirken hohe schwarze Ziegelbauten mit schmutzig weißen Vorhängen und totem Gestrüpp in den Blumenkästen. Ein Stück weiter graue Häuser mit elektrischen Schlössern, die sich zusammenkauern wie der Ritter bei der Passkontrolle. Gelb markierte Bahnen auf den Gehwegen, dann weiße Rasenflächen, weiße Bäume, weiße Kleider, Kummerbünde, Marienkrägen und Gesichter, als wir uns immer weiter dem Zentrum nähern.

Ich bekomme kaum noch Luft. Ich bin zurück.

Zurück in London.

Schon jetzt habe ich das Gefühl, immer kleiner zu werden. Die gläsernen Häuser ragen drohend über mir auf. Mein Herz rast wie das eines verängstigten Kaninchens.

Ich werde sie alle brennen sehen.

Das Krankenhaus befindet sich in Eden's Garden, hinter dem Areal, das früher einmal Kensington Park hieß. Wir nähern uns dem inzwischen vollkommen in Glas eingeschlossenen Park von der Südseite. Eine Monumentalstatue des Vaters des Weißen Königs mustert uns mit strengem Blick. Sie ist von Kanälen mit weißem Wasser umgeben, auf dem Plumeria-Blüten treiben.

Heute ist der Park nach ihm benannt: King George Memorial Park. In die Seiten des Glasdoms ist sein Motto eingraviert: *Pulchritudo in Claritate – In der Klarheit liegt Schönheit.* Früher dachte ich immer, dass dem ziemlich viel Ironie innewohnt, immerhin ist der Mann verrückt geworden. Der Verrückte George, so nennt man ihn in Babylon.

Jetzt denke ich nur an meinen Bruder.

Fünfzehn Minuten später haben wir endlich das St. Mary's Hospital erreicht. Wir fahren unter einem weißen Ziegelbogen hindurch und halten direkt vor dem Eingang. Das gesamte Gebäude besteht aus Glas, dessen Innenseite allerdings mit schwarzem Stoff verhängt ist. Es sieht aus wie eine Geistige Korrektive, wie ein modernisiertes Pesthaus. Mir läuft ein kalter Schauer über den Rücken.

Erst nachdem die Ritter die Umgebung geprüft haben, scheucht man uns durch den Eingang. Personal, Patienten und Besucher drehen sich schockiert zu uns um, als wir hereinkommen. Mitten in der Lobby steht ein Mann in einer Marienrobe. Das muss ein Arzt sein, begreife ich. Ein Arzt, der aus Scham sein Gesicht verbirgt. Maria Magdalena. Wir sind nicht mehr in Paris. Mister Galahad geht auf ihn zu. »Seine Königliche Hoheit möchte zu Mister Liam Emris«, erklärt er leicht atemlos.

Alle stürmen zur Information. »Wir suchen nach einem Patienten mit dem Namen Liam Emris: Emil, Martha, Richard, Ida, Siegfried«, gibt der Arzt an. Durch den Stoff vor seinem Mund klingt seine Stimme gedämpft. Seine gesamte Erscheinung hat etwas Verstörendes an sich. Hinter dem Tresen sitzt eine junge Frau mit nervösem Blick, die nun die Finger über die Tastatur fliegen lässt.

»Schnell«, rutscht es mir drängend heraus. Er könnte im Sterben liegen.

Er könnte bereits tot sein.

»Wir haben hier niemanden mit diesem Namen«, sagt die Frau. Ein bedrohliches Knurren steigt in meiner Kehle auf. Da greift Robin nach meiner Hand, zieht mich an sich und drückt mir einen Kuss auf die Schläfe. Die Frau holt schockiert Luft, aber ich höre nur Robins Gedanken: *Es wird alles gut.* Mister Galahad beugt sich über den Tresen und lenkt ihre Aufmerksamkeit wieder auf meinen Bruder: »Er muss in der Notaufnahme behandelt worden sein, Opfer mit multiplen Stichverletzungen. Man hat uns gesagt, er würde operiert. Einlieferung ungefähr gegen halb vier heute Nachmittag.«

Wieder huschen ihre Finger über die Tasten. Dann greift sie zum Telefon. »Notaufnahme? Wir suchen nach einem Patienten mit dem Namen Liam Emris – Emil, Martha, Richard, Ida, Siegfried. Stichverletzungen, vermutlich mehrere.«

Sie wartet. Wir warten.

Dann legt sie auf und sieht uns entschuldigend an. »Heute haben wir nur einen Patienten mit Stichverletzungen reinbekommen, Mylord. Und das war eine Frau.«

»Aber wie …«, murmelt Mister Galahad. Einen Moment lang starrt er die Frau stumm an, dann dreht er sich zu mir um. »Miss Emris, rufen Sie Ihren Bruder an.«

»Was? Warum?«

»Bitte.«

Ich zerre mein Handy aus der Tasche. So langsam habe ich das Gefühl, dass hier etwas ganz und gar nicht stimmt.

Liam hat eine eigene Kurzwahltaste. Die Leitung ist frei. Es klingelt, klingelt, klingelt. Niemand hebt ab.

»Versuchen Sie es noch einmal«, drängt mich Mister Galahad.

Ich gehorche.

Klingeln, Klingeln, Klingeln.

»George«, schaltet sich Robin ein, »was soll …«

»Rea?«

Ich könnte heulen. Sobald ich seine Stimme am anderen Ende der Leitung höre, werden meine Knie weich.

»Liam«, rufe ich. »Maria sei Dank. Spiritus apertus, danke! Wo bist du? Geht es dir gut?«

Halb besorgt, halb belustigt antwortet er: »Ich sitze in unserer neuen Wohnung und schaue mir die albernen Karikaturen auf der Homepage des *Confessional* an. Und wie geht es dir?«

»Wunderbar. Einfach wunderbar.«

»So siehst du aber nicht aus«, stellt er fest.

»Du kannst mich doch gar nicht sehen«, halte ich ihm überflüssigerweise vor Augen.

»Doch, kann ich. Mir wurde gerade eine Eilmeldung angezeigt.« Jetzt klingt seine Stimme angespannt. »Was tust du im St. Mary's, Rea?«

Wieder eine Viertelstunde später gibt sich Robin alle Mühe, nicht in sein Telefon zu brüllen. »Sie wollen mir damit also sagen, dass Sie Ihre Quellen nicht überprüft haben?«

Wir sitzen erneut im Wagen, und er spricht mit Nottingham. Dummerweise höre ich nur seinen Teil des Gesprächs. Noch dümmererweise hat Robin mir nicht erlaubt, selbst mit Nottingham zu sprechen. Ich *hätte* gebrüllt. Und es wäre verdammt befriedigend gewesen. »Anscheinend nicht so verlässlich wie Sie dachten«, zischt er jetzt. Nottingham erwidert etwas. »Wie überaus löblich, dass Sie sich so viele Gedanken um das Wohlergehen meiner Verlobten machen«, sagt Robin mit vor Ironie triefender Stimme. »Mein Vater wird von dieser Sache erfahren. Der Weiße Hof ist nicht erfreut, Nottingham.«

Mit diesen Worten legt er auf. Dann schleudert er das Telefon mit einem tiefen Seufzer auf die gegenüberliegende Sitzbank und zieht mich an sich. »Jetzt müssen wir uns auch nicht mehr zurückhalten«, murmelt er irgendwo an meinen Haaren.

Ich kann immer noch nicht glauben, dass alles Schwindel war. Ein »Missverständnis«, wie Nottingham es nennt. Laut seiner Aussage wurde er von einer Kontaktperson angerufen, die ihn darüber informiert hat, dass jemand, auf den die Beschreibung meines Bruders passe, in das Krankenhaus eingeliefert worden sei. Offenbar sehen für seine merkwürdige Kontaktperson wohl alle Rothaarigen gleich aus. Sogar wenn sie einem anderen Geschlecht angehören. Außerdem hat sich herausgestellt, dass rein zufällig ein Reporter des *Confessional* am Flughafen war, als wir ankamen. Und ein zweiter in der Eingangshalle des Krankenhauses. So haben sie nun herrliche Aufnahmen davon, wie Robin und ich uns berühren. Seine unverhüllten Lippen an meiner unverhüllten Schläfe.

Die Sache ist eindeutig: Nottingham wurde für dumm verkauft.

Ich schlinge einen Arm um Robins Taille. Die Bilder sind noch keine Viertelstunde im Netz und wurden bereits mit 7154 Kommentaren versehen. Ich werde ganz sicher keinen einzigen davon lesen.

Wir haben Mister Galahad zurück zum Flughafen geschickt, um dafür zu sorgen, dass Ninon sicher einreisen kann. Außerdem habe ich meiner Mutter eine Nachricht geschickt: *Wolkenloser Himmel in London.* Eigentlich wollte ich ihr keine Entwarnung geben, aber Liam ist immerhin ihr Sohn. Zumindest tut sie so. Wenn ich an sie denke, erinnere ich mich auch an ihre Worte: *Sie sind noch nicht so weit.*

Während wir durch die weißen Straßen fahren, vorbei an weißen Bäumen, unter weißen Flaggen hindurch, legt Robin meinen Kopf an seine Schulter, sodass meine Stirn sich an seinen Hals schmiegt, mein Geist an seinen. *Nun sind wir hier,* denkt er. *Es gibt kein Zurück mehr.*

Ich kann sein Herz schlagen hören, spüre den Puls unter

der weichen Haut. »Dann sollten wir uns besser an die Arbeit machen, oder?«, murmele ich.

Stimmt. Ich habe über unsere Idee nachgedacht. Zuerst müssen wir herausfinden, wie stark der öffentliche Rückhalt für die Legalisierung körperlicher Berührung wäre. Wir sollten die Bilder im Confessional *für unsere Sache nutzen. Lass uns diesen Nachteil in einen Vorteil verwandeln, Rea.*

Ich drücke seine Hand zum Zeichen, dass er fortfahren soll.

Lass uns ein Interview geben, mit Fotostrecke. Damit starten wir unsere Kampagne: Berührung ist menschlich. Er drückt mir einen Kuss auf den Scheitel. *Wenn wir damit anfangen – mit der Freude an Berührung, nicht mit Magdalenen oder den Leiden der Entrechteten –, dann können wir die Menschen vielleicht mobilisieren.*

Ich schaue zu ihm hoch. Das ist … verdammt clever. Aus einem Impuls heraus presse ich die Lippen auf seine. Er lacht und lässt kurz seine Zunge vorschnellen.

Jeder sehnt sich nach Berührung, Rea. Jeder kennt die Hautgier. Und so finden wir zumindest heraus, wie viel Unterstützung unsere Idee erfahren wird.

Wir gönnen uns einen langen Kuss, während ich weiter seinen Gedanken lausche. Die Seidenstränge sind weich und locker. *Es könnte funktionieren, oder? Und wenn wir es wirklich schaffen, genug Leute zu mobilisieren, muss mein Vater vielleicht nachgeben. Dann muss er …*

Wir lösen uns voneinander, doch ich drücke die Stirn an seine. Vielleicht hat er recht. Vielleicht können wir die Welt tatsächlich schon dadurch verändern, dass wir ihr zeigen, wie schön das hier ist.

»Wann bist du nur auf all diese Details gekommen?«, frage ich ihn beeindruckt.

Er grinst breit. »Du darfst aber nicht eifersüchtig werden. Ich habe einige Male mit einer anderen Frau darüber gesprochen.« *Ich habe viel mit Seyran diskutiert.*

»Nein, ich bin nicht eifersüchtig. Ganz im Gegenteil, ich schulde ihr meinen Respekt«, sage ich leise. Vielleicht hat sie letztlich doch recht. So wird niemand verletzt. Niemand muss sein Leben riskieren, niemand wird verhaftet oder getötet.

Die Stadt muss nicht brennen.

Zumindest, solange ich die Glasbläser-Zeremonie überlebe.

Du bist noch nicht so weit, wispert die Kreatur. Ist das immer noch dieselbe Stimme? Irgendwie klingt sie dunkler. Oder liegt das nur daran, dass ich sie so lange nicht gehört habe?

Obwohl ich unsere Aufbruchstimmung nur ungern kaputtmache, flüstere ich dicht an Robins Lippen: »Zuerst muss ich die Glasbläser-Zeremonie überleben.«

»Ich werde mit meinem Vater sprechen«, versichert mir Robin. »Wir werden die Zeremonie verschieben.« Er küsst mich sanft. *Ich werde nicht zulassen, dass ich dich verliere.*

»Dein Vater wird nicht begeistert sein.«

»Was die Begeisterung meines Vaters in Bezug auf all das hier angeht, sollten wir uns sowieso keinen Illusionen hingeben«, erwidert Robin.

»In Bezug auf mich, meinst du.«

»Ich nehme mal stark an, dass ihm Ninon lieber gewesen wäre.«

»Zumindest, bis sie es öffentlich gemacht hat. Hast du schon etwas von ihr gehört?«

Seufzend löst sich Robin aus meiner Umarmung und schnappt sich sein Telefon, um nach neuen Nachrichten zu schauen. »Alles in Ordnung. Mister Galahad hat Ninon an ihrem Stadthaus abgesetzt. Er ist jetzt auf dem Weg zum Palast und wird sich dort mit uns treffen.«

Der Palast.

Jetzt ist es Realität. Ich kehre wirklich dorthin zurück. Einen

Moment lang überlege ich, ob ich vielleicht den Verstand verloren habe. Oder Todessehnsucht verspüre. Meine Gedanken wandern zu meiner Großmutter – ihrem Namen auf dem Monitor des Seidenen Hofes, ihr Gesicht auf einem alten Foto, die Feuerseide, die sie mir hinterlassen hat. Die Kreatur fängt an, meine Schuhe zu zerbeißen. Meine Großmutter starb mitten auf der Straße, wand sich schreiend in ihrem eigenen Blut. Ihre Seide lag zertrampelt neben ihr im Dreck. Niemand möchte so sterben. Wir dürfen die Fehler, die bei der Seidenrebellion gemacht wurden, auf keinen Fall wiederholen.

Robin bindet mir den Marienkragen. »Das ist Wahnsinn«, murmelt er und umfasst mein Gesicht mit beiden Händen. *Wir riskieren unser Leben. Warum tun wir das? Warum kehren wir nicht einfach um? Maria, was haben wir uns nur ge …*

»Es ist zu spät«, unterbreche ich seinen Gedankenstrom. Meine Stimme zittert kaum merklich. Niemand möchte so sterben.

Er umschlingt meine Finger mit seinen und haucht zarte Küsse auf meine Knöchel. *Eines Tages wird es dein Zuhause sein,* denkt er. *Ich werde es zu deinem Zuhause machen.*

Mein Blick ist starr auf ihn gerichtet, als der Wagen langsamer wird. Ich muss nicht nach draußen sehen, wo sich soeben das Tor öffnet. Muss nicht sehen, wie wir auf den in Glas gefassten Hof fahren. Muss den Palast nicht sehen. In diesem Moment bin ich wahnsinnig froh darüber, dass Robin meine Gedanken nicht so lesen kann wie ich seine.

Dieser Ort soll mein Zuhause werden?

Nur über meine Leiche.

Sobald der Wagen hält, ziehen wir unsere Handschuhe an. Ich trage noch immer die mit dem Schnitt in der Handfläche. Bevor wir dem Königspaar gegenübertreten, müssen wir uns sowieso noch umziehen.

»Warte«, sagt Robin und steigt als Erster aus. Sekunden später öffnet er die Wagentür auf meiner Seite und greift nach meiner Schleppe. Als er sie straff zieht, krampft sich alles in mir schmerzhaft zusammen.

Ich steige aus, stehe in dem mit Glas überdachten Hof, dem Wintergarten. Überall hängen weiße Bahnen aus feinstem Musselin von der Decke, Amaryllis und Holunder stehen noch in voller Blüte. Ungefähr auf Höhe meiner Knie setzt ein Kribbeln ein, das sich nach und nach im ganzen Körper ausbreitet. Hinter uns haben sich die Reporter versammelt. Sie stehen brüllend hinter der Scheibe – hinter diesem entgeistigten Glas – und filmen uns, schießen Fotos. Die Frauen tragen ohne Ausnahme Kleider mit Schleppe, Gladiéhandschuhe und Marienkrägen. Aus dem Kribbeln wird ein Stechen. Je höher es kriecht, desto stärker drückt auch der Knoten in meinem Magen. Mein Brustkorb ist zugeschnürt.

Vor uns ragt der Gläserne Turm auf. Drohend streckt er sich bis zu den Wolken hinauf. Ebenso steigt der kribbelnde Schmerz in meinem Körper auf, lässt meinen Hals zuschwellen und drückt mir die Luft aus der Lunge.

Ich bin zurück. Ich bin wahrhaftig zurückgekehrt.

Neben dem Fußweg zum Haupteingang bilden zwei Dutzend Ritter ein Ehrenspalier. Ihre in dickes Leder gekleideten Finger umklammern die Gewehre, blanke Schwerter hängen an ihrer Seite. Sechs Diener mit korrekt in den Kummerbund geschobenen Händen kommen auf uns zu. Das Stechen steigt weiter auf, hinterlässt einen sauren Geschmack in meinem Mund. Ich presse die Lippen zusammen und schlucke angestrengt. Der Kummerbund an meiner Taille würgt mich wie ein heißes Eisenband. Ich schiebe die Hände hinein. Meine Schleppe spannt sich. Sie kneift in meine Seite.

Ich hatte es schon fast vergessen. Fast vergessen, wie es sich anfühlt. Mein Blick huscht zu Robin. Er trägt einen schwarzen

Mantel mit langer Schleppe, dazu einen hohen Marienkragen. Sein Gesicht wirkt dadurch noch blasser, die Augen scheinen noch strahlender. Er hat bereits seine gleichgültige Maske aufgesetzt, lang geübt, und doch sehe ich die Kälte in seinen Zügen, die Trauer, die sich hinter den angespannten Lippen verbirgt. Er sieht mich an. Zögert.

Vielleicht hatte er es auch ein wenig vergessen?

Seine Hand schließt sich fester um die Schleppe. Ich will etwas sagen, weiß aber nicht, was. Die Ritter, die Dienstboten, die Reporter, hoch über uns der König – sie alle beobachten uns.

Dann lässt Robin meine Schleppe los. Ich zucke erschrocken zusammen. Altvertraute Empfindungen überkommen mich, altvertraute Instinkte: Zurückweisung, wenn beim Rendezgroupe niemand meine Schleppe nehmen wollte; unerträgliches Verlangen nach der Haut, dem Geist eines anderen; mein rasender Herzschlag, stets am Rande der Panik. Und die Kreatur, flüsternd, tänzelnd unter meinen Röcken. Sie versteckt sich zwischen meinen Beinen, leckt meine Kniekehlen. Ich lasse mich von ihr nicht ablenken, nicht abhalten. Ich kann das schaffen. Wie ich es all die Jahre auch geschafft habe.

Dann streckt Robin die Hand aus. Mit Handschuh, aber trotzdem – die Geste ist unmissverständlich.

Er meint es also ernst.

Oh, Maria!

Ich ziehe den Arm aus dem Kummerbund und ergreife seine Hand. Er verschränkt seine Finger mit meinen. Die Rufe hinter der Scheibe klingen plötzlich aufgeregt. Einer der Diener tritt nervös von einem Fuß auf den anderen. Durch den feinen Musselin unserer Handschuhe spüre ich die gedämpfte Wärme von Robins Haut, erahne das Flüstern seines Geistes. Die Feuerseide meiner Großmutter an meinem Oberschenkel passt sich dieser Wärme an, das blaue Band ist kühl. Robin neigt kaum merklich den Kopf. Ich nicke. Er ebenfalls. Dann wenden wir uns dem Palast zu.

Diener stehen bereit und öffnen die Türen für uns. Drinnen erwarten uns noch mehr Ritter. Überall in den Fluren stehen sie stramm. Damit wir uns vor der Audienz beim Königspaar frisch machen können, ziehen wir uns in Robins Gemächer zurück: neues Hemd und Weste für Robin, neue Handschuhe für mich, Parfüm und Aftershave. Dann begeben wir uns auf den Weg in den Thronsaal. Weißes Wasser, Porträts an den Wänden. Die dicken Teppiche, überall schwere Vorhänge. Und natürlich, als wir den Turm erreichen, das Glas. Boden, Decke, Wände, alles aus Glas. Es schimmert wie drohend gefletschte Zähne.

Vor dem Thronsaal stehen zwei Gestalten: Nottingham und Mister Galahad, beide mit im Kummerbund versteckten Händen. Hier sieht Nottingham komplett anders aus. Der Tänzer, der temperamentvolle durch Adrenalin aufgeputschte Mann ist verschwunden. Geblieben ist eine hochgewachsene Gestalt, auf deren Gesicht sich das grausame Lächeln ausbreitet, das ich aus Robins Erinnerung kenne. Er ist ganz in Schwarz gekleidet, in Leder und Brokat. Der Schnitt ist elegant, sein Gesicht weiß geschminkt. An seiner Hüfte hängen ein Schwert und eine Pistole. Auf seinem Cape prangt ein aufgesticktes Familienwappen. Nur den Bart hat er behalten, nun wieder so gepflegt wie in Berlin. Er passt hervorragend zu Pistole und Schwert, läuft unterm Kinn spitz aus wie der eines Piraten. Unwillkürlich frage ich mich, wie sich dieser Bart wohl auf meiner Haut anfühlen würde.

Mister Galahad ist ebenfalls bewaffnet und so sorgfältig gekleidet, dass kein Millimeter Haut außerhalb seines Gesichts zu sehen ist. Seine Handschuhe dürften kaum leichter sein als seine Stiefel. Mich überfällt die Erinnerung daran, wie er mich mit diesen Stiefeln in den Rücken getreten hat, in der Königlichen Bibliothek, wie Glasscherben meine Haut aufgerissen haben, wie meine Narben in Flammen zu stehen schienen, während der Teppich unter meinen Händen scheuerte, gegen meine Brust drückte, mir den Mund verschloss.

»Königliche Hoheit, Miss Emris«, begrüßt uns Nottingham. Beide Männer sinken in einen so tiefen Devotionsknicks, dass ihre Stirn fast den Boden berührt. »Bitte lassen Sie mich noch einmal betonen, wie unvorstellbar leid es mir tut.«

Robin wedelt ungeduldig mit der Hand. Dann nickt er den beiden Dienern an der Saaltür knapp zu. Sie verbeugen sich ebenso tief wie Nottingham und Mister Galahad, bevor sie die schwere Doppeltür aufziehen.

In völliger Stille schreiten der Kronprinz und ich über die Schwelle. Nur unsere Schritte hallen auf dem Milchglasboden. Rechts und links stehen Höflinge, die Arme auf dem Rücken festgebunden, tief gebeugt. Ganz hinten sitzen zwei Gestalten auf ihren Thronen. Die zierliche Königin ist kaum zu sehen hinter ihren Schleiern, Perlen und den vielen Schichten Schminke. Und neben ihr, genau in der Mitte des Podests, wartet der Mann, von dem ich gehofft hatte, ihn niemals wiederzusehen.

Der ganz in Weiß gehüllte König ist so imposant wie eh und je: breite Brust, kantiger Kiefer. Angetan mit einem Schwert und stechendem Blick, in dem selbstgerechter Fanatismus brennt.

Robin richtet sich steif auf. Mit jedem Schritt verwandelt er sich mehr in den Kronprinzen. Doch er lässt meine Hand nicht los.

Anscheinend wagt niemand zu atmen, bis wir das Podest erreichen, auf dem die Throne stehen. Vor den Stufen hält Robin inne. Ganz langsam neigt er den Kopf. Ich versuche mich an einem Devotionsknicks, kann aber die Hände nicht auf dem Rücken kreuzen. Mir wird heiß. Altvertraute Empfindungen, altvertraute Instinkte. *Was sie wohl denken – das ist nicht sittsam – sie wissen es – sie vermuten es – sie werden es herausfinden …*

»Willkommen zu Hause, Sohn.«

Die Stimme des Königs jagt mir einen Schauer über den Rücken. Als ich sie das letzte Mal hörte, war ich mit Ninon und Blanc bei ihm in der Stahlkammer – versteckt unter einer Marienrobe, mit feuchtem Stoff vor dem Gesicht, einem Schleier vor den Augen, verhüllten Fingern. Damals war ich mir sicher, dass wir alle sterben würden.

Wir richten uns auf, als der König sich erhebt. *Seine Stiefel in meinem Gesicht.* Ich erinnere mich an damals, während er lächelt. *»So hübsch.« Sanft streicht er über meine Wange. Die freie Hand legt er auf meinen Scheitel. »Wer hätte dir schon widerstehen können?«*

»Und auch Sie heiße ich erneut willkommen, Miss Emris. Es ist uns eine Freude, Sie wiederzusehen.« *Seine Finger graben sich in meine Haare, und er reißt meinen Kopf nach hinten. Ich wimmere leise. Fahrig tasten meine Hände den Boden ab, suchen etwas, woran ich mich festhalten kann, aber da ist nichts. Nichts außer dem Schmerz.*

Nur mit Mühe unterdrücke ich das Verlangen, heftig den Kopf zu schütteln, um die Erinnerungen zu vertreiben. Er ist nur ein Mensch. Ich habe ihn besiegt. Habe ihn überwältigt. Ich, eine dreckige Magdalena. Und ich werde ihn wieder besiegen. Heute bin ich nicht mehr dieselbe Frau, die sich unter seinem Blick gekrümmt hat, als ich das erste Mal hier stand.

»Danke, Vater. Wir sind froh, wieder hier zu sein«, antwortet Robin. Seine Stimme klingt angespannt. Der König mustert uns schweigend, lässt den Blick ausgiebig über meinen Körper wandern. Dann fixiert er unsere Hände.

»Tatsächlich?«

Robins Finger verwandeln sich in eine Schraubzwinge. Ob sein Vater wohl trotz des Musselinhandschuhs sehen kann, wie seine Knöchel weiß werden? Ich kann es jedenfalls spüren. »Auch wenn ich England und Wales stets voller Stolz im Ausland vertrete, schlägt mein Herz doch für keinen anderen Ort so sehr wie für diesen.« Ich frage mich, ob er die Wahrheit sagt, noch während mein eigenes Herz unkontrolliert zu rasen beginnt. In Paris und Berlin ist es ruhiger geworden. Ich habe vergessen, dass nicht nur sein, sondern auch mein Herz an diesem Ort nicht so schlägt wie anderswo.

»Aber nun schlägt es nicht mehr allein für England und Wales, habe ich recht?« Der König wendet sich mir zu. »Wie ich höre, verdanken wir das Leben unseres Sohnes wieder einmal Ihnen, Miss Emris. Ich würde Ihnen ja dafür danken, aber ich denke, seine Hand ist üppige Entlohnung für solche Dienste. Ich hätte gedacht, dass es jemandem wie Ihnen sogar zu üppig erscheint, doch wie ich sehe, scheinen Sie ganz und gar glücklich damit zu sein.«

Angst packt mich. Doch im Schauspielern bin ich gut, im Lügen. Es ist mir längst in Fleisch und Blut übergegangen. »Eure Majestät, es ist wahrlich kaum fassbar, dass ich die Gunst Seiner Königlichen Hoheit genießen darf. Dass er mir einen Antrag gemacht hat, überwältigt mich in der Tat. So wenig ich es glauben kann, so wenig ich es verdienen mag, würde ich es niemals wagen, mich meinem Kronprinzen zu widersetzen, dem ich schließlich nichts als Gehorsam und Dankbarkeit schulde.«

Der König nickt bedächtig. »Ganz richtig, Miss Emris. Bitte, nehmt Platz.« Robins Finger entspannen sich ein wenig, während die Dienstboten zwei Stühle für uns herbeitragen. Sie werden so weit voneinander entfernt aufgestellt, dass wir uns loslassen müssen. Erstaunlicherweise werde ich dadurch nicht noch nervöser, sondern empfinde es eher als Erleichterung. Schließlich haben unsere Hände – ob nun bekleidet oder nicht – alle Blicke auf sich gezogen.

»Meine Königin«, sagt der König schließlich. »Möchtest du unseren Sohn nicht auch begrüßen?«

Die Königin nickt hinter ihrem Schleier. Sie erhebt sich und stellt sich neben Seine Majestät. Plötzlich wünsche ich mir, Ninon und ich hätten sie ebenfalls vergessen lassen können, wer wir sind, so wie die Königin und Robin es geplant hatten, bevor er in Paris seine Meinung änderte. Ich würde mich um einiges sicherer fühlen, wenn diese Frau mein Geheimnis nicht kennen würde. »Willkommen euch beiden. Ich hoffe, meine Mutter, die Kaiserin, ist wohlauf?«

Robin nickt. »Es ging ihr hervorragend, als wir Berlin verließen, Eure Majestät. Großzügigerweise hat sie uns ihren Privatjet zur Verfügung gestellt und während unseres Aufenthaltes für unsere Sicherheit gesorgt.«

»Deine Geschwister werden in einer Woche zu uns stoßen, pünktlich zur Verlobungszeremonie, wie es ursprünglich geplant war«, erklärt der König. »Ich freue mich schon darauf.« Neben der Königin wirkt er noch größer, sie hingegen viel kleiner. Doch ich weiß sehr gut, was sich hinter ihrem Schleier verbirgt: eine durch und durch kalte Frau und ein einsames, kleines Boot auf einem endlosen Ozean.

»Dein Vater ist schon ganz aufgeregt. Er hat ein äußerst eindrucksvolles Geschenk für euch geplant«, fügt die Königin hinzu, bevor der König sie zum Schweigen bringt.

»Frauen. Alles Tratschtanten.« Die Höflinge lachen. Dabei ist die Königin so ziemlich der letzte Mensch auf Erden, den man als Tratschtante bezeichnen könnte. Der König tätschelt ihren Arm – Privileg einer royalen Ehe –, bevor er sich dem Hofstaat zuwendet. »Unterhaltet euch gut«, befiehlt er. Zwei weitere Stühle für das Königspaar werden gebracht, während Seine Majestät nun auch Nottingham begrüßt: »Wie ich hörte, haben wir Ihnen die frühzeitige Rückkehr unseres Sohnes zu verdanken, Count Nottingham.«

Nottingham sinkt in einen Devotionsknicks. »Ich bin zutiefst beschämt, Eure Majestät. Bei Seiner Königlichen Hoheit und Miss Emris habe ich mich bereits entschuldigt, ebenso bei der Kaiserin. Nun möchte ich die Gelegenheit nutzen, um mich auch bei Euch zu entschuldigen. Das war ein wirklich unverzeihlicher Fehler.«

Der König winkt nachlässig ab. »Schon vergessen, Nottingham. Wie könnte ich einen Fehler übel nehmen, durch den mein Sohn ein paar Tage früher zu mir zurückgeführt wurde? Stehen Sie auf.«

Aus dem Augenwinkel sehe ich, wie Robin sich kaum merklich verkrampft. Offenbar hat er mit einer anderen Reaktion gerechnet. Nottingham verharrt noch einen Moment in der Verbeugung, dann richtet er sich auf. Ohne den ebenfalls tief gebeugten Mister Galahad auch nur eines Blickes zu würdigen, setzt sich der König hin. Die Königin wählt den Stuhl zu seiner Linken, der einen Schritt hinter seinem postiert ist.

»Nun, Sohn, ich hoffe doch, dass auch du unserem neuen Captain der Garde nicht mehr grollst?« Bevor Robin antworten kann, wendet sich Seine Majestät an mich: »Und ich hoffe, der Weiße Ritter ist wohlauf? Ein Jammer, dass sein Capitaine ihn zurückbeordert hat und er uns verlassen musste.«

Soweit ich weiß, kann er dich immer noch jederzeit zu Brei schlagen. »Bei unserer letzten Begegnung war das der Fall, Eure Majestät.«

»Schön, schön.« Nach Ninon erkundigt er sich nicht. »Nun, ich gehe davon aus, dass Nottingham euch über unsere Pläne in Kenntnis gesetzt hat.«

»Das hat er allerdings«, bestätigt Robin. »Obwohl ich glaube, dass dabei alles ein wenig … durcheinandergeraten ist. Der Glasbläser besucht die künftige Königin am Vorabend ihrer Hochzeit. Ich würde nur ungern mit dieser Tradition brechen.«

»Ach, wirklich?« Der König schlägt die Beine übereinander. »Äußerst löblich.«

»Und dann noch, dass …« Robin senkt die Stimme. »Dass der arme Mister Galahad daran beteiligt sein soll. Dadurch wurde mir eindeutig klar, dass hier ein Fehler vorliegen muss. Die Krone behandelt ihre loyalsten Diener nicht auf diese Weise.«

»Du meinst jene loyalen Diener, die sich von Gedankenformern austricksen lassen?«, erwidert der König nüchtern. Mister Galahad, der sich noch immer nicht aufgerichtet hat, zuckt betroffen zusammen.

Robins Augen weiten sich kurz, dann lehnt er sich scheinbar entspannt zurück. »Dafür kann man doch nun wirklich nicht unserem Ritter die Schuld geben. Die Magdalenen haben sich eben als so gefährlich und verschlagen gezeigt, wie Ihr es immer beschreibt.«

Ich werfe ihm einen kurzen Seitenblick zu. Natürlich weiß ich, dass er damit George – und indirekt auch mich – schützen will, aber die entgeistigte Kreatur saugt trotzdem genüsslich jedes Wort in sich auf und fährt mir mit ihrer feuchten Zunge über das Ohr.

Meine Medikamente. Entgeistigter Nottingham! Meine Medikamente sind fast aufgebraucht. Wie viele Tabletten habe ich noch übrig? Einen Streifen? »So verschlagen, dass ich fast meinen Sohn an sie verloren hätte. Zum zweiten Mal«, stellt der König fest.

»Wenn Miss Emris nicht gewesen wäre«, betont Robin.

»Jedenfalls haben wir das nicht Lord Buckingham zu verdanken«, erwidert der König.

Ich kann Mister Galahad aus dem Augenwinkel beobachten. Er steht immer noch gebeugt. Bestimmt tut inzwischen sein Rücken weh. Ich weiß aus Erfahrung, dass es nicht leicht ist, in dieser Haltung das Gleichgewicht zu bewahren: ein Knie gebeugt, Hände hinter dem Rücken gekreuzt und im Kummerbund verborgen. Über seiner Marienkrone ist nun ein schmaler Streifen Haut zu sehen. Die Höflinge zeigen hinter seinem Rücken bereits mit dem Finger auf ihn. Ihr Lächeln ist einfach nur grausam.

»Ich zwinge niemanden«, erklärt der König schließlich. »Aber auf diese Weise kann er unsere Gunst zurückerlangen und seine Position an unserer Seite behalten. Was noch großzügig ist in Anbetracht der Tatsache, dass wir dich seinetwegen beinahe verloren hätten.«

Robin zwingt sich zu einem Lächeln. »Es rührt mich, wie besorgt Ihr um mich seid, Vater.«

Der König beugt sich zu ihm. »Dir gilt meine alleinige Sorge, Sohn.«

Er wirkt vollkommen aufrichtig. Dies ist der Mann, der seinen Sohn ermorden lassen wollte. Und doch schluckt Robin bewegt. Er will ihm glauben. Natürlich will er das. »Ihr seid zu freundlich, Eure Majestät.«

»Dabei hast du ja noch gar nicht gesehen, was wir für Eure Verlobungszeremonie geplant haben.«

»Dass Ihr Euch so viel Mühe macht, ist eine unfassbare Ehre für uns, Vater. Aber ich versichere Euch, das ist wirklich nicht nötig.«

»Nicht nötig?« Der König lacht. Es klingt so kalt wie der Geist meiner Mutter. »Du unterschätzt deine Popularität, Sohn. Das Volk schreit nach einem öffentlichen Auftritt. Manchen unter uns wäre ein etwas … zurückhaltenderes Arrangement zwar lieber gewesen, zumindest zu Beginn eurer Verlobungszeit, aber nachdem du dich im Gefühlstaumel nach deiner Rettung in Paris zu dieser öffentlichen Bekanntgabe hast hinreißen lassen, war das nicht mehr möglich.«

Auf diese Feststellung folgt drückendes Schweigen, bis Robin schließlich sagt: »Verzeiht mir. Ich weiß, dass ich zuallererst Euch von dem Antrag hätte in Kenntnis setzen müssen.«

»Es kam überraschend«, erwidert der König.

»Doch mein Entschluss stand bereits fest. Es könnte keine Frau geben, die würdiger wäre.«

»Bei dieser Frage hätte ich dir gern beratend zur Seite gestanden, aber im Gegensatz zu deiner Mutter missbillige ich deine Entscheidung nicht. Ich weiß, dass ein Mann manchmal eben tut, was ein Mann tun muss. Doch es überrascht mich schon, dass du ihr gestattet hast, deine Haut zu berühren.«

Meine Hände werden feucht. Die Kreatur schiebt sich unter meinen Stuhl und schnauft erregt. *Du bist noch nicht so weit,* flüstert sie genüsslich.

»Wir hatten uns zuvor schon berührt«, gibt Robin zu bedenken. Er versucht, die Nervosität in seiner Stimme zu unterdrücken.

»Und heute habt ihr euch ebenfalls berührt.«

»Nicht jede Berührung ist schlecht, Vater.«

Ich halte den Atem an. Das Sitzkissen der Königin raschelt, als sie sich unwillkürlich aufrichtet. Doch der König lächelt nur milde. »Hör zu, Sohn. Ich weiß doch, wie das ist. Du hast gewisse … Bedürfnisse. Immerhin bist du ein Mann. Das ist ganz normal. Wenn wir uns auf eine lange Verlobungszeit einigen können, um Miss Emris Gelegenheit zu geben, sich mit ihrer neuen Rolle bei Hof vertraut zu machen – jetzt ist sie schließlich keine Dienerin mehr –, wäre das wohl das Beste für alle Beteiligten. Und was ihr in der Zwischenzeit in deinen Gemächern treibt, soll für uns nicht weiter von Interesse sein. Eigentlich wünsche ich dir sogar, dass ihr dort zusammenkommt. Sie ist hübsch, auch wenn ich persönlich sie gerne etwas draller um die Hüften habe.«

Wie ich ihn hasse. Altvertraute Empfindungen, altvertraute Instinkte. Man spricht über mich, als wäre ich nicht da. Prüft meine Hüften, mein Gewicht, meine Züge.

Spiritus apertus, ich habe wirklich vergessen, wie sehr ich ihn hasse.

»Wenn es hinter verschlossenen Türen erlaubt ist, warum dann nicht in der Öffentlichkeit?«, fragt Robin nach.

Der König runzelt die Stirn. »Paris ist dir wohl zu Kopf gestiegen.«

»Vielleicht ist das ja ganz gut.«

»Robin«, schaltet sich die Königin ein, was dafür sorgt, dass der König kurz zusammenzuckt. Dann hebt er eine Hand, um seine Frau zum Schweigen zu bringen. »Nein, lass ihn sprechen.« Seine grauen Augen werden schmal. »Ich wusste immer, dass dieser Moment einmal kommen würde. Schließlich habe ich keinen Feigling großgezogen. Ich wusste, dass du dich eines Tages gegen mich auflehnen würdest.«

»Ich lehne mich nicht auf. Ich will lediglich der Liebe Ausdruck verleihen, die ich für die Frau empfinde, welche ich heiraten werde.« Ganz kurz huscht sein Blick zu mir, bevor er sich wieder auf seinen Vater konzentriert. »Wir wissen schließlich, dass Miss Emris keine Gefahr für mich ist. Sie hat nie etwas anderes getan, als mein Leben zu schützen. Warum sollte ich sie da nicht berühren dürfen?«

Der König mustert ihn durchdringend. »Das ist sicherlich dein Recht.«

Robin verzieht den Mund. »Ein Vergnügen.«

Wieder lässt der König den Blick über meinen Körper wandern. Mustert noch einmal ausgiebig meine Hüftregion. »Und eine Pflicht.«

Es kostet mich eine Menge Selbstbeherrschung, bei diesen Worten und diesen Blicken nicht angewidert zu schaudern. »Ich möchte Miss Emris berühren, Vater«, fährt Robin inzwischen fort. »Ihre bloße Haut. Öffentlich.« Er sieht seinem Vater direkt ins Gesicht. »Während der Verlobungszeremonie.«

Der König wird plötzlich sehr still. Seine Augen verengen sich. Dann steht er langsam auf.

»Hast du denn gar keine Angst?«, fragt die Königin.

Trotzig sieht Robin seine Mutter an. »Wovor sollte ich Angst haben?«

»Vor Magdalenen.«

Schlagartig senkt sich absolute Stille über den Saal.

»Das hat damit überhaupt nichts zu tun«, erwidert Robin. Sein Hals hat sich gerötet.

»Das hat absolut etwas damit zu tun«, erklärt die Königin gnadenlos. »Sicher muss ich dich nicht daran erinnern, was mit deinem Großvater geschehen ist.«

Sie meint den Vater des Königs, Robins Großvater: König George. Den Verrückten George eben. Er hat den Verstand verloren, als sein Sohn noch ein junger Mann war. Bis heute behauptet der König, Robins Großvater wäre von einem Magdalenen in den Wahnsinn getrieben worden. Ich habe da so meine Zweifel.

»Hier geht es nicht um Magdalenen«, beharrt Robin mit lauter Stimme. »Hier geht es darum, dass wir inzwischen in ständiger Angst leben.« Die meisten Höflinge tun inzwischen nicht einmal mehr so, als lauschten sie nicht. »Und diese Angst hat uns etwas Wunderbares genommen: die Berührung bloßer Haut. Warum lassen wir das zu?«

»Damit wir nicht in Gefahr geraten«, sagt die Königin. Ihr Tonfall ist schneidend scharf. »Es überrascht mich, dass dein Vater sich bei Berührungen im Privaten überhaupt so großzügig zeigt. Als wir noch jung waren, hat er diesbezüglich eine ganz andere Haltung vertreten.«

Es fällt mir wirklich schwer, sie nicht wütend anzustarren. Stattdessen beobachte ich Robin. Der zeigt sich stark und macht weiter. Obwohl er sich der neugierigen Höflinge in unserem

Rücken bewusst ist. Obwohl seine Mutter inzwischen offen feindselig ist. Obwohl sein Vater ihn einmal tot sehen wollte und sämtliche Ritter hier im Saal seinem Befehl unterstehen. »Ich will nur das Beste für England. Eines Tages werde ich König sein. Dieser Tag liegt zwar noch in weiter Ferne, aber bis dahin will ich nicht tatenlos herumsitzen und einfach nur zusehen. Ich will der Krone dienen. Und meinem Volk. Ich will das Beste für unser Land.«

Brillant inszeniert. Es erinnert mich daran, wie er im Théâtre de l'Odéon den Roi und Madame in diese schlaue Falle gelockt hat – mit nicht mehr als ein paar wohlplatzierten Worten.

Oder ist das gar keine Taktik? Empfindet er tatsächlich so? Sieht er es als Dienst am englischen Volk?

»Und wieso glaubst du zu wissen, was das Beste für dieses Land ist?«, gibt die Königin kalt zurück.

Doch der König unterbricht sie, bevor Robin antworten kann. »Madam, Ihr vergesst Euch. Immerhin sprecht Ihr mit dem zukünftigen König.«

Die Königin verstummt. Jetzt hat auch der Letzte den Versuch aufgegeben, angeblich nicht hinzuhören. Der König steht auf und kommt einen Schritt auf uns zu. Seine Miene ist streng. Aber auch stolz. »Fortgeschickt habe ich einen Jungen. Es macht mich glücklich, dass er als Mann zu mir zurückgekehrt ist. Hätte ich alles so gemacht wie *mein* Vater, würden die Magdalenen heute noch immer ungehindert durch die Straßen schleichen. Du bist der Kronprinz. Es wird Zeit, dass du dieser Verantwortung gerecht wirst. Es wird Zeit, dass auch du beginnst zu herrschen.«

Fast schon hörbar strömt die Anspannung aus Robin heraus. Ein leicht benommenes Lächeln legt sich über sein Gesicht. »Danke, Vater. Ich verspreche, dass ich Euch nicht enttäuschen werde.«

»Unter einer Bedingung.«

Robin nickt eifrig. »Natürlich.«

Ein schmales Lächeln umspielt die Lippen des Königs. »Sir George?«

Mister Galahad richtet sich auf und stolpert fast über die eigenen Füße in dem verzweifelten Versuch, die Gunst des Königs wiederzuerlangen. »Zu Euren Diensten, Eure Majestät.«

»Die ich nun gerne einfordern würde.« Das Lächeln des Königs wird breiter. So grausam. »Als Glasbläser.«

Entsetzte Stille breitet sich aus. Die Höflinge weichen zurück, bringen so viel Abstand zwischen sich und Lord Buckingham wie nur irgend möglich. Die Ritter legen automatisch die Hand an die Waffe.

Sie wussten es nicht.

Mister Galahad öffnet den Mund, doch es kommt kein Ton heraus. Er ist kreidebleich geworden, und seine Arme fangen an zu zittern. Meine ebenfalls. »Eure Majestät«, presst er schließlich rau hervor.

Der König nickt, und Nottingham befiehlt der Garde, sich zurückzuhalten. Robin springt von seinem Stuhl auf. Ich bin starr vor Entsetzen. »Vater, was …«

»Weißt du, warum der Glasbläser am Abend ihrer Hochzeit die zukünftige Königin besucht?«

Robin schluckt schwer.

Noch immer lächelnd fährt der König fort: »Weil es der letzte Abend ist, bevor der zukünftige König von England und Wales sie berührt. Du willst Miss Emris schon früher anfassen. Ich habe nichts dagegen. Aber das bedeutet, dass wir sie transparent wie Glas machen müssen.« Er sieht mich an. Dieses Lächeln. »Und zwar jetzt.«

Kapitel 5

Du bist noch nicht so weit. Die Kreatur raunt mir die Worte meiner Mutter ins Ohr. Ich kann nur noch an sie denken. An ihr Gesicht, ihre vernarbten Finger. Und ihren unbeugsamen Willen, ihr kompromissloses Streben nach Erfolg.

Koste es, was es wolle, hat sie gesagt. *Ob es mir nun gefällt oder nicht, du bist mir ähnlicher, als du je zugeben würdest.*

Nun werden wir sehen, ob das wahr ist. Maria Magdalena. Wenn sie damit falschlag, ist das heute mein letzter Tag auf Erden.

Ich schaue zu Mister Galahad hinüber. Mein Herz rast unkontrolliert. Oh, Maria! So sollte das nicht ablaufen. Er kann mir nicht in die Augen sehen, aber seine entschlossene Miene sagt alles. Er wird es tun. Er wird es tatsächlich tun.

Ich muss die Glasbläser-Zeremonie überleben. Bitte, lass mich schnell genug sein, um seinen Geist zu verschließen!

»Vater«, sagt Robin beschwörend. »Ich muss aufs Schärfste protestieren. Ich möchte nicht, dass George …«

»Es ist nicht deine Aufgabe, Lord Buckingham zu beschützen, sondern es ist seine Aufgabe, dich zu beschützen.«

Der König nickt Nottingham kurz zu, der sich daraufhin an die Diener wendet. Sie bringen die Stühle weg. Einen Moment lang befürchte ich, dass meine Beine mich nicht tragen werden. Immer wieder höre ich die wispernde Stimme der Kreatur: *Du bist noch nicht so weit.* Aber meine Knie bleiben fest. Ich könnte weglaufen. Doch, meine Beine würden das schaffen. Oder ich mache eine Szene. Rege mich furchtbar darüber auf, wie entwürdigend das alles ist. Genau. Das ist es!

»Eure Majestät«, versucht Robin es wieder. »Nicht vor all diesen Leuten. Schickt zumindest die Höflinge und die Ritter weg, das ist nicht …«

»Wenn ich mich recht erinnere«, unterbricht ihn der König, »ist es noch nicht lange her, dass du Miss Emris nur zu gerne ausgezogen hast – genau hier, wo wir jetzt stehen. Vor dem gesamten Hof.«

Wut und Scham steigen in mir auf, als ich an diesen Tag zurückdenke, meinen ersten Tag bei Hofe. Damals wurde ich auf Befehl des Königs vollständig entblößt, vor aller Augen. Aber damals habe ich wenigstens nicht meine Feuerseide getragen, und das blaue Band. Robin ist leichenblass geworden, bleibt aber stumm. Ich nicht.

»Diese Erfahrung würde ich lieber nicht wiederholen«, sage ich mit einem feinen Zittern in der Stimme. Es ist nicht weiter schwer, das hinzubekommen. Wieder einmal muss die Schamhaftigkeit mich retten. »Ihr wollt eine Frau doch sicher nicht einer solchen Schande aussetzen, oder? Die zukünftige Ehefrau des Kronprinzen? Die ihm mehrfach das Leben gerettet und nie etwas dafür verlangt hat?«

»Was Sie verlangen, Miss Emris, spielt keine Rolle«, mischt sich die entgeistigte Königin ein. »Sondern nur, was der Prinz verlangt.«

»Hinter verschlossenen Türen«, beteuere ich. Mir steigt das Blut in die Wangen. »Hinter verschlossenen Türen selbstverständlich, aber doch nicht vor all diesen Leuten, nicht noch einmal, es war entsetzlich, es war …« Ich fahre zu Robin herum. »Du erinnerst dich doch noch, Liebster, oder? Nie zuvor habe ich mich so geschämt. An jenem Abend habe ich mich in den Schlaf geweint, wie es jede sittsame Jungfrau tun würde. Das wollt ihr mir doch nicht antun, nicht hier, nicht jetzt, ich bin erschöpft von der Reise und …«

»Miss Emris«, unterbricht mich der König erstaunlich sanft. Er kommt auf mich zu. »Miss Emris, Sie wissen, dass Sie meinen größten Respekt genießen. Sie haben so viel für meinen Sohn getan. Tun Sie nun noch einmal etwas für ihn.« Er greift nach meiner Schleppe. Die Höflinge halten den Atem an, als er sie langsam an die Lippen hebt. »Und ich stimme Ihnen zu: Sie sollten einem solchen Spektakel nicht noch einmal ausgesetzt werden. Niemals wieder.«

Die Schleppe spannt sich, zieht mich ein kleines Stück nach vorne. Kurz gerate ich aus dem Gleichgewicht, stemme dann aber beide Füße gegen den Boden. Mir wird ganz schwummrig vor Erleichterung. Lächelnd sage ich: »Vielen Dank, Eure Majestät.«

Lächelnd lässt er die Schleppe fallen. »Deswegen genügt es mir, wenn Sie nicht mehr ausziehen als einen Handschuh.«

Sofort kehrt die Panik zurück. Mein Körper verkrampft sich. Ich spüre die Kreatur an meinen Beinen, ihre Zähne an meinem Schenkel. Stumm schreie ich auf, spüre sogar den Schmerz. Sie hat mir nicht mehr körperlich wehgetan seit … Das letzte Mal muss in Paris gewesen sein.

»Diese Lösung dürfte doch wohl alle zufriedenstellen«, befindet der König und schaut zwischen Robin und mir hin und her.

»Es sei denn, jemand hat etwas zu verbergen«, ergänzt die Königin leise, aber deutlich hörbar. Ihr Blick ist starr auf mich gerichtet.

Jetzt gibt es kein Zurück mehr. Sie weiß genau, was sie gerade getan hat. Eigentlich dachte ich, wir hätten eine Art Waffenstillstand vereinbart, aber offenbar lag ich damit falsch. Mein Herz schlägt so heftig, dass ich es bis in den Hals spüre, und der Biss der Kreatur pocht an meinem Bein. »Ich kann Euch versichern«, sage ich laut, »dass ich rein gar nichts zu verbergen habe. Einen

Handschuh abzulegen ist nicht leicht für mich, aber der Wunsch Seiner Majestät ist mir Befehl.«

Vielleicht schaffe ich es ja. Ich habe miterlebt, wie meine Mutter es gemacht hat. Und ich kenne Mister Galahads Geist. Ich bin die Feuerschwester. Oh, Maria, bitte lass das ausreichen. *Lass es ausreichen.*

Wir treten beiseite, als zwei Diener den Thron der Königin vom Podest herunterbringen. Er ist mit filigranen Mustern versehen, alles in schimmerndem Gold. Obwohl er kleiner ist als der des Königs, komme ich mir vor wie ein Kind, als man mich darauf Platz nehmen lässt. Der Thron drückt hart gegen mein Steißbein und meine Unterarme.

»Kommt heran!«, ruft der König. »Legt Zeugnis ab! Der Glasbläser wird nun die künftige Königin schaffen.«

Die Höflinge bilden einen Kreis um mich. Robin bleibt bei seinen Eltern stehen. Sie ziehen sich zurück, die Stufen hinauf bis zum Thron des Königs. Er kann jetzt nichts mehr für mich tun. In der alten Legende stürmte die Schwester vor, um ihrem Zwilling zu helfen, ohne sich um die Konsequenzen zu scheren.

Nichts als Märchen.

Nur Nottingham und Mister Galahad bleiben bei mir. Nottingham tritt vor: »Wenn ich um Ihren Handschuh bitten dürfte, Miss Emris?«

In den Stoff seines Mantels sind feine Silberfäden eingewoben. Wie verwaschene Sterne in dunkler Nacht. Jetzt wird nicht mehr geflirtet.

Der Saal hat nur einen Ausgang, und ich wäre tot, bevor ich ihn auch nur halb erreicht hätte. Die Kreatur leckt die Wunde an meinem Schenkel ab, dann beißt sie noch einmal zu.

Ich versuche, jede sichtbare Reaktion zu unterdrücken. Ganz langsam streife ich meinen Handschuh ab. Feinster weißer Stoff. Nottingham nimmt ihn mit einer Verbeugung entgegen. Trotzig recke ich das Kinn und blicke starr geradeaus. Erinnere mich an die Worte meiner Mutter. *Was ich dir beibringen kann, erfordert höchste Konzentration. Aber vor allem brauchst du einen starken Willen. Wenn du in dem Geist eines anderen jeden Zweifel ausmerzen willst, darf es in deinem eigenen keine Unsicherheit geben.*

Kein Plan B. Keine Flucht möglich. Ich darf nicht zweifeln. *Du bist noch nicht so weit,* haucht die Kreatur.

Als Nächstes wendet sich Nottingham an Mister Galahad: »Cousin? Würdest du mir ebenfalls deinen Handschuh geben?«

Leises Getuschel setzt ein, jemand lacht abfällig. Ich sehe die perverse Befriedigung auf den Gesichtern der Höflinge. Die Beutetiere lachen, solange es nicht sie sind, die vom Raubtier gefressen werden. Kreischen, geifern. Ergötzen sich daran, dass sie zumindest in diesem einen Moment die Mächtigeren sind. Manche starren auch auf meine nackte Hand. Gier spiegelt sich in ihrem Blick.

Mister Galahad zieht einen Handschuh aus und kommt zu mir. Seine Hand wirkt merkwürdig klein. Bisher habe sich sie so gut wie nie zu Gesicht bekommen. Wie gebannt beobachtet die Menge, wie unsere Finger sich einander nähern. Selbst die Ritter. Die Spannung im Saal ist fast greifbar, aufgeladen mit Aggression, aber auch mit einem erotischen Unterton. Jetzt weiß ich, warum die Glasbläser-Zeremonie in der Öffentlichkeit stattfindet. Das ist nichts anderes als Pornografie. Doch der Einsatz bei diesem Spiel ist zu hoch.

Ich kann es schaffen. Es darf nicht an dieser Stelle enden.

Ich muss seinen Geist verschließen.

Mister Galahads Hand nähert sich meiner. Die Kreatur schlägt ihre Zähne in meine Kniekehle, so heftig, dass ich mir auf die Zunge beißen muss, um nicht zu schreien. Er sieht mich nicht an, starrt nur auf seine Finger. Seine Nasenflügel weiten sich.

Ich muss an Ninon denken, die so weit weg ist, in ihrem Stadthaus. An Liam, wie er fluchend eine Matratze für mich durch ein viel zu enges Treppenhaus schiebt. An René, den Comte und Blanc, getrennt durch den großen Kanal, verbunden nur durch das Telefon, dem sie ihre wahren Gedanken verschweigen müssen, aus Angst, abgehört zu werden. *Ich liebe dich,* mehr können sie nicht sagen. An meine Mutter in ihrer unordentlichen Suite, die Haarnadeln aufsammelt wie Erinnerungen an ihr Lebenswerk.

»Glasbläser«, befiehlt der König, »erschaffe uns eine Königin.«

Ich hole tief Luft. Atme durch den Schmerz. Konzentration.

Entscheidend ist nur, dass er etwas von dir will. Und dass es so ist, wissen wir schließlich beide, oder?

»George«, flüstere ich.

Er blickt hoch, und ich schenke ihm ein Lächeln, lege so viel Zärtlichkeit hinein, wie ich kann. Jetzt bohrt die Kreatur ihre Krallen in meine Schienbeine. Nur mit Mühe kann ich verhindern, dass aus dem Lächeln eine Grimasse wird. »Hey«, setze ich an wie bei einem Witz. Wiederhole das Zitat, das ich ihm in Paris als Rätsel gegeben habe. »Erklären Sie, wie Sie mich lieben.«

Gequält sieht er mich an, doch dann huscht ein Lächeln über sein Gesicht, das er anscheinend nicht unterdrücken kann. »Aber sehr«, antwortet er. Krampfhaft unterdrücke ich meine Übelkeit, den brennenden Schmerz. »Alles wird gut«, versichere ich ihm. Dann hebe ich die Hand.

Er greift zu.

Schwarze und weiße Schachteln, alle fest verschlossen. *Baue eine Schachtel.* Ich sehe, wie sie vor mir entsteht, geschaffen durch seinen eigenen Geist. Ein Boden aus Pappe, dazu Wände. Aber es geht nicht schnell genug. Mein Herz schlägt schneller. Meine Vorstellung reicht nicht aus. Also strecke ich meine geistigen Finger aus, ziehe die Seiten hoch, hole sie aus der leeren Luft. Eins. *Sie ist keine Magdalena.* Von innen stempele ich den Gedanken auf die Pappe. Wieder und wieder, während ich gleichzeitig die Wände fertigbaue. Ich mache es falsch. So ist es nicht *sein* Gedanke. Und ich brauche noch einen Deckel. *Verschließe deinen Geist,* gebe ich ihm ein. Werfe hastig den Deckel oben auf die Kiste. Er schließt nicht richtig, schließt nicht … Zwei Herzschläge. Seine Gedanken bedrängen mich, ich kann sie nicht länger zurückhalten. *Ich bin tot,* denkt er, *kein Zweifel, nur weil Vater alles verschleudert hat, wie konnte Seine Majestät nur, wie konnte er, Loyalität bedeutet der Krone gar nichts, wenn sie nicht mit Geld einhergeht, ich werde mich beweisen, ich bin tot, tot* … Mit aller Kraft drücke ich den Deckel runter. Lasse ihn einrasten. Ich weiß nicht, wie, aber es klickt, er rastet ein.

Vier Herzschläge.

Ich habe versagt.

Mit einem Ruck entziehe ich Mister Galahad meine Hand. Er sieht mich an. Seine Nasenflügel weiten sich noch einmal. Ich muss fliehen, aber die Kreatur verbeißt sich in meinem Bein, hängt an mir wie ein Zentnergewicht. Keine Zeit. Lauf! So habe ich wenigstens das Überraschungsmoment auf meiner Seite.

Gerade als ich vom Thron hochschnellen will, sagt Mister Galahad: »Sie ist keine Magdalena, Eure Majestät.«

Schockiert starre ich ihn an. Sehe in seine grünen Augen. Spiritus apertus, ich habe es geschafft.

Wie habe ich das nur geschafft?

»Der Glasbläser hat uns eine Königin geschaffen«, verkündet der König. Applaus brandet auf. Mister Galahad tritt ein paar Schritte zurück. Den Blick hält er wieder fest auf den Boden gerichtet. Nottingham gibt ihm seinen Handschuh zurück. Als er anschließend zu mir kommt, zieht sich die Kreatur zurück.

»Miss Emris.« Nottingham verbeugt sich tief. »Bitte erlauben Sie.« Galant ergreift er meine Hand. Warm und weich gleitet der Samt seines Handschuhs über meine Haut, als er mir vorsichtig den Handschuh wieder anzieht.

Dann nimmt er meine Schleppe und lässt mich zwei Schritte vortreten, bevor ich mich zu König, Königin und Kronprinz umdrehe. Die Schleppe zerrt an mir. Wie ich das hasse!

»Majestäten, Königliche Hoheit.« Er verbeugt sich. Der König lächelt zufrieden. Nottingham erklärt dem Prinzen: »Ihr dürft Eure Braut nun berühren.«

Gemessenen Schrittes kommt Robin von dem Podest herunter. Geht auf uns zu. Nimmt Nottingham die Schleppe aus der Hand und zieht mich an sich heran. Ich verliere das Gleichgewicht, aber Robin fängt mich auf. Und gibt mir einen tiefen Kuss.

Sie hat es geschafft, denkt er. *Du hast es geschafft.*

Ich habe es geschafft.

Ich.

Wir werden das schaffen.

Das werden wir!

Ich erwidere den Kuss, umfasse sein Gesicht mit den Händen. Hoffentlich sieht die Königin uns zu. Und der König. Das ist für euch.

Nach der Zeremonie ziehen wir uns in die Gemächer des Prinzen zurück. Mister Galahad begleitet uns bis ins Vestibül. Ich versuche, ihm freundlich zuzulächeln. Spiritus apertus, was wird nun mit ihm geschehen? Aber mir bleibt keine Zeit, mir darüber Gedanken zu machen. Sobald sich die Zimmertür hinter uns schließt, hängt sich Robin ans Telefon. »Ninon? Wir brauchen dich. Dich und deine PR-Künste.«

Jetzt können wir uns wieder ganz auf unsere Widerstandspläne konzentrieren. Dabei rauscht das Adrenalin der Glasbläser-Zeremonie noch immer durch meine Adern. »Ja, so bald wie möglich.« Ich stelle mich hinter ihn. »Hm«, brummt er, während ich diesen entgeistigten Marienkragen herunterziehe. Und seinen Hals küsse. *Sie … was macht sie da?* »Ja, eine Dreiviertelstunde klingt gut. Ich … Maria!« Das, weil ich ihn in die Schulter gebissen habe. Selbstzufrieden lecke ich über die gerötete Stelle. *Maria Magdalena, wie kann sie, nachdem gerade eben, ich …* »Nein, alles in Ordnung«, sagt er mit bebender Stimme. »Tut mir leid, ich habe mich nur erschreckt. Wir sehen uns gleich.«

Ninon lacht so laut, dass sogar ich es hören kann, aber das ist mir egal. Sobald er aufgelegt hat, drehe ich ihn schwungvoll zu mir herum. »Rea.« Er streicht mit der Hand über meine Wange. Ich schließe die Augen, genieße die zärtliche Geste. »Du hast es geschafft. Wie hast du das bloß vollbracht?«

Ich würde lügen, wenn ich behaupten würde, dass ich die Bewunderung in seiner Stimme nicht ein wenig genieße. Und die überwältigende Erleichterung, ja, das Triumphgefühl, die ihm ins Gesicht geschrieben stehen.

»Es war unglaublich knapp«, erzähle ich. »Ich dachte schon, ich hätte zu lang gebraucht, aber im letzten Moment – im allerletzten Moment – muss es mir gelungen sein. Maria, wie knapp es war.«

Erst als ich es sage, bemerke ich, wie weich meine Knie sind. Noch immer. Was für ein Kampf! Was für ein Sieg!

»Jetzt bist du über jeden Zweifel erhaben«, sagt Robin, während er mit dem Finger sanft die Konturen meines Gesichts nachzeichnet. Er grinst richtig. »Über jeden Zweifel, Rea!«

Warm und heftig strömt Glück in meinen Körper. Ich lache laut auf und küsse ihn. »Das geschieht dem König recht«, flüstere ich ihm ins Ohr und beiße spielerisch in sein Ohrläppchen. Der Kuss hat mein Blut erhitzt, das Gefühl seiner Zunge an meiner.

Erst als ich wieder etwas Abstand zwischen uns bringe, merke ich, dass er überraschend ernst aussieht.

»Es war wirklich ich, der es getan hat«, flüstert er. »Damals. *Ich* habe dich vor aller Augen ausgezogen.«

Das Blut rauscht in meinen Adern. Ich will jetzt nicht nachdenken. Mit sanftem Druck schiebe ich ihn nach hinten, bis sein Rücken die Wand berührt. »Gefällt dir das?« Ich beuge mich vor und lasse die Zunge über seinen Hals gleiten, während ich seinen Kragen löse.

»Rea«, protestiert er mit einem leisen Stöhnen. *Das ist nicht richtig, das ist …* »Rea, ich denke, wir sollten …« *Darüber reden,* beendet er den Satz jedoch nur in Gedanken, als ich ihm einen Finger auf die Lippen lege.

»Das sollten wir definitiv nicht.« Seine Pupillen weiten sich, als mein Finger in seinen Mund schlüpft. Doch als er anfängt, daran zu saugen, sind es meine Knie, die zu zittern beginnen. Ich presse seinen Kopf zurück, höre zufrieden, wie er mit einem sanften Knall gegen die Wand schlägt – und wie Robin einen leisen, erregten Schmerzenslaut ausstößt. *Maria Magdalena, ja,* denkt er. *Also gut. Ja. Nicht reden.*

Ich knöpfe seinen Mantel auf, seine Weste, sein Hemd. Er streift ein Teil nach dem anderen ab. Als ich mit den Lippen seine Brustwarzen umfasse und sanft zubeiße, wie er es bei mir getan hat, entkommt ihm ein leises Wimmern. *Das tut weh. Das ist schön. Wie kann es – ich bin …* Stück für Stück ziehe ich ihn aus, bis er vollkommen nackt ist. Dann trete ich einen Schritt zurück. Beende jeden Körperkontakt und sehe ihn einfach nur an. Seine geschwollenen Lippen, wie schwer er atmet. Seine Augen sind vollkommen schwarz, die Pupillen scheinen sie komplett verschlungen zu haben. Seine Erregung ist nicht zu übersehen.

Das hat er mit mir gemacht. Mich ausgezogen. Während ein Haufen Leute zugesehen hat.

Er kommt auf mich zu, streckt die Hand nach meinen Knöpfen aus. Entschlossen verpasse ich ihr einen Klaps. Ich ziehe mich selbst aus, gehe zum Bett. Setze mich auf die Bettkante. Robin kniet sich vor mich, spreizt meine Beine und beugt sich vor, wie er es in der Dusche getan hat. Ich werfe den Kopf zurück, kralle die Finger in seine Haare. »Eine Dreiviertelstunde«, erinnere ich ihn. »Zeit, die wir nicht vergeuden sollten.«

Als Ninon eintrifft, sind wir wieder präsentabel. Sie kommt geradewegs auf mich zu und schließt mich in die Arme. »Dein Triumph ist in aller Munde. Du hast es geschafft, Liebes«, flüstert sie mir ins Ohr, ihre Stimme zittrig vor Freude. »Du wunderbare, starke Frau!«

Ich kann nichts anderes zur Antwort tun, als sie so fest an mich zu drücken, wie ich nur kann. Mir fehlen die Worte.

Als wir uns lösen, tritt auch René zu uns. Wir empfangen sie in meinem ehemaligen Zimmer, das inzwischen in einen Salon umgestaltet wurde. Wo früher mein Bett stand, befindet sich nun eine Sitzgruppe, außerdem gibt es einen Holztisch mit einigen Stühlen. Obwohl die Fenster weit geöffnet sind, riecht es hier drin noch muffig. Ninon hat sich umgezogen und trägt nun ein bodenlanges goldenes Kleid mit durchscheinendem burgunderrotem Cape – kein Marienkragen, aber Spitzenhandschuhe. Sie ist in Begleitung von einigen Angestellten von M3RL1N, die den Raum nach Wanzen absuchen, bevor sie wieder gehen. Sobald René in Reichweite ist, falle ich ihm um den Hals. Er ist von Kopf bis Fuß schwarz gekleidet, bis hin zum Halstuch und dem Eyeliner. »Ich war so erleichtert, als ich davon gehört habe«, sagt er, noch bevor ich ihn überhaupt begrüßen kann. »Ich dachte kurz … Aber wie dumm von mir, zu fürchten, dass es etwas gibt, das du nicht schaffen könntest, Mademoiselle!«

Vor lauter Verlegenheit weiß ich schon gar nicht mehr, wohin ich schauen soll. Außerdem möchte ich endlich wissen, wie es ihnen ergangen ist.

»Das reicht jetzt aber. Wie habt ihr es geschafft, doch noch einzureisen?«

»Nachdem unser Außenminister es nicht geschafft hat, unsere

Weiterreise durchzusetzen, hat der Roi höchstpersönlich den Weißen König angerufen, allerdings nicht ohne vorher den englischen Botschafter einzubestellen«, berichtet er. Die Erschöpfung spricht deutlich aus seiner sonst so vergnügten Stimme. »Wenn ich es richtig verstanden habe, muss der Roi wohl mit einer Eskalation der Lage gedroht haben und hat von einer Blockade des Kanals gesprochen, wenn seine Schwester nicht ins Land gelassen wird.«

Einerseits kann ich mir den Roi so gar nicht bei einer solchen Drohung vorstellen, andererseits sollte man diesen Mann wohl nie unterschätzen. Immerhin ist sein Königreich eine wohlhabende Nation direkt auf der anderen Seite des Kanals – und sowohl mit Land- als auch mit Seestreitkräften ausgestattet.

»Allerdings hat der Weiße König gewisse Bedingungen gestellt, mit denen wir uns arrangieren müssen«, fügt René hinzu.

»Was für Bedingungen?«, will ich von ihm wissen, aber genau in diesem Moment treten einige Diener ein. Sobald sie uns Tee kredenzt haben und wieder gegangen sind, schließt René die Fenster, und Ninon hört sich aufmerksam Robins Vorschläge an, gegen das Berührungsverbot vorzugehen.

»Keine schlechte Idee«, befindet sie, »auch wenn sie mit einigen Schwierigkeiten verknüpft ist. Vom PR-Standpunkt aus gesehen der reinste Albtraum.«

Ich beiße in einen Scone. Er schmeckt köstlich. Plötzlich wird mir bewusst, dass ich den ganzen Tag noch nichts gegessen habe. »Wieso das?«

»Na ja, es könnte vielleicht schlimmer sein«, gibt sie zu. »Wenigstens bist du extrem beliebt, Robin.«

»Ich werde gleich rot, Ninon.« Und wirklich sind seine Wangen leicht gerötet, als er sich vorbeugt. »Das hilft uns ja bestimmt wahnsinnig weiter.«

»Es hilft tatsächlich. Unterschätze nie die Bedeutung von

Starpotenzial. Ich denke, du könntest so manchen VIP in Versuchung führen. Jemanden wie Thea Mallory, zum Beispiel.«

Mir bleibt der Scone fast im Hals stecken. »Thea Mallory?«, keuche ich wenig würdevoll. »Diese Hexe? Hast du ihr mal zugehört, Ninon? *Handschuhe und Kummerbund halten deinen Geist gesund. Freunde könnt ihr niemals sein, schlagt ihnen den Schädel ein?*«

»Ach, meine Süße«, lacht Ninon. »Es ist wirklich goldig, dass du Lady Mallory so etwas wie Prinzipientreue zugestehst, aber auch ein wenig naiv.« Gelassen lehnt sie sich zurück. »Zumindest, wenn du etwas so Reizvolles wie den Körper des Kronprinzen von England im Angebot hast.«

Jetzt wird Robin knallrot. René versucht ohne großen Erfolg, sein Kichern als Husten zu tarnen.

»Das war metaphorisch gemeint«, betont Ninon, während sie sich ebenfalls einen Scone nimmt. »Denn genau das werden die Leute sich vorstellen, wenn sie sehen, wie ihr zwei euch berührt: dich anzufassen, Robin. Oder dich, Rea. Von euch berührt zu werden, je nach Fasson des jeweiligen Zuschauers. Das ist sozusagen ein stilles Versprechen, eine geheime Verlockung. So werdet ihr sie auf eure Seite ziehen.«

»Selbst wenn sie Magdalenen hassen?«, frage ich so ruhig wie möglich.

»Nun ja.« Ninon bleibt gelassen. »Ihr habt mich nicht gebeten, eine PR-Kampagne für Magdalenen auf die Beine zu stellen. Ihr wolltet nur eine für die Berührungsfreiheit.«

Ich verfalle in Schweigen. René legt mir tröstend eine Hand auf die Schulter. »Das wäre eigentlich meine erste Frage gewesen«, fährt Ninon fort. »Denn ich bin mir nicht sicher, ob ihr wirklich wisst, worauf ihr euch da einlasst.«

Robin runzelt die Stirn. »Was meinst du damit?«

»Dass die Leute euch genau danach fragen werden. Sobald

ihr Berührungsfreiheit auch nur in einem positiven Kontext erwähnt, werden sie euch nach den Magdalenen fragen. *Aber was ist, wenn der Mensch, den ich berühren möchte, ein Magdalene ist? Ich würde doch nicht einmal merken, dass er meine Gedanken liest! Werden sie dann nicht hinter unseren Kindern her sein? Werden sie uns nicht dazu benutzen, ihre Hautgier zu stillen?*« Ninon mustert uns scharf. »Was werdet ihr dann sagen?« Ihr Blick richtet sich auf mich. »Was wirst du ihnen antworten?«

Robin und ich sehen uns an. Dann wendet er sich an Ninon: »Es ist der einzige Weg.«

»Es gibt nie nur einen Weg«, widerspricht René.

»Das ist wahr«, gesteht Robin ihm unwillig zu. »Lass es mich anders formulieren: Es ist der sicherste und gleichzeitig effektivste Weg.«

»Ich möchte euch nur darauf hinweisen, dass ihr damit nicht euer eigentliches Ziel verfolgt«, betont Ninon.

»Du hättest meinen Vater hören sollen, Ninon«, erwidert Robin. »Es war unglaublich. Er hat sogar explizit gesagt, dass ich einiges anders machen soll als er. Diese Herangehensweise hat also schon erste Früchte getragen.«

Da muss ich ihm zustimmen. Ich hätte auch niemals erwartet, dass Seine Majestät so positiv reagieren würde.

»Mag sein, dass ich mich irre«, räumt Ninon ein, »aber unabhängig davon würde ich vorschlagen, dass ihr euch auf jeden Fall einen verlässlichen Medienpartner sucht. Jemanden, der eure Zielgruppe erreicht und eure Botschaften saftiger verpackt, als selbst ihr es euch hättet vorstellen können.«

»Ich denke, ich kenne da jemanden«, sage ich langsam, als ich an die Visitenkarte denke, die mir Moreen Gause in Paris gegeben hat.

Robin sieht uns fassungslos an. »Der *Confessional?* Das kann nicht euer Ernst sein.«

»Die Zeit des Snobismus ist vorbei, Robin«, erwidert Ninon fröhlich. »Sie haben eine beneidenswerte Reichweite. Und von denen hat keiner ein Problem damit, die ganzen verführerischen Details einzuarbeiten, die du braver Junge niemals teilen würdest.«

»Ich weiß nicht.« Er zögert noch immer. »Vielleicht irgendwann im Laufe des Jahres …«

»Nein.« Ninon ist voll unnachgiebiger Entschlossenheit. »Die Story sollte spätestens zwei Tage nach der Zeremonie erscheinen. Euer Publikum muss gepusht werden, Robin, es soll mitfiebern. Wir müssen diese Kampagne im Eiltempo aufziehen, damit den Leuten keine Zeit bleibt für Zweifel. Ich würde Folgendes vorschlagen: ein paar Onlineposts, hübsch über die Woche verteilt – freche, geheimnisvolle Botschaften, die andeuten, was die Öffentlichkeit bei der Verlobungszeremonie am Samstag erwartet. Heizt die Stimmung an. Dann die Zeremonie, wo ihr euch in aller Öffentlichkeit berührt, gefolgt von einem ausführlichen Artikel im *Confessional*, in der Abendausgabe am Samstag. Mit der Verlobungszeremonie müsst ihr die Leute in euren Bann schlagen, wir müssen sie richtig schockieren. Tabus brechen. Sie sollen über nichts anderes mehr reden. Nichts bringt einer Kampagne schneller den Tod als Schweigen.«

Klingt ziemlich gefährlich, denke ich, während Ninon sich nachdenklich mit dem Finger an die Lippen tippt. Dann mustert sie uns prüfend. »Wie weit wollt ihr bei der Zeremonie gehen?«

Okay, jetzt werde ich nervös. »Woran denkst du?«

Sie zögert kurz, verkündet aber dann: »An einen Tanz. So, wie wir ihn auf dem Kontinent tanzen würden.«

Mein Magen verkrampft sich. »Mit nackten Händen?«, hake ich nach – nur um herauszufinden, ob sie vielleicht verrückt geworden ist.

»Und ihr werdet die anderen bitten, mitzumachen«, fährt sie fort. »Alle Würdenträger auf dem Podium.«

Ja, es sieht ganz so aus, als hätte sie den Verstand verloren.

»Wird der König uns nicht auf der Stelle erschießen lassen?«, wende ich ein. Robin gibt einen erstickten Laut von sich. Doch Ninons Blick bleibt gnadenlos. »Ja, die Sache könnte schwer nach hinten losgehen. Aber wie heißt es so schön: Wer nicht wagt, der nicht gewinnt.«

Robin und ich sehen uns an. Wie in Zeitlupe nicke ich. Sofort greift Ninon nach ihrem Tablet. »Das wird ein Skandal. Und es wird Folgen haben. Aber genau das wollen wir ja erreichen, nicht wahr?« Ihre Finger gleiten in Lichtgeschwindigkeit über den Touchscreen. »Schick mir die Gästeliste, Robin. Ich werde M3RL1N darauf ansetzen, nach möglichen Sympathisanten zu suchen.«

»Ich dachte, du hättest deinen Vorstandsposten aufgegeben?«, frage ich.

»Stimmt«, sagt sie und nickt. »Aber ich genieße immer noch gewisse Privilegien. Immerhin bin ich weiterhin die Hauptanteilseignerin. Ein solcher Skandal wird uns auf jeden Fall das Interesse der Medien sichern. Sonntagabend eine Follow-up Story im *Confessional*, damit die Gerüchte weiter geschürt werden, und dann schicken wir am … Mittwoch die Einladungen raus. Und zwar für … einen öffentlichen Ball. Einen Ball im Stil des Kontinents, um eure Verlobung zu feiern. Im King George Memorial Park, wenn das Wetter mitspielt. Eingeladen werden alle wichtigen Leute, vor allem Adelige und Politiker, aber auch das gemeine Volk. Stattfinden wird er am Samstag in vierzehn Tagen.« Sie tippt wie wild. »So könnt ihr euch mit einem Schlag sowohl die Unterstützung der Öffentlichkeit als auch die der elitären Kreise sichern. Solltet ihr die Einzigen sein, die bei dem Ball erscheinen, müsst ihr euch wohl eine neue Strategie überlegen. Aber wenn nicht …« Sie blickt kurz hoch. »Wenn nicht … Stellt euch nur vor, was für Bilder sich danach im ganzen Land verbreiten werden, auch auf dem Kontinent, auf jedem Kontinent! Diese Bilder werden um die Welt gehen: englische Bürger, die ihre bloße Haut von anderen berühren lassen. Überlegt mal, was erst passiert, wenn die Leute auf den Geschmack gekommen sind. Das könnte magisch werden, Robin. Es könnte dich zum König aller Könige machen.«

Als wir am Abend im Bett liegen, bin ich immer noch so aufgedreht, dass es fast wehtut. Robin eher weniger. Nachdem Ninon abgeschwirrt war, um ihren Zauber zu wirken, haben wir uns an einer ersten Tanzprobe versucht. Und es war nicht Robin, der sich dabei zum Narren gemacht hat. Außerdem hat sie ihn König aller Könige genannt. Wenn hier also einer vor Selbstzufriedenheit strotzen sollte, dann er.

Doch das Gegenteil ist der Fall. Er scheint irgendwie abgelenkt zu sein, grüblerisch. Als ich den Kopf an seine Schulter lege, zuckt er sogar kurz zusammen. »Was ist denn los?«, will ich wissen. Er lächelt, doch seine Lippen scheinen die einzigen Beteiligten zu sein.

»Gar nichts. Vergiss es.«

Da er ja unbedingt ein blödes Nachthemd anziehen musste, kann ich seine Gedanken nicht lesen. Das nervt. »Und woran denkst du gerade?«

Robin setzt sich auf, also folge ich seinem Beispiel. Seufzend lehnt er sich gegen das Kopfteil des Bettes. Seine schwarzen Haare sind zerzaust, und im Kontrast zu seiner dunkelblauen Nachtwäsche wirkt seine helle Haut fast durchscheinend. Irgendetwas an diesem Anblick lässt mein Herz zerfließen. Ich liebe es, ihn so zu sehen, so entspannt und … echt. Und er riecht immer noch nach Bergamotte.

»An dich und mich, schätze ich.«

»Das klingt ja bedrohlich«, versuche ich etwas hilflos, die

Stimmung aufzulockern, bevor ich mich im Schneidersitz neben ihn setze. Von der Hüfte aufwärts bin ich nackt. Hier fühlt sich das schockierend anstößig an. In Berlin war das nicht so. Die Kreatur kommt mit einem Satz zu uns auf das Bett und leckt über meine Wange. Ich schiebe sie weg. Hier werde ich keine Medikamente bekommen. Und ich habe nachgesehen – meine Vorräte reichen gerade noch für ein paar Tage. Aber ich habe es zwei Jahrzehnte ohne Pillen geschafft, und das wird mir wieder gelingen. Ich kann das schaffen. Selbst an diesem schrecklichen Ort, in dieser Stadt aus Glas und all ihrem Grauen. Dieses Königreich ist wie gemacht für die Kreatur.

»Ich habe es getan«, sagt Robin ernst, ohne auf meinen Scherz einzugehen. »Ich habe dich damals im Thronsaal entkleidet.«

»Habe ich nicht vergessen«, sage ich.

Er zeichnet wirre Linien auf die Matratze. »War das nicht schrecklich für dich?«

»Doch, war es.«

Sein Blick ist starr, als er mich ansieht. »Warum wolltest du mich danach überhaupt noch?«

Mir fällt keine Begründung ein. Es war einfach so. Ein Gefühl eben. Robin starrt mich weiter an, dann lässt er den Blick über meinen nackten Oberkörper gleiten. »Ich wollte dich von dem Moment an, als ich dich zum ersten Mal sah«, gesteht er. »Und nicht viel später habe ich mich in dich verliebt.«

Er lacht, doch es klingt traurig. »Da sitze ich hier und erzähle was von Liebe.«

»Doch bestimmt nicht ohne Grund«, sage ich. Soll ich es als Beleidigung empfinden, dass er offenbar mit Zweifeln ringt?

»Natürlich nicht. Ich liebe dich. Aber ist es wirklich Liebe, wenn du jemandem so etwas angetan hast?«

Er starrt auf die Matratze und drückt den Daumen an die Lippen – sein nervöser Tick. »Ich weiß nicht, was ich tun soll,

Rea«, gibt er schließlich zu. »Man hat mir nie beigebracht, wie man eine Frau anständig behandelt. Ganz im Gegenteil.«

Ich ziehe ihn an mich und küsse ihn. So muss ich ihm nicht antworten. Bisher habe ich das nie so gesehen, doch er hat zweifellos recht. Alles, was ihm beigebracht wurde, war nur darauf ausgelegt, Frauen zu demütigen.

»Sag mir, was du dir wünschst, Rea«, flüstert er. »Ich habe keine Ahnung, wie man das macht, und am Ende tue ich dir immer nur weh. Das ist das Letzte, was ich will.«

Nachdem ich ihn noch einmal geküsst habe, nachdem ich mir Zeit erkauft habe, um nachzudenken, nachdem mir Ninons Worte wieder eingefallen sind, sage ich: »Da ist doch nichts weiter dabei, oder? Wenn du jemanden anständig behandeln willst, dann musst du nur … mit ihm an einem Strang ziehen und nicht gegen ihn arbeiten. Lass ihn seine eigenen Entscheidungen treffen. Überlege dir, was der andere wollen könnte.«

Robin haucht einen Kuss auf meinen Hals, der einen wohligen Schauer in mir auslöst. »Ja, das ist schon ein guter Anfang«, scherze ich.

»Ich werde dich glücklich machen.« Es klingt wie ein Schwur. »Ich werde dich zu meiner Königin machen.«

Plötzlich fallen mir Madame Hivers Worte wieder ein. *Hat er dich je gefragt, was du willst? Habt ihr je darüber gesprochen, wie du dir dein Leben vorstellst, oder ist er immer einfach davon ausgegangen, dass es für dich die größte Erfüllung wäre, wenn er dich zur Frau nimmt?* Ich schüttele den Gedanken ab und lasse mich von seinem Kuss mitreißen. Jetzt muss ich erst mal überleben. Einfach nur überleben. Widerstand leisten. Die Dinge ändern.

Koste es, was es wolle.

Am nächsten Tag kehrt Ninon zurück, um die Kampagne ins Rollen zu bringen. Das Treffen ist natürlich absolut inoffiziell –

niemand darf wissen, dass eine Magdalena etwas damit zu tun hat, Schwester des Roi hin oder her. Wir halten es so geheim wie möglich, aber sie will es sich nicht nehmen lassen, uns zu helfen.

Dazu möchte sie »verlockende« Fotos von Robin und mir machen. Uns beiden ist das vor allem peinlich. Immer wieder gibt Ninon mahnende Zungenschnalzer von sich, während René krampfhaft versucht, nicht laut loszulachen. Erst als die beiden aufbrechen, fällt mir auf, dass sie von sechs bis an die Zähne bewaffneten Rittern eskortiert werden. Gestern hatte ich sie nicht bemerkt, aber anscheinend sind die Männer Teil des Bedingungskatalogs, den sie vom Weißen König aufoktroyiert bekommen haben. In England gilt Ninon jetzt als Bedrohung. Spiritus apertus, wie sehr ich mir wünsche, irgendwo anders zu sein! Vor allem, als ich tags darauf meine vorletzte Tablette schlucke. *Ich schaffe das,* versichere ich mir selbst. *Wie ich es all die Jahre zuvor auch geschafft habe.*

Im Laufe der Woche speist Ninon die Fotos nach und nach unter Robins Namen in die sozialen Netzwerke ein, ohne dass jemand von ihrer Beteiligung erfährt. Anfangs sind die Bilder noch ganz harmlos. Zwei Paar Handschuhe – seine und meine –, vergessen auf dem weißen Rasen, direkt neben ein paar strategisch platzierten Gänseblümchen. Das ist zwar schockierend, aber nur ein bisschen. Robin scheint das zu beruhigen. Am zweiten Tag schickt ihm Ninon eine Liste mit den Namen möglicher Unterstützer. *Temps de tirer toutes les sonnettes,* steht darunter, was ich grob übersetze als: Es wird Zeit, ein paar Klinken zu putzen. Robin verzieht gequält das Gesicht, als er liest, was Ninon bestimmt mit einem selbstzufriedenen Grinsen hinzugefügt hat. Mein Lachanfall sprengt definitiv die Minutengrenze.

Wenn Robin unterwegs ist – und manchmal auch, wenn nicht –, meide ich den Palast, so gut es geht. Die Königin sitzt mir ständig im Nacken, und jedes Mal, wenn ich an einem Ritter vorbeigehe, wird mir wieder bewusst, welch ein Risiko ich an diesem Ort eingehe. Außerdem scheint die Kreatur hier dauerhaft Quartier bezogen zu haben. Am Weißen Hof werde ich sie nicht mehr los, wohin ich auch gehe. Nachdem endlich unsere Sachen aus Berlin eingetroffen sind, ziehe ich zu Liam in die neue Wohnung. Sie befindet sich in Angel, einem Stadtteil, der früher Islington hieß, nördlich vom Fluss. Normalerweise könnten wir uns in dieser Gegend niemals etwas leisten. Auf meinen fragenden Blick hin erklärt Liam nur knapp: »Madame.«

Wir sitzen in unserem neuen Wohnzimmer (ja, wir haben jetzt ein *Wohnzimmer*) und trinken Tee aus den filigranen Tassen, die Liam in Paris auf einem Flohmarkt entdeckt hat. In der freien Hand halte ich meine heiß geliebte Taschenuhr. Ninon hat sie mir zum Geschenk gemacht, kurz nachdem wir Freundinnen wurden. Immer wieder streiche ich über die wunderschöne Flamme, die in die Uhr eingraviert ist. Beethoven schleicht durch die Wohnung und kommt ab und zu vorbei, um sich an Liams Bein zu reiben oder sich gnädigerweise ein paar Streicheleinheiten abzuholen. Hier gibt es so viele Gerüche, dass sein Geist bunt ist wie ein Regenbogen. Ganz im Gegensatz zu Möbeln, die fehlen fast völlig. Anscheinend ist das ein Luxus, den Madames Großzügigkeit nicht abdeckt. Deshalb sitzen wir auf dem Boden, trinken billigen Tee aus angeschlagenen Tassen und blicken durch die hohen Fenster nach draußen. »Sie meinte, eine derart respektable Adresse könnte nützlich sein«, fährt Liam fort und beobachtet, wie ich mit der Uhr herumspiele. Ja, respektabel ist sie auf jeden Fall. Nicht armselig wie Little Justus oder übertrieben schick wie St. Joseph. Durchschnittlich. Hier gibt es zwar Häuser aus Glas, aber nur wenige. Die restlichen sind teils weiß gestrichen, teils grau. Die Laufbahnen auf den Gehwegen sind breit genug, um drei Fußgängern nebeneinander Raum zu geben. Es gibt sogar einige Autos, und auf jedem Fensterbrett stehen prachtvolle weiße

Orchideen. In den Häusern hängen saubere Vorhänge, davor weiße Fußmatten. Der Großteil der Bäume ist grün, aber manche wurden weiß angesprüht, genau wie die Laternenmasten. Eine Nachbarschaftsinitiative.

»Wie nett von ihr«, sage ich.

»Sie hat dir das Leben gerettet, indem sie dir gezeigt hat, wie du Mister Galahad überlisten kannst«, betont Liam. Als ich ihm erzählt habe, wie der Weiße König mich mit dem Glasbläser überrascht hat, dachte ich wirklich, er würde das bisschen Einrichtung zertrümmern, das wir haben. »Die hast du von Ninon bekommen, oder?«, fährt er unwillkürlich fort und deutet übertrieben gelassen auf die Uhr.

Ich muss mir ein Grinsen verkneifen. »Würdest du sie für mich aufbewahren?«, frage ich, einem Impuls folgend. »Es macht sich wohl nicht so gut, wenn ich sie am Weißen Hof bei mir habe. Von wegen Lady und so …«

»Klar doch.« Wie einen Schatz nimmt er mir die Taschenuhr aus der Hand. »Wenn du Madame Bescheid dafür sagst, dass du nicht mehr in Gefahr bist.«

Seufzend hole ich mein Handy aus der Tasche und schreibe ihr eine Nachricht, bevor ich meinen Bruder frage: »Und, was hast du so getrieben, seit du wieder hier bist?«

»Alles Mögliche.« Liam schiebt sich die Uhr vorsichtig in die Tasche und befestigt die Kette in einem Knopfloch an seiner Weste. »Madame hat mir die Adressen von ein paar alten Freunden mitgegeben, und ich habe versucht, mit ihnen Kontakt aufzunehmen.« Er streckt die Beine aus. »In der vergangenen Woche bin ich kreuz und quer durch London gelaufen.«

»Und, waren sie … nett?«, frage ich vorsichtig.

»Ja, das waren sie.« Er gibt etwas Zucker in seinen Tee. Maria allein weiß, wo er eine Zuckerdose aufgetrieben hat. »Außerdem habe ich mir eine Vorstellung der *Verbannten* angesehen.«

»Sie sind also wieder in London?«

»Ihre Tournee ist vorbei. Aber ich denke, sie wollten auch wiederkommen. Rechtzeitig zur … Verlobung von dir und dem Prinzen.«

»Und, wie geht es ihnen so?«

»Soweit ich das beurteilen kann, gut. Auf mich haben sie den Eindruck gemacht, als hätte ihnen der Ortswechsel gutgetan. Und als würden gewisse andere Veränderungen ihnen auch gefallen.« Er sieht mich offen an. Eigentlich wollte ich nicht, dass er nach London zurückkehrt, absolut nicht. Aber jetzt bin ich so froh, dass er hier ist. Das Konservatorium hat ihm gestattet, sein Studium für ein Jahr zu unterbrechen. Liam hat familiäre Gründe dafür angeführt. Alles in allem ist das ja auch gar nicht so falsch.

Betont fröhlich berichte ich Liam von Robins Plan, so zu tun, als ginge es gar nicht um die Befreiung der Magdalenen. Mein Bruder nippt schweigend an seinem Tee. Die Farbe an den Wänden ist noch feucht. Als ich fertig bin, spitzt er die Lippen.

»Du hättest den König sehen sollen«, fahre ich schnell fort. »Er war sogar damit einverstanden, dass wir bei der Verlobungszeremonie tanzen. Warte mal ab, großer Bruder.«

»Vielleicht«, sagt er und schaut gedankenverloren an die Wand. »Erinnerst du dich noch an Eleanor?«, fragt er unvermittelt.

»An wen?«

»Eleanor Stone. Die Anwältin, die am Stadtrand wohnte, oben am Equinox Pond. Weißt du noch, damals an der Ostküste?«

»Ach ja.« Ich erinnere mich an eine willensstarke Frau, noch gar nicht so alt, vielleicht neun, zehn Jahre älter als wir. Liam war als Jugendlicher ein bisschen verschossen in sie, glaube ich. »Was ist mit ihr?«

»Ihr Name stand auf Madames Liste, aber eigentlich war sie es, die sich mit mir in Verbindung gesetzt hat. Sie will, dass ich ihr helfe, Ninon zu kontaktieren. Wollte nicht so recht sagen, warum, aber ich kann es mir denken. Vielleicht …« Er zögert wieder. »Wer weiß. Vielleicht ändert sich wirklich etwas.«

Dort drüben? Das ist ebenso schwierig zu glauben wie hier, wenn nicht noch mehr. In den Vereinigten Staaten hat man als Magdalene noch Glück, wenn sie einen ins Gefängnis stecken, bevor einen die Nachbarschaftsmilizen in die Finger bekommen. »Vermisst du es manchmal?«, fragt er.

Bevor ich antworten kann, dass es mir schwerfällt, irgendeinen Ort zu vermissen, an dem er ausgepeitscht wurde, klingelt mein Handy. »Wo steckst du?«, fragt Ninon am anderen Ende der Leitung.

»In Angel, bei Liam. Ist alles in Ordnung?«

»Alles bestens. Sag deinem Bruder, er soll sich Schuhe anziehen. Dasselbe gilt natürlich für dich. Wir gehen shoppen.«

Offenbar brauche ich noch ein Outfit für die Verlobungszeremonie.

Das wird das zweite Foto, das sie postet: ein Bild von meiner Umkleidekabine. Laut Ninons Aussage wird sich danach jeder vernünftige Mensch ausmalen, wie ich nackt aussehe. Liam hätte das wohl lieber nicht gehört, denn er erstickt fast an seinem Sandwich.

Am Samstag ist die gesamte Stadt in Aufruhr. Ich weiß nicht, wann ich auf den Straßen Londons je eine solch fiebrige Erregtheit gespürt habe. Sonne und Nebel verbinden sich zu einem herrlichen Gemisch und verwandeln die lauten Stimmen der Stadt in ein hungriges Murmeln, ein aufgepeitschtes Flüstern. Robin und ich verfolgen die Online-Schlagzeilen, während wir uns in seinen Gemächern fertig machen. Genaue Zuschauerzahlen scheint es nicht zu geben, aber angeblich sind Zehn- oder sogar Hunderttausende extra für diesen Anlass in die Hauptstadt gereist. Das ist bestimmt übertrieben, denke ich, während Robin die letzten Knöpfe an meinem Kleid schließt. Seine Finger zittern, und ich bin nicht weniger nervös. Das einzig Tröstliche ist, dass Ninon, René und Liam unter den Zuschauern sein werden – vielleicht sogar Blanc und der Comte, denen wir ebenfalls eine Einladung geschickt haben. Da sie keine Magdalenen sind, dürfte es an der Grenze keine Schwierigkeiten geben. Diplomaten und königliche Abgesandte aus der ganzen Welt sind angereist. Am frühen Morgen kamen zuletzt noch die Delegationen aus China, Hawaii und Neuseeland. Im King George, St. James's und Regent's Park wurden Monitore fürs Public Viewing aufgestellt.

Spiritus apertus. Jetzt zittern nicht mehr nur meine Hände. Und wenn die Menge nun vollkommen schockiert ist von dem, was wir tun? Wenn Panik ausbricht? Wäre das möglich? Könnten sie … Ich bin … Oh, Maria! Robin drückt mir einen Kuss auf die Wange.

»Alles klar?«, fragt er. Seine Stimme klingt leicht gepresst. Die Seidenstränge in seinem Geist sind straff gespannt. Ich erhasche nur einen kurzen Blick auf die fest verwobene Seide, bevor er den Hautkontakt unterbricht. Mühsam ringe ich mir ein Lächeln ab.

»Lieber würde ich eine ganze Nacht lang in der Seidenhöhle den Sandsack machen.«

»Verraten Sie uns doch noch etwas mehr darüber, was Sie in Ihrer Freizeit tun, Miss Emris«, spottet Robin. Ich streiche über sein Revers. Einfach nur, um irgendetwas anzufassen. »Was meinst du, werden sie uns steinigen?«

»Das glaube ich nicht«, erwidert Robin. »Nicht genug Steine.«

Empört boxe ich gegen seinen Arm. Er zuckt zusammen. »Spiritus apertus!«, sage ich. »Das tut mir leid, ich wollte nicht …«

»Ist schon gut.« Er versucht, eine würdevolle Miene aufzusetzen. Dann räuspert er sich. »Allerdings wirst du diese Angewohnheit früher oder später wohl aufgeben müssen.«

Es dauert einen Moment, bis mir klar wird, was er damit meint. »Verzeihung, das kommt noch aus der Zeit in Paris. Und es klingt doch auch toll, oder: Spiritus apertus …«

Lachend dreht sich Robin zum Spiegel um und mustert uns beide prüfend. »Das meinte ich nicht.« In Zeitlupe lässt er seine Faust gegen meine Schläfe krachen. Dann folgen seine Lippen an meinem Ohr. »Sondern das. Es wäre doch höchst unziemlich, wenn die Königin sich mit ihrem Gatten duelliert.« Er küsst diese eine Stelle hinter meinem Ohr, bei der ich immer Gänsehaut bekomme. Ich lasse mich in seine Arme fallen.

»Das klingt aber furchtbar öde«, protestiere ich, während ich anfange, kleine Küsse auf seinen Kiefer zu hauchen. Dann beiße ich kurz zu. Das Geräusch, das er dabei macht, sollte man auf keinen Fall als Quietschen bezeichnen. Lachend hebe ich den Kopf und küsse ihn richtig. Wir hören erst auf, als es an der Tür klopft.

»Königliche Hoheit? Miss Emris? Es wird Zeit.«

Nottingham. Wir legen unsere Marienkrägen an und vergewissern uns noch einmal, dass wir anständig aussehen. Im Moment sind wir der Inbegriff von Sittlichkeit. Robin trägt einen weichen schwarzen Brokatanzug mit Chiffonweste, in die feine weiße Fäden eingearbeitet sind, farblich passend zu Uhrenkette und Diadem. Sein Marienkragen ist schwarz und umfasst seinen halben Hinterkopf. Im Gesicht ist er so geschnitten, dass Augen, Nase und Mund frei bleiben. Wer so dicht vor ihm steht wie ich, kann erkennen, dass seine Augen mit feinem schwarzen Eyeliner umrandet sind. Ich trage selbstverständlich ein weißes Kleid. Es besteht aus Crêpe Georgette und Spitze, die in unzähligen, unterschiedlich langen Lagen übereinander genäht wurden. Um den Bauch schlingt sich ein Kummerbund aus Samt, und die langen Ärmel – oben eng, unten weit – reichen mir bis über den Handrücken. Dazu weiße Handschuhe mit einer dekorativen Blume am Handgelenk. Meine Marienkrone ist ebenso hoch wie die von Robin, verdeckt aber sogar Nase und Lippen. Noch respektabler könnten wir nicht aussehen.

Das wird allerdings nicht lange so bleiben.

»Herein«, ruft Robin schließlich. Ich sauge noch einmal seinen Duft in mich ein, bevor sich die Tür öffnet.

Nottingham hat eine Rittereskorte mitgebracht, die außerdem von der Kreatur begleitet wird. Der König hat beschlossen, dass die Zeremonie im Wintergarten stattfinden soll, dem großen Glasanbau vor dem Palast. Am Haupttor wurde eine Bühne errichtet. Ringsum stehen die Stühle der Ehrengäste, dahinter gibt es Stehplätze für die Glücklichen, die es geschafft haben, eingelassen zu werden. Die Parterrebesucher, sozusagen. Es handelt sich um einhundert handverlesene Zuschauer. Draußen ist dann noch einmal Platz für über fünfzigtausend Menschen, die sich auf den beiden breiten Prachtstraßen verteilen werden, die vom Wintergarten wegführen, The Mall und Constitution Hill.

Unterwegs übe ich mein Lächeln: unschuldig, überwältigt, arglos. Unschuldig, überwältigt, arglos. Der wichtigste Teil meiner Vorstellung. Jetzt, wo ich den Glasbläser besiegt habe, wünsche ich mir, diese Zeremonie hätte doch öffentlich stattgefunden. Auf diese Weise bleibt immer noch Raum für Zweifel an meiner Person. Ich weiß, dass die Leute eine Frage nicht loslässt, die sie sich eigentlich schon stellen, seit wir mit dieser ganzen Scharade begonnen haben: Wie konnte so ein Mädchen den Kronprinzen verzaubern?

Früher hätte ich ihnen sogar zugestimmt. Jetzt drängt sich mir der Gedanke auf, warum eigentlich niemand fragt, wie er mich für sich einnehmen konnte. Hat eigentlich einer von denen auch nur die geringste Ahnung, wie das Leben am Weißen Hof aussieht?

Im Vestibül lässt man uns warten. Die Königliche Familie ist bereits draußen, also König und Königin mit den Zwillingen, außerdem die Höflinge, die Wache, die ausländischen Gesandten und Mister Galahad. Seit der Glasbläser-Zeremonie habe ich ihn nicht mehr gesehen. Ein Teil von mir kann noch immer nicht glauben, dass es mir gelungen sein soll, ihn auszutricksen.

Nottingham spricht in sein Funkgerät. In Uniform verleihen der Bart und das scharfe Rapier an der Seite ihm etwas Spitzbübisches. Draußen werden Reden gehalten, sowohl von einigen Gästen als auch von den Gesandten. Sogar der König selbst spricht. Ein PR-Berater des Palastes hat neben der Tür Stellung bezogen und tigert dort nervös auf und ab. Schließlich befestigt er ein winziges Mikrofon an Robins Hemd, während er gleichzeitig Uhrzeit und Telefon kontrolliert. Das Signal geht fast gleichzeitig bei ihm und Nottingham ein.

»Man ist nun für Euch bereit, Königliche Hoheit«, erklärt Nottingham.

Robin greift nach meiner Schleppe und spannt sie. Zwei Diener öffnen die Türen für uns. Langsam treten wir hinaus. Treten in grelles Scheinwerferlicht.

Der Wintergarten ist vollständig in weißes und blaues Licht getaucht. Erwartungsvolles Schweigen hat sich über die Menge gesenkt. Die Bühne ragt erstaunlich hoch über den Menschen auf, komplett mit weißem Stoff verkleidet. Robin führt mich die Treppe hinauf. Noch zehn Stufen, dann können sie uns alle sehen. Fünf. Vier. Drei. Zwei.

Eine.

Sobald wir auf die Bühne treten, beginnt die Menge zu jubeln. Das helle Licht blendet mich. Ich kann kaum etwas erkennen, aber dort draußen scheinen Tausende Menschen zu stehen. Hunderttausende drängen sich jenseits des Wintergartens auf den breiten Straßen und im Park. Die Menge erstreckt sich weiter, als ich überhaupt sehen kann. Alle haben sich schick gemacht, die Frauen in Weiß, die Männer in Schwarz. Direkt vor der Bühne stechen die Würdenträger aus aller Welt deutlich hervor, da sie die Einzigen sind, die farbig gekleidet sind. Kleine Hoffnungsschimmer in einem Meer aus schwarzen und weißen Marienkrägen. Ich sehe Ninon und den Roi – beide tragen violette Stiefel, blaue Hosen, ein grünes Oberteil und einen roten Hut. Der schwarze Fleck neben dem Roi muss Madame Hiver sein. Die Kaiserin mit funkelnder Krone, die Prinzessin aus Seoul im schimmernden Anzug, der König von Verona mit goldener Maske und Cape.

Rechts von uns sind einige vergoldete Stühle aufgereiht, auf denen der König, die Königin, William und Victoria sitzen. Nottingham nimmt seinen Platz an ihrer Seite ein, während seine Ritter ihren Rücken schützen. Neben ihm sitzt ein Mann mit einer Maske, und selbst dahinter setzt sich die Stuhlreihe noch fort. Ich erhasche nur einen flüchtigen Blick auf die übrigen Plätze, da Robin mich sanft weiterzieht. Wir gehen nach links, wo ein silberner, mit Plumeriazweigen umwickelter Bogen steht.

»Ladys und Gentlemen«, tönt es aus den Lautsprechern.

Unwillkürlich zucke ich zusammen. Ich kenne diese Stimme.

Verstohlen blicke ich zur Seite. Am rechten Bühnenrand steht Lady Thea Mallory. Ihr Kleid ist strahlend weiß und mit einem extravaganten silbernen Cape versehen. Die Form ihres Marienkragens erinnert an Engelsflügel. Das blonde Haar ist kunstvoll aufgesteckt, nur gehalten von ein paar mit Perlen besetzten Klammern.

»Seine Königliche Hoheit Andrew Reginald Theodor Ulysses Robin, Kronprinz von England und Wales, und seine Verlobte, Miss Rea Marian Emris.«

Der Applaus legt noch einmal an Lautstärke zu, als Robin mich unter den silbernen Bogen führt. Dort lässt er mich stehen und tritt vor an den Rand der Bühne.

»Danke«, sagt er schlicht. Sofort wird die Menge still. Auf den riesigen Monitoren hinter uns erscheint Robins Gesicht. Er sieht atemberaubend aus. »Nur selten war es mir vergönnt, ein solches Glück zu empfinden wie heute. Das Glück, nach all den Schwierigkeiten, die wir durchleiden mussten, am heutigen Tag Miss Rea Marian Emris nicht nur als Freundin bezeichnen zu dürfen, als meine Gefährtin, meine Retterin – sondern auch als meine zukünftige Ehefrau.«

Ein leises Raunen geht durch die Menge. Die Kameras haben Robins Gesicht herangezoomt, sodass man seinen Eyeliner sehen kann.

»Und mit größter Freude kann ich Ihnen mitteilen, dass der Glasbläser sie bereits zu meiner zukünftigen Königin gemacht hat.«

Das Raunen verstärkt sich. Klingt es überrascht? Schockiert? Erfreut? Ich kann es nicht sagen.

Robin wartet ab, bis es wieder still ist. »Aber wie sollte ich dieses Glück genießen können, wenn mein Volk davon ausgeschlossen bleibt?«

Lauter Jubel. Der Prinz lächelt. »Aus diesem Grund würden Miss Emris und ich heute gerne unser Glück mit Ihnen allen teilen. Wir wissen beide, wie schnell man einen geliebten Menschen verlieren kann: Miss Emris, weil sie mehrfach ihr Leben riskiert hat, um meines zu schützen; ich, weil ich lange in tödlicher Gefahr schwebte. Deshalb möchten wir Sie dazu einladen, jene Menschen zu ehren, die Sie lieben. Widmen wir den heutigen Tag unseren Liebsten. Hier oder wo immer Sie auch gerade sein mögen. Tun Sie es, indem Sie sie zum Tanz auffordern. So – wie – wir.«

Tosender Applaus brandet auf, als die Musik einsetzt. Robin kommt auf mich zu. Lautlos formen meine Lippen die Worte, die ich nicht aussprechen darf: *Es ist noch nicht zu spät für einen Rückzieher.*

Er greift nach meiner Schleppe. Mein Herz klopft wild. Im ersten Moment sieht es so aus, als wollte er mich in die Standardtanzpose schieben. Dann wickelt er sich die Schleppe um die Hand – einmal, noch einmal.

Und zieht mich an sich.

Man kann hören, wie schockiert die Menschen sind. Manche lachen verunsichert. Meine Kehle ist wie ausgetrocknet. Robins Arm schlingt sich um meine Hüfte. Mit zitternden Fingern hebe ich die Hand, die prompt von ihm abgefangen wird, wie wir es geübt haben. Dann zieht er mir mit langsamen, vorsichtigen Bewegungen den rechten Handschuh aus.

Das Gelächter verstummt.

Robin hebt den linken Arm, und ich streife ihm den Handschuh ab. Vor meinen Augen verschwimmt alles. Tausende Menschen schnappen entsetzt nach Luft. Noch vor einem Jahr hätte auch ich so dort in der Menge gestanden, starr vor Schock. Noch vor einem Jahr hätte ich geglaubt, jemand hätte mir den Boden unter den Füßen weggezogen, wenn ich Zeuge einer solchen Begebenheit gewesen wäre. Unsere Hände verharren reglos, nur Zentimeter voneinander entfernt. Keinerlei Berührung. Die einzige Regel, die wirklich wichtig ist.

Wir werden diese Regel jetzt brechen.

Ich sehe nur noch Robin. Ich bekomme keine Luft mehr. Konzentration. Das ist der Wandel, sage ich mir. Wie *wir* ihn wollen, nicht sie.

Ein einziger, einsamer Schrei ertönt in der Menge, als ich Robins nackte Hand ergreife. Schlagartig drängen seine Gedanken auf mich ein. *Sie werden uns töten – hier, auf der Stelle – das war eine dumme I… Niemand wird mitmachen, niemanden wird es – du darfst ihn nicht ansehen, sie nicht ansehen, du darfst nicht …*

Ich schließe die Augen, aber meinen Geist kann ich nicht verschließen. »Los«, flüstere ich. Das Mikrofon überträgt das leise

Geräusch. Das reißt Robin aus dem Mahlstrom seiner Gedanken. Er konzentriert sich auf die Musik, den Rhythmus, er zählt …

… und reißt mich förmlich von den Füßen.

Wir haben das alles geübt: Erst hebt er mich hoch, packt mich mit beiden Händen an der Taille. Sobald ich wieder stehe, gehen wir in einen Wiener Walzer über. Ich bin nur froh, dass Robin so ein guter Tänzer ist. Und er ist froh, dass er sich an mir festhalten kann. Entsetzliche dreißig Sekunden lang geschieht gar nichts. *Es passiert nichts, niemand will – niemand wird – niemand traut sich – dumm, gefährlich – es interessiert niemanden – gefährlich – keiner …* Die Musik und das Geräusch unserer tanzenden Füße, mehr ist in der drückenden Stille nicht zu hören.

Dann beginnt jemand zu klatschen.

Aus dem Augenwinkel kann ich erkennen, dass es Ninon ist.

Ich zähle die Sekunden: eins … zwei … drei.

Weitere Zuschauer applaudieren. Ein vorsichtiger Blick ins Publikum verrät mir, dass es die ausländischen Würdenträger sind. Natürlich, für sie ist das nichts Ungewöhnliches. Robin zieht mich in eine Drehung. Für einen kurzen Moment kann ich die Königin sehen. Und den König.

Deshalb sehe ich auch genau, als er anfängt zu klatschen.

Der König. Das überrascht mich so, dass ich kurz aus dem Takt gerate. Es ist schockierend, aber auch verdächtig. Robin fängt mich auf, und wir setzen neu ein. Als der König wieder in mein Blickfeld gleitet, beobachte ich ihn genau. Das ist einfach nicht möglich. Trotzdem steht er auf. Die Königin ebenfalls. Jetzt reagiert die Menge, sie fallen in den Applaus des Königspaares mit ein. Auch die Menschen ganz hinten im Wintergarten, die Parkettbesucher. Und die Zuschauer draußen. Eigentlich müsste ich erleichtert sein, berauscht triumphieren, wie nach einem siegreichen Kampf im Ring. Aber ich kann einfach nicht aufhören, den König zu beobachten. Kann meine Zweifel nicht unterdrücken. Ist das tatsächlich wahr? Spielt Seine Majestät tatsächlich mit?

Robin hingegen nickt mir erleichtert zu. Er scheint keine Zweifel zu haben. Und vielleicht hat er ja recht. Vielleicht gibt sich sein Vater wirklich ihm zuliebe so offen, wegen der Publicity oder sonst irgendetwas. Vielleicht lässt er der Sache einfach freien Lauf, und das ist unsere große Chance.

Also nicke ich ebenfalls. Robin schiebt mich in eine letzte Drehung, dann lässt er mich los und geht zu den Stühlen auf der Bühne hinüber. Streckt seiner Mutter die nackte Hand entgegen. Wegen des Schleiers kann ich ihre Mimik nicht erkennen. Sie wendet sich dem König zu, der großmütig nickt. Erleichterung, Glücksgefühl und Begeisterung bekommen trotz meiner Sorgen Aufwind. Robin führt seine Mutter auf die Tanzfläche. Ich behalte die Stuhlreihe im Auge. Victoria ist die Nächste, die aufsteht. Mein Adrenalinschub verwandelt sich in pures Glück, als sie ihren Handschuh abstreift und damit vor dem Gesicht ihres Zwillingsbruders herumwedelt. Mehrere Leute lachen, als er rot anläuft. Aber er zieht seinen ebenfalls aus und führt sie zum Tanz. Die Würdenträger in der ersten Reihe folgen dem Beispiel des Roi und erheben sich von ihren Plätzen. Zunächst kann ich sie nicht deutlich erkennen, aber als er auf die Bühne kommt, sehe ich, dass es sich bei der Frau an seinem Arm um Madame Hiver handelt. Langsam dreht sie sich um, bis sie Thea Mallory direkt ansieht. Die Fernsehkameras sind auf ihr Gesicht gerichtet. So kann auch ich erkennen, wie sie herausfordernd die Brauen hochzieht.

Sekunden später betritt Thea Mallory mit ihrem Ehemann die Tanzfläche.

Die Glücksgefühle werden zum reinsten Triumph. Ich taumele geradezu, lasse meine Fassungslosigkeit von diesem Rausch fortspülen. Was auch immer der Grund gewesen sein mag: Der

König lässt es tatsächlich geschehen. So viele Paare auf der Tanzfläche. So viele unbekleidete Hände. Und das mitten in seinem Gläsernen Palast.

»Miss Emris?«

Ich zucke erschrocken zusammen, als ich meinen Namen höre. Nottingham steht vor mir und streckt die Hand aus. »Diese Gelegenheit kann ich mir einfach nicht entgehen lassen.«

Er trägt Handschuhe, kann mir also nicht gefährlich werden. Außerdem ist die Gelegenheit wirklich günstig, um mit dem Captain der englischen Truppen zu tanzen. »Allerdings nicht«, erwidere ich deshalb mit einem gewinnenden Lächeln und nehme seine Hand. Er erwidert mein Lächeln. Jetzt müsste er mich eigentlich an sich ziehen, die Hand auf meinen Rücken legen, vielleicht mit einem spöttischen Kommentar über diese ruchlose und doch vergnügliche Vorstellung. Bei ihm wäre es auch möglich, dass er mich zu einem kleinen Faustkampf herausfordert. Wogegen ich nicht viel einzuwenden hätte, wenn ich ehrlich bin.

Doch stattdessen beugt er sich vor, wendet den Blick nicht von meinen Augen ab.

Nicht einmal, als er meinen nackten Handrücken küsst.

Sein Bart gleitet kitzelnd über meine Finger, reizt meine Haut, während gleichzeitig sein Geist über mich hereinbricht. Und er ist atemberaubend.

Licht, Wasser, ein funkelnder Nachthimmel. Champagner, Perlen, flauschige Federn. Mich packt eine schier unerträgliche Sehnsucht, als ich einen kurzen Blick auf all das werfe. Einen viel zu kurzen Blick! Schon ist der Moment vorüber, seine Lippen lösen sich von meiner Hand. Ich will es wiederhaben, das Licht, das Kribbeln, den Glanz. Ich beuge mich zu ihm, versuche es zurückzuholen. Nicht mehr als ein Instinkt, aber es war so unbeschreiblich …

Eine laute Stimme dröhnt durch den Wintergarten: »Einen Moment, bitte.«

Es ist die Stimme des Königs.

Ich erstarre. Alle drehen sich zu ihm um. Er lächelt. Zunächst sieht er nur Robin und mich an, dann wendet er sich dem ganzen Publikum zu. Die Musiker hören auf zu spielen. »Ich denke, dies ist der perfekte Moment für unser Verlobungsgeschenk.«

Am Rande des Wintergartens gerät etwas in Bewegung. Da mich die Scheinwerfer noch immer blenden, kann ich nicht sehen, was da vor sich geht.

»Ursprünglich hatte ich etwas anderes geplant, aber ihr habt mich auf eine Idee gebracht. Eben so, wie ein Sohn seinem Vater hin und wieder neue Ideen in den Kopf setzen sollte.« Der König stellt sich in die Mitte der Bühne. »Meine hochverehrten Gäste, insbesondere die Parkettbesucher in den hinteren Reihen. Als Geschenk zu seiner Verlobung wünsche ich mir für meinen Sohn eigentlich nur eines: dass Sie zu ihm hier auf die Tanzfläche kommen. Dann werde auch ich meine Königin um einen Tanz bitten.«

Er lacht. Ich traue meinen Ohren nicht. Der Weiße König? Der Weiße König höchstpersönlich will die Handschuhe ablegen?

»Und Sie sollen sich dabei absolut sicher fühlen können.«

Als er herzlich die Arme ausbreitet, kommt die Kreatur angetappt und drückt sich an meine Beine. »Denn auch wenn ich all diese Fröhlichkeit nur gutheißen kann, dürfen wir doch niemals vergessen, dass es diesen freudigen Anlass nicht gegeben hätte, wenn Miss Emris den Kronprinzen nicht erneut aus den Händen von Terroristen befreit hätte. Wieder hatten es die Magdalenen auf sein Leben abgesehen. Meine Familie und auch ich selbst wurden angegriffen – hier in unserem Palast, unserem Heim, in unseren eigenen vier Wänden.«

Jetzt bewegt sich die Menge im hinteren Teil des Wintergartens ganz eindeutig, ich höre schnelle Schritte, schwere Stiefel.

»Wenn Sie also zögern, dem Beispiel meines Sohnes zu folgen und Ihre Handschuhe abzulegen, so haben Sie damit recht. Wie sicher wir uns auch immer sein mögen, dass unsere Liebsten unschuldig sind, so können wir doch nicht in ihren Kopf hineinsehen. Deshalb ist das Geschenk, das ich meinem Sohn nun machen werde, im Grunde ein Geschenk an *Sie.*«

Nottingham spricht leise in sein Funkgerät. Doch ich höre, was er flüstert: »Blockiert die Ausgänge.«

Der König neigt leicht den Kopf. Sein Lächeln wird breiter. »Glasbläser?«

Der maskierte Mann erhebt sich von seinem Stuhl. Voller Entsetzen erkenne ich Mister Galahad. Er trägt einen besonders breiten, altmodischen Kummerbund, die Waffen wurden ihm alle abgenommen. Sein Gesicht ist hinter einer Moretta verborgen, sodass er nicht sprechen kann. Auf seinem Kopf sitzt eine mittelalterliche Narrenkappe.

Mit funkelnden Augen zeigt der König auf die Parterrebesucher. »Mylord Buckingham – machen Sie sie transparent.«

Teil II

Mörderin

Nun knirscht die Zähne, schwellt die Nüstern auf,
den Atem hemmt, spannt alle Lebensgeister
zur vollen Höh'! Auf, Englische von Adel!
Entehrt nicht eure Mütter.
Noch einmal stürmt, noch einmal, liebe Freunde!

WILLIAM SHAKESPEARE, *König Heinrich V.*

Kapitel 6

Ich sehe zu.

Sehe zu, wie die GVK auf die Tanzfläche stürmt, vorbei an den Ehrengästen, und bis ganz nach hinten marschiert. Wie sie die Parkettbesucher im Inneren des Wintergartens aufteilen, die hundert ausgewählten, die sich uns anschließen dürfen, bis jeder von ihnen einzeln aufgereiht ist. Die ausländischen Gesandten kann der Weiße König nicht anrühren, zumindest so lange nicht, wie er diplomatische Beziehungen zu anderen Ländern aufrechterhalten und sich bei seinen Reisen selbst auf diplomatische Immunität berufen will. Aber die Parkettbesucher genießen keinerlei Privilegien dieser Art.

Mister Galahad humpelt zu ihnen hinüber. Ich bin mir sicher, es ist keine körperliche Verletzung, die seinen Gang verändert hat, sondern die Erniedrigung. Nicht nur seine Moretta und die Narrenkappe sind violett, sondern auch die gesamte Kleidung, bis auf den grellorangefarbenen Kummerbund und die passenden Handschuhe. Die Glöckchen an seiner Kappe klingeln bei jedem Schritt – das einzige Geräusch im gesamten Wintergarten. Die Menschen scheinen den Atem anzuhalten. Vor allem diese einhundert Männer, Frauen und Kinder. Vollkommen reglos stehen sie da.

Bitte, bete ich stumm. *Bitte, lass sie so ruhig sein, weil sie keine Magdalenen sind. Bitte. Maria Magdalena, ich flehe dich an.*

Die Kameras haben sich den Parkettbesuchern zugewandt. Es

dauert einen Moment, bis sie den richtigen Winkel finden und herangezoomt haben. Ein kleines Mädchen im weißen Kleid erscheint auf den Bildschirmen. Als es anfängt zu weinen, nimmt die Mutter es auf den Arm und hält ihm mit der korrekt bekleideten Hand den Mund zu. Ich sehe die Panik in ihren Augen.

Maria, nein!

Ich schließe die Augen, nur für eine Sekunde. Ich kann einfach nicht anders. Bitte, das darf nicht geschehen. Das alles kann doch nicht wahr sein.

Als Erstes erreicht Mister Galahad einen Mann, einen schlanken Rotschopf. Ein bisschen erinnert er mich an Liam. Eisblumen wuchern in meinen Adern. Mit gesenktem Kopf stellt Mister Galahad sich vor ihn. Dann zieht er langsam den rechten Arm aus dem Kummerbund und fängt an, einen Handschuh abzustreifen. Die Zeit dehnt sich aus, und ich zähle meine Herzschläge, während er mit dem Knopf kämpft, der den Handschuh am Ärmel fixiert. Schließlich schiebt er ihn in den Kummerbund. Und noch immer blickt er steif zu Boden.

»Schieb deinen Marienkragen runter«, befiehlt ein Ritter, der bei den beiden steht. Aus der Kehle des Mannes steigt ein Laut auf. Ist es ein Wimmern? Oder ein Ausdruck von Abscheu? Verzweiflung? Ich weiß es nicht. Dann schiebt er seinen Kragen herunter.

Sobald sein Gesicht bloßliegt, wenden sich alle Blicke und auch die Kameras Mister Galahad zu. Die Moretta macht es unmöglich, in seinem Gesicht zu lesen. Ich sehe nur, wie er schluckt. Und dass ein Schweißtropfen sein Gesicht hinunterrinnt.

Dann legt er seine Hand an die Wange des Mannes.

Die Menge holt schockiert Luft. Schockiert, aber auch erregt. Der Mann weicht unwillkürlich aus, aber der Ritter schiebt ihn wieder vor, gegen Mister Galahads Hand. Der braucht sowieso nur einen Moment, bis er die Hand wieder zurückzieht. »Er ist kein Magdalene, Eure Majestät«, flüstert Mister Galahad. Durch die Kameraübertragung hallt seine Stimme durch den gesamten Wintergarten. Mit klingenden Schellen geht er zum nächsten Parkettbesucher, einer alten Frau, die sich ein weißes Tuch um den Kopf gebunden hat.

»Denken Sie immer daran«, meldet sich plötzlich Thea Mallory von der Bühne. Jemand muss ihr das Mikrofon zurückgegeben haben. »Bleiben Sie ruhig. Sie haben nichts zu befürchten. Unser König wird Sie beschützen.«

Der Klang ihrer Stimme macht mich krank. Mister Galahads blasse Hand, das Klingeln der Glöckchen bei jedem schlurfenden Schritt, die Ritter, das Gesicht des Königs – das alles macht mich krank.

Auch die alte Frau wird von Mister Galahad freigesprochen. Der Junge neben ihr ebenfalls. Jedes Mal, wenn seine Hand ein Gesicht berührt, breiten sich die Eisblumen in meinen Adern weiter aus. Irgendwann erreichen sie meine Lunge. Ich kann nicht mehr atmen. *Bitte,* flehe ich schweigend. *Bitte.*

Er bringt die ersten beiden Reihen hinter sich, ohne einen Magdalenen zu finden. *Bitte. Bitte, lass uns Glück haben. Lass uns einfach Glück haben,* denke ich, als Mister Galahad zur dritten Reihe geht. Der Erste hier ist ein Junge von dreizehn oder vierzehn Jahren. Er hat dieses schlaksige Aussehen, das für Teenager so typisch ist, und tritt immer wieder von einem Fuß auf den anderen. Gleichzeitig versucht er, sich seine Nervosität nicht anmerken zu lassen. *Bitte.*

Die Kameras zoomen sein Gesicht heran, als er seinen Kragen herunterschiebt. Mister Galahads Finger nähern sich ihm wie bleiche Schlangen.

Die Mikrofone fangen jeden Laut ein.

Mister Galahads Nasenflügel weiten sich. Dann ein neues Geräusch: Er holt tief Luft.

Der Junge reißt die Augen auf. Durch die Kameras können wir es alle sehen, jede noch so kleine Regung. Plötzlich hebt der Junge den Arm, diesen dünnen, spillerigen Arm, und ballt die Hand zur Faust. Er dreht sich zu dem Ritter um, der neben ihm steht, und holt aus.

Maria, nein!

Ich höre den Schuss, bevor ich ihn sehe. Sehe, wie der Junge zusammenbricht. Er ist sofort tot. Der Mann neben ihm schreit auf, verzieht entsetzt das Gesicht. In der Hand des Ritters liegt eine Pistole. »Er war ein Magdalene, Eure Majestät«, verkündet Mister Galahad mit dünner Stimme. Empörte Rufe werden laut. Die ausländischen Gesandten protestieren, doch ich höre es kaum, so laut rauscht das Blut in meinen Ohren. Mister Galahad macht einfach weiter.

»Bleiben Sie ruhig«, meldet sich Thea Mallory erneut. »Denken Sie daran: Sie haben nichts zu befürchten, auch wenn Sie ein Magdalene sind. In dem Fall wird man Sie in eine Geistige Korrektive bringen. Dort werden Sie behandelt, geheilt. Wir können Ihnen helfen. Wir können dafür sorgen, dass wir alle in Sicherheit sind.«

Als einem alten Mann, dem die Tränen über das schmale, unrasierte Gesicht laufen, Handschellen angelegt werden, erhebt sich die französische Delegation von ihren Plätzen. Sie alle – darunter auch René – protestieren. Alle, die nicht oben auf der Bühne sind, der Roi und Madame Hiver. Aber sie können nichts weiter tun, als zu gehen. Und ich kann nur zusehen, wie sie draußen vor dem Wintergarten mit den Leuten sprechen, sich an die vielen Tausend Menschen wenden. Kann nur zusehen, wie sie versuchen, die Menschen zu decken, die sich heimlich davonstehlen, während Mister Galahad im Wintergarten die Parkettbesucher einen nach dem anderen überprüft.

Plötzlich steht die Königin neben mir – klein, zart, das Gesicht hinter einem Schleier verborgen. »Willkommen zurück, Miss Emris«, sagt sie leise. Am liebsten würde ich ihr eine reinhauen. Aber das kann ich nicht tun – oder? Ich darf mir nicht einmal anmerken lassen, wie grauenhaft ich das alles finde. Langsam glaube ich zu verstehen, warum sie bei jeder sich bietenden Gelegenheit einen Schleier trägt: damit die Leute ihren Gesichtsausdruck nicht deuten können. Vielleicht sollte ich auch damit anfangen.

Wieder wird ein Mann in Handschellen gelegt. Er wimmert leise vor sich hin. Obwohl er ein wirklicher Hüne ist, mit breiter Brust und starken Armen, wird ihm das alles nun nichts mehr nützen. Hinter ihm entdecke ich die Kreatur. Sie ist größer geworden, reicht dem Mann bis zur Schulter. Langsam tappt sie hinter ihm her und präsentiert mir grinsend ihre scharfen weißen Zähne. Eine Frau spuckt Mister Galahad an. Dafür schlägt man ihr so hart ins Gesicht, dass Blut aus ihrem Mund spritzt. Es ist so dunkel wie ihre Haare. Während die Kreatur das Blut vom Boden aufleckt, steht die nächste Delegation auf und verlässt unter Protest den Wintergarten. Angeführt werden sie vom König von Verona und der Prinzessin aus Seoul. Thea Mallory beginnt zu singen. *»Kummerbund und Gladiés, trage sie, wohin du gehst. Handschuhe und Kummerbund halten deinen Geist gesund. Freunde könnt ihr niemals sein, schlagt ihnen den Schädel ein.«*

Aufgeregt erhebt sich die Kreatur auf die Hinterbeine, sodass sie sämtliche Parkettbesucher überragt. *Ich schaffe das,* sage ich mir, ohne sie anzusehen. Die Würdenträger, die geblieben sind, legen offiziell Beschwerde ein. Na ja, der amerikanische Präsident natürlich nicht, dieser mir so verhasste Mann, und auch nicht der Zar aus Moskau – kleine Männer mit schwarz gefärbten Haaren. Ihre glatt rasierten Gesichter sind reglos, sie verziehen keine Miene. Doch die Kaiserin legt Protest ein, ebenso die Kronprinzessin aus Vilnius. Ihre wunderschöne Singstimme hallt empört durch den Wintergarten. Die Vertreter aus Sankt Petersburg und Warschau schließen sich ihr an. Beide tragen lange Roben, auf denen das jeweilige Stadtwappen aufgestickt ist: zwei gekreuzte Anker auf rotem Grund und eine Meerjungfrau mit Schwert und Schild. Neben ihnen stehen der Rangatira aus Neuseeland und die Sufette aus Tunis. Sein strahlend blauer Mantel, der an einen klaren Sommerhimmel erinnert, ergänzt perfekt ihr Gewand in der Farbe des Wüstensandes. Ihre palmwedelförmigen Ohrringe klimpern laut in der drückenden Stille. Sobald sie ihre Beschwerde eingereicht haben, gehen sie. Es ist ein beeindruckender Anblick, wie die vorderen Reihen sich nach und nach leeren. Wie ein bunter Fluss strömen die Würdenträger aus dem Wintergarten hinaus. Das heißt, es wäre beeindruckend, wenn es irgendeine Wirkung zeigen würde. Aber Thea Mallory singt weiter, und Mister Galahad macht die Parterrebesucher transparent. Die Ritter führen die Magdalenen ab.

Inzwischen hat sich das Eis in meinem gesamten Körper ausgebreitet. An diesem Tag befinden sich dreiundzwanzig Magdalenen unter uns. Neunzehn Männer und Frauen und vier Kinder werden von der GVK fortgeschafft.

Und dann fordert der König uns auf, wieder zu tanzen.

Die verbliebenen Parkettbesucher kommen zu uns auf die Bühne. Nottingham steht wieder vor mir, aber ich darf ihn jetzt auf keinen Fall berühren. Sonst würde er spüren, dass die hilflose Wut meine Hände zittern lässt. Robin sucht meinen Blick, aber auch ihn will ich jetzt nicht anfassen.

Liam wird zu meinem Retter. Er kommt auf die Bühne und stellt sich zu mir. Er muss nicht einmal meinen Namen aussprechen. Wortlos ergreife ich seine Hände. Er setzt zu einem Walzer an. Sein Geist ist in Aufruhr, seine Musik zu schrillem Lärm verzerrt. Manchmal schält sich ein Gedanke daraus, ein Bild.

Der entgeistigte König mit aufgeschlitzter Kehle. Der König, kaltblütig abgeknallt wie dieser Junge. Der König in einem gläsernen Sarg, das Gesicht zu Brei geschlagen.

Ich genieße diese Bilder, nehme sie gierig in mich auf. Oh, Maria, ja.

Liam und ich bringen so zwei Tänze hinter uns. Die Tanzfläche füllt sich mehr und mehr. Jetzt lässt die GVK auch neue Besucher in den Wintergarten, solange sie sich vorher von Mister Galahad prüfen lassen. Da wird es eine Weile dauern, bis jemand mein Verschwinden bemerkt.

Möglichst unauffällig verlassen Liam und ich die Tanzfläche. Die Kreatur schiebt ihren massigen Körper hinter uns durch die Menge. Und noch jemand schließt sich uns an, als wir die Treppe hinter der Bühne hinabgehen: Madame Hiver hat den Roi allein gelassen, der ebenfalls unter Protest gegangen ist, und betritt nun mit uns durch das Haupttor den Palast. Schweigend gehen wir durch die Flure. Sie wissen nicht, wohin ich sie führe, aber mein Ziel ist klar: die Trainingshalle.

Sobald wir eintreten, stürze ich mich auf den Sandsack. Es soll wehtun, am besten bluten. Und wenn ich dafür meine Faust durch eine Scheibe rammen muss. Das ist nichts im Vergleich zu dem, was diesen Magdalenen bevorsteht.

Dreiundzwanzig. Dreiundzwanzig von hundert in diesem Wintergarten.

Ich prügele so hart auf den Sandsack ein, dass die Welt vor meinen Augen verschwimmt. Liam ruft nach mir, aber ich ignoriere ihn. Schlage nur noch fester zu. Dann legen sich plötzlich Arme um meinen Körper – Madame Hiver. Ich schüttele sie ab, aber sie greift erneut nach mir. Ich stoße sie fort. Sie kommt zurück. Fluchend winde ich mich in ihren Armen, doch sie lässt einfach nicht los. Natürlich könnte ich sie mit Gewalt loswerden, gar kein Problem, ich könnte ihr wehtun. Ich will ihr wehtun. Also hebe ich die Faust, halte sie ihr vors Gesicht. Sie zuckt nicht einmal mit der Wimper.

Ich reiße ihr die Maske vom Gesicht und lasse mich in ihre Arme fallen. Meine Mutter hält mich fest, während ich weine. Hässliche Tränen beflecken mein Gesicht, meine Lippen, mein Kleid. Liam streicht mir über die Haare und wischt mir die Tränen ab. Ich bin wütend. Nicht traurig, nur wütend. Und ich will nicht weinen.

Der Geist meiner Mutter ist kühl und klar. Sie schmiegt ihre nackte Wange an meine. *Hier können wir nicht reden.*

Sie streift die Handschuhe ab und greift nach unseren Fingern. Ich muss meinen zweiten Handschuh noch ausziehen, bevor ich Liams Hand packe. Er kann uns zwar nicht hören, aber so kann er zumindest mitreden.

Es ist meine Schuld, denke ich. *Wir hätten mit so etwas rechnen müssen, ich hätte damit rechnen müssen, ich …*

Es war nicht deine Schuld, denkt sie. *Es war* seine.

Mit brennenden Augen sehe ich sie an. Sie ist so gelassen, so gefasst, als hätte sie einen Plan.

Robin meint es nur gut, erwidere ich, *er konnte nicht …*

Nein, Rea. Ich meinte den König.

Vollkommen reglos steht sie da, drückt nur unsere Hände. *Der Kronprinz ist kein ganz so großer Feigling, wie ich dachte, das muss ich ihm lassen. Aber er weiß nicht, wie es ist, einer von uns zu sein. Er schafft es einfach nicht, über den Tellerrand hinauszublicken – den Tellerrand dieses Königreiches. Seines Throns. Er will Wandel, aber er kann sich nicht vorstellen, dass dieses Land in der Lage wäre, auch ohne seinen Thron zu existieren. Oder ohne seinen Vater auf diesem Thron. Was eine echte Schande ist, denn die Lösung ist ganz einfach.*

Ich hole Luft.

Ja, die Lösung ist tatsächlich einfach.

Töte den König.

Ich weiß nicht einmal, von wem dieser Gedanke stammt, von ihr oder von mir. Wer ihn logisch fortsetzt. *Töte den König, und sein Nachfolger wird ein Kronprinz, der mit einer Magdalena verheiratet ist. Er würde ihre Verfolgung sofort einstellen.*

Es ist ganz einfach.

Werde zu dem, was sie dir sowieso unterstellen, denkt meine Mutter. *Werde zu dem, wozu du geboren wurdest.*

Zur Mörderin geboren? Diese Vorstellung lässt mich zusammenzucken. Genau das werfe ich dem König doch vor, oder nicht? Kann ich so werden wie er? Will ich das überhaupt?

Es wäre nicht richtig, denke ich.

Doch das, was daraus resultieren würde, sehr wohl. Wie viele Leben hat er ausgelöscht? Und wie viele werden noch folgen?

Kann ich so werden wie er?

Koste es, was es wolle, Rea. Wenn es einen anderen Weg gäbe …

Robin denkt, es gibt einen anderen Weg.

Der Kronprinz ist naiv, Rea. Was ich anfangs für Gleichgültigkeit gehalten habe, ist in Wahrheit nichts anderes als Unschuld, das weiß ich nun. Eine fatale Unschuld. Er glaubt, dass die Menschen den Wandel wollen. Dass sie ihn selbst herbeiführen werden. Aber er irrt sich. Und selbst wenn nicht, selbst wenn sie es tatsächlich tun würden, ist da immer noch dieser König, der sie einfach über den Haufen schießen wird. Jeden einzelnen von ihnen.

Liam drückt meine Hand. Er kann nicht wissen, was wir in Gedanken besprochen haben, aber offenbar brennt ihm etwas auf der Seele. *Was ist mit diesen armen Menschen?,* denkt er. *Mit denen, die heute verhaftet wurden? Und mit denen, die bereits in einer Korrektive einsitzen? Überlassen wir die einfach ihrem Schicksal?*

Ich gebe seinen Gedanken an unsere Mutter weiter.

Opfer müssen immer gebracht werden, denkt sie.

Es ist meine Schuld, dass sie jetzt dort sind, denke ich. *Meine und Robins, der genauso naiv war wie ich.*

Sie lächelt. Ihre Narben verziehen sich. Dann drückt sie uns beide an sich. *Meine Kinder. Ihr seid zu besseren Menschen geworden, als ich es mir mit meinem Erbe jemals hätte erträumen können.*

Tief atme ich ihren Duft ein. Sie hat uns verlassen. Aber jetzt ist sie hier, oder etwa nicht? Hier, wo die Kreatur finster und drohend vor der Wand aufragt. Hier, wo Unschuldige erschossen werden, als hätte das Leben keinerlei Bedeutung. Hier, wo endlich Gerechtigkeit herrschen muss.

Doch geht es hier nicht um sie. Oder um uns.

Wir werden diesem Königreich Gerechtigkeit bringen, denkt unsere Mutter. *Gemeinsam werden wir es schaffen. Dazu muss nur ein einziges Leben geopfert werden.*

Das Leben des Königs.

Als ich in die Gemächer des Kronprinzen zurückkehre, stoße ich im Vestibül auf Nottingham. Er erklärt mir, dass Robin in meinem alten Zimmer sei. »Miss Emris?« Sein Arm schießt vor, als ich an ihm vorbeigehen will. »Mir ist klar, dass Sie nach der Zeremonie erschöpft sein müssen, aber wenn es möglich wäre, würde ich Sie gern um eine private Unterredung bitten. Natürlich erst, nachdem Sie mit Seiner Königlichen Hoheit gesprochen haben.«

Ich nicke geistesabwesend und betrete mein ehemaliges Zimmer. Robin tigert unruhig auf und ab. »Sie können wegtreten, Nottingham«, ruft er zur Tür hinaus. »Ninon hat den Raum noch einmal überprüfen lassen«, flüstert er ohne Vorrede, sobald ich die Zimmertür hinter mir geschlossen habe. »Wo bist du plötzlich hin verschwunden, Rea? Ich war krank vor Sorge um dich. Wie geht es dir? Ich …« Er unterbricht sich. Sieht mich an. Habe ich diese Falten in seinem Gesicht nur nie bemerkt, oder liegt das am Licht hier drinnen?

»Wo ist Ninon?«, frage ich, noch immer mit gedämpfter Stimme. Man kann nie wissen.

»Nicht hier. Der Weiße Ritter und der Comte de l'Aisne wurden bei der Einreise aufgehalten, sind aber inzwischen in London eingetroffen. Der Roi ist als Zeichen des Protestes abgereist. Genauer gesagt verlassen gerade sämtliche ausländischen Würdenträger außer dem US-Präsidenten und dem Zaren das Land. Wir haben es mit einem diplomatischen Zwischenfall internationalen Ausmaßes zu tun.«

»Wir haben es verbockt, Robin.«

Er ballt die Fäuste; eine Geste der Hilflosigkeit. »Es gab durchaus Unterstützung für die Berührungsfreiheit.«

»Nachdem der König dafür gesorgt hat, dass keine Magdalenen mehr in der Menge waren!«

»Das konnten wir doch nicht wissen.«

»Aber was haben wir uns dabei gedacht? Was habe *ich* mir dabei gedacht?« Ich versuche krampfhaft, meine Stimme ruhig zu halten, aber die Wut will unbedingt raus. »Ich weiß schließlich, wie das System funktioniert. Ich kenne den König, kenne die Menschen. Sie sind gnadenlos.«

»Du kennst doch nicht jeden einzelnen von ihnen, Rea.«

»Hast du sie nicht gesehen, da auf der Tanzfläche?«, fauche ich. »Hast du nicht gesehen, wie sie fröhlich getanzt haben, nachdem es passiert war?«

Robin wirft mir einen Blick zu. Ich bin nur froh, dass er nicht versucht, mich zu berühren. »Das hast du auch getan, Rea.«

Ruckartig wende ich mich ab. Er hat recht. Ich habe getanzt. Wahrscheinlich sogar gelächelt. Weil ich nicht wollte, dass sie mich verdächtigen. Natürlich wollte ich das nicht. Ich will nicht sterben.

»Wir beide.«

Ich drehe mich wieder zu ihm um. Dieser Ton in seiner

Stimme, und sein Gesicht … Er ist so blass, dass ich fast glaube, seine Haut könnte durchsichtig werden wie Glas. Aber seine Augen …

Das Feuer ist in sie zurückgekehrt.

»Und es wird nicht wieder passieren«, fügt er hinzu.

»Nein, wird es nicht. Weil es einfach nicht funktioniert.«

»Du hast recht.« Er macht einen Schritt auf mich zu.

»Du bist meiner Meinung?« Ich schiebe mich näher an ihn heran. Dieses Feuer ist einfach zu verlockend. Es entzündet einen Funken in mir, mein eigenes Feuer, das sich aus seinem kalten Gefängnis befreien will.

»Das ist doch offensichtlich, oder?« Robin greift nach meiner Hand. Sofort lecken meine Flammen an seinen Seidensträngen. Zusammen brennen wir lichterloh. »Ninon hat uns davor gewarnt, dass so etwas passieren kann, wenn wir die falschen Schlachten schlagen.«

»Wo ist Ninon?«, wiederhole ich meine Frage, während ich mit seinen Fingern spiele.

Für einen Moment presst Robin die Lider zusammen. *So erschöpft – sie – mein Vater …* Er stellt es sich bildlich vor, anstatt es mir zu sagen: Ninon hier in diesem Raum, kaum zwanzig Minuten ist es her, wie sie ihn nach Wanzen absucht. Sein Vater kommt herein, begleitet von zwölf Rittern. »Er hat ihr gesagt, dass sie hier nicht länger willkommen wäre«, sagt er.

Panik erfasst mich. Das kann er nicht tun. Das gleicht einer Kriegserklärung gegen Frankreich. »Wurde sie etwa verhaftet?«

»Nein, nein, nein, nein«, beschwichtigt er mich schnell und nimmt auch noch meine zweite Hand. »Sie genießt nach wie vor diplomatische Immunität. Aber man hat sie vom Gelände geführt. Und sie wird nun auf Schritt und Tritt von Rittern der GVK begleitet.«

Ich drücke die Stirn an seine. Wieder schließt Robin die

Augen. Seine Haut ist warm. Ich gebe ihm einen zarten Kuss. *Dafür kämpfe ich,* denkt er.

»Ich habe mit Madame gesprochen«, flüstere ich vorsichtig. »Sie ist jetzt unsere engste Verbündete.«

Robin öffnet die Augen. »Madame? Welch eine Überraschung.«

Ich küsse ihn noch einmal. »Jetzt ist nicht die richtige Zeit für Spott, findest du nicht?«

Obwohl er meinen Kuss erwidert, spüre ich, wie er die Stirn runzelt. »Ich wollte mich nicht über dich lustig machen. Mir ist nur nicht ganz klar, wie sie uns helfen könnte.«

»Ich mag sie ja auch nicht besonders, aber ich glaube, dass sie über ein paar nützliche Fähigkeiten verfügt.«

Diese verlogene Schlange? Wohl kaum, denkt er. »Das mag sein, aber sie wird sicher nicht damit einverstanden sein.«

Verwirrt löse ich mich von ihm. »Wovon redest du überhaupt, Robin?«

Mit schmalen Augen sieht er mich an. *Was ist nur los mit ihr?* »Wovon redest *du,* Rea?«

Wanzensuche hin oder her, das werde ich hier sicher nicht laut aussprechen. Stattdessen sage ich: »Der Tag, an dem du König wirst, wird ein Tag der Freude sein.«

Das kann sie nicht ernst meinen, schießt es ihm durch den Kopf. »So lange können wir nicht warten«, erwidert Robin drängend. »Das könnte noch Jahre dauern. Wir müssen *jetzt* unsere Stimme erheben.«

»Unsere Stimme erheben?« Ich weiche einen Schritt zurück, lasse seine Hände los. »Was meinst du damit?«

Robin sieht mich an, als wäre ich verrückt geworden. »Weißt du nicht mehr, was Ninon gesagt hat? Dass wir so nicht unser eigentliches Ziel verfolgen. Und das war ein Fehler. Wir müssen uns für das einsetzen, was richtig ist. Was wir wirklich wollen.«

Fast hätte ich gelacht. Aber ich sehe das Feuer in seinen Augen und weiß, dass er das nicht als Witz gemeint hat. Doch, es muss ein Witz sein. Das kann er nicht ernst meinen. »Robin, das ist Wahnsinn.«

»Es ist das einzig Richtige.«

»Das wird den König aber einen Scheißdreck interessieren!«, schreie ich. Oder fast. Mit dem letzten bisschen Selbstbeherrschung, das noch in mir steckt, senke ich die Stimme. »Maria Magdalena, Robin – wach auf! Wenn du dich für die Magdalenen stark machst, wird er dich vernichten. Er wird dich auf der Stelle verhaften lassen. Oder dich hinterrücks ermorden.«

»Jemand muss ihnen eine Stimme geben«, erwidert Robin hitzig. »So wie Ninon es getan hat.«

Ich kann nicht fassen, dass wir wirklich dieses Gespräch führen. »Ninon lebt in einem Land, in dem so etwas nicht automatisch ein Todesurteil nach sich zieht!«

»Sie war bereit, die Konsequenzen zu tragen.«

»Weil diese Konsequenzen nicht ihren Tod bedeutet haben!«

»Mein Vater würde mich nicht töten lassen.«

»Hörst du dich eigentlich selbst reden? So wie beim letzten Mal, oder was?«

»Dann bin ich bereit, dieses Risiko einzugehen!«

Ich schüttele nur den Kopf. Mehr kann ich nicht mehr tun. Erstaunlich ruhig erwidere ich: »Das kannst du nur deshalb so bereitwillig sagen, weil du nie am eigenen Leib erfahren hast, was das heißt. Dieses Risiko einzugehen.«

Robin starrt mich wütend an. »Die Menschen werden sich hinter mir versammeln.«

Jetzt lache ich wirklich. Es klingt verbittert. »Du meinst die Menschen, die Hautstreicher in der Themse ertränken?«

»Werde jetzt bitte nicht zynisch.«

»Er wird euch alle abschlachten, Robin.«

»Was ist denn die Alternative?«, erwidert er so gepresst, dass ich ihn kaum verstehe.

»Muss ich es wirklich aussprechen?«

Es dauert einen Moment, bis er begreift. Er reißt die Augen auf, dann verengen sie sich. »Wärst du dann noch einen Deut besser als er?«

»Wen interessiert's? Wen interessiert das schon, wenn dadurch Leben gerettet werden?«

»Und danach?«, fragt er leise. »Wen müsstest du als Nächstes umbringen, Rea? Wie viele Menschen würdest du töten? Jeden, der dir in die Quere kommt?«

»Es ist der einzige Weg!«

»Es gibt nie nur einen Weg.«

Mein Herz rast wie das eines wilden Tieres. Hinten an der Wand steht die Kreatur und beobachtet mich mit kaltem Blick. Sie hat sich verändert. Hat eine klare Stimme bekommen. Eine feste Stimme. Kein ungezähmtes, wildes Ding mehr, sondern mehr ein Wesen mit Verstand, ein intelligentes Raubtier. Ein Raubtier, das mir stets einen Schritt voraus ist.

Koste es, was es wolle, erinnert sie mich.

»Wenn wir uns für die Magdalenen stark machen, Robin, wird man mir die Schuld an allem geben. Man wird sagen, ich hätte dich verführt. Man würde mich im Herzen der Stadt auf einen Scheiterhaufen stellen, und danach wäre die Geschichte für alle beendet.«

»Dann musst du in den Untergrund gehen.«

Ich bekomme kaum noch Luft. Die Kreatur redet auf mich ein, laut und klar. Starrt mich unerbittlich an. Dieser Blick macht mir Angst, die weißen Augen mit den dunklen Pupillen. So hat sie früher nicht ausgesehen. *Koste es, was es wolle.* »Und was könnte ich im Untergrund bewirken, Robin? Wie lange würde es dauern, bis sie mich finden? Bevor mich jemand verpfeift? Du hast keine Ahnung, wovon du da redest. Du hast keine Ahnung, wie es dort draußen ist. Die Menschen, auf die du dich stützen willst, würden dich jagen. Dabei sind wir hier bei Hofe in der perfekten Position, um einen Wandel herbeizuführen. Und das auf dem schnellstmöglichen Weg.«

»Gewalt bringt nur noch mehr Gewalt hervor, Rea.«

»Das kann nicht dein Ernst sein. Denn wenn du das wirklich glaubst, bist du entweder wahnsinnig oder dämlich!«

»Stopp.« Abwehrend hebt Robin die Hände. »Hör auf. Du weißt nicht, was du da sagst.«

Die Kreatur richtet sich auf, starrt mich weiter mit klarem Blick an. Nein. Nein, nein, nein. Ich versuche sie zu ignorieren. *Ich schaffe das,* denke ich wieder. »Nein, *du* weißt nicht, was du sagst«, fauche ich ihn an. »Du bist der Kronprinz. Selbst jetzt kommt dir nicht einmal der Gedanke, daran etwas zu ändern. Stattdessen schlägst du vor, dass ich in den Untergrund gehen soll, während du bleibst, wo du immer warst. Und du denkst, du könntest nach wie vor den Thron besteigen, nachdem du dich für die Rechte der Magdalenen ausgesprochen hast. Denkst, dass ich deine Königin sein könnte.«

Er macht einen Schritt auf mich zu. »Natürlich denke ich das! Dafür kämpfe ich schließlich. Damit wir beide zusammen sein können.«

»Wir könnten auch so zusammen sein.« Ich balle die Fäuste. Jetzt stößt die Kreatur schon mit dem Kopf an die Decke. »In Paris, in Berlin, in Vilnius, Auckland oder Seoul. Wir könnten zusammen sein. Aber das ist nicht alles, worum es dir geht. Du willst, dass ich deine Königin bin. Du willst König werden.«

Fassungslos starrt er mich an. »Ich dachte, das willst du auch.«

»Königin sein?«

»Ja.«

»Ich weiß. Du hast mir die Ehe angetragen, als wäre sie das ultimative Lebensziel.«

»Ist sie das denn nicht?«

In Wahrheit habe ich genauso gedacht. Bis vor wenigen Monaten hätte ich mir nicht vorstellen können, dass es etwas Schöneres geben könnte, als für immer mit Robin glücklich zu sein. Und natürlich will ich das. Aus ganzem Herzen. Aber es ist nicht mehr das Einzige, was ich vom Leben erwarte. Spiritus apertus. »Verlangst du da nicht ein bisschen viel von mir? Dass ich mir nichts anderes wünschen soll, als deine Frau zu sein?«

Robin zuckt heftig zusammen. »Ich wünsche mir nichts anderes. Nur dafür kämpfe ich: dich in der Öffentlichkeit küssen zu können.«

»Und um König zu werden. Obwohl du dieses kleine Detail ja eher als gegeben ansiehst.«

Robin sieht aus, als hätte ich ihm den Boden unter den Füßen weggezogen. In seinem Gesicht sehe ich, dass er weiß, ich habe recht. Dass er es immer als gegeben betrachtet hat, König zu werden. Aber sagen tut er etwas anderes: »Ich dachte, du liebst mich.«

»Ich liebe dich.« Es ist wahr, das spüre ich ganz deutlich. Denn jedes Mal, wenn wir uns anschreien, bricht mein Herz ein kleines bisschen mehr.

»Ich liebe dich auch.«

»Ich weiß.« Ich gehe zu ihm, greife nach seiner Hand. Er lässt es zu. Dann drückt er die freie Hand an meine Wange.

»Ich liebe dich«, sagt er wieder. »Ist das denn nicht genug?«

»Und ich liebe dich«, erwidere ich. »Ist das genug für dich? Dann lass uns von hier fortgehen. Jetzt sofort.«

Robin schluckt schwer. Ich spüre, wie seine Hand sich leicht verkrampft. *Ich kann nicht. Ich kann diese Verantwortung nicht abgeben.*

Ich küsse ihn, um ihm eine Antwort zu ersparen. Um mir selbst eine Antwort zu ersparen. Er erwidert den Kuss. Dann legen wir uns schweigend aufs Bett. Liegen einfach nur da, reglos. Liegen da und halten uns aneinander fest.

Es ist schon spät, als Robin endlich einschläft und ich dazu komme, noch einmal auf mein Handy zu sehen. Dreiundzwanzig Anrufe in Abwesenheit. Sie verteilen sich auf Liam, den Comte, René, Blanc und Ninon. Letztere rufe ich zurück, während ich ins Badezimmer schleiche.

»Liebes, wie geht es dir?«, fragt sie. Eigentlich weiß ich das gar nicht genau. Die Kreatur hat sich gnädigerweise zurückgezogen, aber ich kann diese Augen einfach nicht vergessen. Früher hat sie gesabbert, geheult, mich gebissen, sie war wild und unbezähmbar, aber an diese kalte Intelligenz kann ich mich nicht erinnern. Das ist neu. Für einen Moment packt mich der Gedanke, ob ich nicht doch versuchen sollte, an Medikamente zu kommen. Vielleicht könnte Ninon irgendetwas über die Grenze schmuggeln lassen … Aber jeder ihrer Schritte wird überwacht. Entgeistigt noch mal! Es ist dieser Ort. Dieser König. Das unendliche Leid, das ich den Menschen im Wintergarten zugefügt habe. Das ist das Problem.

Ich bin das Problem.

»Wo steckst du?«, frage ich, einfach nur dankbar, ihre Stimme zu hören.

»Wir sind alle in meinem Haus, dein Bruder ebenfalls.«

»Ich bin in einer halben Stunde da.« Im Moment will ich auf keinen Fall allein sein.

Nachdem ich Robin einen Zettel hingelegt habe, schleiche ich auf Zehenspitzen aus dem Zimmer. Nottingham wartet nicht mehr im Vestibül, doch er hat seine Karte auf der Anrichte hinterlassen. Handgeschöpftes, schweres Papier. Ich schiebe sie in meinen Kummerbund, nicke dem Diener an der Tür zu und stecke vorschriftsmäßig die Hände am Rücken in den Stoff. Bis ich den Ausgang erreiche, warten bereits ein Wagen und eine Wache auf mich, außerdem hält ein Diener meinen Mantel bereit. Wie konnte ich nur glauben, ich dürfte zu Fuß gehen?

Im Auto zücke ich wieder mein Handy. Zum ersten Mal bin ich wirklich dankbar dafür, dass die Korrespondenz mit meiner Mutter verschlüsselt ist. Den König töten. Auf keinen Fall dürfen wir den Fehler vom letzten Mal wiederholen, als die Königin den Angriff auf Seine Majestät als Tat der Magdalenen dargestellt hat. Die Magdalenen dürfen nicht damit in Verbindung gebracht werden.

Ich schreibe nur ein Wort.

Wie?

Dann lehne ich mich im Sitz zurück. Ich muss Liam noch in das einweihen, was Mutter und ich besprochen haben, schließlich konnte er unsere Gedanken nicht mitlesen. Aber vielleicht hat sie ihm auch schon alles gesagt.

Mein Telefon piept. Schnell sehe ich nach.

Kennst du die häufigste Todesursache unter den Gefangenen in den Korrektiven?

Nur um sicherzugehen, schaue ich im Internet nach. Doch schon jetzt steigt widerwillige Bewunderung für meine Mutter in mir auf. Sie mag absolut skrupellos sein, und ich mag sie dafür verabscheuen, aber sie weiß, was sie will und wie sie es bekommt.

Außerdem … Ist sie wirklich so viel skrupelloser als der König?

Selbstmord. Die häufigste Todesursache unter den Korrektiveninsassen ist Selbstmord.

Ich denke einen Moment darüber nach.

Das ist interessant. Was meinst du: Wie viele dieser Selbstmorde sind fingiert?

Die kleinen Pünktchen zeigen mir an, dass sie eine Antwort schreibt. Dann kommt die nächste Nachricht.

Bedauerlicherweise gibt es darüber keine Statistiken. Aber man könnte sicher ganze Bücher damit füllen. Am Ende kommt es immer raus. Kriminelle sind eben dumm. ;-)

Meine Mutter benutzt Emoticons? Nicht zu fassen. Aber wir sind nicht dumm. Und wir müssen auch nichts fingieren, denn wir können seinen Geist verschließen, ihm einen einfachen Gedanken eingeben. *Dieses Leben ist nicht mehr lebenswert.*

Allein bei der Vorstellung überläuft mich ein kalter Schauer. Wäre das nicht zu grausam? Ist es nicht unmenschlich, den König mithilfe der Gedankenkontrolle in den Selbstmord zu treiben? Plötzlich ist die Kreatur wieder da und drückt ihre Schnauze gegen meinen Hals.

Langsam und bestimmt gleitet das feuchte Ding über meine Haut. Dabei beobachtet sie mich aufmerksam. *Koste es, was es wolle.*

Und was ist mit den unzähligen Magdalenen in den Korrektiven? Wir könnten dem ein Ende machen. Ein für alle Mal.

Dazu muss Robin mit an Bord sein. Ich kann den König nur als Feuerschwester unter meine Kontrolle bringen, mit Robin an meiner Seite.

Es gibt doch sicher noch andere Ideen, die man ihm einflüstern könnte. Etwas anderes als *Dieses Leben ist nicht mehr lebenswert.* So etwas wie: *Ich muss abdanken.* Einfach, aber effektiv. Noch einmal greife ich zum Handy.

Wie sieht es mit Abdankungen aus? Ist so etwas in der Geschichte Englands häufiger vorgekommen?

Pünktchen, Pünktchen. Das Auto wird langsamer. Vor dem Fenster tauchen die schmucklosen Wände der Tiefgarage unter Ninons Stadthaus auf. Wenn ich daran denke, wie mein Leben aussah, als ich das letzte Mal hier war, wird mir ganz schwindelig. Bin ich heute noch derselbe Mensch wie damals? Für mich fühlt es sich nicht so an.

Selten. Schwierige Angelegenheit. Für diesen Fall wäre ein Plan B angebracht. Es dauert einen Moment, dann folgt eine zweite Nachricht: *Er müsste es ja nicht erfahren.*

Ein Plan B. Ja, sie hat recht. Falls Robin sich dazu überreden ließe, mir bei der Gedankenkontrolle des Königs zu helfen, würden wir versuchen, ihn zur Abdankung zu zwingen. Sollte sich aber herausstellen, dass das nicht funktioniert, könnte ich spontan umsatteln und Seiner Majestät den Selbstmordgedanken eingeben.

Angewidert schrecke ich vor diesem Gedanken zurück. Wie kann ich auch nur in Erwägung ziehen, Robin so zu hintergehen? Ich liebe ihn doch. Spiritus apertus, ich liebe ihn. Sollte der Tag kommen, an dem ich sein Vertrauen derartig missbrauche, sollen sie mich in eine Korrektive stecken und dort verrotten lassen.

Der König könnte einfach abdanken. Das wäre die beste Lösung. Für uns alle.

Die Türen des Fahrstuhls gleiten auf, und ich steige ein. Ich muss nicht einmal die Sprachsteuerung aktivieren, die Kabine setzt sich automatisch in Bewegung. Als sich die Metalltüren wieder öffnen, sehe ich dahinter allerdings nicht das Vestibül vor dem Ballsaal. Das hier ist ein anderer Korridor. Kühl ist es hier, die Wände sind weiß, der Boden burgunderrot. Und vor mir steht das beste Empfangskomitee, das es nur geben kann.

Ein Schritt, und ich liege in Ninons Armen. Nachdem sie mich fest an sich gedrückt hat, begrüße ich Blanc. Ein warmes Gefühl der Erleichterung breitet sich in mir aus. Er trägt keine Uniform, sondern ein locker fallendes schwarzes Hemd und einen Haufen *manchettes.* Seine starken Arme schließen sich um mich, und er hebt mich hoch. Ich muss lachen. Dann umarme ich meinen Bruder. René küsst mir die Hand. Sein Dresscode wurde ebenfalls nach unten korrigiert, trotzdem schafft er es, auch in einem Pulli, der ihm um einiges zu groß ist, noch unverschämt attraktiv auszusehen. (Vermutlich gehört das gute Stück Blanc.) Seine Hände sind nackt, die Gedanken angespannt, doch ich berühre ihn nur kurz. Der Comte nickt mir bloß zu, aber er lächelt dabei. Er sieht bereits um einiges besser aus. Die grüne *manchette* hat er nicht abgelegt, sein Bart ist gepflegt, die Haare sind geschnitten, und seine Schultern scheinen nicht mehr ganz so verkrampft zu sein. Dadurch wirkt er sogar noch größer. Wundervoll.

Ninon führt uns den Korridor hinunter, an einigen Türen vorbei. Es liegt eine Art Summen in der Luft. An den Wänden ziehen sich bunte Streifen entlang wie Wegmarkierungen. Wir folgen der gelben Linie in einen Raum, der ein wenig an einen Salon erinnert: Bunte Sessel, dicke Sitzkissen und ein Schaukelstuhl gruppieren sich um einen niedrigen Tisch. Auf dem Boden und an den Wänden sind überall die bunten Linien zu sehen. Sogar über die Decke verlaufen sie. Während wir uns setzen, fällt mir auf, dass ich dieses Summen auch hier drin hören kann. Das klingt nach Computern, Servern, Monitoren. Ja, das ist es. Einige Geräte sind dezent hier im Raum verteilt.

Ninon fordert uns auf, uns zu setzen. »Du bist genau zum richtigen Zeitpunkt gekommen, Rea. Wie waren gerade auf dem Weg hierher. Bitte entschuldigt diesen eher formellen Rahmen, ihr Lieben.« Sie trägt wieder einmal einen roten Einteiler, der einen freien Blick auf ihre Tätowierung und ihre Halskette gewährt, den geöffneten Kreis. »Es hat einfach den Vorteil, dass wir hier absolut sicher sein können, dass niemand mithört. Oder zusieht, wenn wir schon dabei sind.«

»Duchesse …« Liam sieht sich beeindruckt um. »Was ist das alles?«

»Willkommen in den Londoner Geschäftsräumen von M3RL1N, Liam. Und bitte nenn mich Ninon. Es sei denn, deine durchaus charmante Weigerung, meinen Vornamen auszusprechen, geht auf den Wunsch zurück, unsere Beziehung nicht zu persönlich werden zu lassen. Dann gibt es allerdings keinen Grund für solche Ausflüchte, du musst es nur sagen.«

Liams Gesicht nimmt einen überaus interessanten Rotton an. Ninon tätschelt ihm freundlich die Hand. Der Rest von uns tut so, als wäre nichts gewesen, und ich ziehe meine Handschuhe aus. Prüfend sieht René mich an.

»Geht es dir gut?«

Ich schenke ihm ein Lächeln. »Ja«, sage ich, ohne die Kreatur zu erwähnen. Schließlich ist es nicht verwunderlich, dass sie mich in London heimsucht. *Alles wieder beim Alten,* denke ich ironisch. Aber das ist nichts, was ich nicht schaffen könnte. Ich halte das schon durch. Ehrlich gesagt kann ich überhaupt nicht verstehen, wie sich jemand gerade um mein Wohlergehen sorgen kann, wo ich doch dafür verantwortlich bin, dass so viele Menschen verhaftet worden sind. Da ist es kein Wunder, wenn die Kreatur mich schärfer mustert als zuvor.

Zögerlich lehnt René sich zurück und nimmt Blancs Hand. Der grinst wie ein Honigkuchenpferd, und seine kaffeebraune Haut überzieht sich mit einer zarten Röte. Der Comte steht hinter den beiden und stützt sich auf ihre Sessellehnen. Ninon bietet ihm den Schaukelstuhl an, aber er lehnt mit einem Kopfschütteln ab. Achselzuckend macht sie es sich selbst darin gemütlich. Wieder einmal ist sie barfuß. Ich erinnere mich noch genau daran, wie ich diese nackten Füße das erste Mal gesehen habe. Wie schockiert ich damals war. Liam sieht sich wieder im Raum um und mustert die diversen Monitore. »Und was wird hier gemacht?«

»Die Kurzfassung? Datenanalyse.« Ninon drückt mit dem Finger auf den Couchtisch, woraufhin die gesamte Platte aufleuchtet. Anscheinend ist auch das ein Monitor, allerdings transparent. Ein sanfter Schein geht von der Glasplatte aus. »Hast du uns etwa eingeladen, um uns den neuesten Kinoblockbuster zu zeigen, Ninon?«, fragt der Comte trocken. Sie zieht empört eine Augenbraue hoch.

»Als ob ich so etwas an dich verschwenden würde. Übrigens hat dieser Tisch hier ungefähr so viel gekostet wie die Produktion eines Kinofilms.«

»Das Geld ist gut investiert«, murmelt der Comte, während Liam wieder zum eigentlichen Thema zurückkommt: »Weißt du denn, wo sie die Gefangenen hingebracht haben? Die von heute, meine ich.«

Ninon beugt sich über den Tisch. »Das ist eigentlich kein Geheimnis. Oder zumindest keines, das sonderlich gut gehütet wird.« Sie öffnet eine Datenbank. Für mich sieht das alles aus wie sinnloses Gekrakel. Weder in den Staaten noch in Großbritannien wird bei der Schulausbildung der Mädchen sonderlich viel Wert auf technische Fächer gelegt.

»Was machst du da?«, frage ich deshalb.

»Einfach ausgedrückt habe ich mir Zugang zu einem neuronalen Netzwerk von M3Rl1N verschafft und lasse es nun nach Bilddateien aus dem entsprechenden Zeitfenster des heutigen Tages suchen, in denen die Gefangenentransporte zu sehen sind. Das Netz der Verkehrsüberwachungskameras ist sehr dicht, deshalb dürfte das relativ einfach sein. Außerdem gibt es immer jemanden, der zufällig gerade filmt oder Fotos macht. So kommen wir ganz legal an die gewünschten Informationen heran. Es ist immer besser, es zuerst auf diesem Weg zu versuchen.«

»Wo hast du das gelernt?«, frage ich fasziniert.

»Manches habe ich mir selbst beigebracht, dann bin ich an die Uni gegangen. Das war ziemlich hilfreich.«

»Und wie erkennt dein neuronales Netzwerk die Gefangenentransporte?«, will Liam wissen.

»Möglicherweise haben wir ihm das beigebracht.«

»Warum?«

»Warum denn nicht?«, erwidert Ninon betont leichtfertig, ohne einen von uns anzusehen. »Es ist doch langweilig, ihnen immer nur den gleichen ollen Kram beizubringen.«

»Es war schrecklich«, meldet sich Blanc unvermittelt zu Wort. Er starrt auf den Fußboden. »Wie er es getan hat. Ohne jede Vorwarnung. Sie haben sich bloß auf eine schöne Feier gefreut, und plötzlich …«

»Wir können sie nicht einfach ihrem Schicksal überlassen«, sagt Liam nachdrücklich.

»Wir können aber auch nicht einfach so in eine Geistige Korrektive reinmarschieren«, entgegnet der Comte.

»Die sind wahnsinnig gut bewacht«, ergänzt Blanc. René drückt beschwichtigend seine Hand. Der Comte massiert ihm den Nacken. Blanc seufzt schwer. »Ich hätte nie gedacht, dass ich das einmal sagen würde, aber ich wünschte, Robin wäre König.«

»Vielleicht wird er es ja«, sage ich langsam. »Wenn der König abdankt, könnte er innerhalb weniger Monate den Thron besteigen.«

Mit angehaltenem Atem warte ich ab, bis die anderen meine Worte verarbeitet haben und sich mir zuwenden. »Ich habe noch nie gehört, dass eine Gedankenkontrolle so perfekt funktioniert hätte.« Renés Blick scheint mich förmlich zu röntgen. »Sie müsste über Jahre aufrechterhalten werden. Und jeglichen Widerständen trotzen, auf die sie sicherlich treffen wird. Seinem eigenen Gefühl trotzen, das ihm die Wahrheit zuflüstern wird.«

»Aber du hast doch schon mal von der Feuerschwester gehört, oder?«, frage ich ihn.

Ninons Augen verengen sich. »Robin wäre bereit, dich zu unterstützen?«

Spiritus apertus.

»Möglicherweise«, antworte ich vorsichtig. Liam schnaubt verbittert.

»Möglicherweise«, wiederholt Ninon und konzentriert sich wieder auf den Monitor. »Sag mal, Rea … Hat Robin jemals eine der Korrektiven besucht?«

»Keine Ahnung.« Geschlossen beugen wir uns vor.

»Vielleicht wird es langsam Zeit, ihm mal eine zu zeigen«, fährt sie nachdenklich fort. »Um ihm klarzumachen, wie unerlässlich seine Unterstützung wäre.« Ihr Blick wandert zu Liam. »Du willst diese Menschen doch retten, oder? Wie wäre es dann mit einer Aufklärungsmission in der Geistigen Korrektive von King's Cross?«

Robin war tatsächlich noch nie in einer Korrektive. Als ich ihm vorschlage, bei einem unserer öffentlichen Auftritte im Rahmen der Verlobungsfeierlichkeiten eine zu besuchen, hält er mich erst mal für komplett verrückt. Seine Gedanken sind da sehr eindeutig. »Du musst es dir ansehen«, beharre ich. »Du musst erleben, wie es dort wirklich zugeht. Denn es gibt noch einen anderen Weg.« Flüsternd erkläre ich es ihm: »Wenn dein Vater abdanken würde.«

Das macht ihn nur noch fassungsloser. »Unmöglich.«

Ich drücke seine Finger. »Nicht für die Feuerschwester.«

Robin schluckt schwer.

In dieser Nacht träume ich von einem brennenden London, dem Gläsernen Turm in einem lodernden Inferno.

»Was für eine exzellente Idee«, begeistert sich der König, als ich während der Teestunde den Besuch in King's Cross vorschlage.

Er hat gerade erst den US-Präsidenten verabschiedet – wir sind ihm noch im Korridor begegnet, seinem breiten Grinsen, als wäre alles in bester Ordnung. Der Zar ist am Morgen abgereist. Somit sind alle bis auf die Kaiserin fort, die anscheinend noch etwas länger bei ihrer Tochter bleiben möchte. »Wir könnten ausgewählte Pressevertreter dazu bitten«, sagt der König. »Das liefert ihnen eine wundervolle Story: *Zwei Generationen sorgen für Sicherheit.*«

Mit unverhohlenem Stolz mustert er seinen Sohn. Ich beobachte die beiden aufmerksam. Selbst eine Abdankung müsste plausibel verkauft werden. Doch wenn der König sich zurückzieht, um seinem Sohn die wohlverdiente Krone zu überlassen … Mein Blick wandert weiter zur Königin. Sie müsste die Geschichte untermauern, in aller Öffentlichkeit. Dann könnten wir damit durchkommen.

Gerade so.

»Wie wäre es am Dienstag?«, schlage ich vor, während ich krampfhaft versuche, nicht zu einem weiteren Gast in unserer Runde hinüberzusehen – Mister Galahad. »Vor dem Tee?«

Prompt wird der Besuch auf die Tagesordnung gesetzt. Es gelingt mir sogar, Einladungen für Liam, Blanc und den Comte herauszuschlagen. René ist allerdings unerwünscht. Während ich still dasitze und abwarte, dass die Teestunde endlich zu Ende geht, damit ich den Weißen König und sein widerliches Lächeln nicht mehr sehen muss, bete ich mir immer wieder vor, dass ich das Richtige tue.

Wir werden diesem Schrecken ein Ende setzen.

Jetzt muss ich mich nur noch dazu durchringen, Mister Galahad nicht unentwegt anzustarren. Er ist inzwischen ständig an der Seite des Königs, immer mit Moretta, Narrenkappe und seinem violetten Outfit. Wie ein Hofnarr oder ein Hund muss er hinter Seiner Majestät herdackeln, jeder Schritt von bimmelnden Glöckchen begleitet. So gewinnt er also die Gunst des

Königs zurück. Das ist also die Position, die ihm Seine Majestät noch zugesteht. Es ist unerträglich.

Als schließlich alle ihre Macarons verspeist haben, erhebt sich die Königin von ihrem Platz. Der ebenfalls anwesende Nottingham und ich folgen ihrem Beispiel.

»Einen Moment noch, Sohn«, befiehlt der König. Robin signalisiert mir, dass ich schon vorgehen soll. Nottingham verbeugt sich und schließt sich mir an.

»Der Besuch einer Korrektive ist wirklich eine hervorragende Idee, Miss Emris«, stellt er fest, sobald wir aus dem Salon getreten sind; die Königin ist längst vorausgegangen. »Anscheinend denken Sie sehr strategisch.«

»Eher nicht«, erwidere ich mit einem nachlässigen Wedeln der Hand, während ich weitergehe.

»Doch, doch, absolut«, beharrt Nottingham, ohne von meiner Seite zu weichen. »Mein Hinweis auf Ihre beachtlichen Kampfkünste in Berlin war durchaus ernst gemeint. Es ist wirklich ein Jammer, dass in der GVK keine Frauen zugelassen sind. Aber vielleicht ändert sich das ja bald.«

Ich werfe ihm einen skeptischen Seitenblick zu. »Wohl kaum.«

»Einen solchen Wandel durchzusetzen liegt innerhalb meines Wirkungsbereiches.«

Wir wechseln in den alten Teil des Palastes über, gehen an Gemälden, Fenstern und kleinen Nischen vorbei. Möglichst ungläubig frage ich: »Warum sollten Sie das tun?«

»Vielleicht habe ich Sie einfach gern in meiner Nähe«, erwidert er scherzhaft. Das erinnert mich wieder ein wenig an den Mann, den ich in Berlin kennengelernt habe. Der wilde Tänzer ist an diesem Hof kaum mehr wiederzuerkennen. Nur das verschlagene Lächeln habe ich an beiden Orten gesehen.

Ich lache kokett. »Sie dürfen mich aber nicht so veralbern, Nottingham.«

Zwar nehme ich aus dem Augenwinkel eine Bewegung wahr, aber da ist es bereits zu spät. Er ist gewandt wie eine Katze. Außerdem ist er größer und kräftiger als ich. Zwei Schritte, schon hat er mich in eine Nische gedrängt, hinter einen Vorhang. Er beugt sich zu mir. Noch nie habe ich seine dunklen Augen so dicht vor mir gesehen. Seine Stimme ist weich wie das Fell eines Tigers. »Und wenn ich Sie gar nicht veralbern will, Miss Emris?«

Ungehemmt rauscht das Adrenalin durch meinen Körper. Meine Hände und Arme sind vollständig mit Stoff bedeckt, also gehe ich in Kampfhaltung.

Mit einem mahnenden Zungenschnalzer beugt er sich noch weiter vor. Jetzt spüre ich sogar seinen Atem auf meiner Haut. »Was, wenn ich dich nicht veralbern will … Feuerschwester?«

Kapitel 7

Am liebsten würde ich Nottingham das Knie zwischen die Beine rammen und rennen. Seine Deckung ist miserabel. »Was reden Sie da? Sie treten sofort ein paar Schritte zurück, sonst kommt es doch noch zu dem Duell, auf das Sie offenbar so scharf sind.«

»Haben Sie sich nie gefragt, ob die Fähigkeiten eines Schnüfflers erblich bedingt sein mögen, Miss Emris?«

Es könnte ein Bluff sein. Wir hatten nicht einmal Hautkontakt.

Doch, einmal hat er mich berührt – als er bei dem Tanz meine Hand geküsst hat. Ich erinnere mich noch gut an seinen Geist. Diesen wundervollen Geist. Zwar habe ich nur einen kurzen Blick darauf geworfen, aber der war so verlockend, dass meine Haut sich selbst jetzt noch danach sehnt, sich nach ihm auszustrecken.

»Ich habe keine Ahnung, was Sie meinen, Nottingham. Gehen Sie auf Abstand. Das ist meine letzte Warnung.«

»Dann möchten Sie die GVK also nicht auf Ihrer Seite haben, wenn Sie Ihren kleinen Coup durchziehen?«

Er steht immer noch viel zu dicht vor mir. Und ich habe ihn gewarnt.

Mit einem sauberen Haken treffe ich ihn am Kinn. Nottingham weicht taumelnd zurück. Der Fluch, den er ausstößt, während er seinen Kiefer abtastet, sollten seine Ritter besser nicht hören. Das gibt bestimmt einen Bluterguss. Und mir verschafft es unglaubliche Befriedigung.

»Da Sie nun wieder einen für mich akzeptablen Abstand halten«, erkläre ich und genieße die Lüge – denn nach dem leisen Hauch seines Geistes, der mich gestreift hat, juckt es mich in den Fingern, mir mehr davon zu holen –, »bin ich gerne bereit, mir anzuhören, was Sie zu sagen haben.«

Nottingham mustert mich abschätzend. »Bitte verzeihen Sie mir, so benimmt sich ein Gentleman nicht.«

»Ganz sicher nicht.« Natürlich ist es nicht klug, mir den Captain der GVK zum Feind zu machen, aber andererseits bringt es mich auch nicht weiter, wenn ich vor ihm im Staub krieche. Außerdem bin ich in meinem Leben schon mehr als genug im Staub herumgekrochen.

»Aber zu Ihrem großen Glück bin ich ja auch keine Lady«, füge ich hinzu.

Mit entwaffnender Freundlichkeit grinst er mich an. Dann sinkt er in einen Devotionsknicks. »Da bin ich anderer Meinung, Miss Emris.«

»Ich werde ein Treffen an einem Ort arrangieren, wo wir uns ungestört unterhalten können«, erwidere ich gespielt hochmütig, obwohl ich keine Ahnung habe, wann und wo das stattfinden sollte. Die Kreatur erscheint bei uns in der Nische und mustert mich interessiert. Ihren klaren Blick auf mir zu spüren wirft mich fast aus der Bahn.

»Nein, bitte«, protestiert er, »überlassen Sie das mir. Ich denke, wir beide haben viel gemeinsam. Und sogar noch mehr Themen, über die wir uns austauschen sollten.« Er überreicht mir erneut seine Karte. »Warum kommen Sie mich nicht einmal besuchen? Am Mittwoch gebe ich ein kleines Fest, nichts sonderlich Spektakuläres. Was sich durch Ihre Anwesenheit natürlich ändern würde. Dann wäre es ein wahrhaft denkwürdiges Ereignis.«

Ich nehme die Karte und nicke.

»Ach, und … Miss Emris?« Er lächelt mich an. »Für diesen

Schlag werde ich auf jeden Fall Revanche fordern. Sie sind wirklich eine ganz reizende Kämpferin.« Mit einem letzten Devotionsknicks dreht er sich um und lässt mich stehen.

Ich gehe erst weiter, als er hinter der nächsten Ecke verschwunden ist. Meine Knie zittern, und die Kreatur ist mir dicht auf den Fersen. Sie läuft wieder auf den Hinterbeinen. Ich habe nichts zugegeben. Trotzdem – wenn er nicht geblufft hat, wenn er wirklich ein Schnüffler ist, war es ein unverzeihlicher Fehler, mich von ihm anfassen zu lassen. Er könnte mich jederzeit verraten.

Andererseits hat er nicht ganz unrecht – dann haben wir wirklich etwas gemeinsam. Wir sind beide Magdalenen. Könnte er tatsächlich daran interessiert sein, uns zu unterstützen? In gewisser Weise habe ich ihn jetzt ebenfalls in der Hand, sofern er nicht gelogen hat, denn der König weiß doch sicher nichts von seinen Fähigkeiten, oder? Das muss bestimmt geheim bleiben. Was für ein Spiel spielt Nottingham hier bloß?

Ich schreibe eine Nachricht an Ninon: *Was weißt du über den Count of Nottingham?* Gleichzeitig versuche ich, die Kreatur zu ignorieren, die hinter mir herstakst und mich unablässig beobachtet. *Ich kann das schaffen,* sage ich mir wieder. *Sie ist nicht real.*

Ninon ruft mich zwei Stunden später auf einer sicheren Leitung zurück, um mir ihre Suchergebnisse mitzuteilen. Der Count of Nottingham ist der Sohn einer englischen Adeligen und eines deutschen Staatsbürgers. Seine Mutter ist die ältere Schwester des Duke of Buckingham, also Mister Galahads Tante. Nottingham wuchs in der Grafschaft Hannover und in Nottinghamshire auf, besuchte Schulen und Universitäten in Berlin, Rom und Washington und kehrte im Alter von fünfundzwanzig an den Neuen Hof zurück, um der Kaiserin zu dienen. Seine kürzliche Ernennung zum Captain der Guard of Virtuous Knights ist sein erster offizieller Posten am Weißen Hof, empfohlen wurde er von der Kaiserin höchstpersönlich. Er hat zwei Studienabschlüsse in

Sicherheitsprotokollistik und Kriegsrecht. »Unter Aristokraten wird da meistens ein Generalspatent draus«, erklärt Ninon. »Ich weiß aus zuverlässiger Quelle, dass ihm mehrere entsprechende Posten angeboten wurden, er sich stattdessen aber für London entschieden hat. Soweit ich das sagen kann, ist er alleinstehend. Und ich kann so etwas mit ziemlicher Sicherheit sagen, wenn ich mich mal selbst loben darf.«

Nervös spiele ich mit Nottinghams Karte herum. Es könnte eine Falle sein. Und selbst wenn nicht, würde ich es bevorzugen, möglichst wenige Menschen in unser Vorhaben einzuweihen. Außerdem brauchen wir für unseren Plan keine Unterstützung durch die GVK. Dafür brauchen wir nur Robin und mich.

Andererseits … Ich lege das harmlos aussehende Kärtchen auf meinen Nachttisch. Als Adresse ist das Stadthaus des Duke of Buckingham in Eden's Garden angegeben. Dort habe ich die letzte Lieferung in meiner kurzen Karriere als Schneiderin in Diensten von Róisín Carter getätigt, der alten Schnapsdrossel. Heute kommt es mir vor, als wäre das alles in einem anderen Leben geschehen. Mit leiser Wehmut denke ich an Zadie, meine einzige Kollegin in Róisíns Laden, die fast so etwas wie eine Freundin für mich war. Natürlich waren wir nicht wirklich befreundet, nicht in dem Sinne, dass man Geheimnisse miteinander teilt. Meines hätte uns beide das Leben gekostet. Trotzdem hoffe ich inständig, dass es ihr gut geht.

Ob sie wohl noch in der Schneiderei arbeitet? Vermutlich, sofern Róisín Carter nicht inzwischen an einer Alkoholvergiftung gestorben ist. Immer hat Róisín *mich* die bestellten Waren an den Duke of Buckingham ausliefern lassen. Der hat mir fast auf die Hände gesabbert, als ich ihm damals das letzte Päckchen brachte – und bei allen vorangegangenen ebenfalls. Man könnte also sagen, dass es mich sehr glücklich machen würde, niemals wieder einen Fuß in dieses Haus zu setzen.

Ich beschließe, die Entscheidung in Bezug auf Nottingham zu vertagen und mich stattdessen voll und ganz auf den anstehenden Besuch in King's Cross zu konzentrieren. Natürlich informiere ich Robin, Ninon und unsere anderen Verbündeten darüber, was Nottingham zu sein behauptet, damit wir ihm entsprechend wachsam gegenübertreten können. Jetzt gibt es für uns aber erst mal nur die Korrektive. Sie ist in einem wuchtigen Gebäudekomplex aus roten Ziegeln untergebracht, der vor einem halben Jahrhundert errichtet wurde. Trotz der mit Eisenzäunen eingefassten Mauern und der schwarz lackierten Eisentore diente er ursprünglich wohl einem anderen Zweck – als Bibliothek, glaube ich. Er wird auf allen vier Seiten von Hauptverkehrsstraßen eingeschlossen, es gibt jedoch nur einen Eingang: das Tor an der Euston Road. Mehr habe ich von dieser Korrektive auch noch nie gesehen. Ninon zeigt mir in ihrem M3RL1N-Arbeitsraum Satellitenfotos und Videoaufnahmen. Ich nenne dieses Zimmer inzwischen nur noch Hauptquartier, obwohl Ninon findet, dass das klingt wie etwas aus einem antiquierten Spionage-Comic. Irgendwann überlege ich laut, wo sie das ganze Videomaterial her hat, das sie mir gerade zeigt.

»Na, glaubst du denn, dein Handy würde nicht alles aufzeichnen, was du siehst?«, fragt sie geistesabwesend. Ein sehr beunruhigender Gedanke. Hinter dem Tor der Korrektive befindet sich ein weitläufiger, offener Hof, der mit unterschiedlichen Linien markiert ist. Beginnend vorne am Tor verlaufen sie von rechts nach links über die gesamte Fläche, wechseln aber die Farbe: von Schwarz zu Rot und dann Orange, je weiter man sich dem Gebäude nähert. In Babylon erzählt man sich so einiges über diese farbigen Linien. Übertritt man eine orange Linie, legen sie einen in Ketten. Übertritt man eine rote Linie, nähen sie einem die Beine zusammen. Übertritt man eine schwarze Linie, wird man erschossen.

Ganz hinten, direkt vor dem Gebäude, gibt es gelbe Quadrate auf dem Boden, wie ich sie aus der Londoner U-Bahn kenne. Bei diesem Anblick zieht sich alles in mir zusammen. Plötzlich bekomme ich Platzangst.

Mir wird klar, dass ich schon halb vergessen hatte, wie es dort draußen zugeht. Bis zu meiner Rückkehr, meinen Ausflügen nach Islington, diesen Videos. Ich hatte sie halb vergessen, die grellgelben Streifen auf den Bürgersteigen, in der U-Bahn, sogar in den Korrektiven. Selbst den Blick sperren sie ein, erinnern dich ständig daran, ihn bloß nicht schweifen zu lassen. Sieh nach unten. Nur nach unten. Und die Rolltreppen und Laufbänder in den Bahnhöfen, die einen sicher zum Bahnsteig befördern – immer schön in ihrem Tempo, nicht in deinem. Die Quadrate auf dem Boden schreien einem entgegen, wie gefährlich jede noch so kleine Bewegung werden kann. Der Kummerbund presst deine Hände an den Rücken, bis es dir fast die Schultern auskugelt, deine Arme brennen, deine Handgelenke schmerzen. Aber am schlimmsten sind die Schleppen, vorne und hinten an deinen Kleidungsstücken, spitz zulaufend, manchmal mit Schlaufen versehen, sodass sie einen daran herumzerren können, als wäre man ein Hund oder ein Pferd.

Nein, das Schlimmste ist die Tatsache, dass man dabei auch noch lächeln muss. Und dass man lächeln will. Dass man glaubt, es mache einen glücklich, wenn einen jemand an der Schleppe packt und mit sich schleift.

Im Palast stehen an allen Ecken Ritter, die mich sofort töten würden, wenn sie herausfänden, wer ich bin. Aber wenigstens gibt es dort keine Linien auf dem Boden, keine Rollbänder, keine Quadrate. Und wenn ich ein Wörtchen mitzureden habe, werden diese Linien bald überall verschwunden sein.

Ich schließe die Augen und lehne mich in dem Schaukelstuhl zurück. Nur für einen Moment möchte ich es mir vorstellen:

meine Straße in Little Justus ohne die grellen Linien auf dem Bürgersteig. Unsere Nachbarn, nicht mit schreckhaft eingezogenem Kopf und an den Rücken gepressten Händen, sondern hoch erhobenen Hauptes. Sie schlendern entspannt dahin, unterhalten sich, halten vielleicht sogar Händchen. Oder Angel, wo die Passanten in aller Ruhe über die Straße flanieren und die Schaufenster der vielen kleinen Geschäfte betrachten. Auf den Bänken sitzen Paare – er hat ein Bein über ihren Schoß gelegt, sie drückt ihm einen Kuss auf die Wange. Ein altes Paar wandert in seinem eigenen, bedächtigen Tempo vorüber, die runzligen Hände fest ineinander verschlungen.

Das Problem ist nur: Ich kann es mir nicht vorstellen. Vor meinem inneren Auge erscheinen Paris oder Berlin, selbst Städte, die ich nie besucht habe, wie Seoul oder Rom. Niemals London. London sehe ich nur wie in meinen Träumen – lichterloh brennend.

Schnell reiße ich die Augen auf. Ninon beobachtet mich aufmerksam. »Sollen wir für heute Schluss machen, Liebes?«

Ich reibe mir die müden Augen. »Ja, vielleicht.« Doch ich bringe es nicht über mich, aus dem Schaukelstuhl aufzustehen. Jetzt noch nicht. Mir brennt eine Frage unter den Nägeln: »Glaubst du, es wird funktionieren?«

»Zunächst einmal ist es ja nur eine einfache Erkundungsmission. Ich sehe keinen Grund, warum die Abhörgeräte nicht funktionieren oder entdeckt werden sollten – sie sehen vollkommen harmlos aus.«

»Ich vertraue dir blind«, versichere ich ihr und meine es auch so. Langsam strecke ich die Hand aus, um ihre nackten Finger zu berühren. Ohne zu zögern, greift Ninon zu. Das strahlende Licht ihres Geistes breitet sich wie ein kleines Wunder in mir aus. »Aber du vertraust Robin nicht«, stellt sie fest, als könnte sie meine Gedanken lesen.

»Ich würde ihm mein Leben anvertrauen.«

Ich liebe es, wie du lügst. Sehr geschickt.

»Das habe ich von dir gelernt«, gebe ich zu. »Nicht direkt zu lügen, sondern einfach eine andere Wahrheit zu sagen. Einen Teil der Wahrheit.«

Ninon nickt. Sanft dreht sie meine Hand um und fängt an, die Handfläche zu massieren. Maria sei Dank. Diese Judasbehandlungen sind wirklich himmlisch. Mit einem Seufzen versuche ich, es ihr zu erklären. »Es ist nicht so, dass ich ihm nicht vertraue. Aber ich weiß, dass der Wille zur Veränderung ihm einen wesentlich größeren geistigen Sprung abverlangt als dir oder mir. Wird ein Besuch in einer Korrektive da ausreichen?«

Ninons Finger massieren fleißig weiter, während sie antwortet: »Wir können es nur hoffen.«

»Geht es dir gut?«, frage ich sie unvermittelt. Ninon scheint es immer gut zu gehen. Dabei sollte ich besser wissen als jeder andere, dass sie ebenso unglücklich sein kann wie wir alle.

Ob es mir gut geht? Ich bin eine Gefangene in meinem eigenen Haus. »Ich bin genau dort, wo ich sein möchte.«

Grinsend stelle ich fest: »Ungelogen.«

Nun grinst sie ebenfalls. »Ungelogen.« Ohne meine Hand loszulassen, streift Ninon ihre Schuhe ab und zieht die Beine an. »Ist es unangenehm, wie ein Terrorist behandelt zu werden? Oh ja. Habe ich schon Schlimmeres ertragen? Auf jeden Fall. Kann ich so gut wie alles ertragen, solange Olivier, René, Blanc, du und dein Bruder bei mir sind? Keine Frage. Deshalb bin ich momentan genau dort, wo ich sein möchte.«

Ich beuge mich vor und küsse ihren Handrücken. Ihre Gedanken sind kristallklar. Sie fürchtet sich vor rein gar nichts. »Wir schaffen das, oder?«

»Meine Süße.« Ninon lächelt liebevoll. »Natürlich schaffen wir das.«

Am Dienstag treffen wir uns um Punkt drei Uhr in der Fuhrparkgarage des Palastes mit dem König und der Königin. Für den besonderen Anlass wurde ein ganz spezieller Wagen ausgewählt, das neueste Modell der Königlichen Manufaktur: die Gläserne Maria 500. Diese Firma baut Autos nur für die Königliche Familie und ein paar handverlesene Kunden in Großbritannien und Nordamerika. Wer sonst sollte Interesse haben an dieser Art von Wagen? Die lange Limousine ist komplett durchsichtig. Natürlich besteht sie nicht aus Glas, auch wenn es so aussieht. Das Material, aus dem sie gebaut wurde, nennt sich Transpofibre – extrem belastbar und doch vollkommen transparent. Selbst wenn die Gläserne Maria 500 von einem Sattelschlepper gerammt würde, würden ihre Passagiere nicht einmal einen Kratzer abbekommen. Den Sattelschlepper hingegen würde es komplett zerlegen. Außerdem ist dieser Wagen einer der wenigen, die noch einen Verbrennungsmotor haben, dem man natürlich direkt bei der Arbeit zusehen kann – wie die Kolben stampfen, das Benzin verbrennt und die Abgase durch den Auspuff strömen. Zugegebenermaßen ein faszinierender Anblick.

Das Königspaar ist prachtvoll herausgeputzt. Allein die Königin braucht schon zwei Diener in Marienroben, die sich um ihre Schleppe kümmern müssen – gute zwei Meter blendend weißen Stoffes. Der König trägt neben seiner Krone einen voluminösen weißen Mantel, unter dem sein schwarzes Schwert aufblitzt. Bei Schärpe und Schwertscheide hat sich der Prinz farblich seinem Vater angepasst, der Rest seiner Kleidung ist schwarz. Er trägt dasselbe Outfit wie damals bei der Pressekonferenz in Paris. Ich wurde heute ebenfalls vom Hofschneider eingekleidet, im Vergleich zu all dieser Pracht wirkt mein Kleid allerdings fast schon ärmlich: weiß, bodenlang, gerader Schnitt. Mein Gesicht ist weiß geschminkt, ich trage einen breiten Kummerbund um die Taille, Gladiéhandschuhe aus Spitze und perlenbesetzte Schuhe.

Die sind eine Nummer zu klein. Mir ist schon der Gedanke gekommen, dass das Absicht sein könnte. Um die Trägerin am Weglaufen zu hindern. Oder einfach, um ihr Schmerzen zuzufügen. Wundern würde es mich nicht. Das einzig Positive ist, dass Robin ebenfalls Spitzenhandschuhe trägt. Seine sind natürlich schwarz, die Spitze rautenförmig. Ein Zugeständnis an unsere erklärte Absicht, einander zu berühren.

Außer uns steigen noch die Schleppenträger der Königin und zwei Ritter in den Wagen – einer davon ist Nottingham. Er trägt ebenfalls eine weiße Schärpe über seinem ansonsten komplett schwarzen Outfit. Mister Galahad wird uns nicht begleiten. Seine Majestät wollte nicht, dass sein Anblick die Pressefotos ruiniert. Ich bin heilfroh, dass er die Kreatur nicht sehen kann. Wie ein großer Schatten huscht sie am Rande meines Gesichtsfeldes mit uns in die Gläserne Maria. Liam, der Comte und Blanc werden in der Korrektive zu uns stoßen.

Unsere Fahrt durch die Stadt wurde sorgfältig geplant und groß angekündigt. Ich fühle mich den Menschenmassen am Straßenrand so ausgesetzt, als stünde ich mitten unter ihnen. Sie schreien: *Majestäten! Königliche Hoheit!* Manchmal ertönt auch mein Name. *Miss Emris!* Sie schwenken die Flagge des Königs, das schwarze Kreuz auf weißem Grund, und brüllen dabei den Familiennamen von Eira Emris, die mit ihrer Feuerseide durch diese Straßen marschierte und die Stadt in Brand steckte. Sind sie sich der Ironie bewusst?

Heute sitze ich in diesem Wagen, gemeinsam mit den Menschen, gegen die meine Großmutter aufbegehrt hat.

Das ist alles so krank. Ganz plötzlich wird mir das klar, mit schmerzlicher Intensität. Ich könnte kotzen.

Schnell schiebe ich diese Gefühle beiseite. Robin und ich halten uns an der Hand. Öffentlich. Wir lächeln. Die Menschen drehen unseretwegen fast durch. So viele von ihnen zeigen mit ausgestrecktem Finger auf unsere Hände … Das ist schon fast absurd. In ihren Augen sehe ich das, was Ninon uns prophezeit hat: Unsere öffentliche Berührung ist wie ein Versprechen. Die Verheißung, Robin anzufassen, mich anzufassen … Daran werden sie jetzt denken. Sie wollen körperliche Nähe. *Sie wollen es,* denkt auch Robin. *Das ist offensichtlich. Sie würden sich auf unsere Seite schlagen.*

Ich presse die Lippen zusammen, um meine Gedanken nicht laut auszusprechen. Er wird es gleich selbst sehen. Denn je näher wir der Korrektive kommen, desto mehr dünnt sich die Menge aus. Niemand will den Hautstreichern zu nahe kommen, den Magdalenen. Als wir in die Euston Road einbiegen, stehen nur noch Ritter am Straßenrand, die Garde zu unserem Schutz. Ich beobachte sie genau, drücke eine Hand ans Fenster, als wäre ich einfach nur neugierig. Dabei sorge ich dafür, dass Ninons Kamera alles aufzeichnen kann, was wir sehen. (Sie nennt das Ding *Tinker Bell,* wie sie mir erklärte, als sie es im Stoff meines Handschuhs versteckte. Wie die Fee aus *Peter Pan.* Auf meinen fragenden Blick hin meinte sie nur: »Was denn? Sie ist klein, gemein und verdammt cool.«)

Das Tor öffnet sich für uns, und wir fahren hindurch, gefolgt von unserer Eskorte – zwei weitere Fahrzeuge vollgestopft mit Rittern. Im Hof überqueren wir die schwarze Linie, die rote, die orangefarbene. Wir erreichen die gelben Quadrate. Acht Gestalten stehen in den markierten Vierecken. Sie zittern in ihren dünnen braunen Overalls. Reglos starren sie uns an, doch keiner von ihnen sagt ein Wort. Erst als wir dicht an ihnen vorbeifahren, wird mir klar, dass sie es nicht können.

Man hat ihnen die dicken braunen Marienkrägen am Gesicht festgenäht. Ihre Lippen sind für immer versiegelt.

Was, in Marias Namen …?

Durch unsere Berührung sehe ich den Hof durch Robins

Augen. Wäre ich René, könnte ich sein Entsetzen spüren, den eisigen Schock, doch auch an der Art, wie er sich plötzlich verkrampft, kann ich diese Gefühle ablesen. Seine Atmung beschleunigt sich, was kein Wunder ist bei den Bildern, die ihm durch den Kopf schießen. Die Überlegung, wie es sich wohl anfühlt, wenn einem eine Nadel in die Haut gebohrt wird, wenn der Faden durch das Fleisch der Oberlippe gleitet. Wie es blutet. Die Schmerzen, wenn sich die Wunde entzündet. Wenn nur eine winzige Stelle offen gelassen wird, damit man atmen kann, mit einem Strohhalm trinken, tropfenweise Wasser aufnehmen, quälend langsam. Wenn man immer wieder versucht, den Mund zu öffnen, und jedes Mal aufs Neue von dem harten Faden daran gehindert wird. Daran zerrt und drückt, bis es blutet. Mit der Zunge gegen die Fäden stößt.

Ich lasse seine Hand los. Ich ertrage es nicht länger. Zu schmerzhaft ist die Erinnerung an den Mann bei unserer Schulexkursion, der um eine Haarnadel bettelte, um jeden noch so kleinen spitzen Gegenstand, mich anflehte, ihn zu erwürgen, ihm den Tod zu schenken. »Wiederholungstäter, Eure Majestäten, Königliche Hoheit, Miss Emris«, erklärt Nottingham, als wir an den Gefangenen im Hof vorbeifahren. »Wir nennen sie auch Büßer. Bei der GVK achtet man darauf, die Strafe dem Verbrechen anzupassen. Wenn zum Beispiel ein Züngler erwischt wird – bitte verzeiht, das ist ein umgangssprachlicher Ausdruck für jene, die sich küssen, ohne verheiratet zu sein, oder sogar Schlimmeres mit ihrer Zunge anstellen. Wenn also ein Züngler erwischt wird, bringt man ihn hierher. Begeht er in der Korrektive erneut dieses Verbrechen, wird der Marienkragen an sein Gesicht genäht, damit er andere nicht länger gefährden kann.«

»Wie merkwürdig, dass sie ihr Vergehen überhaupt wiederholen, nicht wahr?«, findet der König. Sein Blick streift unsere Hände, sodass ich schnell wieder nach Robins Fingern greife.

»Allerdings«, bekräftige ich. Robin bleibt stumm, obwohl sein Vater ihn eindringlich anstarrt. Nur ich allein weiß, was er denkt. *Wenn man mich dafür einsperren würde, dass ich dich küsse, würde ich dich bei unserer nächsten Begegnung sofort wieder küssen.* Er stellt es sich sogar vor. Sieht sich selbst in diesem braunen Overall, wie er die Finger um dicke Gitterstäbe schlingt, damit sie kurz meine streifen können. In diesem Moment bin ich so froh, seine Hand halten zu können. So froh, dass er hier neben mir sitzt, heil und unversehrt. Ich könnte niemals damit aufhören. Nicht, solange wir zusammen hier eingesperrt wären. Könnte das überhaupt jemand? Wer könnte sich damit abfinden, langsam in den Wahnsinn getrieben zu werden und nicht einmal mehr einen anderen Menschen küssen zu dürfen? Im Rückspiegel sehe ich zwei Männer mit zusammengenähten Lippen, nur ganz kurz, dann sind sie verschwunden. Standen sie bei ihrer Wiederholungstat dort im Hof, jeder in seinem Quadrat, und starrten auf ihre Füße, während sie einen halben Quadratmeter Platz und frische Luft zum Atmen hatten? Haben sie sich da vorgestellt, wie es wäre, aufzublicken? Aufzublicken und einander anzusehen? Sind sie aus ihren Quadraten geschritten und haben sich geküsst – zwei vollkommen Fremde? Sich geküsst, als hätten sie sich nie etwas anderes ersehnt in ihrem Leben? Sich geküsst und immer weiter geküsst, bis man sie auseinandergerissen hat?

Oder war es sogar noch grausamer? Haben sie sich vielleicht geliebt? Wurden sie zusammen erwischt und verhaftet, um dann in derselben Korrektive eingesperrt zu werden? Und hat nur einer von ihnen es nicht ausgehalten? War nur einem von ihnen ein Kuss mehr wert als alle Worte dieser Welt? Wurden sie als Folge davon beide bestraft?

Und falls es so ist – lieben sie sich dann noch immer?

In meinem Magen bildet sich ein drückender Knoten, und wieder rauscht das Blut in meinen Ohren. Robins Geist reagiert sofort darauf. Ganz von allein fangen die Seidenstränge Feuer. Sie lösen sich, steigen hoch und peitschen gegen die Grenzen seines Geistes. Unwillkürlich zuckt er zusammen. Seine Mutter hebt den Kopf, sein Vater ebenfalls.

»Geht es dir nicht gut?«, fragt die Königin.

»Doch, natürlich«, antwortet Robin, aber es klingt leicht gepresst. Ich streiche beruhigend über seine Finger, während ich gleichzeitig versuche, mich selbst in den Griff zu bekommen. Mit meinem Eis bekämpfe ich die Flammen. Vielleicht haben sich die Blumen meiner Mutter deshalb in Eis verwandelt. Vielleicht sah ihr Geist nicht immer so aus.

Wir durchfahren einen Torbogen und landen in einer Tiefgarage. Von dort aus bringt uns ein Lift in die Eingangshalle. Als sich die Kabinentüren öffnen, sehe ich Liam, Blanc und den Comte. Sie warten bereits auf uns, zusammen mit dem Personal der Korrektive. Die Hälfte dieser Leute trägt schwarze Marienroben, die andere gehört offenbar dem Sicherheitsdienst an, erkennbar an den dicken Handschuhen und den Lederuniformen. Es sind alles Männer. Und zwei weitere Personen erwarten uns, mit denen ich hier nicht gerechnet hätte: Lady Thea Mallory und ihr Gatte Lord Mallory, ein kleiner Mann mit stattlicher Wampe. Sein Kopf ist kahl rasiert. Die glatte Haut glänzt so stark, dass man es sogar durch seine Musselinhaube sehen kann. Er tritt einen Schritt vor und sinkt in einen Devotionsknicks.

»Majestäten, Königliche Hoheit, Euer Besuch ist eine große Ehre für uns.«

König und Königin nehmen die Huldigung freundlich entgegen. »Als Miss Emris diesen Vorschlag machte, waren wir entzückt«, verrät der König.

Lord Mallory wendet sich mir zu. Es folgt ein peinlicher Moment, in dem wir uns einfach nur anstarren, da keiner weiß, wer sich zuerst verbeugen muss. Normalerweise wäre das ich, aber bin ich nicht seine zukünftige Königin? Trotzig recke ich das Kinn. Er blickt verunsichert zu seiner Frau hinüber, dann zum König, dessen Miene reglos bleibt. Schließlich neigt er grüßend den Kopf. »Enchanté, Miss Emris.«

Aus dem Augenwinkel meine ich zu bemerken, wie der Comte zusammenzuckt. Seine Aussprache war wohl eher grottig.

»Mylord«, erwidere ich, ohne den Kopf auch nur einen Zentimeter zu senken. Das gibt mir große Genugtuung. Nun tritt Thea Mallory vor. Unverblümt lässt sie den Blick sowohl über mich als auch über Robin gleiten. Ob sie sich in diesem Moment wohl vorstellt, wie es wäre, ihn anzufassen?

»Majestäten, Königliche Hoheit, Miss Emris.« Sie hat wirklich eine wundervolle Stimme. Tief und angenehm weich. Ohne die Verzerrung durch ein Mikrofon oder einen Lautsprecher klingt sie sogar noch bezaubernder. Ihre dunklen Augen funkeln fast so stark wie ihr extravagantes silbernes Cape nach Pariser Mode. Noch nie bin ich dieser Frau so nah gekommen, die mir mein gesamtes britisches Leben lang eingetrichtert hat, ich sei schlecht und sündhaft. »Ist dies Euer erster Besuch in einem solchen Etablissement, Eure Majestät? Miss Emris?«

»Oh nein. Wie jeder Schüler habe auch ich eine Exkursion in eine Korrektive mitgemacht«, erkläre ich. »Sie befand sich allerdings im Osten von London.«

»Aber ja, natürlich. Nun, das ist allerdings schon ein paar Jahre her, nicht wahr? Sicher haben Sie die Kreaturen draußen im Hof bemerkt – und Ihr ebenfalls, Majestät. An einen solchen Anblick sind wir Damen wahrhaftig nicht gewöhnt. Aber für Eure Majestät ist es sicher nicht das erste Mal, vermute ich?«

Neugierig sehe ich die Königin an. Ohne mit der Wimper zu zucken, antwortet sie: »Nein, dies ist nicht mein erster Besuch in einer Korrektive, allerdings der erste in dieser Einrichtung hier.

Ihr Ehemann ist ja bekannt dafür, dass er seine Patienten fest im Griff hat, Lady Mallory.«

»Zu viel der Ehre, Eure Majestät«, bedankt sich Thea Mallory und sinkt in einen Devotionsknicks. Dabei wirft sie Robin immer wieder verstohlene Blicke zu, während sie mich nun gänzlich ignoriert. »Und Ihr, Königliche Hoheit?«

»Es ist mein erstes Mal«, bestätigt er.

Lord Mallory räuspert sich lautstark und stellt sich vor Robin. Neben seiner Frau sieht er aus wie eine Weihnachtsgans in Musselinverpackung. Sie hingegen kann man nur als strahlenden Schwan bezeichnen.

»Dann gibt es einiges, was wir Euch zeigen sollten, Königliche Hoheit. Unser Zuständigkeitsbereich umfasst sämtliche Geistigen Korrektiven im Großraum London – natürlich in Zusammenarbeit mit dem Count of Nottingham –, und auf diese Einrichtung hier sind wir ganz besonders stolz. Es ist uns eine Ehre, auf diese Weise einen bescheidenen Beitrag zu Englands Sicherheit leisten zu können.«

»Verstehe«, presst Robin hervor. Seine Stimme klingt noch immer nicht ganz normal. Ich kann es ihm nicht verübeln. Keine Reportage, kein Foto und kein Video kann einen auf das Grauen in einer Korrektive vorbereiten. Wie gern hätte ich ihm dieses Leid erspart. Und er kennt noch nicht einmal das ganze Ausmaß.

Deshalb rücke ich nun mit dem nächsten dreisten Vorschlag raus: »Ganz besonders gespannt bin ich auf die Leichen.«

Lord Mallory zuckt peinlich berührt zusammen, seine Frau ebenfalls. »Eigentlich dachten wir nicht, dass …« Mallory verhaspelt sich kurz, bevor er neu ansetzt: »Will sagen, mit einem solchen Anblick möchten wir die Augen einer Lady lieber nicht beflecken, Miss Emris.«

Meine Augen verraten mir gerade, dass Nottingham sich ein Grinsen verkneifen muss. »Miss Emris gehört nicht zu den zart besaiteten Damen, Mallory«, sagt er. »Wenn sie die Leichen sehen möchte, werden wir ihr diesen Wunsch natürlich erfüllen.«

»Die Leichen?« Robin gibt sich Mühe, seine Stimme ruhig zu halten. »Sind das die Patienten, die …«

»… tragischerweise nicht geheilt werden konnten, ja«, erklärt Thea Mallory mit samtweicher Stimme. »Die den Tod durch eigene Hand wählen – manchmal ist das einfach nicht zu verhindern.« Ihre Stimme verändert sich kein bisschen. »Ich fürchte, wenn das so ist, werde ich die Unterstützung eines Gentleman brauchen«, fügt sie mit einem koketten Lachen hinzu, wobei sie nach wie vor unverfroren den Kronprinzen anstarrt. Der neigt höflich den Kopf und greift nach ihrer Schleppe. »Es ist mir eine Ehre, Lady Mallory.«

Ihr Blick streift mich kurz, doch es dauert trotzdem noch einen Moment, bis mir klar wird, dass damit nur ein Begleiter übrig bleibt: Lord Mallory.

Ich brauche mich allerdings gar nicht erst hektisch umzusehen, da Nottingham zu meiner Rettung eilt. Mit einer tiefen Verbeugung nimmt er meine Schleppe. »Die edelste Pflicht eines Ritters ist es, die Herzdame seines Prinzen zu beschützen.« Hinter uns höre ich ein halb ersticktes Schnauben, vermutlich von Blanc. Mit Mühe kann er es in eine Art verunglücktes Husten verwandeln. König und Königin nehmen das zum Anlass, sich endlich den dreien zuzuwenden. »Und natürlich freut es uns ganz besonders«, greift Lord Mallory hastig den Faden auf, »dass wir auch Gäste aus dem Ausland begrüßen dürfen. Monsieur le Comte, Mister Emris, Mister … Blanc.«

Die erforderlichen Höflichkeitsfloskeln werden abgearbeitet. Es fühlt sich seltsam an, ihnen nur grüßend zuzunicken. »Wir fühlen uns privilegiert«, antwortet der Comte. Wirklich hübsch, dass er nicht genau ausführt, wodurch.

»Dann wären wir eigentlich so weit, nicht wahr?« Lord Mallory zieht eine gläserne Taschenuhr aus der Weste. Da ertönt ein dezentes Räuspern. »Aber ja doch«, sagt Thea Mallory laut. »Folgen Sie uns einfach, Miss Gause.«

Hinter dem aufgereihten Personal tritt die Reporterin hervor. Sie sinkt in einen tiefen Devotionsknicks, bleibt aber stumm. Bei Maria – was musste Moreen Gause Thea Mallory versprechen, damit sie ihr diese Gelegenheit verschafft?

Und so machen wir uns auf den Weg. Robin achtet sorgfältig darauf, Thea Mallorys Schleppe immer schön straff zu halten. Nottingham verhält sich ebenso korrekt. Dieser ständige Druck an meinem Körper zerrt an meinen Nerven. Nur die Königin geht beim König untergehakt. Gefolgt von Liam, dem Comte, Blanc, Moreen Gause und sechs Rittern, halten wir auf die beiden Treppenhäuser zu, die sich an die große Halle anschließen: eins auf der linken Seite, eins auf der rechten. Wir nehmen die rechte Treppe. Unsere Absätze klappern auf dem Weg nach unten, hohl und leer wie mein Herzschlag. Am Fuß der Treppe befindet sich eine große Stahltür, die das Personal für uns öffnet. Wir gehen hindurch. Mit einem lauten Heulen rennt die Kreatur mir nach. Während sich die Tür hinter uns schließt, springt sie auf meinen Rücken, drückt mich mit ihrem Gewicht nieder.

Die Luft hier drin ist stickig. Vor uns liegt ein langer weißer Korridor. Die Fliesen auf Boden und Decke sind noch nicht vergilbt, sie erstrahlen in makelloser Reinheit. Es riecht nach Desinfektionsmittel. Und nach Eisen. »Wir legen in unseren Korrektiven besonderen Wert auf Sauberkeit«, erklärt Lord Mallory. Irgendwie klingt seine Stimme plötzlich kehliger. Hier unten stehen die Wände enger zusammen, die Decke hängt drückend tief. Alles rückt zu nah heran. Die Kreatur hängt an meinem Rücken, schnüffelt und schiebt mir die Zunge ins Ohr. Maria, ist die schwer! Ich versuche, mein Tempo zu halten, damit niemand etwas merkt. Der Zug an meiner Schleppe verstärkt sich. Nottingham dreht sich zu mir um, aber ich starre stur geradeaus, konzentriere mich nur auf Mallorys Stimme. »Sauberkeit ist ein wesentlicher Faktor, wenn es um die Gesundheit geht, und zwar nicht nur um die körperliche, sondern auch um die geistige. Nur durch Sauberkeit lassen sich Seuchen verhindern. So lautet unsere Philosophie. Saubere Gedanken sorgen für einen sauberen Geist.«

Rechts und links tauchen Türen auf – blanke graue Stahltüren. In jeder von ihnen ist ein Fensterchen eingelassen, das mit einer Platte verschlossen ist – klein, grau, stählern. Hier ist alles anders als in der Korrektive im Eastend. Alles bis auf eines natürlich.

Die Geräusche.

Trotz der dicken Türen und Mallorys Vortrag kann ich es hören. Das Wimmern. Das feine, leise Wimmern. So klingt es, wenn man keine Kraft mehr hat, um zu schreien. Oder wenn einem die Lippen zugenäht wurden.

Mein Körper krampft sich zusammen. Nottingham wirft mir einen fragenden Blick zu. Der König ebenfalls. Ich spanne sämtliche Muskeln an, aber inzwischen lässt die Kreatur ihre Zunge schon über meinen Hals gleiten, schabt mit ihren Zähnen über meine Haut. Hören sie das denn nicht?

»… versuchen wir, auch den Geist unserer Patienten zu reinigen, doch manchmal entpuppt es sich als ziemlich schwierig, allein durch Schrubben …«

»Was ist das für ein Geräusch?«, unterbricht Robin Mallory mitten im Satz. Sofort bleiben alle stehen. »Was genau meint Ihr, Königliche Hoheit?«, sagt Thea Mallory milde.

Robin lässt seinen starren Blick über die Gruppe wandern, dann richtet er sich steif auf. »Ich würde gerne hinter eine dieser Türen blicken.«

»Aber natürlich, Königliche Hoheit«, versichert Thea Mallory bereitwillig. Ihr Mann gibt einem der Ritter aus unserem Gefolge ein Zeichen, woraufhin der einen Stab aus seinem Gürtel zieht. Das Ding ist ungefähr so lang wie eine Serviergabel, aber wesentlich dicker. Mithilfe dieses Werkzeugs öffnet er das Fenster in der nächstgelegenen Tür.

Robin geht hinüber. Das Wimmern wird lauter. Wir folgen ihm. Ich sehe, wie sich Robins Schultern verkrampfen. Sehe, wie jedes Gefühl aus seinem Gesicht weicht, bis nur noch eine reglose Maske zurückbleibt.

In dem kleinen Raum liegen fünf Frauen, direkt auf dem sauberen grauen Boden. Sie tragen saubere graue Kleidung. Nur das Blut ist leuchtend rot. Es tropft aus ihren Nasen, aus ihren Ohren. Sogar aus ihren Augen.

»Sauberkeit«, wiederholt Lord Mallory. »Auf Sauberkeit legen wir höchsten Wert. Die Zimmer werden jede Stunde gereinigt. Das Blut hat nicht einmal Zeit, um zu trocknen.«

Er hat recht. Das gesamte Blut dort drin ist frisch. Bei einer Frau zieht es sich in einem Rinnsal vom Auge über Wange und Lippen bis zum Kinn und läuft von dort aus den Hals hinunter. Bei einer anderen sammelt es sich in den braunen Haaren, tropft unaufhörlich von ihrem Ohr in die feinen Strähnen. Mit jedem Wimmern ein neuer Tropfen. Das muss das Werk der Maltoren sein, die in diesen Korrektiven arbeiten. Die hier Gefangene foltern und quälen und in den Wahnsinn treiben, bis sich die Häftlinge selbst das Leben nehmen. Der Schmerz, den Maltoren deinem Inneren zufügen, ist unbeschreiblich. Einzig das Blut zeugt davon.

Als ich die dritte Frau sehe, dreht sich mir fast der Magen um. Ich kenne sie. Es ist die Dunkelhaarige aus dem Wintergarten, die Mister Galahad angespuckt hat.

»Die Patienten werden ebenfalls gesäubert«, ergänzt Thea Mallory.

»Sauberkeit«, wiederholt ihr Mann erneut. »Sauberkeit verhindert Seuchen.«

»Sie kann sie nicht ausmerzen«, erklärt Thea Mallory.

»Nicht immer«, korrigiert ihr Mann. »Sie kann sie nicht immer ausmerzen. Aber zumindest verhindert Sauberkeit eine weitere Ausbreitung.«

»Was nicht zu verachten ist.«

»Ganz und gar nicht zu verachten.«

Der König nickt zufrieden. Moreen Gause tippt wie wild auf ihrem Mini-Tablet herum. Robin bleibt stumm, während Thea Mallory in ihrer schönsten Rundfunkstimme spricht und ihn unverwandt mustert. Glaubt sie etwa, ihn beeindrucken zu müssen? Ihn für sich gewinnen und umwerben zu müssen? Sein Gesicht ist wie versteinert, aber die Fassade bekommt bereits erste Risse. Er schafft es nicht, sie komplett aufrechtzuerhalten. Es tut mir weh, ihn so zu sehen. Am liebsten würde ich ihn für alle Zeiten vor dem Schmerz und dem Leid bewahren. Aber das hier ist wichtig, halte ich mir wieder vor Augen. Es live zu erleben macht einen großen Unterschied. Wenn er erst mal die Leichen gesehen hat, wird ihm klar sein, was wir zu tun haben.

Als der Ritter das Fensterchen wieder schließt, gehen wir weiter. »Ich erinnere mich noch an den letzten Besuch Seiner Majestät, in einer unserer anderen Einrichtungen. Selbst damals war nicht alles so, wie es hätte sein sollen«, fährt Thea Mallory an die Königin gewandt fort, die zu leisem Protest ansetzt, aber Thea Mallory schüttelt abwehrend den Kopf. »Nein, nein, kein Zweifel. Ich weiß noch genau, wie beschämend es für mich war, Seine Majestät in einem solchen Etablissement empfangen zu müssen. Hoffentlich seid auch Ihr der Ansicht, Eure Majestät, dass wir seitdem einiges verbessert haben.«

Der König neigt gnädig den Kopf. »Durchaus.«

Wir verlassen den Korridor und steigen tiefer hinab. Hier unten ist es kühl. Die Klimaanlage summt leise. Immer tiefer nach unten geht es, durch zahllose Korridore, die genauso aussehen wie der erste. Sie zweigen sternförmig vom Treppenhaus ab. Auf der fünften oder sechsten Ebene höre ich auf zu zählen. Irgendwo dort erreichen wir auch die Flure, in denen die Büßer einsitzen. Wieder wird ein Fensterchen geöffnet, um zu zeigen, wie sauber alles ist. Dahinter hängt ein Mann. Zwei an der Decke befestigte Seile halten seine Handgelenke, seine Füße schweben knapp über dem Boden. Ein Hautstreicher. Blut rinnt von seinen Händen herab. Ein Angestellter in Marienrobe ist bei ihm in der Zelle. Jedes Mal, wenn Blut auf den Boden tropft, wischt er es auf. Es dauert einen Moment, bis ich begreife, dass die Finger des Gefangenen zusammengenäht wurden.

Mit Mühe unterdrücke ich den Impuls, mich gegen die Tür zu werfen. Oder mich auf Thea Mallory zu stürzen, die noch immer schwadroniert: »Wenn sie stärker bluten, sorgen wir dafür, dass vierundzwanzig Stunden am Tag jemand bei ihnen ist. Bitte stellen Sie sich das vor, Majestäten, Königliche Hoheit, Miss Emris: vierundzwanzig Stunden am Tag, sieben Tage die Woche! Was wir für einen Aufwand betreiben.« Ich würde alles tun, damit sie den Mund hält. Und damit der Mann dort drin nicht diese Stimme hören muss. Eine Stimme, deren Ansehen allein darauf beruht, ihm einzureden, welch ein schrecklicher Sünder er ist.

Falls er überhaupt noch etwas hört. Ich hoffe nicht. Ich hoffe, dass er schon lange ohnmächtig ist.

»Faszinierend, Lady Mallory«, merkt Nottingham an. Ich bin froh, dass er nur meine Schleppe hält, denn selbst durch einen Handschuh hindurch würde er sicherlich spüren, wie kalt meine Haut geworden ist. »Mich würde wirklich interessieren, wie sich Ihr Faible für Sauberkeit in Bezug auf die Leichen äußert. Sollen wir?«

Seine Frage klingt unbeschwert, aber er behält Robin genau im Auge. Wie gut kennt er den Prinzen? Und wie gut muss man ihn eigentlich kennen, um zu sehen, dass er nur noch mit Mühe die Fassung bewahrt?

Es ist schwer begreiflich, dass er nie zuvor in einer Korrektive war. Aber natürlich musste er nie an unerwünschten Schulexkursionen teilnehmen. Schließlich war er nie auf einer öffentlichen Schule, wo es Körperschutzunterricht gegeben hätte.

Während wir mehrere Treppen hinabsteigen, holt der Prinz sein Handy hervor und tippt eilig darauf herum. Ich drehe mich kurz zu Liam, dem Comte und Blanc um. Liam ist kalkweiß im Gesicht. Erst jetzt fällt mir ein, dass es auch sein erster Besuch in einer Korrektive ist. Als wir nach London kamen, war er bereits volljährig und ging nicht mehr zur Schule. In den Staaten werden Magdalenen nicht in Korrektive gesteckt. Wenn sich die Nachbarschaftswache nicht um das Problem kümmert, bringt man sie ins Gefängnis, zieht ihnen eine Marienrobe an und lässt sie bis zum Ende ihrer Tage dort verrotten. Mit einem Schauer denke ich an die Gerüchte, die man sich über das Kloster erzählt hat, ein Hochsicherheitsgefängnis an der kalifornischen Küste.

Am Fuß der letzten Treppe und damit in der zehnten Ebene, die brutal ins Erdreich gegraben wurde, gibt es nur eine einzige Tür.

»Die Leichen stellen uns natürlich immer vor Probleme«, erklärt Thea Mallory. »Diese armen Menschen, die sich lieber das Leben nehmen würden, als ihren Geist zu heilen.«

»So breiten sich Seuchen aus«, ergänzt Lord Mallory. »Wenn man die Leichen nicht sauber und ordentlich entsorgt.«

»Sauber und ordentlich«, sagt seine Frau und nickt.

»So sauber wie möglich.«

»So sauber wie nötig.«

»Um Seuchen zu verhindern.«

»Denn wir wollen keine Seuchen.«

»Nein, ganz und gar nicht.«

Ein Ritter öffnet für uns die Tür. Sie ist nicht verschlossen. Das wäre auch unnötig. Die dort drin können nicht mehr weglaufen.

Wir betreten eine große Kammer. Es ist heiß. Die hohen Wände sind vollständig gefliest, und auf jeder Fliese stehen Namen, unzählige Namen. Und Daten. Geburt und Tod in sechzehn Ziffern. Es sieht aus wie auf einem Friedhof. Der Boden ist mit einer feinen grauen Substanz bedeckt, die irgendwie klebrig wirkt. Ganz hinten ragt etwas Großes, Glühendes auf. Feuerroter Stahl, zuckende Flammen – der Verbrennungsofen. Darüber thront ein großer Ventilator, der die graue Substanz verteilt.

»Mit Respekt.« Lord Mallory zeigt auf die Wände. »Wir gedenken jedem der Kranken mit Respekt.«

»Und Mitgefühl«, fügt seine Frau hinzu.

»Und Mitgefühl«, bekräftigt er. »Jeder Mensch verdient es, in Gottes guter Erde zu ruhen. Und hier sind wir unter der Erde, nicht wahr?«

Das graue Zeug unter meinen Füßen knirscht leise. Es ist Asche. Asche, die aus dem Verbrennungsofen kommt. Die der Ventilator durch den ganzen Raum verteilt.

Die Leichen, die verbrannt werden sollen, sind vor dem Ofen aufgestapelt. Zwei Marienroben legen sie auf ein Förderband, das sie direkt in den feurigen Schlund bringt. Die Leichen sind nackt. Und sie sind gezeichnet – durch Wunden, Blut, blaue Flecke, Nähte und eine letzte Narbe. »Hierher kommen jene, die sich das Leben genommen haben«, führt Lord Mallory aus. »Natürlich tun wir alles, um so etwas zu verhindern. Wir wollen, dass sie leben. Jedes Leben, selbst ein krankes, ist heilig.«

»Selbstmord ist eine Sünde«, betont Thea Mallory, »aber selbst Sünder haben ein wenig Mitgefühl verdient, nicht wahr? Deshalb verstreuen wir ihre Asche in Gottes guter Erde. Maria ist voller Gnade. Möge Gott über sie richten. Wir geben nicht vor, solch großes Werk vollbringen zu können.«

Der König sieht sich in der Kammer um. Die Glut des Ofens überzieht sein Gesicht mit einem warmen Glanz. Seine Haut scheint zu brennen. Ein Funkeln tritt in seine Augen. »Sie sind wahrhaftig gnadenvoll«, sagt er. »Gnadenvoll und rein. Ich bin beeindruckt, Lord und Lady Mallory. Sie haben Außerordentliches geleistet.«

Ich muss würgen. Die Kreatur ist in mich hineingeschlüpft und nagt an meinem Magen, zerkratzt meine Lunge, verschluckt mein Herz. Ich kann kaum noch atmen. »Was denken Sie, Miss Emris?«

Der König dreht sich zu mir um. »Sie wollten das hier doch unbedingt sehen, nicht wahr? Gefällt es Ihnen?«

Mühsam schlucke ich die bittere Galle runter. »Ja«, sage ich. »Ich wollte es sehen.« Erleichtert stelle ich fest, dass meine Stimme vollkommen normal klingt. Aus dem Augenwinkel sehe ich, wie Robins Kopf zu mir herumfährt. In seinem Gesicht spiegelt sich pure Verzweiflung. Das wird ihn überzeugen. Bei Maria, ganz egal, wie weh es mir tut: Das wird ihn überzeugen.

Endlich gehen wir wieder nach oben. Bei jedem Schritt spüre ich die Kreatur in meinem Inneren. Ihre Zähne, ihr Maul und ihre Zunge bearbeiten meine Muskeln und Sehnen, meine Organe, meine Venen. Hoffentlich spürt Nottingham nicht, wie ich zittere. Wie viel lieber würde ich mich jetzt von Liam führen lassen, oder von Blanc, Robin oder dem Comte.

Sobald wir in der Eingangshalle angelangen und das Korrektivenpersonal seiner Wege gegangen ist, stellt der König an alle gewandt fest: »Ein überaus lohnenswerter Besuch. Und eine äußerst prächtige Einrichtung. Diese Korrektive soll Vorbild für alle anderen Etablissements dieser Art sein, Lord und Lady Mallory. Sie verrichten hier nicht nur das Werk des Königs, sondern das Werk Gottes, indem Sie sich mitfühlend der Kranken annehmen.«

»Eure Majestät.«

Überrascht drehe ich mich um, als ich die Stimme des Comte erkenne. Er ist aschfahl im Gesicht, aber sein Blick ist unnachgiebig. Wenn es einen Menschen gibt, der selbst jetzt noch gefasst wirken kann, dann ist das er. »Ich möchte offiziell Beschwerde einlegen. Als Abgesandter des Roi informiere ich Sie hiermit darüber, dass diese Einrichtung sowohl gegen französisches wie auch gegen internationales Recht verstößt. Des Weiteren ist es meine Pflicht, Sie darauf hinzuweisen, dass ich diese Informationen an Sa Majesté Monsieur le Roi und an den Hof der Farben weiterleiten werde.«

Ich versuche, eine gleichgültige Miene aufzusetzen, während der König den Comte scharf mustert. Zum ersten Mal heute scheint er ihn überhaupt wahrzunehmen. »Und Sie als Privatmensch, Monsieur le Comte?«

»Ich bin nicht als Privatmensch hier«, erwidert der Comte ruhig. »Ich spreche für den Hof der Farben und seine Mousquetaires – nicht mehr und nicht weniger.«

Moreen Gause stößt ein ungläubiges Schnauben aus. Der König geht langsam auf den Comte zu. »Und doch hat man mir zugetragen, Sie hätten auch persönliche Gründe für derlei Einwände.«

Blanc hebt die Hand, lässt sie aber sofort wieder sinken. Der Comte reagiert nicht auf die verräterische Geste. »Dasselbe hat man mir in Bezug auf Sie berichtet, Weißer Ritter«, fährt der König fort und sieht beide voller Verachtung an. »Ein gut gemeinter Rat«, fügt er leise hinzu. »Hochmut kommt vor dem Fall.«

Damit wendet er sich ab und bietet der Königin wieder seinen Arm. »Sollen wir?«

Robin lässt Thea Mallorys Schleppe los und greift wieder nach meiner Hand. Ich spüre, wie seine Finger zittern. Dank der Löcher in unseren Spitzenhandschuhen kann ich direkt in seinen Geist blicken. Er ist angefüllt mit Bildern von allem, was er gerade erlebt hat: dem Schmerz auf den Gesichtern der Frauen, ihrem leisen Wimmern, den Blutergüssen am Kiefer der Dunkelhaarigen, die verprügelt wurde. Er hat noch klar vor Augen, wie sie bei der Verlobungszeremonie abgeführt wurde. Die überstreckten Arme des Büßers sieht er, dessen Schultern wahrscheinlich schon vor Stunden oder Tagen ausgekugelt wurden. Die blutigen Stiche an seinen Fingern. Und diese beiden Männer draußen im Hof – so nah beisammen und doch für immer getrennt.

Ich drücke Robins Hand. Er sieht mich nicht an, doch er weiß, dass ich in seinem Geist bin. *Du hattest recht,* denkt er. *Du hattest recht, Rea. Und ich war ein Narr.* Seine Gedanken sind bei der Frau, den beiden Männern, beim Comte und bei den *Verbannten:* dem jungen Fawkes, wie er bei der Aftershowparty im Theater in Paris in Frauenkleidern getanzt hat. Bei Phoolan Devi, der Matriarchin der *Verbannten,* deren bunter Nagellack und vom Leben gezeichnete Haut sie aussehen lassen wie die weise Frau in einem indischen Film. Bei der kleinen Pankhurst, die ganz furchtbar in Fawkes verliebt ist und die ihre Reize dazu eingesetzt hat, den Roi abzulenken, damit ich im Odéon an Madame Hiver herankam. Seine Gedanken sind bei Ninon. Bei mir. Bei seinem Vater.

Die Kreatur zieht sich ein wenig zurück. Das alles hier war grauenhaft, aber es hat sich gelohnt. Robin wird nun begreifen, dass wir schnell etwas verändern müssen, so schnell wie möglich. Und bald wird er der Welt zeigen, was für ein König er sein wird.

Wir gehen zu unserem Wagen zurück, aber noch bevor die Verabschiedungen beginnen, meldet sich Robin zu Wort: »Vor dem Tor haben sich ziemlich viele Menschen versammelt, Vater.«

»Allerdings«, stellt der König fest. Ich werfe Robin einen fragenden Blick zu. *Du hattest recht, Rea,* denkt er wieder. »Wäre es nicht angebracht, wenn wir uns ihnen zeigen?«, fährt er fort. »Immerhin war das der erste offizielle Besuch des zukünftigen Königspaares in einer Korrektive.«

Und schon denkt er wieder strategisch. Das ist gut. Sehr gut. Er hat eingesehen, dass ich recht habe. Dass das der einzige Weg ist.

Der König erteilt seine Erlaubnis. Es mag schmerzhaft sein, aber das ist eine einmalige Gelegenheit, um uns von jedem Verdacht reinzuwaschen. Krampfhaft klammere ich mich an Robins Hand und bete mir immer wieder vor, dass es bald vorbei ist. Wir werden diese Menschen retten.

Nottingham geht vor, um die Umgebung zu sichern. Nachdem er und seine Ritter uns ein Zeichen gegeben haben, überqueren wir den Hof und treten vor das große Tor, König und Königin voraus, Robin und ich als Nächste. Der Comte und Blanc bleiben drinnen, aber Liam folgt uns, ebenso Lord und Lady Mallory. Robin lässt meine Hand los. Um unser Kommen anzukündigen, schießen die Wachen vor der Korrektive in die Luft – einmal, zweimal, dreimal. Die Menge vor dem Tor rastet förmlich aus. Frenetisch schwenken sie ihre schwarzen und weißen Flaggen. Jetzt haben sie sich doch näher an die Korrektive herangewagt. Verstohlen blicke ich zum König. Seine Miene kann man fast schon als siegestrunken bezeichnen. Wenn er mit solcher Begeisterung, solcher Liebe empfangen wird, wie soll er da überhaupt auf den Gedanken kommen, sein Weg könnte falsch sein? Unterstützt ihn sein Volk denn nicht? Beweist das denn nicht, dass er recht hat?

Liam bleibt einen Schritt hinter uns stehen, doch Robin geht vor bis an den Bordstein, wie auf einer improvisierten Bühne. Er wartet, bis sich der Lärm gelegt hat. Dann erhebt er die Stimme.

»Wir danken Ihnen für diesen herzlichen Empfang! Mein Vater, meine Mutter, meine Verlobte und ich freuen uns sehr, Sie hier zu sehen. Und zu hören.« Wieder bricht die Menge in Jubelrufe aus. Robin lässt den Blick über die Anwesenden schweifen, beobachtet die Menschen genau. Erst als sie sich beruhigt haben, fährt er fort: »Wir haben gerade die Geistige Korrektive von King's Cross besichtigt, die unter der Leitung von Lord und Lady Mallory steht.« Mit ausgestrecktem Arm zeigt er auf das glückliche Paar. Die beiden neigen grüßend die Köpfe. Vor lauter Freude darüber, vom Kronprinzen derart herausgestellt zu werden, haben sich ihre Wangen gerötet. Am Rande meines Blickfeldes taucht in der Menge ein Gesicht auf, das mir bekannt vorkommt. Etwas Orangefarbenes blitzt auf – bunte Fingernägel. Als ich genauer hinsehe, ist es wieder verschwunden. Trotzdem hätte ich schwören können, dass dort gerade noch Phoolan Devi stand. Mit hochgerecktem Finger, als wolle sie die Windrichtung prüfen.

Oh, Maria, dass sie uns hier sehen muss. Hoffentlich hat Robin sie nicht bemerkt.

»Dieser Rundgang wurde möglich gemacht durch den neuen Captain der GVK, die nun auch die Königliche Garde umfasst: den Count of Nottingham.« Robin signalisiert Nottingham, dass er vortreten soll. Als dieser sich verbeugt, beginnt die Menge wieder zu jubeln. Moreen Gause filmt das Ganze. Sie schiebt sich weiter nach vorne, um ein besseres Bild zu bekommen. Robin weist Nottingham sogar darauf hin, ihr ausreichend Platz zu lassen. Seine Ritter kümmern sich sofort darum.

»Dies war mein erster Besuch in einer solchen Einrichtung«, wendet sich Robin an die Menge. »Für meine Verlobte war es der zweite.« Nun streckt er mir die Hand entgegen. Ich trete vor und ergreife sie. Ein erregtes Raunen läuft durch die Menge. *Du hast recht, Rea.*

Er dreht sich zu mir um. Sieht mich an.

Noch nie habe ich ein solches Feuer in seinen Augen gesehen. Es brennt heißer als jemals zuvor.

Aber du irrst dich auch.

Kapitel 8

Ein entsetztes Keuchen platzt aus mir heraus. Ich sehe, was er denkt. Was er vorhat. An wen er in der Korrektive diese Nachricht geschickt hat und wer daraufhin schnellstmöglich hergekommen ist. *Nein,* denke ich. Schreie es, aber es ist bereits zu spät. Robin wirbelt zu Nottingham herum, greift blitzschnell an dessen Gürtel und zieht den Dolch. Einen Herzschlag lang sieht er Nottingham an. Sein Vater öffnet den Mund, will genau wie ich etwas sagen. Seine Mutter tritt einen Schritt vor. Da hält Robin sich den Dolch an die Kehle. »Keinen Schritt näher, oder ich schwöre bei Maria, dass ihr keinen Kronprinzen mehr haben werdet.«

Völlige Stille breitet sich über die Menge. Wir sind alle erstarrt. Nur Moreen Gause ist noch in Bewegung, sie filmt weiter. Hält jede einzelne Sekunde fest, während Robin weiterspricht.

»Ich habe Männer und Frauen und Kinder gesehen, denen man die Lippen zusammengenäht hat. Die Stiche haben noch geblutet.« Seine Stimme bricht. »Ich habe einen Mann gesehen, der an der Decke hing und langsam verblutete. Ich habe den Ofen gesehen, der ihre Leichen verschluckt. Ich stand auf ihrer Asche.«

»Sohn«, sagt sein Vater, aber Robin presst sich den Dolch nur noch fester an den Hals. »Keinen Schritt näher, habe ich gesagt!« Er blickt zurück in die Menge. »Wenn ihr gesehen hättet, was ich gesehen habe … Direkt unter unseren Füßen, im Keller dieser Korrektive, stand ich auf der Asche von Toten. Menschen, deren Leben wir so zerstört haben, dass sie nicht mehr anders konnten, als es sich zu nehmen. Würdet ihr euch dann nicht dieselbe Frage stellen wie ich gerade?«

»Robin«, versucht es seine Mutter lauter. Ein kurzes Zucken, mehr bewirkt es nicht. »Dort drin.« Er zeigt auf das Tor. »Dort drin sind Menschen wie ihr und ich, und sie töten sich selbst.« Seine Stimme wird schriller, lauter. »Obwohl man ihnen die Finger zusammennäht, die Lippen, die Beine, finden sie noch einen Weg, um sich das Leben zu nehmen.« Lauter und lauter. »Ihre Körper werden auf einem Förderband in einen Ofen geworfen, ihre Asche wird auf dem Boden verstreut, damit wir darauf herumtrampeln können. Sie leiden. Sie sterben. Unseretwegen. Weil wir Angst haben. Wollt ihr das zulassen?«

In der absoluten Stille dreht er sich zu uns um. »Wollt ihr das zulassen?«

Wieder bemerke ich eine Bewegung in der Menge. Da! Jetzt habe ich sie entdeckt. Phoolan Devi sieht aus wie eine weise Sultana, eine alte Königin Indiens, vielleicht mal abgesehen von den grellorangen Nägeln. Neben ihr steht Guy Fawkes, klassisch englisch gekleidet mit hochkonzentrierter Miene – ein Junge, der fast schon ein Mann ist. Neben ihm Emily Pankhurst, genauso alt wie Fawkes. Fast hätte ich sie nicht erkannt, denn sie trägt Männerkleidung, ein echter Gentleman. Sie alle tragen Schutzbrillen. Und um sie herum tauchen noch mehr vertraute Gesichter auf, Menschen, die ich aus Babylon kenne. Aus den Heiligen Höfen. Vom Theater. Robin stellt Blickkontakt mit ihnen her, dann sieht er noch einmal mich an. Kurz streift er meine Hand. *Du verdienst etwas Besseres als einen Mann, der dich nur als seine Königin haben will. Und ich verdiene etwas Besseres als eine Frau, die mich auf einen mit Blut besudelten Thron setzen würde.*

Er dreht sich wieder zur Menge, sieht zu Phoolan hinüber. *Ich konnte es dir nicht sagen, dazu war nicht genug Zeit. Ich tue es für dich. Für James. Für uns alle. Komm mit mir.*

Mit fester Stimme fährt er fort: »Ich werde das nicht.«

Sobald er das letzte Wort ausspricht, setzt sich Phoolan in Bewegung. Sie wirft uns etwas vor die Füße. Rauch steigt auf.

Rauchgranaten.

Nicht nur vor Robin qualmt es, sondern überall in der Menge. Innerhalb von Sekunden kann ich nichts mehr sehen, nicht mehr atmen. Immer mehr Granaten fliegen durch die Luft, eine landet direkt hinter uns. Der Rauch wird vom Wind verteilt. Er ist bunt. Ich ducke mich. Rot, blau, gelb, grün, violett. Die Menschen fangen an zu schreien, Panik bricht aus, das totale Chaos. Man merkt, dass die Ritter eingreifen wollen, aber Robin drückt den Dolch jetzt so fest an seine Kehle, dass die Klinge in seine Haut schneidet. »Rührt euch ja nicht!«

Wieder spüre ich, wie seine Hand meine berührt. *Jetzt oder nie. Komm mit mir.*

Dann rennt er los.

Sobald er den Dolch sinken lässt, versucht der König ihn zu packen, aber jemand wirft sich Seiner Majestät in den Weg. Kurz sehe ich rote Haare aufblitzen – Liam. Er hat sich vor dem König aufgebaut, wird jetzt umgerannt. Sofort springt er wieder auf und hetzt hinter Robin her. Sie verschwinden in der Menge, werden vom dichten Rauch verschluckt. Der König befiehlt, sie zu verfolgen, aber die Ritter sehen auch nicht mehr als ich. Meine Lunge brennt. Stolpernd versuche ich, den beiden zu folgen, behindert durch die entgeistigte Schleppe! Da spüre ich eine Hand am Oberarm. Jemand drückt sich an mich, bis sich unsere Haut berührt. Nottingham.

Denken Sie jetzt gut nach, Miss Emris. Denken Sie daran, was Sie bei Hofe bewirken können und was Sie alles nicht bewirken können, wenn Sie nun gehen.

Ich kann kaum atmen, meine Augen tränen. Wie gerne würde ich jetzt loslaufen! Aber im Untergrund kann ich dem König nichts anhaben. Ich wünschte bei Marias Namen, dass es anders wäre, aber er hat recht.

Also schüttele ich seine Hand ab, bleibe aber stehen. Folge meinem Bruder und meinem Geliebten nicht in die Menge. Stattdessen höre ich zu, wie Nottingham seine Ritter herumkommandiert. Seine Befehle sind nicht sonderlich hilfreich, sollte man anmerken. Was allerdings gut ist. Ich will schließlich nicht, dass sie Robin kriegen. Nein, Maria, nur das nicht. »Captain?« Ich drehe mich zu Nottingham um, auch wenn die Worte schmerzen. »Bitte um Erlaubnis, helfen zu dürfen.«

Nottinghams Blick wandert kurz zum König. »Erlaubnis erteilt.« Er reicht mir eine Pistole. »Helfen Sie mir dabei, die Majestäten in Sicherheit zu bringen, Miss Emris.« Mit brennenden Augen und keuchenden Lungen laufen wir zum Königspaar, er voraus, während ich versuche, meine Schleppe zu raffen und ihm zu folgen. So übernehme ich die Nachhut, Nottingham geht nach vorne. Meine Hand ist schweißnass. Der Pistolengriff wird rutschig. Jetzt könnte ich ihn erschießen. Ich könnte den Weißen König erschießen.

Nein, kann ich nicht. Denn Robin hat gerade eben all unsere Pläne zunichtegemacht. Wenn ich den Weißen König jetzt erschieße, wird nicht Robin ihm auf den Thron folgen.

In den Augen der Krone ist er ein Verräter.

Wenn ich ihm jetzt folge, ist niemand mehr am Hof, der den König stürzen will. Wenn ich ihm jetzt folge … Ich kann die Situation nicht überblicken. Einer von uns muss am Hof bleiben, bis wir einen neuen Plan geschmiedet haben.

Wir bringen das Königspaar zum Auto, allerdings nicht zu dem in der Korrektive, nicht zu dem gläsernen Wagen, der sie offen präsentieren soll. Nicht nach dem, was sie gerade mit angesehen haben. Wir nehmen einen Wagen der GVK. Die Kreatur folgt uns. Sobald alle Türen zu sind, drückt der Fahrer aufs Gas. Und der König brüllt in sein Funkgerät: »Ich will, dass er gefunden wird! Egal wie – *findet* ihn!«

Sie finden ihn nicht.

Wir verbringen Stunden in der Stahlkammer des Palastes. Auf Befehl Seiner Majestät muss Nottingham mich verhören. Natürlich glauben sie, ich hätte von Robins Plänen gewusst. Vermutlich rettet mich nur die Tatsache, dass dem wirklich nicht so war. Und dass ich bei ihnen geblieben bin und sie beschützt habe, während Robin geflohen ist.

Doch ich wüsste schon gern, was den Weißen König letztlich überzeugt hat. Vielleicht waren es die aufrichtigen Beteuerungen des Captains, er sei von meiner Unschuld überzeugt. Der König starrt mich lange an, bis er Nottingham schließlich zunickt. Aber er sieht mir nicht ins Gesicht. Sein Blick wandert über meinen Unterleib, über meine Hüften. Es ist, als würde er meine Beine mit seinen Blicken spreizen. Ich kann es kaum ertragen.

Danach gibt Nottingham sein Bestes, um die Suchaktion zu koordinieren, allerdings wird mir nach den vielen Stunden, die ich unter Mousquetaires verbracht habe, schnell klar, dass er keine Ahnung von so etwas hat. Mir drängt sich der Gedanke auf, um wie viel besser Blanc diesen Job erledigt hätte. Oder auch Mister Galahad, der stumm an der Seite des Königs sitzt. Nur seine Glöckchen klimpern manchmal leise. Gleichzeitig bin ich froh darum, dass Nottingham dermaßen inkompetent ist. Oder will er vielleicht nur Robins Festnahme verhindern? Wie dem auch sei, ich möchte mir nicht einmal vorstellen, was passieren würde, wenn Robin in die Fänge des Königs geriete.

Oder in die der Königin.

Fünf lange Stunden zittere ich aus Angst um sein Leben und muss dabei ständig über meine Schulter schauen, weil die Kreatur wie ein Schatten hinter mir lauert. Erst nach fünf langen Stunden schlägt die Königin vor, eine Pause einzulegen. Der König wirft einen Blick auf ihr erschöpftes Gesicht und stimmt ihr schneller zu, als ich es für möglich gehalten hätte. Nottingham und Mister Galahad begleiten uns in eines der kleineren Speisezimmer, wo bereits eine warme Mahlzeit auf uns wartet. Mir wird erst bewusst, wie hungrig ich bin, als mir der Duft von Knoblauch, Butter, Rotwein und grünem Pfeffer in die Nase steigt: Beef Wellington mit Pilzen und Schwarzwurzelgemüse. Ich vertilge Pilze und Schwarzwurzeln, lasse aber das Rindfleisch im glänzenden Blätterteigmantel weg, das mit grobem Meersalz und Thymianblättchen bestreut ist. Die Königin nimmt kaum einen Bissen zu sich, während ihr Mann weniger zartfühlend ist. Er verschlingt sämtliche Gänge. Und die ganze Zeit kniet Mister Galahad neben seinem Stuhl, atmet angestrengt durch die Moretta. Wie hält er das bloß aus?

Meine Gedanken überschlagen sich förmlich. Ich weiß, dass Robin diese Aktion nicht geplant hat. Die Nachricht, die er in der Korrektive in sein Handy getippt hat, muss an Phoolan und ihre Truppe gerichtet gewesen sein. Damit hat er sie offenbar gebeten, nach King's Cross zu kommen und etwas mitzubringen, was für ausreichend Ablenkung sorgen würde, damit er fliehen kann. Erst in diesem Moment hat er seine Entscheidung gefällt.

Nicht auf einem mit Blut besudelten Thron zu sitzen.

Was allerdings auch bedeutet, dass ich ebenfalls nicht darauf sitzen werde.

Liam muss ganz spontan entschieden haben, mit ihm zu gehen. Oh, Maria! Bestimmt dachte er, ich würde ebenfalls mitkommen. Vielleicht hat er sogar geglaubt, wir hätten das von Anfang an so geplant. Aber so war es nicht, und jetzt stehe ich vor einem Scherbenhaufen. Denn selbst wenn ich den Weißen König zur Abdankung zwingen könnte, selbst wenn es mir gelingen sollte, ihn zu ermorden, ohne dabei erwischt zu werden, gibt es nun keinen Nachfolger mehr, bei dem gesichert wäre, dass er die Rechte der Magdalenen anerkennt. Vermutlich ist William der Nächste in der Thronfolge, nicht Victoria. Der stille William, der mir in Berlin nicht einmal die Hand geben wollte. Was hat Robin bloß getan?

Noch während ich das voller Verzweiflung denke, ertönt seine Stimme in meinem Kopf: *Ich werde das nicht.* Voller Stolz hat er es gesagt, voller Mut. Und doch konnte man fast all die Tränen heraushören, die er nie vergießen konnte. Mir schnürt es die Kehle zu. Dass er alles aufzugeben bereit ist – sein großes Lebensziel, seinen Traum, seinen Thron –, nur um für das Recht anderer einzustehen, ist einfach unglaublich. Es mag naiv sein, aber es ist auch tapfer, mutig, und macht mir schmerzlich bewusst, wie sehr ich ihn liebe. Und dass ich ihn eigentlich nicht verdiene. Habe ich die falsche Entscheidung getroffen? Hätte ich ihm doch folgen sollen? Jetzt, wo ich mir erlaube, es zuzulassen, bricht es mir fast das Herz, dass ich es nicht getan habe.

»Wir werden ihn finden, Eure Majestäten«, versichert Nottingham dem Königspaar noch einmal. »Und falls nicht, übernehme ich die volle Verantwortung.«

»Was hat er sich nur dabei gedacht?« Der König hält sein Weinglas so fest umklammert, dass seine Knöchel weiß hervortreten. »Ich habe es ja schon immer gesagt. Er ist zu weich. Ein solcher Mann kann nicht mein Sohn sein.«

Die Königin zuckt heftig zusammen. Abrupt wendet der König sich ihr zu. »Du hast ihn verzogen. Das habe ich dir wieder und wieder zu erklären versucht.«

»Mein Gebieter.« Mehr sagt sie nicht.

»Du hast ihn verzogen!«, wiederholt er noch wütender. »Hast du angesichts der heutigen Ereignisse nichts weiter zu sagen?«

Die Königin bleibt stumm.

»Schweigen, Schweigen, immer nur Schweigen.« Er steht auf. Stößt seinen Stuhl um. Die Glöckchen bimmeln laut, als Mister Galahad erschrocken zusammenzuckt. »Hast du gewusst, was er vorhat? Hat er sich dir anvertraut, und du hast es vorgezogen, wie immer lieber zu schweigen?«

Er starrt sie an, doch die Königin blickt reglos auf ihren Teller. »Hast du es nicht genossen, wie weich er ist, ihn sogar noch ermutigt?« Ganz langsam beugt sich der König zu ihr hinunter. »Hat er es dir gesagt? Hast du geschwiegen? Dich in dieses grauenhafte, vorwurfsvolle Schweigen geflüchtet?«

Noch immer sagt die Königin nichts. Entsetzt beobachten Nottingham und ich die Szene.

»Du schweigst noch immer?« Plötzlich senkt der König die Stimme. Wird ganz ruhig. »Noch immer?« Er nickt und richtet sich auf. Dann greift er wieder nach seinem Weinglas, mustert abschätzend die dunkle Flüssigkeit.

Und schlägt ihr das Glas mitten ins Gesicht.

Nur weil ich von Geburt an darauf gedrillt wurde, gelingt es mir, einen Schrei zu unterdrücken. Sein Schlag ist so heftig, dass das Glas zerspringt. Die Scherben bohren sich in ihre Haut. Roter Wein läuft über ihre Wangen, über ihr Kleid. Die Wucht des Schlages reißt sie vom Stuhl, und sie schreit kurz auf vor Schmerz.

»Aha, nun brichst du also dein Schweigen?«, sagt er. »Du hast nicht zu schweigen, wenn dein Herr und Meister mit dir spricht.«

Die Königin gibt ein ersticktes Stöhnen von sich, das sie wohl nicht unterdrücken konnte. An körperlichen Schmerz ist sie nicht gewöhnt. Der König starrt sie kalt an.

»Sieh dich nur an, Maria. Hast du gewusst, was dein Sohn vorhat? Hast du gewusst, dass er mich bloßstellen würde? Dass er mich in aller Öffentlichkeit demütigen würde? Mein eigener Sohn.«

Er klatscht in die Hände, und ein Diener erscheint. Nur für den Bruchteil einer Sekunde verlangsamt sich sein Schritt. »Bring mehr Wein. Den roten.«

Der Diener verbeugt sich und erscheint wenig später mit einer frischen Flasche Wein und einem neuen Glas. Letzteres weist der König mit einem ungeduldigen Wedeln der Hand zurück. Er nimmt nur die entkorkte Flasche. Dann baut er sich über der Königin auf, die noch immer auf dem Boden liegt. Ihr Gesicht ist an mehreren Stellen zerschnitten. Der Wein hat die weiße Schminke verschmiert. Rote Flecken besudeln ihre Haut, dunkle Tropfen hängen an ihren Wimpern. »Du wirst nicht länger schweigen«, befiehlt der König. »Sing für uns, Maria. Sing das Lied, das du unserem Sohn immer vorgesungen hast, das ihn verweichlicht hat, bis er nicht mehr dazu in der Lage war, seinen Feinden ins Auge zu blicken.«

Mir gefriert das Blut in den Adern. Das Feuer in meinem Inneren wird vollkommen erstickt, als ich mit ansehe, wie die Königin auf dem Fußboden kauert. Leise fängt sie an zu singen: »Ach, fünfzehn Winter zählte der ehrenwerte Mann, den alle Robin Hood haben dereinst genannt.«

Wie in Zeitlupe kippt der König den Flaschenhals. Der Wein landet auf ihrem Gesicht, läuft in ihren Mund. Ihr ersticktes Würgen scheint ihn zu erfreuen. »Sein Mut war … unermesslich, sein Wagemut bekannt. Heißa, heißa, dideldidel dei.«

Der König zieht die Flasche ein Stück hinunter, bis der Wein über ihr Dekolleté fließt. Über den weißen Stoff an ihrer Brust. Das zarte Gewebe wird sofort durchsichtig. Immer weiter fließt der Wein, zieht eine Linie über ihren Bauch, ihren Nabel, bis er ihren Schoß erreicht. »Mach die Beine breit, Frau«, befiehlt der König. Sie gehorcht. Er schüttet ihr den Wein direkt zwischen die Schenkel. Die vielen Stoffschichten werden transparent, nass, kleben schließlich völlig durchweicht an ihrer Scham, wie sie auch schon an ihren Brüsten kleben. »Die Königin von England«, sagt ihr Mann. »Mutter eines solchen Sohnes. Sehen Sie sich das an, Nottingham.« Er winkt seinen Captain herbei. Der versucht krampfhaft, sich seine Erschütterung nicht anmerken zu lassen, als er zum König hinübergeht. Mir steigt bittere Galle in die Kehle. Die beiden Männer blicken auf die mit roter Flüssigkeit besudelte Frau zu ihren Füßen herab. »Man braucht nicht mehr als eine Flasche Wein, um das wahre Wesen der Weiber zu enthüllen. Sogar das meiner eigenen Ehefrau.« Der König beugt sich vor und kippt den letzten Rest aus der Flasche in ihren Schoß. Ihre Finger krallen sich in den Teppich, und ein leiser Laut steigt aus ihrer Kehle auf. Ist es Schmerz, Demütigung? Erregung? Inzwischen hat sich der König wieder aufgerichtet und lässt achtlos die Flasche fallen. Sie verfehlt nur knapp das Gesicht der Königin. »Robin.« Er spuckt den Namen aus wie faules Fleisch. »Nicht mehr als der Sohn einer Hure.«

Wieder gibt die Königin diesen undefinierbaren Laut von sich. »Steh auf«, befiehlt er ihr. »Dein Anblick ist widerwärtig.« An den Diener gewandt, fährt er fort: »Noch eine Flasche. Füll die Gläser auf. Und richte Prinz William aus, dass er uns Gesellschaft leisten soll.«

Die Königin steht mühsam auf. Sie zittert am ganzen Leib. Wie sündhafte Hände kleben die vielen Lagen ihres Kleides an ihrem Körper. An einigen Stellen schimmert ihre Haut durch die weiße Fassade. Der König setzt sich hin. Er zittert ebenfalls. »Verschwinde«, sagt er nur. »Geh mir aus den Augen.«

Sie dreht sich um und verlässt den Raum. Schweigend setzen wir uns wieder, Nottingham und der König essen weiter. Mir ist klar, dass auch ich dies tun muss, obwohl ich mich fühle, als könnte ich keinen Bissen bei mir behalten. Spiritus apertus, das war … Jemanden derart zu misshandeln. Ich bin immer noch vollkommen erschüttert. Ich sollte den Hof verlassen. Sofort.

Aber wohin sollte ich dann gehen? Mir bliebe nur der Untergrund. Wenn ich ebenfalls gehe, wird sich nie etwas ändern. Es wird niemals Wandel geben.

Und deshalb ganz allein am Hof bleiben, ohne Verbündete? Bis mir noch Schlimmeres widerfährt als der Königin? Wieder sehe ich ihre kauernde Gestalt vor mir. Könnte man *sie* vielleicht zu einer Verbündeten machen? Nach diesem grauenhaften Spektakel muss sie doch den dringenden Wunsch verspüren, dem König an die Gurgel zu gehen, sobald sich eine Möglichkeit dazu bietet – und zwar im wahrsten Sinne des Wortes.

Dann fällt mir wieder ein, wie sie diese beiden Wachmänner getötet hat, um sie als Attentäter von *Winter* auszugeben, nachdem wir den König in der Stahlkammer überwältigt hatten. Und wie sie mich immer ansieht; wie sehr sie mich hasst. Dieser Frau kann man nicht trauen. Egal, wie groß ihr Abscheu gegenüber dem König sein mag, das Risiko wäre unkalkulierbar. Und jetzt, wo Robin fort ist, darf nicht auch ich noch meinen Platz am Hof verspielen.

Nach fünf oder zehn Minuten angespannten Schweigens befiehlt der König schließlich: »Geh und sieh nach der Königin.«

Ohne direkt angesprochen worden zu sein, nickt einer der Diener. »Sorge dafür, dass sie alles bekommt, was sie braucht«, fügt er hinzu. »Richte ihr aus, dass ihr verziehen wurde und dass ich nach dem Essen zu ihr komme.« Fast schon entschuldigend blickt er in die Runde. »Sie kennt mein Temperament. Eine meiner Schwächen, zugegeben, aber hin und wieder wünschen sich Frauen auch eine harte Hand. Ist es nicht so, Miss Emris?«

Erschrocken zucke ich zusammen. »Majestät?«

Sein starrer Blick ruht auf mir. Doch wieder nicht auf meinem Gesicht, sondern auf meinen unteren Regionen. Er presst kurz die Lippen zusammen, als denke er nach. »Würden Sie nicht auch sagen, dass Frauen gelegentlich eine harte Hand brauchen?«

Wie aus dem Nichts kommt mir eines der Lieder von Thea Mallory in den Sinn, das früher oft im Radio gespielt wurde. *Der Mann hält dich rein, der Mann ist dein Glück./ Gott schuf die Welt, dann die Mädchen aus Dreck./ Der Mann macht dich glücklich, zweifle nie daran,/ denn wie auch die Welt, so schuf Gott den Mann.*

Ich starre den König an. »Gewiss doch, Eure Majestät.«

Hinter mir bewegt sich etwas – die Kreatur. Ich spüre, wie sie näher heranschleicht, wie ihr heißer Atem meinen Nacken streift. Ihr scharfer Blick bohrt sich in meinen Hinterkopf. Mir läuft es kalt den Rücken herunter.

»Und was denken Sie, Nottingham?«, will der König wissen. Nottingham neigt bestätigend den Kopf.

»Absolut, Eure Majestät. So gehe ich auch bei unserem Hofhund vor, wenn er nicht anschlägt, sobald sich Fremde nähern. Wozu ist er schließlich gut, wenn er das nicht leistet?«

Wir essen weiter. Die Kreatur bleibt dicht hinter mir. Meine Schultern sind so verkrampft, dass es wehtut. Nachdem er noch ein paar Bissen genommen hat, fischt der König ein Stück Fleisch von seinem Teller und bietet es Mister Galahad an. Als dieser den Mund öffnet und die Maske herunterfällt, würde ich mich am liebsten übergeben. Sein Gesicht ist verzerrt, aber er spitzt gierig die Lippen. Ein Speicheltropfen läuft über sein Kinn, als er das Fleisch aus der Hand des Königs isst. In meinen Adern fließt kein Blut mehr – es ist Eis. Was hat man mit ihm gemacht? Wurde er gefoltert? Wie hat man ihn so gebrochen? Das Hecheln der Kreatur in meinem Nacken wird immer stärker. Ich spüre die Feuchtigkeit an meinem Ohrläppchen. *Koste es, was es wolle,* erinnert sie mich.

»Wie hat Ihnen der Besuch in der Korrektive gefallen, Miss Emris?«, fährt der König im Plauderton fort, als er seine Hand zurückzieht. Mister Galahad wimmert leise, hebt dann aber mit dem Mund seine Moretta auf. Das Grauen, das sich direkt vor meinen Augen abspielt, ist so groß, dass ich es nicht mehr verarbeiten kann. Der Blick des Königs wirkt fast freundlich. Offenbar soll das ein Versuch der Wiedergutmachung sein nach seinem Wutausbruch. Oder wohl eher der Versuch, so zu tun, als wäre es nie passiert. Bei Maria, wie cholerisch und paranoid kann ein einzelner Mensch eigentlich sein? Dieser Mann hat seiner Frau einst eine Affäre verziehen, aus der sein Erstgeborener hervorging, und jetzt bestraft er sie für das Fehlverhalten seines Sohnes?

Andererseits ist es in seinen Augen vielleicht sogar logisch: Wenn es ihre Schuld ist, kann es nicht seine sein.

Es ist schmerzhaft, aber mir wird plötzlich klar, dass dies sogar ein Vorteil für mich ist. Die Position des Königs ist geschwächt. Die Taktik, seiner Frau die Schuld in die Schuhe zu schieben, wird nicht aufgehen, zumindest nicht bei allen. Sein eigener Sohn, noch dazu der Kronprinz, hat sich ihm öffentlich widersetzt. Seinen Rittern ist es nicht gelungen, den Delinquenten zu finden. Da kommen Fragen auf. Fragen, wie stark der König in Wahrheit noch ist. *Koste es, was es wolle,* sagt die Kreatur wieder. Das ist kein Flüstern, kein Zischen. Es sind klare, laute Worte. Ich wage es nicht, mich umzudrehen.

»Wie Ihr ja sicher noch wisst, war dies nicht mein erster Besuch dieser Art, Eure Majestät. Trotzdem muss ich sagen, dass diese Einrichtung einen bleibenden Eindruck bei mir hinterlassen hat.«

»Soso.« Diese Augen, wie Quecksilber. Die brutalen Hände, die schon wieder das Weinglas packen. *Schlag ihm das Glas ins Gesicht,* hetzt die Kreatur. *Du weißt, dass du es willst.*

Im nächsten Augenblick klopft es an der Tür. Prinz William tritt ein, gefolgt von zwei Dienern und zwei Rittern.

»Setz dich, Sohn.« Der König zeigt auf den Platz, an dem die Königin gesessen hat, und winkt den Dienern. Essen und Wein für den Prinzen werden gebracht. Williams Blick huscht zögernd zwischen uns allen hin und her. Er ist so ganz anders als sein Bruder.

»Vielen Dank, Eure Majestät.«

»Aber gerne. Den Count of Nottingham kennst du ja und Miss Emris ebenfalls.«

William nickt, doch er sieht mich nicht an. Sein Vater hingegen schon. »Sie ist hübsch anzuschauen, findest du nicht?«

Mir steigt das Blut in die Wangen. Wie gerne würde ich ihm jetzt die Faust ins Gesicht rammen. *Schlag zu. Du weißt, dass du es willst.* William ist ebenfalls rot geworden. »Eure Majestät?«

Doch der König beachtet ihn gar nicht, er starrt weiter nur mich an. *Schlag ihm das Glas ins Gesicht,* wiederholt die Kreatur. »Also, was sollen wir nun mit Ihnen anstellen, Miss Emris?«

Mein Atem beschleunigt sich. »Eure Majestät?«

»Sie sind nicht länger die Verlobte des Kronprinzen. Habe ich nicht recht?«

Ich sehe ihn starr an. »Verzeihung?«

»Ich überlege gerade, ob man noch immer die Verlobte des Kronprinzen in Ihnen sehen kann. Das ist doch eigentlich eine ganz einfache Frage.«

Ich blicke erst zu ihm, dann zu William, der mir noch immer nicht in die Augen sehen kann. Dafür bin ich ihm unglaublich dankbar.

»Ich fürchte, ich verstehe nicht, Eure Majestät«, flüchte ich mich in eine Ausrede, um zu überdecken, dass sich meine Gedanken überschlagen. Die Kreatur spricht immer weiter. *Du weißt, dass du es willst.*

»Ach nein?« Demonstrativ blickt er zu seinem Sohn hinüber. »Dann werde ich Ihnen noch etwas Zeit geben, um darüber nachzudenken.«

Nottingham schaltet sich ein: »Sie ist beim Volk überaus beliebt, Eure Majestät.«

»Ganz genau«, sagt der König und nickt.

»Trotzdem bietet sich Eurer Majestät hier eine einmalige Gelegenheit, um einen … angemesseneren Weg einzuschlagen, was die Thronfolge betrifft«, fährt Nottingham fort.

Der Blick des Königs ruht nun auf seinem Sohn. »Das ist wahr.«

»Außerdem würde es … anderen gestatten, aktiv zu werden, wo zuvor ein Kronprinz sein Recht beansprucht hat«, sagt Nottingham langsam. Er dreht sich zu mir um. »Eure Majestät, ich gebe hiermit ganz offen zu, dass ich geneigt wäre, um Miss Emris zu werben.«

»Verstehe.« Der König mustert Nottingham abschätzend. »Wir werden William vierzehn Tage Zeit geben, um ein eventuelles Interesse an Miss Emris anzumelden. Während dieser Zeit weiß ich sie bei Ihnen in guten Händen. Sie können gerne mit der Werbung beginnen, solange Ihnen klar ist, dass Sie sie gegebenenfalls wieder aufgeben müssen.« Ohne erkennbaren Grund zögert der König plötzlich. Er sieht mich an. »So jung. Sie möchten doch sicher Kinder haben, Nottingham?«

»Selbstverständlich, Eure Majestät.«

»Selbstverständlich«, wiederholt der König leise, ohne den Blick von mir zu wenden. Von meinem Unterleib, meinen Hüften. »Wenn sie jung sind, eignen sie sich dafür am besten.« Genau in diesem Moment verändert sich etwas in seinen Augen. Was genau es ist, kann ich nicht sagen – aber so hat er mich noch nie angesehen. *Tu es,* befiehlt die Kreatur. Meine Hände krampfen sich um das Glas, als ich ihre Stimme höre. *Du weißt, dass du es willst.*

»Eure Majestät hat vollkommen recht«, bestätigt Nottingham. Der König nickt kurz, bevor er nachdenklich fortfährt: »Sie haben doch ein freies Zimmer in Ihrem Quartier, nicht wahr? Unter diesen Umständen dürfen Sie sie mitnehmen und auf sie aufpassen, bis die Königliche Familie entschieden hat, was aus ihr wird. Und jetzt lassen Sie mich mit meinem Sohn allein. Wir haben viel zu besprechen.«

Das Feuer in meinem Inneren flammt wieder auf. Die haben mich soeben verschachert wie Vieh. *Willst du das zulassen?*, fragt die Kreatur. Doch ihre Stimme verändert sich wieder, klingt plötzlich wie die von Robin. Unwillkürlich balle ich die Fäuste. Aber ich darf den König von England nicht schlagen – es sei denn, mir liegt nichts mehr an meinem Leben. Also verbeuge ich mich stumm und lasse Nottingham nach meiner Schleppe greifen. Sobald wir das Speisezimmer verlassen haben und um eine Ecke gebogen sind, reiße ich sie ihm aus der Hand. *Willst du das zulassen?*, höhnt die Kreatur wieder. *Tu es jetzt. Du weißt, dass du es willst.* Im Moment sind weder Diener noch Ritter zu sehen. Mein Arm schießt vor. Die Kreatur lacht leise. Nottingham fängt meine Faust ab. Endlich bekommt er die Gelegenheit, sich für meinen Haken zu revanchieren. Er schlägt mit voller Kraft zu. Ich taumele rückwärts, stolpere beinahe über meine Schleppe, kann mich aber gerade noch abfangen. In meinen Ohren klingelt es, und mir wird schwindelig. Nottingham setzt mir nach. Diesmal lässt sein Schlag meine Lippe aufplatzen. Der Schmerz ist übel, aber es gelingt mir, dem nächsten Angriff auszuweichen. Dieses Mal weiche ich wohlweislich nicht zurück, sondern drehe mich zur Seite, trete ihm gegen die Kniescheibe. Seine Beine knicken ein, und ich schlage ihm ins Gesicht. Der Hieb ist nicht so fest, wie ich es mir wünschen würde – die Ärmel des Kleides sind zu eng. Trotzdem habe ich getroffen. Er lacht – Erregung und Schmerz lassen es klingen wie den Schrei eines geifernden

Tieres. Als Nächstes trete ich ihm in den Bauch. Tritte sind einfacher als Schläge. *Du weißt, dass du es willst. Koste es, was es wolle.* Nottingham kippt um. Keuchend baue ich mich über ihm auf, versuche den Schmerz unter Kontrolle zu bekommen, die Schleppe im Blick zu behalten und die Stimme der Kreatur auszublenden.

»Wenn Sie ernsthaft glauben, Sie könnten mich auf diese Weise behandeln und ungestraft davonkommen, haben Sie ich getäuscht, Nottingham.«

Seine Hand schießt vor, unter meinen Rock. Die in Leder gekleideten Finger schließen sich um mein Fußgelenk. Dann verliere ich den Boden unter den Füßen. Erst im letzten Moment strecke ich die Arme aus, um den Sturz abzufangen. Diesmal kann ich den Schmerzensschrei nicht unterdrücken.

»Verzeihen Sie mir, Miss Emris.« Nottingham ist ebenfalls außer Atem, als er sich aufsetzt. Sein Gesicht schwebt dicht vor mir. Der Bart an seinem Kinn scheint weich und kratzig zugleich zu sein, seine Haare sind zerzaust, und sein Blick verrät mir, dass er vom Adrenalin aufgeputscht ist. Durch die Nähe erahne ich das leise Flüstern seines Geistes. Offensichtlich tut ihm der Kampf kein bisschen leid, er scheint ihn eher genossen zu haben. Wie einen Tanz. Sicherlich hat er diese Werbung nicht vorgeschlagen, weil er plötzlich meinem Charme erlegen wäre. Dass ich meine Fäuste einsetze, erregt ihn, ebenso die Tatsache, Macht über meinen Körper zu haben – und als Schnüffler auch über meinen Geist. Nach unserem Kampf sieht er mich anders an als vorher. Hungriger. »Ich dachte nur, dass es für Sie von Vorteil wäre, wenn Sie am Hof bleiben könnten. Ohne davon abhängig zu sein, ob der kleine William genügend Mut aufbringt, dafür zu sorgen.«

»Wie nett, dass Sie mich vorher gefragt haben«, fauche ich ihn an. Er steht auf und zieht an meiner vorderen Schleppe. Und gleich noch einmal, etwas fester. Einfach, weil er es kann. Die

Kreatur bezieht direkt hinter mir Stellung, als ich wieder auf den Beinen bin. *Koste es, was es wolle.* Nottingham wird also von Macht angeturnt. Macht und Gewalt. Und in Berlin glaubten wir noch, er sei gefährlich, weil er mit den Geheimdiensten zu tun haben könnte. Wir hatten ja keine Ahnung.

»So wie ich das sehe, haben Sie Ihre Wahl getroffen, als Sie nicht dem Kronprinzen gefolgt, sondern stattdessen mit mir gekommen sind. Nachdem der Prinz Sie nun verlassen und all Ihre ausgeklügelten Pläne zunichtegemacht hat … wären Sie bereit, mich anzuhören, Miss Emris?«

Es tut weh, das zu hören. *Er hat Sie verlassen.* Und auch wenn ich es nie offen zugeben würde, hat Nottingham doch recht. Er hat mir tatsächlich einen Dienst erwiesen, als er mir einen Vorwand verschaffte, um am Hof zu bleiben. Wir machen uns langsam auf den Weg, atmen beide gegen die Schmerzen an. Jetzt bin ich von ihm abhängig, wenn ich bleiben will. Ein gefährliches Spiel. Umso gefährlicher, da ich noch immer das Flüstern seines Geistes höre, obwohl wir wieder auf Abstand gegangen sind. Was würde ich dafür geben, jetzt Robin hier an meiner Seite zu haben.

Und was würde ich nicht dafür geben, den Geist des Mannes zu berühren, der wirklich hier an meiner Seite ist. Denn auch wenn ich Nottingham zurechtgewiesen habe, spüre ich ebenfalls das Adrenalin in meinen Adern, die Erregung nach dem Kampf. Und ich erinnere mich noch viel zu gut an diesen kurzen Blick in seinen Geist, das Licht, das Kribbeln … Ich will mehr davon.

»Ich hätte mir so oder so angehört, was Sie zu sagen haben«, antworte ich schließlich hochmütig. »Meine Pläne haben sich nicht bedeutend geändert.«

Mit noch immer geröteten Wangen sieht er mich an. »Hat Ihnen schon mal jemand gesagt, wie reizend Sie aussehen, wenn Sie lügen?«

»Und hat Ihnen schon mal jemand gesagt, wie reizend Sie aussehen, wenn Sie eine Faust in der Fresse haben?«

Lachend stellt er fest: »Ich finde diese Seite an Ihnen überaus aufregend, Miss Emris. Dann werde ich Sie morgen also abholen. Meine Lieblingsfarbe ist Blau. Sagen wir, um halb sechs?«

Alles in mir sträubt sich dagegen. *Wirst du das zulassen?*, wiederholt die Kreatur in meinem Nacken, wieder erschreckend klar. Ich habe Angst davor, sie mir anzusehen. Sie hat sich verändert.

Nottingham wickelt sich meine Schleppe zweimal um die Hand und zieht mich mit einem Ruck zu sich heran. Wir blicken einander in die Augen. »Sie sollten auf der Hut sein«, warnt er mich leise. »Sie mögen es für Inkompetenz meinerseits gehalten haben, aber ich habe ganz gezielt dafür gesorgt, dass der Kronprinz heute nicht gefunden wurde. Und denken Sie immer daran, dass Ihr Aufenthalt hier bei Hofe nun vor allem davon abhängt, wie erfolgreich ich in meinem Werben um Sie bin.«

»Wenn Sie mich anfassen«, erwidere ich ebenso leise, »werde ich Sie umbringen.«

»Sind Sie sicher?« Ein verschlagenes Funkeln tritt in seine Augen. »Ich hatte eher den Eindruck, dass Sie Gefallen an meinem Geist gefunden haben.«

Mein Verstand schaltet zwei Gänge hoch. Nottingham ist ein Schnüffler, ein Schnüffler hier am Hof, noch dazu der Captain der GVK und der Königlichen Garde. Davon kann der König nichts wissen, völlig ausgeschlossen. Sonst müsste er längst so hübsche Sachen tragen wie Mister Galahad.

»Lassen Sie sich das besser nicht zu Kopf steigen, Nottingham. Das kann sehr gefährlich werden für Menschen wie Sie. Für einen Schnüffler, der direkt vor der Nase des Königs sitzt«, flüstere ich.

Er lächelt nur. Sein Bart ist so geformt, dass er zum Ohr hin schmal ausläuft und eine Art Speerspitze unten am Kinn bildet. Wenn hier jemand gefährlich aussieht, dann er. »Da ist sie ja wieder – die Kämpferin, die ich so bewundere. Gut, Miss Emris, Sie haben recht. Aber wenn Sie nicht wollen, dass der König von Ihrem kleinen Geheimnis erfährt, kann ich wohl darauf vertrauen, dass Sie meines ebenfalls für sich behalten.«

Womit er vollkommen recht hat – jetzt haben wir uns gegenseitig in der Hand. Aber das muss ich ihm ja nicht auf die Nase binden.

Als ich nichts erwidere, setzt er sich wieder in Bewegung und zieht mich mit sich. Vor der Tür seines Quartiers im Südflügel lässt er mich los. »Halb sechs«, erinnert er mich. »Ich werde Ihre Sachen herbringen lassen.«

Damit geht er. Doch schon nach drei Schritten dreht er sich noch einmal um. »Ach, und Miss Emris?«

Meine Lippe blutet immer noch. Er kommt zurück und bleibt wieder viel zu dicht vor mir stehen. Auf seinem Gesicht formt sich langsam ein Bluterguss.

»Nottingham?«

Er hebt die Hand und lässt seinen Daumen über meine Lippen gleiten. Zuerst wischt er ganz sanft das Blut ab. Dann drückt er zu, bis ich das Leder seines Handschuhs in meinem Mund schmecke. Mit einem erstickten Würgen schiebe ich seine Hand weg.

»Denken Sie immer daran, Miss Emris.« Wenn er lächelt, sickert aus seiner Lippe ebenfalls etwas Blut. »Der einzige Grund, warum Sie noch hier sind, ist meine Werbung um Sie. Ihnen sollte besser daran gelegen sein, dass ich nicht den Spaß an der Sache verliere.« Wieder streicht er über meine Lippen, diesmal so zart, dass es mir einen Schauer über den Rücken jagt. »Ich werde ein paar Wachen vor Ihrer Tür postieren. Das verstehen Sie doch sicher. Schließlich können wir nicht zulassen, dass Sie zu Schaden kommen, solange Sie sich unter der Verfügungsgewalt des Königs befinden, beziehungsweise unter meiner. Oder dass Sie anderen Schaden zufügen.«

Am liebsten hätte ich ihn gebissen. Stattdessen wende ich mich stumm ab. Er lacht laut, dann geht er. Dieses Lachen scheint alles zu sein, was von dem Tänzer in Berlin geblieben ist.

Sobald ich allein bin, sehe ich mir sein Quartier an. Es ist kleiner als Robins Gemächer und hat kein Vestibül. Eigentlich besteht es nur aus einem großen Raum mit drei Türen, die in ein Badezimmer, einen begehbaren Schrank und ein weiteres Zimmer führen. Die Möbel sind altmodisch, die Vorhänge schwer, und der schwarze Teppich sieht staubig aus. Das zusätzliche Schlafzimmer ist eine kleinere Ausgabe des großen, nur ganz in Weiß gehalten, immerhin mit Ensuite. Hier werde ich jetzt also wohnen. Wenn ich daran denke, wie nah er mir sein wird, bekomme ich eine Gänsehaut. Zuallererst brauche ich etwas, womit ich die Tür verbarrikadieren kann. Mit dem Schminktisch müsste es gehen.

Seit langer Zeit bin ich das erste Mal allein. Ich bleibe mitten im Zimmer stehen und versuche, mich nicht umzudrehen, obwohl ich die Kreatur hinter mir spüre. Sie schleicht durch das Zimmer. So hat sie sich noch nie angefühlt – so groß, so nah, so real.

Als sie um mich herumwandert, schließe ich die Augen. Ich will sie nicht sehen. Aber davon hat sich die Kreatur noch nie abschrecken lassen. Meine Lider zucken. Schließlich bleibt sie vor mir stehen, und ich sehe sie. Das ist kein Tier mehr. Kein sabbernder Hund, nicht einmal ein heimtückischer Wolf, der zu viel Intelligenz im Blick hat und auf den Hinterbeinen läuft.

Noch einmal schließe ich die Augen, doch als ich sie wieder öffne, ist die Kreatur noch immer bei mir in dem weißen Zimmer. Sie steht aufrecht, auf langen Beinen, überragt mich um einiges. Fell hat sie keines mehr, aber auch keine Haut. Stattdessen besteht sie aus schwarzen Knochen, schwarzen Muskeln und Sehnen, die in einer gläsernen Hülle stecken. Hartes Glas, unzerstörbar wie Stahl. Ihr gesamter Körper besteht aus Glas, sogar die Augen. Trotzdem weiß sie genau, wo ich bin. Fast wirkt es so, als könnte sie durch mich hindurchsehen, als wäre ich diejenige, die in einem gläsernen Körper steckt.

Dann öffnet sie den Mund. Und zum ersten Mal spüre ich, dass diese Stimme nicht mehr nur in meinem Kopf existiert. »Hallo, Rea.«

Starr vor Schreck sehe ich sie an. Dann schlage ich zu. Mit einem lauten Schrei ramme ich die Faust in den Körper der Kreatur. Am Ärmel reißt der Stoff meines Kleides. Doch ich verfehle sie, sie steht bereits wieder hinter mir. Ich wirbele herum, schleudere meine Schleppe zur Seite und trete zu, aber das Glas zerbricht nicht. Wieder hat sich die Kreatur bewegt, hat einen Schritt zur Seite gemacht. Ich spüre, wie sich ihre Hand um meinen Unterschenkel schließt, fünf menschliche Finger packen mich kalt und fest, schnüren den Blutfluss in meinem Bein ab.

Panisch versuche ich, mich loszureißen. Die Kreatur gibt mich so abrupt frei, dass ich das Gleichgewicht verliere und über die Schleppe falle. So schnell ich kann, kämpfe ich mich wieder auf die Füße und greife erneut an. Aber jedes Mal, wenn ich eigentlich einen Treffer landen müsste, schlage ich nur auf leere Luft ein.

Die Kreatur lässt sich von mir jagen, bis ich kaum noch stehen kann. Bis ich kraftlos auf die Knie sinke. Dann hockt sie sich neben mich, dreht mein Gesicht in ihre Richtung. Ihre kalte Zunge gleitet über meine Augen, bis alles um mich herum schwarz wird. Ich denke an die Medikamente, die mir inzwischen ausgegangen sind. An die Therapie, zu der ich nicht mehr gehen kann.

Ich muss das schaffen. Ich kann das schaffen, das weiß ich. Schließlich habe ich es vor Paris auch geschafft.

Also versuche ich, gegen die Schwärze anzukämpfen, doch ich kann nichts mehr sehen. Der schwarze Schleim wird immer dicker. Ich schreie, doch die Kreatur erstickt jeden Laut. Dann bleibt nur die Dunkelheit.

Als ich wieder zu mir komme, hocke ich vor dem Bett auf dem Boden. Mir tut alles weh, als hätte ich jeden Muskel in meinem Körper überanstrengt. Immerhin ist die Kreatur nicht mehr direkt neben mir. Mühsam ziehe ich mich aufs Bett, kann aber einen leisen Schrei nicht unterdrücken. Flüstere Robins Namen. Versuche ihn anzurufen, aber seine Nummer ist nicht erreichbar. Natürlich nicht. Wenn er nicht will, dass sie ihn aufspüren, wird er sein Handy so schnell wie möglich losgeworden sein.

Also schreibe ich eine Nachricht an meine andere Verbündete: meine Mutter. Sie antwortet wenige Momente später. *Komm her. Angel.*

Ein Diener klopft an die Tür und bringt meine Habseligkeiten. Offenbar war ich nicht besonders lange ohnmächtig. Ich kratze meine letzten Kraftreserven zusammen, bitte um ein paar zusätzliche Dinge und warte, bis er gegangen ist. Dann ziehe ich meine verdreckten, stinkenden Sachen aus. Meine Mutter wird wissen, was zu tun ist. Zumindest in Bezug auf unsere Pläne, wenn schon nicht in Bezug auf den drückenden Schmerz in meiner Brust. Robin ist weg. Einfach weg.

Die von Nottingham angekündigten Wachen stehen noch nicht vor meiner Tür. Trotzdem bin ich vorsichtig, als ich meinen malträtierten Körper auf den Flur hinausschiebe. Es ist bereits dunkel, und ich weiß nicht, ob man mich nicht vielleicht überwachen lässt. Wenigstens wird Nottingham meine Abwesenheit nicht dem König melden. Unser Arrangement ist riskant. Wo Robin jetzt wohl ist? Hoffentlich in Sicherheit.

Es wundert mich, dass man mich einfach gehen lässt, aber ich stelle mein Glück nicht infrage. Es dauert eine halbe Stunde, bis ich mit der Luftkissenbahn Angel erreiche. Die ganze Zeit über ziehe ich den Kopf ein, achte darauf, dass die Kapuze meines Mantels mein Gesicht verdeckt. Als ich an unserer Wohnung läute, öffnet meine Mutter die Tür. Von Liam ist nirgendwo etwas zu sehen. Sie trägt ein burgunderrotes Kleid mit Spitzenapplikationen an Hals und Händen, aber keinen Marienkragen. Ihre Augen haben wirklich genau denselben Farbton wie Liams.

»Geht es dir gut?«, fragt sie als Erstes. Dass sie keine Maske trägt, wirkt so verstörend auf mich. So erinnert sie mich an die Mutter, die mir dieselbe Frage gestellt hat, wenn ich mir als Kind das Knie aufgeschlagen habe. Ach, Maria, wenn ein aufgeschürftes Knie doch meine einzige Sorge wäre.

»Ja«, schwindele ich.

»Komm, setz dich.« Sie führt mich ins Wohnzimmer, wo inzwischen eine Chaiselongue steht. Mehr Möbel gibt es aber noch immer nicht. Die Vorhänge sind zugezogen. Überall stehen brennende Kerzen. Auf dem Boden entdecke ich zwei Teller mit Sandwiches. Ich kann nicht anders: Unwillkürlich stelle ich mir Robin und mich vor, in einer Wohnung wie dieser, nur wir zwei und eine Katze, seine langen Finger in ihrem warmen Fell.

Wäre da nur nicht die Kreatur mit den leeren Glasaugen.

Sobald ich sitze, springt Beethoven auf meinen Schoß und rollt sich dort zusammen. »Ich dachte mir, du könntest vielleicht hungrig sein«, sagt meine Mutter und deutet auf den Teller. Ich streichele den weichen Katzenpelz. Das sind wahre Sandwich-Berge. Plötzlich steigen mir Tränen in die Augen. Meine Mutter; schon immer hat sie viel zu viel Essen für alle gemacht.

»Ich habe mit dem König gegessen«, antworte ich. »Es gab Beef Wellington. Beef Wellington. Das Fleisch war noch rot, ich habe es auf den Tellern der anderen gesehen. Wie der Wein. Wie Blut.«

Vorsichtig setzt sich meine Mutter neben mich. »Du isst kein Fleisch«, folgert sie.

Ich schüttele den Kopf. »Ich ebenfalls nicht«, sagt sie und nickt.

»Ihre Geister sind so wundervoll«, rechtfertige ich mich. »Es wäre ein Verbrechen.«

»Momentan gibt es frische Petersilie. Und ich habe eine Avocado aus Paris kommen lassen. Die sind wirklich köstlich, probier mal.« Sie streckt mir einen der Teller hin. Obwohl ich keinen Hunger habe, nehme ich mir ein Sandwich. Sogar getoastetes Brot. »Die Tomaten könnten besser sein«, stellt sie entschuldigend fest, während ich den ersten Bissen nehme.

»Du hast das Brot getoastet.«

»Sei nicht albern.« Ein Lächeln umspielt ihre Mundwinkel. »Ich habe sie doch nicht selbst gemacht.«

Verstohlen mustere ich ihr Gesicht. Zum ersten Mal möchte ich wissen, wie sie sich diese Narben beigebracht hat. Ob es sehr wehgetan hat, vor allem die am Auge. Mir wird klar, dass ich meine Mutter brauche. Nachdem ich am Hof geblieben bin, habe ich entschieden, alles zu tun, was nötig ist. Koste es, was es wolle. Wie sie. »Robin wird enterbt werden«, sage ich.

»Wer ist der Nächste in der Thronfolge? Was weißt du über seinen Bruder?«, fragt sie sofort. Anscheinend hat sie bereits gehört, was passiert ist. Wie ich mich dabei fühle, fragt sie nicht, und ich bin dankbar dafür. Ich würde es nicht über mich bringen, meiner Mutter zu gestehen, wie sehr er mir schon jetzt fehlt.

»So gut wie gar nichts. Nottingham hat den König dazu überredet, mich am Hof zu behalten, unter dem Vorwand, um mich werben zu wollen.«

»Nottingham?«, hakt sie nach, also erzähle ich ihr alles über ihn: wer er ist, was er macht und dass ich, wenn ich am Hof bleibe, voll seiner Gnade ausgeliefert bin, jetzt, wo Robin fort ist. Die ganze Zeit über hört Madame mir so aufmerksam zu, als gäbe es nichts auf der Welt, was sie gerade lieber tun würde. Es tut richtig gut, jemanden zu haben, der zuhört. Jemanden, der mich versteht, der weiß, wie es ist. Ganz genau weiß, wie es ist. Jemanden, der ebenfalls dazu gezwungen wurde, eine Moretta zu tragen, der ebenfalls als Hure beschimpft wurde, der dieselben Ängste, dieselbe Wut, dieselbe Einsamkeit durchlebt hat wie ich.

Beethoven schläft irgendwann schnurrend auf meinem Schoß ein, doch ich rede immer weiter. Erzähle ihr von meinem Leben im Palast, von Nottinghams Faust, seinen Fingern in meinem Mund, dem Bluterguss, den ich ihm verpasst habe. Ich vertraue Madame Hiver mehr an, als ich jemals wollte, aber wenigstens fühle ich mich jetzt nicht mehr so schrecklich allein. Wenigstens hat sie den Kampf nicht allein mir überlassen.

Fast hätte ich ihr auch von der Kreatur erzählt. Erst im allerletzten Moment halte ich mich davon ab. Was würde sie sagen? Was würde jemand sagen, wenn man ihm erzählt, dass man im eigenen Schlafzimmer gegen ein imaginäres Wesen kämpft, bis man ohnmächtig wird? Ich werde verrückt. Bei Maria, ich werde wahnsinnig.

Nein, Rea, weise ich mich selbst scharf zurecht. *Du wirst nicht verrückt. Du musst dich nur zusammenreißen. Sei nicht so schwach.*

Als ich schließlich verstumme, denkt sie lange nach.

»Vielleicht ist das genau der Moment, auf den wir gewartet haben, Rea«, sagt sie dann.

Verwirrt starre ich sie an. »Wieso das denn? Unser Plan ist hinfällig geworden. Er kann gar nicht mehr aufgehen, M …« Ich beiße mir auf die Zunge. *Mom.* Sie zögert kurz, tut dann aber so, als hätte sie es nicht gehört. »Nach allem, was ich gehört habe, ist

Prinz William ein Schwächling«, fährt sie fort. »In Berlin lacht man über ihn. Ich wäre überrascht, wenn er ebenso starke mentale Abwehrkräfte hätte wie sein Vater.«

»Du willst seine Gedanken kontrollieren.«

»Nein, ich *will* das keineswegs«, sagt meine Mutter. Ihre Narben glänzen im Licht der Kerzen. »Aber stell dir doch nur einmal vor, wie einfach es wäre. Wir würden ihm ja nicht wehtun. Wir würden ihn nicht unglücklich machen. Ganz im Gegenteil, wir würden ihn zum größten König aller Zeiten machen. Er wäre der Retter aller Magdalenen. Derjenige, der die Berührungsfreiheit wieder einführt. Welch ein Ruhm!«

Der schüchterne, verlegene William als größter König aller Zeiten.

»Er würde nicht vor einer Berührung von dir zurückschrecken?«, fragt sie und greift nach meiner nackten Hand. Ich wehre mich nicht dagegen, rufe sogar die Erinnerung daran auf, wie er mich angeschaut hat, damit sie es in meinen Gedanken sehen kann. »Keine Ahnung. Aber ich denke, ich könnte ihn dazu überreden.« Allein das auszusprechen ist schon ein gefühlter Verrat an Robin. So wie er mich verraten hat? Verraten, indem er geflohen ist, ohne vorher auch nur mit mir darüber zu reden? Aber das kann man doch nicht Verrat nennen. Ich hätte schließlich mit ihm kommen können.

»Wir müssen nur sicherstellen, dass Nottingham uns nicht gefährlich werden kann«, überlegt meine Mutter weiter. Der Klang ihrer Stimme ist mir so vertraut: aufgeregt, freudig und doch sachlich. So klang sie auch immer, wenn sie für einen von uns eine Geburtstagsparty plante. Die schönsten Überraschungen, die wir uns nur wünschen konnten. Mein nächster Vorschlag ist mir zuwider, aber hierbei geht es schließlich nicht um meine Gefühle.

»Könnte er uns nicht nützlich sein? Immerhin führt er das Kommando über die GVK.« Das leise Beben meines Geistes lässt sich einfach nicht unterdrücken. Er sehnt sich immer noch nach Nottinghams Bewusstsein.

Meine Mutter wirft mir einen scharfen Blick zu. Da sie selbst eine Mensatorin ist, weiß sie genau, woran ich gerade denke.

»Rea, hör zu. Ich bin auch der Meinung, dass du morgen zu dem Treffen, das er dir vorgeschlagen hat, gehen und mit ihm reden solltest. Aber Nottingham will selbst an die Macht, nichts weiter. Er wird dir große Umwälzungen versprechen, vielleicht sogar einen einflussreichen Posten. Eventuell als seine Ehefrau, denn er begehrt deinen Körper genauso sehr, wie du seinen Geist begehrst.«

Nur ein verräterischer Gedanke, und schon wusste sie haargenau, dass mein Bewusstsein nach Nottinghams Geist schreit. Beschämt befeuchte ich meine Lippen. In ihrem Bewusstsein ist der Roi aufgetaucht, Erinnerungen daran, wie er ihren Körper liebkost. Sobald ihr klar wird, dass ich das sehen kann, sperrt sie diese Gedanken weg. Mit einem verlegenen Räuspern wendet sie den Kopf ab. »Wenn du dich von William nicht anfassen lassen willst, könnte ich …«

Sie verstummt mitten im Satz. Nein, sie hat sich nicht mehr unter Kontrolle. Ich sehe die Erinnerungen in ihrem Geist, das raue Kratzen von Barthaaren auf ihrer Haut. Die roten Flecken später im Spiegel. Ich denke an Robin. An unsere ineinander verknoteten Beine. Sie bemerkt es. Denkt plötzlich an einen Kuss, doch es sind nicht die Lippen des Roi, die sie berühren. Ein geflüsterter Schwur. *»Je t'aime.«* Ich kenne diese Stimme.

»Wie konntest du das dem Comte nur antun?« Nachdem ich ihr so vieles anvertraut habe, glaube ich ein Recht auf diese Frage zu haben. Und ich will es wissen. Denn vielleicht gab es ja noch einen überzeugenderen Grund als den, dass ihr Herz sich vor vielen, vielen Jahren in einen Eisblock verwandelt hat.

»Du wirst dich in Williams Geist umsehen müssen, um seine

Abwehrmechanismen zu durchleuchten«, weicht sie aus. »Mir ist klar, dass das eine Unannehmlichkeit darstellt.«

»Hier geht es nicht um Annehmlichkeiten. Wie konntest du dir selbst das antun?«, bohre ich weiter. »Ihr zwei hättet miteinander glücklich werden können.«

Stumm sieht sie mich an. *Wie? Wie hätte* ich *glücklich werden können?* »Du willst damit doch nicht etwa sagen, dass der Comte de l'Aisne in seinem jetzigen Leben nicht viel glücklicher ist?«

»Woher hast du die Kraft dazu genommen?«

Indem ich an dich gedacht habe. An euch.

Mich überläuft ein Schauer. Was für eine gemeine Lüge! Oder etwa nicht? Hat sie wirklich gedacht, sie würde damit auf mein Wohl hinarbeiten?

»Und du?«, reagiert sie mit einer Gegenfrage auf meine Gedanken. »Glaubst du nicht, dass du das hier zum Wohle aller tust?« Ich spüre die feinen Fältchen auf ihrer Hand. Ihre Haut ist trocken. Es war ein langer Winter.

»Ich kann mich schon von William anfassen lassen«, versichere ich ihr, ohne auf ihre Frage einzugehen. *Solange Robin es niemals erfährt.*

»Er hat dich verlassen.« Wieder kommentiert sie meine Gedanken.

»Er wollte, dass ich mitkomme. Es war keine Zeit, darüber nachzudenken. Er hat das Richtige getan.« Und ich bin nicht mit ihm gegangen.

Ein Lächeln huscht über ihr Gesicht. Dieses traurige Lächeln, das mir so vertraut ist. »Und was hat es ihm gebracht?«

Ich will nicht, dass sie meine Zweifel sieht. Sollte ich nicht eigentlich an seiner Seite stehen?

»Rea.« Nun klingt meine Mutter drängend. Ein glasklares Bild erscheint in ihrem Geist: ein Protestmarsch mit Robin an der Spitze, ein lauter Aufschrei gegen die Unterdrückung der Magdalenen und das Berührungsverbot. Panzer, Soldaten, Maschinengewehre. Sie malt sich aus, wie die Demonstranten niedergeschossen werden, mit zuckenden Gliedern auf dem Pflaster liegen, Blut aus winzigen Einschusslöchern strömt. Und sie stellt sich vor, dass ich eine von ihnen wäre. Dann steigt die Erinnerung an ihre Mutter in ihr auf – ihre Mutter, Eira Emris, ihre Freunde und Bekannten, alle mit gebrochenen Knochen auf der Straße liegend, leere, tote Gesichter. »Ich wünschte, diese Welt würde so funktionieren, aber das tut sie nicht. Selbst wenn es Robin gelingt, den Rittern lange genug zu entwischen, wird er keinen Erfolg haben. Sobald er sich erhebt, werden sie ihn niederschießen. Und ich werde nicht zulassen, dass meine Tochter dasselbe Schicksal erleidet wie meine Mutter.«

»Liam ist mit ihm gegangen. Hat er sich bei dir gemeldet?« Mir hat sich die Kehle zugeschnürt.

»Nein.« Mom schüttelt den Kopf. »Ich liebe deinen Bruder. Er ist mein einziger Sohn, aber genau wie der Kronprinz musste er nie die Ängste ausstehen, mit denen wir tagtäglich leben müssen.«

Und das ist es. Das ist es, was Robin und mich trennt. Damit hat er mich alleingelassen. Wenn man von Verrat sprechen könnte, dann war es das. Er hat es nicht aus Absicht getan, sondern weil er einfach nicht weiß, wie es ist, ein Magdalene zu sein. Das wissen nur wir. Meine Mutter und ich. Nur wir begreifen, was wirklich auf dem Spiel steht.

Sie rutscht dichter an mich heran. Die Eisblumen in ihrem Geist wachsen, schlingen sich um Bilder eines brennenden London, brennender Körper, verdrehter Gliedmaßen, leerer Augen. Über allem hängt der Gestank von Blut. »Sie haben noch Hoffnung, weil sie nicht durchmachen mussten, was wir durchmachen.« Der König über der mit Wein besudelten Königin. Nottingham bei seinem faulen Kuhhandel. Der abrupte Zug an der Schleppe, fest um seine Hand geschlungen. »Lass uns dafür sorgen, dass sie nicht für diese Hoffnung bestraft werden«, sagt sie dringlich. »Lass uns dafür sorgen, dass sie ihnen nicht genommen wird. Ihre Hoffnung nicht und nicht ihr Leben.« Liams Körper fällt schwer auf das Straßenpflaster, leblos, sein Geist erloschen in dem einen Moment, wo vorher noch so viel Musik war. Stiefel trampeln über seine Leiche hinweg. »Lass uns dafür sorgen, dass ein König auf den Thron kommt, der sie mit offenen Armen empfängt, wenn sie protestierend durch die Straßen ziehen«, flüstert sie. »Lass uns dafür sorgen, dass sie gar nicht protestieren müssen. Die Menschen werden sich nicht um einen gestürzten Kronprinzen scharen. Ihre Angst ist einfach zu groß. Sie werden ihn im Stich lassen. Lass uns das Blutvergießen beenden. Lass uns William auf den Thron setzen und alles verändern.«

Ich nicke. Dann vergrabe ich das Gesicht an ihrem Hals. Sie hat recht, oder nicht? Das Volk wird nicht aufbegehren. Und selbst wenn – welchen Sinn hat das, wenn die GVK die Leute sofort niederschießt? Jetzt ist der Punkt gekommen, an dem ich den Gedanken nicht mehr verdrängen kann. Die Vorstellung von Robin an der Spitze einer Demonstration, wie er direkt auf die GVK zuläuft. Immer weiter läuft, selbst nachdem sie auf ihn angelegt haben. Sie schießen, sein Körper wird nach hinten gerissen, bleibt reglos liegen. Tot, tot … Maria, nein, nein, nein …

Mom zwingt mich, noch etwas zu essen, bevor ich in den Palast zurückkehre. Nachdem sie mir gesagt hat, dass sie wohl nicht oft genug herkommen kann, um ihn zu füttern, nehme ich den schlafenden Beethoven kurzerhand mit.

Am Palasttor werde ich von Nottingham und einer Rittereskorte empfangen. Er nimmt meine vordere Schleppe und hält sie extrem kurz, während wir in sein Quartier zurückkehren. »In Zukunft werden Sie den Palast nur noch in Begleitung eines Mannes verlassen, Miss Emris«, verkündet er, sobald wir in seinem Quartier stehen. Ohne ihm Beachtung zu schenken, gehe ich zu meiner Zimmertür. »Haben Sie mich verstanden, Miss Emris?«

Etwas in seinem Tonfall lässt mich innehalten. Betont langsam drehe ich mich zu ihm um. »Wollen Sie sich unbedingt noch einen Bluterguss holen, Nottingham?«, frage ich freundlich.

In seiner Miene spiegelt sich pure Vorfreude. Und wieder blitzt dieses Lächeln auf. »Wir schlafen heute Nacht Tür an Tür, Miss Emris. Vielleicht räume ich Ihnen dieses Vergnügen ein, wenn es dunkel ist und uns niemand sehen kann.«

Diesmal hält er mich nicht zurück, als ich in mein Zimmer gehe. Ich schiebe den Schminktisch von innen vor die Tür. Dabei kann ich, während ich mich ausziehe, beschämenderweise an nichts anderes denken: wie es wohl wäre, wenn er im Dunkeln zu mir käme und seine nackte Haut an meine drücken würde, damit unsere Geister verschmelzen können. Prompt tritt die Kreatur aus den Schatten. Verlangen und Lust haben ihre gläserne Haut milchig werden lassen. Auf dem Nachttisch liegt ein Paar saphirblauer Ohrringe. Die muss Nottingham für mich dorthin gelegt haben. Das meinte er also, als er sagte, seine Lieblingsfarbe sei Blau.

Die Kreatur legt sich neben mich ins Bett und schmiegt ihren kalten Körper an meinen, komplett von Kopf bis Fuß. Und sie leckt wieder über meine Augen. Ich versuche, mein verzweifeltes Wimmern mit einem Kissen zu ersticken. Die Kreatur gibt ein kicherndes Geräusch von sich. Das ist nicht real, sage ich mir immer wieder. Morgen früh wird sie verschwunden sein.

Als ich endlich einschlafe, träume ich von einer brennenden Stadt. Und von Robins leblosem Gesicht.

Am kommenden Nachmittag stehe ich um Punkt halb sechs für Nottingham bereit, in einem strahlend weißen Kleid, weißem Marienkragen, weißen Gladiéhandschuhen, weißem Kummerbund und weißer Schleppe – und mit seinen blauen Saphirohrringen. Bereits jetzt ist er mir absolut zuwider. Auf dem Weg zur Tiefgarage sehe ich immer wieder auf mein Handy. Schon den ganzen Tag versuche ich, Ninon, den Comte, Blanc oder meinen Bruder zu erreichen, aber ohne Erfolg. Was ist mit ihnen? Robins Nummer existiert gar nicht mehr, was mich aber auch nicht wundert.

Am Wagen erwartet mich ein elegant rausgeputzter Nottingham, natürlich ganz in Schwarz. Nein, da ist ein Hauch von Blau: die Nähte seiner Schuhe. Lautlos verfluche ich ihn. Aufmerksamen Beobachtern wird so nicht entgehen, dass wir uns beide für die gleiche, gewagte Modeeskapade entschieden haben: Ein Funken von Blau ist in all dem Schwarz und Weiß schon ein überdeutliches Statement. »Miss Emris.« Er begrüßt mich mit einem sanften Nicken seines Kopfes. Weiter gedankliche Flüche ausstoßend, sinke ich in einen Devotionsknicks. Jetzt bin ich nicht mehr die Verlobte des Kronprinzen, also steht er wieder über mir. Mit einem aalglatten Lächeln nimmt Nottingham meine Schleppe und hilft mir in den Wagen. Selbst als wir nebeneinandersitzen, lässt er nicht los, sondern hält den Stoff straff gespannt. Ich gebe mir alle Mühe, mich nicht auf diese Machtspielchen einzulassen. So werde ich durch jede seiner Bewegungen an seine Anwesenheit erinnert, aber letztlich hat doch er mich um dieses Treffen gebeten, nicht andersherum. Offenbar glaubt er, mich zu brauchen.

Die Fahrt zum Stadthaus der Buckinghams in Eden's Garden dauert nicht lange. Als wir vor dem gläsernen Gebäude halten und die Marmorstufen hinaufsteigen, sehe ich, dass drinnen bereits alles hell erleuchtet ist. Geht man nach dem fröhlichen Lärm und den beschwipsten Stimmen, dauert diese Party schon eine ganze Weile, obwohl es noch früh ist. Nottingham geht mit mir zur Tür, die prompt geöffnet wird.

Von Mister Galahad.

Entsetzt hole ich Luft. Eigentlich sollte mich sein Anblick nicht mehr derartig schockieren, aber ich kann einfach nicht anders. Sein Gesicht ist sogar hier hinter einer Moretta verborgen, und er ist ganz in Violett gekleidet. Auf seinem Kopf sitzt wieder die Narrenkappe mit den Glöckchen, die bei jeder Bewegung fröhlich klimpern. Und auch heute trägt er einen grellorangen Kummerbund und Handschuhe in derselben Farbe. Doch jetzt sind sie an seinen Ärmeln festgenäht. Da er ja die Tür öffnen muss, stecken seine Hände nicht im Kummerbund. Mir fehlen die Worte, so grauenhaft ist das. Nottingham hingegen begrüßt seinen Cousin munter: »Wie nett von dir, lieber Cousin. Ich bin Seiner Majestät wirklich dankbar, dass man heute im Palast auf dich verzichten konnte. Wir sehen uns ja bestimmt gleich noch.«

Damit schiebt er mich an Mister Galahad vorbei. Unwillkürlich drehe ich mich noch einmal um, aber er starrt reglos zu Boden. *Wollt ihr das zulassen?*

Im Inneren des Stadthauses sieht alles vollkommen anders aus als früher. Nur mit Mühe erkenne ich den Ort wieder, an den ich für Róisín Carter Päckchen ausgeliefert habe – damals, in einem anderen Leben, bevor ich zum ersten Mal an den Weißen Hof kam. Die Gemälde des Duke of Buckingham wurden alle abgehängt, auch die vielen Wasserschalen sind verschwunden – nackte Wände, leere Kanäle im Fußboden. Stattdessen stehen wild durcheinandergewürfelte Einrichtungsgegenstände herum, alle mit einem Preisschild versehen. Aber nicht nur die Möbel sind etikettiert, sondern auch Kleidungsstücke mit Bügel, achtlos auf Haufen geworfene Bilder, sogar Dienstboten. Sie arbeiten noch, servieren Essen und Trinken und tragen den Käufern ihre Neuerwerbungen hinterher, aber jeder von ihnen hat ein Preisschild am Kummerbund, ganz hinten am Rücken. Sind sie sich dieser Etiketten überhaupt bewusst? Wissen sie, dass man sie mit einem Preis versehen hat wie die Parfümsammlung des Dukes, wie seine kitschigen Sessel, seine Armee von Anstandsdamen? All seine Besitztümer stehen ohne erkennbare Ordnung in den Fluren und Zimmern herum, auch in dem Saal, den wir nun betreten. Hier hat bei meinem letzten Besuch das Rendezgroupe stattgefunden.

»Nottingham?« Ich muss ihm die Frage einfach stellen. »Was geht hier vor?«

Er grinst breit. Das ist wieder der Gesichtsausdruck aus Robins Erinnerung; was ist aus dem Nottingham geworden, den ich am Neuen Hof kennengelernt habe? Dort muss er seinen Machthunger hinter Tanz und Champagner verborgen haben, seine Gier nach Gewalt hinter Charme und Lässigkeit. Oder ist es vielmehr so, dass in Berlin die eine Seite zum Vorschein kommt und in London die andere? Wäre aus Nottingham etwas anderes geworden, wenn er einfach im Kaiserreich geblieben wäre? An einem Ort, an den er nicht an Schleppen zerrt, wo kein König ihn für Grausamkeit belohnt?

Ich weiß in jedem Fall, wo ich ihn mir hinwünsche, während er zu einer Erklärung ansetzt. »Sie wissen ja sicher noch, Miss Emris, dass mir die Verwaltung der Finanzen dieses Familienzweigs übertragen wurde, nachdem mein Onkel, der Duke of Buckingham, pleitegegangen war, oder?«

Ihm und nicht Mister Galahad, dem Sohn des Dukes. Ich kann mich noch gut daran erinnern, wie sehr das Galahad verbittert hat. »Warum nicht seinem Sohn?«, frage ich nach.

»Nun, ich nehme an, dass Seine Majestät mich für vertrauenswürdiger gehalten hat, und ich bin danach der nächste männliche Verwandte. Jedenfalls findet heute, um einen Teil der Schulden des Dukes zu begleichen, eine Auktion statt. Ich verkaufe seinen Besitz, um seine Gläubiger zu bedienen. Das ist vollkommen normal.«

Dann soll dieses Spektakel also eine Auktion sein. Als ich mich noch einmal im Saal umsehe, entdecke ich den Duke persönlich. Seine Arme sind nach vorne gestreckt, genau wie meine damals, als ich ihm auf Róisíns Befehl hin das letzte Päckchen überbringen musste. Er trägt allerdings ein Tablett mit Getränken und ist komplett in Orange gekleidet. An seine Handschuhe wurden Glöckchen genäht. Ich dachte, das sei eine Neuerfindung des Königs, um vor seinem Hofschnüffler zu warnen, aber Nottingham muss die Idee so gut gefallen haben, dass er sie auch für den Duke verfügt hat. Der Duke muss sich jedes Mal verbeugen, wenn er einem Gast ein Glas anbietet. Doch niemand nimmt etwas von ihm. Tränenspuren ziehen sich über seine Wangen. Er weint. Es ist furchtbar, ihn so gedemütigt zu sehen. Das zeigt nur, wie schnell man in diesem Königreich entbehrlich werden kann, ganz egal, wer man einmal war.

Als Nottingham den Saal betritt, hört das Orchester auf zu spielen. Die jungen Adeligen, die mit artig gespannten Schleppen getanzt haben, drehen sich zu uns um, ebenso die anderen Gäste. Sobald die Ersten mich erkennen, geht ein leises Raunen durch den Saal. Nottingham lacht verlegen, als wäre ihm die allgemeine Aufmerksamkeit unangenehm.

»Nein, bitte, meinetwegen soll der Spaß nicht enden«, ruft er. »Ich möchte Sie nur kurz auf der großen Buckingham-Auktion willkommen heißen! Oder sollten wir es vielleicht lieber den großen Buckingham-Wühltisch nennen?«

Die Leute lachen. Es klingt hämisch. Die Glöckchen an den Handgelenken des Dukes bimmeln. »Lassen Sie uns tanzen und trinken, und dann geben Sie Ihr gesamtes Geld für die wundervollen Sachen aus, die Sie hier vor sich sehen. Nie wieder wird man Ihnen so exquisite Stücke zu einem solchen Preis anbieten. Sollten Sie Interesse an einem Objekt haben, sprechen Sie einfach den Diener an, der daneben postiert ist. Er wird dann Ihr

Geld entgegennehmen und die Besitzübertragung regeln, schnell und unkompliziert. Wer zuerst kommt, mahlt zuerst.« Nottingham wirft mir einen vielsagenden Blick zu. Am liebsten würde ich ihm meine Schleppe aus der Hand reißen, so sehr widert es mich an, dass er jeden Menschen nur als ein Objekt betrachtet, mich eingeschlossen. Doch er wickelt sich meine Schleppe bloß noch ein weiteres Mal um die Hand und schiebt uns weiter durch die Menge, als die Musik wieder einsetzt. In der Mitte des Saals steht eine große, durchsichtige Kiste. Schon jetzt werfen diverse Diener Geld hinein, und sie ist bereits zu einem Drittel gefüllt: Hunderter, Zweihunderter, Fünfhunderter und mehr. Die »Auktion« scheint gut zu laufen.

»Hier also wollen Sie sich mit mir unterhalten, Nottingham?« Mit einem übertrieben leichtfertigen Ton nehme ich meiner Frage die Schärfe. Zum Glück ist das Dachfenster einen Spalt weit geöffnet, sodass eine leichte Brise durch den Saal weht. Sonst würde ich hier drin mit Sicherheit ersticken. »Erstaunlich, ich hätte Sie eher nicht zum Typ *lebensmüder Irrer* gezählt.«

»Keine Sorge, Miss Emris«, gibt er zurück. »Wir können uns doch auch ohne Worte verständigen. Schließlich sind wir seelenverwandt.« Er beugt sich vor, schlingt sich meine Schleppe noch fester um die Hand und drängt mich gegen die Wand. Die Anstandsdamen von Buckingham sehen entsetzt zu, können aber nichts dagegen tun. »So lässt es sich doch viel leichter reden, oder nicht?«, haucht er dicht an meiner Wange. Mir steigt sein schweres Parfüm in die Nase, während sein Bart direkt vor meinem Gesicht schwebt. Krampfhaft halte ich mir vor Augen, dass ich auf ihn angewiesen bin, wenn ich am Hof bleiben und den Plan umsetzen möchte, den meine Mutter und ich geschmiedet haben.

»Sie vertrauen also tatsächlich darauf, dass uns niemand belauschen wird?«, spotte ich. »Naivität kann ja auch sehr charmant sein.«

»Dasselbe lässt sich über Sie sagen.« Seine Lippen berühren fast meine Haut. Nur mit Mühe unterdrücke ich ein Zucken. Sein Geist ruft mich zu sich. »Es überrascht mich, dass ausgerechnet Ihnen so gar nicht klar zu sein scheint, dass der Weiße König in seinem Reich nicht auf uneingeschränkte Unterstützung bauen kann.« Etwas Kaltes, Hartes presst sich gegen meinen Rücken: Die Kreatur schmiegt sich von hinten an mich. Sie war am Morgen nicht verschwunden. Vielleicht, wenn ich doch Ninon um Hilfe bitte ... Irgendwie könnte es vielleicht gelingen, die Medikamente könnten beschafft werden ... Nervös befeuchte ich meine Lippen. Nottinghams Augen folgen der Bewegung meiner Zunge. »Ich höre«, sage ich.

»Die Monarchie ist Gift für unser Land, Miss Emris«, erklärt Nottingham. »Sehen Sie sich doch nur an, wer heutzutage die Welt beherrscht. Die Europäer mit ihren altmodischen Monarchen? Nein. Es sind die Amerikaner, die Chinesen. Die neuen Systeme, die modernen Kräfte.«

»Ein König, der Präsident spielt? Ein Diktator, getarnt als gewählter Volksvertreter?« Fast hätte ich laut gelacht. Er steht viel zu dicht vor mir. Ich bin gefangen zwischen seinem schweren Körper vor und dem eiskalten Glasleib der Kreatur hinter mir. Und ich kann seinen Geist spüren. »Sie möchten sich demnach selbst für diese Rolle vorschlagen?«

»Sie sollten meine Vorstellungen nicht ins Lächerliche ziehen, Miss Emris«, warnt er mich. »Wir wissen doch beide, dass sich ein Land nicht einfach so befreien lässt. Gibt man dem Volk zu früh eine politische Stimme, wirft es die gerade erst erhaltene Macht sofort wieder zum Fenster hinaus. Es wählt Diktatoren wie den amerikanischen Präsidenten oder Schwächlinge wie den Roi, hervorgegangen aus jahrhundertelanger Inzucht.«

Plötzlich liegt seine Hand an meiner Taille. Und das Flüstern seines verfluchten Geistes wird immer lauter. »Dieses Land muss durch eine Übergangsphase geführt werden. Jemand muss die Ordnung aufrechterhalten, bis die Menschen so weit sind, selbst zu wählen. Sonst würde nur der nächste König gewählt werden, der die Magdalenen verfolgt.«

»Und dieser Jemand wären Sie?«, frage ich. Seine Finger gleiten über meine Rippen. »Fassen Sie mich nicht an.«

Überraschenderweise verschwindet die Hand sofort. Stattdessen bohrt mir die Kreatur ihre spitzen Glasfinger in die Taille. Immer fester drücken sie gegen meine Haut, bis es brennt, bis sie in mein Fleisch dringen. Der Schmerz kommt so plötzlich, dass ich fast laut aufgeschrien hätte.

»Die GVK untersteht meinem Befehl, Miss Emris. Und falls Sie Erfolg haben sollten, brauchen Sie die Streitkräfte, um die allgemeine Ruhe zu wahren. Gleichzeitig brauchen wir Sie, wenn wir einen reibungslosen Übergang schaffen wollen.«

»Um Sie an die Macht zu bringen?«

»Nein.« Die Musik dröhnt laut. Aber nicht so laut wie die Verlockung seines Geistes. Oder der Atem der Kreatur. »Um *uns* an die Macht zu bringen.«

Nottingham sieht mir fest in die Augen. »Sie und mich, Miss Emris. Zwei Magdalenen.« Er flüstert jetzt. Seine Finger gleiten zart über die Saphirohrringe. Gleichzeitig bohrt sich die Kreatur tiefer in meinen Körper, zerfetzt die Muskeln in meinem Unterleib.

»Ganz egal, was Sie mit dem armen William anstellen – Sie glauben doch nicht ernsthaft, dass er länger lebt als einen Tag, wenn Sie ihn auf den Thron setzen und die Gleichstellung der Magdalenen verkünden, die Einführung der Berührungsfreiheit? Die königstreuen Adeligen würden ihn beseitigen lassen, bevor Sie auch nur blinzeln können. Und wie würden wohl unsere ausländischen Nachbarn reagieren, wenn zu befürchten wäre, dass unser Königreich im Chaos versinkt? Tatenlos herumsitzen oder eventuell selbst für Ordnung sorgen? Sie und ich hingegen könnten die Ordnung aufrechterhalten, bis das Volk für die echte, politische Befreiung bereit wäre. Wir würden die Magdalenen schützen, anstatt sie zu verfolgen. Wir würden den Frieden in England aufrechterhalten, bis der Boden für die Demokratie bereitet wäre. Und dann würden wir die Macht einem Volksvertreter übergeben, der legal gewählt wurde.«

Ungläubig starre ich Nottingham an. Von hinten drückt die Kreatur. »Du willst in seinen Geist«, stellt sie mit kristallklarer Stimme fest. Dann wirft sie sich auf mich, verbiegt meinen Rücken, all meine Knochen. Inzwischen tun meine Muskeln so weh, als wären sie mit Glasscherben gespickt. Die Schmerzen sind derart stark, dass ich nicht weiß, wie lange ich sie noch ertragen kann. *Konzentrier dich,* befehle ich mir. *Sie ist nicht real.* Aber der Schmerz ist real und wird immer realer, denn er wächst und wächst. Und ich muss wissen, was Nottingham wirklich denkt. Ob er die Wahrheit sagt.

»Na los«, flüstert Nottingham. »Stellen Sie mich auf die Probe.«

Die Kreatur packt meinen Schädel mit beiden Händen und drückt zu. »Koste es, was es wolle«, sagt sie. Ihre Stimme ist ebenso kalt wie ihr Körper. Nur mühsam kann ich einen Schrei unterdrücken. Mein Kopf fühlt sich an, als würde er gleich platzen. Ich habe einen schrecklichen Fehler gemacht, als ich die Medikamente nicht besorgt habe. Ich brauche Hilfe, brauche …

Mit aller Macht versuche ich, mich auf Nottingham zu konzentrieren. Ihn muss ich auf die Probe stellen. Muss wissen, ob er es ernst meint. Ja, ich werde es tun, werde auf die Konsequenzen pfeifen. Genau in diesem Moment spüre ich, wie die Finger der Kreatur in meinen Schädel eindringen, sich in mein Gehirn bohren, in meinen Geist … Ich küsse Nottingham auf die Wange, drücke meine Lippen gegen seine Haut.

Sobald ich in sein Bewusstsein gleite, überläuft meinen Geist ein wohliger Schauer. Unsere erste Berührung im Wintergarten des Palastes war so kurz, seine Lippen viel zu schnell wieder fort nach einem flüchtigen Handkuss. Jetzt kann ich es richtig genießen. Sein Geist fühlt sich an wie Federbetten, Seidenlaken und kühle Perlen. Er klingt wie ein sprudelnder Cocktail, wie ein verführerisches Wispern, wie das Rauschen des Meeres am offenen Fenster. Er strahlt wie die Sterne und der Mond. Sanftes Streicheln bei gedämpftem Licht. Ich strecke mich, räkele mich auf dem Federbett, bade in der Seide, sauge das weiße Leuchten in mich auf. Spüre ein perlendes Kribbeln auf der Haut, sanftes Licht auf meinen Lippen. Ein leises Lachen steigt mir in die Kehle, doch da lacht noch jemand. Mich umgibt ein zufriedenes Lächeln, das nicht von mir stammt. *Es gefällt Ihnen.* Seine Gedanken sind wie leckere Häppchen, schmecken nach Schokoladenmousse, Vanillecreme, Kardamom und Zimt. Sie landen auf meiner Zunge wie Schokoraspeln oder frisch geschnittene Sternfrucht. *Das freut mich.*

Ich kann nicht sprechen. Sein Geist hüllt mich in einen Kokon, einen atemberaubend schönen Kokon. Hier gibt es keine Dunkelheit, keine Schatten, nichts Hässliches. Während Robins weiße Seidenstränge dunkle Flecken aufweisen, das Blumenfeld des Comte im Dunkeln liegt oder Blancs Bildervielfalt stellenweise verschwimmt, ist Nottinghams Geist absolut makellos. So etwas habe ich noch nie gesehen. Es scheint so, als könnte ich überall herumstöbern, kilometerweit hindurchwandern oder mit Gedankenschnelle dahinschießen und würde doch nie ein Ende erreichen. Also tue ich es, verlasse das Federbett, das Zimmer und stürme in die Nacht hinaus. Die Seide gleitet über meinen Körper. Ich reise zum Meer, dann hinauf in den Himmel, zu den unzähligen Sternen. Immer höher schwebe ich hinauf, bis die Sterne mich ganz in ihr sanftes Licht hüllen und mit zarten Fingern streicheln. Sie bilden wunderschöne Konstellationen und locken mich weiter.

Ich meine es ernst, Miss Emris.

Sterne, wundervoller Glanz, der Mond. Ich will den Mond berühren.

Gemeinsam können wir für einen friedlichen Übergang sorgen. Gemeinsam können wir so viele Leben retten wie niemand sonst. Und ich möchte das zusammen mit Ihnen tun. Der Mond. Hier hat er nicht einmal ein zernarbtes Gesicht. Keine Krater, einfach nur eine Kugel aus reinem weißem Licht. »Warum?« Das eine Wort kostet mich all meine Kraft. Seine Gedanken sind flüchtig, miteinander verwoben, lassen sich nur schwer auseinanderdividieren. *Weil Sie die Feuerschwester sind – Gedankenformerin – eine Kämpferin – unsere Geister harmonieren, wie ich es nie zuvor – kein Blutvergießen …*

Immer weiter fliege ich auf den Mond zu. Gedanken wie klares, prickelndes Wasser. Und dann wird mir noch etwas anderes bewusst: Die Kreatur ist verschwunden. Einfach weg. Keine Kälte mehr an meinem Rücken, kein Druck im Kopf, keine Glassplitter in meinen Adern. Als hätte sie nie existiert.

Sie ist einfach fort.

Bevor ich den Mond erreiche, diese helle, sanft glühende Kugel, die niemals blendet, unterbricht Nottingham abrupt den Kontakt. Jemand ist zu uns getreten. Ich bin zu benommen, um einen klaren Gedanken zu fassen. Im ersten Moment kann ich nicht einmal richtig sehen. Die reale Welt wirkt unwirklich, als würde ich alles durch einen Schleier betrachten. Eine rauschhafte Befriedigung erfasst mich und zieht mich zurück zu seinem Geist, sogar stärker als zuvor. So etwas habe ich noch nie erlebt, nicht einmal davon gehört – dass ein Geist wie Medizin wirken kann! Dass ein Geist die Kreatur so nachhaltig verscheuchen kann. Besser als meine Tabletten. Besser als jede Medizin.

Fast hätte ich mich Nottingham wieder entgegengebeugt, doch dann erkenne ich endlich, wer zu uns gekommen ist. Edler grauer Anzug mit weißem Blumenmuster, silberne Weste: der Comte.

Ich bin so unglaublich erleichtert, ihn zu sehen, dass meine Knie anfangen zu zittern. »Count Nottingham, Miss Emris«, begrüßt er uns und nickt uns gemessen zu, um dann – bevor Nottingham auch nur ein Wort anbringen kann – fortzufahren: »Dürfte ich um diesen Tanz bitten, Miss Emris?«

»Natürlich.« Nottinghams Antwort warte ich gar nicht erst ab. Der Comte offenbar ebenfalls nicht, denn er greift ganz selbstverständlich nach meiner Schleppe. Nottingham kann nur noch ein Lächeln aufsetzen, während wir bereits davongehen. »Maria sei Dank, dass du da bist«, flüstere ich, sobald wir auf der Tanzfläche stehen und die Musik unser gedämpftes Gespräch übertönt. Zum Glück führt der Comte tadellos; ich kann mich jetzt sicher nicht auf den Tanz konzentrieren. »Ich versuche schon seit gestern Abend, euch alle zu erreichen.« Ein Teil meines Verstandes ist immer noch fassungslos, weil die Kreatur so plötzlich verschwunden ist. Weil sich so plötzlich ein Mittel dagegen aufgetan hat.

»Ich weiß«, antwortet der Comte. »Bitte verzeih uns. Wir konnten unsere Handys nicht benutzen. Ninon glaubt, dass sie überwacht werden, und man verwehrt uns den Zutritt zum Weißen Hof.«

»Mit welcher Begründung?«, frage ich. Nach und nach wird mein Geist wieder klarer, aber ich kann immer noch Nottinghams Gedanken auf meiner Zunge schmecken. Hat er vielleicht recht? Ist meine Mutter naiv, wenn sie denkt, William würde auch nur eine Woche auf dem Thron überleben? Brauchen wir die GVK auf unserer Seite?

Und wenn ich meine Karten richtig ausspiele, kann ich dann beides haben? Kann ich Nottingham manipulieren? Ihn genau so lange bei Laune halten, bis wir ihn nicht mehr brauchen? Bis ich seinen Geist nicht mehr brauche … Dieser Geist … Energisch schüttele ich den Kopf, während der Comte knapp antwortet: »Weil es Seiner Majestät so gefällt. Hast du etwas von Robin gehört, Rea?«

Mit ihnen steht er also auch nicht in Kontakt. Sosehr ich mir auch wünsche, dass wir endlich wüssten, wie es ihm geht, fühle ich mich jetzt wenigstens nicht mehr so allein. Wir tappen gemeinsam im Dunkeln.

»Gar nichts. Er hat sich nicht gemeldet. Anscheinend war das ein ganz … spontaner Einfall von ihm.«

»Du bist nicht mit ihm gegangen«, stellt der Comte fest. »Hat er dich darum gebeten, am Hof zu bleiben?«

Er hält meine Schleppe ganz ruhig, ohne sie zu sehr zu straffen. Das ist wesentlich angenehmer und löst in mir nicht den Impuls aus, hier alles in Brand stecken zu wollen. Bei ihm habe ich nicht das Gefühl, mich im Mondlicht aufzulösen. Von der Kreatur in Glas verwandelt zu werden. Ich fühle mich einfach sicher. »Nein, hat er nicht.«

Er sieht mich durchdringend an. Mir kam es schon immer so vor, als könnte er mich geradewegs durchschauen. »Du befindest dich auf einem Irrweg, Rea.«

»Welchen Weg meinst du genau? Den von Nottingham oder den von Hiver?«

»Warum hast du dich gegen Robins Weg entschieden?«

»Weil er nichts wird erreichen können. Wenn er sich aus dem Untergrund erhebt, wird man ihn schnappen und erschießen, bevor er auch nur einen Protestschrei loslassen kann.«

»Und wessen Leben würdest du für die Sache opfern?«

Er manövriert uns geschickt im Kreis herum, damit wir nicht mit einem anderen Paar kollidieren. »Ich will überhaupt kein Leben opfern.«

»Ist das wahr?« Seine Stimme bleibt ganz ruhig. »Dann sehnen sich deine Fäuste also nicht danach, dem König das Gesicht zu zertrümmern? Du würdest nicht jedem die Kehle aufschlitzen, der sich dir in den Weg stellt?«

Mein Hals wird ganz trocken. In der Mitte des Saals breitet sich Unruhe aus, aber das ignorieren wir. »Du verstehst die Dunkelheit«, sage ich noch leiser.

Ich sehe, dass er am liebsten die Hand nach mir ausstrecken würde, doch er unterdrückt den Impuls. »Aber ich lasse mich nicht von ihr beherrschen.«

»Hoffnung wird ihr Tod sein, Comte«, erwidere ich flüsternd. »Sie wird der Tod eines jeden sein, den sie glauben macht, er könne sich gegen den König auflehnen.«

»Nein, die Korrektive wird ihr Tod sein, und zwar bald.«

»Was?« Ich starre ihn an. »Was soll das heißen?«

Abrupt bleibe ich stehen, er ebenfalls. »Rea, ich muss …«, beginnt er dringlich, doch da setzt die Musik aus. Er presst die Lippen zusammen.

»Meine verehrten Gäste«, ertönt Nottinghams dröhnende Stimme. »Vielen Dank für Ihre Großzügigkeit!« Wir drehen uns zu ihm um. Er steht neben der durchsichtigen Kiste in der Mitte des Saals. Entweder war ich länger in seinem Geist unterwegs als gedacht, oder die Gäste hier sind wirklich über alle Maßen großzügig. Beide Möglichkeiten wecken ein ungutes Gefühl in mir. Die Kiste ist jedenfalls fast voll.

»Wer hätte gedacht, dass Sie tatsächlich bereit sind, die unverschämten Preise zu bezahlen, die ich für den Krem …, Verzeihung, für die *Erbstücke* des Dukes ansetze?«

Das Publikum lacht. Nottingham sieht wirklich gut aus, wie er da auf der Rückenlehne eines Sessels hockt, die Stiefel lässig auf das weiße Polster gestützt. Rechts und links von ihm stehen, einen halben Schritt nach hinten versetzt, Mister Galahad und der Duke of Buckingham. Während Mister Galahads Hände mit dem Kummerbund wieder auf den Rücken gebunden wurden, hält der Duke noch immer sein Tablett fest. Seine Handgelenksschellen klingeln ständig, weil er am ganzen Körper bebt. Mister Galahad hingegen ist starr wie eine Salzsäule. Nottingham ist ein grausamer Mann. Trotzdem könnte er recht haben. Vielleicht brauche ich ihn ebenso, wie er mich braucht.

Spiritus apertus. Ich muss zumindest versuchen, ihn zu manipulieren; sie beide, William und Nottingham. Wenn ich es richtig anstelle, kann Nottingham mir Zugang zum König verschaffen, und William kann der König werden, den ich brauche. Ich muss mich dafür ja nicht mit ihm verloben. Muss ihn nur berühren. Nur lange genug, um die Gedankenkontrolle zustande zu bringen. Aber bekomme ich das hin? Ich bin nicht meine Mutter. Und wäre es nicht Verrat? Verrat an Robin?

Koste es, was es wolle.

»Mit großer Freude kann ich Ihnen mitteilen«, fährt Nottingham fort, »dass ich heute nicht alleine hier erschienen bin. Meine verehrten Gäste, bitte begrüßen Sie mit mir Miss Rea Marian Emris aus Little Justus, hier in London.«

Die Menge applaudiert mit leicht glasigem Blick, als Nottingham mich zu sich winkt. Ich richte mich abrupt auf, um dann in einen Devotionsknicks zu sinken. Sogar ein strahlendes, dann scheues Lächeln ringe ich mir für Nottingham ab. Er erwidert es, kommt zu mir herüber und nimmt meine Schleppe, um mich zu dem Sessel zu führen. Mister Galahads Glöckchen klingeln fröhlich. Jetzt zittert er ebenfalls. Ich zwinge mich, ihn nicht anzusehen.

»Außerdem kann ich voller Stolz verkünden, dass wir heute laut einer ersten Zählung bereits die stolze Summe von fünfundzwanzigtausend Pfund zusammenbekommen haben«, setzt Nottingham seine Rede fort. Meine Schleppe ist um seine Hand gewickelt, und er hat sie wieder extrem straff gezogen. Wir stehen viel zu dicht beieinander. Fast spüre ich das Licht der Sterne und des Mondes auf meiner Haut. Das Licht, das die Kreatur verscheucht hat.

Wieder applaudiert das Publikum. »Natürlich ist das in Anbetracht des riesigen Schuldenberges, den der Duke angehäuft hat, nur ein Tropfen auf den heißen Stein.« Allgemeines Gelächter. Als Nottingham mich auffordernd ansieht, falle ich mit ein. Alles, um die GVK auf unsere Seite zu ziehen.

Das wäre einfach unbezahlbar. Denn wenn es erst so weit wäre, könnte das nicht nur das Leben aller Magdalenen retten – also auch meines –, sondern es könnte auch das Einzige sein, was Robin das Leben rettet. Also lache ich, auch wenn ich mir dabei vorkomme wie ein Verräter. Mir wird ganz schlecht, wenn ich nur daran denke, in welcher Gefahr Robin gerade schwebt. Und es tut unendlich weh, nicht zu wissen, wann ich ihn wiedersehe, wo er überhaupt steckt, ob er in Sicherheit ist. Spiritus apertus, wie sehr ich mir wünschte, er wäre jetzt hier. Oder ich bei ihm. Hauptsache zusammen. Aber er ist fort. Und wenn ich Wandel will, brauche ich Nottingham.

»Und nun zurück zu den Festivitäten!«, ruft Nottingham laut. »Lasst uns fröhlich sein!« Er dreht sich zu mir um.

Und da höre ich es. Spüre es. Ein feiner Luftzug, genau zwischen uns. Plötzlich verschwindet der Druck an meiner Hüfte, und ich gerate ins Stolpern. Nottingham taumelt ebenfalls rückwärts. Wir starren uns an, dann blicken wir beide nach unten.

Meine Schleppe hängt zwischen uns, abgerissen und an der Geldkiste festgenagelt. Von einem Pfeil.

»Oh ja, lasst uns fröhlich sein!«, bekräftigt eine andere Stimme.

Eine Stimme, die ich fast so gut kenne wie meine eigene.

Kapitel 9

Im ersten Moment kann ich nicht lokalisieren, wo die Stimme herkommt. Das Einzige, was ich mit absoluter Sicherheit weiß: Es ist Robins. Wie alle anderen sehe ich mich hastig um. Dann fährt die Stimme fort: »Und wenn es sowieso nur ein Tropfen auf den heißen Stein ist, wird es uns ja bestimmt niemand verübeln, wenn wir ihn uns einverleiben, oder?«

Wir blicken hoch. Robin sitzt oben auf dem Glasdach und lässt die Beine über die Kante der geöffneten Luke baumeln. Hinter ihm bauscht sich ein Cape, wie es in Paris Mode ist, ansonsten trägt er nur ein dunkles Hemd und eine passende Hose. Pfeil und Bogen hat er lässig an den Unterarm gelehnt. Außerdem hat er eine Pistole bei sich, und ich sehe mindestens vier Messer. Seine Pfeile sind mit leuchtend roten Federn versehen.

Rot wie die Feuerseide.

Er trägt keine Maske, keinen Marienkragen, nicht einmal Handschuhe. Aber er lächelt. Noch nie habe ich ein solches Lächeln an ihm gesehen. Strahlend, unbeschwert.

Erst jetzt entdecke ich das feine, fast durchscheinende Seil, das an dem Pfeil befestigt ist. »Und falls doch … lassen wir das nicht zu«, sagt er. Das Seil spannt sich.

Dann gehen die Rauchgranaten los. Die ersten Schreie werden laut, als sich dichter Qualm im Saal ausbreitet, in Grün, Gelb, Violett, Blau, vor allem aber in Rot. Es dauert nur wenige Sekunden, bis die Sicht fast vollständig blockiert ist. Ich stolpere von der Geldkiste weg und rufe: »Comte!« Dann: »Olivier!« Irgendwo in dem dichten Nebel höre ich ein schrilles Kreischen, und Nottingham brüllt etwas. Dann folgt Robins Lachen. Ich sehe nach oben.

Der durchsichtige Kasten hängt in der Luft und wird zu der geöffneten Dachluke hinaufgezogen. Nottingham erteilt seinen Männern einen Feuerbefehl, aber inzwischen hat der Rauch die Decke erreicht und verbirgt sämtliche Ziele. Ich meine, jemanden meinen Namen rufen zu hören, und laufe auf die Stimme zu. Plötzlich packt mich jemand am Arm. Normalerweise würde ich mich wehren, aber diese Hand kann nur zu einem Menschen auf dieser Welt gehören: Es ist Liam.

»Gestatten Sie, dass ich Sie im Namen Seiner Ehemaligen Königlichen Hoheit dem Kronprinzen entführe, meine Dame?« Mein Bruder hat sich ein Tuch vor das Gesicht gebunden und die Kapuze in die Stirn gezogen. Er zieht mich mit sich. Ich glaube, ich war noch nie in meinem Leben so froh, ihn zu sehen. »Der Comte!«, rufe ich noch, aber da ertönt gleich neben meinem Ellbogen eine weitere Stimme im Nebel.

»Hier, Mademoiselle. Ob man mich wohl auch entführen könnte?«

»Aber gern.« Unter Liams Führung rennen wir los. Ich weiß nicht einmal, wohin wir laufen, bis ich wieder dieses Zischen in der Luft höre. Klappernd landet ein Pfeil vor unseren Füßen. Zwei weitere folgen. »Festhalten!«, ruft Liam, und jeder von uns schnappt sich einen Pfeil. Kaum habe ich meinen ertastet – er ist anders als die Pfeile, die ich kenne, aus einem so festen und scharfkantigen Material gefertigt, dass man damit Glas schneiden könnte –, da werden wir auch schon hochgezogen, hinein in den Qualm und auf die offene Luke zu. Der Ruck ist so heftig, dass ich kurz aufschreie. Meine Muskeln dehnen sich bis zur Schmerzgrenze. Ich spüre die kühle Nachtluft auf der Haut, noch bevor ich wieder etwas sehe. Dann bleibt die Dunstwolke hinter mir zurück, und jemand schließt mich in die Arme. *Er* schließt mich in die Arme.

»Hallo, zwielichtige Fremde«, flüstert mir Robin ins Ohr. Ich könnte heulen. Stattdessen küsse ich ihn.

»Anstatt hier rumzumachen, sollten wir uns lieber vom Acker machen«, schlägt der Comte erstaunlich derbe vor. Das bringt mich zum Lachen, und auch Robin grinst breit. Im nächsten Moment folgen wir seinem Rat. Am Dach sind Seile befestigt, mit deren Hilfe wir in die Tiefe rutschen, über die Gartenmauer hinweg. Anschließend rennen wir über die weißen Rasenflächen von Eden's Garden, gleiten in den Schutz kleiner Baumgruppen, tauchen dahinter wieder auf. Um uns herum bewegen sich andere Schatten, huschen noch mehr Gestalten durch die Dunkelheit. Drei Transporter warten auf uns. Wir reißen die Hintertür des ersten Wagens auf und springen hinein. Noch ist von der GVK nichts zu sehen. Es ging alles zu schnell. Rein, raus, weg. Sobald Liam die Tür hinter Robin, dem Comte, mir und einer dritten Person – Pankhurst, Emily Pankhurst, noch immer in Männerkleidung – geschlossen hat, küsse ich Robin stürmisch. Seine Seidenstränge tanzen schwerelos durch seinen Geist. Mein Herz rast, es schlägt dröhnend in meiner Brust. Und meine Haut kribbelt vor Verlangen nach ihm. Robin drückt mich fest an sich und erwidert den Kuss. *Er muss mich gesehen haben.* Plötzlich kann ich an nichts anderes mehr denken. *Er hat gesehen, wie ich Nottingham schöne Augen gemacht habe.* Und er erinnert sich so deutlich daran, dass ich es jetzt noch in seinen Gedanken erkennen kann: Wie Nottingham mich vorgestellt hat, wie ich gelächelt habe, wie er meine Schleppe genommen und um seine Hand gewickelt hat, wie er mich zu sich herangezogen hat. *Wie kann er es wagen, dich so zu behandeln?*, rast es durch Robins Gedanken. Spiritus apertus, ich weiß nicht mehr, was ich denken soll. Ich will ihn einfach nur noch küssen.

»Hey, Leute«, meldet sich Liam zu Wort. »Könntet ihr vielleicht ein bisschen Rücksicht auf eure Mitreisenden nehmen?«

Während wir uns voneinander lösen, kichert Pankhurst vor sich hin. Sie streift die Kapuze ab.

»Scheiße noch mal«, flucht sie fröhlich. Mir war nie klar, was für ein Schandmaul die Kleine hat. Ihre Augen sind hinter einer altmodischen Fliegerbrille verborgen. »Scheiß die Wand an, war das geil!«

Liam klopft ihr beruhigend auf die Schulter, und Robin streicht sanft über meine Wange.

»Tut mir leid, dass wir dich entführt haben«, sagt er. »Aber dein Bruder hat mir versprochen, dass er die Entscheidung dir überlassen wird.«

Liam brummt gereizt, woraufhin ich ihm den Ellbogen in die Rippen ramme. »Das hat er auch. Ein wahrer Gentleman.« Dann drücke ich Liam mit aller Kraft an mich. Seine Sinfonie ist einfach berauschend. *Endlich habe ich dich wieder,* denkt er. Unter der Kapuze trägt er weißes Make-up, seine Lippen sind ebenfalls weiß und die Augenbrauen übertrieben nachgezogen. Außerdem klebt ein falscher Bart an seinem Kinn. So sieht er tatsächlich nicht mehr aus wie Liam, sondern ganz wie ein arroganter Adeliger. Auf die Art sind sie also reingekommen.

Robin wendet sich an den Comte. »Welch angenehme Überraschung, Comte.«

Der neigt höflich den Kopf. »Ich bin zu der Auktion gegangen, um Miss Emris zu suchen.« Er sieht mich nicht an, verrät nichts von unserem Gespräch. »Wir brauchen Hilfe.«

»Was ist passiert?« Sofort löse ich mich von Liam und drehe mich zu ihm um. Endlich ziehe ich auch meine Handschuhe aus.

Der Comte schluckt, das einzige, winzige Zeichen seiner Anspannung. »René wurde verhaftet. Zusammen mit Blanc.«

»Unmöglich!«, behauptet Robin.

»Was?« Ich bin entsetzt. Das wollte der Comte mir also eigentlich erzählen, als wir getanzt haben. Ich war mit den Gedanken so sehr bei Nottingham, dass ich nicht noch einmal nachgefragt habe, entgeistigt noch mal! »Wo? Wann?«

»Sie genießen doch Immunität«, sagt Robin.

»Das hat Blanc auch gesagt, als die GVK René abholen wollte. Daraufhin haben die Ritter ihn ebenfalls festgenommen.«

»Ein Racheakt«, mutmaßt Liam. »Der Weiße König hat schon lange verkündet, dass er dem Roi die Demütigung Robins durch Ninon nicht durchgehen lassen wird. Und denkt an seine Drohung in der Korrektive.«

»Das glaubt Ninon auch«, bestätigt der Comte knapp. Robin wird leichenblass. »René ist ein leichtes Ziel, denn der Roi schert sich einen Dreck um ihn. Die Kaiserin sieht das vielleicht anders, aber sie hat zurzeit größere Ziele vor Augen. Und wäre zu einem Bauernopfer nur allzu bereit.«

»Und die Verhaftung Renés – jenes Mousquetaires, der sich mir öffentlich widersetzt hat – und des Weißen Ritters, des besten Kämpfers auf dem europäischen Kontinent, ist geeignete Rache«, murmelt Robin.

»Wo hat man sie hingebracht?«, will ich wissen.

»Ninon konnte ihre Spur bis zur Korrektive in King's Cross verfolgen«, antwortet der Comte. Erst jetzt bemerke ich die grüne *manchette* an seinem Handgelenk, bisher verborgen von seinem Ärmel. Nervös zupft er daran herum. »Sie hat sämtliche offizielle Kanäle ausgeschöpft, aber in Anbetracht der Abneigung, die der Roi gegen René hegt, glaubt sie nicht, dass ihre Beschwerde Gehör finden wird.«

»Scheiße, geht es etwa um den Mousquetaire René?«, fragt

Pankhurst und zieht das Taschentuch herunter, das sie sich über Mund und Nase gebunden hatte. Ihr Gesicht ist so krass geschminkt wie Liams. Die Brille behält sie allerdings auf. »Der, über den du dieses Lied geschrieben hast, Liam?«

Mein Bruder wird rot. Der Comte dreht sich zu ihm um und zieht fragend die Augenbrauen hoch. »Soso.«

»Das ist nicht …« Liam fährt zu Pankhurst herum. »Halt die Klappe, Emily.«

»Wieso denn? Es ist ein wundervolles Stück.« Sie grinst anzüglich. »So zart.«

»Schluss jetzt«, bestimmt Robin. »Konzentrieren wir uns auf die Sache.« Fast schon automatisch greift er nach meiner Hand. *Das ist meine Schuld,* denkt er. »Wir müssen sie da rausholen.«

»Wie ich immer gesagt habe«, sagt Liam und nickt.

»Wie wir es geplant haben«, korrigiert ihn Robin.

Liam zuckt nur mit den Schultern. »Und zwar so schnell wie möglich.«

»Wenn wir an möglichst vielen Orten gleichzeitig zuschlagen, könnten wir vielleicht für genug Ablenkung sorgen, damit uns im allgemeinen Chaos die Flucht gelingt«, überlegt Robin weiter.

»Oder eine Massenpanik auslösen«, gebe ich zu bedenken.

»Was wäre denn die Alternative?«, erwidert der Comte aufgebracht. Der Comte – von dem ich noch vor wenigen Monaten geglaubt habe, er wäre kalt wie Eis, egal, was geschieht. »Wir können sie nicht in einer Korrektive lassen.«

»Jeder Gefangene dort ist der Geliebte, Freund, Bruder oder Schwester von jemandem«, betont Liam. »Deshalb müssen wir so viele von ihnen befreien wie möglich.«

»Ruhe«, zischt Robin plötzlich. Der Transporter wird langsamer. Wilde Gedanken schießen ihm durch den Kopf. *Wenn sie uns gefunden haben – wenn das ein Checkpoint ist – wenn sie uns finden – wenn uns das alles direkt in die Hölle führt …* Er richtet sich kerzengerade auf. Der Motor wird abgestellt. »Halleluja verdammt, wir sind da …«, setzt Pankhurst an, aber Robin bringt sie mit einer Geste zum Schweigen.

Neben dem Wagen ertönen Schritte. Sie sind ungleichmäßig, als würde der Mensch dort draußen humpeln. Robin schließt die Augen. Er zählt.

Zwei – zwei – eins – zwei – zwei – eins.

Der erste Tag der Seidenrebellion, der 22. Januar vor sechsundzwanzig Jahren. Dieses geheime Klopfzeichen ist das Einzige, was von meiner Großmutter und ihrem Aufstand geblieben ist. Londons Magdalenen benutzen es, um sich einander zu erkennen oder gegenseitig Entwarnung zu geben. *Hier sind wir sicher.*

»Wir können«, erklärt Robin und öffnet die Wagentür. Gleichzeitig wird von draußen die Tür auf der anderen Seite aufgezogen, und Phoolan Devi späht zu uns herein. Das Innenlicht des Wagens fällt auf ihr faltiges Gesicht. Sie trägt grünen Lidschatten. »*Bachchas,* wir sind zu Hause.«

Wir steigen aus dem Wagen und stehen in völliger Dunkelheit. Offenbar befinden wir uns in einer Art Tiefgarage, aber außer den Umrissen einiger Betonpfeiler und anderer Transporter kann ich nichts erkennen. Robin lässt meine Hand nicht los, als Phoolan uns in einen Tunnel führt. Ihr glitzernder Nagellack und Lidschatten weisen uns den Weg durch einige Abzweigungen, bis wir schließlich auf ein gedämpftes Licht zusteuern. Es ist eine Tür. Phoolan klopft zweimal an. Wir warten. Endlich regt sich etwas hinter der Tür, und jemand fragt gedämpft: »Wem gedenken wir heute?«

»James Noah«, antwortet Phoolan. Drei Schlösser werden entsperrt, dann öffnet sich die Tür. Im herausströmenden Licht steht Fawkes. Er trägt eine Kochmütze und Schürze und sieht extrem blass aus. Heute wirkt er noch jünger als sonst, falls das überhaupt möglich ist. »Gedankt sei Maria Magdalena und all ihren Lastern«, stößt er hervor und zieht Pankhurst in seine Arme. Die beiden küssen sich geräuschvoll, bis Liam die Augen verdreht und Robin sich demonstrativ räuspert. Schließlich löst sich Fawkes von seiner Freundin, die etwas absolut Sündhaftes murmelt, und sieht verlegen zu Robin hinüber. Sein Gesicht ist mit weißem Make-up verschmiert.

»Freut mich auch, dich zu sehen, Robin. Tut mir leid. Ich meine, es ist gut. Gut, dass ihr es alle geschafft habt. Ich meine …«

Robin winkt ab, und Fawkes führt uns eine Treppe hinauf. Wärme und Helligkeit strömen uns entgegen. Die hölzernen Stufen quietschen unter unseren Füßen. *Effektives Frühwarnsystem,* informiert mich Robin. Ich drücke ihm verstohlen einen Kuss auf die Wange, die sich daraufhin prompt rötet.

Die Treppe ist eng und steil. *Leicht zu verteidigen.* Am verlockendsten ist allerdings der Duft, der hier in der Luft liegt: gebratene Zucchini, Auberginen und Paprika, Pilze und Kräuter, und das zarte Aroma von Olivenöl. »Ich habe diese köstliche Sache zubereitet«, schwatzt Fawkes. »Es ist köstlich. Perfekt, meine ich. Ich habe etwas Perfektes erschaffen.«

»Wir haben fünfundzwanzigtausend Pfund mitgebracht«, hält Robin dagegen.

»Geld kann man aber nicht essen, oder?«, erwidert Fawkes unbeeindruckt. »Im Gegensatz zu diesen Auberginen. Du hättest sehen sollen, wie sie im Ofen in der Kräutersoße gebrutzelt haben, Em. Einfach wundervoll, da kann keine Poesie dieser Welt mithalten. Ich hatte nicht mal Zeit, mir Sorgen zu machen, versteht ihr, so sehr war ich damit beschäftigt, dabei zuzusehen, wie dieses überirdische Mahl vor meinen Augen Gestalt annahm …«

Er hat sich schreckliche Sorgen gemacht, klärt mich Robin unnötigerweise auf. Fawkes hat das obere Ende der Treppe erreicht. Wir folgen ihm einzeln über die Schwelle in ein wahres Wunderland. Der Raum, den wir betreten, ist so riesig, dass ich nicht einmal die Decke sehen kann. Auf dem Boden sind überall Scheinwerfer verteilt, die alles in helles Licht tauchen. Sie stehen zwischen Kleiderstangen voller Kostüme. Hinten an der Wand entdecke ich Tische mit – teils gesprungenen – Spiegeln, eingerahmt von Glühbirnen. Davor stehen Schauspieler und schminken sich mithilfe der Visagisten ab, die sie mühelos in einen Haufen Adeliger verwandelt hatten – sie müssen schon die ganze Auktion über im Stadthaus gewesen sein und auf ihren Einsatz gewartet haben. Genial.

Nun vollziehen sie ebenso mühelos die Rückverwandlung. Manche holen bunten Glitzer oder Kajalstifte hervor, um die Heimkehrer nach ihrer Mission wieder hübsch zu machen. An den Kleiderstangen stehen Kostümbildner bereit und nehmen die Kleider, Westen und Kummerbünde entgegen, die sie zuvor verteilt hatten. Daneben sehe ich einen Mann und eine Frau, die Taschenuhren, Messer und Pistolen in entsprechend beschriftete Kisten sortieren. Bei uns in der Schule hießen sie Inspizienten.

Hinter einer Tür am anderen Ende des Raumes rauschen mehrere Duschen, und da muss auch irgendwo die Küche sein. Auf der linken Seite fehlen die Scheinwerfer, dort hängen nur ein paar Lichterketten und eine ganze Reihe Hängematten. Rechts stehen mehrere alte Tische, so zusammengeschoben, dass bestimmt fünfzig Leute daran Platz haben. Statt Stühlen hat man Kisten darum platziert – Plastikboxen, Bierkästen und feste Pappkartons.

Eine warme Hand ergreift meine, und trockene, faltige Haut gleitet über meinen Handrücken. Als ich mich umdrehe, blicke ich direkt in die Augen von Phoolan Devi.

»Lass uns den Weg frei machen«, schlägt sie vor. »Die anderen müssten direkt nach uns kommen.«

»Das Geld wurde in Wagen zwei gebracht?«, erkundigt sich Robin.

»Wie geplant, Locksley«, antwortet Phoolan und schenkt mir ein Lächeln: ein Hauch von Strand, Meer und einem Schatten am Horizont, doch er scheint kleiner geworden zu sein. Dann geht sie. Fawkes und Pankhurst sind bereits verschwunden – er noch immer hektisch brabbelnd, sie fluchend wie ein Seemann. Bleiben Robin, Liam, ich und der Comte. Letzterer winkt Liam zu sich.

»Könnten Sie mir vielleicht zeigen, wo ich mich etwas frisch machen kann?«, fragt er ihn, woraufhin die beiden ebenfalls abrücken. Robin sieht inzwischen überall hin, nur nicht zu mir. »Und, was hältst du davon? Es gehört den *Verbannten.* Wir nennen es das Atelier. Alles ziemlich zusammengeschustert, aber …«

»Ich finde, das ist der schönste Ort, an dem ich jemals war«, antworte ich ehrlich.

Ganz kurz huscht sein Blick zu mir. »Dann gefällt es dir also? Das freut mich.«

Ich mustere ihn aufmerksam. Warum kommt mir jedes Lächeln, das ich ihm schenke, auf einmal so schüchtern vor? »Ich würde sofort hier einziehen, wenn ich könnte.«

Ein breites Grinsen erstrahlt auf seinem Gesicht. »Zufällig weiß ich, dass wir noch ein paar Hängematten frei haben.«

Ich muss laut lachen. »Spiritus apertus, Robin! Du machst wirklich keine halben Sachen. Kronprinz oder Gesetzloser, es konnte nur das eine oder das andere sein, stimmt's?«

Sein Lächeln verblasst etwas, aber er lässt sich nicht die Stimmung verderben. »Solange ich damit Eindruck schinden kann, ist das für mich in Ordnung.«

»Allerdings nicht so viel Eindruck wie Fawkes mit seinen Kochkünsten.«

Robin lacht laut auf. »Nie und nimmer. Komm.« Er nimmt

wieder meine Hand. »Suchen wir uns einen Platz zum Essen. Und anschließend eine Hängematte für dich.« *Sie ist nicht mit dir gegangen,* denkt er. *Aber vielleicht bleibt sie ja jetzt.*

Ich muss schlucken. Wie gerne würde ich bleiben. Maria Magdalena, ich würde nichts lieber tun.

Innerhalb von fünfzehn Minuten treffen auch die anderen Transporter ein. Achtzehn Leute haben sich bei dieser Auktion eingeschlichen, und keiner von ihnen wurde erkannt. Ich bin beeindruckt.

Nachdem sich alle frisch gemacht haben, verkündet Fawkes – mit sehr viel mehr Worten, als nötig gewesen wäre –, dass nun das Abendessen aufgetragen werde. Es braucht zwei Dutzend Helfer, um alles auf den Tisch zu bringen. Sie ächzen unter dem Gewicht der vielen Pfannen. In manchen wurde das Gemüse noch um einige Eier ergänzt und mit Mozzarella überbacken. Dazu gibt es Wasser und – nachdem die vollen Kästen ausgemacht und von ihren Besetzern freigegeben wurden – Bier. Alle essen mit großem Appetit. Ich sitze zwischen Liam und Robin, gegenüber von mir hat der Comte einen Platz gefunden, direkt neben Phoolan Devi. Die beiden unterhalten sich leise. Immer wieder bleibt mein Blick an ihren Nägeln und ihren bunten Lidern hängen. Alle anderen brüllen, um sich Gehör zu verschaffen. Selbst Liam und ich. »Ich habe Beethoven mit in den Palast genommen«, erzähle ich ihm. »Ich war mir nicht sicher, ob du kommen und ihn füttern kannst.«

»Das hätte ich schon geschafft«, versichert er mir und spießt Ei und Pilze auf seine Gabel. Ich habe mich für Gemüse pur entschieden. »Ich hätte ihn niemals einfach zurückgelassen, aber bei der Korrektive musste es auf einmal alles rasend schnell gehen. Robin hat die eine Frage gestellt, die ich schon so lange hören wollte. Wollt ihr das zulassen? Meine Antwort ist Nein. Ich will das nicht.«

Er trinkt einen Schluck Wasser. Ich ebenfalls. Durch die vielen Scheinwerfer ist es hier drin ziemlich heiß.

»Mom hat versucht, dich zu erreichen«, fahre ich fort.

»Ich musste mein Handy natürlich loswerden.« Liam stellt sein Glas ab und starrt auf die klare Flüssigkeit. »Außerdem …«

Drei Plätze weiter fängt jemand an zu singen. *»Ein Liebster und sein Mädel schön, mit heißa und ha und juchheißa trala!«*

»Außerdem?«, hake ich nach. Liam zögert. »Hast du nie Zweifel, was sie betrifft?«

»Fragt der Mann, der in ihrem Auftrag den Kronprinzen von England gekidnappt hat?«, erwidere ich fassungslos.

»Damals wusste ich nicht, was sie vorhat«, betont er. »Mir hatte sie etwas vollkommen anderes erzählt. Weißt du nicht mehr, was sie getan hat?« Seine grünbraunen Augen fixieren mich. Sie haben den gleichen Farbton wie ihre. »Als ich sah, was sie mit ihm gemacht hat, wie er die Waffe auf dich gerichtet hat …« Er blickt auf seine Gabel, mit der er einen Pilz durch die helle Kräutersoße schiebt. »Sie war bereit, dich zu opfern.«

Ich hole tief Luft. »Sie tut, was getan werden muss.«

»Und was gibt ihr das Recht zu entscheiden, was es ist, das getan werden muss?« Liam schiebt sich den Pilz in den Mund. »Ich bin jedenfalls nicht bereit, dich zu opfern.«

»Dich selbst aber schon?«

»Hier wird überhaupt niemand geopfert«, schaltet sich Robin von der anderen Seite ein. Energisch wischt er mit einem Stück Brot die letzte Soße von seinem Teller auf. »Jeder, der will, kann gehen. Ich bin niemandes Herrscher mehr.«

Ich sehe ihn an. Am liebsten würde ich ihm jetzt einen dicken, fetten Kuss geben. Liam hingegen zuckt nur mit den Schultern, als wollte er sagen: Siehst du? Dann steht Robin auf, springt einfach so auf seinen Stuhl und von da aus auf den Tisch, der gefährlich zu wackeln beginnt. Fawkes stößt einen schrillen Pfiff aus.

»Ladys und Gentlemen«, ruft Robin. Die lauten Stimmen und der Gesang verstummen. Als er sicher sein kann, dass alle ihm zuhören, hebt er beide Arme. So etwas kann er gut. »Ladys und Gentlemen, außerdem alle, die weder das eine noch das andere sind und sich einen Dreck darum scheren«, beginnt er, was mit Gejohle quittiert wird. »Wir haben heute Abend fünfundzwanzigtausend Pfund gestohlen. In bar.«

»Noch einmal stürmt, noch einmal, liebe Freunde!«, ruft jemand. Alle lachen, auch Robin.

»Ich wage zu behaupten, dass wir mit fünfundzwanzigtausend Pfund nicht sofort wieder zurück in die Bresche springen müssen, du gierige Schweinebacke«, erwidert er. »Und ich wage zu behaupten, dass wir mit fünfundzwanzigtausend Pfund den Wandel einläuten können. Einen echten Wandel.«

»Alles aus der Portokasse!«, grölt ein Dritter. Wieder brechen alle in Gelächter aus. Robin macht eine spöttische Verbeugung. »Wenn es die Portokasse des Count of Nottingham ist, kann ich mir Schlimmeres vorstellen, als damit einen kleinen Spaziergang zu unternehmen«, fährt er fort. »Wir werden zum Weißen Hof marschieren. Der Kronprinz wird einen Protestmarsch zum Weißen Hof anführen, und wer immer will, kann sich mir anschließen. Es wird nicht zu Gewalttätigkeiten kommen, zumindest nicht von unserer Seite. Auf keinen Fall werden wir töten oder andere verletzen. Nein, wir fordern unsere Mitbürger nur auf, mit uns auf die Straße zu gehen. Wir werden das Banner der Feuerseide hissen, und wir werden nicht weichen, bis das Berührungsverbot aufgehoben, der König abgesetzt wurde und die Gerechtigkeit wieder Einzug hält in diesem Königreich! Wir lassen das nicht zu!«

Wilder Jubel bricht aus, noch während mein Blut zu Eis gefriert. Aus allen Richtungen werden Münzen auf den Tisch geworfen. Sie schlagen klirrend gegen Teller und Gläser, landen klappernd auf der hölzernen Platte und machen einen solchen Lärm, dass sie sogar die lauten Stimmen übertönen. Und das wilde Pochen meines Herzens. Die fünfundzwanzigtausend Pfund werden unter donnerndem Applaus die Treppe hochgeschleppt und mit stehenden Ovationen begrüßt.

»Wir lassen das nicht zu!«, fällt Liam neben mir in den allgemeinen Chor mit ein.

Ich kann kaum atmen. Wortlos sehe ich zum Comte hinüber, der ebenfalls nicht mitskandiert. Aber er holt seine Geldbörse aus der Tasche und leert sie auf dem Tisch aus. Bin ich hier denn die Einzige, die sich daran erinnert, was mit Eira Emris und ihren Mitstreitern geschehen ist? Hat wirklich niemand mehr das Bild ihres blutigen Leichnams vor Augen, tot auf der Straße, mit der zertrampelten Feuerseide an ihrer Seite? Maria Magdalena, die Geschichte darf sich nicht wiederholen!

Nach dem Essen setzen sich Robin, Liam, Phoolan, Pankhurst, der Comte und ich am Kopf des Tisches zusammen.

»Für wann ist der Protestmarsch geplant?«, will der Comte wissen.

»Und haltet ihr das wirklich für eine gute Idee?«, füge ich drängend hinzu. »Denkt an die Seidenrebellion. Denkt daran, was passiert ist, als das letzte Mal jemand für die Berührungsfreiheit demonstriert hat.«

»Um genau so etwas zu vermeiden, gehen wir ja erst auf die Straße, wenn wir die Öffentlichkeit auf unserer Seite wissen«, verspricht Robin.

»Und wie wollt ihr wissen, ob die Öffentlichkeit auf eurer Seite ist, ohne vorher demonstriert zu haben?«, hake ich nach.

»Wir dürfen die Fehler, die bei der Seidenrebellion gemacht wurden, nicht wiederholen.«

»Ninon hat dazu schon eine Idee«, erwidert Robin ausweichend und sieht kurz zu Phoolan hinüber.

»Und was ist mit der Korrektive?«, fragen Liam und der Comte fast gleichzeitig.

»Was das angeht, dürfen wir keine Zeit verlieren«, sagt Phoolan. Irgendwie merkwürdig, eine so dringliche Feststellung so gelassen vorgetragen zu bekommen. »Jeder Tag könnte ihr letzter sein. Und wenn wir rasch handeln, haben wir das Überraschungsmoment auf unserer Seite.«

»Genau«, sage ich und nicke. Allein die Vorstellung, dass Blanc und René an diesem grauenhaften Ort sind, löst in mir den Impuls aus, dieses entgeistigte Tor aufzusprengen. »Aber danach einen Protestmarsch abzuhalten … Durch die Befreiung von Magdalenen aus einer Korrektive werden wir die Öffentlichkeit wohl kaum auf unsere Seite ziehen.«

»Trotzdem ist es das einzig Richtige«, sagt Phoolan.

»Ist es immer noch das Richtige, wenn du dabei umkommst?«, entgegne ich.

»Wir müssen eben vorsichtig sein.«

»Bei einer Demonstration? Wie wollt ihr da vorsichtig sein?«

Phoolan sieht mich offen an. »Es gibt keine Garantien, *bachcha.* Aber wir haben Hoffnung.«

Ich wünschte, ich hätte ebenfalls Hoffnung. Aber ich kann einfach nicht glauben, dass ausgerechnet die Menschen, die mich ein Leben lang verfolgt haben, sich plötzlich auf meine Seite schlagen sollen. Und dass der König sie nicht sofort niederschießen wird, wenn sie das offen zeigen. Vor sechsundzwanzig Jahren hat meine Großmutter eben das geglaubt und ihr Leben dafür geopfert.

Trotzdem ist es ein wundervolles Gefühl, als Phoolans faltige Hand über meine Finger gleitet. »Ich würde dir gerne etwas von meiner Hoffnung abgeben, junge Miss Emris«, sagt sie ernst. Noch einmal sehe ich in ihrem Geist diesen schönen gelben Strand vor mir, das blaue Meer und als kleinen Punkt in der Ferne das Boot. Es bewegt sich noch immer vorwärts, ist nun aber halb hinter einer sonnigen Insel mit grünen und roten Blumen verschwunden. Also beteilige ich mich an den Planungen für die Befreiung der Gefangenen in der Korrektive von King's Cross und auch einigen anderen, halte aber den Mund, als sie über ihren Protestmarsch diskutieren. Überlegen, wie Kontakte in Manchester, Nottingham, Birmingham, Kent und Brighton eingebunden werden könnten. Liam berichtet sogar davon, dass amerikanische Aktivisten, unter ihnen Eleanor Stone, mit ihm und Ninon Kontakt aufgenommen hätten, und bringt eine transatlantische Koordinierung ins Spiel. Außerdem würden sich immer mehr NGOs vom Kontinent melden, Organisationen, zu denen die *Verbannten* auf ihrer Tournee Verbindung hergestellt haben; sie bieten an, zum selben Zeitpunkt Demonstrationen durchzuführen, um ein Zeichen der Solidarität zu setzen und öffentlich Druck aufzubauen. Diese Neuigkeit wird mit Begeisterung aufgenommen. Jemand schlägt vor, den Protestmarsch an dem Tag abzuhalten, an dem vor bald siebenundzwanzig Jahren der National Protection Act verabschiedet wurde. Das wäre in weniger als drei Wochen.

Mir bleiben also nicht einmal mehr drei Wochen Zeit, um den König zu töten, wenn ich verhindern will, dass alles so endet wie beim letzten Mal. Wenn ich verhindern will, dass jemand den Schießbefehl gibt.

Oh, Maria!

»Rea?« Ich blicke hoch. Liam sieht mich eindringlich an.

»Entschuldigung«, sage ich schnell, »ich war kurz woanders.«

»Robin hat gerade überlegt, ob du mit einer Hängematte klarkommst, aber …«

Er weiß bereits, wie meine Antwort lauten wird. Er ist mein Bruder. Niemand kennt mich besser als er. Robin hingegen schaut mich erwartungsvoll an. »Aber?«, hakt er nach. »Es würde mich doch sehr überraschen, wenn Miss Rea Emris die Unbill einer Hängematte nicht ertragen könnte.«

»Ich muss zurück an den Hof.« Es fällt mir schwer, ihn anzusehen. In das Gesicht zu blicken, das ich so liebe. Denn wenn ich zu genau hinsehe, werde ich es nicht über mich bringen zu gehen. Aber das muss ich. Ich muss dafür sorgen, dass jemand auf dem Thron sitzt, der nicht schießen lassen wird, wenn sie auf ihren vergeblichen Protestmarsch ziehen. »Ein Insider kann am besten die Informationen beschaffen, die wir für die Befreiungsaktion brauchen.«

Robin drückt den Daumen an die Lippen und knabbert daran herum. Niemand sagt etwas.

»Bist du dort denn überhaupt noch erwünscht?«, fragt er schließlich.

»Im Palast bin ich in der perfekten Position«, antworte ich ausweichend. »Ein Spitzel, den ihr für eure Zwecke einsetzen könnt. Was ihr auch braucht – dort bin ich genau an der richtigen Stelle, um euch wichtige Informationen zu besorgen.« *Und um wirklich einen Wandel herbeizuführen.*

»Dann hat Nottingham also Anspruch auf dich erhoben?«, folgert Robin.

Nun sehe ich ihm in die Augen. Jene Augen, in die ich mich zuerst verliebt habe. *Du fehlst mir so sehr,* denke ich und würde es ihm gern sagen. *Ich wünschte, du wärst bei mir am Hof und nicht er.* »Mit Nottingham komme ich klar«, sage ich laut. Vor meinem inneren Auge sehe ich wieder Robins Leiche, durchlöchert von zehn, zwanzig, dreißig Kugeln. Sein erstarrtes Gesicht. Kalte Haut, rotes Blut. Stille. Ich muss stark bleiben. Jemand muss dafür sorgen, dass ihm nichts passiert. Dass ihnen allen nichts passiert. Ich will nicht, dass sie so enden wie meine Großmutter.

»Aber du musst es nicht.«

»Robin …« Flehend sehe ich ihn an. Wenn er nicht damit aufhört, schaffe ich es vielleicht nicht, ihn zu verlassen. Aber genau das muss ich tun. Also lasse ich ihm keine andere Wahl: »Wir haben noch fünf Minuten, bis ich aufbrechen muss. Du kannst sie entweder mit nutzlosen Diskussionen verschwenden, die nichts an meiner Überzeugung ändern werden, oder du nutzt sie sinnvoll, indem du mich küsst. Das liegt ganz bei dir.«

»Das war unser Stichwort.« Der Comte erhebt sich von seiner Sitzkiste. »Ich werde ebenfalls aufbrechen und zur Duchesse zurückkehren. Rea, wir sehen uns gleich an der Treppe.«

Damit lassen sie uns allein. Robin steht auf und geht quer durch den Raum. Ich folge ihm. Wir schieben uns zwischen Kostümständern, leeren Bierkästen und Stapeln mit Flyern und Postern hindurch, auf denen Tragödien und Komödien angekündigt werden, Poesielesungen und Protestaktionen. Hier hinten steht sogar eine alte Druckerpresse. Robin führt mich um das wuchtige Ding herum zwischen zwei Hängestangen mit langen Majestätsmänteln und Kleidern, die uns gegen neugierige Blicke abschirmen.

»Hoffst du, dass hier niemand hört, wie wir uns strei …«, setze ich an, kriege das *streiten* aber nicht mehr über die Lippen, weil er urplötzlich mein Gesicht umfasst und mich küsst. Seine Seidenstränge fangen Feuer. Er spielt mit meiner Zunge, knabbert an meinen Lippen, streicht mit den Fingerspitzen über meine Mundwinkel, bis ich vollkommen atemlos bin.

»Nein«, flüstert er schließlich, als er von mir abrückt. Ungefähr zwei Zentimeter weit. »Ich dachte nur, wir sollten einen Moment für uns haben. Und das unter vier Augen besprechen.«

»Robin …«

»Bleib«, fällt er mir ins Wort. »Bleib einfach.«

Ich schließe kurz die Augen. Weiß er denn nicht, wie gerne ich das tun würde? Meine Lippen, meine Augen, meine Hände, mein Geist – einfach alles sehnt sich nach ihm. Zur Hölle mit ihnen allen. Zur Hölle mit den Magdalenen, den Hautstreichern, den Korrektiven, dem Widerstand. Wir könnten einfach hierbleiben und … und … zusammen sein.

Aber was wäre dann mit René? Mit Blanc? Mit Liam und dem Comte? Mit allen Magdalenen und Hautstreichern in diesem Königreich? Und was würde aus Robin werden? Könnte ich es ertragen, wenn er vor meinen Augen erschossen würde, nur weil ich nicht stark genug war, um zu tun, was getan werden muss?

»Meine Position bei Hofe ist unbezahlbar für uns«, antworte ich deshalb. Das kann ich ertragen, ihm ins Gesicht zu sagen. Nicht: *Ich gehe zurück und werde deinen Vater umbringen. Koste es, was es wolle. Ich werde dafür sorgen, dass dort jemand sitzt, der dich nicht erschießen lassen wird. Du bist naiv, wenn du glaubst, dass du so Wandel herbeiführen kannst, aber ich liebe dich für diesen Glauben. Deshalb nehme ich dir die Aufgabe ab.*

»In Paris hast du mich gebeten, mit dir auf die Straße zu gehen. Jetzt bitte ich dich, mit mir auf die Straße zu gehen.« Er senkt die Stimme: »Denk doch nur, wie viel es den Menschen bedeuten würde, wenn die Feuerschwester mit ihnen marschiert.« Unwillkürlich weiche ich einen Schritt zurück. Wieder sehe ich meine Großmutter vor mir, wie sie stolz ihre Feuerseide schwenkt. Und ich sehe, wie Eira Emris tot zusammenbricht. Nein, ich will nicht enden wie meine Großmutter. Und ich will auch nicht, dass meine Freunde so enden.

»Ich werde versuchen, so viele Informationen über die Korrektiven aus Nottingham herauszukitzeln wie möglich«, fahre ich stur fort. »So schnell wie möglich.« Ich starre auf Robins Füße, höher wagt sich mein Blick nicht mehr.

»Du hattest recht.« Jetzt klingt er so ernst, dass ich doch hochschauen muss. Seine Augen sind wie tiefe, ruhige Seen. »Als du sagtest, ich hätte dir die Ehe angetragen wie das höchste aller Ziele, hattest du recht. Erst als ich diese beiden Männer im Hof der Korrektive gesehen habe, wurde mir klar, wie groß mein Irrtum war. Sie haben sich ihre Würde nicht einmal an diesem schrecklichen Ort nehmen lassen, sie haben sich geküsst, obwohl sie wussten, welche Folgen das haben würde. Ich kann nicht über einen anderen Menschen herrschen. Es hat viel zu lange gedauert, bis ich das begriffen habe. Deshalb konnte ich dich auch nie mit Anstand behandeln. Weil ich nie verstanden habe, dass man jemanden erst dann anständig behandeln kann, wenn man erkannt hat, dass er allein Herr über sein Schicksal ist. Dass man die Menschen nicht herumkommandieren oder beherrschen kann und dass man sie auch nicht gegen ihren Willen beschützen kann. Dass sie alle ebenso das Recht haben, selbst zu entscheiden, wie man selbst. Wie ich.«

Er nimmt meine Hand. »Also geh. Aber du darfst niemals, nicht für einen Moment, glauben, dass ich nicht auf dich warten werde. Ich habe mich für dich entschieden, und daran wird sich nie etwas ändern.«

Sanft küsst er meine Fingerknöchel. *Ich liebe dich.* Er denkt es, spricht es aber nicht aus. Und ich bin froh darum, denn was er bisher gesagt hat, ist sogar noch schöner. *Ich habe mich für dich entschieden.*

Ich drücke ihm noch einen schnellen Kuss auf die Lippen, dann wende ich mich ab und gehe, ohne noch einmal zurückzublicken. Die Kreatur steigt aus dem Boden auf wie ein dunkler Schatten und heftet sich an meine Fersen. Sie trägt einen schwarzen Mantel. *Du schaffst das,* erinnere ich mich. Immerhin habe ich mit Nottinghams Geist einen Ersatz für die Tabletten gefunden.

An der Treppe treffe ich mit Liam, dem Comte und Pankhurst zusammen. Mein Bruder nimmt mich fest in den Arm. »Wir warten dann auf deine Information über die Korrektiven«, sagt er. »Und denk dran: Nur ein Wort von dir, und ich komme und lasse diesen entgeistigten Hofstaat in Flammen aufgehen.«

»Denk dran. Nur ein Wort von dir, und ich mache jeden Ritter nieder, der sich mir in den Weg stellt, und komme dich holen«, gebe ich zurück.

»Jetzt, wo ich so darüber nachdenke … Ja, du bist wohl besser für diesen Job geeignet«, sagt er. Das bringt uns beide zum Lachen. Die Kreatur baut sich neben ihm auf und streckt einen gläsernen Finger nach seinem Gesicht aus. Nackte Angst lässt meinen Magen verkrampfen.

Liam wendet sich inzwischen an den Comte. »Ich hoffe, wir sehen uns bald wieder.«

»Das hoffe ich ebenfalls, Mister Emris. Ich muss jetzt wieder zur Duchesse zurück.«

»Bitte grüßen Sie sie von mir. Ich war in Sorge ihretwegen …« Liam verstummt abrupt, als wäre ihm der letzte Satz unbeabsichtigt entschlüpft. Dem Comte gelingt es nicht ganz, sein Schmunzeln zu unterdrücken. »Ich meine …«, setzt Liam an, wird aber vom Comte unterbrochen.

»Seien Sie versichert, dass ich die Grüße ausrichten werde, Mister Emris.« Nun dreht sich die Kreatur zu ihm um, streckt sich nach seinem Gesicht. Stärker und stärker zieht sich mein Magen zusammen. *Du kannst das schaffen,* sage ich mir wieder, wiederhole es wie ein Mantra. »Sie war übrigens Ihretwegen ebenfalls in Sorge.«

Dann bringt Pankhurst den Comte und mich nach unten in die Garage. Die Kreatur folgt uns. Am Wagen holen der Comte und ich unsere Handschuhe und Marienkrägen, anschließend führt Pankhurst uns in einen Tunnel, den wir eine gefühlte Ewigkeit lang nicht mehr verlassen. Irgendwann erkenne ich, dass wir uns in der Kanalisation befinden. Bei meiner Rückkehr werde ich wohl nicht ganz so gut duften, wie es angebracht wäre. Pankhurst erklärt uns, dass wir zunächst zum King George Memorial Park gehen, wo wir am Queen's Gate den Comte absetzen werden. (Oder, um sie wörtlich zu zitieren: »am beschissenen Königinnentor«.) Als wir dort ankommen, bedankt sich der Comte so formvollendet bei Pankhurst, dass sie errötet. Wie passend, dass ihr eine solche Wortwahl die Schamesröte in die Wangen treibt.

Dann wendet er sich mir zu.

»Comte«, beginne ich, aber er streckt mir einfach die nackte Hand entgegen. Zögernd ergreife ich sie. Galant hebt er meine Hand an die Lippen und küsst sie. Das Blumenfeld in seinem Geist ist verwildert und dadurch um so vieles schöner geworden. Aber es liegt in tiefer Dunkelheit.

»Gute Nacht, Rea. Wir bleiben in Kontakt.« Dann dreht er sich um und klettert die senkrechte Leiter hinauf, unter der wir stehen. Die Kreatur blickt ihm hinterher, bis er nicht mehr zu sehen ist.

Ungefähr eine Viertelstunde später deutet Pankhurst auf die nächste Leiter, diesmal mein Ausgang. Begleitet von der Kreatur klettere ich hinauf. Oben angekommen, stehe ich auf einer weißen Rasenfläche in Eden's Garden. Ich hielt es für schlauer, zum Stadthaus der Buckinghams zurückzukehren und nicht direkt in den Palast zu gehen. Nun legt die Kreatur mir beide Hände auf den Kopf und nimmt ihn wieder in diesen schrecklichen Klammergriff, gräbt die Finger in meine Haut, in das Gewebe meines Geistes.

Die GVK ist noch immer am Stadthaus postiert. Ich falle einem Ritter quasi direkt vor die Füße und tue so, als wäre ich beim Auftauchen der Gesetzlosen weggelaufen und hätte mich dann in der Dunkelheit verirrt. Es dauert keine zwei Minuten, bis Nottingham auftaucht, meine Schleppe ergreift und mich aus dem Gebäude zieht.

»Ich werde sie persönlich verhören«, erklärt er seinen Rittern. Das Gelächter, das daraufhin ertönt, ist mehr als eindeutig.

Wir gehen zu Fuß zum Palast zurück. Sobald wir allein sind, taucht auch die Kreatur wieder auf. Ganz langsam schmiegt sie sich an mich und bohrt die Finger in meinen Kopf hinein. Verwandelt ihn in Glas, trübes Glas.

»Hatten Sie einen angenehmen Abend?«, fragt Nottingham freundlich, während wir uns dem Palast nähern.

»Ich bin geflüchtet«, erkläre ich auch ihm, »und habe mich in der Dunkelheit verirrt.«

»Und sind Sie dort, wo Sie sich hin verirrt haben, zufällig auf fünfundzwanzigtausend Pfund gestoßen?«

»Nein«, erwidere ich. »Und Sie, Nottingham? Wie haben Sie den restlichen Abend verlebt?«

»Auf Verbrecherjagd.«

»Was offenbar nicht Ihre Spezialität ist«, stelle ich fest. Sofort verstärkt sich der Zug an meiner Schleppe. Die Kreatur verstärkt ebenfalls den Druck. Sie lächelt versonnen. Nur mit Mühe kann ich mich davon abhalten, Nottingham sofort zu berühren. Dann würde ihr dieses Lächeln schon vergehen. Doch nicht hier. Nicht in aller Öffentlichkeit.

Während ich verstohlen seine nackte Haut mustere, sehe ich plötzlich wieder die beiden Männer im Hof der Korrektive vor mir, die alles riskiert haben, um einander anzufassen. Aber nun sind es keine Fremden mehr, sondern Blanc und René. Die Kreatur streicht mit der Hand über das Bild, bis es gestochen scharf ist. Bis ich auch noch die letzte Falte in ihren Gesichtern sehe, die letzte Narbe an ihren Händen, jedes Einstichloch, wo die Nadel durch die Haut gezogen wurde. Oh, Maria, nein!

»Wohl wahr«, gibt Nottingham mir recht. »Ich habe andere Talente.«

Aus dem Augenwinkel sehe ich etwas aufblitzen. Schnell versuche ich, mehr Abstand zwischen uns zu bringen, aber er hält noch immer meine Schleppe fest. Mit einem Ruck zerrt er mich zu sich heran, direkt auf die Klinge seines gezogenen Rapiers zu. Er hebt die Waffe an meinen Hals, und die scharfe, schmale Klinge schneidet durch meinen Marienkragen, wenn auch nicht durch meine Haut. Noch nicht.

»Wenn Sie glauben, Sie könnten mich wie einen Vollidioten behandeln, dann haben Sie sich verschätzt, Miss Emris«, sagt er ruhig.

Ich achte sorgsam darauf, nicht zu tief einzuatmen. »Vielleicht können wir ja eine Übereinkunft treffen«, schlage ich vor. »Sie behandeln mich nicht wie gekaufte Ware, und ich behandele Sie nicht wie einen Vollidioten.«

Schaudernd spüre ich, wie die Klinge meine Haut berührt, kalt und hart. Ich würde seinen Geist bevorzugen.

»Wo hält sich der ehemalige Kronprinz auf?«

»Warum interessiert Sie das?«, antworte ich mit einer Gegenfrage. »Ich bin die Person, die Sie jetzt brauchen, nicht er. Und seine Freiheit spielt uns in die Hände. Je länger der ehemalige Kronprinz der GVK entwischt, desto mehr wird die Position des Weißen Königs geschwächt.«

Nottingham hält das Rapier vollkommen bewegungslos in der Hand. »Dann wissen Sie also, wo er ist.«

»Sollte dieses Wissen sich für unsere Pläne als nützlich erweisen, werde ich auf eine sorgsam gehütete Erinnerung zurückgreifen können.«

Langsam lässt Nottingham die Waffe sinken. Er tritt einen Schritt zurück, drückt aber gleichzeitig die Klinge unter mein Kinn und zwingt mich, ihm ins Gesicht zu sehen. Dann streicht er mit der Spitze des Rapiers über meine Lippen. Ich höre auf zu atmen. Mit unverhohlenem Genuss lässt er die Klinge über meine Wange bis zum Ohr gleiten. Hinter der Ohrmuschel angekommen, übt er einen ganz leichten Druck aus.

Sofort schneidet mir die Waffe die Haut auf. Die Wunde ist klein, aber ich spüre sie deutlich – die hervorquellenden Blutstropfen, das leichte Brennen. Nottingham steckt das Rapier wieder in den Gürtel, baut sich dicht vor mir auf und legt eine Hand an mein Gesicht. So ein Mann ist niemand, von dem man abhängig sein möchte, schon gar nicht für die geistige Gesundheit. Trotzdem kann ich das Bedauern nicht unterdrücken, dass er Handschuhe trägt. Während er die Wunde untersucht, spüre ich seinen Atem an meiner Wange.

»Unsere Pläne, sagten Sie?«

Die Kreatur zieht ihre harten Glasfinger erst durch meinen Geist, dann über meine Hände; ich mobilisiere sämtliche mentalen Kräfte, die ich noch in mir habe, um sie wegzustoßen, wenigstens bis wir hinter verschlossenen Türen sind. Fast schon zärtlich streichelt sie über meinen Geist und verwandelt ihn Stück für Stück in kaltes, milchiges Glas.

»Ich denke, wir haben ein gemeinsames Ziel«, bringe ich mühsam hervor. Wir wollen beide den König stürzen. Er muss nicht wissen, dass ich keinerlei Absicht habe, zuzulassen, dass er die Finger nach der Macht ausstreckt. Wenn er erst einmal seinen Zweck erfüllt hat, kann er mich zu nichts mehr zwingen.

»Wir würden sicher ein gutes Team abgeben«, findet Nottingham. »Oder etwa nicht?«

Ich muss in so vielen Teams spielen: in Nottinghams, in dem meiner Mutter, sogar in Robins. Oder ist das mein eigenes? Anscheinend weiß ich das gar nicht mehr. Aber eines weiß ich: Nur so kann ich sie alle beschützen und dieses Königreich verändern. Also sehe ich Nottingham lächelnd ins Gesicht. »Warum probieren wir es nicht aus?«

Nachdem wir den Palast erreicht haben und in sein Quartier gegangen sind, schenkt Nottingham uns ein Glas Portwein ein. Er hat die Farbe dunkler Beeren. Wir setzen uns an einen vom Alter verfärbten Eichentisch. Fast kommt es mir so vor, als wollte Nottingham mir auf die Art beweisen, wie eindrucksvoll sein Stammbaum doch ist.

»Miss Emris«, beginnt er. »Oder darf ich Sie vielleicht duzen?«

»Das wäre doch ziemlich vermessen.« Inzwischen haben die Fingerspitzen die Kugel aus Eis in meinem innersten Kern erreicht. Das Eis zischt unter der Berührung, das Feuer schießt brüllend in die Höhe. Ich muss Nottingham bald berühren, darf ihn aber auf keinen Fall wissen lassen, wie sehr es mich danach verlangt. Er darf nicht erfahren, dass ich seinen Geist brauche, um die Kreatur im Zaum zu halten.

»Aber doch sicher nicht zwischen zwei jungen Menschen, die umeinander werben.«

»Wenn Sie das als Werbung bezeichnen wollen, muss ich doch Zweifel an Ihren Methoden anmelden«, stelle ich so hochmütig fest, wie ich nur kann. Flüssiges Glas sickert durch das Eis. Tropft auf die Flammen.

Nottingham erwidert ungerührt mein Lächeln. »Solange der König das nicht ebenfalls so sieht …«

Die Spitze der höchsten Flamme erstarrt, wird zu einem transparenten Dorn. Ich bekomme kaum noch Luft, glaube zu ersticken. Langsam nippe ich an meinem Drink. Die Kreatur verwandelt mein Feuer in Glas, in hartes, klares Glas. Kalt. Tot. Plötzlich scheint es in meinem ganzen Körper kein Blut mehr zu geben, auch im Gehirn nicht. Ich bestehe nur noch aus Wasser. Aus Sauerstoff. Gleichzeitig kriege ich keine Luft. Brennen meine Lungen.

Mein Blick huscht zu Nottingham. So nah, direkt in Reichweite. Die Kreatur bekommt die nächste Flamme zu fassen, bedrängt sie mit ihrem Glas. So wie sie mich früher zu den Flüssen, Seen und tiefen Bächen von Neuengland gedrängt hat.

Wenn ich die Wahl habe zwischen der Kreatur und Nottingham, dann sollte das eigentlich eine leichte Entscheidung sein.

Nottingham bemerkt noch vor mir, dass meine Hand sich bewegt hat. Bevor Nottingham einen entsprechenden Kommentar abgeben kann, gebe ich meinem Vorstoß eine hastige Begründung: »Ich würde gern mehr darüber erfahren, was Sie für … unsere Zukunft geplant haben.« Immerhin weiß ich nicht, ob er mit Sicherheit ausschließen kann, dass sein Quartier verwanzt ist.

Nottingham antwortet nicht. Stattdessen zieht er seinen dicken Lederhandschuh aus, der fast so aussieht wie die seiner Ritter. Er streckt mir die geöffnete Hand entgegen. Ich sauge zischend den Atem ein. Nun hat die Kreatur meine letzte Flamme erwischt. Eisige Kälte durchströmt meinen Körper, dunkle Flecken breiten sich vor meinen Augen aus. Ich spüre, wie das Schwarze Loch an mir zerrt. Hektisch reiße ich an meinem Handschuh. Kein Skrupel, keine Angst, nicht einmal ein Gedanke an Robin kann mich jetzt noch aufhalten. Nottingham kommt mir entgegen.

Sobald sich unsere Hände berühren, liege ich wieder auf seidenen Laken, bin in das sanfte Mondlicht getaucht. Es liebkost mich, flüstert mir belanglose Dinge ins Ohr. Und auch jetzt vertreibt es die Kreatur, die sich abrupt zurückzieht – als gäbe es in diesem Geist keinen Platz für solche Ungeheuer. Es klappt. Es klappt wirklich. *Sie sind eine begabte Mensatorin, Miss Emris. Dieses Talent könnten wir nutzen.*

»Woher wissen Sie es?«, flüstere ich. »Woher wissen Sie das über mich?«

Die Perlen gleiten kitzelnd über meine Haut, während draußen mit einem leisen Rauschen die Meereswellen an den Strand rollen. *Wie ich bereits sagte: Die Schnüfflergabe ist erblich bedingt. Außerdem sind die Gerüchte darüber, dass die Feuerschwester zurückgekehrt sei, bis nach Berlin gedrungen. Sie sind schließlich nicht die Einzige, die hin und wieder die Seidenhöhle aufsucht.*

Plötzlich erinnere ich mich wieder an dieses Pärchen an dem Tisch in der Seidenhöhle. Seine Füße ruhten auf einem leeren Stuhl, und im Aschenbecher waren drei Zigarettenstummel, obwohl anscheinend keiner der beiden geraucht hatte.

»Rauchen Sie?«, frage ich deshalb. Die seidenen Laken knistern leise. *In der Seidenhöhle durchaus.* »Nicht, wenn es sich vermeiden lässt.« *Sie haben mich an jenem Abend um ein beträchtliches Sümmchen gebracht.*

»Das tut mir leid«, sage ich, genieße aber vor allem das Gefühl des hellen Mondlichts auf meiner Haut. Dann höre ich Schritte, sie kommen von unten. Tiefe Stimmen. Schöne Stimmen. Ich wickele mich in mein Seidenlaken und folge ihnen. *Sie müssen sich nicht entschuldigen. Ich wollte die Feuerschwester sehen, und ich habe sie gesehen.*

»Aber das … das konnten Sie doch nicht wissen.«

Über eine Treppe gelange ich in ein prachtvolles Theater, lande direkt auf der Bühne. Die festen Holzdielen knarren unter meinen Füßen, dunkelrote Vorhänge hängen rechts und links. Scheinwerfer tauchen alles in helles Licht, das ebenso warm ist wie das von Mond und Sternen. Ich rieche Schminke und frisch geputzte Kulissen, höre das Rascheln der Manuskripte und laute Sprechübungen. Es ist unglaublich. Eine leise Stimme in meinem Hinterkopf mahnt zur Vorsicht, weil das alles zu perfekt ist. Nichts ist perfekt, nicht in der echten Welt, das weiß ich nur zu gut.

Ich versuche, die Stimme aufzudrehen. Versuche, ihr zuzuhören. Nachzudenken. Was kann das bedeuten? Mir ist, als würde mein Geist erzittern. *Denk nach,* sage ich mir. *Stimmt hier etwas nicht? Musst du dieses Gefühl bekämpfen?*

Aber wogegen? Hier ist nichts, wogegen ich kämpfen könnte. Nur eine Bühne, nur Scheinwerfer, nur die Stimmen von Schauspielern. Auf Bühnen kämpft man nicht, hier spielt man. Das weiß ich. Nicht einmal die Kreatur ist hier, mein alter Feind. Hier ist nichts, gegen das ich meine Fäuste richten könnte.

Maria, wie wunderschön sich das anfühlt: dass die Kreatur endlich, endlich verschwunden ist. Ganz und gar verschwunden. Dagegen soll ich mich wehren? Haben nicht alle gesagt, dass die Kreatur nicht zu mir gehört? Dass ich ein Leben ohne sie haben kann? Ist das nicht viel besser als jedes Medikament, das Monate braucht, um zu wirken? Nottinghams Geist ist genau das, was ich jetzt brauche. Schnelle Hilfe, jederzeit.

Falls Anne Hiver glaubt, sie sei die Einzige, die andere beobachtet, ohne selbst beobachtet zu werden, dann irrt sie sich. Und wenn Sie wirklich glauben, in der Französischen Suite des Altair könne man frei sprechen, nur weil sie nicht in England liegt, sind Sie naiv. Die Kaiserin gebietet über den besten Geheimdienst des gesamten Kontinents.

Erschrocken hole ich Luft. Wenn die Kaiserin es weiß … Sie ist hier am Hof. Aber das warme Licht der Scheinwerfer ist so beruhigend, so klar. Jetzt höre ich auch die Stimmen deutlicher, sie rezitieren Verse, die mir bekannt vorkommen: »Ich fliehe dich, um dir kein Leid zu tun. Du sagst mir, dass ich Mord im Auge trage: ’s ist artig in der Tat und steht zu glauben …«

»Sie wissen es«, sage ich. »Und sie weiß es ebenfalls.«

Ja. Aber machen Sie sich keine Sorgen. Wir möchten mit Ihnen zusammenarbeiten. Der Weiße König hat Maria einmal zu oft gedemütigt. Die Kaiserin will das nicht länger dulden. Und natürlich ist ihr an einer … guten und verlässlichen Nachbarschaft gelegen.

Ich setze mich an den Bühnenrand. Schauspieler treten auf, sprechen ihren Text. »Ich seh dich finster an von ganzem Herzen: Verwundet nun mein Aug so lass dich's töten.«

»Und wie?«, will ich wissen. Das Holz unter meinen Händen ist warm und glatt. Mir fällt auf, dass Nottingham nichts von alldem zu sehen scheint. Ich kann seine Gedanken nur hören, sie sind deutlich und klar wie ein heller Lichtstrahl. Von einem Geist wie seinem habe ich vorher noch nie gehört.

Unser Ziel wäre eine Gedankenkontrolle, die den König dazu zwingt, seinem höchsten Sicherheitsoffizier – und dessen Ehefrau – die Staatsmacht zu übertragen.

»Ihnen und mir«, formuliere ich es um, damit ich den Teil mit der Ehefrau besser ignorieren kann.

Ganz genau. Die Tatsache, dass ich das Kommando über die GVK innehabe, wird verhindern, dass irgendwelche Adeligen oder Volksbewegungen die Entscheidung des Königs anfechten.

So stellt er es sich also vor. Er will mich dafür benutzen, dass der König ihm die Macht überträgt, und mit der GVK jeglichen Protest dagegen niederschlagen. So benebelt meine Gedanken auch sein mögen auf dieser wunderschönen hellen Bühne, ich weiß doch, dass ihn das so ungefähr zum letzten Mann macht, den ich auf dem Thron sehen will.

Verzückt lausche ich den Worten der Schauspieler. Aber ihn glauben zu lassen, dass ich mich darauf einlasse … Damit er mir Zugang zum König verschafft, mir die Kreatur und die GVK vom Leib hält … Das klingt vielversprechend.

»Da gibt es nur ein Problem«, wende ich ein. Die Bühne knarrt unter den Schritten der Schauspieler. Ich lege mich auf den Bauch und drücke eine Wange an das warme Holz. »Sie kennen doch sicher die Legende von den Feuerschwestern? Dann wissen Sie auch, dass es immer zwei braucht?«

Und wer wäre diese zweite Person?

»Der ehemalige Kronprinz.« Ich schließe die Augen. Eine ganze Weile höre ich nichts außer den vibrierenden Schritten und den gemurmelten Versen, spüre nur die angenehme Hitze der Scheinwerfer.

Dann werden wir uns entweder die Unterstützung des ehemaligen Kronprinzen sichern oder das Leben des Weißen Königs beenden müssen.

Meine Lider werden immer schwerer, meine Gedanken träge. Mir war gar nicht klar, wie müde ich bin. »Nottingham«, murmele ich leise. »Würde morgen gerne mit Ihnen zum Dienst gehen.« Jetzt lalle ich schon, als wäre ich betrunken. Anscheinend ist das wichtig, ich habe aber vergessen, warum. Etwas mit Robin und den Korrektiven … »Will sehen, was Sie so machen.«

Aber natürlich.

Als ich spüre, wie er seine Hand zurückzieht, will ich protestieren, aber er löst vorsichtig unsere Finger voneinander. Also muss ich die Bühne, das Schauspiel und das Licht hinter mir lassen. »Ich nehme Sie gerne mit«, sagt er lächelnd. »Wir werden ein hervorragendes Team abgeben, Miss Emris.«

Nun bin ich ganz aus seinem Geist geschlüpft. Benommen sinke ich auf meinem Stuhl zurück. Zurück in die Fänge der Kreatur, die ihre kalten Finger auf meine Hand presst – aber wenigstens nicht mehr in meinen Geist. Es hat geholfen. Einem Geist wie Nottinghams bin ich noch nie begegnet. Er hat die Kreatur verjagt, aber irgendwie bin ich auch so … müde. Wie eine Nebenwirkung.

»Verzeihung«, stammele ich. »Ich muss wohl … Irgendwie bin ich plötzlich so müde.«

Nottingham steht auf und zieht seinen Handschuh an. »Nein, ich muss um Verzeihung bitten. Wie unhöflich von mir, eine so schlafbedürftige Dame aufzuhalten. Bitte, erlauben Sie.« Er nimmt meinen Handschuh und streift ihn mir über. Ich bin noch immer durcheinander. Dann ergreift er meine Schleppe und wartet geduldig. Ich will in mein Zimmer gehen, aber Nottingham hält mich zurück, blickt vielsagend auf meine Arme. Es dauert einen Moment, bis ich begreife, was er meint, und sie in den Kummerbund schiebe. Nun begleitet er mich zur Tür, zerrt dabei aber so an meiner Taille, dass ich ins Schwanken gerate. Bevor er mich loslässt, dreht er sich noch einmal zu mir um und zieht mich zu sich heran. »Selbst wenn du total dreckverschmiert bist, siehst du noch zum Anbeißen aus, Rea. Dann ganz besonders, würde ich sagen.«

Federleicht gleitet seine Hand über meine Hüfte und zu den Rippen hinauf. Ich versuche, mich der Berührung zu entziehen. Dann gebe ich mich ihr hin. Nottingham lockert meine Schleppe um eine Winzigkeit. Nur einen Hauch. Nachdem sein Blick noch einmal über meinen gesamten Körper gewandert ist, lässt er mich los.

»Gute Nacht, Miss Emris.«

Sobald ich frei bin, ziehe ich die Hände aus dem Kummerbund und stoße die Tür zu meinem Zimmer auf. Ich gehe hinein, schließe sie hinter mir. Mit dem letzten bisschen geistiger Klarheit, das mir noch geblieben ist, schiebe ich den Schminktisch durchs Zimmer und verbarrikadiere damit die Tür. Gleichzeitig wünsche ich mir nichts sehnlicher, als an Nottingham geschmiegt einzuschlafen, Haut an Haut, damit er mir die Kreatur vom Leib hält.

Stattdessen taumele ich zum Bett, wo die Kreatur mich mit offenen Armen erwartet. Doch ich kann sie wieder auf genügend Abstand halten. Soll Nottingham ruhig denken, dass er mich in der Hand hat; dass ich ihm helfen werde, eine Diktatur aufzubauen; solange er nur dafür sorgt, dass mir die GVK nicht in die Quere kommt, wenn ich ein Attentat auf den König verübe, damit jemand anderes den Thron besteigen kann, reicht mir das.

Und wenn es mir gelungen ist … dann muss ich Nottingham aufhalten. Wenn ich ihn nicht mehr brauche, weder für die Kreatur noch für meine Sicherheit. Irgendwie …

Ohne noch einen klaren Gedanken zu fassen, sinke ich in einen tiefen Schlaf voll verstörender Träume. Nur das eine weiß ich noch: Jetzt bin ich bei Hofe ganz allein. Um einen König zu töten. Nur so wird Wandel kommen.

Es ist der einzige Weg.

Kapitel 10

Ein lautes Klopfen an der Tür reißt mich aus dem Schlaf. Im ersten Moment reagiere ich panisch. Wie spät ist es? Heute muss ich mit Nottingham zum Dienst gehen, ich muss im Hauptquartier der GVK etwas über die Korrektive in Erfahrung bringen, um für Robin und die *Verbannten* Informationen zu beschaffen … Und ich muss mir einen Plan zurechtlegen. Einen Plan, um den Weißen König zu ermorden. Diesmal darf es nicht so enden wie bei der Seidenrebellion.

»Miss Emris?«

Noch leicht verwirrt versuche ich, mich aufzusetzen, aber die Kreatur liegt quer über meiner Brust und fährt mit ihrer kalten Zunge langsam über meine Lippen. Das fühlt sich so kalt an, als müssten sie schon blau sein. Mein Heilmittel hat nicht lange vorgehalten, aber immerhin kann ich noch klar denken.

»Miss Emris? Sie haben Besuch. Seine Hoheit Prinz William ist hier.«

Der Türknauf dreht sich, doch es passiert nichts. Solange der Schminktisch davorsteht, wird die Tür sich auch nicht öffnen. Draußen wird es still. Mit einem unterdrückten Fluch zwinge ich mich, aufzustehen. Eigentlich sollte er davon nichts erfahren. Hastig werfe ich mir einen Morgenmantel über, um zu verbergen, dass ich in meinen Sachen geschlafen habe. Draußen ist es bereits hell. Ich binde den Gürtel, ziehe Handschuhe und Kummerbund an und schiebe dann den Schminktisch wieder an seinen Platz.

Sobald die Tür freigegeben ist, stößt Nottingham sie auf. Als er hereinkommt, sieht man ihm die Verwirrung deutlich an. Dann sieht er mich neben dem Schminktisch, und im nächsten Moment hat er alles durchschaut. Ich starre ihn an, aber er wendet sich abrupt ab.

»In einer halben Stunde breche ich zum Hauptquartier der GVK auf. Ich werde vor unseren Gemächern auf Sie warten. Doch vorher möchte Seine Hoheit noch mit Ihnen sprechen.«

Mein Blick wandert über seine Schulter hinweg zu Prinz William. Er ist tadellos gekleidet, eleganter, als ich es bisher an ihm gesehen habe. Die Garderobe eines Kronprinzen: langer Mantel, hoher Marienkragen, schwarze Brokatweste, königliches Diadem. Die Sachen sehen allerdings aus, als wären sie für Robin geschneidert worden, nicht für ihn.

Nottingham will offenbar gehen, dreht sich dann aber noch einmal um, während der Prinz mein Zimmer betritt. »Fast hätte ich es vergessen: Die Duchesse schickt Ihnen diese Handschuhe mit einer Notiz. Sie hatten sie wohl in Paris vergessen. Heute Morgen kam ein Bote und hat sie überbracht.«

Er streckt mir die Handschuhe entgegen. Sobald ich sie ihm abgenommen habe, dreht er sich um und zieht die Tür hinter sich zu, sodass ich mit William allein zurückbleibe. Ich lehne mich gegen den Schminktisch, um kurz durchzuatmen. Die Handschuhe sind aus dickem Samt, also ganz bestimmt nicht meine. Aber jetzt habe ich keine Zeit, sie mir genauer anzusehen, da William sich inzwischen verlegen auf die Bettkante gesetzt hat. Einen Stuhl gibt es keinen. In dieser Aufmachung wirkt er so klein. Ihn zu überwältigen dürfte kein Problem sein, falls es nötig wird. »Auch wenn das dein Tod sein könnte«, stellt die Kreatur genüsslich fest und kratzt mit spitzen Fingern über die Narben auf meinem Rücken. Es fühlt sich an, als würden die Wunden wieder aufgerissen, mit rot glühenden Scherben.

Ich beiße mir auf die Lippe, bis sie blutet, um nicht laut zu schreien. »Denk dran, was passiert ist, als du das letzte Mal einem Kronprinzen den nötigen Respekt verweigert hast«, erinnert sie mich.

Ich konzentriere mich darauf, mein Handy aus der Tasche zu holen und an den Lautsprecher anzuschließen, den ich mir habe bringen lassen. Dann schalte ich Musik ein – nur für den Fall, dass Nottingham uns belauschen sollte. Ein Stück von Prokofjew. Anschließend setze ich mich neben den Prinzen. Die eineinhalb Meter Abstand zwischen uns entsprechen nicht ganz den Sittsamkeitsvorschriften.

»Miss Emris«, begrüßt er mich.

»Eure Hoheit«, grüße ich zurück. Mein Gehirn arbeitet immer noch sehr träge. Ich versuche, es in Gang zu bringen, aber die Kreatur setzt sich dicht neben mich und macht mir das Denken schwer. *Du schaffst das,* sage ich mir.

»Ich wollte mit Ihnen sprechen«, fährt William zögernd fort.

»Ihr hättet doch nach mir schicken können«, stelle ich vorsichtig fest.

»Über Robin«, fügt er mit gesenkter Stimme hinzu.

»Ah … Ich denke, das sollten wir besser nicht tun.«

»Sie waren dabei, oder?«, fragt er, während ich die Musik lauter stelle. »Als er … dieses Geld gestohlen hat?«

Es hat wohl keinen Sinn, es zu leugnen. »Ja.« Ich lege die Hände in den Schoß.

Inzwischen wagt er den nächsten Anlauf: »Ich frage mich … was …« Erst jetzt fällt mir auf, dass er die ganze Zeit mit seinem Handy herumspielt, fast so, als hätte er Angst, bei etwas erwischt zu werden. Vorsichtig beuge ich mich ein Stück zu ihm hinüber. Als er es bemerkt, hebt er das Telefon an, sodass wir beide auf das Display schauen können, und streicht mit dem Finger darüber. Er hat die Nachrichten verfolgt, auch in den sozialen Netzwerken. Mit den Suchbegriffen *Kronprinz, Hochverrat,* aber auch *Das lasse ich nicht zu.*

Die englischen Medien, alle unter Gewalt des Hofzensors, sind sich bei diesem Thema ziemlich einig, oder sie versuchen zumindest so zu tun. Schließlich wissen sie, was mit ihnen passiert, wenn sie den Weißen Hof verärgern. Ja, es ist Hochverrat, schreiben sie, oder es wäre Hochverrat, falls der Kronprinz das ernst meint. Falls es nicht nur ein Moment der geistigen Verwirrung war. Selbst nach dem Überfall halten sie sich noch ein Hintertürchen offen. Sollte er das Geld zurückgeben und öffentlich seine Loyalität zur Krone kundtun … Wie sehr ich mir wünschte, Robin würde diese Möglichkeit nutzen. Und plötzlich kommt mir der Gedanke, dass der König das vielleicht ebenfalls hofft. Warum sonst hat er Robin noch nicht offiziell enterbt und von der Thronfolge ausgeschlossen?

In den sozialen Netzwerken zeichnet sich ein weniger klares Bild ab. Hier gibt es viele Posts zum Hashtag *Das lasse ich nicht zu.* Aber auch viele, die es als Hochverrat sehen. Beide Seiten halten sich die Waage, glaube ich.

»Sie haben einige gelöscht«, erklärt mir William. »Am Anfang waren es mehr. Auch aus dem Ausland. Die Kaiserin hat offiziell Beschwerde eingereicht und die Freilassung ihres Staatsbürgers gefordert, aber mein Vater …«

Er verstummt abrupt. Ich sehe ihn prüfend an.

»Koste es, was es wolle«, sagt die Kreatur gelassen. Mir wird klar, was für eine einmalige Gelegenheit das hier ist. Wie von Maria gesandt. Die Chance, seinen Geist auszukundschaften. Oder zumindest Vertrauen aufzubauen. Wenn Robin mir nicht hilft, werde ich die Gedanken dieses Jungen unter meine Kontrolle bringen müssen, unabhängig davon, wie ich ansonsten weiter vorgehe. Falls Robin nicht zurückkommt. Soziale Medien sind das eine. Aber auf der Straße herrschen ganz andere Gesetze.

»Ihr könnt mir vertrauen, Hoheit«, sage ich. Solange er das glaubt, spielt es keine Rolle, dass er mir kein Stück vertrauen kann. Ich weiß nichts über William – wir könnten vollkommen verschiedene Ziele haben. Es wäre besser, das schnell herauszufinden.

Er wirft mir einen kurzen Seitenblick zu, bevor er wieder auf sein Handy starrt und es dann einsteckt. »Und woher wollen Sie wissen, dass Sie mir vertrauen können?«

Ich befeuchte meine Lippen. »Vertrauen braucht Zeit, um zu wachsen«, gebe ich zu. »Wann wird Euer Vater Eure neue Position offiziell verkünden?«

William reibt sich mit dem Daumen über das Knie. Oh, Maria, er ist wirklich so unschuldig. Nicht dumm, aber unschuldig. »Das hat er noch nicht entschieden.«

»Sicherlich wird er in dieser Frage bald für Klarheit sorgen«, vermute ich. »Alles andere wäre unklug.« Vorsichtig schiebe ich mich ein paar Zentimeter an ihn heran. Wieder schaut er kurz zu mir rüber, bevor er den Blick erneut auf sein Knie heftet. »Ich kann Robin verstehen.«

»Wie meinen, Hoheit?« Noch ein paar Zentimeter.

Jetzt sieht er mich offen an. »Wissen Sie eigentlich, warum Robin sich in Sie verliebt hat?«

»Ich …« Das lässt mich innehalten. Sein Blick ist ernst.

»Sie lächeln, weil Sie es müssen. So wie wir.«

Fassungslos starre ich ihn an. Er ist so ganz anders, als sein Bruder es bei unserer ersten Begegnung war. Nicht arrogant, nicht verschlossen, nicht finster. Nein, er ist ernsthaft und aufrichtig. Wenn ich wollte, könnte ich jetzt zuschlagen. Ich könnte in seinen Geist eindringen, ihn vielleicht schon im nächsten Moment unter meine Kontrolle bringen. Vielleicht würde er es sogar eher als freundschaftliche Geste sehen, nicht als Verführungsversuch.

Aber, bei Maria … Er ist Robins Bruder.

Koste es, was es wolle.

Ich schenke William ein Lächeln, streife sorgfältig einen Handschuh ab und lege ihn zwischen uns auf die Matratze. »Das ist wirklich sehr freundlich von Euch, Hoheit.« Er sieht mein Lächeln, erwidert es aber nicht. Und meiner nackten Hand schenkt er nicht die geringste Beachtung. »Wissen Sie, wo Robin ist?«

Demonstrativ blicke ich auf meine Hand, bevor ich wieder ihn ansehe. »Nein.«

William nickt. »Es tut mir leid«, sagt er dann. »Es tut mir leid, dass ich Sie gestört habe. Das wird nicht wieder vorkommen.« Dann tritt er an das geöffnete Fenster. Ich habe es für Beethoven offen gelassen.

»Eure Hoheit …« Ich bin gleichzeitig mit ihm aufgestanden.

»Unsere Räumlichkeiten befinden sich genau über Ihren«, sagt William leise, nachdem er einen Blick nach draußen geworfen hat. »Nerverl und ich sind immer an den Palastmauern herumgeklettert, als wir noch jünger waren. Robin hat oben ein Seil aus dem Fenster heruntergelassen, und wir …« Er verstummt. Dann dreht er sich noch einmal zu mir um, quittiert meinen Devotionsknicks mit einem Kopfnicken und geht.

Sobald er weg ist, lasse ich mich aufs Bett fallen. Prinz William. Einfach nur ein unschuldiger Junge. Niemand, der meinen Manipulationsversuchen widerstehen könnte, da bin ich mir sicher. Auch wenn ich es nicht getan habe. Nicht gewagt habe.

Ich schlage die Hände vors Gesicht. *Koste es, was es wolle.*

Als ich mich auf die Seite rolle, spüre ich, wie die Kreatur sich neben mich legt. Ich greife zum Handy und schreibe Ninon eine übertrieben fröhliche Nachricht, in der ich ihr mitteile, wie sehr ich mich doch darauf freue, heute das Hauptquartier der GVK zu besichtigen. Ungefähr derselbe Text geht anschließend an meine Mutter. Sobald das erledigt ist, strecke ich mich auf der Matratze aus und lausche auf die Musik. Die Kreatur nimmt das zum Anlass, um sich über meinen Brustkorb zu legen und mir die Luft aus der Lunge zu pressen. *Tanz der Ritter* heißt das Stück, glaube ich. Die Musik ist düster. Ich vermisse Robin. Die Kreatur wälzt ihren schweren, harten Körper auf mir herum. Es tut weh.

Nottingham wartet vor den Gemächern auf mich. Ich muss mit ihm ins Hauptquartier.

Noch während ich versuche aufzustehen, vibriert plötzlich mein Handy. Unterdrückte Rufnummer. Mein Herz beginnt heftiger zu pochen. Robin? Die *Verbannten*?

»Die Leitung ist sicher«, sind die ersten Worte meiner Mutter. »Was ist los?«

Ich hätte nicht damit gerechnet, aber es tut gut, ihre Stimme zu hören.

So leise, wie ich irgend kann, berichte ich ihr von Nottinghams Plänen. Außerdem sage ich ihr, dass wir in Berlin abgehört wurden. Als ich fertig bin, dauert es einen Moment, bis sie antwortet.

»Also ist es so, wie ich es mir gedacht habe – er will selbst die Macht an sich reißen.«

»Im Gegensatz zu uns, meinst du?«, erwidere ich müde.

»Allerdings. Wir wollen sie nur dazu nutzen, die Magdalenen zu befreien.«

Obwohl mir klar ist, dass sie es nicht sehen kann, nicke ich. »Ja.«

»Trotzdem war es klug von dir, ihn nicht zu verprellen. Er könnte uns noch von Nutzen sein. Zum Beispiel, indem er dir freien Zugang zum Weißen König verschafft.«

Ich gebe ein zustimmendes Geräusch von mir.

»Außerdem weiß er über uns Bescheid«, fährt Mom fort. »Wir

müssen ihn auf unsere Seite ziehen. Oder ihn aus dem Weg räumen.«

Erschöpft schließe ich die Augen. Schon wieder könnte ich eine Dosis von seinem Geist vertragen.

»Hast du dich schon mit dem neuen Kronprinzen getroffen?«, will meine Mutter wissen.

»Er war gerade hier in meinem Zimmer«, murmele ich.

»In deinem Zimmer? Na, du verschwendest aber wirklich keine Zeit.«

Ich versuche, mich auf den Rücken zu drehen, aber die Kreatur ist zu schwer. »Er ist so unschuldig.«

Wieder verfällt meine Mutter in Schweigen. Das hält so lange an, dass ich irgendwann den Faden wieder aufnehme: »Nottingham könnte recht haben. Wie will William sich auf dem Thron halten? Sie werden ihn schon in der ersten Woche um die Ecke bringen.«

»Dann würdest du die Staatsgewalt also lieber Nottingham überlassen?«

»Nein.« Eiskalt. Die Kreatur ist eiskalt. »Niemand sollte über so viel Macht verfügen.«

Ich höre meine Mutter atmen. Sogar das löst Erinnerungen in mir aus. Als Liam und ich noch klein waren, hat sie immer mit uns in einem Bett geschlafen, wenn wir schlimme Träume hatten.

»Da kann ich dir nur zustimmen«, sagt sie schließlich. »Aber die Welt, in der wir leben, sieht nun einmal anders aus.«

Hatte ich früher nicht noblere Ziele? »Viele haben gepostet, dass sie es nicht zulassen wollen«, sage ich. Für meine Mutter kann das eigentlich keinen Sinn ergeben. Außerdem scheine ich schon wieder zu lallen. Die Kreatur zerquetscht mich so sehr, dass ich kaum noch denken kann. *Nach seinem Sturm auf die Korrektiven werden sie ihn nicht mehr unterstützen.*

»Rea.« Plötzlich klingt die Stimme meiner Mutter ganz anders. So … sanft. »Du warst sehr tapfer, *myrddin.* Mach dir keine Sorgen. Wir werden es schaffen. Gemeinsam.«

Ich murmele eine undeutliche Zustimmung und lege auf. Am liebsten würde ich mich einfach unter der Bettdecke verstecken und für immer liegen bleiben. Wieder hängt die Kreatur an meinem Kopf, wieder streckt sie sich nach meinem Feuer. Sie werden Robin nicht mehr unterstützen, wenn er die Korrektive stürmt. Noch kann ich ihn davon abhalten. Es ihm ausreden.

Die Korrektive. Nottingham. Die Handschuhe.

Indem ich meine letzten Kraftreserven mobilisiere, wälze ich mich zum Nachttisch hinüber und hole meine Seide hervor. Dieses Risiko muss ich eingehen. Leise knisternd gleitet sie über meine Haut, härtet das Eis, schürt das Feuer, drängt die tastenden Finger der Kreatur zurück. Aber sie schafft es nicht, sie ganz von meinem Körper zu lösen. Trotzdem kann ich etwas klarer denken, solange sie meine Haut berührt. Ich stehe langsam auf und wanke zum Schminktisch hinüber, wo ich Ninons Geschenk liegen gelassen habe. Vorsichtig drehe ich die Handschuhe auf links. Mustere sie mit dem professionellen Blick einer Schneiderin. Eine Naht sitzt nicht da, wo sie hingehört. Schnell hole ich eine Nadel aus der obersten Schublade des Schminktisches und trenne sie auf. Ein Mikrochip, nicht größer als meine Nagelspitze, fällt heraus. Vorsichtig lege ich ihn mir auf den Finger. Er scheint magnetisch zu sein. Leider weiß ich so gar nicht, was er wohl bewirken könnte – zumindest, bis ich auf die Idee komme, mir mein Handy anzusehen. Ninon hat auf meine Nachricht geantwortet: *Wie aufregend! Nimm die Handschuhe mit, die ich dir geschickt habe, es ist immer noch kalt draußen. Und lass sie nicht wieder irgendwo liegen, Schusselchen. Der Count of Nottingham wäre sicher nicht entzückt, wenn du seinen Computer mit deinen Sachen zumüllst. Wanzen lieben Dreck, weißt du?*

Sie haben also schon mit den Vorbereitungen begonnen. Verzweifelt lasse ich den Chip, offenbar eine Art Datenwanze, in meiner Faust verschwinden. Dann schleppe ich mich in mein kleines Badezimmer. Hinter mir taucht die Kreatur auf und schlingt mir die Finger um den Hals. Zum ersten Mal, seit ich wieder in London bin, wickele ich mir zwei Seidenbänder um den Oberschenkel, bevor ich mich anziehe.

Dreizehn Minuten später trete ich gewaschen, angezogen und schicklich verpackt aus der Tür von Nottinghams Gemächern. Den Mikrochip habe ich mir unter den Nagel meines Ringfingers geschoben. Der Count wartet bereits auf mich. Heute trage ich sogar einen Schleier, einfach weil mir keine andere Möglichkeit eingefallen ist, um meine totale Erschöpfung zu verbergen. Nottingham nimmt meine Schleppe, und wir gehen schweigend los. Erst als wir im Auto sitzen und das Palastgelände verlassen haben, spricht er wieder mit mir. »Dass Sie sich vor mir fürchten, Miss Emris …«

Anscheinend hängt ihm immer noch die verbarrikadierte Tür nach. Reglos starre ich nach vorne. »Ich fürchte mich nicht vor Ihnen, Nottingham.«

»… wo ich Sie doch die ganze Zeit nur geschützt habe.«

Jetzt muss ich ihn doch ansehen. Er lächelt. »Ich habe dafür gesorgt, dass Sie am Hof bleiben können. Ich habe Ihnen eine Unterkunft zur Verfügung gestellt, die regelmäßig nach Wanzen abgesucht wird. Ich habe Ihre Geheimnisse gehütet, Schnüffler aus Ihrem unmittelbaren Umfeld entfernt, Ihnen Zugang zur GVK verschafft.«

Unglaublich, was ich da höre. Aber dann fällt mir wieder ein, wo ich hier bin: in England. Und er ist ein englischer Adeliger, ganz egal, wo er zur Schule gegangen ist. Er ist wirklich davon überzeugt, dass er mich beschützt, wenn er mich an meiner Schleppe herumführt, wenn er mein Geheimnis für sich behält, wenn er mich vor Fremden als sein Eigentum präsentiert. Eine alleinstehende Frau weckt Misstrauen. Eine alleinstehende Frau ist gefährdet. Eine alleinstehende Frau ist eine Gefahr.

Und gleichzeitig wirkt Nottingham rundum zufrieden. Ihm gefällt die Erkenntnis, dass ich Angst vor ihm habe, dass ich mein Verhalten entsprechend geändert habe. Dass er mich in der Hand hat. Seine Blicke verraten seine Gier, seinen Hunger: die Gier nach meinem Geist, meinen Fäusten, der Macht, die er über mich hat. Und er ergötzt sich an dem Wissen, dass er einer Kämpferin wie mir Angst machen kann. Er, der zwar ein hervorragender Tänzer sein mag, im Ring aber keinen halben Tag überleben würde. Ja, er genießt es, jemanden wie mich zu beherrschen.

Wäre er doch beim Tanzen geblieben. Wäre er doch in Berlin geblieben. Vielleicht wäre er dort glücklicher geworden.

Die Kreatur beugt sich über meinen Brustkorb, lässt stumpfe Zähne über meine Rippen gleiten, beißt mich in die Brust, in den Hals, schält mir die Haut ab. Hinterlässt stattdessen Glas auf meinem Fleisch. Glasscherben, überall an meinem Körper. Entsetzt lehne ich mich im Sitz zurück. Die Frauen in diesem Land glauben, sie müssten dankbar sein, wenn ein Mann sie erwählt. Glauben, sie hätten ihren Platz in der Welt gefunden, wenn ein Mann sie an ihrer Schleppe durch die Gegend zerrt. Vielleicht nicht alle, aber die meisten. Und die Männer in diesem Land sind der Ansicht, sie würden den Frauen einen Gefallen tun, wenn sie sie beschützen. Sie halten ein Nein für ein Ja, halten den Körper einer Frau für einen Besitz, auf den sie Anspruch erheben können. Frauen wie Männer glauben, man könnte einen anderen Menschen besitzen oder von ihm besessen werden: durch Heirat. Durch Liebe, durch Schutz. Und dass es kein höheres Ziel im Leben geben kann.

Nottingham ist nicht anders. Er wünscht sich nur mehr nackte Haut bei dem Ganzen.

»Frauen«, murmelt er kaum hörbar, starrt mich dabei aber weiter an. Die Kreatur verbeißt sich in meine Augen, bis Tränen in ihnen aufsteigen. Ich schlucke sie runter. Ich weiß, dass ich ihn im Auto noch berühren könnte, ohne zu viel Aufmerksamkeit zu erregen, aber er ist mir so zuwider, dass ich es nicht über mich bringe. *Reiß dich zusammen. Du brauchst ihn. René und Blanc brauchen dich. Sie brauchen die Datenwanze in seinem Büro, und du brauchst Zugang zum König. Ein bisschen länger musst du noch durchhalten. Ein kleines Stückchen weitergehen. Du schaffst das. Du hast es all die Jahre geschafft.*

Das Hauptquartier der GVK ist in einem großen Marmorbau am Euston Square untergebracht. Auf der Straße davor staut sich der Verkehr, und auch in der Eingangshalle ist viel los. Überall nur protziger weißer Marmor. Die Ritter verbeugen sich, wenn Nottingham an ihnen vorbeiläuft. Mich gaffen sie irritiert an, bis sie erkennen, dass er meine Schleppe hält; dass ich zu ihm gehöre. Plötzlich muss ich an meine Träume denken. Wie gerne hätte ich jetzt ein Streichholz. Und einen Benzinkanister. Ich könnte gleich hier anfangen. Dann könnte ich auch die Glasscherben auf meinem Körper wegschmelzen, erst das Glas, dann das Fleisch darunter … Mit einem leisen Rascheln schickt die Seide auf meiner Haut mir Hitze und Kälte, erinnert mich an mein Feuer, an mein Eis.

Zwei Marmortreppen später erreichen wir das oberste Stockwerk und einen weitläufigen, offenen Raum mit dunklen Wänden und Teppichen. Eine Seite besteht komplett aus kugelsicherem Glas. An den restlichen Wänden hängen große Flachbildschirme, außerdem stehen hier mehrere Tische mit Monitoren herum, die technisch ebenso ausgefeilt zu sein scheinen wie der von Ninon. Nottingham zeigt mir alles. Außer ihm schenkt mir niemand Beachtung. Schon erstaunlich, wie vollständig eine verschleierte Frau aus der allgemeinen Wahrnehmung zu verschwinden scheint. Die Ritter reden einfach weiter, als wäre ich nicht da: »… unregelmäßige Schichtwechsel, das ist wenig berechenbar …« – »… Hausarrest, dieses Flittchen.« – »Das ist unvorhersehbar, und bei den vielen Änderungen der letzten Zeit …« – »Ich würde ihr ja bei ihr zu Hause an die Wäsche gehen, aber bestimmt kriegen wir einiges von ihr zu sehen, wenn wir sie in King's Cross in eine Marienrobe stecken. Lange kann's nicht mehr dauern …«

Nur die Kreatur hängt unerbittlich an mir und lässt sich mitschleifen, während ich Ausschau halte nach einem Computer und einer guten Gelegenheit, die Datenwanze anzubringen. Also laufe ich weiter hinter Nottingham her und versuche, die Stimme der Kreatur auszublenden. Sie ist so unerbittlich, wie ihr Körper hart ist. »Wenn du den Chip platzierst, werden sie die Korrektiven stürmen«, sagt die Kreatur. »Das wird das Volk verängstigen, und es wird sich nicht erheben.«

Verzweifelt schüttele ich den Kopf. Nur: Wie könnte ich das verhindern wollen, wo doch Blanc und René in King's Cross einsitzen? »Vorher hattest du noch nicht solche Skrupel, als es nicht um deine Freunde ging«, fährt die Kreatur gnadenlos fort. Wieder schüttele ich den Kopf.

»Ist alles in Ordnung, Miss Emris?«, fragt Nottingham.

Mühsam antworte ich ihm: »Ich denke, ich fühle mich nicht ganz wohl.« Entgeistigt noch mal, ich muss mich konzentrieren.

»Koste es, was es wolle«, raunt die Kreatur. »Deshalb war deine Mutter so erfolgreich. Und deshalb ist deine Großmutter gescheitert.«

Vielleicht könnte ich Robin ja davon überzeugen, die Gefangenen heimlich zu befreien, ohne viel Aufsehen. Einfach rein und wieder raus. Nur René und Blanc. Natürlich ist das ungerecht. Absolut ungerecht. Aber wenn er Hunderte Menschen befreit, die alle für Kriminelle halten, werden ihn die Leute lynchen.

Nottingham führt mich, ganz Gentleman, auf schnellstem Weg in sein Büro – ein lachhaft großer Raum im zweiten Stock auf der linken Seite. Die goldenen Kronleuchter hängen so hoch, dass ich den Kopf in den Nacken legen muss, um die Decke überhaupt sehen zu können. Holzdielen knarren unter meinen Füßen. In mehreren Schaukästen werden diverse Kuriositäten präsentiert, darunter menschliche Schädel, Holzmasken oder Kupferglocken. Die alten Gemälde an den Wänden zeigen ausschließlich Nottinghams Vorfahren, manche sogar im Königsmantel. Auf halber Höhe zur Decke zieht sich eine Galerie entlang, auf der offenbar eine Bibliothek untergebracht ist, die man über eine breite, geschwungene Treppe erreicht. Direkt vor dieser Treppe steht sein Schreibtisch – antik, frisch poliert, komplett schwarz. Und darunter … sein Computer. Der kleine Tower ist gerade mal drei Finger breit.

»Die Gefangenen aus den Korrektiven zu befreien wird den *Verbannten* vielleicht noch gelingen. Aber dann werden sie auf die Straße gehen, um zu protestieren, und sie werden alle sterben«, fährt die Kreatur fort. »Genau wie deine Großmutter. Willst du, dass sie so enden wie Eira Emris? Willst du selbst so enden?«

Im Netz haben es so viele gesagt, denke ich, als könnte ich die Kreatur überzeugen. *So viele haben geschrieben: Ich lasse das nicht zu.* Und ich erinnere mich an Robins Worte, im Atelier der *Verbannten: Denk doch nur, wie viel es den Menschen bedeuten würde, wenn die Feuerschwester mit ihnen marschiert.*

Die Kreatur kommt näher, vollkommen unbeeindruckt von meinem schwachen Protest. Umschließt mich langsam, von allen Seiten. Wie ein gläserner Sarg.

»Ist das alles nicht großartig?«, fragt Nottingham, der gerade auf dem Weg zu seinem Schreibtisch ist. »Ich habe das Hauptquartier hierher verlegen lassen, als ich den Posten übernommen habe. Dieses Stadthaus ist seit Generationen im Besitz der Nottinghams. Wussten Sie eigentlich, dass mein Ururgroßvater einst König werden sollte?«

»Tatsächlich?« Auf zitternden Beinen folge ich ihm zum Tisch. Der Mikrochip brennt förmlich unter meinem Nagel.

»Oh ja.« Er wendet sich abrupt nach rechts und deutet auf ein Porträt, das direkt neben dem Schreibtisch hängt. »Wäre es nach der regulären Erbfolge gegangen, hätte er im zwanzigsten Jahrhundert den Thron bestiegen.«

Ganz langsam taste ich mich zum Tisch vor. »Was ist passiert?«

Nottingham steht jetzt direkt vor dem Bild. »Er hat sich verliebt.«

Nur noch ein paar Schritte, dann ist der Computer in Reichweite. »Wie bitte?«

Nottingham dreht sich um. Schnell lege ich eine Hand auf die Tischplatte, als wollte ich mich abstützen.

»Er hat sich verliebt«, wiederholt er. »Natürlich nicht in eine Adelige. Für sie hat er auf den Thron verzichtet.«

Meine Gedanken wandern zu Robin. Das allein versetzt mir einen solchen Stich ins Herz, dass ich fast das Gleichgewicht verliere.

»Eine Schande.« Nottingham kommt zu mir herüber. »Sonst wäre ich ebenfalls König geworden. Obwohl, vor mir wäre wohl George an der Reihe gewesen. Wenn es Ihnen nicht gut geht, bin ich gerne behilflich, Miss Emris.«

»Was wird jetzt mit Mister Galahad geschehen?«, frage ich, ohne auf sein Angebot einzugehen. Der gläserne Sarg trübt sich langsam ein. Ich kann kaum noch etwas sehen.

Nottingham kommt näher. »Sehen Sie mich nicht so an. Diese Auktion war ein kleiner Spaß, mehr nicht. Da er, soweit es den König betrifft, noch immer sein einziger Schnüffler ist, ist er nach wie vor unersetzlich. Formell betrachtet ist er sogar noch mein Stellvertreter. In der Praxis natürlich nicht. George ist nicht dafür geeignet, die GVK zu leiten.« Jetzt steht er direkt vor mir. Die Kreatur streicht über die empfindliche Stelle hinter meinem Ohr. Mich überläuft ein Schauer. Ich registriere, wie Nottinghams Pupillen sich weiten.

»Ich dachte, Sie wollen nicht König werden«, sage ich.

Als er sich bewegt, rieche ich sein schweres Aftershave. »Und Sie?«, fragt er. »Möchten Sie nicht Königin werden?«

»Nein«, antworte ich ehrlich, während ich mit dem Bein nach hinten taste. Da ist der Computer. Ich müsste ihn eigentlich erreichen können.

»Und doch werden Sie ein Land regieren«, stellt er fest und beugt sich vor. »Sie fühlen sich offensichtlich nicht wohl, Miss Emris. Ist es körperlich oder geistig? Es ist Ihr Geist, nicht wahr? Sollte das der Fall sein, lassen Sie sich von mir helfen. Ich kann Ihnen Wohlbefinden verschaffen, das wissen Sie.«

Wieder streicht die Kreatur über mein Ohr. Mir wird schwindelig. Die Feuerseide an meinem Schenkel zischt, das blaue Band wird eisig kalt. Das holt mich wieder zurück. Ich lasse mich auf die Tischplatte sinken, beuge mich nach vorne, bis meine Arme direkt vor dem Computer hängen. Allerdings bin ich so auch Nottingham wieder näher gekommen und starre direkt auf seine Brust. *Bring erst die Datenwanze an,* ermahne ich mich mit aller Macht. *Erst die Wanze!*

»Sie zittern ja«, sagt er leise.

Ganz langsam ziehe ich den Handschuh aus. *Erst die Wanze.* Mit einem flüchtigen Lächeln streift er ebenfalls einen Handschuh ab. Während er damit beschäftigt ist, drücke ich mit dem Daumen auf die Kuppe meines Ringfingers, damit sich der Chip unter dem Nagel löst. Er fällt auf meinen Daumen und bleibt schwankend dort liegen. »Wenn du ihn hier platzierst und ihnen ihre Informationen beschaffst, werden sie alle sterben«, haucht mir die Kreatur ins Ohr, ihr Atem feucht und kalt. Ich bekomme eine Gänsehaut. Der Geruch von Nottinghams Aftershave wird immer stärker. Die Kreatur hat recht, ich weiß es. Sie werden protestierend durch die Straßen ziehen, und sie werden sterben. Wieder erinnere ich mich an Robins Worte. *Denk doch nur, wie viel es den Menschen bedeuten würde …*

Nottingham legt mir beide Hände auf die Schultern, eine davon ist nackt. Blanc und René. Vor meinen Augen tanzen schwarze Flecken. *Erst die Wanze.* Ich kann kaum noch etwas sehen, auch vor meinem geistigen Auge verschwimmt alles. Blanc und René mit dicken Nähten im Gesicht, mit neonblauen Fäden in der Haut. Eine heimliche Mission, rein und wieder raus. Ich muss Robin davon überzeugen. Nottingham beugt sich vor. Wieder überkommt mich Schwindel. Schnell drücke ich den Daumen an das Gehäuse des Computers und platziere den Chip. Die Kreatur lässt den Glassarg schwarz werden. »Sie werden sterben«, sagt sie gehässig. Kraftlos sinke ich zu Boden. »Sie werden alle sterben.« Nottingham kniet sich vor mich, während die Kreatur spricht. »Weil du nicht stark genug warst.«

Zeit für meine Medizin. »Es geht mir wirklich nicht gut«, sage ich. Seine Lippen streifen meinen Mund. Das leichte Kitzeln seines Bartes lässt mich schaudern. Das Theater, der glatte Holzboden, die Verse. Das helle, warme Licht. Dann zieht er sich wieder zurück, schafft einen Zentimeter Raum zwischen uns.

»Ich kann dafür sorgen, dass es aufhört.« Seine Stimme scheint von weit her zu mir durchzudringen. »Dazu musst du mich nur berühren, Rea. Überlass dich ganz mir.«

Aber auch die Kreatur redet auf mich ein, malträtiert meinen Körper. »Nicht stark genug«, wiederholt sie gelassen, während Nottinghams Lippen noch einmal über meinen Mund gleiten. Theater. Licht. Wieder trennt er sich nach nur einer kurzen Berührung. Er will, dass ich ihn darum bitte. Darum bettle.

»Nein«, murmele ich, ohne genau zu wissen, wo das Wort herkommt. Denn eigentlich will ich ihn einfach nur berühren, um diese Stimme zu vertreiben, diesen schwarzen Sarg. Ihn überall berühren.

Sie werden alle sterben.

London brennt.

Ich brenne. Mein Körper brennt. Ich schreie. Überall schreien die Menschen. *Wir werden das nicht zulassen.*

Ich sehe zu, wie das Glas schmilzt. Bei Maria, oh ja. Ich sehe zu, wie der Palast schmilzt, wie ihre Häuser schmelzen, ihr riesiger Turm. Ich sehe zu, wie der Weiße König schmilzt. Und Nottingham. Und William.

Und dann ich selbst. Mein Körper besteht aus Glas. Die Kreatur steht schweigend neben mir.

Lasst die Stadt verbrennen.

Als ich wieder zu mir komme, liege ich in meinem Bett im Palast. Draußen ist es dunkel. Wie kann es draußen dunkel sein? Jemand hat mich ausgezogen und mir ein Nachthemd angelegt. In meinem Mund hängt noch immer der Geschmack von Leder. Also hat jemand meinen Mund geöffnet, um ihn zu kontrollieren. Oder Schlimmeres. Hoffentlich war es nicht Nottingham. Dann fällt mir ein, dass ich meine Seidenbänder am Oberschenkel trage! Hoffentlich war es doch Nottingham. Jeder andere hätte mich verraten. Als ich meinen Oberschenkel abtaste, finde ich feine Kratzspuren. Die Bänder sind verschwunden. Panisch wälze ich mich auf die Seite. Etwas wispert. Unter dem Kopfkissen. Schnell hebe ich es hoch.

Da sind sie. Nottingham muss sie mir abgenommen und dort versteckt haben. Und dabei hat er mit seinen Nägeln, seinen Fingern meine Haut berührt.

Ich beuge mich über den Bettrand und würge, doch es kommt nichts. Wenn ich daran denke, wie knapp das war. Wenn ich daran denke, ihm mein Leben zu verdanken.

Ich warte ab, bis die Galle wieder im Magen bleibt. Dann lege ich mich still hin und hoffe, dass die Übelkeit bald verschwindet. Die Kreatur liegt quer über meiner Brust. Noch immer spüre ich die Scherben, die sie mir anstelle von Haut eingesetzt hat. Ich weiß, dass sie nicht real sein können, aber es fühlt sich verdammt echt an. Wenn ich über der Hüfte auf meinen Bauch drücke, ist die Haut dort kalt und hart wie Glas, ebenso eine Stelle unterhalb des Schlüsselbeins und ein langer Streifen hinter meinem Ohr. Die Panik macht es mir schwer, einen klaren Gedanken zu fassen. Deshalb dauert es auch viel zu lange, bis ich genug Kraft aufbringe, um mein Handy vom Nachttisch zu nehmen. Neue Nachricht von Ninon: *Wie schön, dass dein Besuch im Hauptquartier so erfolgreich verlaufen ist. Laut Presse wurdest du im Krankenwagen in den Palast zurückgebracht. Die Ärzte sagen, es war nur ein Schwächeanfall. Geht es dir gut?*

Meine Finger beben. Sie fragt. Ich muss es ihr schreiben. Muss es ihr sagen. Muss sie bitten, um Hilfe, um Medikamente, um …

Aber dann muss ich auch von Nottingham und seinem Geist erzählen. Was ich ihm gestatte zu tun, damit er mir hilft. Wie ich mich nach so einem Mann verzehre, so einem Geist.

Da ist noch eine Nachricht, vom Comte: *Danke, danke, danke. Wir haben alles, was wir brauchen. Keine Sorge, von jetzt an übernehmen wir. Ruh dich aus.*

Und dann noch eine, die mit unterdrückter Nummer verschickt wurde: *Ruh dich aus. Wir übernehmen jetzt. Heute Nacht. Ein zwielichtiger Fremder.*

Der Adrenalinschub reißt mich aus der Benommenheit, reißt mich aus allen Gedanken über Nottingham, über Tabletten und Krankheiten. Heute Nacht? Das ist viel zu früh! Selbst wenn sie

Zugriff haben auf die Datenbanken der GVK, erfordert das doch ganz sicher sorgfältige Planung!

Ich versuche, mich aus dem Bett zu wuchten, aber die Kreatur ist einfach zu schwer. Indem ich beide Ellbogen in die Matratze stemme, schiebe ich meinen Oberkörper hoch, aber sie gibt nicht nach. Als sich eine gläserne Faust um meine Lunge schließt, droht die Panik mich zu überwältigen. Ich muss mit Robin sprechen, muss ihn dazu bringen, seine Pläne zu ändern, muss … »Bleib hier«, flüstert die Kreatur. Lullt mich ein. »Vielleicht ist es ja nicht so schlimm, wie du denkst. Du könntest falschliegen. Eventuell kommt es ja gar nicht zu einer Massenpanik. Oder der Weiße Hof wird alles vertuschen.«

Wenn sie nicht alle schon an Ort und Stelle verhaftet werden, denke ich.

Wenn sie nicht alle schon an Ort und Stelle erschossen werden.

Ich lasse die Arme sinken und öffne die Augen. Ein milchiger Film trübt meine Sicht, und ich kann mich kaum bewegen. Ich brauche Hilfe, und zwar sofort. *Koste es, was es wolle.*

Also rufe ich nach dem einzigen Menschen, der mir helfen kann. »Nottingham …« Meine Stimme ist schwach, gleichzeitig verzehrt sich meine Haut nach seinem Geist, und ich trage nicht einmal Seide am Körper, die das Verlangen abmildern könnte. »Nottingham!«

Mit einem leisen Quietschen öffnet sich die Zimmertür, und ich höre Schritte. Die Matratze sinkt ein, als er sich auf das Bett setzt.

»Wie fühlen Sie sich?«

Ich schließe die Augen. Er wollte, dass ich ihn darum bitte. »Berühren Sie mich.«

Nach kurzem Zögern fragt er: »Wie bitte?«

Meine Muskeln ziehen sich zusammen. »Berühren Sie mich … bitte.«

Wieder dauert es einen Moment, bis er reagiert. »Sind Sie sicher?«

Ich schlucke schwer. Er will wirklich, dass ich bettle. Fast wimmernd antworte ich: »Ja.«

»Sagen Sie es noch einmal. Sagen Sie es richtig.«

»Ich flehe Sie an!«

Dann spüre ich plötzlich seine Lippen auf meinem Mund. Sein Bart kratzt über mein Gesicht, reizt meine Haut. Das ist nicht die Art von Berührung, um die ich gebeten habe, aber mich zu wehren kommt mir nicht einmal in den Sinn. Mit einem Mal ist da nichts außer dem glatten Holz unter meinen Füßen, dem warmen Licht auf meiner Haut und diesem Gefühl der absoluten Leichtigkeit, als würde ich schweben. Es ist wie ein Rausch. Wundervoll. Einfach nur wundervoll. Ich erwidere den Kuss. Das darf nicht enden. Jetzt nicht, niemals. Hier könnte ich bleiben. Für immer und ewig. Von Nottinghams Gedanken kann ich nirgendwo eine Spur entdecken, es scheint, als wären sie hinter einer trüben Glaswand verborgen. Ich sehe nur den Ozean, die Bühne, die Lichter. Die Schauspieler proben ihren Text und wandern über die knarrenden Bühnenbretter. Alles ist warm, hell, fröhlich …

»Ich will kein lebendig Wesen in der Welt schelten als mich selber, an dem ich die meisten Fehler kenne.« Diese Zeile kenne ich. Aus den Tiefen meiner Erinnerung steigt der nächste Vers auf, ich erinnere mich an Robin und unseren Ausflug in das Theater in den Heiligen Höfen.

Der ärgste Fehler, den ihr habt, ist, verliebt zu sein.

Wenn Robin die Korrektive stürmt, werden die Leute ihn lynchen, oder sein Vater wird ihn umbringen lassen. Er wird sterben.

Robin. Ich liebe Robin.

Mit einem schmerzhaften Ruck öffne ich die Augen, setze mich auf. Zwinge Nottingham, sich von mir zu lösen. Sein

Gesicht ist leicht gerötet, und er atmet schwer. Ich ebenfalls. In meinem Körper breitet sich Hitze aus, und ich sehe, dass seine Pupillen erweitert sind. Bei Maria, was habe ich getan? Er hat mich zu nichts gezwungen. Er … Ich …

»Du bist wunderschön«, sagt er. »Du bist so wunderschön, wenn du leidest.« Obwohl immer noch alles verschwommen ist, kann ich wieder sehen. Meine Arme sind bleischwer, aber ich kann sie anheben. Meine Gedanken sind träge, aber verständlich. Sein Geist hat seine Aufgabe erfüllt. Doch wie ist das möglich? Was macht sein Geist mit mir? Warum verzehre ich mich so sehr nach ihm? Schnüffler können doch eigentlich gar nichts am Geist eines anderen bewirken, sie können nicht heilen, nicht manipulieren …

Ich sehe Nottingham an. »Was ist das? Was ist los mit Ihrem Geist?«

»Er ist sehr … speziell«, antwortet er.

»Sie sind … Sie tun etwas damit. Sie tun etwas damit in meinem Geist.«

»Ist die geistige Manipulation nicht das Privileg der Mensatoren?«, erwidert er mit einem Lächeln.

Ich zittere. Er hat recht. Schnüffler können fremde Geister nicht manipulieren, nicht so wie ich. Aber dieses Theater, die Texte … Ist das nicht alles viel zu perfekt? Ist das nicht viel zu sehr … *ich?*

Oh, Maria, ich kann Nottingham jetzt nicht weiter verhören. Mir läuft die Zeit davon. Und ich kann mir nicht einmal vormachen, ich wollte ihn nie wieder anfassen. Ich würde es sofort tun, wenn sich dadurch die Kreatur vertreiben ließe. »Ich muss jetzt … Gehen Sie. Bitte, lassen Sie mich allein.«

Er rührt sich nicht von der Stelle. »Bist du sicher, Rea? Bist du wirklich sicher? Ich kann dir helfen, du musst dich mir nur ganz überlassen.«

Noch immer habe ich die Verse im Ohr, höre die Stimmen der Schauspieler. Vielleicht gibt mir das die Kraft, ihn abzuweisen. »Ich bin sicher. Bitte.«

Nottingham steht auf. »Aber natürlich.« Sein Lächeln ist unverändert. »Für meine Mensatorin tue ich doch alles. Sie sollten sich ausruhen, Miss Emris, sich erholen. Schlafen Sie gut. Ich bin gleich hinter dieser Tür dort, und ich werde sicherstellen, dass Sie nicht gestört werden. Die ganze Nacht lang.«

Ich nicke nur und warte dann, bis er gegangen ist. Bis er die Tür hinter sich geschlossen hat. Dann schalte ich Musik an und springe aus dem Bett. Ich muss hier raus. Irgendwie muss ich hier rauskommen. Ich muss Robin finden. Schnell sehe ich auf mein Handy. Es ist schon nach zehn. Entgeistigter, übereifriger Ex-Prinz! Keine Ausrede dieser Welt wird mich heute an Nottingham vorbeischleusen können. Außerdem darf er nicht wissen, dass ich weg bin. Schließlich dürfte er nicht sonderlich erfreut sein, wenn er erfährt, dass ich neben seiner Partei auch noch eine andere unterstütze.

Oder dass ich für diese Partei eine Datenwanze in seinem Büro platziert habe.

Während ich mir eine schwarze Hose, ein schwarzes Kapuzenshirt und aufgeschlitzte Handschuhe anziehe, wird mir bewusst, wie abhängig ich von ihm bin. Ich werde ein Alibi brauchen. Und zwar eines, das den gesamten Rest der Nacht abdeckt. Hier im Palast kann ich allerdings niemandem mehr trauen. Außer vielleicht …

Victoria. Aber hat sie überhaupt genügend Einfluss? Und würde sie zu ihrem Wort stehen? Wenn es hart auf hart kommt, wem gilt dann ihre Treue?

Man muss nehmen, was man kriegen kann.

Plötzlich höre ich ein Geräusch. Draußen pocht etwas dumpf gegen das Fenster. Als ich mich umdrehe, sehe ich Beethoven hinter der Scheibe. Schnell öffne ich das Fenster und vergrabe meine Nase in seinem Fell. »Hey«, begrüße ich ihn leise. »Wo hast du denn gesteckt?«

Natürlich lässt er sich zu keiner Antwort herab. Sein Geist ist wach und klar, als er sich im Zimmer umsieht. Nottinghams Geruch leuchtet in grellem Orange auf, wie eine giftige Pflanze. Auf dem Bett ist er besonders stark. Ich schließe die Augen. Katzen denken anders als Menschen. Wenn dem nicht so wäre, würde ich ihm jetzt gerne ein paar Fragen stellen. *Hast du es gesehen? Was hat er getan? Kannst du für mich ein Stockwerk hochsteigen und nachschauen, ob Victoria in ihrem Zimmer ist? Und allein?*

Als Beethoven laut miaut, weiche ich automatisch zurück. Ohne es zu wollen, habe ich ihm ein Bild von Victoria eingegeben. Der Kater windet sich aus meinem Griff. »Nein, warte«, versuche ich ihn aufzuhalten. »Es tut mir leid, das war keine Absicht!«

Doch es ist bereits zu spät. Beethoven springt wieder aus dem Fenster und verschwindet über die Regenrinne.

Ich atme tief durch. Ringe um Kontrolle. Dabei fällt mir ein, dass ich vergessen habe, meine Seidenbänder anzulegen. Also ziehe ich mich wieder aus, wickele mir die Bänder um den Oberschenkel und kleide mich wieder an. Während ich in die aufgeritzten Handschuhe schlüpfe, schmiegt sich etwas Pelziges an meine Beine. Entgeistigte Kreatur, sie darf nicht schon zurück sein!

Dann höre ich etwas, das nicht von der Kreatur stammen kann. Also sehe ich runter. Beethoven steht zwischen meinen Beinen, laut miauend. Er ist zurückgekommen und reibt nun seinen Kopf an meinem Knie. Ich nehme ihn hoch. Zum Glück hat er mir verziehen. Mit eingezogenen Krallen tappt er auf meiner Wange herum und faucht wütend, bis es ihm gelingt, hinter dem Marienkragen nackte Haut zu finden.

Mein Herz setzt einen Schlag aus. Sein Geist ist von gestochen scharfen Bildern erfüllt: eine Regenrinne, die um eine Ecke biegt, und seine Pfoten auf meinem Fensterbrett; sein Blick geht nach oben, zu dem Fensterbrett direkt darüber. Er springt an die senkrechte Mauer, gräbt die Krallen zwischen die Ziegelsteine und zieht sich hoch, Zentimeter für Zentimeter. Das Fensterbrett über ihm kommt näher, näher, dann stößt er sich von der Mauer ab und springt hinauf. Der Blickwinkel ändert sich, nun hat er sein eigenes Spiegelbild vor Augen, in einer Fensterscheibe. Wie seltsam, denkt er, eine Katze ohne Geruch. Aber dann registriert er das Zimmer hinter der Scheibe. Zwei Beine, die eine Spur aus Lavendelduft hinterlassen. Prinzessin Victoria ist in seiner Sicht komplett violett eingefärbt, trotzdem ist es unverkennbar sie.

»Danke, du wundervolles Wesen«, flüstere ich dem Kater ins Ohr. »Quelle belle créature tu sois.«

Beethoven quittiert das mit einem Gähnen, pikt mich kurz mit einer Kralle in die Wange und springt dann auf den Boden. Es tut gut, wenigstens einen Freund an meiner Seite zu haben. Ich beuge mich herunter und kraule ihn hinter den Ohren. »Könntest du mir noch einen letzten Gefallen tun?« Vorsichtig platziere ich ein weiteres Bild in seinem Geist: das violett eingefärbte Gesicht, das durch die Scheibe zu ihm hinaussieht. Das Fenster wird geöffnet, und das Gesicht beobachtet, wie er seinen geschmeidigen Körper wieder zu meinem Fenster hinunterlässt. Nachdem ich mich aus seinem Geist zurückgezogen habe, schüttelt er den Kopf, lässt den Schwanz zittern und springt wieder auf das Fensterbrett. Ich sehe gespannt zu, wie er vollkommen mühelos an der Außenmauer emporklettert, bis er Victorias Fenster erreicht. Einen Moment lang wandert er auf dem Fenstersims hin und her, dann stellt er sich auf die Hinterbeine und drückt mit zwei Pfoten gegen die Scheibe, wobei er lauter miaut, als ich es je gehört habe.

Wenige Sekunden später wird das Fenster geöffnet. Sofort springt Beethoven wieder auf die Regenrinne. Die Prinzessin lehnt sich aus dem Fenster. »Hallo, Mietzekatze …«

Da sieht sie mich und erstarrt. Ich weiß nicht, was ich zu ihr sagen soll. Alles, was mir in den Kopf kommt, klingt dümmlich. Also ziehe ich mich erst mal auf das Brett vor meinem Fenster, ohne den Augenkontakt abreißen zu lassen. Dann strecke ich mich nach der Regenrinne, als wollte ich daran hochklettern.

»Warte«, sagt sie schnell und verschwindet. Wenig später baumelt ein Seil vor meinem Fenster. Anscheinend haben die Zwillinge ihre alten Spielsachen noch nicht weggegeben. Prüfend ziehe ich an dem Seil. Als es hält, stemme ich beide Beine gegen die Mauer und klettere, so schnell ich kann, in die Höhe. Sollte mich jetzt jemand sehen, kriegt die Presse einen richtig saftigen Happen serviert.

Mein Auftritt in Victorias Gemächern ist nicht einmal annähernd so elegant wie der von Beethoven. Der Kater ist bereits dabei, die Räumlichkeiten der Zwillinge zu erkunden. Schon auf den ersten Blick wird klar, dass hier eine ganze Weile niemand gelebt hat. Alles ist schrecklich nichtssagend und schrecklich englisch. Die eine Hälfte des großen Raums ist ganz in Schwarz gehalten, also Teppich, Bett, Bettvorhänge, Schreibtisch, Fernseher, Schrank, bis hin zu der Kleidung, die über einem (schwarzen) Stuhl hängt. Lediglich die Wände wurden in einem Grauton gestrichen – vermutlich, damit der Bewohner nicht in kürzester Zeit wahnsinnig wird. Die andere Hälfte ist komplett weiß: Bodendielen, Tapete, Musselinüberwurf auf dem Bett, Matratze, Schminktisch, begehbarer Kleiderschrank. Ganz hinten sehe ich noch zwei Türen, die wahrscheinlich in die jeweiligen Badezimmer führen.

Victoria steht mitten im Bereich ihres Bruders – ein weißer Klecks im schwarzen Raum. Gesicht und Lippen sind geschminkt, die Haare ja sowieso gebleicht. Sie sieht aus wie ein Gespenst. Erst jetzt wird mir bewusst, dass wir uns seit unserer Ankunft in England nicht mehr wirklich gesehen, geschweige denn miteinander gesprochen haben. Sie wirkt verhärmt.

»Rea …«, sagt sie überrascht und neigt grüßend den Kopf. Ich sinke in einen Devotionsknicks.

»Bei Maria noch mal, lass das.« Als ich aufsehe, stelle ich erschrocken fest, dass sie die Hände vor das Gesicht geschlagen hat.

»Hoheit?«, frage ich vorsichtig.

Victoria lässt die Hände sinken, versucht zu lächeln. »Es ist nichts«, versichert sie mir. »Ich bin sehr froh darüber, dass du mich besuchen kommst. Es ist so schön, dich wiederzusehen.« Sie nimmt die schwarzen Sachen von dem Stuhl und fängt an, sie zusammenzulegen. »Will musste in Robins Zimmer ziehen«, erklärt sie, ohne mich anzusehen. »Die Gemächer des Kronprinzen. Diese Sachen von ihm waren noch bei mir, und sie haben vergessen, sie mitzunehmen. Jetzt weiß ich nicht, was ich damit machen soll.« Ihr Blick wandert zum Kleiderschrank. »Ist doch irgendwie sinnlos, sie in einen leeren Schrank zu räumen, oder?«

»Hoheit«, versuche ich es noch einmal. Für so etwas fehlt mir die Zeit. Aber sie scheint all ihre Tapferkeit verloren zu haben, ihre Andersartigkeit, ihr Temperament. Sie wirkt völlig verloren. »Wohl eher nicht«, stimme ich ihr deshalb zu.

Die Prinzessin legt die Sachen wieder auf den Stuhl. »Ja, das denke ich auch.«

»Victoria …«, starte ich einen neuen Anlauf.

»Weißt du wirklich nicht, wo Robin sich aufhält?« Jetzt sieht sie mir direkt in die Augen.

»Ich habe deinem Bruder so viel gesagt, wie ich konnte.«

»Er meinte, du hättest ihm deine bloße Hand dargeboten.«

Ich muss schlucken. Wird sie mich jetzt auspeitschen lassen? Sollte ich mich wirklich so sehr verschätzt haben?

»Der Glasbläser hat mich transparent gemacht.«

»Aber ihr zwei seid nicht verlobt. Wenn Mutter davon wüsste, würde sie dich bestrafen lassen.«

Eine Drohung? Ich mustere sie prüfend. Plötzlich hebt sie die rechte Hand an den Mund und zieht sich mit den Zähnen den Handschuh von den Fingern. Streckt mir die nackte Hand entgegen.

Es könnte eine Falle sein, eine Mutprobe, eine Verzweiflungstat. Doch was auch immer dahintersteckt – meine Not ist groß genug, um es zu versuchen.

Also streife ich ebenfalls einen Handschuh ab und greife zu. Ihr Geist reißt mich mit wie eine Springflut. Ich muss mich regelrecht zwingen, auf beiden Beinen stehen zu bleiben. Ihre Finger sind angenehm warm.

»Jetzt würde sie dich doppelt strafen.« Fasziniert starrt Victoria auf unsere verschränkten Hände.

»Kann ich dir vertrauen, Victoria?«

Sie sieht mir ins Gesicht, jetzt vollkommen ernst. »Ja.«

»Warum?«, will ich wissen.

»Weil Robin dich liebt.«

Ihre unerschütterliche Überzeugung ist für mich wie ein Schlag in die Magengrube. In ihrem Geist kann ich sehen, dass sie die Wahrheit sagt. Und ich erinnere mich an solche Gefühle. An diese Schlichtheit, diese Einfachheit. *Wenn mein Bruder sich für dich entschieden hat, entscheide ich mich ebenfalls für dich.* Früher war meine Welt auch einmal so einfach. Bevor ich beschloss, ein ganzes Land befreien zu wollen. Oder so etwas in der Art.

»Wie habt ihr es bloß geschafft, so zu werden?«, frage ich leise. »Bei solchen Eltern?«

Erinnerungen steigen in ihrem Geist auf: an James Noah,

der sie eigentlich großgezogen hat, betraut mit dem Schutz aller Königskinder, wenn auch nur Robins Leibwächter. Vor mir zuckt Victoria bloß mit den Schultern. »Wir sind nicht unsere Eltern. Du kannst mir vertrauen.«

»Gut«, sage ich nickend. »Dann brauche ich jetzt deine Hilfe.«

»Was kann ich tun?« Kein *wieso* oder *wobei.*

»Ich muss aus dem Palast raus, und ich werde erst sehr spät zurückkommen. Aber ich muss unbemerkt hinausschleichen – weder Nottingham noch sonst irgendjemand darf etwas davon mitbekommen.«

Victoria begreift sofort. *Ich wünschte, ich wäre wie du,* denkt sie. »Ich wünschte, ich wäre wie du«, sagt sie dann auch. Sie weiß schließlich nicht, dass ich ihre Gedanken lesen kann.

»Nein.« Ich fange an, meinen Mantel aufzuknöpfen. »Glaub mir, das willst du nicht. Wirst du mir helfen?«

»Klar.« Sie drückt meine Hand.

Genau in diesem Moment klopft es an der Tür. So schnell wie möglich treten wir auseinander. Diener warten nicht auf eine Antwort. Die Tür öffnet sich. Ich verstecke die nackte Hand hinter meinem Rücken und stelle mich vor Victoria, um ihre ebenfalls zu verbergen.

William steht im Türrahmen, noch immer in der Aufmachung eines Kronprinzen. Der zukünftige König. Er schließt die Tür hinter sich, dann mustert er uns beide. »Nerverl«, sagt er leise. Seine Schwester schiebt sich an mir vorbei und wirft sich ihm in die Arme. Er drückt sie fest an sich. Als er sie wieder loslässt, bemerkt er ihre nackte Hand. Sein Blick huscht zu mir.

»Mein Vater hat mich gebeten, nach Ihnen zu suchen, Miss Emris«, erklärt er.

Die Kreatur schiebt sich unter der geschlossenen Tür hindurch. Im Zimmer wächst ihr Körper riesenhaft an. Was? »Warum, Hoheit?«

»Will«, schaltet sich Victoria ein, »sie braucht ein Alibi.«

»Was will Seine Majestät von mir?«, hake ich weiter nach.

William blickt auf seine Schwester hinunter, die er noch immer im Arm hält. Er muss gar nicht erst fragen, was für ein Alibi das sein soll. »Das hat er nicht gesagt. Er wünscht, dass Sie ihn in seinen Privatgemächern aufsuchen.«

Nur er und ich. Allein.

Ich brauche Nottingham gar nicht.

Ich brauche nur ein scharfes Messer.

Robin.

Ein scharfes Messer, und es ist vorbei. Heute noch vorbei.

Ich hole mein Handy aus der Tasche, lese noch einmal seine Nachricht. *Heute Nacht. Ein zwielichtiger Fremder.*

»Sag unserem Vater, dass sie heute nicht in der Verfassung ist, um sich irgendwo sehen zu lassen, Will«, bestimmt Victoria, bevor sie sich aus seinem Arm löst und in ihrem begehbaren Kleiderschrank verschwindet. Wenig später taucht sie wieder auf und hält etwas in der Hand, das eigentlich nur eine Marienrobe sein kann.

»Nottingham kann das bestätigen«, füge ich hinzu. »Er glaubt, ich liege im Bett, nachdem ich heute ohnmächtig geworden bin.«

»Sie sind ohnmächtig geworden?«, fragt William.

»Es geht mir bestens«, versichere ich ihm. Was so gar nicht der Wahrheit entspricht.

Williams Knie scheinen etwas wackelig zu werden. »Ich werde es ausrichten«, verspricht er.

Wieder blicke ich auf mein Handy, dann werfe ich dem Prinzen einen abschätzenden Blick zu. »Du wirst ohnehin zu spät kommen«, mischt sich die Kreatur ein. »Sie schreiten bereits ihrem eigenen Untergang entgegen.« Während sie spricht, wächst sie immer weiter, bläht sich auf wie heißes Glas. Wie das Glas auf meiner Haut. Ich fühle, wie es sich auf meinem Oberschenkel ausbreitet. Nacktes Entsetzen packt mich. Ich muss an Blanc denken, an René. An den fröhlich grölenden Haufen im Atelier, all die Menschen, die Robin und seinem wundervollen, dummen Plan zugejubelt haben. Der wundervolle Plan eines wundervollen Mannes. An all die Menschen in den sozialen Netzwerken, die sich ebenfalls dazu bekannt haben: *Wir werden das nicht zulassen.* Dann sehe ich sie alle vor mir – Blanc, René, Robin und Liam, mit einer Kugel im Kopf. Schnell drehe ich mich zu Victoria um.

»Wir dürfen keine Zeit verlieren.«

Sie reicht mir die Marienrobe. »Dann solltest du das besser schnell anziehen.«

Mit einem neugierigen Blick frage ich sie: »Warum hast du so etwas überhaupt?«

Vollkommen ungerührt erwidert sie, während sie mir ein Säckchen mit Geld entgegenstreckt: »Weil ich genau wie du keine Gefangene an diesem Hof sein wollte.«

Prinzessin Victoria. Wer hätte gedacht, dass ich in ihr nicht nur eine Verbündete finden würde, sondern sogar eine Meisterin?

Fünf Minuten später verlässt Prinz William sein ehemaliges Zimmer in Begleitung einer Frau in Marienrobe. Niemand stellt irgendwelche Fragen, weder die beiden Diener noch die beiden Ritter, die vor Victorias Tür Wache halten. Keiner der Hausangestellten, die in den Fluren unterwegs sind. Ein Stockwerk tiefer gehen wir, ohne ein Wort zu wechseln, auseinander. Ich schließe mich einer Gruppe von Dienstboten an, die gerade durch eine Hintertür den Palast verlässt, ebenso gesichtslos und unerkannt wie sie.

Sobald ich mich nicht mehr im direkten Umkreis des Buckingham Palace befinde, hole ich mein Handy aus der Tasche. Ich schicke eine Nachricht an den Comte und Ninon, da Robins Nummer unterdrückt war: *Wartet. Ich bin unterwegs. Wir dürfen nichts überstürzen!* Anschließend tauche ich in den Regent's Park ab und schlitze mir dort im Schutze der Dunkelheit die Arme meiner Marienrobe auf. Wenn ich es schaffe, den Weg durch die Kanalisation zu finden, müsste ich das Atelier rechtzeitig erreichen. Noch sind sie bestimmt nicht losgezogen. Solche Aktionen wickelt man mitten in der Nacht ab, nicht am Abend. Sie dürfen einfach noch nicht weg sein.

Ich behalte mein Handy in der Hand, damit ich ein Licht habe. Doch bevor ich die Taschenlampe aktivieren kann, fällt mein Blick auf die News-App: *Terroranschlag – landesweite Patientenausbrüche in Korrektiven.*

Vor Schreck stolpere ich fast über meine eigenen Füße. Nein. Nein, nein, nein. Im offiziellen Newsticker gibt es keine weiteren Informationen, also sehe ich in den sozialen Netzwerken nach, klicke mich durch die verschiedenen Posts, während ich anfange zu rennen. Verwackelte Videos, verschwommene Fotos. Ich kann überhaupt nichts erkennen.

Kurz entschlossen kehre ich um und hetze zur Straße, winke eines der transparenten Taxis heran, die auf der Mall ständig präsent sind. Bisher habe ich noch nie in so einem Ding gesessen, weil ich es mir einfach nicht leisten konnte, aber mit Victorias Säckchen in der Tasche scheint es der perfekte Zeitpunkt zu sein, um diese Beförderungsmethode auszuprobieren.

»Euston Road«, weise ich den Fahrer an.

»Euston Road?« Er wirft mir einen misstrauischen Blick zu. Marienroben sind nirgendwo gern gesehen. »Haben Sie's denn nicht gehört?«

Der Mann dreht das Radio auf, aber es tönt nur Thea Mallorys tiefe Stimme aus den Lautsprechern, eine Dauerschleife einer alten Aufzeichnung: »Denkt daran, ihr Jungen und Männer dort draußen: No skin, no sin. Der Weg zur Hölle führt über die Haut. Ruhe und Gelassenheit führen durch den Sturm. Denkt daran …«

»Die bringen nichts anderes mehr«, erklärt mir der Taxifahrer. »Anscheinend ist in der Korrektive in King's Cross irgendwas los.«

»So dicht ran wie möglich«, lege ich nach.

Erst scheint er protestieren zu wollen, aber dann zuckt er nur mit den Schultern und tritt aufs Gas.

»Gruselig, oder?«, meint er nach ein paar Sekunden. »Dass sie jetzt alle hier durch die Straßen schleichen?«

Ich sage lieber nichts dazu.

»Ihnen scheint das ja keine Angst zu machen.« Er wirft mir über den Innenspiegel einen prüfenden Blick zu. Schaudernd spüre ich, wie meine Haut sich wieder erhärtet. Inzwischen scheint sich das Gefühl in die Kniekehlen ausgebreitet zu haben. »Andererseits, man muss ja auch irgendwie weitermachen, nicht? Ich kann ja nicht einfach aufhören zu fahren. Geht eben nicht anders. Wer soll denn sonst meine Rechnungen bezahlen?«

Wir verlassen The Mall. Ich rutsche näher ans Fenster und treibe in Gedanken den Fahrer zur Eile an. Unmöglich, es noch vor der GVK zu schaffen. Wenn die Presse bereits Wind davon bekommen hat, muss die GVK längst unterwegs sein. Maria Magdalena, verdammt! Der Fahrer redet immer weiter: »Ich weiß eigentlich gar nicht, wen ich gruseliger finde – diese Freaks in King's Cross oder die königlichen Steuereintreiber. Aber ich sag Ihnen eins: Wenn es morgen an meiner Tür klopft, sind das mit Sicherheit nicht die Hautstreicher!«

Während ich ihm mit halbem Ohr zuhöre, breitet sich ein merkwürdiges Gefühl in meiner Brust aus. Es ist, als würde ein kleines Blümchen aufkeimen. Sehr klein, zugegeben, aber trotzdem. Hätte ich nicht so viel Angst, es dadurch zu zertrampeln, würde ich es als Hoffnung bezeichnen.

»Was halten Sie von der Sache mit dem Kronprinzen?«, frage ich vorsichtig, als wir in die Park Lane einbiegen. Am Ende der Straße müsste gleich der Marmorbogen auftauchen. *Komm schon!*

»Steht unsereinem nicht zu, da was dazu zu sagen, oder?«

»Nein, eher nicht.« Die Straßen sind ziemlich leer. Heutzutage kann sich kaum noch jemand ein Auto leisten. »Aber eine Meinung wird man wohl haben dürfen, oder?«

Mein Chauffeur zuckt mit den Schultern. Da, der Bogen! Wir fahren daran vorbei, der Fahrer setzt den Blinker, und wir biegen in die George Street ein. »Er hat wohl getan, was er für richtig hielt, oder?«

Er fährt über den Montagu Square und weiter an dem kleinen Park vorbei. Da vorne ist endlich die Euston Road. »Der König sieht das allerdings anders, würde ich sagen«, sage ich.

Ohne den Blick von der Straße zu nehmen, erwidert der Fahrer: »Wenn ich dem jungen Mann auf der Straße begegnen würde, würde ich ihm auf jeden Fall die Hand schütteln. Mehr sage ich dazu nicht.«

Mein Herz beginnt zu rasen, während der Fahrer noch fester aufs Gas tritt. Jetzt will er mich schnell loswerden. Immerhin könnte ich ein Spitzel sein. Vor uns taucht der Euston Square auf und damit das Hauptquartier der GVK. Eine ganze Horde Ritter stürmt aus dem Haupteingang. Sie rücken aus. Ich stoße einen leisen Fluch aus. Hoffentlich hat der Fahrer das nicht gehört. Euston Square Gardens, Churchway, Charlton Street. Eine Straßensperre. Ich werfe dem Fahrer sein Geld hin und springe aus dem Wagen. Die Ritter versuchen, die Straße abzuriegeln, bisher aber nur mit mäßigem Erfolg. Es sind einfach zu viele Zivilisten unterwegs, zu viele Menschen rennen kopflos herum. Sie versuchen, von der Korrektive wegzukommen, von dem Rauch und den Schüssen.

Schüsse.

Panik treibt mich weiter – Panik, Adrenalin und die Feuerseide an meinem Schenkel, die Flammen in meinem Geist. Ich tauche in der Menge unter, dränge mich aber genau in die entgegengesetzte Richtung, auf die Korrektive zu. Plötzlich fühlt sich alles an mir leicht an, mein Körper, meine Knochen, mein Blut. Ich kann Robin noch retten. Ich kann sie alle retten.

Je mehr ich mich dem Tor der Korrektive nähere, desto schlechter wird die Sicht. Überall ist Rauch – bleiche, feine Schwaden genauso wie dicke Wolken. Der Wind treibt sie auf das Hauptquartier der GVK zu und erschwert den Rittern den Vormarsch noch. Während ich mich als Einzelne zwischen den flüchtenden Menschen hindurchschieben kann, werden sie zurückgedrängt, zögern aber auch, in eine panische Menge zu stürmen, in undurchdringliches Gebiet. Ich bin ebenfalls im Blindflug, nur die Bewegung meiner Beine zeigt mir, dass ich vorankomme. Jetzt kann es nicht mehr weit sein bis zum Tor …

Ganz plötzlich trete ich aus der Qualmwolke heraus. Der Wind, der den Rauch die Straße hinuntertreibt, hat den Platz vor dem Tor bereits gereinigt. Ich kann die brennenden Rauchgranaten auf dem Hof der Korrektive sehen, die maskierten Gestalten, die immer mehr und mehr Granaten zünden. Sie tragen bunte Mäntel, doch mehr ist in dem gelben, grünen, blauen, roten und violetten Dunst nicht zu erkennen.

Dann höre ich Schüsse. Die Maskierten gehen in Deckung. Hastig folge ich ihrem Beispiel. Gleichzeitig suche ich das Tor ab, den Turm, das andere Ende der Straße. Eine der bunten Gestalten wirft eine Granate in den Wachturm. Sofort quillt Rauch aus den Fenstern. Und noch bevor ich den Schützen ausmachen kann, höre ich ein neues Geräusch: dumpfes Poltern. Nein, es sind stampfende Füße. Zwei – zwei. *Lauft.*

Die Gestalten auf dem Hof zünden ihre letzten Granaten, und wieder fällt ein Schuss. Wer schießt da? Geduckt sehe ich mich um, aber jetzt kommt schon wieder der Qualm auf mich zu. Die Maskierten halten ihre Granaten in der Hand und hüllen uns alle in eine rote Wolke, während sie aus dem Tor hinaus fliehen. Ich folge ihnen. Zwei – zwei. Das warnende Stampfen ertönt in einiger Entfernung, nicht am Euston Square, sondern genau in der entgegengesetzten Richtung, in die wir jetzt rennen. Ich höre noch einen Schuss. Einer der Maskierten brüllt etwas, aber ich kann es nicht verstehen. Wir biegen in die Midland Road ab. Dort ist der Bahnhof von St. Pancras mit jeder Menge Menschen, die alle panisch flüchten. Nein – an einem Gullydeckel steht eine einsame Gestalt und stampft immer wieder auf das Metall. Zwei – zwei. Es hallt von den Hauswänden wider, andere trommeln an Türen, Mauern, schlagen auf Kochtöpfe ein. So wurde das Signal auch weitergetragen, als wir damals in den Heiligen Höfen aus dem Theater geflohen sind. Maske hin oder her, den Mann an dem Gully erkenne ich sofort.

»Ihr seid die Letzten!«, ruft Robin seinen Kameraden zu. »Beeilt euch!«

Als ich seine Stimme höre, überrollt mich eine Welle der Erleichterung. Er ist unverletzt. Er wurde nicht enttarnt. Mühsam unterdrücke ich den Impuls, laut seinen Namen zu rufen, als ich auf ihn zulaufe, dicht hinter seinen Leuten her.

Wieder fällt ein Schuss. Diesmal höre ich ihn nicht nur, ich spüre ihn. Fühle den Luftzug, als das tödliche Projektil dicht an meiner Wange vorbeifliegt. Ich wirbele herum. Keine drei Meter hinter mir steht ein Ritter. Allen denkenden Geistern dieser Welt sei gedankt, dass er ein so miserabler Schütze ist. Drei Schritte, dann stehe ich vor ihm.

»Du hättest öfter auf den Schießstand gehen sollen«, zische ich atemlos, kopflos, während ich ihm die Faust in den Magen ramme. Er sinkt atemlos auf die Knie. Ich trete ihm erst die Pistole aus der Hand, dann trifft mein Fuß seinen Solarplexus. Ohnmächtig bricht er zusammen. Als ich wieder herumfahre, rauscht mächtiges Wasser durch meine Adern, das blaue Band flattert zusammen mit dem roten durch meinen Geist und verleiht mir Kraft. Die maskierten Gestalten sind verschwunden, haben ihre Granaten aber überall verteilt, um ihren Rückzug zu decken. Robin steht noch immer neben dem Gully. Jetzt stampft er nicht mehr, offenbar wird er gleich ebenfalls in dem Einstiegsloch verschwinden.

Doch er rührt sich nicht.

Er steht einfach nur da.

Mit einem lauten Fluch sprinte ich los, renne so schnell, wie ich nur renne, wenn es um meine Lieben geht. Einige Passanten sind ebenfalls stehen geblieben und drehen sich zu dem Mann um, der da ganz allein steht. Einer von ihnen läuft sogar auf Robin zu, so wie ich. Aber mein Weg ist wesentlich länger.

»Verschwinde«, brülle ich Robin an. Er reagiert nicht. Warum nicht?! Panisch stürme ich weiter. Wenn sie ihn erwischen, wenn sie ihm die Maske abnehmen, dann werden sie ihn lynchen, sie werden sich ihm niemals anschließen, sie werden ihn hassen … Meine Muskeln protestieren bei jedem Schritt, aber ich beachte sie nicht. Laufen. Laufen. Laufen. Der Fremde ist ein junger Mann in einem langen Mantel mit feinen Handschuhen, einem hohen Marienkragen, braunem Bart und braunen Haaren. Und er ist so viel dichter dran als ich … Laufen!

Fast gleichzeitig kommen wir bei Robin an. Fast.

Wäre ich nur eine Sekunde schneller gewesen, hätte ich Robin in den Kanal hinunterschubsen können und wäre hinterhergesprungen.

Doch es ist dieser Mann, der Robin als Erster erreicht. Ihn packt. Ihm das rote Seidentuch vom Gesicht reißt.

Der Fremde erstarrt. Ich sehe, wie er die Augen aufreißt. Mit einem Ruck befreie ich Robin aus seinem Griff, doch der Mann wehrt sich heftig dagegen.

»Er konnte nicht atmen! Vorsichtig, er muss atmen!«, ruft er. Ich begreife nicht, was dieser Mann mir sagen will. Doch dass er erkannt hat, wer hier vor ihm steht, begreife ich sofort. Schnell strecke ich die Hand aus – noch kann ich in seine Gedanken eingreifen –, aber da brüllt er bereits: »Das ist der Kronprinz!«

Hektisch mustere ich die Zuschauer, die sich inzwischen um uns versammelt haben. Ich kann sie nicht alle vergessen lassen, was sie gehört haben. Gleichzeitig höre ich das Poltern schwerer Stiefel hinter mir. Die Ritter kommen die Euston Road hinauf.

Verwirrt, unglücklich sieht der fremde Mann mich an. »Ich bin Arzt, ich wollte ihm helfen, er konnte nicht atmen …«

Was meint er? Die dröhnenden Schritte der GVK werden immer lauter. Gleich haben sie uns erreicht. Wir haben jetzt keine Zeit für Fragen. Robins Körper drückt schwer gegen meinen Arm. »Ich habe ihn«, versichere ich dem Mann. Er nickt. Sein Blick wandert über meine Schulter. Auch er hat die marschierenden Schritte gehört.

»Geht!« Ohne mich noch einmal anzusehen, stellt er sich so hin, dass er mich vor den Blicken abschirmt. »Verschwindet, bevor sie hier sind.«

Robins Arm fällt auf meine Schulter, als ich ihn zum Einstiegsloch zerre. Endlich bewegt er sich! Zusammen klettern wir in das Einstiegsloch, wir müssen hier weg, sofort hier weg! Einige Zuschauer stellen sich zu dem Arzt: drei, vier … dann sind es zehn, elf. Ich höre auf zu zählen, als die gesamte Menschenmenge sich in Bewegung setzt, um unseren Rückzug zu decken. Und sie fangen an zu stampfen: zwei – zwei. Die Vibrationen lassen die Leiter zittern, als ich mühsam hinunterklettere.

»Hörst du das?«, frage ich Robin, der aus seinem Schock erwacht zu sein scheint. Ich kann es einfach nicht glauben. Mein Feuer scheint die Eisblumen meiner Mutter zu wärmen und erblühen zu lassen, scheint richtige Blumen aus ihnen zu machen, die nun in meiner Brust erstrahlen. »Sie sind für dich eingestanden. Sie sind für dich eingestanden, obwohl du ein dämlicher, leichtsinniger, Kriminelle befreiender, törichter Gesetzloser bist.«

Robin lacht. Es klingt seltsam. Ich stöhne unter seinem Gewicht. »Also, Eure königlich verzogene Hoheit, Ihr könnt auch gerne selber klettern«, schlage ich gepresst vor.

Wieder stößt er dieses Lachen aus.

Irgendetwas stimmt nicht. Mit einem Satz springt die Kreatur durch das Einstiegsloch zu uns herunter. Ihre Füße streifen meine Schultern und verwandeln die Haut dort in Glas. Das klingt so gar nicht wie Robins normales Lachen. Es klingt irgendwie … benommen.

»Robin?« Er antwortet nicht. Und plötzlich spüre ich etwas an meiner Wange, an meiner Hand. Etwas Nasses, Klebriges, Schmieriges. Etwas Rotes.

Blut.

Kapitel 11

Das Blut fließt aus einer Wunde an seinem Bauch. Der Ritter war doch oft genug auf dem Schießstand.

Robin wurde angeschossen.

So fühlt sich also echte Panik an. Ich dachte, schon das da draußen in der Euston Road wäre Panik gewesen, aber da fehlte dieses absolute Gefühl der Ohnmacht. Das Gefühl, als würde auch mein Herz schlussendlich zu Glas erstarren.

Halb tragend, halb stoßend bugsiere ich Robin die Leiter hinunter, zusätzlich behindert durch die Kreatur. Sobald wir den Boden erreichen, lege ich ihn hin. Er hustet. Sein Gesicht ist mit Dreck und Blut beschmiert. Die Kreatur streicht aufgeregt über seine Haut, dann sieht sie mit ihren Glasaugen zu mir hoch. »Ich habe dir gesagt, dass er sterben wird. Ich habe dir gesagt, dass du ihn nicht beschützen kannst.«

Ungeschickt ziehe ich meinen Mantel aus und drücke ihn auf die Wunde. Aber die Kreatur gräbt ihre Finger in meine rechte Hand, und so geht es langsam, viel zu langsam. Die Seidenbänder zischen auf meiner Haut, flattern wütend durch meinen Geist, aber die Kreatur trinkt das Wasser, leckt die Flammen auf, verwandelt alles in Glas. Dick und aufgebläht hockt sie vor mir. Ich weiß nicht, was ich tun soll. Am besten einen Krankenwagen rufen. Ich lache hysterisch, und die Kreatur grinst träge. Der zum Terroristen gewordene Kronprinz wurde angeschossen. Ja, es wäre überaus freundlich, wenn sie kommen und ihn retten könnten.

In diesem Moment scheppert es am Ende des Tunnels. Schnell schleife ich Robin ein Stück zur Seite, schubse die Kreatur weg und ziehe die Pistole aus Robins Gürtel. Mit zitternden Händen hebe ich die Waffe. Schon die Arme anzuheben kostet unglaublich viel Kraft, und die Kreatur hängt wieder an meiner Hand. Direkt vor meinen Augen verwandeln sich meine Finger in Glas. Blanc hat mir vor einer Ewigkeit einmal gezeigt, wie man mit Schusswaffen umgeht. Damals, als ich noch neu war am Weißen Hof. Aber ich wollte nie wirklich eine Pistole einsetzen.

»Halt!«, rufe ich laut. Meine Stimme zittert vor Erschöpfung, und ich kann spüren, wie sich das Glas über meinen Körper ausbreitet. Über meinen gesamten Körper. »Ich habe eine Waffe, und ich werde auf jeden schießen, der sich zeigt.«

Wer auch immer sich uns nähert, bleibt stehen. Ich glaube, leise Stimmen zu hören. Hinter mir stößt Robin ein leises Wimmern aus. Maria, nein. Nein, nein, nein!

Dann ruft jemand: »Wem gedenken wir heute?«

Ich sauge so heftig den Atem ein, dass es von den Tunnelwänden widerhallt. »James Noah«, antworte ich, obwohl die Kreatur ihre Finger in meine Lunge bohrt und über meine Lippen leckt, um sie ebenfalls erstarren zu lassen. Ohne die Pistole sinken zu lassen, fordere ich: »Zeigt euch!«

Die Schritte sind schon hinter der nächsten Ecke. Dann tauchen einige verschwommene Gestalten auf – fünf, sechs, sieben. Angestrengt spähe ich in die Dunkelheit, umklammere meine Waffe. Meine Augen tränen. Das Wasser gefriert. Ich blinzele hektisch. Bunte Mäntel. Diese Mäntel … Und da, dieses Gesicht …

»Pankhurst!« Sobald ich sie erkenne, sinke ich kraftlos auf die Knie. Die Kreatur drückt mich nieder. Ich krieche zu Robin hinüber, meine gläsernen Knie schaben über den Boden, meine

Hände … »Er ist verletzt, er wurde angeschossen, ich kann die Blutung nicht stoppen, ich schaffe es nicht …!«

»Scheiße!«, flucht Pankhurst, während sie mit ihrem Team auf uns zustürmt. Anscheinend ist eine von ihnen Ärztin oder Krankenschwester. Maria sei Dank, Maria Magdalena sei Dank. Sie kniet sich neben Robin und öffnet die Tasche, die sie bei sich trägt. »Holt eine Trage, verdammt«, ruft sie über die Schulter. Ein Mann in den Vierzigern nickt und dreht sich um.

»Rea«, wendet sich Pankhurst an mich, »geh mit.«

»Nein«, protestiere ich, »ich kann ihn nicht verlassen, ich will ihn nicht verlassen …«

»Hast du irgendeine Ahnung von Medizin?«, fährt Pankhurst mich an. Die Kreatur hängt sich an meine Schultern. Ich beuge mich vor, schüttele den Kopf. Pankhursts Augenbrauen ziehen sich zusammen. »Was ist los mit dir, Rea?«

Meine Finger krallen sich in den Steinboden. »Geistesfieber«, presse ich hervor und werde rot. Die Scham droht meinen Geist zu ersticken, während die Kreatur mich immer tiefer zu Boden drückt. Meine Lunge wird zu Glas. Ich kann nicht mehr atmen.

Ich kann das nicht schaffen.

Pankhurst wendet sich wieder an den Mann. »Verdammte Scheiße! Hamid, nimm sie mit. Bring sie zu Outingba. Und danach kommst du sofort zurück und bringst uns die Trage.«

Wieder nickt der Mann stumm. Vorsichtig hilft er mir auf. Hinter uns hat sich die Ärztin bereits an die Arbeit gemacht, unterstützt von zwei weiteren *Verbannten.*

»Rea, richtig?«, fragt Hamid. »Kannst du stehen? Laufen? Ich stütze dich.«

Das muss er auch. Ich schaffe es keine hundert Meter weit. Selbst als er mich praktisch trägt, tue ich noch so, als würde ich selbst laufen. Vage bekomme ich mit, wie die Wände an uns vorüberziehen, wie die Decke höher wird, als wir einen größeren

Tunnel erreichen. Stimmen, Vorräte, Menschen. Anscheinend haben sie hier eine Art Notlazarett eingerichtet. Überall laufen Leute in weißen Kitteln und Latexhandschuhen herum. Und jede Menge Patienten, die meisten in den braunen Marienroben der Korrektive. Sie liegen auf Feldbetten, nackte Finger berühren ihre Haut, während die Maltoren ihr Möglichstes geben. Ich erkenne keinen von ihnen, kann aber auch kaum noch klar sehen. Alles verschwimmt vor meinen Augen, mein Körper erstarrt nun voll und ganz. Hamid setzt mich irgendwo ganz hinten bei einem Mann ab. Das muss Outingba sein. Mit dem weißen Kittel und der schwarzen Haut wirkt er nahezu überirdisch, wie eine Engelsgestalt. Mein Verstand setzt aus.

»Zustand?«, fragt er Hamid, der sich bereits eine Trage geholt hat und zu Robin zurückkehren will.

»Geistesfieber«, erklärt er knapp. »Kann nicht mehr selbstständig gehen.«

»Grad vier«, sagt Outingba, während er mich anschaut. Er verlässt seinen anderen Patienten und wendet sich mir zu. Als er eine Hand an meine Wange legt, spüre ich Schweiß; die Erschöpfung hat deutliche Spuren in seinem Gesicht hinterlassen. Er schließt die Augen. »Mawu-Lisa«, sagt er über die Schulter. »Bleib ganz ruhig liegen. Ich komme zu dir, sobald ich kann.«

»Ich muss ihn retten«, murmele ich. Wo ist Robin? Ich muss ihn retten. Bin ich nicht hergekommen, um ihn zu retten? Bin ich nicht …

»Ihm geht es bald wieder gut«, sagt Outingba. Woher will er das wissen? Wie … Ich habe keinerlei Zeitgefühl mehr, meine Gedanken entgleiten mir. Die Flammen in meinem Geist sind erstarrt. Zersplittert. Das Eis ist geschmolzen, nur noch eine leblose, transparente Pfütze. Eine gläserne Pfütze. Ich höre ein leises Wimmern. Stammt es von mir? Oder von dem Mann, den Outingba gerade behandelt? Nein … bin ich nicht seine Patientin? Wo bin ich überhaupt? Und wer ist dieser Mann, der sich über mich beugt, mein Gesicht berührt?

Dann höre ich ein Knacken. Mein Feuer, das ist mein Feuer. Die Flammen knacken, weil sie wieder zum Leben erwachen. Sie schmelzen die gläserne Pfütze, bis das Wasser wieder fließt, die Scherben fortspült. Als mein Geist endlich wieder klar wird, sehe ich die Schweißperlen auf Outingbas Stirn.

»Da bist du ja wieder«, sagt er. »Bitte entschuldige, aber ich muss jetzt weitermachen. Kannst du aufstehen?«

Ich nicke stumm, schäme mich, weil ich ihnen zur Last gefallen bin. Natürlich hat sich meine Haut nicht in Glas verwandelt. Wie sollte das auch gehen? Das alles passiert nur in meinem Kopf. Ich habe es nicht geschafft. Ich war nicht stark genug.

»Wo ist Robin?«, frage ich, während ich mühsam aufstehe.

»Das weiß ich nicht«, antwortet Outingba. »Entschuldigung, ich muss jetzt wirklich …« Er wendet sich einem Patienten in einer braunen Marienrobe zu. Es sind so viele. Doch bevor ich noch etwas sagen kann, legt mir jemand die Hand auf die Schulter. Es ist Pankhurst.

»Komm, Rea, gehen wir ein Stück.«

Gemeinsam wandern wir durch die Kanalisation, und Pankhurst erklärt mir alles: »Wir haben einen verfluchten Operationssaal aus dem Boden gestampft. Da ist Robin jetzt. Wir haben sogar Blutkonserven. Er schafft das, glaub mir. Ganz bestimmt.«

Ich greife nach ihrer Hand. Das brauche ich einfach, wenn ich an Robin denke, und sein Blut, das ganze Blut … Und er ist nicht der Einzige, der heute sein Leben aufs Spiel gesetzt hat. »Und Blanc? René? Liam? Der Comte? Wie geht es ihnen?« Sie hält meine Hand fest, während sie noch einen Zahn zulegt.

»Komm mit«, sagt sie. »Seit wir sie aus diesem verfluchten Drecksloch rausgeholt haben, haben sie nicht aufgehört, nach dir zu fragen.«

Wir gelangen in die Tiefgarage, die ich bereits kenne, und erreichen über die Holztreppe das Atelier mit dem warmen Licht der Scheinwerfer. Ich stürze sofort auf den Operationssaal zu, einem durch Vorhänge gut abgetrennten Bereich hinten im Atelier, wo einmal die Bühne war, und erkundige mich nach Robin. Der Mann, der vor dem geschlossenen Vorhang steht, um den Ärzten den Rücken freizuhalten, sagt, der Prinz werde noch operiert. Er könne nichts sagen, er wisse selbst nicht … Seine Lippe ist blutig gebissen.

Ich tigere vor dem Vorhang auf und ab, bis mich Pankhurst davon überzeugen kann, dass ich mich setzen sollte, wenn ich gerade erst zusammengeklappt bin. Widerwillig folgte ich ihr durch das Atelier und auf eine Reihe von Stühlen zu, dort, wo zuvor die Spiegel standen. Die Spiegeltische sind verschwunden, an ihrem Platz stehen jetzt mehrere alte Fernseher, deren Bild flackert, nur noch schwarz-weiß ist oder durch einen Sprung im Bildschirm verzerrt wird, was allerdings niemanden zu stören scheint. Alle, die gerade nicht damit beschäftigt sind, Kostüme einzusammeln, Essen auszugeben oder zu kochen, Verbandsmaterial, Medikamente oder Blutkonserven zu verteilen, sehen sich die Nachrichten an, in denen es kein anderes Thema gibt als den Ausbruch. Beziehungsweise die Ausbrüche – King's Cross, East End, Southern Brighton, Central Birmingham. Und gerade kommen sogar Meldungen über einen Gefängnisausbruch von Magdalenen und Hautstreichern in den Vereinigten Staaten rein. Außerdem sehe ich Bilder von Menschen, die demonstrieren, ihre Solidarität bekunden, in Paris und Berlin, in Danzig und Rom.

»Wart das alles ihr?« Fassungslos starre ich auf den Bildschirm, während ich mich setze.

»Scheiße, ja«, verkündet Pankhurst stolz.

»Aber wie?« Ich kann es nicht glauben.

Sie wirft mir einen kurzen Seitenblick zu. »Robin ist genau zur richtigen Zeit zu uns gestoßen, aber die *Verbannten* untergraben das System des Weißen Hofes schon seit Jahren. Und dank dir und Ninons Datenwanze hatten wir auf einen Schlag Zugang zu sämtlichen Datenbanken der GVK, vor allem aber zu ihren Sicherheitscodes. Und zur Videoüberwachung. Das sind solche Schwachköpfe. Ninon hat eine Videoschleife gelegt. Über ihr internes Kommunikationsnetz haben wir gefälschte Nachrichten verschickt und den Mitarbeitern mitgeteilt, dass die Dienstpläne geändert wurden, sodass heute nur eine Minimalbesetzung in den Korrektiven war. Dann haben wir uns die Uniformen angezogen, die unsere Kostümbildner uns geschneidert haben, und sind einfach reinspaziert. Die Abendschicht war extrem unterbesetzt.« Pankhurst grinst breit, aber es wirkt grimmig. »Die haben überhaupt nichts gerafft. Bis die begriffen hatten, dass wir da waren, hatten wir bereits genug Rauchgranaten gezündet, um es durchzuziehen. Und dann war da ja noch der Wind.«

»Der Wind?«

»Deshalb wollte Robin heute Nacht schon zuschlagen. Es war der einzige Abend in der Woche, an dem der Wind laut Wettervorhersage aus der richtigen Richtung kam, um den Rauch die Euston Road hochzutreiben, der beschissenen GVK direkt ins Gesicht, sobald die Verstärkung anrücken würde.«

»Wind?«, wiederhole ich. »Ihr habt beschlossen, das heute Nacht zu machen, weil *der Wind* richtig weht?«

»Na ja, wenn du es so sagst …«

»Ihr habt eure Pläne auf dem *Wetterbericht* aufgebaut?«

Eine leichte Röte steigt Pankhurst ins Gesicht, während ich Richtung Vorhang schiele. Dort tut sich nichts. Entgeistigt noch mal. »Es hat doch funktioniert, oder etwa nicht?«

Ich schaue wieder auf den Fernseher. Die gerade erst aufgeblühten Blumen in meiner Brust überziehen sich mit Frost, als

Robins Gesicht auf dem Bildschirm erscheint. Noch ganz deutlich erinnere ich mich an den schockierten Ausruf des Mannes: »*Das ist der Kronprinz!*«

Mag sein, dass die Menschen uns geholfen haben zu entkommen, aber offenbar ließ sich diese Entdeckung nicht geheim halten. Und jetzt weiß es das ganze Königreich.

Wieder sehe ich zum Vorhang. Robin wird niemals rehabilitiert werden. Wenn er nun zum Protestmarsch aufruft, wird ihm niemand mehr folgen.

Wenn er überhaupt zu uns zurückkehrt.

Ein eisiger Schauer überläuft mich. Warum tut sich denn dahinten nichts? »Frierst du?«, erkundigt sich Pankhurst besorgt. »Warte, ich hole dir eine Decke.«

»Nein, ich …« *… will nur wissen, wie es Robin geht,* möchte ich protestieren, aber da sehe ich plötzlich, wer Dienst an der Deckenausgabe schiebt. Ein Bär von einem Mann nimmt sorgfältig die Decken von einem Haufen und verteilt sie anschließend. Ein geisterhaftes Lächeln umspielt seine Mundwinkel.

»Blanc!«

Ihm bleibt kaum genug Zeit, um den Kopf zu heben, bevor ich mich auf ihn stürze. Er drückt mich an seine Brust und hebt mich hoch. »Rea!«

Mit den Zähnen ziehe ich die Handschuhe aus und berühre mit bloßen Fingern seine Wange. Ich zähle seine Narben, um ganz sicher zu sein, dass keine neue hinzugekommen ist, dass nicht ein einziges weiteres Mal ihn zeichnet. Sein Geist ist so lebendig wie immer, voller Licht und Schatten, obwohl er jetzt mit Bildern angefüllt ist, die ich dort nie sehen wollte: eine Zelle mit makellos weißen Fliesen; ein Mopp, der nass über den Boden gleitet, über seine Haut; stehen, den ganzen Tag stehen, gequält von Fragen. Er hat sich dasselbe Grauen ausgemalt wie ich: René mit zugenähtem Mund, mit an die Haut getackerten

Handschuhen, dem Blut aus der Nase läuft, aus den Augen, von Handgelenken und Lippen.

»Wie geht es ihm?«, frage ich mit zitternder Stimme. »Sie haben ihn doch nicht …«

»Nein, nein.« Blanc stellt mich wieder auf die Füße. Sein Lächeln soll mich wohl beruhigen, doch es erinnert eher an ein verwundetes Tier, das die Zähne fletscht. »Es geht ihm gut. Sie haben es nicht gewagt, ihm etwas anzutun, als fremdem Staatsbürger. Er hatte nur eine Sitzung bei einem Maltoren.«

Ich beiße mir so fest auf die Unterlippe, dass sie blutet. »Eine Sitzung?«

»Keine Sorge. Wir sind durch einen Gully am Mabledon Place abgehauen«, erzählt Blanc. »Und sobald wir in der Kanalisation waren, hat sich eine Maltorin um ihn gekümmert. Sie hat ihre Sache gut gemacht, das hat er selbst gesagt. Er kommt wieder in Ordnung. Ist schon fast über den Berg.«

Wieder sehe ich kurz zum Vorhang, dann wende ich mich Blanc zu. »Wo ist er jetzt?«

Blanc reicht einem zitternden jungen Mann eine Decke, während er mit einem Seufzer erklärt: »Er hat darauf bestanden, sich nützlich zu machen.«

Die nächste Decke hängt er mir um die Schultern. Vermutlich will er so meinen Zorn besänftigen.

»Du willst damit doch nicht etwa sagen, dass er Leute behan…«

»Nein, nein«, versichert Blanc. »Wenn er das versucht, reißt ihm Olivier die Eier ab.« Er zeigt mit ausgestrecktem Arm Richtung Küche. »Er ist da drin und ›hilft‹ diesem Jungen, Fawkes.«

Als Blanc vielsagend die Nase rümpft, muss ich lachen. »Keine so große Hilfe in der Küche?«

»Zumindest nicht, wenn der Wein auch wirklich im Glas landen soll«, gibt er mit einem Lächeln zu, das schon ein wenig natürlicher wirkt. So gefällt mir das.

»Ach, mach dir meinetwegen bloß keine Sorgen«, ertönt plötzlich eine Stimme hinter mir. »Ist schon okay. Deinem einzigen, dich über alles liebenden Bruder geht es gut, danke der Nachfrage.«

Als ich mich umdrehe, steht Liam vor mir. Sein Grinsen verrät, wie wenig man auf seinen beleidigten Tonfall geben darf. »Dann hast du es also doch noch geschafft, kleiner Maulwurf«, stellt er zur Begrüßung fest.

Ich mustere ihn skeptisch. »Ist das jetzt mein neuer Spitzname, Mister Kokelbraue?«

Unwillkürlich fasst er sich ins Gesicht, lässt die Hand aber abrupt sinken, als er mein breites Grinsen bemerkt. »Haha, äußerst witzig.«

»Sorge dich nicht, oh Brüderlein«, erwidere ich melodramatisch, »die Damenwelt hätte dem größten Geigensolisten aller Zeiten trotzdem schmachtend zu Füßen gelegen.«

»Die Herrenwelt ebenfalls«, fügt Blanc hinzu. »Na ja, und der ein oder andere Schlägertyp.«

»Die vor allem«, bestätige ich.

»Haltet doch alle die Klappe«, sagt Liam und fährt sich mit der Hand durchs Gesicht. Das ist zwar mit Schmutz und Makeup verschmiert, aber ich stelle erleichtert fest, dass mein Bruder keinen einzigen Kratzer abbekommen hat. Schnell fährt Liam sich auch noch über die Augen und durch die Haare. Nur um sicherzugehen, schätze ich. Aus seiner Hosentasche lugt meine Uhr hervor.

»Du hast wohl Angst, dass Ninon dich mit halber Glatze sehen könnte, wie?«, spottet Blanc grinsend.

»Ich brauche euch nicht«, gibt Liam zurück. »Keinen von euch. Ich werde auch so zu gottgleichem Ruhm aufsteigen und euch in der Gosse zurücklassen, wo ihr eure geistlosen Späße treiben könnt.«

Blanc und ich klatschen uns zufrieden ab, woraufhin Liam die Augen verdreht. »*Myrddin,* Monsieur le Comte hat nach dir gefragt.«

Ich drücke Blanc einen Kuss auf die Wange und folge Liams leuchtend roten Ohren. Er spielt nervös an der Taschenuhr herum.

»Liam …«, beginne ich vorsichtig, »du und Ninon …«

»Das ist alles nur ein Scherz, Rea«, unterbricht er mich und lässt abrupt die Uhr los.

»Bist du sicher?«

»Du denn nicht?« Er sieht mich an. »Nichts für ungut, aber ich bin schlaksig, viel zu ernst und habe nichts vorzuweisen außer den Narben auf meinem Rücken und der Musik in meinem Kopf.«

»Ninon würde das mit Sicherheit nicht stören«, gebe ich zu bedenken, während wir an den Inspizienten vorbei zur Küche gehen. Bevor wir den Hauptraum verlassen, drehe ich mich noch einmal um. Maria, immer noch bewegt sich der Vorhang des Operationssaals um keinen Zentimeter.

»Zwischen ›Du störst mich nicht‹ und ›Ich liebe dich‹ gibt es aber doch noch einen kleinen Unterschied«, erwidert Liam. Nun, da die Frotzelei vorbei ist, wirkt er wieder unglaublich ernst. Nicht wütend, einfach nur ernst. Und ein wenig traurig. »Man braucht eine Menge Glück, um jemanden zu finden, Rea. Und es wäre doch etwas zu viel verlangt, wenn wir beide mit den Königskindern unserer Träume glücklich würden, oder?«

Wir betreten die kleine Küche, auch wenn es mir widerstrebt, den Operationssaal aus den Augen zu lassen. Ich werfe Liam einen Blick zu. *Falls Robin die Operation nicht überlebt, stehen die Sterne für dich vielleicht wieder etwas günstiger,* denke ich, spreche das aber lieber nicht aus. Stattdessen ramme ich meinem Bruder den Ellbogen in die Rippen. »Vielleicht solltest du ihr das Lied vorspielen, das du für sie komponiert hast. Oder willst du doch lieber das andere nehmen und damit René umwerben?«

»Maria Magdalena, was habe ich nur getan, dass man mich mit solch einer Schwester straft?«, jammert Liam.

»Wer möchte mich umwerben?«

René steht an einer Art Spülbecken, das eigentlich eine Badewanne ist. Seine Arme stecken bis zu den Ellbogen in Seifenwasser. Neben ihm hält der Comte ein Geschirrtuch bereit. »Wer möchte sich mit mir duellieren?«, ergänzt Letzterer scherzhaft. Die beiden drehen sich zu uns um. Fawkes, der uns offenbar wegscheuchen wollte – sicherlich kombiniert mit einer endlosen Strafpredigt –, überlegt es sich noch einmal, als er das sanfte Lächeln bemerkt, mit dem René die Hände aus dem Wasser zieht. »Mademoiselle, bedauerlicherweise erlaubt es mein momentaner Zustand nicht, Sie angemessen zu begrüßen.«

»Welch eine Schande.« Ich gehe zu ihm hinüber. »Dann werden wir uns eben unangemessen begrüßen müssen.« Vorsichtig schlinge ich die Arme um ihn. Zum Glück trägt er nicht mehr die braune Marienrobe der Insassen, sondern schlichte schwarze Kleidung und eine groß geblümte Küchenschürze. Unsere nackte Haut berührt sich nicht, weil er sein Gesicht ein Stück von meinem entfernt hält – ich glaube, er wünscht es noch nicht, seine Gedanken zu teilen.

»Wie geht es dir?«, flüstere ich.

»Besser«, antwortet er leise und drückt mir einen Kuss auf die Stirn. Kurz erhasche ich einen Blick auf seinen Geist, auf wilde Gedanken, mühsam im Zaum gehalten. Dann löst er den Hautkontakt wieder. Ich nehme es ihm nicht übel, dass er damit erst einmal allein sein will.

»Muss ich mich etwa mit beiden Emris-Geschwistern duellieren?«, fragt der Comte. »Falls dem so ist, lasst mich wenigstens Blanc holen, damit es ein ausgeglichener Kampf wird.« Lachend treten René und ich auseinander. »Du weißt offenbar genau, wie attraktiv ich dein albernes, besitzergreifendes Gehabe finde«, stellt René fest und küsst den Comte zärtlich auf den Mund. Dieser gibt ein leicht verloren klingendes Geräusch von sich, während er Renés Wangen umfasst. Sein Lächeln ist jede Qual dieser Welt wert. Als die beiden sich voneinander lösen, streicht er René noch einmal übers Haar, bevor er mir sein Geschirrtuch in die Hand drückt. »Ich sehe mal nach Blanc«, erklärt er. »Würdest du übernehmen?«

Natürlich mache ich das, obwohl ich nichts lieber tun würde, als vor dem Operationssaal auf und ab zu gehen, bis es endlich Neuigkeiten gibt. Liam holt sich ein zweites Geschirrtuch, und dann helfen wir dem still vor sich hin spülenden René bei seiner endlosen Aufgabe. Fawkes' Handlanger stapeln immer neue, schmutzige Teller neben ihm auf. Es ist mir nicht entgangen, dass niemand meiner Freunde nach Robin gefragt hat. Auch wenn alle versuchen, sich ruhig zu geben, ist die Anspannung im ganzen Raum spürbar. Trotzdem arbeitet René weiter, beständig, als könne er sich an der alltäglichen Aufgabe festhalten. Ich tue es ihm gleich, genau wie Liam. Schulter an Schulter zu arbeiten und durch leise Berührungen zu merken, dass wir alle noch am Leben sind, ist ein Segen. Und das Einzige, was mich davon abhält, in die Halle zu stürmen, diesen entgeistigten Vorhang zur Seite zu reißen und an Robins Seite zu stürzen.

Erst zwei quälende Stunden später gibt es Neuigkeiten aus dem OP. Pankhurst kommt hereingerannt, lässt Fawkes zugunsten eines vollen Kuchentellers links liegen und schreit: »Er ist aufgewacht! Scheiße, er ist aufgewacht!«

Schon im nächsten Moment laufen alle los, ich voran. Jeder lässt seine Arbeit im Stich, stürmt in die Halle und auf die erschreckend kleine Gestalt in dem weißen Bett zu, die gerade in die Mitte des Ateliers geschoben wird. Er hängt am Tropf, grinst aber unverschämt breit. Die Leute jubeln, skandieren seinen Namen. »Robin, Robin!« Andere brüllen: »Wir lassen das nicht zu!«, bis es fast wie eine Hymne klingt. Obwohl er noch ziemlich blass ist, lächelt Robin fröhlich. Die Erleichterung, die mich durchströmt, lässt mich kurz taumeln. Ich kann nicht anders, als ihn anzustarren, wie er dort sitzt und lächelt und die Menschen um sich herum mustert, sogar kurz zum Fernseher hinübersieht. Anscheinend versucht er, sich all die Geschichten anzuhören, die ihm aufgeregt und mehrstimmig entgegenschallen. Und plötzlich sind auf den Bildschirmen nicht mehr die Nachrichten zu sehen, sondern Ninon!

»Ach ja«, dröhnt ihre Stimme aus den Lautsprechern. »Also, wenn einer Grund zum Feiern hat, dann sicherlich ihr.« René, Liam, Blanc, der Comte und ich warten ab, bis sich der donnernde Applaus gelegt hat, auch wenn es mir schwerfällt. Jemand macht Musik an. Ein anderer springt auf einen Tisch und fällt prompt wieder runter. Wenig später tanzen alle, sodass Robin nicht länger belagert wird und wir an das Bett herantreten können. Ein richtiges Krankenhausbett, das hier vollkommen fehl am Platz wirkt. Sie hatten fünf davon. Und einen improvisierten Operationssaal. Hätten sie nicht so verdammt viel Glück gehabt, wäre an diesem Abend jemand gestorben, und sei es nur, weil er zu lange auf seine OP hätte warten müssen. Ich habe die Zahlen gehört, die nur geflüstert werden: drei Tote in Brighton, fünfzehn in Manchester. Eine Schwerverletzte bei Demonstrationen in Istanbul. Glück. Reines Glück. Hier hätte genauso gut jemand umkommen können.

Robin hätte umkommen können.

Erst jetzt wird mir das alles wirklich bewusst. Wir haben es geschafft. Sie haben es geschafft. René und Blanc sind in Sicherheit, Robin ist in Sicherheit. Spiritus apertus, ich danke dir. Danke, danke, danke. Mir werden die Knie weich, aber diesmal nicht vor Erschöpfung, sondern aus purer Erleichterung. Und dann kommt das Glücksgefühl. Es strahlt in mir auf wie der erste, flüchtige Blick in ein fremdes Bewusstsein nach Wochen der Geistgier. Wie das Brüllen von Ninons Löwin, wie Robins viel zu seltenes, herzliches Lachen. Er wurde mir nicht genommen. Ich will ihn niemals verlieren, nie, niemals. Dieses wundervolle Gesicht, dieser Geist, dieses Herz … Ich habe ihn nicht verloren. Ich habe das größte Glück von allen.

Wenn es doch nur anhalten könnte.

»Monsieur le Comte«, ruft Robin, der sich offenbar unbedingt unterhalten will, aus seinem Bett raus will, feiern will. Er ist richtig zappelig. Bei Maria – Seine Königliche Hoheit der Kronprinz … *zappelig?* Was ist nur aus dieser Welt geworden? Ich kann mir ein Grinsen nicht verkneifen. Der Comte tritt an das Krankenbett und schüttelt die Hand, die Robin ihm eifrig entgegenstreckt. »Wir haben uns nicht schlecht geschlagen, oder was meinen Sie?«, fragt der Zappelprinz ihn.

»Überraschend gut«, gibt der Comte zu. »Für einen Haufen hoffnungsloser Amateure zumindest.«

Robin lacht laut auf. »Wir hatten ja Sie. Sie sind unser Profi.«

»Ein ziemlich verzweifelter Profi«, schränkt der Comte mit einem Blick zu Blanc und René ein. »Was schlimmer ist als jeder Amateur. Man kann nie wissen, wie so jemand seine tödlichen Fähigkeiten einsetzt.«

Völlig unvermittelt dreht er sich um, packt Blanc am Revers und küsst ihn. Liam pfeift anerkennend, während Blanc fast das Gleichgewicht verliert und ein ersticktes Lachen ausstößt, bis er seinen Atem für angenehmere Aktivitäten aufspart. »Wir könnten tanzen«, schlägt der Comte vor, nachdem sie sich mit geschwollenen Lippen voneinander gelöst haben. Er streckt die freie Hand René entgegen. »Oder hast du keine Lust?«

»Hallo? Sind wir uns schon einmal begegnet?«, erwidert René

entrüstet und zieht die beiden auf die improvisierte Tanzfläche. Robin und ich sehen ihnen grinsend hinterher. Die Glücksgefühle hüpfen noch immer wie eine warme Flamme in meinem Bauch herum, und die Kreatur hat sich so weit zurückgezogen wie seit meiner Ankunft hier in England nicht mehr. Sie kauert in der hintersten, dunkelsten Ecke meines Geistes. Da, wo sich auch meine Scham versteckt.

»Kinder«, stellt Liam fest, der nun zum Bett aufrückt. Er ist ziemlich rot geworden. Erst das macht mir bewusst, dass Ninon immer noch bei uns ist, jetzt allerdings nur noch auf dem Tablet, das auf Robins Schoß liegt. »Aber sie haben den besten Grund, um zu feiern«, fährt er fort. »Habt ihr die vielen Nachrichten gesehen? Und Sie, Gräfin?«

Ninon nickt. »Glaub mir, ich habe selten so aufmerksam die Nachrichten verfolgt wie heute. Robin, reich mich doch mal an Liam weiter, ja? Und Liam, sei ein braver Junge und lass Robin und Rea ein wenig Privatsphäre, ja?«

Liam passt das zwar nicht, aber er gehorcht. Während Robin ihm das Tablet reicht, zwinkert Ninon mir verschwörerisch zu. Mein Bruder fummelt noch schnell an seiner Tasche herum, wohl um die Uhrenkette zu verstecken. Dann sind Robin und ich endlich allein. Na ja, allein in einem Raum voller Gesetzloser, Magdalenen, Schauspieler, Gefangener und Todeskandidaten. Ich sehe ihn mir ganz genau an, den Mann, den ich liebe.

»Du verrückter, leichtsinniger, arroganter, verzogener …«

Robin hebt mahnend einen Finger. »Du solltest diesen Satz nicht beenden, wenn du mich nicht ernsthaft beleidigen willst.«

Lachend setze ich mich auf die Bettkante, aber ganz vorsichtig. Er sieht gut aus. Wie merkwürdig. Trotz seiner Verletzung und trotz des Blutverlusts wirkt er gesünder als je zuvor. Nein, nicht gesünder. Glücklicher. Das Feuer in seinen Augen strahlt hell und hoffnungsvoll, nicht mehr kalt. Bei Maria, ist mein Geist etwa immer noch angeschlagen? Aber es ist wirklich schwierig, einen klaren Gedanken zu fassen, wenn ich ihn ansehe und die Liebe zu ihm mich mitreißt wie ein mächtiger Strom, in mir glüht wie ein wärmendes Feuer. Endlich greife ich nach seiner Hand. Endlich spüre ich seinen Pulsschlag unter meinem Daumen, seinen Geist in meinem. Die rote Seide schlägt wilde Kapriolen.

»Du hast recht. Jetzt bist du tatsächlich ein Gesetzloser. Ein echter Robin Hood«, scherze ich.

Er grinst verlegen. *Irgendwie albern, nicht?* »Na ja, bei dem Namen blieb mir doch nichts anderes übrig. Außerdem hat meine Mutter diese ganzen Geschichten über ihn gelesen, bevor sie nach England kam. Natürlich hat sie dadurch einen vollkommen falschen Eindruck von diesem Königreich bekommen, aber sie gefielen ihr, und deshalb hat James sie mir später auch vorgelesen, und ich mochte sie auch und …«

Ich beuge mich über ihn und küsse ihn auf den Mund. Ganz sanft. *Am liebsten würde ich dich nie wieder loslassen,* denke ich. »Du hättest sterben können«, flüstere ich.

»Bin ich aber nicht«, erwidert er mit einem ebenso zärtlichen Kuss. Fast scheint ihn das selbst zu überraschen. *Es wäre einfach zu schade gewesen, dich nie wieder küssen zu können.*

»Das war dumm und leichtsinnig.« Ich küsse seine Wange. »Ihr habt die Aktion nicht sorgfältig geplant, euch nicht ordentlich vorbereitet, euch zu sehr auf euer Glück verlassen …«

»Sieht ganz so aus, als hätte ich mir das ein oder andere bei dir abgeschaut«, murmelt er, während ich Küsse auf seine geschlossenen Lider hauche. Dabei stellt er sich vor, wie ich in der Seidenhöhle im Ring stehe. Sieht wieder vor sich, wie Mister Galahad mich im Thronsaal der Glasbläser-Zeremonie unterzogen hat. Meinen Kampf damals in den Heiligen Höfen, meinen ersten Abend bei Hofe, den Anschlag bei der Parade in Paris, als ich einfach losgerannt bin, um ihn zu schützen.

»Von mir sollte sich niemand etwas abschauen«, rüge ich ihn, während mich die beschämende Erinnerung daran überfällt, wie ich Nottingham um eine Berührung angefleht habe. Wie ich am liebsten für immer in seinem Geist geblieben wäre. Wie das Geistesfieber mich fast in die Knie gezwungen hätte. Was auch immer Nottinghams Geist tut, es hilft nicht langfristig. Vielleicht … Vielleicht schaffe ich es nicht. Nicht allein.

»Aber du küsst so gut«, wendet Robin ein und denkt: *Heute Nacht kann ich nicht traurig sein. Heute nicht.*

»Das stimmt allerdings«, gebe ich zu. Und werde tatsächlich rot dabei. Nachdem ich ihm noch einen Kuss auf die Stirn gedrückt habe, ziehe ich mich ein Stück zurück, um ihm ins Gesicht sehen zu können. Ihn richtig, ernsthaft anzusehen. Ich will mir jede Linie dieses Gesichts einprägen, jeden Ausdruck, jede noch so feine Schattierung seiner Augen. »Ich will dich nicht verlieren«, flüstere ich.

»Hast du ja nicht.« Robin sieht mich zärtlich an. Das gleiche Gesicht, das noch immer über die Mattscheibe flimmert.

»Sie haben herausgefunden, dass du es warst. Es tut mir leid. Ich konnte es nicht verhindern«, gestehe ich ihm.

»Du musst dich nicht entschuldigen.«

»Wäre es nicht rausgekommen, hättest du zurückkehren können. Oder du hättest die Menschen hinter dir vereinen können. Dafür ist es jetzt zu spät.«

Irritiert runzelt Robin die Stirn. »Aber Rea, die Menschen erheben sich doch bereits. Hast du nicht die Nachrichten gesehen? Überall Protestmärsche im Ausland. Aufrufe zum Widerstand im Internet auch hier. Ninon verfolgt den Nachrichtenaustausch.«

»Wie viele?«, will ich wissen.

Er weicht meinem Blick aus.

»Robin«, dränge ich weiter. Ich darf ihn nicht verlieren. »Wie viele?«

»Ziemlich viele«, antwortet er vage.

»Und wie viele von denen würden tatsächlich mit dir auf die Straße gehen?« Meine Gedanken wandern zurück zu dem Arzt. Ja, diese Menschen haben uns beschützt. Aber wie viele können das schon gewesen sein? Zwanzig? Fünfundzwanzig? Keinesfalls genug, um eine ganze Armee aufzuhalten.

»Vielleicht nicht genug«, gibt er schließlich zu. Auf der Tanzfläche jubelt Pankhurst laut auf, als sie noch einmal Robins Gesicht im Fernsehen sieht. Sie wendet sich uns zu und zeigt mit dem Daumen nach oben. »Noch nicht.«

»Robin ...«

»Ninon hat eine Idee«, fährt er schnell fort, ohne mich anzusehen. Stattdessen winkt er Liam heran. »Wir brauchen Ninon, Liam. Und dich. Dich nicht, Pankhurst«, fügt er hinzu und verdreht die Augen, als sie Anstalten macht, sich ebenfalls zu uns zu gesellen. »Habe ich nicht klar und deutlich gesagt, dass es dir heute nur noch zu feiern gestattet ist? Das ist ein Befehl. Ein königlicher.«

Pankhurst kommt trotzdem heran, aber offenbar nur, um Robin aus nächster Nähe die Zunge herauszustrecken. Währenddessen positioniert Liam das Tablet mit Ninon so auf dem Bett, dass sie uns alle im Blick hat. Es ist eine Riesenerleichterung, ihr schönes Gesicht zu sehen. »Hallo, Süße«, begrüßt mich Ninon. »Mit dir hatte ich eigentlich nicht gerechnet. Ich habe mir Sorgen um dich gemacht.«

»Aber nicht doch«, wiegele ich als geübte Lügnerin ab, mein Geist starr vor Scham.

Dumm nur, dass Pankhurst es noch nicht ganz zurück auf die Tanzfläche geschafft hat. Als sie meine Worte hört, dreht sie sich zu uns um, die Brauen zusammengezogen. »Was zur Hölle, Rea? Du hattest einen Anfall von Geistesfieber, Grad vier. Das ist schon was Krasses, hat Outingba gesagt!«

Wütend verscheuche ich sie mit beiden Händen. Sie zuckt mit den Achseln und kehrt zur Tanzfläche zurück, während ich mich bemühe, die anderen nicht anzusehen. Das ist peinlich. Ich will nicht, dass sie es wissen. Sie sollen nicht erfahren, dass eine Fantasiegestalt mich in ein hilfloses Glasfigürchen verwandeln kann.

»Rea«, sagt Ninon. Ihre Stimme klingt fassungslos. »Wie konnte das passieren? Hast du vergessen, deine Medikamente zu nehmen?«

Ich konzentriere mich voll und ganz darauf, sie nicht anzusehen, als ich antworte: »Ich habe keine Medikamente mehr.«

Unheilvolles Schweigen senkt sich auf uns herab. Es scheint ihnen die Sprache verschlagen zu haben.

»Was meinst du, du hast keine Medikamente mehr?«, fragt schließlich Liam. »Wann sind sie dir ausgegangen?«

»Ich habe keinen Nachschub aus Berlin mitgebracht«, sage ich zögerlich. »Es ging alles so schnell, als wir dachten, du seist verletzt worden. Außerdem … Ich dachte, ich könnte es schaffen. Ich habe es immer geschafft.«

»Seit Berlin?«, fragt Ninon. Blankes Entsetzen liegt in ihrer Stimme. »So lange schon? Spiritus apertus, wieso habe ich nicht selbst daran gedacht? Ich hätte wissen können, dass du nicht mehr genügend hast, ich hätte nachfragen sollen – wir können veranlassen, dir etwas über die Grenze schmuggeln zu lassen, ich kümmere mich sofort darum …«

»Nein, nein«, sage ich. »Ich will dir keine Umstände machen.«

»Sei nicht albern, Rea«, sagt sie. »Du machst mir keine Umstände.«

»Stimmt«, schaltet sich Liam ein. »Du machst nie Umstände, außer wenn du albern wirst. Albern und dämlich.«

Ninon und Robin werfen ihm entsetzte Blicke zu, aber er ist voll und ganz auf mich konzentriert.

»Könnte mir mal jemand erklären, was Geistesfieber …«, setzt Robin an, genau in dem Moment, als ich protestiere: »Liam, komm schon, das ist doch jetzt alles nicht so wichtig …«

Aber Liam hebt sofort die Hand.

»Nein, tut mir leid, das muss gesagt werden. Mein ganzes Leben lang sehe ich mir das schon an. Ich habe mit angesehen, wie diese Krankheit dich fertiggemacht hat, wie Mom versucht hat, dir zu helfen, wie Dad dir eingetrichtert hat, dass du dich dafür schämen müsstest. Dabei gibt es in Wahrheit *rein gar nichts,* wofür du dich schämen musst. Er hat es nie ernst genommen, aber du bist nicht wie er. Also bitte um Hilfe, wenn du welche brauchst, und vergiss den ganzen anderen Scheiß. Wir sind für dich da.«

Das macht mich sprachlos.

Nachdem Ninon mein schockiertes Gesicht gemustert hat, fügt sie hinzu: »Ich denke, was Liam damit sagen will, ist, dass du ein wundervoller Mensch bist, der nur das Beste verdient. Und dass wir dir gerne das Beste von allem geben würden, wenn du uns lässt.«

»Ich …« Noch immer fehlen mir die Worte. Stumm starre ich Liam an, der nur herausfordernd die Brauen hochzieht. »Wir können dir nur helfen, wenn du uns sagst, was du brauchst.«

Er fordert mich heraus zu widersprechen. Und ich bin versucht, es zu tun. Noch immer schäme ich mich. Noch immer … Ich weiß, dass er recht hat, doch es fühlt sich nicht so an.

Aber ich kann nicht mehr leugnen, dass ich es nicht alleine schaffe. Nicht mehr nach diesem Zusammenbruch. »Ihr seid für mich da«, wiederhole ich.

»Newsflash«, sagt Liam bissig.

Da muss ich lächeln, ganz unwillkürlich, obwohl mir eigentlich nicht danach zumute ist. Das löst Liam oft in mir aus. »Vielen Dank, großer Bruder, dass du mir auf so taktvolle

Weise nahegelegt hast, endlich die Arschbacken zusammenzukneifen.«

»Jemand musste es tun«, murmelt er. Obwohl ich mich noch immer nicht ganz wohl in meiner Haut fühle, kann ich das Lachen nicht unterdrücken. Bestimmt wird es eine Weile dauern, bis ich mich daran gewöhne, aber er hat recht: Sie können mir nicht helfen, wenn ich ihnen nicht sage, was ich brauche, und wir können uns keine Ausfälle erlauben.

Ob ich ihnen von Nottingham erzählen soll? Von meinem Notfallmedikament und seinem trügerisch schönen Geist?

»Er hat recht, Rea«, sagt nun auch Robin. Schnell beschließe ich, nichts von Nottingham zu sagen. »Wir alle sind für dich da. Und du verdienst wirklich nur das Beste.«

Genau wie du.

Zwar macht Robin den Eindruck, als würde er immer noch gerne mehr über das Geistesfieber erfahren, aber als ich ihn anlächele, wechselt er dezent das Thema. »Wo wir schon von den Besten sprechen: Ninon, ich wollte Rea gerade von deinem … Plan erzählen.«

Jetzt ist es Ninon, die sich nicht ganz wohlzufühlen scheint. Darüber können auch ihr goldenes Crêpe-Georgette-Cape, ihr funkelndes Kleid und der Glitter auf ihren Wangen nicht hinwegtäuschen. »Das war nur so eine Idee, auf die mich Eleanor Stone gebracht hat.«

»Aber eine hervorragende Idee«, betont Robin. »Wenn die Leute Magdalenen besser kennen würden … Nein, ich meine, wenn sie wüssten, dass sie bereits welche kennen, dann hätten sie keine Angst mehr. Dann müssten sie einfach begreifen, dass es ganz normale Menschen sind. Menschen wie du und ich.«

Liam tritt nervös von einem Fuß auf den anderen. »Wovon redest du? Was für eine Idee ist das genau, Ninon?«

Sie holt tief Luft. Dann setzt sie sich aufrecht auf ihre Chaiselongue. »Hast du dich je gefragt, wie ich auf dich gestoßen bin, Rea? Nicht, warum ich dich gesucht, sondern *wie* ich dich gefunden habe? Als ich noch in Paris war und Madame Hiver sich nach dir erkundigt hat?«

Ich schüttele den Kopf. Liam und ich sehen Ninon erwartungsvoll an. Sie kratzt sich im Nacken. »Nein«, murmelt sie dann. »So lässt es sich nicht richtig erklären.«

»Nun rück schon raus mit der Sprache, Ninon«, sage ich. »Wie schlimm kann es schon sein?«

Mit einem gequälten Lächeln gibt sie zu: »Ziemlich schlimm.«

»Also, ganz so schrecklich ist es dann doch nicht«, wirft Robin ungeduldig ein. »M3RL1N hat einen Algorithmus entwickelt, mit dessen Hilfe man herausfinden kann, ob jemand ein Magdalene ist, Rea.«

»Ich … was?«

»Wenn man genügend Daten über eine Person zusammenträgt«, erklärt Ninon nervös, »kann man so gut wie alles über sie in Erfahrung bringen. Vor drei Jahren hat unser Geheimdienst uns darüber informiert, dass am Weißen Hof an einem solchen Algorithmus gearbeitet wird. Dabei werden die gesammelten Daten – öffentliche genauso wie private – in Profilen gebündelt und anschließend nach Mustern durchsucht, die nahelegen, dass die Person ein Magdalene sein könnte. Als M3RL1N davon erfuhr, habe ich mich sofort an die Arbeit gemacht, um selbst etwas zu entwickeln. Sollten die Versuche des Weißen Hofes Erfolg haben, wäre es gut, vorbereitet zu sein – und sei es nur, um die Betroffenen warnen zu können, bevor die GVK bei ihnen vor der Tür steht.«

»Wie überaus beruhigend«, bringe ich mühsam hervor. Ich bin noch immer total schockiert. »Wie ist so etwas überhaupt möglich?«

»Nun«, setzt Ninon an. »Wenn die Tatsache, dass du ein *visi-*

onnaire bist, dein grundsätzliches Verhalten beeinflusst, können Daten über dein Verhalten natürlich Hinweise auf deine Identität geben. Mit einer gewissen Fehlerquote, versteht sich. Konkret sammelt man zum Beispiel Daten über die Orte, an denen du dich aufhältst, über deine Suchbegriffe, die Internetseiten, die du besuchst …«

»Und?«

Ninon sieht mir in die Augen. »Es gibt bestimmte vielsagende Verhaltensmuster – etwa die Betrachtungsdauer von Bildern, auf denen nackte Haut zu sehen ist, in Beziehung gesetzt mit wiederkehrenden Aufenthalten in den Heiligen Höfen und der Verzögerung, bevor bestimmte Suchbegriffe eingegeben wurden … Der Algorithmus scheint ziemlich präzise zu sein.«

Mir bleibt die Luft weg. »Und das hast du entwickelt?«

Sie nickt. Ich kann nicht glauben, was ich da höre. »Und wenn das nun in die falschen Hände geraten wäre?«

»Ich war sehr vorsichtig«, versichert Ninon. »Auf dieses Projekt hatte niemand außer mir Zugriff. Das war sozusagen Privatsache. Ich habe lediglich die technischen Ressourcen von M3RL1N dafür benutzt. Was auch ganz gut war, denn ohne sie wäre es mir nicht möglich gewesen, die entsprechenden Muster zu erkennen. Deshalb hatte der Weiße Hof bislang zum Glück auch noch keinen Erfolg mit seinen Versuchen auf diesem Gebiet.«

»Ach nein?«

»Soweit ich weiß nicht, nein. Ich … ich hatte den Algorithmus gerade fertiggestellt, als der Weiße Hof mit der Bitte an mich herantrat, einen Bodyguard für Robin zu suchen. Ich wollte um jeden Preis verhindern, dass man ihnen am Ende einen *visionnaire* schickt. Bis dann … bis mich dann andere Gründe dazu bewogen, dich auszusuchen.«

Ich spüre, wie Liam mir die Hand auf die Schulter legt.

Offenbar sieht man mir die Erschütterung deutlicher an, als es mir bewusst gewesen ist. »Es ist alles in Ordnung, Rea.«

»Wie groß war die Wahrscheinlichkeit bei mir? Du hast ihn doch an mir getestet, oder nicht?«

»Einundneunzig Prozent.« Wenigstens teilt sie mir die Fakten mit, ohne sie zu beschönigen.

Ich lasse mich an Liams Schulter sinken. »Stellt euch nur mal vor, wenn der Weiße Hof so etwas entwickelt hätte.«

»Hat er aber nicht«, versichert mir Ninon.

»Aber eines Tages könnte es passieren, oder etwa nicht?«

Sie zögert kurz. »Ganz ehrlich? So unwahrscheinlich ist das nicht, ja. Doch das wird wohl noch Jahre dauern.«

Jahre – nicht Jahrzehnte.

»Deshalb würden wir diesen Algorithmus ja jetzt gerne für etwas Gutes einsetzen«, greift Robin den Faden wieder auf.

»Für etwas Gutes?« Fassungslos lasse ich den Blick durch die Runde schweifen. »Wie kann dabei denn etwas Gutes herauskommen?«

»Nun ja«, beginnt Ninon vorsichtig. »Wir wissen inzwischen mit einiger Sicherheit, dass es in England ungefähr fünf Millionen *visionnaires* gibt. Fünf Millionen, Rea, zu denen wir Kontakt aufnehmen könnten.«

Fünf Millionen. Bei dieser Zahl wird mir ganz schwindelig. Ich habe mich immer so allein gefühlt. Selbst in Babylon hatte ich dieses Gefühl, nachdem ich erfahren hatte, wie selten Mensatoren sind. Als mir jemand sagte, ich sei die Erste, die seit Jahren entdeckt wurde, fühlte ich mich isoliert. Bis ich nach Paris kam, war es für mich kaum vorstellbar, dass es auf diesem Kontinent noch einen zweiten Mensator geben könnte. Eine verwandte Seele.

»Wir könnten Kontakt zu ihnen aufnehmen«, wiederholt Robin, »und sie bitten, mit uns auf die Straße zu gehen. Oder mehr noch.« Er zögert kurz. »Wir könnten sie bitten, sich zu offenbaren. Ihren Familien und Freunden die Wahrheit zu sagen. Es vielleicht sogar öffentlich zu machen, wie Ninon.«

Ich balle die Fäuste. Wie gerne würde ich jetzt ein paar Knochen brechen. Robins zum Beispiel. »Seid ihr verrückt geworden? Wisst ihr denn nicht … Könnt ihr euch überhaupt vorstellen …«

»Rea«, versucht Liam mich zu beschwichtigen, während Ninon gleichzeitig sagt: »Liebes …« Doch ich höre keinem von ihnen zu. »Nein. Jetzt passt mal auf: Ihr habt alle keine Ahnung. Ihr habt keine Ahnung, wovon ihr da sprecht! Ihr habt keine Ahnung, was ihr da von ihnen verlangt, sonst würdet ihr es nicht tun!«

»Ich bin eine *visionnaire,* Rea …«, wendet Ninon vorsichtig ein, aber ich lasse sie nicht einmal ausreden.

»Auf dem Kontinent, Ninon. In Paris!« Wütend stehe ich auf. Zum Glück ist die Musik so laut, dass sie meine Stimme übertönt. Ich möchte den anderen die Feier nicht verderben. »Du lebst in einem Land, in dem das legal ist. Wo es öffentliche Diskussionsforen gibt, Maltoren in Krankenhäusern arbeiten und entgeistigte *Gedichte* darüber geschrieben werden!« Wieder versucht sie, etwas einzuwenden, aber ich lasse sie nicht zu Wort kommen. »Du bist die Schwester des Königs von Frankreich. Wenn dich ein Magdaphober angreift, stellt man dir einen Trupp Mousquetaires zur Seite. Du weißt nicht, wie es ist! Wie es *hier* ist! Deine Großmutter ist nicht auf der Straße verblutet, weil die GVK sie abgeknallt hat wie einen Hund!«

»Hör mal, *myrddin*«, schaltet sich Liam ein. »Ich weiß es. Ich war dabei, an jedem einzelnen Tag …«

»Ja, das warst du.« Ich fahre zu ihm herum. »Das weiß ich, und ich weiß auch, wie gefährlich es für dich war. Aber du musstest nie das Gefühl haben, dass *du selbst* falsch bist. Du musstest dich nie schmutzig fühlen, als wäre dein gesamtes Wesen – deine Seele – dreckig und schwarz, schwarz wie die Nacht. Du hast nicht jeden Moment deines Lebens damit verbracht, dir den Kopf darüber zu zerbrechen, ob du zu schnell gehst. Oder zu langsam. Ob der Mann, der dir gerade entgegenkommt, ein Schnüffler ist. Oder ob eine Berührung, eine klitzekleine Berührung, deine letzte sein könnte. Du hast nie unter der Geistgier gelitten und dabei genau gewusst, dass sie dir den Tod bringen kann – entweder, weil du irgendwann jemanden anfällst, oder weil du dich von einer Brücke stürzt.«

Ich kann sehen, wie blass Liam geworden ist. Trotzdem sieht er mich entschlossen an, als er feststellt: »Ich weiß, dass es das Leben kosten kann, öffentlich zuzugeben, wer man ist. Dafür braucht es Mut.«

»Dafür braucht es Todessehnsucht«, erwidere ich. »Und die kenne ich nur allzu gut.«

Tränen steigen in seinen Augen auf. »Ich weiß, Rea«, sagt er mit abgrundtiefer Trauer in der Stimme. »Ich habe nicht immer alles richtig gemacht, bin dir nicht immer gerecht geworden. Aber wenn ich mich entscheiden musste, habe ich mich für dich entschieden. Als in der Highschool rauskam, dass du in der Garderobe deinen Orlando geküsst hast, und der Vater dieses Schwachmaten dafür eine Auspeitschung gefordert hat, habe ich mich für dich entschieden. Als Vater starb, habe ich mich für dich entschieden. Als ich zwischen einer Auswanderung nach England oder dem College wählen musste, habe ich mich für dich entschieden.«

Jetzt bin ich diejenige, der Tränen in die Augen steigen. Mir hat sich die Kehle zugeschnürt. »Bei jeder einzelnen Entscheidung«, fügt er hinzu, »habe ich mich für dich entschieden.«

Ich nehme ihn in den Arm. Was könnte ich sonst tun? Was könnte ich sagen? Als er sein Gesicht an meines drückt, ertönt das klare Spiel einer einzelnen Geige in meinem Kopf. *Er weiß es,* denke ich. *Er versteht, was er von den Magdalenen verlangt. Ihm kann ich keinen Vorwurf machen.*

»Wir würden ihnen die Wahl lassen«, sagt Robin leise. »Bei der Kontaktaufnahme würden wir keinerlei Spuren hinterlassen, und wir würden niemals jemanden outen. Wir können sie lediglich darum bitten, es selbst zu tun. Wenn sie wissen ... Wenn die Leute erfahren, dass sie bereits Magdalenen kennen, dass ihre Schwester, ihr Bruder, Tochter, Vater, Freundin, Kollege ein Magdalene ist, dann wird ihnen klar werden, dass es keinen Grund gibt, sie zu fürchten. Fünf Millionen, Rea.« Er sieht mich ernst an. »Nicht einmal die GVK kann fünf Millionen Menschen niederschießen. Und da sind noch nicht einmal diejenigen miteingerechnet, die mitdemonstrieren würden, obwohl sie selbst gar keine Magdalenen sind. Einfach nur, weil sie ein Recht auf freie Berührung haben wollen. Grundlegende Menschenrechte.«

Mir schwirrt der Kopf. Ich bin hin- und hergerissen.

»Du weißt, dass ich niemals jemanden zu etwas zwingen würde, Rea«, fügt Ninon hinzu. »Aber wir sind dabei. René und Blanc kommen nicht mehr aus England raus, sie würden an der Grenze verhaftet werden. Selbst wenn wir sie irgendwie außer Landes schmuggeln könnten – wir haben uns geeinigt, dass wir bleiben und einstehen wollen für die Berührungsfreiheit. Das geht uns alle an.« Sie wirft Robin einen kurzen Blick zu. »Ich werde mitmarschieren. Ich entscheide mich für euch. Wenn ihr auf die Straße geht, bin ich dabei.«

»Ich auch«, bekräftigt Liam.

»Und ich«, ergänzt Robin, den Blick fest auf mich gerichtet.

Sie sind sich ihrer Sache so sicher. Sind so mutig. Ich wünschte, ich wäre nur halb so mutig wie sie. Hätte nur halb so viel Hoffnung wie sie. So viel Kraft. Bin ich ein Feigling? Oder sind sie einfach nur schrecklich naiv?

Oder ist es meine Aufgabe, noch mutiger zu sein als sie? Nicht heldenhaft zu sein, damit sie zu Helden werden können?

Muss ich mich jetzt entscheiden? Mitmachen oder morden? Morden oder marschieren?

Du kannst ihren Tod verhindern, sage ich mir. *Du hast Nottingham auf deiner Seite, du könntest die Macht an dich reißen, bevor sie auf die Straße gehen. Oder du könntest zumindest dafür sorgen, dass der Captain der GVK sie nicht alle erschießen lässt.*

»Rea?« Robin reißt mich aus meinen Gedanken. Ich sehe ihn an, spreche aber nicht aus, was ich mir so sehr wünsche. *Wenn du doch wieder an den Hof kommen könntest.* »Sie werden sich erheben«, versichert er mir. Eben das glaube ich nicht. Bevor ich Zeit habe zu widersprechen, greift er nach meinen Händen. Sofort entzündet sich die Feuerseide in unserem Geist, kraftvoll und weich. Daneben spüre ich mein blaues Band, Leidenschaft und Stärke. »Wenn sie sich erheben, nachdem wir Magdalenen befreit haben, werden sie sich auch erheben, wenn ich sie darum bitte, mit mir auf die Straße zu gehen.« Sein Blick ist unnachgiebig. »Und das werde ich tun. Ich habe bereits Kontakt zu Moreen Gause aufgenommen.«

»Moreen Gause?« Ich schlinge meine Finger um seine.

»Sie hat sich bereit erklärt, im *Confessional* ein Interview mit mir zu veröffentlichen.«

»Die Frau ist wahnsinnig«, stellt Ninon fest, hin- und hergerissen zwischen Bewunderung und Misstrauen. »Entweder das ist eine Falle, oder sie ist lebensmüde. Der Weiße Hof wird den *Confessional* mindestens zensieren, wenn nicht Schlimmeres.«

»Aber nicht schnell genug«, gibt Robin zu bedenken. »Und wenn sie das Interview verbieten, wird es sich nur noch rasanter verbreiten.«

»Was springt für sie dabei heraus?«, will ich wissen.

»Das ist doch offensichtlich. Der erste Journalist, der ein

Interview mit dem gestürzten Kronprinzen bekommt, wird Geschichte schreiben.«

»Sie kann dich nicht beschützen«, warne ich ihn.

Robin nickt. »Ich weiß, aber die Leute sollen hören, was ich zu sagen habe. Wenn sie die Wahrheit erfahren, wenn sie erfahren, was ich erreichen will, und dann nicht zu unserem Marsch kommen, habe ich verloren. Aber sie müssen es hören. Wir werden das Interview morgen aufzeichnen, und im Laufe des Tages wird es dann veröffentlicht.« Er senkt den Blick. Sagen wird er es nicht, aber der Gedanke huscht durch seinen Kopf – so schnell, dass ich mir nicht sicher bin, ob er ihn überhaupt mit mir teilen will. *Und ich hätte dich dabei gerne an meiner Seite.*

»Das würde alles gefährden«, mache ich ihm klar. Robin schließt die Augen. »Ich weiß«, sagt er und drückt seine Stirn an meine. »Aber überleg dir doch mal, was das den Menschen bedeuten würde. Dass eine Prinzessin eine Magdalena sein kann. Dass die Feuerschwester zurückgekehrt ist.«

Ich muss schlucken, und unwillkürlich wandert mein Blick zu Ninon. Sie weicht ihm aus. Erst jetzt bemerke ich das gelbe Seidenband an ihrem Hals. Sie bitten mich darum, dasselbe zu wagen wie meine Großmutter. Sie verlangen von mir, dass ich genauso sterbe wie Eira Emris.

»Robin …« Mehr als ein Flüstern bringe ich nicht heraus.

Sag ja, denkt er. Immer und immer wieder, wie in einem Mantra. Wie in einem Gebet. Er muss wissen, dass ich den Gedanken sehen kann. Doch es ist ihm egal. Es ist ihm egal, wenn er sich mir gegenüber verletzlich macht. Er hat sich für mich entschieden.

Ich zittere. Erst wird mir heiß, dann kalt, dann wieder heiß. Die Luft ist zu stickig, ich kann nicht atmen. Maria Magdalena. Ich stelle mir vor, wie es wohl wäre, dieses Interview mit Moreen Gause. Es endlich zuzugeben. Es endlich laut auszusprechen, in der Öffentlichkeit, hoch erhobenen Hauptes. »Ich bin eine Magdalena. Ich verdiene ein Leben in Würde, genau wie ihr. Und dafür werde ich kämpfen. Ich bin die Feuerschwester, die Enkelin von Eira Emris. Folgt mir, wie ihr einst ihr gefolgt seid, vor vielen Jahren, bei der Seidenrebellion.«

Und dann? Dann wird das Getuschel losgehen: *Sie hat ihn dazu getrieben. Sie hat ihm diese Gedanken eingepflanzt. Es wird enden wie bei der Seidenrebellion.*

Und in gewisser Weise hätten sie sogar recht, zumindest, was den ersten Teil angeht. Als mir das klar wird, muss ich lachen. Welch eine Ironie: Der eine Mensch, für dessen Schutz ich alles tun würde, wäre niemals hier gelandet, wenn ich nicht gewesen wäre.

»Es geht nicht«, beschließe ich. Als ich mir über die Lippen lecke, schmecke ich Blut. Obwohl es mir unglaublich schwerfällt, fahre ich fort: »Wenn ich mit dir dieses Interview gebe und öffentlich gestehe, dass ich eine Magdalena bin – sogar die Feuerschwester –, werden alle glauben, ich hätte dich manipuliert.«

»Das kannst du nicht wissen.« Robin umfasst mein Gesicht mit den Händen. *Sieh mich an.* Ich gehorche seinem Gedanken. Ist das eigentlich normal, dass man diesen Schmerz in der Brust spürt, wenn man jemanden einfach nur ansieht? Als würde dein Herz in verschiedene Richtungen gezerrt werden? »Wir wissen nicht, was sie denken werden. Vielleicht sehen sie dich auch und halten die Rückkehr der Feuerschwester aus der alten Legende für ein Zeichen. Ein Zeichen dafür, dass sich etwas ändern muss. Vielleicht sehen sie uns und denken: Diese beiden lieben sich, und das ist etwas, wofür es sich zu kämpfen lohnt.«

»Liebe.« Oh, Maria, wie zynisch das bei mir klingt. Ich muss daran denken, wie ich Nottingham angefasst habe. Wie ich Nottingham darum gebeten habe, mich anzufassen. Natürlich gab es keinen anderen Ausweg für mich, und Robin würde es mir bestimmt nicht zum Vorwurf machen. Zumindest, solange er nicht erfährt, wie sehr ich mich nach Nottinghams Geist gesehnt habe.

»Ja«, bekräftigt er. »Liebe. Wofür denn sonst?« *Wofür sonst?*

»Sicherheit«, schlage ich vor. »Geld. Macht.«

»Das kannst du getrost Madame Hiver überlassen, oder Nottingham.« Robin richtet sich auf. Meine Stirn fühlt sich kalt an, wo gerade noch seine Wärme war. »Komm mit mir zu dem Interview. Sag ihnen, wer du in Wirklichkeit bist. Zeige ihnen die Feuerschwester, schenke ihnen ein Symbol, dem sie folgen können.«

Ich beiße mir auf die Lippe. *Sag ja.* Jetzt bin ich diejenige, die es nicht schafft, den Blick vom Boden zu lösen. *Sag ja.* Die Feuerseide knistert in meinem Geist, die blaue Seide brüllt wie ein tosender Wasserfall. *Komm schon, Feuerschwester. Zeige, dass du diesen Namen zu Recht trägst. Zeige, dass du wahrhaft die Enkelin von Eira Emris bist.*

»Ich muss an den Hof zurückkehren«, sage ich jedoch. »Ich werde Nottingham auf eine falsche Fährte locken. Wenn du mir verrätst, wo du dich mit Moreen Gause triffst, werde ich alles daransetzen, ihn und die GVK abzulenken. Und wenn ihr noch mehr Informationen braucht, kann ich sie euch so leicht beschaffen.«

Feigling.

Ich lasse Robins Hand so abrupt los, als hätte sein Gedanke mich gebissen.

»Rea«, sagt er sofort, »bitte, verzeih mir …«

»Nein, du hast ja recht«, erwidere ich, obwohl mir schmerzlich bewusst ist, dass ich nie zuvor größeren Mut bewiesen habe als jetzt. Ich werde dafür sorgen, dass sie das hier überleben – und wenn es das Letzte ist, was ich tue. »Aber was ist, wenn die Leute nicht hinter dir stehen, Robin?«

»Das werden sie.«

»Und wenn nicht? Wenn sie dich nicht unterstützen, so wie beim letzten Mal? Was, wenn du genauso stirbst, wie meine Großmutter damals gestorben ist?«

»Das werden wir nie erfahren, wenn wir es nicht versuchen. Vertrau mir, Rea. Du kannst mir vertrauen. Komm mit mir zu dem Interview …«

»Ich habe Nottingham geküsst.« Abrupt presse ich die Worte hervor. Treibe ihn damit von mir fort. Koste es, was es wolle.

Robin starrt mich schweigend an. Liam zieht sich ein paar Schritte zurück, damit wir allein sein können. Aber Robin sieht nur mich an. Ich weiß, dass ich es dabei belassen sollte, mich umdrehen und dafür sorgen sollte, dass er mich einfach vergisst, aber …

Bei Maria, das ist doch dämlich. Was habe ich mir nur dabei gedacht? »Es tut mir leid«, fahre ich hastig fort. »Tut mir leid, dass ich das gesagt habe. Ich dachte, es wäre das Beste, dich zu vertreiben, zu deinem eigenen Wohl, aber das ist dämlich, einfach nur dämlich.« Ich vergrabe das Gesicht in den Händen. »Das Geistesfieber war … es ist so schlimm geworden. Und sein Geist … Ich habe keine Ahnung warum, aber wenn ich in seinem Geist bin, lindert das die Symptome. Nachdem ich die Wanze für euch platziert hatte, bin ich ohnmächtig geworden. Dann habe ich deine Nachricht gefunden, dass ihr noch heute Nacht zuschlagen wollt, und ich brauchte Hilfe, und ich war so schwach, er musste mich berühren, anders ging es nicht, und …«

»Schhhh.« Robin zieht mich an seine Brust. »Ist schon gut …« Seine Stimme klingt verzerrt. Er stellt es sich bildlich vor, sieht vor seinem inneren Auge, wie ich Nottingham küsse. »Ist schon gut«, versichert er mir noch mal. »Es ist nicht deine Schuld.« Jetzt zieht er in Gedanken einen Dolch und sticht Nottingham damit ab. Und die alte Erinnerung an den Kerker steigt in ihm auf, als er mich gewürgt hat. Wird verdrängt von der Vorstellung, mein Geistesfieber zu heilen. Als ob das möglich wäre. »Du bist so tapfer. Alle zerren an dir herum, dein ganzes Leben schon.«

Ich schüttele schwach den Kopf, vergrabe das Gesicht an seiner Brust. Sauge seinen Duft so tief in mich ein wie möglich. »Ich wollte es, Robin. In dem Moment wollte ich es.«

»Ja, glaubst du denn, ich verspüre nie das Bedürfnis, eine andere zu küssen?«, flüstert er. In seinem Geist tauchen Bilder auf: eine Adelige, die ich nicht kenne; eine Frau in den Heiligen Höfen; Pankhurst; sogar Ninon. »Aber darum geht es gar nicht«, fährt er fort. »Nur eines ist wichtig: Ich habe mich für dich entschieden.«

Diesmal nicke ich. Atme seinen Duft ein, noch einmal. »Sie werden sich nicht erheben, Robin. Denk an die Seidenrebellion zurück, und dann sage mir noch einmal, dass ich auf die Straße gehen soll.«

Er schiebt mich ein Stück von sich weg, lässt aber die Hände auf meinen Schultern liegen. »Du hast mir beigebracht, zu hoffen«, sagt er. »Du hast mir beigebracht, eigenständig zu denken. Du bist die Feuerschwester.«

»Hoffnung wird dich nicht retten. Liebe wird dich nicht retten.«

»Doch, das werden sie. Hoffnung wird die Menschen auf die Straße bringen. Liebe wird die Menschen auf die Straße bringen. Und die Feuerschwester wird sie in ihrem Protest vereinen.«

Wir sehen uns an. Sanft streiche ich über seinen Arm, seinen Hals, seine Wange. Ich küsse ihn. Dann lasse ich ihn los. »Ich sollte jetzt wieder zurückgehen.« Robin sieht so aus, als wollte er noch etwas sagen, doch dann nickt er nur und lässt meine Hand los. Ich bitte ihn um Anweisungen, will wissen, ob ich bei Hofe etwas Bestimmtes für ihn tun soll. Er antwortet, er werde mich auf dem Laufenden halten und ich könne ihn über Ninon erreichen. Ich verabschiede mich von Liam. Die Uhrenkette hängt wieder aus seiner Hosentasche. Meine Finger bohren sich fast schon in ihn hinein, zeigen deutlich, wie gerne ich bei ihm bleiben würde, bei ihnen allen. Aber wenn ich eine schmerzliche Lektion gelernt habe, dann diese: Robin irrt sich. Liebe kann niemanden retten.

Auf dem Weg nach draußen werde ich von René, Blanc und dem Comte aufgehalten. Blanc versucht unverblümt, mich auf die Tanzfläche zu tragen, was der Comte mit einer liebevollen Geste verhindert. Ich umarme die drei. Dabei fällt mir auf, dass René jetzt die grüne *manchette* trägt, die ich zuvor am Körper des Comte gesehen habe. »Würdest du mir die leihen?«, frage ich ihn. Drei Seidenbänder sind besser als zwei; nur für den Fall, dass Ninon es nicht schafft, mir meine Medikamente zu beschaffen. Besorgt runzelt René die Stirn.

»Was macht dein Geistesfieber?«, fragt er scharfsinnig.

»Deshalb frage ich«, gebe ich immer noch widerwillig zu. »Je mehr Seide, desto besser.«

René löst den Knoten an seinem Hals und reicht mir das Band. »Soll ich es mir noch mal ansehen?«

»Nein.« Der Comte, Blanc und ich antworten gleichzeitig: »Sollst du nicht.« – »Verflucht noch mal, ganz sicher nicht.« – »Vielen lieben Dank, aber nein.«

Ergeben hebt René die Hände. »Dann erwarte ich aber wenigstens eine ehrliche Antwort von dir.« Seine braunen Augen mustern mich prüfend. »Hattest du wieder einen Anfall?«

Ich nicke. »Mir … Mir sind die Medikamente ausgegangen.«

»Ernsthaft, Hase?«, empört sich Blanc. »Das kann doch nicht wahr sein.«

René bedeutet ihm, sich zu beruhigen, als er sieht, wie mir die Schamesröte ins Gesicht steigt, während der Comte meint: »Ninon kann dir sicherlich Nachschub beschaffen.«

»Ich weiß. Ich … Ich habe gedacht, ich schaffe es so. Aber ich war einfach zu schwach.«

»Zu schwach?«, knurrt Blanc aufgebracht. »Du bist nicht schwach. Das ist einfach eine richtig fiese Krankheit.«

»Es tut mir leid«, sage ich, um die Stimmung aufzulockern, »aber ich war auch irgendwie abgelenkt – vielleicht, weil ich diesen miesepetrigen Freund habe, der plötzlich in eine Korrektive gesteckt wurde.« Blanc will protestieren, aber René fragt einfach weiter: »Schuldzuweisungen sind völlig fehl am Platz. Wie konntest du den Anfall eindämmen? Als es passiert ist, meine ich.«

Noch einmal zögere ich. Doch diese Männer sind meine Freunde. Ich kann sie um Hilfe bitten. Und Robin weiß es jetzt schon.

»Nottinghams Geist … an dem ist irgendetwas seltsam. Sobald ich darin eintauche, scheint er die Kreatur und sämtliche Finsternis aus meinem Bewusstsein zu vertreiben. Allen Schmerz, alles … Es ist wundervoll. Es ist … als könnte ich bis in alle Ewigkeit in diesem Geist bleiben.«

Blanc und der Comte wechseln verstohlene Blicke, aber René konzentriert sich ganz auf mich.

»Bist du dir da ganz sicher, Rea?« Er klingt extrem ernst.

»Absolut.« Langsam werde ich nervös. »Wieso? Was ist denn los?«

René seufzt schwer. Plötzlich scheint er um Jahre gealtert zu sein. Er wirkt, als würde ihm ein Lächeln mehr abverlangen, als es wert ist. »Du weißt doch, dass Schnüffler in ihrem Geist manchmal Fallen für andere Magdalenen auslegen, oder?«

»Natürlich«, antworte ich. Blanc stellt sich neben mich, und ich lehne mich an ihn. »Mister Galahad hat eine Falle aufgestellt, in die Ninon …« Ich muss den Satz nicht beenden, René nickt verstehend. »Ich habe Spuren davon in ihrem Geist gesehen. Aber die raffinierteste Falle ist so konstruiert, dass das Opfer sie gar nicht bemerkt.«

»Wie bitte?« Das verstehe ich nicht. Ein ganz schlechtes Gefühl breitet sich in meiner Magengegend aus. Die Miene des Comte verfinstert sich, als René fortfährt: »Manche Schnüffler gestalten ihren Geist möglichst einladend. Er wirkt dann so verlockend auf dich, dass du ihn am liebsten nie wieder verlassen würdest. Die meisterhaftesten aller Schnüffler sorgen sogar dafür, dass ihr Geist sich den persönlichen Träumen und Wünschen des Opfers anpasst. Für das Opfer wird es ein Sehnsuchtsort, ein Traumziel – aber sich dort aufzuhalten hat seinen Preis.« Er beobachtet mich scharf. Ich muss schlucken. Das Theater. Die Verse. »Welchen Preis?«, frage ich. »Was passiert, wenn man erst einmal … in diese Falle getappt ist?«

René nimmt den Blick nicht von mir. »Rea«, sagt er, sein Tonfall ist dringlich. »Wirkt Nottinghams Geist für dich so? Wirkt er wie dein ganz persönlicher Sehnsuchtsort?«

Es wäre dumm, es zu verheimlichen. Langsam nicke ich. René starrt mich immer noch an. »Spiritus apertus, Rea. Der Preis ist *Sucht.* Dadurch versucht der Schnüffler, sein Opfer süchtig zu machen. Es so lange anzufixen, bis es ihm nichts mehr verweigert. Bis es ohne ihn nicht mehr leben kann. Sein Geist fungiert wie eine Droge. Wenn du ihn immer wieder aufsuchst, wirst du ihm schon sehr bald *nichts* mehr ausschlagen können. Selbst wenn er dich darum bittet, uns alle umzubringen. Du würdest alles tun, nur um deinen nächsten Fix zu bekommen.«

Blanc lässt die Knöchel knacken. »Dieser Scheißkerl!«

»Spiritus apertus«, hauche ich. Ich wusste nicht, dass so etwas möglich ist. Nottingham hat aus seinem Geist eine spezielle Droge für mich gemacht. *So* hätte er sich also meiner Kooperation versichert. Ihm war von Anfang an klar, dass er mir nicht trauen konnte, genauso wenig wie ich ihm.

Und das Schlimmste ist: Er hatte bereits Erfolg. Schon jetzt bin ich süchtig nach Nottinghams Geist. Schon jetzt ist er dabei, mich unter seine Kontrolle zu bringen. Nicht, indem er meine Gedanken kontrolliert, sondern indem er mich von ihm abhängig macht. Hätte René mich nicht gewarnt, wäre ihm das auch gelungen.

Vielleicht gelingt es ihm sogar noch. Zum Glück wird Ninon mir die Medikamente besorgen. Wenn sie denn bloß helfen. Bitte, sie müssen helfen …

Zum Glück reißt der Comte mich aus meinen Gedanken. »Sollen wir ihn uns zur Brust nehmen, bevor oder nachdem du dich an ihm ausgetobt hast?«, fragt er trocken. Das entlockt mir fast ein Lächeln.

»Von jetzt an werde ich auf der Hut sein. Und niemand wird sich Nottingham zur Brust nehmen«, füge ich hinzu. »Wir brauchen ihn noch.«

»Schade«, murmelt der Comte, während Blanc knurrt: »Aber muss er dafür zwei gesunde Arme haben?«

Jetzt lache ich richtig, umarme noch einmal alle drei.

»Rea …« René zögert. »Ach, verflucht!« Er nimmt meine beiden Hände und küsst sie. »Bleib. Wenn du bei uns bleibst, wirst du viel bessere Hilfe bekommen. Und wenn du bleibst, werde ich so viel glücklicher sein.«

Ich drücke ihn fest an mich, bevor ich einen Schritt zurücktrete. »Es macht mich stolz, deine Freundin sein zu dürfen.«

»Mich ebenfalls.«

Der Comte nickt mir zu und schenkt mir ein Lächeln. Das reicht völlig. Dann wende ich mich Blanc zu. Er sieht mich lange an, bis ich es irgendwann nicht mehr aushalte. Noch einmal werfe ich mich in seine Arme. Dann gehe ich. Nein, ich renne fast. Das fühlt sich zu sehr nach einem Abschied für immer an. Ich will bei ihnen bleiben, doch stattdessen verlasse ich sie. In Paris habe ich Robin gebeten, mit mir auf die Straße zu gehen, und er hat abgelehnt. Dabei wollte ich damals nichts mehr, als ihn an meiner Seite zu haben. Jetzt mache ich genau dasselbe mit ihm. Ich verlasse ihn, gehe zurück zu Nottingham, zurück an den Weißen Hof. Um die Gedanken eines Kronprinzen zu manipulieren. Um einen König zu töten. Ich darf nicht länger zögern.

Der Rückweg durch die Kanalisation kommt mir schon fast vertraut vor. Diesmal steige ich auf der Wiese im King George Memorial Park an die Oberfläche. Die Nacht und die dunkle Decke über meinen Schultern bieten mir Schutz. Kaum bin ich oben, informiert mich mein vibrierendes Handy darüber, dass ich eine Nachricht von Ninon bekommen habe. Sie schreibt, dass sie schon am Morgen einen Kurier mit meinen Medikamenten erwartet, der sie in der Dämmerung über die Grenze schmuggeln wird. Unterschrieben ist der Text mit einem vollkommen selbstverständlichen *Je t'aime*. Ich schreibe ihr dasselbe zurück, bevor ich eine Nachricht an Victoria absetze.

Während ich am Dienstboteneingang darauf warte, dass sie mich holen kommt, überlege ich mir meine nächsten Schritte. Viel Zeit bleibt mir nicht. Auch wenn es mir schwerfällt, muss ich mich zunächst um William kümmern. Seine Schwester darf davon nie etwas erfahren.

Gekonnt schmuggelt mich die Prinzessin in den Palast. Ich versuche, sie möglichst wenig anzusehen. Dass ich ihr Vertrauen derartig missbrauchen werde … Sie führt mich in ihr Zimmer, wo ich mich wieder in mich selbst verwandele, indem ich die Marienrobe ablege. Außerdem weiß Victoria zu berichten, dass Nottingham bereits vor Stunden ausgegangen und noch nicht zurückgekehrt ist. Also hat niemand meine Abwesenheit bemerkt.

Sobald ich wieder in meinem Zimmer in Nottinghams Gemächern bin, zücke ich mein Handy und durchforste das Internet und die sozialen Netzwerke nach dem Stichwort *Das lasse ich nicht zu.* Inzwischen gibt es schon mehr Posts dazu. Bei vielen ist es einfach nur der eine Satz. Andere schreiben mehr. Wieder andere beschreiben im Detail, was sie nicht zulassen wollen: wirtschaftliche Missstände, finanzielle Ungerechtigkeit, Arbeitslosigkeit, Korruption … Aber soweit ich sehen kann, gesteht kein Einziger von ihnen, Magdalene zu sein. Im Gegenteil, die meisten versichern fast schon hastig, keiner zu sein. Was nur natürlich ist. Würden sie die Wahrheit schreiben, wäre das ihr Todesurteil. Es sei denn, sie kommen aus dem Ausland. Es gibt viele Posts aus dem Ausland – Bürger der Kaiserin oder des Roi, die sich mit René und Blanc solidarisch zeigen, mit uns. Und es gibt einige Nachrichten, vorwiegend aus Paris, aber auch aus den Vereinigten Staaten, aus Kanada, sogar aus Taiwan und Nigeria, in denen nach der Feuerschwester gefragt wird. Gerüchte haben die Runde gemacht, und nun wundern sich die Leute: Wenn sie tatsächlich zurückgekehrt ist, wo steckt sie dann jetzt? Wer würde ihr nicht folgen wollen, wenn sie tatsächlich wiedergekommen ist? Mir blutet das Herz, als ich das lese.

Gerade als ich ins Bad gehen will, um mich vor dem Schlafengehen noch kurz zu waschen, vibriert das Telefon erneut. Eine Nachricht von meiner Mutter: *Welch ein Narr,* schreibt sie und meint zweifelsohne Robin. Ich antworte ihr, während ich ins Bad gehe. *William ist ein achtbarer Kronprinz.* Dann gehe ich schnell unter die Dusche und ziehe mich wieder an, während ich durch die Online-Nachrichten scrolle. Mitmachen oder morden. Mehr und mehr Leute fragen nach der Feuerschwester, der Hashtag verbreitet sich immer weiter: #findetdiefeuerschwester, #wokannsiesein … Warum interessieren sich so viele für diesen uralten Mythos? Und woher kennen sie ihn überhaupt? Vor allem in anderen Ländern scheint die Legende weithin bekannt zu sein: die Geschichte der Feuerschwester, eines Schneidermädchens aus alter Zeit, das zusammen mit seiner Zwillingsschwester die Gedanken einer mächtigen Königin manipulierte. Die Schneiderin und das einfache Stubenmädchen, die zusammen die Magdalenen vor der Vernichtung bewahrten.

Und es gibt auch andere Nachrichten. Vielen geht es nicht einmal um die Feuerschwester, sie wollen einfach ihre Unterstützung zeigen. Mehr und mehr und mehr … Plötzlich springt mir ein vertrauter Name ins Auge. Verwirrt runzele ich die Stirn. Das kann nicht sein.

Ich habe die Hand bereits am Türknauf, um in mein Zimmer zurückzukehren, als ich schließlich den Blick vom Display löse. Wäre wohl besser gewesen, wenn ich das etwas früher getan hätte. Dann wäre mir der Lichtschein aufgefallen, der unter der Tür durchdringt.

Als ich die Tür öffne, stehe ich niemand Geringerem als Seiner Majestät dem König gegenüber.

Teil III
Endspiel

Ende gut, alles gut. Das Ziel beut Kronen,
Wie auch der Lauf; das Ende wird ihn lohnen.
WILLIAM SHAKESPEARE, *Ende gut, alles gut*

Kapitel 12

»Eure Majestät.« Ich bin so überrascht, dass ich sogar den Devotionsknicks vergesse. Er mustert mich eingehend, wohl gleichsam überrascht, mich vollständig angekleidet vorzufinden. Es ist mitten in der Nacht. Die Nacht, in der sein Sohn – mein ehemaliger Verlobter – Kriminelle befreit hat, deren Verfolgung sein Vater das halbe Leben gewidmet hat. Das alles wird mir in diesem Moment überdeutlich bewusst.

Außerdem wird mir bewusst, dass ich diesen Mann umbringen muss. Und ich werde es bald tun müssen, bevor die anderen ihren Protestmarsch starten.

Morden, damit sie marschieren können.

»Ich war bei Prinzessin Victoria«, erkläre ich ihm atemlos. »Wir waren besorgt über das, was wir in den Nachrichten gehört haben. Sehr besorgt. Keine von uns wollte allein sein.«

Noch immer lässt er stumm den Blick über meinen Körper wandern, von den Zehen in den weißen Schuhen über die weiten Röcke bis zur schmalen Taille. Über meine Brust, den Hals und das Gesicht, soweit es trotz Marienkragen erkennbar ist. Der König hat keine Wachen mitgebracht, hinter ihm steht nur Mister Galahad mit seiner Narrenkappe. Mich überläuft noch immer ein Schauer, wenn ich ihn in diesem Aufzug sehe. Erst jetzt fällt mir ein, dass ich mich verbeugen sollte. Das Herz klopft mir bis zum Hals. Der König ist in meinem Schlafzimmer, und wir sind quasi allein. Fast allein mit ihm, in Marias

Namen. Wenn ich bloß ein Messer hätte … Wo ist mein entgeistigtes Messer abgeblieben?

»Aber natürlich. Sicher wird meine Tochter das bestätigen«, sagt er endlich und beobachtet mich genau, während er nach meiner Schleppe greift.

»Ich glaube es nicht«, bringe ich tapfer vor und versuche, den Zug an meiner Taille auszublenden. »Kein einziges Wort davon. Etwas Derartiges würde der Kronprinz niemals tun.«

Der König neigt den Kopf. Plötzlich fällt mir auf, wie erschöpft er aussieht. Mitgenommen. Die weißen Haare fallen ihm ins Gesicht. Sein Schwert hängt an der falschen Seite. »Dann haben Sie also davon gehört?«

Ich muss mir auf die Zunge beißen, um nicht zu erwidern: Wer hat nicht davon gehört?

Außerdem darf ich meine Hände auf keinen Fall zu Fäusten ballen, auch wenn sie das unbedingt wollen. Ich könnte ihn zu Tode prügeln. Ich weiß, dass ich das kann. Hass und Ekel vereinen sich in meinem Bauch zu einem dicken schwarzen Knäuel. Und schon spüre ich, wie sich die Kreatur wieder an mich heranpirscht. Ihre gläsernen Finger streichen über mein Gesicht. Meine Haut wird hart, kalt, durchsichtig. Ich könnte es tun. Ohne jeden Zweifel.

Aber das gehört nicht zum Plan. Nicht nach dem, was ich gerade im Internet gelesen habe.

»Ja, Eure Majestät.«

Nicht nach diesem einen Post. Einem Post vom offiziellen Account des neuen Thronfolgers – Prinz William. *Ich werde das nicht zulassen.*

Oh, Maria, hoffentlich hat er den Palast verlassen. Hoffentlich ist er nicht mehr hier. Gleichzeitig würde ich ihm am liebsten einen Arschtritt verpassen. Der zweite Bruder, der alles vergeigt.

»Ist er … wurde Prinz William festgesetzt?«, frage ich vorsichtig. »Oder … der … ehemalige Kronprinz?«

»Sie wollten Königin werden, Miss Emris«, stellt der König fest, statt eine Antwort zu geben. Noch immer wandert sein Blick über meinen Körper. Ich könnte ihm jetzt ein Ende machen, ihm die Finger in die Augen rammen. Wenn ich Mister Galahad irgendwie loswerde, könnte ich ihn umbringen und dann nach oben rennen zu Prinzessin Victoria. Ihre Gedanken unter meine Kontrolle bringen.

Victorias Gedanken kontrollieren.

Ich weiß einfach nicht mehr, was ich tun soll. Wieder sind all meine Pläne dahin.

»Man hat mich gebeten, Königin zu werden«, sage ich behutsam.

»Sie wollten königliche Nachkommen hervorbringen.«

Dieser Blick, der überall hingleitet, nur nicht in mein Gesicht.

Endlich begreife ich. Mir wird schlecht. Das war es also – diese Veränderung in seinen Augen, bei dem Abendessen, als er mit Nottingham über das Kinderkriegen sprach.

Er will, dass ich ihm Kinder zeuge.

Nur mit allergrößter Mühe unterdrücke ich den Impuls, einfach wegzurennen. »Ihr liebt die Königin.« Eine andere Antwort fällt mir vor Entsetzen nicht ein.

»Das tue ich«, bestätigt er, ohne zu zögern. Hätte ich nicht solche Angst, wäre ich vermutlich überrascht über so viel Offenheit. Stattdessen wird mir nur bewusst, wie dicht er vor mir steht. Wie er meine Schleppe um seine Hand wickelt. Wie die Kreatur mich zu ihm schiebt. Wie ich in seine Richtung taumele. Panisch zucke ich zusammen, aber die Kreatur schiebt einfach weiter. Und der König wickelt die Schleppe noch fester um seine Hand. »Und daran wird sich nie etwas ändern. Aber die Söhne, die sie mir geboren hat, haben sich nicht zu einem Segen für den König entwickelt.«

Ich bekomme keine Luft mehr. An diesem Hof gibt es nur zwei Frauen, die durch den Glasbläser transparent gemacht wurden. Nur zwei.

»Ich liebe die Königin ebenfalls«, stoße ich verzweifelt hervor.

»Und lieben Sie auch Ihren König?« Noch einmal führt er meine Schleppe um seine Handfläche, sodass wir nun Brust an Brust stehen. Ich flehe die Geister aller Zeiten an. Mein Blick huscht zu Mister Galahad. Er steht zusammengesunken da, die Hände auf dem Rücken fixiert. Zwar kann ich sein Gesicht nicht erkennen, aber er muss das doch sehen, oder? Plötzlich packt der König mein Kinn und dreht meinen Kopf, bis ich ihn ansehen muss. »Warum zögern Sie noch?«, fragt er leise. Sein Atem streicht über mein Gesicht.

Ich muss würgen. Und dann kommt irgendwoher eine Eingebung – die einzige Ausrede, die den Weißen König noch aufhalten könnte. Wenn ich so tue … Wenn ich so tue, als hätte ich meine Tage. Als wäre ich unrein. Etwas anderes fällt mir einfach nicht ein. »Natürlich gilt auch Euch meine Liebe, Majestät. Aber Ihr … Ihr wisst doch sicher, dass es gewisse Gründe haben kann, wenn eine Dame auf ein solches Angebot zögerlich reagiert.«

»Sicherlich nicht«, erwidert der König.

Mein Magen krampft sich zusammen. Mister Galahad gibt ein undefinierbares Geräusch von sich, aber durch die Moretta kann er nicht sprechen. Ungeduldig dreht sich der König zu ihm um.

»Was ist, George?«

Noch einmal setzt Mister Galahad zum Sprechen an. Unverständliches Kauderwelsch kommt über seine Lippen. Zu mehr ist er nicht in der Lage.

»Ich verstehe Sie nicht«, sagt der König und wendet sich wieder mir zu.

Plötzlich höre ich ein dumpfes Geräusch, es muss die Moretta sein, die zu Boden fällt, denn dann ertönt Mister Galahads

Stimme: »Eure Majestät, Miss Emris will damit sicherlich sagen, dass … sie zurzeit nicht in der Lage ist, ein solches Angebot entsprechend zu würdigen, da sie durch ihr monatliches Unwohlsein geplagt wird.«

Ruckartig lässt der König mich los. »Ist das so?«, will er von mir wissen. Ich nicke stumm und starre zu Boden. Mein Herz rast. Aus dem Augenwinkel sehe ich, wie er mir steif zunickt. »Wie bedauerlich. Ich habe wohl voreilige Schlüsse gezogen. Verzeihen Sie.«

Ich nicke noch einmal, während der König ein paar Schritte zurücktritt und Mister Galahad befiehlt: »Kommen Sie, George. Vergessen Sie Ihre Maske nicht. Und … Miss Emris?« Er wirft mir noch einen stechenden Blick zu. »Es ist immer besser, auf mehrere Pferde zu setzen. Da stimmen Sie mir doch sicher zu, oder?«

Ich ringe mir ein drittes Nicken ab und sehe dann zu, wie Mister Galahad sich hinkniet, um mit dem Mund seine Maske aufzuheben. Ich versuche, ihm wortlos zu vermitteln, wie dankbar ich ihm bin, aber ich kann nicht einmal sagen, ob er in meine Richtung sieht.

Sobald die beiden gegangen sind, breche ich zusammen. Als ich auf dem Boden hocke, fließen die Tränen, aber ich spüre sie nicht. Ich habe den Eindruck, dass ich überhaupt nicht mehr viel spüren kann. Nicht den Ekel, nicht die Verzweiflung. William ist weg. Nottingham ist eine Gefahr. Der König … Der König hat mir ein unerträgliches Angebot gemacht. Mein einziger Freund ist ein Schnüffler, der mich umbringen wird, wenn er die Wahrheit über mich erfährt. Die Kreatur streckt sich auf mir aus, um dort zu schlafen. So schaffe ich es nicht einmal bis ins Bett. Ich muss den König töten.

Robin brennt.

Ninon, Liam, Blanc, René, der Comte.

Sie alle brennen. Und ich schmelze. Mein gläserner Körper löst sich einfach auf. Wo ist die Feuerschwester?

Findet die Feuerschwester.

Am nächsten Morgen ist mein Körper so empfindlich, als könnte er bei der kleinsten Bewegung in tausend Stücke zerbrechen. Die Kreatur hat sich regelrecht um mich gewickelt. Als Erstes rufe ich Ninon an, die aber nicht abhebt. Sollten die Medikamente nicht gekommen sein? Als ich sie auch nach einer Stunde nicht erreicht habe, kontaktiere ich meine Mutter. Ich brauche Medikamente. Ich brauche irgendetwas, ich brauche …

Sobald meine Mutter meine Stimme hört, schlägt sie vor, sich von Angesicht zu Angesicht zu unterhalten. Mir fällt keine Ausrede ein, um den Palast zu verlassen, deshalb versichert sie mir, dass sie so schnell wie möglich bei Hofe erscheinen wird, in ihrer Funktion als französische Gesandte.

»Madame …« Meine Verzweiflung ist so groß, dass ich es sogar wage, am Telefon darüber zu sprechen. Ich muss auf Nummer sicher gehen. Ich kann nicht wieder Nottingham anflehen. »Vielleicht erinnern Sie sich noch daran, wie wir in Berlin über dieses lästige Leiden gesprochen haben, das mich hin und wieder plagt? Es hat sich verschlimmert. Ich … Wenn Sie eventuell ein Mittel dagegen besorgen könnten, wäre ich Ihnen unglaublich dankbar.«

Einen Moment lang herrscht Stille am anderen Ende der Leitung. Dann antwortet sie vollkommen gelassen: »Aber natürlich, Mademoiselle.«

Ich schaffe es kaum noch, das Telefonat zu beenden. Hoffentlich kann sie ihr Wort halten. Nicht nur in Bezug auf die Medikamente – ich brauche sie auch, um einen endgültigen Plan zu entwickeln. Wir müssen entscheiden, wie der König sterben soll, wie ich es anstellen könnte, ihn umzubringen, bevor die Demonstration beginnt. Koste es, was es wolle.

Diese Vorstellung hilft mir dabei, aufzustehen. Noch einmal versuche ich Ninon zu erreichen, aber vergebens. Angst krallt sich in meine Eingeweide. Bei meiner Garderobe lasse ich größte Sorgfalt walten. Während ich den weißesten und steifsten Marienkragen umlege, den ich besitze, klopft es an der Tür.

»Miss Emris?«

Nottingham. Ich kann spüren, wie ich blass werde. Plötzlich schaffe ich es nicht mehr, den Kragen zu befestigen. Mein gesamter Körper schreit danach, ihn zu berühren.

»Ja?«, antworte ich.

Lächelnd kommt Nottingham herein. So wie er aussieht, war er gar nicht im Bett, sondern ist nur gekommen, um sich umzuziehen. Nachdem er sich kurz verbeugt hat, greift er nach meiner Schleppe. Ich zucke nervös zusammen, was die Kreatur breit grinsen lässt.

»Bitte verzeihen Sie«, sagt Nottingham. »Ich muss mich heute um eine Mission von größter Wichtigkeit kümmern. Meine Männer sind bereits vor Ort. Aber ich wollte mich doch kurz nach Ihrem Befinden erkundigen, bevor ich wieder zur Arbeit aufbreche. Sicherlich haben Sie schon von den schrecklichen Neuigkeiten gehört. Fühlen Sie sich denn inzwischen etwas besser?«

Natürlich. Das letzte Mal, als er mich sah, war ich wegen des Geistesfiebers zusammengebrochen. »Ja, tatsächlich, danke«, lüge ich. Gleichzeitig streicht die Kreatur mit einem Finger über meine Röcke, über die Rückseite meiner Beine. Krampfhaft versuche ich, mich zu konzentrieren. Eine Mission von größter Wichtigkeit? Was könnte das sein? Stellt sie eine Bedrohung für Robin dar? Für die *Verbannten?* Das muss ich unbedingt herausfinden.

Doch dafür muss ich wieder in seinen Geist eintauchen. Wieder die Droge nehmen.

Nottingham zieht mich ein Stück näher zu sich heran. »Sind

Sie sicher?«, fragt er. »Ich werde erst beruhigt sein, wenn Sie wieder auf dem Damm sind.« Dieses Lächeln. »Der König gibt momentan leider keine sonderlich gute Figur ab, nachdem sein zweiter Sohn ihm nun ebenfalls den Rücken gekehrt hat … Es würde mich nicht wundern, wenn er bald das Zepter aus der Hand gibt, oder was meinen Sie? Die Kaiserin erwähnte erst kürzlich, dass sie ein solcher Schritt ebenfalls nicht überraschen würde.«

Ich halte mich am Bettpfosten fest. In dem verzweifelten Versuch, ihn am Gehen zu hindern, bevor ich ihn befragt habe, platze ich heraus: »Der König hat mir letzte Nacht einen Besuch abgestattet.«

Das lässt ihn überrascht innehalten. »Ach ja?«

Ich nicke.

»Aus welchem Grund?«, will er wissen, als keine weitere Erklärung folgt. Und wieder einmal wickelt er sich meine Schleppe fester um die Hand. Sein Geist flüstert verlockend: die Bühne, die Verse, das warme Licht. Dort gibt es keine Sorgen, überhaupt keine.

Es ist eine Sucht, erinnere ich mich. *Du darfst ihr nicht nachgeben.*

Aber die Mission – ich muss ihn nach dieser Mission fragen.

Krampfhaft schüttele ich den Kopf. »Ein Ausritt«, sage ich mit rauer Stimme. »Mit einer Wette auf das beste Pferd. Für ihn ist das wohl alles das Gleiche.«

Nottingham wickelt die Schleppe weiter auf, zerrt mich zu sich. Mir fehlt die Kraft, um mich zu widersetzen. »Er will, was mir gehört?«, fragt er leise und hebt einen Zeigefinger an meine Wange. Er schwebt vor mir in der Luft, berührt mich aber nicht. Ganz im Gegensatz zur Kreatur. Ich schließe die Augen. »Ich bin nicht Ihr Eigentum.«

»Andererseits«, fährt er fort, als hätte ich nichts gesagt, »bietet diese neue Entwicklung auch gewisse Vorteile, oder nicht?«

Jetzt muss ich die Augen wieder öffnen, um ihn fragend anzustarren. Ungerührt erwidert er meinen Blick. »Das würde bedeuten, dass Sie mit Seiner Majestät allein sind. Und mit seiner nackten Haut.«

Ich hole tief Luft. »Wenn Ihnen Ihr Leben lieb ist, werden Sie diesen Vorschlag nie wieder erwähnen, Nottingham.«

Er lacht nur. »Seien Sie lieber vorsichtig, Miss Emris. Ich weiß noch sehr gut, wie Sie darum gebettelt haben. Und es wird mir ein Vergnügen sein, Sie zu zähmen.«

Er beugt sich vor, bis sein Mund ganz dicht vor meinem schwebt. *Die Mission,* halte ich mir vor Augen. *Frag ihn nach der Mission. Und denk an die Sucht!*

Doch dann streift er meine Lippen, und ich kann nur noch daran denken, wie herrlich es ist, die Kreatur zu vertreiben. Nottingham beißt mich sanft in die Unterlippe. Ich protestiere dagegen, während ich mich gleichzeitig an ihn schmiege. Mein Geist wird regelrecht in seinen hineingesogen. Mit einem leisen Lachen lässt er seine Lippen über meinen Hals wandern, ohne den Kontakt auch nur für einen Moment zu unterbrechen. Der Marienkragen fällt nutzlos zu Boden, als Nottingham meinen Hals küsst.

»Stopp«, presse ich hervor. Ich muss ihn fragen, was für eine Mission er meinte, aber sein Geist … Sein wundervoller, wundervoller Geist drängt die Kreatur zurück, schenkt mir Frieden und Ruhe.

Ein Rascheln, das Nottingham den Kopf heben lässt. Der Kontakt zu seinem Geist reißt ab, und mir entfährt ein leises Flehen. Mein Körper wölbt sich ihm entgegen. Er lacht leise. Seine bloßen Hände bringen mir seinen Geist zurück. *Die Mission,* denke ich wieder, als sich seine Finger um meinen Hals legen. Selbst in der totalen Glückseligkeit, in die ich nun eintauche, spüre ich noch, wie er zudrückt. Mich um jeden Atemzug kämpfen lässt. Doch der leichte Schwindel verstärkt das überirdische

Gefühl seines Geistes nur noch. Seine Finger drücken gegen meine Kehle, er drängt mich an die Wand. Ich spüre Blut auf meiner Haut. Gleichzeitig sehe ich die Bühne, die Scheinwerfer, das Theater. Die Kreatur ist fort, komplett verschwunden. In meinem Körper ist nur noch Wärme, köstliche Qual in meiner Lunge, berauschendes Blut in meinen Adern.

In diesem Moment begreife ich, dass ich bereits süchtig bin. Ich würde alles tun, damit dieser Zustand anhält. Einfach alles. Koste es, was es wolle.

Und als Nottingham mich loslässt, das Gesicht noch immer dicht an meinem, begehe ich endgültig Verrat. Verrat an Robin, Verrat an uns, denn ich schlinge die Arme um seine Taille und ziehe ihn wieder an mich. An die Mission denke ich überhaupt nicht mehr. Nein, ich fordere einen Kuss von ihm, während er immer wieder im letzten Moment den Kopf zurückzieht. Ich beiße ihn in die Lippe. Genieße sogar die Ohrfeige, packe ihn am Revers, zerre ihn zu mir heran, drücke mein Gesicht an seines, Haut an Haut. Und dann lässt er es endlich zu, gestattet mir, ihn zu küssen. Hungriger, als ich je zuvor geküsst habe. Es ist himmlisch.

Aber nur für eine Sekunde. Dann schiebt er mich weg und sieht mich voller Herablassung an. Wie einen bettelnden Junkie. Ich kann durch seine Hose hindurch spüren, wie hart er geworden ist. Wie überlegen er sich fühlt.

»Dann stimmt es also doch. Es gibt keinen Unterschied zwischen einer Kämpferin und einer Hure.«

Die Kreatur lacht schrill. Ihre Augen scheinen zu glühen. Seine Mission, fällt mir wieder ein, als ich die Verachtung in seinem Gesicht sehe.

»Vielleicht nicht«, erwidere ich und stelle mich auf die Zehenspitzen, um meinen Mund an sein Ohr zu drücken. Als ich spüre, wie er sich von mir zurückzieht, greife ich ihm in den Schritt.

Streiche über den Stoff, während ich wieder in seinen Geist eintauche, die Lippen an sein Ohrläppchen gepresst. »Aber jetzt haben Sie wenigstens etwas, woran Sie denken können, wenn Sie auf Ihre wichtige Mission gehen.« Eigentlich müsste ich sie jetzt sehen, er müsste an die Mission denken. Was dabei zu tun ist, was geplant ist. Aber ich sehe weiterhin nur das Theater, den Ozean und eine milchige Wand aus Glas, wo eigentlich seine Gedanken sein sollten.

Das Geistesfieber. Ist es … Nimmt es mir etwa meine Fähigkeiten?

Das kann nicht sein. Das darf nicht sein.

Nottingham schiebt mich weg und verpasst mir eine so heftige Ohrfeige, dass ich zu Boden gehe. Zufrieden blickt er auf mich herab. »Hoffentlich haben Sie nun etwas, woran Sie denken können, wenn Seine Majestät sich mit Ihnen vergnügt.«

Brennende Scham packt mich. »Sie widern mich an«, sage ich, obwohl ich mich eigentlich nur vor mir selbst ekele. Vor mir selbst fürchte. Was bleibt noch von mir, wenn ich nicht mehr in den Geistern anderer lesen kann? Was bleibt von mir, wenn ich mich nicht einmal mehr einem solchen Mann widersetze?

»Tatsächlich?« Nottingham beugt sich zu mir herunter und streicht mit einem Finger über mein Gesicht. Sofort schmiege ich die Stirn an seinen Handrücken. Nur ein kurzer Blick in das Theater, auf das warme Holz, das helle Licht.

Dann macht er dem ein Ende. »Ich danke Ihnen dafür, dass Sie mich für die heutige Mission in die richtige Stimmung gebracht haben. Sollten Sie mich benötigen, geben Sie einfach im Hauptquartier Bescheid.«

Damit geht er, allerdings rückwärts – um möglichst lange den Anblick des Wracks zu genießen, das er aus mir gemacht hat.

Sobald er fort ist, klammere ich mich an den Bettpfosten und ziehe mich hoch. Ich sollte ihm hinterherlaufen, nicht zulassen, dass er mich ungestraft erniedrigt, Pläne und Wachen hin oder her. Und anschließend sollte ich mich selbst verprügeln. Aber offenbar bin ich bereits auf Entzug. Mein gesamter Körper zittert.

»Du bist süchtig«, erklärt mir die Kreatur leise. »Süchtig nach seinem wunderbaren Geist.« Im Moment ist ihr großer, hässlicher Körper das Einzige, was mich aufrecht hält. Regelrecht aufgebläht ist sie, von milchigem Glas überzogen, durch das die schwarzen Knochen und Sehnen hindurchschimmern wie kalte Asche. Hat sie mir wirklich meine Fähigkeit genommen?

In dem verzweifelten Versuch, die Kreatur abzuwehren, schlinge ich das grüne Band von René um meinen Oberschenkel, direkt neben seinen Schwestern. Für einen Moment habe ich das Gefühl, René würde nach meiner Hand greifen. Als würde er einen kleinen Samen in meinem Geist einpflanzen, der dort Wurzeln schlägt und zu einem zarten grünen Pflänzchen heranwächst. Die Kreatur versucht, es mit ihren stumpfen Zähnen auszureißen, doch ohne Erfolg.

Mein Handy vibriert. Meine Mutter schreibt, dass sie es geschafft hat, eine Audienz bei Ihrer Majestät der Königin zu vereinbaren, und zwar in einer halben Stunde. Ich solle mich ihnen unter einem Vorwand anschließen. Und dass sie bekommen habe, was ich benötige. Oh, Maria, zum Glück! In diesem Moment würde ich alles tun, um meine Mutter zu sehen und diese Medikamente zu kriegen, egal, wie lange sie brauchen, um zu wirken. Also mache ich mich auf die Suche nach der Königin.

Vor der Tür zu Nottinghams Quartier sind vier Ritter postiert. Anfangs scheinen sie mich überhaupt nicht durchlassen zu wollen. Erst als ich ihnen weismache, die Königin hätte nach mir geschickt – eine Lüge, die sie sich hoffentlich nicht von ihr bestätigen lassen werden –, führen mich zwei von ihnen den Flur hinunter. Unterwegs werfe ich wieder einmal einen Blick auf mein Handy und die Nachrichten in den sozialen Netzwerken.

#findetdiefeuerschwester verbreitet sich weiter. Mit klopfendem Herzen lese ich die Kommentare.

Zum Glück scheinen die Ritter zu wissen, wo sich die Königin gerade aufhält, denn sie bringen mich zu einem kleinen Salon im Erdgeschoss des Gläsernen Turms. Er ist komplett in Weiß gehalten, ähnlich wie Victorias Zimmer: weißer Teppich, weiße Musselinvorhänge, sogar die Decke ist mit weißem Musselin verhängt. Doch der Stoff an den Wänden ist beinahe durchsichtig, sodass ich die Königin schon von draußen erkenne. Merkwürdigerweise scheint sie zu humpeln. Und sie ist nicht allein.

Ein Ritter ist bei ihr, außerdem Prinzessin Victoria. Und dicht an ihrer Seite ragt die beeindruckende Gestalt von Kaiserin Dana auf.

Nachdem meine Begleiter sich mit einer Verbeugung verabschiedet haben, mustert mich die Königin einen Moment lang stumm. Ich sinke in einen Devotionsknicks. »Kaiserliche Hoheit, Majestät, Königliche Hoheit.«

»Miss Emris.« Die Königin wirft ihrer Tochter einen Seitenblick zu. »Hoheit allein reicht aus.«

Verwirrt blicke ich hoch. »Verzeihung. Ich nahm an, nachdem Prinz William …«

»Sie nahmen an, Frauen könnten noch immer den englischen Thron besteigen?«, erwidert die Königin mit steinerner Miene. »Dann kennen Sie meinen Mann aber schlecht.«

Die Kaiserin verzieht abfällig die Lippen. Heute präsentiert sie sich in einem funkelnden goldenen Kleid, das eindeutig mehr enthüllt, als es verbirgt. An ihrem Rücken hängt eine große Schleife mit langen Bändern, und die dünnen Träger des Kleides scheinen aus Edelsteinen zu bestehen. Dazu trägt sie ein rot glitzerndes Käppchen und goldene Armreifen. Die weißen Federn ihres Kopfschmucks wippen heftig, als sie in herablassendes Gelächter ausbricht.

Victoria hingegen folgt dem Kleidungsstil ihrer Mutter. Und sie wirft mir durchdringende Blicke zu, als wolle sie mir unbedingt etwas sagen. Trotz allem bin ich erleichtert. Ich werde mich nicht an ihr vergreifen müssen, wenn sie nicht auf den Thron folgen wird.

»Aber Königin Maria I. …«, beginne ich, gedanklich bei der Königin, von der Seine Majestät abstammt, die im ganzen Reich noch Jahrhunderte nach ihrem Tod verehrt wird.

»… war schon etwas länger tot, als mein Mann die Regeln der Thronfolge ändern ließ, sobald seine erste Tochter das Licht der Welt erblickte«, sagt die Königin ungeduldig.

»Das interessiert mich einen Dreck«, schaltet sich Victoria ein. »Ich wollte sowieso nie Königin werden.«

»Sei still, Victoria«, sagt die Königin. »Wenn du schon solche dummen Gedanken hegst, tu uns wenigstens den Gefallen, sie für dich zu behalten.«

Victoria schweigt gehorsam und verlegt sich wieder auf die bohrenden Blicke in meine Richtung. Leider begreife ich nicht, was sie von mir will, und es ist etwas schwierig, mit ihr zu kommunizieren, ohne dass ihre Mutter es bemerkt.

»Es ist aber doch verständlich, oder?«, sage ich langsam. »Oder seid Ihr sonderlich erpicht darauf, Königin zu sein?«

»Das käme wohl darauf an, was für eine Art von Königin«, stellt die Kaiserin fest, während die Königin mich wieder durchdringend anstarrt. »Victoria«, sagt sie. »Lass uns mit Miss Emris allein.«

»Aber …«

»Sofort. Fähnrich, begleiten Sie die Prinzessin hinaus.«

Victoria fügt sich. Mit einer eifrigen Verbeugung tritt der Fähnrich an ihre Seite. Dabei hat er eigentlich nur Augen für die Königin. Sie gewährt ihm noch ein huldvolles Lächeln, bevor die beiden den Salon verlassen. Im Vorbeigehen nickt Victoria mir zu und sagt: »Ich wäre entzückt, wenn Sie mir nach dem Treffen mit meiner Mutter ein paar Minuten Ihrer Zeit schenken könnten.«

Und plötzlich bin ich allein in einem Raum mit Ihrer Majestät der Königin und Kaiserin Dana. Die Weiße Königin verschwindet nahezu in dem strahlend weißen Raum.

»Eigentlich sollten Sie doch selbst Königin werden, Miss Emris, nicht wahr?«, fragt sie, ihr Tonfall unbeschwert. »Noch vor wenigen Wochen schienen Sie äußerst erfreut darüber zu sein.«

»Nichts läge mir ferner.«

»Tatsächlich?« Die Königin geht einen Schritt zur Seite, dann noch einen. Fast scheint es so, als wollte sie mich umkreisen. »Wieso das? Träumt denn nicht jedes Mädchen genau davon? Prinzessin zu sein? Königin?« Sie bleibt stehen. Ihre Stimme klingt hart, aber ihre Beine beben sichtlich. »Ehefrau zu sein? Die Frau eines reichen Mannes, der in einem Palast lebt. Eines Mannes, der einen auf Händen trägt. Ist das nicht der Traum eines jeden Mädchens?«

»Deiner war es«, wirft die Kaiserin ein.

»Da war ich dreizehn, Mutter«, erwidert die Königin barsch.

»Man will, dass unsere Träume so aussehen«, antworte ich. »Aber auf Victoria trifft das nicht zu. Und auf mich auch nicht.«

Königin und Kaiserin sehen mich an.

»Wovon träumen Sie dann, Miss Emris?«, flüstert die Königin.

Ich trete dichter an sie heran, damit sie meine Antwort hören kann. Dabei ist mir deutlich bewusst, dass man unsere Silhouetten trotz der Stoffbahnen an den Wänden auch von draußen erkennen kann. »Ihr wisst, was ich mir erträume, Eure Majestät.«

»Freiheit«, haucht sie fast lautlos. Nun ist sie es, die sich näher an mich heranschiebt. »Und wissen Sie auch, wovon ich träume?«

Ich schüttele den Kopf und entscheide mich für eine ehrliche Antwort: »Bisher ging ich davon aus, dass jemand wie Ihr keine Träume mehr hat.«

Ihr Lächeln ist bitter. Plötzlich sehe ich wieder das kleine Boot vor mir, das in ihrem Geist auf tosender See herumgeschleudert wird. »Nun, da haben Sie mich unterschätzt.«

Die Kaiserin schnaubt, doch die Königin lässt sich davon nicht aus dem Konzept bringen. Sie steht viel zu dicht bei mir. Wenn uns jemand sieht, wirkt das verdächtig. Ihr scheint das allerdings egal zu sein, als sie sich nun auf die Zehenspitzen stellt und mir ins Ohr flüstert: »Ich habe sehr wohl einen Traum, Miss Emris. Ich möchte sehen, wie Sie meinen Gatten umbringen.«

Lautlos lässt sich die Königin auf die Fersen sinken. Ich bleibe schweigend stehen, während sie vollkommen gelassen einen Handschuh abstreift. Dann nimmt sie mir meinen ab und drückt unsere Hände aneinander. Mein Blick wandert zur Kaiserin, aber die erhebt sich, ohne eine Miene zu verziehen, von ihrem Stuhl und stellt sich so vor uns, dass man unsere Hände von draußen nicht erkennen kann. Meine Finger zittern. Ich muss es noch können. Muss es einfach noch können!

Das Boot. Ich glaube es auf den Wellen sehen zu können, aber die Laterne ist erloschen. Der Sturm muss die Flamme erstickt haben. Mir ist klar, dass die Königin etwas denkt, aber ich kann nichts erkennen. Alles ist hinter milchigem Glas verborgen. Selbst das Boot und das sturmgepeitschte Meer sind hinter der Scheibe verzerrt.

Trauer und Entsetzen zwingen mich fast in die Knie. Ich habe meine Fähigkeiten verloren. Ich bin keine Mensatorin mehr.

»Eure Majestät … bitte verzeiht, aber … Ihr werdet es … aussprechen müssen.«

Irritiert starrt die Königin mich an. Dann streckt sie sich

wieder zu meinem Ohr hinauf und zischt: »Ich will, dass Sie ihn töten. Ich will, dass sein Blut an meinen Händen klebt. An Ihren, an unseren. Ganz egal, Hauptsache, er blutet.«

Noch bevor ich sie nach dem Grund fragen kann, liefert ihr Geist mir bereits eine Antwort. Zumindest bin ich noch in der Lage, verschwommen Erinnerungen zu erkennen, die sich in den Vordergrund des Bewusstseins schieben, obwohl auch die nur schemenhaft sind. Ihr Mann an dem Abend, als er sie beim Essen gezwungen hat, für uns zu singen. Er kommt in ihre Gemächer. Befiehlt ihr, die mit Wein besudelten Sachen auszuziehen. Drückt ihr mit einer Hand die Kehle zu, während sein Becken klatschend gegen ihres stößt.

Instinktiv schließe ich die Augen, bevor mir klar wird, dass das nichts nützt. Mehrere Pferde. Ich bin nur eines von zweien, auf die der König setzt.

»Wenn er mich noch ein einziges Mal anfasst«, flüstert sie, »werde ich ihn selbst umbringen.«

»Eure Majestät …« Doch was soll ich sagen? Was würde nicht banal klingen? Als sie fortfährt, wirken ihre Worte so, als hätte sie schon sehr, sehr lange darauf gewartet, sie endlich aussprechen zu können: »Ich dachte, es wäre vorbei. Nach den Zwillingen dachte ich wirklich, es wäre vorbei. Ich habe mir geschworen, dass es nie wieder geschehen würde.«

Weitere Erinnerungen werden sichtbar: ihr Körper vor vielen Jahren. Sie ist fast noch ein Teenager. Schmal, mit kleinen Brüsten, das glaube ich noch zu erkennen. Seine Hände in ihrem Nacken, an ihrer Hüfte, ihr Gesicht in die Matratze gedrückt. »Wenn er stirbt, ohne einen Erben zu hinterlassen, ich aber von ihm schwanger bin, werde ich zur Regentin ernannt. Dann werde ich herrschen, bis sein Kind volljährig ist. Durch ein Bündnis Englands mit dem Kaiserreich wird meine Mutter sicherstellen, dass das Königreich nicht von außen bedroht wird. Stellen Sie sich vor, was wir erreichen könnten, Miss Emris. Gemeinsam könnten wir die Frauen in diesem Land befreien.«

Ihre Hand ist so zart. Das Boot ist leckgeschlagen, glaube ich, kann es aber nicht mit Sicherheit sagen. Wieder huscht mein Blick zur Kaiserin. Ihre dunklen Augen mustern mich scharf. »Eure Majestät.«

»Keine Sorge, ich werde auf jeden Fall bekanntgeben, dass ich schwanger sei, bevor Sie zuschlagen. Für diese Dinge brauche ich ihn nicht.« Ihre Gedanken wandern zu dem jungen, eifrigen Fähnrich, der gerade gegangen ist. »Habe ich nie. Vor allem, wenn man bedenkt, dass er ihn in den meisten Fällen sowieso nicht hochkriegt.« Das Gesicht des Fähnrichs verschwimmt und verwandelt sich in ein anderes. Sie denkt an Robin als Baby, dann an einen Mann. Einen Mann, der sie geküsst hat. Der sie gefragt hat: *Willst du das wirklich?* Und hinterher: *War es schön für dich?* Ich meine ihn wiederzuerkennen, hätte es mir eigentlich denken können. Man fängt schließlich nicht für jeden X-Beliebigen einen tödlichen Schuss ab.

Und James Noah hat diesen Schuss für seinen Sohn abgefangen.

»Er war es also«, stelle ich fest.

»Ja, er war es. Aber kommen Sie nicht auf falsche Gedanken. Ich habe James nicht geliebt.« Seine Stimme hallt durch ihren Geist, leise hinter der Scheibe, fast zu leise – *»Maria«.* Ich meine zu hören, wie sie über seinen Akzent gelacht, ihm beizubringen versucht hat, das Wort richtig auszusprechen. Hände auf einem Bett aus Narzissen, Hände auf nackten Körpern. Zumindest hoffe ich das zu erkennen. »Ich habe keinen von ihnen geliebt.« Mehr und mehr Gesichter tauchen hinter der Scheibe auf, undeutlich, doch es überrascht mich nur wenig, als ich das von Blanc darunter zu entdecken meine. »Aber ich liebe meine Kinder. Und ich will mich endlich wieder selbst lieben können.

Wenn er mich noch einmal anfasst ...« Nun sehe ich ihr Gesicht im Spiegel. Sie versucht, sich die Tränen von den Wangen zu wischen, während sie gleichzeitig an ihre Mutter denkt, an Berlin, ihre Söhne, einen Straßenmusiker mit Mundharmonika auf einem großen Platz in der Hauptstadt des Kaiserreiches, an ihre Tochter, die ein Buch in den kleinen Händen hält – *Robin Hood* ... Die Scheibe wird noch milchiger, noch undurchsichtiger. Maria Magdalena, nein.

»Sie wollen demonstrieren«, sage ich. Wenn ich könnte, würde ich ihr ein Bild eingeben: Robin und die Zwillinge an vorderster Front bei einem Protestmarsch durch die brennenden Straßen von London. Aber es gelingt mir nicht, die Scheibe zu durchdringen.

»Dumme Jungen. Dumme, dumme Jungen.«

»Dumm«, stimmt die Kaiserin ihrer Tochter zu. »Ich hätte nie gedacht, dass du mir einmal dumme Enkelkinder schenken würdest, Maria. Aber wenigstens haben sie Schneid. Das gefällt mir.«

Sicher wird sie nicht ihre eigenen Söhne töten lassen. Wenn sie Regentin wird, gibt sie keinen Schießbefehl. Sie ist nicht meine erste Wahl für die Besetzung des Throns, aber wenigstens wird sie nicht ihre Kinder abknallen lassen. Und ich würde einen Pakt mit dem Teufel persönlich schließen, wenn ich Robin, meine Freunde, die *Verbannten* damit retten kann.

»Am Tag der Demonstration«, fährt sie flüsternd fort, ohne auf ihre Mutter zu achten, »werden wir dafür sorgen, dass Sie freien Zugang zu Seiner Majestät bekommen. Seine Unterstützer dürfen keine Gelegenheit bekommen, sich zu organisieren, bevor der Protestmarsch beginnt. Die Ritter dürfen sich auf keinen Fall zusammenrotten.«

Dieses schaukelnde, angeschlagene kleine Boot wäre so leicht unter Kontrolle zu bringen. Wenn mein Geist nur wieder richtig arbeiten würde.

Meine Mutter könnte es auf jeden Fall. So wenig es mir gefällt, die Königin ist meine beste Option. Deshalb blicke ich sie ernst an, als ich meine Zusage mache: »Euer Traum ist auch mein Traum.«

Einen Moment lang sehe ich sie durch ihre Augen, verschwommen, bei einer zweiten Krönung – doch diesmal nicht als Ehefrau, sondern als Regentin. Als Königin, Monarchin. Alleinherrscherin wie ihre Mutter, die niemandem Rechenschaft schuldig ist. Sie will diesen Thron. Schon seit Jahren. Das erkenne ich noch, bevor das Glas sich vollständig trübt.

Abrupt lässt die Königin meine Hand los und streift ihren Handschuh über. Vielleicht ist ihr bewusst geworden, was ich da gerade gesehen habe. Während ich meine Hand ebenfalls wieder einpacke, panisch in Anbetracht der Scheibe in meinem Geist, trifft mich die Erkenntnis, dass der König niemanden hat, der ihn liebt. Nicht einmal die Frau, die er selbst so sehr zu lieben meint. Und deswegen wird er bald sterben.

Mit einem entschiedenen Schritt distanziert sich die Königin von mir. »Wenn das alles ist, Miss Emris … Wir bleiben in Kontakt.«

»Körperkontakt?«, spottet die Kaiserin.

»Mutter«, weist die Königin sie zurecht, aber die streicht nur mit dem Finger über eine der langen Federn auf ihrem Kopf. »Mach nicht mich verantwortlich, wenn du dich unglücklich ausdrückst. Fräulein Emris, Sie hatten zwar nie das Vergnügen, die großartige Marine und Luftwaffe des Kaiserreiches zu inspizieren, aber ich kann Ihnen versichern, dass sie äußerst beeindruckend ist.«

»Was Miss Emris sicherlich herzlich wenig interessiert«, sagt die Königin.

Plötzlich wechselt die Kaiserin in die Muttersprache der Königin, sodass ich kein Wort mehr verstehe. *»Hat sie nicht zuge-*

stimmt? Ist es nicht endlich Zeit, dass dir die Ehre zuteilwird, die einer kaiserlichen Tochter gebührt? Alleinige Herrscherin Englands zu sein?«

»Nicht hier, Mutter«, zischt die Königin ebenfalls auf Deutsch, bevor sie wieder ins Englische wechselt: »Vielen Dank, Miss Emris. Man wird Sie nun in Ihr Quartier zurückbringen.«

»Man hat mir gesagt, Ihr hättet einen Termin mit der französischen Gesandten«, sage ich schnell. Diese Scheibe. Diese Scheibe muss verschwinden.

»Das ist richtig.« Sofort wird sie wieder misstrauisch.

»Nun, ich hatte gehofft, noch etwas bleiben zu dürfen, falls es der Gesandten recht ist. Ich kenne sie noch aus Paris und würde sie gerne kurz begrüßen.«

Wieder mustert mich die Königin mit diesem durchdringenden Blick. »Aber natürlich«, sagt sie schließlich. »Wir können einander nun ja sicher ein wenig Vertrauen entgegenbringen, nicht wahr?«

Ich traue dieser Frau nicht einmal so weit, wie ich sie werfen könnte. Mir ist völlig klar, dass sie mich, ohne zu zögern, verraten würde, wenn es ihr nur dienlich wäre, und nur für ihre eigenen Interessen kämpft. Aber das gilt für all meine Verbündeten, nicht wahr? Nottingham, meine Mutter, die Königin, die Kaiserin. Und es gilt auch für mich.

Also warten wir gemeinsam auf meine Mutter. Ich bin heilfroh, dass weder Königin noch Kaiserin ahnen, wen sie da zehn Minuten später empfangen.

»Kaiserliche Hoheit, Eure Majestät.« Madame Hiver sinkt in einen tadellosen Devotionsknicks. Als Zugeständnis an die englische Mode trägt sie ein langes Kleid – allerdings in Türkis – und lange schwarze Gladiéhandschuhe, zum Glück jedoch keinen Marienkragen, sondern nur eine Maske. Die verdeckt zwar ihre Augenpartie, lässt die Haut unter den Wangenknochen aber frei. So wird sie wenigstens meine Gedanken lesen können, wenn ich sie auf die französische Art begrüße. Die Königin nickt ihr höflich zu, während die Kaiserin wieder auf einer weißen Chaiselongue Platz genommen hat und uns beobachtet. Immer noch spielt sie mit ihrer Feder.

»Madame Hiver«, sagt sie langsam. »Ich hörte, Sie kennen Miss Emris bereits?«

Meine Mutter dreht sich zu mir um. »Allerdings. Wie geht es Ihnen, Miss Emris?«

Ich gehe zu ihr und begrüße sie, indem ich meine Wange an ihre drücke. Dabei übermittle ich ihr so schnell wie möglich alles Wesentliche. Auch wenn mein Geist so grausam beeinträchtigt ist, wird sie meine Gedanken problemlos verstehen. *Sie könnte den Thron besteigen – sie will, dass ich den König töte* – rechte Wange, linke Wange – *wenn sie schwanger ist, wird man sie bis zur Volljährigkeit des Kindes zur Regentin ernennen – die Kaiserin wird uns militärisch schützen – die Königin wird uns beim Mord am König helfen – er hat versucht, sich mir aufzudrä …* Dann sind wir wieder getrennt.

»Madame«, sage ich laut. »Wie schön, Sie wiederzusehen!«

Meine Gedankenflut hat sie erblassen lassen, aber abgesehen davon ist ihr nichts anzumerken. »Mademoiselle, das Vergnügen ist ganz auf meiner Seite. Eure Majestät, bitte verzeiht dieses Ritual, das in Eurem Land als ebenso anstößig gilt, wie es in meinem zur Normalität gehört.«

Die Königin winkt ab. »Selbstverständlich. Wenn den französischen Sitten damit Genüge getan wäre, würde ich gerne erfahren, warum Sie zu mir gekommen sind.«

»Ich bin im Auftrag von Monsieur le Roi hier, um eine Bitte an Euch heranzutragen, Eure Majestät.«

Fragend zieht die Königin eine Augenbraue hoch. »An mich?«

Madame Hiver nickt. »An Königin Maria, Tochter Ihrer Kaiserlichen Hoheit Kaiserin Dana.« Sie verbeugt sich vor selbiger, die dies mit einem hintergründigen Lächeln zur Kenntnis nimmt. »Es ist kein Geheimnis, dass Ihr eine überaus vernünftige Frau seid, Eure Majestät. Vernünftig genug, um zu verstehen, dass Monsieur le Roi so etwas nicht zulassen kann. Zwei unserer Mousquetaires zu verhaften ist ein Skandal. Doch die Duchesse d'Orléans zu verhaften kommt einer Kriegserklärung gleich.«

Ich zucke zusammen wie unter einem Schlag. »Was?«

Die Königin hingegen hat sich hinter ihre reglose Maske zurückgezogen. »Selbstverständlich. Deshalb wurde die Duchesse ja auch nicht verhaftet.«

»Hausarrest kommt einer Verhaftung aber verdächtig nahe, Eure Majestät«, widerspricht Madame Hiver.

»Was ist passiert?«, will ich wissen. »Wovon sprechen Sie?«

»Die Duchesse wurde nicht unter Hausarrest gestellt, sie wird lediglich von uns beschützt«, behauptet die Königin. »Da sich seit dem Ausbruch gestern Abend zahlreiche Magdalenen auf den Straßen herumtreiben, wäre es zu gefährlich für sie, ihr Stadthaus zu verlassen.«

Und schon wieder stößt die Kaiserin dieses abfällige Schnauben aus. Die Königin schließt kurz die Augen, als müsse sie um Geduld ringen. Madame hingegen neigt höflich den Kopf. »Ich bin lediglich der Bote, Eure Majestät. Wenn Ihr möchtet, dass ich das so an Monsieur le Roi weitergebe, stehe ich Euch natürlich zu Diensten.«

»Möglicherweise wird ihm diese Erklärung nicht ausreichen«, stellt die Kaiserin fast trällernd fest.

»Mit Sicherheit nicht.«

Der Blick der Königin wandert zwischen ihrer Mutter und Madame Hiver hin und her.

»Er liebt seine Schwester.«

»Nun, er hatte sich eine andere Antwort erhofft«, gibt Madame Hiver zu. »Insbesondere von Euch.«

»Dann überbringen Sie ihm eine andere Nachricht.« Die Kaiserin erhebt sich. Sie wirkt äußerst eindrucksvoll und gleichzeitig vollkommen gelassen. Als hätte sie nie etwas anderes getan, als zu herrschen. »Sagen Sie ihm, dass seine Schwester unter *meinen* Schutz gestellt wurde. Und unter den Schutz der Königin, einer Tochter der Kaiserin. Außerdem bitten wir ihn um ein wenig Geduld. Es wird sich bald alles aufklären. Schon sehr bald.«

Mein Herz rast wild, während ich ihnen zuhöre. Ninon unter Hausarrest? Das grüne Seidenband schmiegt sich warm und tröstend an meine Haut. Ich spüre es in meinem Geist. Die Kreatur versucht, sich daran vorbeizuschieben, aber es geht nicht. Sie kommt nicht näher an mich heran. Das kleine Pflänzchen ist gewachsen, es sieht jetzt schon mehr aus wie ein junger Baum. Es fühlt sich magisch an.

Ich kann es kaum abwarten, bis Madame Hiver sich mit einer Verbeugung verabschiedet und ich nach einem hastigen Devotionsknicks ebenfalls gehen kann. Doch die Königin hält mich zurück: »Miss Emris?«

Hastig fahre ich zu ihr herum, obwohl ich in Gedanken bereits kilometerweit weg bin. Fünf, um genau zu sein. In Ninons Stadthaus. »Ja, Eure Majestät?«

»Vergessen Sie Nottingham nicht.«

»Wegen Nottingham besteht keinerlei Grund zur Sorge«, sagt die Kaiserin.

Ich weise sie lieber nicht darauf hin, dass ihre Tochter das meiner Meinung nach wesentlich besser einschätzt als sie, sondern nicke nur und stolpere dann hinter meiner Mutter her.

»Miss Emris.« Draußen vor dem Salon bleibt meine Mutter stehen, um sich von mir zu verabschieden. »Es war mir eine

Freude, Sie wiederzusehen.« Als unsere Wangen sich berühren, spüre ich, wie sie mir heimlich etwas in die Hand drückt.

»Ja, das finde ich auch«, erwidere ich und schließe die Finger um die kleine Tablettenschachtel. Gleichzeitig spüre ich, dass sie versucht, mir einen Gedanken zu schicken, aber wieder verschwindet alles hinter milchigem Glas. Ich kann nicht einmal mehr ihre Blumen erkennen. Oder ihre Kälte spüren. Alles ist starr und trüb. Tot.

Mit einem Ruck reiße ich mich von ihr los. Ich ertrage das einfach nicht länger.

Während ich zu meinem Zimmer zurückgehe – wieder eskortiert von zwei Rittern –, hole ich mein Handy aus der Tasche, um meiner Mutter in einer verschlüsselten Nachricht zu erklären, was gerade geschehen ist. Anders können wir jetzt nicht mehr kommunizieren. Sie hat mir bereits geschrieben. *Was ist los? Warum bist du weggelaufen?*

Bitte entschuldige. Ich zögere kurz. *Das GF ist schlimmer geworden. Ich konnte nicht erkennen, was du denkst.*

Nimm die Medikamente! Zwei Tabletten pro Tag.

Mache ich.

Während sie ihre nächste Nachricht schreibt, umklammere ich fest die kleine Schachtel. *Der König hat sich dir aufgedrängt?*

Wollte er. Will er immer noch.

Es wäre der perfekte Vorwand, schreibt sie als Nächstes. *Du wärst nahe an ihm dran, wärst mit ihm allein. Ohne störende Kleidung. Du könntest ihm einen Bewusstseinsschock verpassen, wenn du noch dazu in der Lage bist. Und ich könnte dir Gift besorgen, eines, das nicht nachweisbar ist. Die Königin könnte dich schützen. Dir sogar ein Alibi verschaffen.*

Aber nur, wenn wir ihre Gedanken unter unsere Kontrolle bringen, antworte ich.

Wir. Maria Magdalena. Hoffentlich schlagen die Medikamente an. Sonst bin ich vollkommen nutzlos.

Sie verfolgt ihre eigenen Ziele, genau wie die Kaiserin, schreibt meine Mutter zurück. *Wir müssen schnellstmöglich handeln. Geh zu Nottingham und sorge dafür, dass die Ritter dir nicht in die Quere kommen, wenn die Königin zuschlagen will. Ich werde mir für den Tag des Marsches noch eine Audienz bei ihr geben lassen. Während du dich um den König kümmerst, kümmere ich mich um Ihre Majestät.*

Inzwischen haben wir Nottinghams Quartier fast erreicht. Das grüne Band und das Bäumchen scheinen mich zu stabilisieren. *Während du dich um den König kümmerst …*

Ätzende Galle steigt in meiner Kehle auf und hinterlässt einen bitteren Geschmack auf meiner Zunge. Wenn diese Suchenden im Internet wüssten, was die Feuerschwester in Wahrheit treibt. Allein die Vorstellung, dass ein solcher Mann mich anfasst … *Dieser* Mann. Ich schlucke krampfhaft, aber das Brennen in der Kehle will einfach nicht verschwinden. Nein, er wird mich nicht anfassen. Nicht … nicht auf diese Art. So weit darf es nicht kommen, auf keinen Fall. Ein kleines bisschen Haut genügt doch. Sobald er einen Handschuh auszieht, wird er nicht mehr wissen, wie ihm geschieht. Ich ertrage es nicht, wenn er mit seinen Mörderhänden meinen Körper berührt. Das halte ich nicht aus.

Koste es, was es wolle. Oh, Maria! Es wäre ja nur vorgetäuscht, halte ich mir vor Augen. Ich werde verhindern, dass er weit kommt.

Aber die Übelkeit will einfach nicht verschwinden.

Und dann ist da noch Ninon.

Sobald ich allein in meinem Zimmer stehe, reiße ich die Schachtel auf und schlucke zwei von den Tabletten. Dann schicke ich eine Nachricht an Nottingham mit Bitte um Aufklärung, bevor ich Ninon schreibe: *Hausarrest?!*

Sie antwortet Sekunden später: *Manche Neuigkeiten verbreiten sich wirklich schnell. Bitte entschuldige, mir war bis eben die Benutzung meiner Kommunikationsmittel nicht gestattet. Rea, hast du gehört, dass ein französischer Staatsbürger an der Grenze festgenommen wurde? Hat offenbar versucht, Medikamente zu schmuggeln. Kannst du das glauben? Ich tue alles, was ich kann.*

Zum Glück hat meine Mutter mich bereits versorgt. Aber der arme Schmuggler … Und Ninon, unter Hausarrest! Ich öffne den Browser meines Handys und tippe ihren Namen ein. Der oberste Treffer in der Liste ist ein Artikel aus dem *Confessional: Nach Verrat des Kronprinzen – Duchesse d'Orléans wird zu eigenem Schutz unter Hausarrest gestellt.* Ich überfliege nur den Teaser. *Während der Weiße Hof verlauten lässt, diese Maßnahme diene einzig dem Schutz der Gräfin, da so viele Kriminelle auf der Flucht seien, konnten wir aus Insiderkreisen erfahren, dass man bei Hofe erwägt, rechtliche Schritte gegen die französische Magdalena einzuleiten. So sollen ihr moralische Korrumpierung besonders schweren Grades (des Kronprinzen) und Unterstützung einer terroristischen Vereinigung zur Last gelegt werden. Der Roi hat bereits ihre sofortige Freilassung verlangt.*

Jetzt rufe ich Ninon an, aber sie geht nicht an ihr Telefon. *Kann nicht reden,* schreibt sie umgehend. *Bin nicht allein. Soll ich Nottingham von dir grüßen?*

Die GVK ist bei Ninon. Nottingham ist bei Ninon.

Seine Mission ist also Ninon.

Wie aus dem Nichts tauchen Gesprächsfetzen in meinem Kopf auf, die ich vor einem Tag mitbekommen habe, als ich von Geistesfieber gequält durch das Hauptquartier der GVK stolperte. *»… Hausarrest, dieses Flittchen … Ich würde ihr ja bei ihr zu Hause an die Wäsche gehen, aber bestimmt kriegen wir einiges von ihr zu sehen, wenn wir sie in King's Cross in eine Marienrobe stecken. Lange kann's nicht mehr dauern …«*

Vielleicht war die Kaiserin etwas zu optimistisch, als sie dem Roi ausrichten ließ, Ninon sei in Sicherheit. Sie werden sie mitnehmen, und der Weiße König wird seine Rache bekommen.

Wo ist der Comte?, schreibe ich hastig.

Gehört zur Schutztruppe eines jungen Mannes, der heute ein Interview geben wird.

Robin. Robin gibt gerade sein Interview. Und sie ist ganz allein.

Nein, ist sie nicht. Nicht, solange ich noch atmen kann. Egal, wie wenig hilfreich ich in meinem Zustand sein mag.

Schnell hole ich ein schwarzes Shirt und eine Hose aus meinem Schrank und ziehe sie an. Darüber kommt ein weiter Mantel, dessen Kapuze, Saum und Nähte mit Pelz besetzt sind. Grausam, ich weiß, aber dafür verbirgt es effektiv die unpassende Aufmachung, die ich darunter trage. Anschließend stürme ich aus dem Zimmer und lasse mich von den Rittern zu Prinzessin Victorias Gemächern bringen. Diesmal muss ich nicht einmal lügen, als ich ihnen erkläre, dass ich dort erwartet werde. Natürlich schleicht die Kreatur hinter uns her – die Medikamente entfalten ihre Wirkung nicht innerhalb weniger Minuten.

Vor Victorias Tür stehen zwei Diener und zwei Wachen. Einer der Dienstboten klopft mit einem Stöckchen an die Tür. Als Victoria mich hereinbittet, öffnet und schließt er die Tür für mich – ebenfalls mithilfe des Stocks.

Sie sitzt auf dem Bett ihres Bruders, springt aber auf, sobald sie mich sieht. »Du bist wirklich gekommen!«

Sie tritt zu mir, schiebt ihre nackte Hand in meine und flüstert mir ins Ohr: »Will hat mich gebeten, mitzukommen, aber ich wollte nicht ohne dich gehen. Lass uns von hier verschwinden.«

Verwirrt blicke ich sie an. »Was meinst du?«

Ungläubig starrt sie zurück. »Denkst du wirklich, ich würde noch länger hierbleiben? Wer will schon eine Prinzessin sein?«

Besser lebendige Prinzessin als tote Rebellin, denke ich, aber da fährt sie schon fort: »Will hat mich gestern Nacht angerufen, auf einer sicheren Leitung. Er hat mir gesagt, wie ich zu ihnen kommen kann. Er wird mich in einem Seitentunnel der U-Bahn abholen, unter der Oxford Street.«

»Hat er etwas darüber gesagt, wie es Robin geht?«, frage ich eilig. »Nach der Operation?«

»Es ist alles in Ordnung«, versichert sie mir. »Robin durfte schon wieder aufstehen. Er will zu dem Interview.«

Ich schlucke. Das Interview. Maria Magdalena, auch heute könnte ich ihn wieder verlieren. Victoria greift nach ihrer Tasche.

»Gehen wir?«, fragt sie ungeduldig.

Ich schüttele den Kopf. »Ich kann nicht.«

Victoria runzelt die Stirn. Noch immer unterhalten wir uns im Flüsterton. »Wie, du kannst nicht?«

»Ninon steht unter Hausarrest. Ich muss zu ihr. Aber du hast gesagt, William wartet auf dich an der Oxford Street? Wenn wir es zusammen aus dem Palast schaffen, kannst du zu ihm, und ich komme mit Ninon nach.« Wenn es mir gelingt, sie zu befreien.

Die Prinzessin nickt. »Dann los«, sage ich, während gleichzeitig mein Handy vibriert. »Wir haben keine Zeit zu ...« Ein Blick auf den Bildschirm lässt mich verstummen. Es ist eine Nachricht von Nottingham: *Alle Aufklärung, die du wünschst. Treffen uns in drei Stunden im Hauptquartier*? Nur, wenn ich ihn nicht vorher in Ninons Stadthaus antreffe. »... zu verlieren«, beende ich den Satz. »Wir brauchen einen Vorwand, um den Palast zu verlassen, und zwar schnell.«

Wieder nickt Victoria eifrig. »Wir werden ... shoppen gehen«, verkündet sie, verschwindet in ihrem Kleiderschrank und kommt wenig später mit einer beängstigenden Menge an Taschen zurück. In eine davon stopft sie ihre wenigen gepackten Habseligkeiten, das meiste davon scheint Bargeld zu sein. »Shopping vor deinem Treffen mit Nottingham. So etwas machen wir Mädchen schließlich«, fügt sie ironisch hinzu.

Der Wagen, den Victoria kommen lässt, setzt uns ein gutes Stück entfernt von der Haltestelle an der Oxford Street ab, damit wir uns nicht verdächtig machen. Natürlich haben wir neben übertrieben vielen Rittern auch eine ganze Entourage an in Marienroben verpackten Kammerzofen dabei, die die Prinzessin aus Berlin mitgebracht hat. In der Umkleidekabine einer Nobelboutique schlüpfen zwei der Zofen aus ihren Roben, und Victoria und ich streifen sie über. Als wir das Geschäft verlassen, sind wir nichts weiter als Dienstboten. Dienstboten, die unbemerkt an den draußen postierten Wachen vorbeischlüpfen. Dienstboten, die an der Luftkissenbahn verschiedene Wege einschlagen. Zum Abschied flüstere ich ihr noch zu, sie solle auf ihre Brüder aufpassen, besonders auf den älteren. Gibt er sein Interview? Jetzt gerade? Maria Magdalena! Wo trifft er sich mit dem *Confessional?* Werden sie auch gut auf ihn aufpassen? Er wurde gerade erst operiert!

Während Victoria in einem verlassenen Tunnel verschwindet, steige ich in den Zug Richtung Eden's Garden. Zitternd warte ich darauf, dass die Bahn abfährt. Ich muss mich darauf verlassen, dass die *Verbannten* für Robins Schutz sorgen werden, immerhin ist der Comte bei ihnen. Und deshalb muss ich mich um Ninon kümmern. Nottingham ist also in ihrem Haus. So komme ich unserem Treffen im Hauptquartier zuvor. Irgendwie muss ich ihn davon überzeugen, sie gehen zu lassen. Nur wie? Mein Geist wird mir heute keine Hilfe sein.

In South Eden steige ich aus, den Blick verzweifelt auf meine nutzlosen Hände gerichtet. Mein ganzer Körper zittert, während ich eine der verhassten, mit Quadraten markierten Rolltreppen betrete, eine der verhassten markierten Laufbahnen auf dem Bürgersteig entlanggehe. Selbst auf der mittleren Bahn – der schnellsten, auf die ich mich traue – bin ich noch viel zu langsam. Aber Ninon hätte doch bestimmt keine Zeit gehabt, mir Nachrichten zu schicken, wenn sie sich in unmittelbarer Gefahr befinden würde, oder?

Irgendwie muss ich sie da rausholen, ohne meinen Geist zu benutzen, bevor sie am Ende in eine Korrektive gebracht wird. Auch physisch kämpfen kann ich in meinem Zustand nicht, zumindest nicht gegen Nottingham, der meinen Geist ganz und gar in der Hand hat. Ich brauche ein anderes Druckmittel, irgendetwas …

Sein Geheimnis! Noch kann ich das Wissen, dass er ein Schnüffler ist, benutzen, um ihm wenigstens zu drohen. Noch lebt der König schließlich und wäre sicherlich alles andere als erfreut, von Nottinghams Geheimnis zu erfahren. Wir sind voneinander abhängig, ein Magdalene vom anderen. Noch wollen wir beide etwas vom anderen.

Ich weiß, dass es nicht viel ist, aber was bleibt mir übrig? Ich muss alles auf diese Karte setzen.

Als ich endlich ihr Anwesen an der Ecke Queen's Gate und Queen's Gate Terrace erreiche, zwinge ich mich dazu, kurz stehen zu bleiben und die Lage zu sondieren. Am Haupteingang, der auf die Queen's Gate Terrace hinausgeht, stehen zwei Ritter. Irgendwie muss ich mir Zutritt verschaffen, natürlich, ohne mich zu offenbaren. Nur Nottingham kann ich mein Gesicht zeigen, um Ninons Freiheit zu erwirken und sie rauszuschaffen. Ich erinnere mich daran, dass der Comte vom Atelier durch die Kanalisation zum King George Park gelangt ist. Wenn wir denselben Zugang finden, kann Ninon so schnell und unbemerkt verschwinden.

Ich zögere, während ich die Ritter beobachte. Wie kann ich unbemerkt an ihnen vorbeikommen?

Plötzlich habe ich eine Idee.

Wie wahrscheinlich ist es, dass diese beiden Ritter Französisch sprechen?

Ich atme einmal tief durch, dann nähere ich mich langsam, aber gezielt dem Haupteingang des Stadthauses. Die beiden Ritter bemerken mich erst, als ich bis auf wenige Meter herangekommen bin. Sie beobachten mich misstrauisch. Mit einer Marienrobe will niemand etwas zu tun haben. Ohne die Männer anzusehen, steige ich die Stufen zur Eingangstür hinauf, so selbstverständlich, als würde ich es täglich tun. Als wäre ich nur mal kurz weg gewesen. Als ginge ich fest davon aus, dass man mich einlässt. Während ich ihnen immer näher komme, zwinge ich mich, den Blick weiterhin zu senken. Gleichzeitig halte ich versteckt Ausschau nach einer Bewegung, einem gezogenen Schwert, einer Pistole.

Weitergehen. Es sind nur noch fünf Stufen. Vier. Die Wachen bleiben stumm. Mit jedem Schritt spannen sich meine Nerven weiter an. Drei … zwei … eine.

»Halt.«

Ich atme tief und gleichmäßig, wie Blanc es mir beigebracht hat. »Bonjour, Messieurs«, sage ich. Hoffentlich wird mich mein Akzent nicht das Leben kosten.

»Il me faut d'entrer.« *Ich muss hier rein.*

Einer der Ritter hat sich mir direkt in den Weg gestellt. Es ist der kleinere. Der andere mustert mich angewidert. »Noch eine französische Hure?«

»Il me faut d'entrer«, wiederhole ich.

»Sprichst du kein Englisch?«, will der kleinere Ritter wissen.

»Vergiss es«, höhnt der größere, bevor ich etwas erwidern kann. »Die sind viel zu arrogant, um Englisch zu lernen.«

»Je suis la couturière«, erkläre ich ihnen, als könnten sie mich verstehen. *Ich bin die Schneiderin.* Dann wage ich mich einen Schritt weiter vor: »Schneiderin«, füge ich mit möglichst starkem Akzent hinzu.

Sofort weicht der große Ritter ein Stück zurück. »Bei Maria, die hat diese dreckige Magdalena angefasst. Beim Maßnehmen oder was die sonst noch so machen.«

»Kannst du dich ausweisen?«, fragt mich der kleinere. Er hat große braune Augen. So braun wie die dicke Lederrüstung an seinem Körper. Als ich nicht reagiere, wiederholt er laut: »Hast du einen Ausweis dabei?«

Ich tue so, als verstünde ich nichts. Der große Ritter wirft mir noch einen angewiderten Blick zu, dann sagt er: »In Marias Namen, lass sie durch, bevor sie uns noch mit ihren dreckigen Pfoten betatscht.«

Damit ist die Sache für ihn erledigt. Der kleinere Ritter zögert kurz, schließlich tritt er beiseite.

Spiritus apertus, es hat geklappt!

Mit einem schüchternen Nicken nähere ich mich der Tür. Gleich bin ich drin.

Meine Hand liegt bereits auf der Klinke, als der Ritter mit den braunen Augen feststellt: »Das ist nicht korrekt. Ich sollte mitgehen.«

Zum Glück bekommt niemand mit, wie ich die Zähne zusammenbeiße. Ich wage es nicht, mich zu dem anderen Ritter umzudrehen. Doch aus dem Augenwinkel sehe ich, wie er mit den Schultern zuckt. Nein. Nein, nein, nein, nein.

»Wenn's dir Spaß macht. Aber wenn du den Captain jetzt störst, geht das allein auf deine Kappe.«

Entgeistigter Ritter! Am liebsten würde ich laut fluchen, als sich Braunauge zu mir umdreht. Übertrieben laut verkündet er: »Ich werde mit dir mitgehen. Nicht allein rumlaufen.«

Ich reagiere nicht auf seine Worte – nicht einmal, als die Kreatur mir eine Hand auf den Kopf drückt. Einen Moment lang sucht der Ritter nach einer Schleppe an meiner Robe. Als er keine findet, wendet er sich ab, unangenehm berührt, öffnet die Tür und bedeutet mir, ihm zu folgen.

Gemeinsam betreten wir die Eingangshalle. Auf diesem Weg bin ich noch nie in Ninons Haus gekommen. Der Raum ist wunderschön: Durch die hohen Fenster flutet helles Licht herein, das auf dem Terrakottaboden schimmert, und prächtige Sträuße aus Seidenblumen stehen in hohen, schlanken Vasen. Die Kreatur schleicht mit schabenden Glasfüßen herein und hinterlässt hässliche Kratzer auf dem glänzenden Stein. Ich versuche, ruhig weiterzuatmen und meinen rasenden Puls unter Kontrolle zu bringen. Wenn der Ritter die Wahrheit sagt, muss Nottingham noch hier sein. Bitte, lass es noch nicht zu spät sein.

Der Ritter führt mich die Treppe hinauf. Dabei fällt mir auf, dass die Geschäftsräume von M3RL1N von diesem Teil des Gebäudes aus offenbar nicht zugänglich sind. Hier scheint es gar keinen ersten Stock zu geben, die Treppe führt direkt in den zweiten, wo getrocknete Lavendelsträußchen auf der Anrichte liegen, violette Farbtupfer. Der dritte Stock wartet mit grünen Tapeten auf, und im vierten erkenne ich die große Doppeltür wieder, die in den Ballsaal führt. Aber erst jetzt begreife ich, warum die Vorhänge hier golden sind. Gelb wie die Seide einer Memex.

Wir gehen noch weiter hinauf. Bisher habe ich keine weiteren Ritter gesehen. Im fünften Stock hängen mehrere Gemälde an der Wand: blaue Rechtecke. Im sechsten und obersten Stockwerk zieht sich ein feiner, roter Streifen den Teppich entlang. Als wir in den Korridor einbiegen, höre ich endlich noch etwas anderes außer dem Geräusch unserer Schritte: Stimmen. Eine Stimme, um genau zu sein. Noch lassen sich keine Worte erkennen. In diesem Flur gibt es sieben Türen, und die Stimme dringt eindeutig durch die hinterste. Jetzt bemerke ich noch ein anderes Geräusch, das ich aber nicht zuordnen kann, obwohl ich angestrengt lausche. Die Stimme wird deutlicher, sodass ich sie als Nottinghams identifizieren kann. Aber dieses Geräusch …

Als wir vor der entsprechenden Tür stehen, zögert der Ritter. Er wirft mir einen kurzen Seitenblick zu, dann zieht er sein Schwert und klopft mit dem Griff gegen das Holz, bevor er die Tür öffnet.

Ich hatte damit gerechnet, einen Salon zu betreten, in dem Ninon auf einer Chaiselongue thront und Nottingham mit einem Lächeln verhöhnt, ihren Hausarrest ebenso mühelos meisternd wie alles andere. Er hätte vermutlich ebenfalls irgendwo Platz genommen, charmant und verstohlen, voll heimlicher Vorfreude auf den Moment, wenn er sie endlich in die Korrektive überstellen kann. Sogar mit Pralinen und Kaffee hatte ich gerechnet.

Doch das ist nicht das Bild, das sich mir hier bietet.

Wir betreten ein Schlafzimmer. Der Ritter neben mir keucht entsetzt. Ich nicht. Ich schaue nur.

Die rote Linie im Teppich endet genau vor dem Bett. Dort kauert Ninon. Ihr Kleid ist zerrissen, hängt ihr in Fetzen von den Schultern. Ihre Brust ist nackt. Ihre Röcke sind hochgeschoben, ein Mann beugt sich über sie. Es ist Nottingham. Er spreizt ihre Beine. Sie hat einen Knebel im Mund. Das Geräusch, das ich nicht einordnen konnte … Ninon brüllt aus Leibeskräften, doch es bleibt nur ein leises Wimmern davon übrig. So enden Kämpfe immer. Mit einem Wimmern, nicht mit einem Schrei.

Nottingham blickt auf, doch ich nehme mir nicht einmal die Zeit, ihn anzusehen. Stattdessen ramme ich dem Ritter neben mir die Faust in den Solarplexus. Er fällt. Noch bevor er auf dem Boden aufschlägt, halte ich seine Pistole in der Hand. Während ich mich umdrehe, steht Nottingham auf und greift nach seiner Waffe.

Ich lege auf ihn an. Die Pistole ist kalt und schwer. Ninon wimmert leise. Ich ziele auf Nottinghams Brust.

Du brauchst ihn noch …

Er zieht seine Waffe.

Ich drücke ab.

Kapitel 13

Ich muss mir nicht einmal Blut von den Händen waschen.

Ich werfe Ninon ein Cape über und wir lassen den bewusstlosen Ritter in Ninons Schlafzimmer liegen. Im ersten Stock kommt uns sein großer Kollege entgegen; vermutlich hat er den Schuss gehört. Ich verpasse ihm einen Kinnhaken. Er steckt ihn weg, zielt auf mein Gesicht. Instinktiv tauche ich unter seinem Arm hindurch und trete ihn in den Magen. Zusammengekrümmt geht er zu Boden. Ich trete noch einmal zu. Eine Art roter Nebel verschleiert meine Sicht, klebrige Flammen verbrennen meine Augäpfel. Als der Mann nur noch leise wimmert, fessele ich ihn mit seinen eigenen Handschellen ans Treppengeländer. Doch noch eine Kämpferin … Der Ritter fängt an zu brüllen, also reiße ich ihm den Marienkragen ab und stopfe ihn in seinen Mund.

Auf der Straße schenkt uns niemand viel Beachtung – wir sind nur eine Frau und eine Marienrobe.

Ich habe ihn erschossen.

Wir schaffen es unbehelligt bis in den Park und hinunter in die Kanalisation. Ninon zittert und ist vollkommen still. Ich hoffe, bete, dass ich den richtigen Weg zum Atelier der *Verbannten* einschlage. Ninon muss in Sicherheit gebracht werden. Weiter kann ich nicht denken. Ich kann überhaupt nicht denken. Die Kreatur ist direkt hinter mir. So nah. Ich weiß nur, dass ich Ninon in ein sicheres Versteck bringen und dann schleunigst zum Hauptquartier der GVK fahren muss, zu meinem »Meeting«. Anschließend werde ich in den Palast zurückkehren und der Sache ein Ende machen. Dem Leben des Königs ein Ende machen.

Maria Magdalena ist auf meiner Seite: Ich habe den richtigen Weg gefunden, die Stufen zum Atelier tauchen vor uns auf. Spiritus apertus, ist Robin schon von seinem Interview zurückgekehrt?

Nach dem geheimen Klopfzeichen werden wir eingelassen. Etwas Schweres sinkt in meinen Magen, als ich sehe, wie still und leer das Atelier daliegt. Andererseits ist es gut, dass Robins Schutzmannschaft so groß ist. Zum Glück ist wenigstens Phoolan Devi da. Als ich die Marienrobe abstreife, erkennt sie mich. *»Bachcha!«* Ihre faltigen Lider glitzern grün. Neben ihr sind nur noch ein paar Wachen zurückgeblieben. »Ist alles in Ordnung?«, frage ich atemlos. »Geht es Robin gut?« Und dann: »Wir brauchen einen Maltoren, schnell, einen Arzt, irgendjemanden …«

»Noch immer beim Interview, aber ihm geht es gut«, antwortet Phoolan knapp. Sie hat den Blick schon auf Ninon geheftet.

Leider ist kein Maltor unter den verbliebenen *Verbannten.* Ninon behauptet zwar, es gehe ihr gut, trotzdem lasse ich sämtliche Flüche vom Stapel, die mir einfallen. Dabei weiß ich nicht einmal, ob ich überhaupt noch einen logischen Satz zustande bringe. Die Kreatur schleicht um mich herum und wächst und wächst. Ich beobachte sie aus dem Augenwinkel. Phoolan führt uns an einigen Spiegeln vorbei. Ein schneller Blick verrät mir, dass mein Blick fast so leer ist wie der von Ninon.

Ninon bekommt ein Kostüm als Ersatz für ihr zerrissenes Kleid, und in unfassbarem Tempo richten ihr die Inspizienten einen Schlafplatz her. Phoolan schickt jemanden los, um einen Arzt zu holen. Wieder beharrt Ninon darauf, dass sie nicht verletzt sei, erkundigt sich sogar nach den anderen.

»Das ist nur der Schock«, sagt sie. »Du warst keine Sekunde zu spät, Rea. Ich hatte Glück.«

Die Erinnerung daran, wie sie dort gekauert hat – *sie!* Das ist wie ein Stoß ins Herz mit einem rostigen Messer. Wie der grausamste Bewusstseinsschock.

»Dieser … Dieser …« Ich finde kein Wort für Nottingham. Für den Mann, den ich erschossen habe.

Ninon setzt sich auf ihr Bett. Sie wirkt angeschlagen, aber hält sich aufrecht. Dann sieht sie mich an. Maria sei Dank, dass sie mir noch in die Augen sehen kann.

»Er ist gekommen, um mich in eine Korrektive zu bringen. Er sagte …« Sie zögert kurz. »Vergewaltigung ist ein kriegerischer Akt, nicht wahr?«

Ich zittere vor Wut. »Ein kriegerischer Akt?«

»Er sagte, man habe ihm den Befehl erteilt, für Robins Demütigung Rache an Frankreich zu üben. Und dass er diesem Befehl nur zu gerne nachkäme.«

Die Flammen flackern wieder auf und hinterlassen rote und schwarze Flecken vor meinen Augen. »Einen Befehl? Vom Weißen König?«

»Ich gehe davon aus«, sagt Ninon. »Es ist nichts passiert. Er hat nur mein Kleid zerrissen. Das wird schon wieder.«

Mit knackenden Knien lässt Phoolan sich neben ihr nieder. »Als ich noch ein kleines Mädchen war, ungefähr elf …«, beginnt sie. Das kann ich nicht ertragen. Lieber gehe ich zur Kostümschneiderin hinüber und bitte sie um ein sittsames Kleid. Sosehr ich mir wünsche, hier auf Robin zu warten, sicherzustellen, dass es ihm gut geht, weiß ich, dass ich nicht bleiben kann. Wenn ich nicht wie befohlen im Hauptquartier erscheine, werden sie hinter mir her sein, sobald sich herumspricht, dass Nottingham tot ist.

Mithilfe der Kostümschneiderin finde ich ein Outfit, passend für eine Adelige. Es ist etwas zu groß, aber mit einem Gürtel, einigen Sicherheitsnadeln und ein paar schnellen Stichen lässt sich das ändern.

»Du hast Talent«, stellt sie anschließend fest. »Jemanden wie dich könnte ich in der nächsten Spielzeit gut gebrauchen.«

Ich sehe sie an. Glaubt sie wirklich, dass es eine nächste Spielzeit geben wird?

Sobald ich umgezogen bin, kehre ich an Ninons Seite zurück. Victoria ist bei ihr. Sie hat es also wirklich geschafft. Wir wechseln einen entsetzten Blick und einen der Solidarität. »Robin geht es gut«, versichert die Prinzessin uns beiden. »Ich habe gerade mit William gesprochen. Das Interview ist abgeschlossen. Sie sind auf dem Rückweg.«

Endlich trifft auch ein Maltor ein, der sich sogleich über seine Patientin beugt. Die hat die Augen geschlossen. Vorsichtig greife ich nach ihrer Hand. Sobald wir uns berühren, lässt sie ihren Geist in meinen gleiten. Sie verschränkt unsere Finger miteinander. Das trübe Glas ist immer noch da. Doch mir steigen nicht deswegen Tränen in die Augen, sondern weil ihr Geist so übermächtig strahlt, dass ich trotzdem einen Gedanken ganz klar erkennen kann: *Je t'aime.* »Ich liebe dich auch«, flüstere ich überwältigt. »Ich wünschte, ich müsste nicht gehen.«

»Du kannst bleiben, *bachcha*«, bietet Phoolan mir an. Ninon hält noch immer meine Hand fest. Es bricht mir das Herz. Da er sich voll auf sie konzentriert, wirft mir der Maltor nur einen kurzen Seitenblick zu: »Sie wird jetzt schlafen. Es geht ihr gut. Anscheinend bist du gerade noch rechtzeitig gekommen.«

Ich nicke und drücke Ninon einen Kuss auf die Hand. »Ich muss los.« Mir läuft die Zeit davon.

»Nimm meine Seide, Liebes«, flüstert sie. »Ich will, dass du sie bei dir trägst. René hat mir erzählt, wie sehr du zu kämpfen hast. Nimm die Seide, trage sie. Ich will, dass du …«

»Sie mutet sich zu viel zu«, warnt der Maltor. Schnell lasse ich Ninons Hand los und löse das gelbe Seidenband von ihrem

Hals. Es ist unglaublich leicht, schwerelos und warm wie ein Sonnenstrahl.

Nachdem ich Ninon noch einen Kuss auf den Handrücken gedrückt habe, stehe ich auf und gehe. Victoria fragt, wo ich hinwill, aber ich bleibe ihr eine Antwort schuldig. Phoolan begleitet mich ein Stück. »Wo musst du denn so dringend hin, junge Miss Emris?«

»Zum Euston Square.«

Sie zieht die Augenbrauen hoch, holt dann aber einen Stift aus der Tasche und zeichnet mir einen Plan des Londoner Tunnelsystems auf den Handrücken. Einfach so, aus dem Gedächtnis. Mit einer feinen Linie markiert sie den Weg. »Mögest du stets offenen Geistes sein«, sagt sie zum Abschied. In mir krampft sich alles zusammen. »Sag Robin …«, bitte ich sie noch, beende den Satz aber nicht. *Dass ich mich für ihn entschieden habe,* kann ich einfach nicht sagen. »Sag ihm, dass ich ihn liebe.«

Unten in der Kanalisation wickele ich mir Ninons Seidenband um den Ellbogen. Die Kreatur sitzt mir im Nacken. Sie wächst immer weiter, füllt jetzt schon den gesamten Tunnel aus, durch den ich stolpere – groß, aufgedunsen und kalt. Wann fangen die Medikamente an zu wirken? Waren es auch die richtigen? Ich muss meine Mutter fragen, es müssen die richtigen sein, sie müssen einfach helfen …!

An der Oberfläche suche ich nach einer Luftkissenbahnhaltestelle, aber mir bleiben nur noch zehn Minuten für eine Strecke, die kaum in einer halben Stunde zu schaffen ist.

Ich winke mir ein Taxi heran. Im Wagen läuft das Radio. »… Interview mit dem ehemaligen Kronprinzen, das der *Confessional* heute …«

Ich könnte seine Stimme hören. Ich würde den Fahrer bitten, lauter zu machen, oder mein Handy benutzen, aber die Kreatur legt sich auf mich, sodass ich mich nicht rühren kann. Dabei gibt sie keinen Ton von sich.

Ich komme mit gerade mal zehn Minuten Verspätung am Hauptquartier an. Vor dem Gebäude bleibe ich kurz stehen, um die Schultern zu straffen. Als ob das helfen würde. »Du hättest im Untergrund bleiben sollen«, sagt die Kreatur. Sie ist so groß wie der Sitz der GVK, so hoch wie die angrenzenden Häuser, und breitet sich in die umliegenden Straßen aus. Und wächst immer noch weiter. »Was kannst du ihnen schon nützen, wenn du tot bist?« Ich taste nach dem gelben Band an meinem Ellbogen. Es schickt einen hellen Lichtstrahl in meine wirren Gedanken, entzündet eine kleine Sonne in meinem Geist. Das Einzige, was die Kreatur jetzt noch zurückhalten kann. *Bitte, bitte,* flehe ich. *Lass die Medikamente schnell wirken!* Denn ich brauche jetzt jeden Funken Verstand. Wenn ich meine Position bei Hofe halten will, muss ich in dieses Gebäude gehen. Mich ahnungslos geben, unschuldig.

Also trete ich ein.

Kaum habe ich einen Fuß in die Lobby gesetzt, werde ich an die Wand gestoßen, sodass meine Wange an der rauen Steinmauer landet. Die Kreatur folgt mir nach drinnen, indem sie wie zäher Brei durch die Fenster und Türen quillt. Diese milchige Trübung hat sich über alles gelegt, sie steckt jetzt direkt in meinen Augen. Ein brüllender Ritter ragt über mir auf, verspritzt kleine Speicheltröpfchen.

»Wer sind Sie?«

Ich kauere mich zusammen. Ahnungslos, unschuldig. »Rea Emris«, rufe ich mit zitternder Stimme. »Miss Rea Marian Emris. Ich wurde vom Captain hergebeten, von Count Nottingham.«

»Lasst sie los«, befiehlt jemand.

Der Ritter gehorcht und tritt einen Schritt zurück. »Zu Befehl.«

Zitternd richte ich mich auf. Der vertraute Rausch des Adrenalins setzt ein. Plötzlich steigen Erinnerungen an den König auf, wie er mich zu sich heranzieht, an Nottingham, dicht an mich gepresst, an Ninon, zusammengekauert vor ihrem Bett. Während ich mich umdrehe, verfluche ich meine Knie dafür, dass sie gleich nachzugeben drohen. Oben an der Treppe ist ein Mann aufgetaucht, der den Befehl gegeben haben muss.

»Mister Galahad«, stelle ich ehrlich überrascht fest. Die Moretta ist verschwunden, seine Arme sind nicht mehr auf den Rücken gebunden, stecken aber in einem breiten Kummerbund. Und es sieht so aus, als wären seine Handschuhe an den Ärmeln festgenäht. Außerdem ist er noch immer violett gekleidet, und sein Marienkragen bedeckt so viel von seinem Gesicht wie möglich. Ein paar Schritte hinter ihm stehen zwei Männer, offenbar seine Aufpasser. Beide sind bis an die Zähne bewaffnet und tragen das Wappen Seiner Majestät auf den Mänteln. Bei einem von ihnen ragt gut sichtbar eine Nadel aus der Manteltasche, dazu eine Spule mit Garn – beides dick genug, um menschliche Haut zu vernähen. Mir wird schlecht.

»Miss Emris.« Hastig kommt Mister Galahad mir entgegen. »Bitte verzeihen Sie diesen Empfang. Wir haben erst kürzlich äußerst verstörende Neuigkeiten erfahren.« An den Ritter gewandt, sagt er: »Sie können wegtreten.« Der Blick des Ritters geht kurz zu den beiden Aufpassern, bevor er sich zurückzieht. Mister Galahad bückt sich nach meiner Schleppe. Dankbar stelle ich fest, dass er sie nur locker in der Hand hält. »Kommen Sie mit in mein Büro.«

»Ich verstehe nicht ganz«, murmele ich, wie es von mir erwartet wird. Überall in der Eingangshalle marschieren Ritter in voller Montur herum, die zwar aufgebracht wirken, aber auch nicht zu wissen scheinen, was sie mit sich anfangen sollen. Allerdings kann ich sie nicht deutlich sehen, die Kreatur ist überall. »Wo ist denn Ihr Cousin? Eigentlich wollten wir uns hier treffen.«

»Lassen Sie uns doch zunächst in mein … sein Büro gehen«, schlägt Mister Galahad noch einmal vor. »Bitte, Miss Emris.«

Er wartet tatsächlich meine Zustimmung ab, bevor er mich die Treppe hinaufführt. Die umherstampfenden Ritter bleiben unter uns zurück. Von der gewundenen Treppe aus wirken sie wie schwarze Schatten auf dem weißen Marmorboden. Lediglich die beiden Aufpasser folgen uns in den zweiten Stock hinauf. Dort führt Mister Galahad mich in das Büro, das nun wohl ihm gehört. Es ist einfach unfassbar, dass der König einen Magdalenen auf einen solchen Posten beruft, selbst wenn er vorher als Stellvertreter gedient hat. Allerdings erklärt das auch die persönliche Wachmannschaft. Im Büro sind zwei Ritter gerade dabei, Nottinghams Computer zu knacken, damit der neue Captain übernehmen kann. Lange können sie noch nicht davon wissen.

»Ritter?« Die beiden Männer stehen auf und verbeugen sich vor Mister Galahad. »Lassen Sie uns einen Moment allein.« Sie gehorchen, halten aber möglichst viel Abstand, als sie an uns vorbei nach draußen gehen. Einer von ihnen wirft mir einen Blick zu, bei dem ich Gänsehaut bekomme. Sobald wir mit den Aufpassern allein sind, lässt Mister Galahad meine Schleppe los. Ich wünschte, er würde endlich mit der Sprache herausrücken und die Neuigkeit verkünden, damit ich diese Scharade beenden kann. Damit ich zusammenbrechen kann. Alles in mir ist taub. Selbst ein gespielter Schock wäre besser als diese entgeistigte Leere in meinem Inneren. Trübe Leere. Mister Galahad sieht mir ins Gesicht, nur um dann auf den Boden zu starren. Auf seinen Schreibtisch. Er geht hinüber und schiebt ein paar Papiere herum.

»Mister Galahad?«, frage ich.

Mit einem überraschten Blick stellt er fest: »Sie nennen mich noch immer so.«

Die Zärtlichkeit in seinen Augen lässt mich erschrocken

zurückweichen, nur einen winzigen Schritt. »So haben Sie sich mir damals vorgestellt«, erkläre ich.

»Ich mag diesen Namen.« Er lässt die Papiere ruhen.

»Ich bin davon ausgegangen, dass Sie so genannt werden möchten.«

»Galahad, der reinste unter Arturs Rittern.« Sein Blick wandert zur Decke. Mit verzerrter Miene fährt er fort: »Als der Weiße Ritter diesen Namen vorschlug, hielt ich es für einen grausamen Scherz, aber er konnte es natürlich nicht wissen … Was ich war.«

»Mister Galahad. Wo ist der Count of Nottingham?«

Er konzentriert sich wieder auf seinen Schreibtisch. »Ich würde Ihnen diese Nachricht gerne ersparen, Miss Emris. Und normalerweise würde ich sie einer Dame auch niemals auf diese Art und Weise überbringen.«

»Mister Galahad, bitte.«

Endlich sieht er mich an. »Es tut mir leid, Ihnen mitteilen zu müssen, Miss Emris … dass der Count of Nottingham ermordet wurde.«

Ich muss den Schock gar nicht vortäuschen. Meine Hand greift tastend ins Leere, als würde ich vergeblich nach Halt suchen. *Der Count of Nottingham ist tot, und du hast ihn umgebracht.* »Was … Ich … Nein …« Die Seidenbänder auf meiner Haut erwachen: warm und stützend das grüne, hell strahlend das gelbe. Das rote sorgt dafür, dass ich nicht zusammenbreche, während das blaue sich der unersättlichen Kreatur entgegenstemmt, die immer weiter und weiter wächst. Vier Bänder aus Seide halten meinen Geist zusammen, mehr nicht.

Mister Galahad zieht mir einen Stuhl heran. »Bitte, Miss Emris, setzen Sie sich. Das muss ein entsetzlicher Schock für Sie sein.«

Mit einem mechanischen Nicken sinke ich auf den Stuhl. »Ich verstehe nicht … Ich … Wie?«

»Die Details würde ich Ihnen lieber ersparen.« Irre ich mich, oder klingt dieser Protest etwas halbherzig?

»War es schlimmer, als einen fremdgesteuerten Prinzen in einem finsteren Amphitheater in Paris vorzufinden?«

Mister Galahad zögert. »Ich vergesse immer wieder, dass Sie sich selbst nicht für eine Dame halten«, sagt er.

Er geht um den Tisch herum, damit wir einander ansehen können, während er es mir erklärt. Sein Kiefer ist angespannt. Irgendwie wirkt er aufgebracht. Doch nicht etwa wegen Nottinghams Tod? Der Mann, der ihn wieder und wieder gedemütigt hat?

»Er wurde erschossen«, sagt Mister Galahad. »Eine französische Attentäterin in Marienrobe griff ihn an, nachdem sie zuvor einen Ritter bewusstlos geschlagen und ihm die Pistole entrissen hatte. Die Französin schaltete anschließend einen zweiten Ritter aus und ist geflohen. Sie hat wohl vorgegeben, eine Schneiderin zu sein, die von der Gräfin d'Orléans angefordert wurde, in deren Stadthaus das Attentat verübt wurde. Die Gräfin ist seither verschwunden.«

Was für ein unfassbares Glück, dass man die Verdächtige tatsächlich für eine französische Staatsbürgerin hält. Still warte ich auf das Ende der Geschichte. Sicher hat der Ritter seinem Vorgesetzten doch berichtet, was Nottingham der Gräfin antun wollte. »Aber was ist mit der Gräfin geschehen?«, frage ich, als er schweigt. »Hat der Ritter irgendetwas gesehen?«

Galahad zögert. »Bislang wissen wir nichts weiter. Man hat mich umgehend kontaktiert. Vorerst bin ich kommissarisch zum Captain ernannt worden, bis Seine Majestät einen Nachfolger bestimmt.«

»Ich hätte nicht gedacht, dass Seine Majestät … jemanden wie … Sie mit der Leitung betraut.«

Mister Galahad ringt sich ein gequältes Lächeln ab. »Die Ritter wohl ebenfalls nicht. Nicht der Mann, den sie kurz zuvor noch …« Er hält inne. »Sie müssen wissen, Miss Emris, dass ich an dem Tag, als der Kronprinz verschwunden ist, nicht beim königlichen Besuch in der Korrektive war, weil ich zu diesem Zeitpunkt meine Bestrafung entgegengenommen habe.« Sein Augenlid zuckt.

Und ich habe dem König seine Lüge über die Pressefotos geglaubt. »Was hat man Ihnen ange…«, frage ich, aber er unterbricht mich: »Die Ritter haben nur ihre Pflicht getan, Miss Emris, Sie haben mich an jenem Abend beim gemeinsamen Mahl an meinem Tiefpunkt erlebt. Ich hatte tagelang nichts gegessen oder geschlafen, was vielleicht erklären mag … Ich entschuldige mich im Nachhinein für mein Verhalten.«

»Sie müssen sich nicht entschuldigen«, sage ich, selbst als ich mich daran erinnere, wie er dem König aus der Hand gefressen hat. Ich weiß, was es bedeutet, so hungrig zu sein. Mister Galahad ringt sich ein Lächeln ab. »Das ist großmütig von Ihnen, aber die Ritter haben nicht vergessen, dass sie mich an diesem Tag in einem so erbärmlichen Zustand erlebt haben. Selbst wäre ich nicht … das, was ich bin, würden sie meinen Befehlen kaum lange folgen. Seine Majestät hat deshalb klargestellt, dass ich diesen Posten nur aufgrund der Massenausbrüche in den Korrektiven übertragen bekommen habe. Er ist der Ansicht, dass jemand gebraucht wird, der Magdalenen schnell und wirkungsvoll enttarnen kann, zumindest bis wir einen Großteil der Ausbrecher wieder verhaftet haben. Natürlich ist das nur vorübergehend, aber ich denke, Sie werden wohl ebenfalls der Meinung sein, dass kaum ein anderer sich besser für diese Aufgabe eignet.«

»Es freut mich, dass seine Wahl auf Sie gefallen ist«, sage ich, obwohl das in keinerlei Hinsicht der Wahrheit entspricht. Denn eines weiß ich mit Sicherheit: George würde jeden – ausnahmslos jeden – an den Weißen König ausliefern. Er würde foltern, töten und verstümmeln, solange es Seine Majestät erfreut. Selbst jetzt noch, da bin ich mir sicher. Rea Emris würde ebenso sterben wie Eira, wenn sie auf die Straße ginge. Ganz egal, was George Buckingham für sie empfindet. Mein Mitleid für ihn ist größer, als seines für mich wäre.

Aber zumindest ist er loyal. Wenn die Königin die Macht übernimmt, würde er sich ihr nicht widersetzen. Das kann ich mir beim besten Willen nicht vorstellen. »Und die Duchesse ist einfach spurlos verschwunden?«

Hinter mir lauert die Kreatur. Mister Galahad fährt mit den Händen über die Schreibtischplatte. Seine dicken Lederhandschuhe sind tatsächlich an den Ärmeln festgenäht. Er mustert seine Finger, als würde er damit ein faszinierendes Muster auf den Tisch zeichnen. »Es tut mir leid. Ich weiß, dass Sie befreundet sind.«

»Glauben Sie denn, dass ihr etwas passiert sein könnte?«, steige ich auf seinen besorgten Tonfall ein. Ich spüre die Kreatur im Nacken. Spüre sie am ganzen Körper. »Wurde sie etwa entführt?«

»Diese Möglichkeit können wir leider nicht ausschließen.«

Jetzt lacht die Kreatur. Abrupt stehe ich auf. Er hebt den Blick. »Miss Emris …«

»Ich würde jetzt gerne in den Palast zurückkehren.« Die Seide schmiegt sich heiß, warm und kühl an meine Haut. Sehen kann ich die Kreatur nicht, aber ich spüre, wie sie wieder wächst. Immer weiter wächst. Hastig schiebe ich meinen Stuhl zurück. »Ich möchte … Hier bin ich niemandem von Nutzen.«

Ganz Gentleman, lässt Mister Galahad einen Wagen für mich kommen. Und er greift nicht nach meiner Schleppe, als er mich nach unten begleitet. Lächerlicherweise bin ich ihm dafür unglaublich dankbar.

Auf der Rückfahrt zum Weißen Hof schwillt die Kreatur dermaßen an, dass ich nicht mehr weiß, wo sie anfängt und wo sie aufhört. Sie starrt mich an. Ihre Augen haben sich verändert, kein kaltes Glas mehr. Jetzt scheinen sie zu glühen. *Der Count of Nottingham ist tot, und du hast ihn umgebracht.* Das aufgeblähte Monster zwängt sich in meinen Kopf. Quillt wie eine zähe Masse in meinen Geist, in mein Gehirn. Drückt von innen gegen meinen Schädel, bis es kaum noch auszuhalten ist. *Der Count of Nottingham ist tot, und du hast ihn umgebracht.* Die Medikamente wirken noch nicht. Und Nottingham ist tot.

Ich habe ihn erschossen.

Ich bin eine Mörderin.

Selbst in meinem Kopf wächst die Kreatur noch weiter. Ich spüre den Druck, fühle, wie sie an meinem Gehirn zerrt, meinen Geist verwüstet. Das Gewebe zerfetzt, das ihn zusammenhält. So fühlt sich auch das Schwarze Loch an, aber hier werde ich nicht angezogen, sondern das Gefühl selbst breitet sich immer weiter aus, drängt nach draußen. Mein Gesicht erstarrt als Erstes zu Glas, meine Schädeldecke, mein Mund. Dann der Hals. Lunge, Bauch, Blut. Im Palast schaffe ich es kaum noch, mich in Nottinghams Quartier zu schleppen. Dabei ist mir vollkommen bewusst, dass meine Stellung hier jetzt endgültig der Vergangenheit angehört. Nur aufgrund von Nottinghams Intrige hatte man mir gestattet zu bleiben. Trotzdem hält mich niemand auf, und ich bin im Moment nicht in der Lage, mir über dieses Problem den Kopf zu zerbrechen. Die Königin wird sich schon etwas überlegen. Oder der König. Schließlich wollen sie in gewisser Weise beide, dass ich für sie die Beine breit mache – jeder auf seine Art.

Die Kreatur wächst und wächst. Mein Geist kann ihr nicht mehr standhalten. Ich kann ihr nicht mehr standhalten. Es kostet mich all meine Kraft, nicht laut zu schreien. Ich kämpfe dagegen an. *Kämpfe. Etwas anderes bist du nicht mehr. Eine Kämpferin.*

Und vielleicht nicht einmal mehr das.

Mit Müh und Not erreiche ich Nottinghams Quartier, bevor ich zusammenbreche. Ich falle auf die Knie und presse beide Hände an den Kopf, als könnte ich die Kreatur so zwingen, einzuschrumpfen. Aber meine Hände sind aus Glas, mein Kopf ebenfalls, mein Geist ist kalt und starr. Und das Glas bekommt schon erste Risse. Es zerspringt.

Ein greller Schrei platzt aus mir heraus, doch selbst meine Stimme hat sich in Glas verwandelt. Nottingham ist tot, und ich habe ihn umgebracht. Auf allen vieren krieche ich in mein Zimmer. Wenn sie die Feuerschwester jetzt sehen könnten …

Das Fenster ist offen und lässt das silbrige Mondlicht herein. Geblendet vom Schmerz sehe ich anfangs gar nichts, nur dieses trübe Milchglas überall, das sich näher und näher an mich heranschiebt. Ein gläserner Sarg, extra für mich.

Dann registriere ich eine Bewegung.

Er steht neben meinem Bett. Eigentlich sollte ich ihn fragen, wie er hier hereingekommen ist, ob er den Verstand verloren hat, sollte ihn wegschicken.

Stattdessen strecke ich hilflos die Hand nach ihm aus. Robin trägt eine Marienrobe, hat sie aber am Kopf abgestreift, sodass ich sein Gesicht sehen kann. Er sollte mich nicht so sehen, niemals. Eine Mörderin.

Ich breche zusammen, aber Robin fängt mich auf. Wie kann er überhaupt schon stehen, die Operation, das Interview … Er zieht mich in seine Arme, schmiegt seine Wange an meine. Sobald wir uns berühren, stößt die Kreatur einen gellenden Schrei aus. Unsere Feuerseide flammt auf, rast durch meinen Geist. Die Kreatur reißt die weiß glühenden Augen auf, als die Feuerseide sich ihr entgegenstemmt. Mein Blut erwärmt sich, meine Lunge weitet sich, mein Herz beginnt wieder zu schlagen. Das warme Pulsieren der Feuerseide erfüllt mich, es vertreibt die Kreatur aus meinem Geist, drängt sie aus meinem Kopf!

Endlich kann ich weinen. Ich habe ein Leben ausgelöscht. Ich hätte Nottingham angreifen können, ihn mit vorgehaltener Waffe zwingen können, Ninon freizugeben, dann hätten wir zusammen fliehen können. Ich hätte ihn bewusstlos schlagen können, hätte …

»Schhhh.« Robin hält mich fest, während ich hilflos schluchze. Die Feuerseide entzündet neue Flammen in meinem Inneren. Ihre Hitze, ihr Flackern und ihr leises Knistern vertreiben die Leere. Plötzlich spüre ich wieder alles: die Gewalt, die Reue, die Trauer, den Schock und das Leben. Ich lebe. Welch ein Geschenk.

»Ich habe ihn umgebracht«, fasele ich zusammenhanglos, »umgebracht, einfach so, und jetzt ist er tot, einfach so …«

»Schhhh.« Robin streicht über meine Haare. Seine Haut ist warm. Wie kann er sich überhaupt dazu überwinden, mich anzufassen? Gerade er, der selbst die Regel aufgestellt hat: Es wird niemand getötet oder verletzt, wir werden niemandem Schaden zufügen. Ich würde ihn das gerne fragen, aber Tränen und Rotz verhindern, dass etwas Verständliches aus meinem Mund kommt. Robin streichelt meinen Rücken, meine Wange. Seine Berührung ist warm wie die Feuerseide.

Doch irgendetwas passiert mit ihr. Es sieht so aus, als würde das Band unscharf werden. Als würde es langsam verschwimmen …

Als sich das milchige Glas wieder in meinen Geist schiebt, dränge ich noch tiefer in seine Arme. Ich bin ein ekelerregendes Wrack. Und ihn scheint nichts davon zu stören.

»Komm mit mir«, flüstert er mir ins Ohr. »Komm mit mir, Rea. Bevor dieser Ort dich mit Haut und Haaren verschlingt. Komm mit mir.«

Ich klammere mich an seine Marienrobe, noch während ich den Kopf schüttele. Sanft drückt er mir einen Kuss auf die Schläfe. Ich versuche mich aufzusetzen, um ihm ins Gesicht sehen zu können. Die Kreatur ist noch bei uns im Zimmer, ist immer noch viel zu groß und aufgebläht. Ich muss es ihm sagen. Ich muss ihm von dem Geistesfieber erzählen und was es aus mir gemacht hat. Dass ich keine Mensatorin mehr bin, wohl auch keine Feuerschwester mehr. Dass ich nicht weiß, wann die Medikamente wirken werden, dass ich ihnen keine Hilfe mehr bin, nicht mehr die sein kann, die er an seiner Seite braucht, selbst wenn ich das wollte. Dass er mich gerettet hat. »Robin, ich …«

Draußen vor dem Fenster ertönt ein Pfiff. Ich höre es ganz genau. Robin hebt kurz den Kopf, während ich mich sofort aus seiner Umarmung löse. Wenn er meinetwegen gefasst wird, könnte ich mich selbst nicht mehr ertragen. »Geh.«

»Nein, was wolltest du mir sagen?«

»Gar nichts. Du musst gehen.«

»Rea …«

»Geh!«

Robin sieht sich kurz um, dann umfasst er mein Gesicht mit den Händen und sieht mich eindringlich an. »Sieh dir das Interview an. Sieh es dir einfach nur an. Wenn du willst, kannst du auch eins geben. Sag ihnen, wer du bist, Feuerschwester. Sag es ihnen, Rea.« Dann küsst er mich. So hat er mich auch geküsst, bevor ich nach dem Kampf gegen seinen Vater aus der Stahlkammer geflohen bin. So hat er mich in der Theatergarderobe in Paris geküsst. Als würde es das Feuer in seinem Blick ersticken, das tiefe Blau seiner Augen austrocknen, wenn ich ihn verlasse.

Wieder ein Pfiff. Ich schiebe ihn zum Fenster. Er zieht sich die Marienrobe über den Kopf, steigt auf das Sims und klettert hinaus.

Sobald ich sicher sein kann, dass die Kreatur es zulässt, schließe ich das Fenster. Es ist unglaublich, dass die Feuerseide nicht nur Könige bezwingen kann, sondern auch die Finsternis in meinem Inneren. Wenn auch nur für einen Moment. Ich hole die Tabletten aus meiner Tasche und mustere die Packung. Sind es auch die richtigen? Ich schreibe meiner Mutter. Ihre Antwort kommt beinahe sofort: *Ohne Zweifel. Geht es dir nicht gut? Du kannst noch zwei weitere nehmen! Vier am Tag sind kein Problem,* myrddin.

Ich folge ihrem Rat, nachdem ich auf dem Beipackzettel überprüft habe, dass eine solche Dosis noch nicht toxisch ist. Wenn ich mich auch nur im Geringsten nützlich machen will, muss es mir schnell besser gehen. Bitte, bitte, wirkt.

Danach suche ich im Internet nach dem Interview. Sie haben es bisher nicht blockiert. Anscheinend ist bei der GVK momentan wirklich die Hölle los. Das Video startet automatisch, als ich die Seite öffne.

Auf dem Display erscheint Robins Gesicht, nichts weiter, ganz schlicht. Er blickt direkt in die Kamera. Mit strahlenden Augen fängt er an zu sprechen. Seine Stimme klingt ruhig und gelassen.

»Guten Morgen. Oder guten Tag oder guten Abend. Wo auch immer ihr seid, welche Uhrzeit auch immer es ist – ihr verdient Antworten. Ihr verdient eine Erklärung. Deshalb bin ich hier.«

Er macht eine kurze Pause. Im Hintergrund ist nicht das kleinste Geräusch zu hören. »Vor vierundzwanzig Stunden haben wir die Gefangenen aus der Geistigen Korrektive in London befreit. Zeitgleich haben Freunde von uns in Manchester, Birmingham, York, Kent und Brighton dasselbe getan, genauso wie auf der anderen Seite des Atlantiks in New York, Chicago, Cleveland und San Francisco. Weltweit wurde in Solidarität demonstriert.« Noch immer blickt er direkt in die Kamera. Als würde er mich ansehen. »Ich sage ganz bewusst ›befreit‹, denn diese Menschen sind keine Kriminellen. Ihr einziges Verbrechen bestand darin, einen anderen Menschen zu berühren und von ihm berührt werden zu wollen. Wie könnte ich ihnen etwas zum Vorwurf machen, das ich selbst mir ersehne? Das ich habe. Das ich liebe.« Er spreizt die Finger und blickt zum ersten Mal zur Seite. An die Stelle, wo ich sitzen könnte. Dann konzentriert er sich wieder auf die Kamera. »Fürchtet ihr euch?«

Ich bekomme eine Gänsehaut, als er schweigend abwartet und so prüfend in die Kamera blickt, als würde er versuchen, mich ganz und gar zu ergründen. »Bestimmt fürchtet ihr euch. Magdalenen laufen frei auf der Straße herum. Sie könnten eure Gedanken lesen, eure Gefühle, eure Erinnerungen. Ich weiß, wie sich das anfühlt, denn früher habe ich mich genauso gefürchtet.«

In mir steigt der Impuls auf, die Hand auszustrecken und sein Gesicht zu berühren. Robin fährt fort: »Aber ich habe inzwischen verstanden, dass selbst die größte Furcht nicht rechtfertigt, was wir dafür aufgeben.« Meine Finger beben, als ich sehe, wie er die Hand hebt. »Berührung. Vertrauen. Liebe.« Jetzt berühre ich doch den Bildschirm. »Was ist das denn für ein Leben, wenn man niemandem trauen kann? Niemanden lieben kann? Niemanden anfassen kann?« Robin lässt die Hand sinken. »Ich hatte alles. Ich hätte alles haben können. Ich war der Kronprinz. Ich habe ein Leben in Reichtum, Luxus und absoluter Sicherheit geführt. Und ich schwöre bei Maria Magdalena: Ich habe dieses Leben gehasst.«

Seine Miene ist vollkommen ehrlich. Er lässt sogar die Verletzlichkeit ans Tageslicht treten, die er früher nie zu zeigen gewagt hat. Voller Überzeugung spricht er weiter: »Natürlich hätte ich abwarten können, bis ich König geworden wäre, um an diesem Leben etwas zu ändern. Um das Leben für uns alle besser zu machen. Aber ich wusste, dass an jedem Tag, den ich wartete, in den Korrektiven Menschen gestorben wären. Und nicht nur dort, auch auf den Straßen, in den Flüssen, auf Bahnschienen und an improvisierten Galgen.« Mir schnürt sich die Kehle zu. »Die Liebe würde den Handschuhen, den Morettas, den Schleppen geopfert werden.«

Plötzlich muss ich an Ninon und ihre nackten Füße denken. Daran, wie der Comte bei der Demonstration in Paris meine Hand genommen hat.

»Ich habe meine Wahl getroffen«, verkündet Robin mit erhobener Stimme. »Ich werde das nicht zulassen.« Die Narben in Blancs Gesicht, meine Faust an seinem Kiefer. Robin sieht kurz zu Boden, bevor er wieder sein Publikum fixiert. Dieser Blick raubt mir den Atem. Seine Worte: »Ich habe mich für dich entschieden, Rea.«

Tränen brennen in meinen Augen. Eine läuft über meine Wange. Ich wische sie ab. Weißes Make-up klebt an meiner Hand. Gedanken an Liam steigen in mir auf, wie er mich umarmt hat. Wie sorgsam er Ninons Uhr bewacht hat. Ninon, die meine Hand hält. Robins Küsse. So eine Aussage wie seine eben hätte mir einmal Angst gemacht, hätte den Verdacht erwecken können, ich sei eine Magdalena. Aber seit der Glasbläser mich transparent gemacht hat, bin ich über solche Zweifel erhaben. Für die Öffentlichkeit spricht Robin zu seiner Verlobten, nicht zu einer Magdalena.

Auf dem Bildschirm lässt er den Blick von rechts nach links wandern, als mustere er ein ganzes Publikum.

»Und ich möchte euch nun vor dieselbe Wahl stellen.« Er holt tief Luft. »An dem Tag, an dem vor siebenundzwanzig Jahren der National Protection Act verabschiedet wurde, wird euer Kronprinz in einem Demonstrationszug zum Weißen Hof marschieren, unter dem roten, dem blauen, dem grünen, dem gelben und dem violetten Banner. Vollkommen gewaltlos. Wir werden nicht bewaffnet sein. Wir werden mit bloßen Händen und unverhüllten Gesichtern auf die Straße gehen, und wir werden uns nicht zurückziehen, bis auch die letzte Korrektive ihre Gefangenen freilässt, die Menschen sich unbehelligt in die Arme fallen können und der National Protection Act widerrufen wird.« Seine volle Stimme hat einen hypnotischen Klang. »Kommt und marschiert mit. Trefft selbst eure Wahl. Entscheidet euch für die Menschen, die ihr liebt. Wir entscheiden uns für euch.«

Meine Haut brennt. Am liebsten würde ich sofort losstürmen. Gleichzeitig möchte ich die Hände vors Gesicht schlagen und weinen. Aufspringen und den König umbringen, jetzt gleich. »Wir treffen uns um zwölf Uhr mittags, Hyde Park Corner. Von dort aus marschieren wir die Constitution Hill hinunter bis vor die Tore des Palastes.« In seinen blauen Augen brennt ein klares, strahlendes, wundervolles Feuer, als er noch einmal laut wiederholt: »Trefft selbst eure Wahl. Entscheidet euch für die Menschen, die ihr liebt. Wir entscheiden uns für euch!«

Damit bricht das Video ab. Mir wird gleichzeitig heiß und kalt. 15.003.712 Klicks. Und es werden immer mehr. Als mir ähnliche Videos angeboten werden, klicke ich sie an. Eine Frau mit dunklen Augen und einem Akzent, der schwer nach der Ostküste der Vereinigten Staaten klingt, spricht ebenso deutlich zu den Leuten wie Robin. Ihre tiefe Stimme ist klar und laut, und ihre Botschaft ist dieselbe. Ich erkenne sie wieder. Das ist Eleanor Stone, Liams Jugendschwarm. Neben ihr sitzt eine zweite Frau, und die beiden halten sich an der Hand, Arme angehoben, damit jeder es sehen kann. Diese zweite Frau wirkt nervös, und zwar immer dann, wenn sie Eleanor ansieht. Ihr feines dunkles Haar und ihre schmalen Augen brennen sich in mein Gedächtnis ein. *Fürchtest du ebenso um ihr Leben, wie ich um das seine fürchte? Um das meiner Freunde?*

Ich klicke das nächste Video an. Ein dunkelhäutiger Mann, der Bürgermeister von New York. Er hält die Hände seiner Kinder. Und da, ein Video mit einem Gesicht, das mir bekannt vorkommt: Die Bürgermeisterin von Paris verspricht, dass ihre Stadt immer ein sicherer Hafen für alle sein wird. Neben ihr steht ihre Zwillingsschwester. Und dann entdecke ich noch ein bekanntes Gesicht – Blanc. Mein Herz beginnt zu rasen. Wie Robin blickt er direkt in die Kamera, sagt aber lange Zeit nichts. Dann kommt er ohne Begrüßung oder Vorrede direkt zur Sache: »Manche werden sagen, das sei nicht ihr Kampf. Manche werden sagen, dass es sie nichts angeht, denn sie sind ja keine Magdalenen, sie sind verheiratet, und die anderen interessieren sie einen feuchten Dreck. Sie werden sagen: ›Hey, du kommst aus Paris, richtig? Vom Kontinent? Dann geh mal schön wieder dahin zurück und kümmere dich um deinen eigenen Kram.‹« Ein raubtierhaftes Grinsen breitet sich auf seinem Gesicht aus. »Tja, da liegt ihr falsch, Leute. Menschenrechte sind jedermanns Rechte, und ich werde mir meine jetzt holen. Wir werden sie uns holen.« Sein Blick wandert nach links, dann nach rechts, und plötzlich fährt die Kamera zurück. Neben Blanc stehen der Comte, René und Ninon. Er blickt wieder in die Kamera. »Ich entscheide mich für euch.« Wieder habe ich das Gefühl, sie würden nur mich ansehen.

Ich schließe den Browser. Genau in diesem Moment vibriert das Telefon; eine neue E-Mail.

Absender: Anonym. Empfängerliste: Anonym.

Hab keine Angst. Niemand weiß von dieser Nachricht. Niemand weiß, dass du sie bekommst oder dass wir sie überhaupt verschickt haben. Es werden keinerlei Daten gespeichert. Du bleibst vollkommen anonym.

Aber wir möchten dich bitten, genau das zu ändern. Wir bitten dich, die Wahrheit zu offenbaren. Sei ehrlich – dir selbst, deinen Freunden und deiner Familie gegenüber. Sag es deinen Kollegen, der ganzen Welt. Und schließe dich uns an. Gehe mit uns auf die Straße. Demonstriere friedlich für deine Rechte. Für unser aller Rechte. Hyde Park Corner, 12:00 Uhr mittags, am 12. Juli 2054, an dem Tag, an dem der National Protection Act vor 27 Jahren verabschiedet wurde.

Wir entscheiden uns für dich.

Sprachlos starre ich auf die E-Mail. Das ist meine letzte Chance. Mitmachen statt morden. An die Mail ist ein Link zu Robins Video angehängt. Das ist die letzte Chance der Feuerschwester.

Wieder und wieder sehe ich mir das Video an. Nicht nur das von Robin, sondern auch das von Blanc, René, Ninon und dem Comte. Während ich sie mir alle ansehe, muss ich an Liam denken, der sich meinetwegen nicht zeigt, und schaue weiter.

Dann lese ich jeden einzelnen Kommentar, die hasserfüllten ebenso wie die positiven – zu Robins Video, zu dem von Eleanor Stone, zu Blancs. Zu den Videos der Bürgermeister von Paris und New York, Berlin und Seoul, Riga und Nairobi. Zu dem Video der alten Dame mit dem deutschen Akzent und ihrer Pflegerin, die die Kamera hält und so klingt, als käme sie aus Polen. Es sind so viele Videos, so viele Kommentare. So viel Unterstützung. Und immer wieder taucht *#findetdiefeuerschwester* auf.

Aber so viele mehr sind voller Hass.

Ich zwinge mich, vom Bett aufzustehen. Mitmachen oder morden? Unruhig laufe ich auf und ab. *Wir entscheiden uns für dich.* Findet die Feuerschwester.

Ich greife wieder zum Handy und rufe meine Mutter an. Sie nimmt beim zweiten Klingeln ab. »Hier ist furchtbar schlechter Empfang«, sagt sie sofort. »Ich rufe dich zurück.«

Keine drei Minuten später klingelt mein Telefon. »Diese Leitung ist sicher. Wie geht es dir, Rea?«

»Ich war's«, platzt es aus mir heraus. »Nottingham. Ich war's.«

Sie schweigt einen Moment lang, bevor sie sagt: »Das war dumm von dir, Rea.«

»Dumm?« Wie wäre es mit *entsetzlich?* Oder *unverzeihlich?*

»Meinst du, die GVK wird dich ins Visier nehmen?«

»Vorerst nicht. Mister Galahad ist wieder am Ruder.«

»Hervorragend.« Sofort klingt sie weniger angespannt. »Zum Glück hat sich uns ja ein weiterer Weg zum König eröffnet. Beziehungsweise in sein Schlafzimmer. Die Königin hat mich über einen Agenten der Kaiserin kontaktiert, und die beiden schlagen vor, Kaliumzyanid zu benutzen. Perfekt geeignet und leicht zu bekommen. Ein farbloses kristallines Pulver, das sich in Flüssigkeit schnell auflöst und innerhalb weniger Minuten tötet. Das Opfer wird fast sofort ohnmächtig. So dürfte er kein Problem für dich darstellen, ganz egal, wie eingeschränkt du bist.«

Ich zucke zusammen. »Mom …«, sage ich, und meine Stimme klingt schwach. Zu schwach. »Sollten wir nicht doch besser demonstrieren?«

»Rea.«

»Hast du die Videos gesehen?«

»Natürlich, aber …«

»Er steht nicht allein da. Es sind so viele. Und … vielleicht werden es sogar noch mehr. Vielleicht werden es noch mehr, wenn die Feuerschwester mit ihnen demonstriert.«

»Ich kann verstehen, dass du Zweifel hast …«

»Wirklich?«, unterbreche ich sie. »Kannst du das wirklich verstehen? Kannst du wirklich verstehen, wie es ist, zusehen zu müssen, wie sich alle Menschen, die dir wichtig sind, zusammenschließen – ohne dich? Weil du zu viel Angst hast. Zu zynisch bist. Zu feige.«

»Wir retten sie dadurch, Rea!« Die Stimme meiner Mutter ist schmerzerfüllt. »Hör mir zu, *myrddin.*« Betroffen zucke ich zusammen, als ich sie den Kosenamen aussprechen höre. »Hör mir zu. Ich habe das alles schon einmal erlebt. Ich war dabei, als deine Großmutter starb. Ich hockte in einem Abfluss, das Gesicht an die Stangen gedrückt, den Gestank der Kanalisation in der Nase. Doch nicht einmal der konnte den Blutgeruch überdecken. Ich musste dort hocken bleiben und zusehen, wie sie verblutet ist. Musste ihre Schreie hören, ihr Wimmern und die Weißen Sirenen, dieses grauenhafte Notsignal. Sechs Stunden lang. Sechs Stunden, Rea.« Ich kann regelrecht vor mir sehen, wie sie am ganzen Körper zittert. »Deine Großmutter war naiv, *myrddin.* Und das sind diese Leute heute ebenso.« Ihre Stimme zittert eindeutig. »Liebe wird sie nicht retten. Hoffnung wird sie nicht retten. Und es wird sie auch nicht retten, wenn die Feuerschwester mit ihnen auf die Straße geht. Die Feuerschwester ist nur ein Mythos. *Wir* werden sie retten! Oder glaubst du ernsthaft, dass Mister Galahad keinen Schießbefehl gibt, wenn sie seinem geliebten König auf die Pelle rücken?«

Wieder spüre ich, wie mir Tränen über die Wangen laufen. Ich wische sie ab. »Doch, das wird er.«

»Wir dürfen nicht zulassen, dass das geschieht.«

»Nein, dürfen wir nicht. Aber sie warten auf mich.«

»Sie warten auf die Feuerschwester, *myrddin*«, sagt meine Mutter sanft. »Nicht auf eine Mensatorin, die nicht einmal mehr die simpelsten Gedanken entziffern kann.«

Vor Schock bin ich sprachlos. Aber sie hat recht. Momentan könnte ich die Gedanken des Königs wahrscheinlich nicht einmal mit Robins Hilfe manipulieren. Ja, er hat die Kreatur zurückgedrängt, aber eben nur er allein. Ich selbst hatte nicht einmal genug Kraft, um aufzustehen.

»Du musst Seiner Majestät mitteilen, dass du ihn mit deiner Gesellschaft beehren wirst«, fährt meine Mutter fort, ihre Stimme unerträglich traurig und unerträglich zärtlich. »Glaub mir – wenn ich könnte, würde ich deinen Platz einnehmen, *myrddin.* Ich würde unsere Rollen tauschen und selbst dem König gegenübertreten. Doch das ist unmöglich. Nur ich kann die Gedankenkontrolle wirken, die wir für die Königin benötigen, meine Kleine.«

»Ich weiß, Mom«, flüstere ich.

»Die Königin darf die offizielle Meldung einer Schwangerschaft erst herausgeben, wenn du bereits im königlichen Schlafzimmer bist.« Sie scheint kurz nachzudenken. Als sie erneut ansetzt, klingt sie wieder stark. Wie jemand, an dem man sich festhalten kann: »Die Königin hat mir mitgeteilt, dass es am Tag des Protestmarsches geschehen soll. Der König wird am Nachmittag bei einer Militärparade zu Ehren der Unterzeichnung des National Protection Acts erwartet, und am Abend speist er mit den Sicherheitskräften aus dem ganzen Königreich. Wenn du ihm also sagst, dass du an diesem Tag bereit bist, kann er dir nur den Vormittag anbieten. Wir werden uns an den ursprünglichen Plan halten. Während du beim König bist, werde ich den Geist der Königin unter meine Kontrolle bringen. Die Kaiserin wird nichts davon erfahren. Sie ist zufrieden, solange ihre Tochter auf dem Thron sitzt.«

Erschöpft schließe ich die Augen. »Ist es wirklich nötig, die Gedanken der Königin zu kontrollieren?«

»Sie will an die Macht, *myrddin*«, sagt Mom. »Etwas anderes interessiert sie nicht. Sobald sie die hat, wird sie uns verraten. Und ich kann dich einfach nicht verlieren. Kein zweites Mal.«

Ich nicke nur stumm.

»Alles klar?«, hakt meine Mom nach.

»Ja«, sage ich mit belegter Stimme. Ja, alles ist klar bis auf meinen Geist. »Ich werde zum König gehen.«

»Du bist so mutig, *myrddin.* Mutiger als irgendjemand sonst. Ich bin so stolz auf dich«, flüstert meine Mom. »Mach dir keine Sorgen. Ich halte dir den Rücken frei. Ich werde eine weitere Audienz bei Ihrer Majestät arrangieren, am Tag der Demonstration, wie sie es vorgeschlagen hat. Also übermorgen.«

»Übermorgen«, bestätige ich.

»Halte mich auf dem Laufenden«, bittet sie noch. »Ich werde

dasselbe tun. Und nimm deine Medikamente, *myrddin.* Kein Kind von mir soll so leiden. Ach, und ... Rea?«

»Ja, Mom?«

»Einen weiteren Fehlschlag können wir uns nicht leisten. Wir sollten uns keine Dummheiten mehr erlauben.«

Sobald sie aufgelegt hat, lasse ich das Handy sinken. Am liebsten würde ich mich im Bett verkriechen. Die Kreatur ragt drohend in den Schatten auf. Ich bete, dass meine Seidenbänder den Kampf gegen sie aufnehmen werden. Kämpfen, damit ich all diese wundervollen Menschen retten kann. Ich vermisse sie. Sie alle. Ich vermisse Ninons treffsichere Spitzen, Liams Offenheit, den trockenen Humor des Comte, Renés liebevollen Blick, Blancs warmherzige Umarmungen. Und bei Maria – ich vermisse Robin. Wie ich Robin vermisse! Sie alle fehlen mir so sehr, dass ich es körperlich spüren kann, wie einen spitzen Stein, der sich in meine Brust drückt, in meine Lunge.

Unwillkürlich muss ich an die Erinnerungen der Königin denken, an die brutale Hand in ihrem Nacken. An das Klatschen, mit dem seine Hüften gegen ihre prallten. Pure Abscheu breitet sich in mir aus, strömt in meine Adern, meine Knochen, bis tief hinein ins Mark.

Aber Mister Galahad wäre meinem Vorschlag eines Staatsstreichs gegenüber sicher weniger aufgeschlossen, als Nottingham es war.

Das hier ist der Weg meiner Mutter. Deshalb lebt sie noch, im Gegensatz zu meiner Großmutter. Das ist der Weg zum Erfolg, oder etwa nicht? Ich schlüpfe aus dem Kostüm, das die *Verbannten* mir geliehen haben, und stelle mich vor meinen Schrank. Gerade als ich mich für ein Kleid entschieden habe – eng an der Taille, die Rückenpartie ganz aus Spitze und transparentem Musselin gefertigt –, höre ich ein Geräusch am Fenster. Im ersten Moment hoffe ich, dass es wieder Robin ist. Doch dann sehe ich glänzendes Fell durch die Scheibe. Kaum habe ich das Fenster wieder geöffnet, springt Beethoven ins Zimmer. »Mein Schöner«, murmele ich, während ich ihn hochnehme. Er gestattet es großzügig. Sein Fell ist warm von der Sonne. Draußen ist also Tag. Ein warmer Tag. Erst jetzt wird mir das bewusst. »Wir müssen dich von hier wegschaffen, *mon beaux*«, flüstere ich dicht an seinem Pelz. Er miaut, springt von meinem Arm und kriecht unter das Bett.

Ich suche mir einen Schleier aus, eine lange weiße Schleppe. Kleistere mir das Gesicht mit weißem Make-up zu. Als würde ich mich für meine Hochzeit zurechtmachen. Doch es wird nicht mein Blut sein, das die Laken befleckt.

Sobald ich fertig angezogen bin, suche ich mir einen Dienstboten und lasse durch ihn um eine Privataudienz beim König ersuchen. Um ihm zu sagen, dass ich nun für ihn bereit sei.

Ich muss es tun, um sie zu retten. Muss es tun für den Wandel, den sie sich wünschen. Ich muss den König töten. Es ist unmöglich, beides zu tun – die Feuerschwester kann nicht mit ihnen demonstrieren. Sie ist sowieso nicht mehr als ein Mythos.

Und so sitze ich auf meinem Bett und warte. Sehe mir die Videos an, lese die Kommentare und warte. Ich lese und lese. Sogar dann noch, als ich Schritte höre. Als es an meiner Tür klopft.

»Seine Majestät der König für Miss Emris«, verkündet ein Diener. Ich erhebe mich, schiebe die Hände in den Kummerbund und wende mich der Tür zu.

»Herein.«

Diesmal trägt der König sein Schwert auf der rechten Seite, und dazu noch eine Pistole. Sein Mantel ist schneeweiß, seine Haltung hoheitsvoll. Doch seine Bewegungen wirken steif. Die Hände hat er besonders tief in seinen Kummerbund geschoben. Die Kreatur baut sich neben ihm auf und mustert mich neugierig. Ihre Augen glühen wieder.

»Miss Emris.«

»Eure Majestät.« Ich sinke in einen Devotionsknicks.

»Wie erfreulich, Sie hier anzutreffen. Haben Sie zufällig meine Tochter gesehen?«

Stimmt, wir sollten gemeinsam auf Shoppingtour sein.

»Bedauerlicherweise nicht, Eure Majestät«, antworte ich gefällig. »Wir haben uns getrennt, da ich eine Verabredung mit dem Count of Nottingham einzuhalten hatte.«

»Tragische Sache«, stellt der König mit eisiger Stimme fest. Ich mustere ihn ganz offen. *Glaubst du wirklich, ich sehe nicht, wie du zitterst?*

»Allerdings«, stimme ich ihm mit belegter Stimme zu, als müsste ich die Tränen zurückhalten. So wirke ich vermutlich besonders unschuldig. Der König hingegen scheint sich mehr für mein frisch aufgetragenes Make-up zu interessieren. »Er war Ihnen nicht gleichgültig.«

»Ich liebe meinen König«, antworte ich schlicht. *Wenn sie wüssten, was ihre Feuerschwester hier tut …*

Nach einem kurzen Zögern sagt er: »Gewiss doch.«

»Übermorgen könnte ich Euch wieder voll und ganz zur Verfügung stehen«, fahre ich fort. Ringe mir sogar ein schüchternes Zucken der Mundwinkel ab. Einen Augenaufschlag.

Er sieht mich wortlos an. Da der Schleier nur mein Haar bedeckt, kann ich seinen Blick sogar erwidern. Ein wenig kokett. Vollkommen harmlos. »Dann dürfen Sie mich mit Ihrer Gesellschaft beehren«, sagt er. »Gleich übermorgen. Nachmittags und am Abend habe ich bereits Pflichten, aber am Vormittag würde ich Sie empfangen.«

»Übermorgen«, wiederhole ich. »Am Vormittag.«

Er nickt. »Ich werde nach Ihnen schicken lassen.«

Meinen erneuten Devotionsknicks nimmt er mit dem knappesten Nicken zur Kenntnis. Dann wendet er sich ab. Nur um sich sofort noch einmal zu mir umzudrehen. »Ich habe etwas für Sie.«

Der Diener streckt mir etwas hin, und der König befiehlt mir mit einer Geste, die Hände aus dem Kummerbund zu ziehen, um es entgegenzunehmen. Beide sehen zu, wie ich den Arm ausstrecke und meine Finger sich um ein Buch schließen. »Majestät …?«

»Guten Tag, Miss Emris.« Damit geht er, gefolgt von seinem Diener.

Ich lasse mich auf das Bett fallen. Das Buch liegt schwer in meiner Hand. *Überlegungen zu den Pflichten des weiblichen Wesens.* Was für ein Titel. Auf der ersten Seite steht eine handschriftliche Widmung, durch die Jahre ausgebleicht: *Für meine wunderschöne Gattin.*

Kurz entschlossen nehme ich eine Schale vom Schminktisch und entzünde ein kleines Feuer darin. Dieses Buch, dieses widerwärtige, zerlesene Buch, dazu die grässliche Widmung und die hilflose Art der Darbietung … Einfach widerwärtig. Noch bevor ich auch nur eine ganze Seite gelesen habe, ist es bereits verbrannt.

Nicht einmal mehr achtundvierzig Stunden.

Ich werde versuchen, es wie einen Unfall aussehen zu lassen. Das muss ich. Bei meinem letzten Versuch, ihn zu überwältigen, bin ich gescheitert, aber seitdem habe ich dazugelernt. Das Gift wird es mir leichter machen, falls es rechtzeitig bei mir ankommt. Wenn es wie ein Selbstmord aussieht, würde mich niemand verdächtigen. Falls nicht – und falls die Königin mich nicht schützen kann –, werde ich anschließend verschwinden müssen. Und zwar für immer.

Ich starre auf meine Hände. Sind sie etwa doch aus Glas? Wenn sie nicht einmal mehr richtig kämpfen, keinen Geist mehr für mich öffnen können? Fast fühlt es sich so an, als würde ich bereits jetzt verschwinden.

Wenn es denn so kommen muss, kann ich wenigstens vorher meine Angelegenheiten ordnen. Jemand muss sich um Beethoven kümmern. Schließlich ist das alles nicht seine Schuld.

Noch einmal lege ich die Marienrobe an. Die Kreatur beobachtet mich mit glühenden Augen. Wenn mir dieser schreckliche Fetzen zweimal gut gedient hat, wird er es auch noch ein drittes Mal tun. Dann locke ich Beethoven mit ausgiebigem Zungenschnalzen unter dem Bett hervor. Ich lasse ihn an meinen Fingern schnüffeln, bis er den Kopf an meiner Hand reibt. Beethoven schnurrt leise, dann miaut er. *»On y va, mon beaux«*, flüstere ich ihm zu: Lass uns gehen. Ich verberge ihn, so gut ich kann, unter dem Mantel, den ich überwerfe, dann verlasse ich meine Kammer. Es schmerzt mich, dass ich Nottinghams ehemaliges Zimmer durchschreiten muss, um unser Quartier zu verlassen. Wenigstens stehen vor den Gemächern keine Wachen mehr. Mister Galahad hält es wohl nicht für nötig, mich einzusperren, und sowohl König als auch Königin glauben, ich möchte ihnen zu Diensten sein.

Durch den Dienstbotenausgang verlassen Beethoven und ich unbemerkt den Palast. Nachdem wir mit der Bahn bis zum King George Park gefahren sind, steigen wir in die Kanalisation hinab. Von hier aus weiß ich, wie man zum Atelier kommt.

Ich traue mich bis zur letzten Tür. Fröhliche Musik dringt durch das Holz; nur leise, doch sie klingt vertraut. Unter der Tür schimmert warmes Licht. Ich höre Stimmen. Der schmerzende Stein in meiner Brust ist wieder da. Alles in mir schreit danach, dort hineinzugehen.

Einfach hierzubleiben.

Zu bleiben und mit ihnen auf die Straße zu gehen.

Ich sehe in die glühenden Augen der Kreatur. Vollkommen lautlos schlüpft sie in meinen Kopf.

Dunkelheit und Stille breiten sich aus, mit jedem Atemzug

ein wenig mehr. Schnell beuge ich mich zu Beethoven hinunter. Schnurrend drückt er den Kopf in meine Hand. Es vergeht ein Moment, in dem ich einfach nur das weiche Fell streichele. Dann noch einer. Und noch einer. Schließlich klopfe ich an die Tür, mache auf dem Absatz kehrt und renne los. Wenn ich jetzt nicht gehe, werde ich es überhaupt nicht mehr schaffen.

Die Einsamkeit zieht den Rückweg zum Weißen Hof in die Länge. Zum Glück interessiert sich niemand für eine Marienrobe, die zu Beginn der Spätschicht durch den Dienstboteneingang hereinschleicht. Bis zu Nottinghams Quartier klebt mein Blick regelrecht am Boden, so sehr bemühe ich mich, nicht aufzufallen. Gleichzeitig kämpfe ich gegen das Gefühl an, nur noch aus Glas zu bestehen. Als meine Hand die Klinke zu Nottinghams Quartier herunterdrückt, weiß ich, dass ich endgültig zurückgekehrt bin.

Ich werde den König töten, das ist mir jetzt klar. Ich weiß sogar, wie ich es anstellen werde. Nur tun muss ich es noch. Danach kann ich in tausend Scherben zerspringen. Danach kann ich verschwinden. Danach können sie die Feuerschwester suchen, für immer und ewig; solange sie nur in Sicherheit sind, solange der Wandel nur endlich kommt, war es das wert. Während ich auf die Klinke drücke, vermeide ich es krampfhaft, meine eigene Hand anzusehen. Diese Hand hat Nottingham getötet. Diese Hand wird den König töten. Auch wenn sie dabei zerspringt.

Keine achtundvierzig Stunden mehr.

Natürlich klopfe ich nicht an. Nottingham braucht nun wirklich keine Privatsphäre mehr.

Deshalb bin ich auch vollkommen überrascht, als ich in den Gemächern jemanden stehen sehe: Mister Galahad.

»Maria sei Dank.« Voller Ungeduld kommt er auf mich zu. Sein violettes Jackett ist offen, die obersten drei Hemdknöpfe ebenfalls. »Haben Sie etwas von ihr gehört?«

Kapitel 14

Hastig knöpft er Hemd und Jackett zu. Im Halbdunkel lässt das Violett seine Haut kränklich blass erscheinen. »Also, haben Sie?«

Unruhig trete ich von einem Fuß auf den anderen. Natürlich, in der Marienrobe erkennt er mich nicht. Ich weiß nicht, was ich sagen soll. Die Kreatur sitzt breit und kalt in meinem Schädel. Mister Galahad runzelt die Stirn. »Verzeihen Sie diesen Aufzug«, sagt er förmlich und geht zum Schreibtisch, wo er einen langen Mantel und seinen Marienkragen anlegt. »Ich hatte nicht erwartet, hier überrascht zu werden.«

Ich wende mich ab, um zu gehen. Drehe mich wieder um. Was soll ich tun? Wo soll ich hin? Warum habe ich nicht einmal einen kurzen Gedanken an die Möglichkeit verschwendet, dass der neue Captain der GVK das Quartier des alten übernehmen könnte? Wie konnte ich nur zulassen, dass mir schon wieder ein solcher Fehler unterläuft?

Ich kenne den Grund dafür. Mein Geist ist erstarrt. Mein Kopf funktioniert nicht mehr so, wie er sollte.

Aber mir ist sonst nichts geblieben. Mir ist nichts anderes geblieben, als es durchzuziehen. Den König zu töten. Koste es, was es wolle.

Selbst wenn ich es nicht mehr will, selbst wenn ich mit ihnen zu dieser Demonstration gehen würde, ich könnte nichts mehr bewirken. Mich immer noch als Feuerschwester zu bezeichnen, wäre nichts weiter als eine Lüge.

»Also?«, fragt Mister Galahad, an mich gewandt. Er hält seine Moretta in der Hand.

Jetzt muss ich schnell sein. Wenn ich weglaufe oder ihn angreife, wird er Alarm schlagen. Außerdem habe ich ihm in meinem momentanen Zustand nichts entgegenzusetzen. Stattdessen ziehe ich die Haube der Marienrobe ab und zeige ihm mein Gesicht.

»Miss Emris …« Erschöpft blickt er mich an. Auch seine Stimme klingt müde. »Was hat das zu bedeuten?«

Eine Attentäterin in Marienrobe hat Nottingham umgebracht. Meine Lüge sollte wohl besser plausibel klingen. Aber ich denke, er wird mir glauben.

»Ich durfte nicht erkannt werden«, sage ich.

Er kommt einen Schritt näher. »Wo waren Sie?«

Ich hole tief Luft. Der nächste Satz könnte böse nach hinten losgehen. Bitte, bitte, lass ihn heute Abend nicht beim König gewesen sein. »Bei Seiner Majestät.«

Mister Galahad zuckt zusammen. »Beim König?«

»Ja. Wir sind … Wir sind übereingekommen, dass ich ihn mit meiner Gesellschaft beehren werde. Allerdings erst übermorgen.« Allein es auszusprechen macht mich krank. Ich darf jetzt nicht an Robin denken, an ihn in unserem Hotelbett in Berlin, nur in ein weißes Laken gewickelt, wie er mit mir zusammen den Ausblick über die funkelnde Stadt genießt. Das scheint inzwischen eine halbe Ewigkeit her zu sein. Wie wir dort gelegen und gelacht haben, über den Dächern Berlins, wie er Klavier gespielt hat, nicht für mich, sondern ganz in seiner eigenen Welt versunken, wie er herausgefunden hat, dass ich an der Taille kitzelig bin …

Mister Galahads Miene ist wie erstarrt. Er kommt näher, bleibt allerdings stehen, bevor es mir unangenehm wird. »Sie müssen das nicht tun, Miss Emris.«

Die Kreatur dehnt sich weiter aus. »Ich sehe nicht, wie ich mich Seiner Majestät verweigern könnte.«

»Wenn Sie einem anderen versprochen wären …«, beginnt Mister Galahad, verstummt dann aber. Er hat einer Frau nichts zu bieten – mit dieser Kappe, diesen Handschuhen. Und natürlich ist er immer noch der Meinung, in der Liebe ginge es darum, was man dem anderen bieten kann. Er beißt sich auf die Lippe. »Geh nicht zum König, Rea«, sagt er leise.

»Es ist eine Ehre«, erwidere ich.

»Du lügst.«

»Dann eben eine Pflicht. Das solltest du doch am besten wissen.«

»Aber nicht für dich«, sagt er drängend. Seine grünen Augen blicken mich beschwörend an. »Du bist … Sie kennen schließlich die Liebe, Miss Emris.«

Ich muss daran denken, wie das gelbe Seidenband sich in pures Sonnenlicht verwandelt hat, als Ninon und ich uns berührten. Wie Robins weiße Seide Feuer gefangen hat. »Jetzt nicht mehr, Mister Galahad. Und nun entschuldigen Sie mich bitte. Ich bin müde und möchte mich ausruhen.«

Als ich an ihm vorbeigehen will, schießt plötzlich sein Arm vor. Ruckartig bleibe ich stehen. Beinahe hätte er mich berührt. Beinahe. »Miss Emris: Gehen Sie nicht zum König.«

Ich sehe ihm in die Augen. So nah sind wir uns schon lange nicht mehr gekommen.

»Verzeihen Sie mir«, sage ich. »Ich wünschte, ich könnte Ihnen gerecht werden.«

»Ich kann Sie nicht beschützen«, sagt er fast flehend. »Seine Majestät ist unberechenbar. Diese Videos … Seine eigenen Kinder werden gegen den Hof demonstrieren. Er handelt einfach nicht mehr rational.«

»Wurden sie denn noch nicht gesperrt?«

»Er hat es verboten.«

»Warum das?«

Mister Galahad fährt sich mit einer Hand durchs Gesicht. »Um seine Feinde aus der Deckung zu locken, sagt er. Doch in Wahrheit will er weiter seine Kinder sehen können, denke ich.«

Ich muss ein höhnisches Lachen unterdrücken. »Seine Majestät ist wohl kaum derart sentimental.«

Mister Galahad sieht mich an. »Ist es denn sentimental, wenn man seine Kinder liebt?«

Verstohlen beiße ich mir auf die Lippe. »So sehr, dass man beschließt, einfach neue zu zeugen, wenn sie einem Scherereien machen? So sehr, dass man sie *aus der Deckung locken muss,* seine *Feinde?*«

Mister Galahad öffnet den Mund, schließt ihn dann aber wieder.

»Er hat Ihnen befohlen, nichts gegen sie zu unternehmen, habe ich recht?« Die Grausamkeit dieses Königs raubt mir den Atem. »Er hat befohlen, dass sie sich ungestört versammeln können. Dass man den Protestmarsch anlaufen lassen soll, damit er dann all seine Feinde auf einen Schlag auslöschen kann.«

»Natürlich werden wir Präsenz zeigen, wir können ihnen nicht erlauben …«

»Er hat den Schießbefehl bereits erteilt, richtig?«, frage ich leise.

Entsetzt verzieht Mister Galahad sein Gesicht. »Er liebt seine Kinder.«

»Sind Sie sich da sicher?«

Wieder scheint er nicht zu wissen, was er antworten soll. Schließlich entscheidet er sich für: »Seine Majestät folgt nur Seiner Pflicht.«

»So wie Sie. Und ich. Gute Nacht, Mister Galahad.« Ich verbeuge mich vor ihm und gehe.

Nicht brennen.

Ich schreie. Das Feuer hat mich umzingelt. Ich schmelze, löse mich auf, verschwinde. Sechs Scheiterhaufen stehen um mich herum, dahinter noch mehr – zehn, zwanzig. Man hat sie bereits an die Pfosten gefesselt: den Comte, René, Blanc, Liam, Ninon, Robin.

Nicht brennen!

Am nächsten Morgen werde ich von einer lauten Stimme geweckt und von dem schweren Druck der Kreatur in meinem Kopf. Im ersten Moment fürchte ich, es könnte Robins Stimme sein. Hastig nehme ich drei Tabletten und eile aus dem Bett, aber als ich nach meinem Morgenmantel greife, erkenne ich die Stimme.

Es ist der König.

»… es wagen?!«

Er muss im Nebenzimmer sein. Mister Galahad antwortet leise. Offenbar hat er sich besser im Griff. Vorsichtig schiebe ich mich näher an die Tür heran, um ihn zu verstehen.

»… das nicht hier zu tun, Eure Majes …«

»Sie werden mir nicht sagen, was ich wo zu tun gedenke!« Die Stimme des Königs zittert vor Wut.

»Ihr braucht sie nicht, Eure Majestät«, erwidert Mister Galahad, während ich durch das Schlüsselloch spähe. Es gibt allerdings nichts zu sehen außer Mister Galahads in den Kummerbund geschobene Arme. Offenbar steht er direkt vor meiner Tür.

»Weil ich Sie habe?«, zischt der König. »Werden Sie meine Kinder austragen, Sir George?«

Das lässt Mister Galahad verstummen.

»Oder vielleicht einer Ihrer Ritter?«, fährt der König schneidend fort. »Mir persönlich war Nottingham lieber, daraus mache ich keinen Hehl. Er hatte eine gewisse Verve.«

»Ich bin Euer ergebener Diener.«

Der König antwortet nicht mehr. Schritte lassen mich von der Tür zurückweichen, und ein dumpfer Knall verrät mir, dass Mister Galahad anscheinend gegen die Tür gestoßen wurde. Gesprochen wird nicht mehr. Aber sie … sie werden doch nicht miteinander kämpfen, oder? Hat der König etwa seinen eigenen Captain angegriffen?

Während ich noch überlege, ob ich mich mit einem lauten Klopfen einmischen soll, höre ich wieder die Stimme des Königs. Diesmal spricht er extrem leise, vielleicht sogar etwas atemlos. »Sie haben Victoria.«

»Eure Majestät …«

»Meine Befehle sind eindeutig«, fällt ihm der König laut ins Wort. »Wir warten ab, bis sie sich versammelt und ihren Demonstrationszug begonnen haben. Und Sie werden sich nicht in meine persönlichen Angelegenheiten in Bezug auf Miss Emris einmischen. Jetzt legen Sie die Moretta wieder an. Ich pflege meine Hunde zu prügeln, wenn sie bei Hofe bellen. Heute werden Sie an einem anderen Tisch betteln müssen.«

Anscheinend geht der König, denn ich höre Schritte. Sie klingen beinahe … zögerlich. Mister Galahad stößt ein unterdrücktes Stöhnen aus, doch ein Blick durch das Schlüsselloch zeigt mir, dass er die Moretta wieder anlegt. Es sollte mich nicht überraschen, dass der Weiße König seine Ritter ebenso schlägt wie demütigt.

Doch Mister Galahad scheint nicht der Einzige zu sein, dem eine Demütigung bevorsteht. Die Kreatur lässt einen milchigen Film vor meine Augen gleiten. Schnell nehme ich noch eine Tablette. Warum wirken sie immer noch nicht?

Gegen Mittag klopft es an meiner Zimmertür. Ich sehe mir gerade noch einmal das Video der Bürgermeisterin von Paris an – soweit ich etwas erkennen kann. Langsam kommt es mir so vor, als würde ich blind. Die Tür öffnet sich so schnell, dass ich nicht rechtzeitig reagieren kann. Hastig schalte ich mein Tablet in den Sleep-Modus und werfe es aufs Bett. Im selben Moment kommt die Königin herein, begleitet von zwei Marienroben.

»Miss Emris.« Sie nickt knapp, während ich ungeschickt vom Bett aufstehe und zu einem Devotionsknicks ansetze. »Eure Majestät.« Hoffentlich merkt sie nicht, dass ich kaum etwas sehen kann. Kaum einen klaren Gedanken fassen kann. Auf einen Wink von ihr lässt eine der Marienroben etwas auf mein Bett fallen. Sieht aus wie weißer Stoff, allerdings extrem wenig davon.

»Ich habe das für Sie anfertigen lassen.«

Die Marienrobe beginnt, das Bündel auseinanderzufalten, wird aber von der Königin daran gehindert. »Das kann Miss Emris selbst machen. Sie ist durchaus daran gewöhnt, ihre Hände zu benutzen.« Irgendwann früher einmal hätte ich das wohl als Beleidigung empfunden. Jetzt greife ich einfach nach dem Stoffbündel, das, wie sich herausstellt, aus zwei Teilen besteht: einem langen, durchsichtigen Schleier aus Tüll und einem …

Mir schießt das Blut in die Wangen. Ekel breitet sich in mir aus. Plötzlich sehe ich wieder vor mir, wie der König ihren Nacken packt, wie seine Hüften zucken. Sie krallt die Finger in das Laken, allerdings nicht aus Lust.

Es ist eine Korsage mit passendem Höschen, alles komplett aus Spitze. Doch selbst bei einem anderen Material würde dieses Outfit kaum etwas der Fantasie überlassen.

»Eure Majestät?«

»Ich kenne den Geschmack meines Gatten«, erklärt sie wegwerfend, während die zweite Marienrobe ein Paar weiße High Heels auspackt, in denen ich nicht einmal dann anständig laufen könnte, wenn mein Leben davon abhinge. Als Letztes landet ein weißer Morgenmantel auf dem Bett. »Es ist gern geschehen, Miss Emris.«

Damit dreht sie sich um und geht. Die Marienroben mustern mich noch einen Moment lang, bevor sie ihrer Herrin folgen. Zurück bleiben weiße Stofffetzen, die Erinnerungen der Königin und meine Angst. Was hat sie nur davon, mich so zu demütigen? Spielt sie tatsächlich noch immer ihre kleinen Machtspielchen? Bloß um mir zu beweisen, dass sie es kann?

Ich lege die Unterwäsche weg und sehe mir die Schuhe genauer an. Sie sehen ziemlich groß aus. Vorsichtig ziehe ich sie an. Irgendetwas drückt gegen meine Zehen. Ich schlüpfe wieder raus und fasse hinein. In die Schuhspitze wurde ein kleiner Gegenstand geschoben.

Eine kleine Phiole. Eine Phiole mit Kaliumzyanid.

So wird Seine Weiße Majestät also von uns gehen. Zuckend und nackt in seinem eigenen Bett.

Am Weißen Hof ist es den ganzen Tag über schrecklich still, und die Luft ist so drückend, dass man kaum atmen kann. Ich verbringe den Großteil der Zeit auf meinem Bett und versuche, genügend Sauerstoff in meine Lunge zu saugen. Ich muss mich in den Griff kriegen. Falls Seine Majestät es irgendwie schafft, sich zur Wehr zu setzen, muss ich bereit sein. Also nehme ich noch eine Tablette, und zum ersten Mal glaube ich eine Veränderung zu spüren, nach Tagen. Dieser milchige Film vor meinen Augen und in meinen Gedanken löst sich langsam auf. Zwar bleibt die Glasscheibe in meinem Geist bestehen, aber jetzt ist sie transparent. Nur an den Stellen nicht, an denen sie verschmiert zu sein scheint. Rot verschmiert. Eine beunruhigende Farbe, aber ich bin viel zu dankbar für die Besserung, als dass ich mich daran stören würde. Ich kontrolliere ein zweites Mal, ab welcher Dosis das Medikament toxisch wird, dann nehme ich noch eine Tablette, bevor ich mich auf dem Bett ausstrecke. Jetzt kann ich nur noch abwarten.

Am Nachmittag wird ein neues Video in Umlauf gebracht. Es ist von Ninon. Ich lege die Finger auf das Tablet, wo ihr Gesicht erscheint, und lasse nicht mehr los. Auch hierzu gibt es eine Menge Kommentare und Posts. Viele schreiben anonym, dass sie kommen werden – wenn die Feuerschwester ebenfalls erscheint. Wenn sie tatsächlich zurückgekehrt ist. Ich rolle mich zu einer Kugel zusammen. Wie gut, dass sie ihre Feuerschwester jetzt nicht sehen können.

Eine halbe Stunde später erreicht mich eine Nachricht von meiner Mutter. Während ich beim König bin, wird die Königin eine Pressekonferenz abhalten und ihre Schwangerschaft verkünden. Die Einladungen sind bereits verschickt.

Als es Zeit für das Abendessen wird, klopft Mister Galahad noch einmal bei mir. Ich weigere mich, mit ihm zu sprechen. Das Glas ist durchsichtig geblieben, die roten Flecken aber sind gewachsen. Allerdings sind sie nicht so dick, dass sie meine Sicht übermäßig trüben. Anscheinend hält sich die Kreatur im Moment zurück. Mister Galahad versucht wieder, mich davon abzubringen, dass ich am nächsten Morgen zum König gehe. Ich verstecke mich unter der Bettdecke. Inzwischen hat die Kreatur begonnen, auf zwei Beinen mein Bett zu umkreisen, allerdings ohne sich mir zu nähern. Mein grünes Seidenband scheint zu zittern. Wieder und wieder sehe ich mir die Videos meiner Freunde an und warte darauf, dass ich schlafen kann. In den Spätnachrichten verkündet Thea Mallory, dass der Weiße Hof den morgigen Tag zum Staatsfeiertag erklärt habe. Niemand muss sein Haus verlassen, wenn er es nicht will. Gleichzeitig wird die Meldung draußen über Lautsprecher verkündet, sie dröhnt aus Autoradios, aus geöffneten Fenstern. Auf dem Tablet erscheinen Bilder von London – leere Straßen, in denen nur die weißen Panzer der GVK zu sehen sind. Ganz langsam rollen sie dahin, drehen die Geschütztürme nach rechts und links. Wie Stielaugen.

Dann ist da wieder Robin auf dem Bildschirm, wie er mit brennendem Blick in die Kamera sieht. Ninons strahlende Augen. Ich sehe sie mir an, denke an sie. An Liams Stimme, Blancs Grinsen, den schweigenden Comte, Renés Lächeln.

Immer wieder lese ich die Kommentare, in denen nach der Feuerschwester gefragt wird. Nach einer neuen Seidenrebellion.

Die Geschichte darf sich nicht wiederholen.

Als ich am nächsten Morgen aufstehe, ist meine Zimmertür verschlossen. Ich nehme erst einmal zwei, drei, nein, vier Tabletten, dann versuche ich sie aufzubrechen. Doch egal, wie fest ich mich dagegen werfe, die Tür rührt sich nicht. Die roten Flecken vor meinen Augen sind noch einmal größer geworden. Draußen auf der Straße tönen weiter die Lautsprecher.

»Untertanen Englands«, verkündet Thea Mallorys Stimme. »Es besteht keinerlei Anlass zur Sorge: So etwas wie eine Feuerschwester gibt es nicht. Bleiben Sie ruhig, und verlassen Sie Ihre Häuser nicht. So etwas wie eine Feuerschwester gibt es nicht.« Dieser Aufruf wird abgelöst durch das offizielle Notfallsignal, die Weißen Sirenen. Lang gezogene, kreischende Töne, wie die schmerzerfüllten Schreie eines sterbenden Tieres. Oder wie das Geräusch von zerspringendem Glas. Aus dem Geschichtsunterricht weiß ich, dass die Sirenen zum letzten Mal bei der Seidenrebellion zum Einsatz kamen.

Die Geschichte ist dabei, sich zu wiederholen.

Durch den schrecklichen Lärm und diese irritierenden roten Flecken in meinem Sichtfeld dauert es einen Moment, bis ich begreife, dass mir jemand einen Zettel unter der Tür durchgeschoben hat. *Gehen Sie nicht. Noch einmal werde ich Sie nicht warnen können. Im Namen aller freien Gedanken, gehen Sie nicht.*

Wenn er wirklich glaubt, mich dadurch aufhalten zu können, muss Mister Galahad mich für dümmer halten, als ich angenommen habe. Immer lauter bohren sich die Weißen Sirenen in meinen Schädel. Thea Mallorys Stimme ... Die roten Flecken breiten sich aus ... Auf der Straße rollen weiße Panzer vorbei ...

Ich schreibe meiner Mutter eine Nachricht, die wiederum die Königin kontaktiert. Eine Viertelstunde später ist meine Tür offen. Ein Blick ins Internet zeigt mir, dass der Hashtag nicht mehr unter den Top Ten ist. Egal, wohin ich mich auch wende, überall dröhnen die Weißen Sirenen, überall sind diese roten Flecken. Sie graben sich bis ins Mark, schaben sich durch meine Haut, dringen in meinen Geist ein. Ich hole mir die Livebilder der Überwachungskameras auf mein Tablet, aber Londons Straßen sind wie ausgestorben. Nirgendwo ist etwas anderes zu sehen als weiße Panzer. Und über allem schallt Thea Mallorys Stimme. Die schweren Fahrzeuge streifen durch die Straßen, schwer auszumachen zwischen den weißen Gebäuden und dem vielen Glas. Sie warten darauf, dass jemand dumm genug ist, sein Haus zu verlassen. Es ist genau wie damals. Wem sein Leben lieb ist, der bleibt heute daheim. *»Kummerbund und Gladiés, trage sie, wohin du gehst«*, singt Thea Mallory über den Lärm der Weißen Sirenen hinweg, als Untermalung zu den lautlos vorrückenden Panzern. *»Handschuhe und Kummerbund halten deinen Geist gesund.«*

Sie werden nicht kommen.

Ich gebe mir viel Mühe, als ich das Ensemble anziehe, das die Königin vorgeschlagen hat. Immerhin hat es den großen Vorteil, dass die dazugehörigen Handschuhe aus Spitze sind. Obwohl mir klar ist, dass der Stoff schneeweiß ist, sieht er für mich rötlich aus. Am Ende verstecke ich das Outfit unter dem Morgenmantel – weißer Samt mit einem silbrigen Schimmer. Kurz überlege ich, ob ich meine Seide tragen soll, entscheide mich dann aber dagegen. Ich kann nicht riskieren, dass Seine Majestät frühzeitig gewarnt wird. Sobald ich die Bänder von meiner Haut löse, taucht die Kreatur auf und leckt einmal quer über meine

Augen. Die roten Flecken werden dunkler und dichter. Jetzt ist die Zunge der Kreatur ebenfalls rot. Aber zumindest frisst sie sich nicht mehr in meinen Geist. Die Tabletten wirken also. Bei Maria, das wurde auch Zeit.

»Kummerbund und Gladiés, trage sie, wohin du gehst. Handschuhe und Kummerbund halten deinen Geist gesund.«

Es könnte schiefgehen. Der König könnte meine Absichten durchschauen. Die Ritter könnten mich erschießen, bevor ich auch nur einen Finger rühren kann. Oder er selbst könnte meinen Kopf so lange gegen den Waschtisch schlagen, bis er zu Brei wird. Dass er das tun würde, wenn er meine Absichten durchschaute, steht für mich außer Frage.

»Bleiben Sie ruhig, es besteht kein Anlass zur Sorge. So etwas wie eine Feuerschwester gibt es nicht.«

Ich verstecke die Seidenbänder unter meiner Matratze. Es ist inzwischen halb elf, und noch immer beschallen die Lautsprecher leere Straßen, in denen sich nichts rührt außer Panzern und Sirenen. »Das ist nichts weiter als ein Mythos. Bleiben Sie ruhig.« Zumindest die Demonstranten aus den Außenbezirken müssten doch langsam beginnen, in die Innenstadt zu fahren, oder?

Aber sie warten ja auf die Feuerschwester.

Ich stelle mich vor den Spiegel, starre mir selbst ins Gesicht. Es gibt keine Feuerschwester. Wieder heult das Sirenentier auf. Mein Handy vibriert. Hastig zerre ich es aus der Tasche des Kleides, das ich gestern getragen habe, doch es ist nur eine Nachricht von meiner Mutter. *Viel Glück.*

Ich beginne zu zittern.

Ich will bei ihnen sein.

Was mache ich hier eigentlich?

»Freunde könnt ihr niemals sein, schlagt ihnen den Schädel ein.«

Es klopft an der Tür. »Seine Majestät empfängt nun Miss Rea

Marian Emris.« Die Kreatur beißt in meinen Bauch. Krampfhaft verdränge ich den Schmerz. Sei tapfer, sei stark, damit sie zu Helden werden können. Langsam und stetig frisst sich die Kreatur durch mein Inneres, während ich die Zimmertür öffne. Verwandelt alles in Glas. Der Diener vor der Tür mustert mich eingehend, ehe er wieder starr geradeaus blickt. Bevor ich mich versehe, hat er meine Schleppe an seinem Kummerbund befestigt. *»Kummerbund und Gladiés, trage sie, wohin du gehst.«* Er wird mich zu Seiner Majestät bringen.

Wir verlassen den Südflügel und erreichen den Gläsernen Turm. *»Freunde könnt ihr niemals sein, schlagt ihnen den Schädel ein.«* Stockwerk für Stockwerk geht es hinauf, immer höher und höher. Auf den anderen Ebenen sehe ich Menschen herumlaufen: Dienstboten, Ritter, Adelige, Politiker. Sie alle sind mit Rot überzogen. Sogar ein paar Pressevertreter glaube ich zu entdecken. Stimmt, gleich gibt die Königin ja ihre Pressekonferenz. Und ist das dort nicht Thea Mallory mit einem ihrer blau gekleideten Diener?

Die Weißen Sirenen durchdringen sogar das dicke Glas. Wir steigen noch weiter hinauf. Draußen gleiten die Panzer der GVK wie fette weiße Insekten durch die Straßen, schnell und tödlich.

Bisher habe ich gedacht, dass auf der obersten Etage der Thronsaal untergebracht sei, aber das stellt sich als Irrtum heraus. Der Diener bringt mich noch weiter hinauf. Ganz nach oben. Im Gegensatz zu seiner Frau residiert der König an der Spitze des Turms. Der Diener lässt mich in einem Vorraum stehen, der einen beeindruckenden Ausblick über die Stadt bietet. Von hier aus glaubt man wirklich, die gesamte Stadt sehen zu können. Constitution Hill, der lange Boulevard, über den Robin marschieren will, ist für mich leuchtend rot. Ja, hier sieht man alles. Hört alles. Die Panzer, den Gesang, die Sirenen. *So etwas wie eine Feuerschwester gibt es nicht.*

An den Wänden der königlichen Gemächer hängen keine weißen Musselinbahnen, stattdessen gibt es hier Vorhänge, die wie dicke Schneewehen aussehen. Niemand will wissen, was dahinter vorgeht. Ich spüre die Phiole mit dem Gift an meiner Brust, sorgfältig verstaut in dem bisschen Stoff, aus dem mein BH besteht.

Nachdem ich noch einmal tief durchgeatmet habe, gehe ich zur Tür und klopfe. Die Zeit der Schamhaftigkeit ist vorbei. »Miss Rea Marian Emris für Seine Majestät den König«, verkünde ich laut und deutlich.

Dann lasse ich den Blick noch einmal über die Stadt schweifen. Überall nur Panzer, sonst nichts. Nicht einmal Autos sind unterwegs. Und über allem hängt eine fahle, gräulich schimmernde Sonne. Nichts außer Weißen Sirenen, grausamen Worten und Schmierflecken, rot wie Blut.

Schon jetzt sind die Straßen rot befleckt. Wie damals, vor vielen Jahren, als meine Großmutter aufbegehrte.

Wie an dem Tag, als Eira Emris starb.

Ein Schlüssel wird herumgedreht, die Tür öffnet sich.

Gerechnet hatte ich mit Seiner Majestät.

Stattdessen steht Mister Galahad vor mir. Mit Moretta, mit Narrenkappe, mit angenähten Handschuhen.

»Seine Majestät erwartet mich, Mister Galahad«, sage ich. Er wirft einen Blick über die Schulter. Ich kann kaum etwas von dem Raum hinter ihm erkennen – oder wohl eher den Räumen, denn die königlichen Gemächer nehmen das gesamte Stockwerk ein. Bis zum Schlafzimmer ist es sicher ein Stück.

Mister Galahad gibt ein undefinierbares Geräusch von sich, dann kommt er zu mir ins Vorzimmer, zieht die Hände aus dem Kummerbund und schließt die Tür hinter sich. Er hält direkt vor mir inne. Ich hätte nicht gedacht, dass er sich das traut. Reglos stehen wir über den Dächern von London, einer leeren Stadt, die sich wie ein unermesslich schöner Geist unter uns ausbreitet, heimgesucht von blutrünstigem Sirenengeheul.

»Seine Majestät verlangt nach mir«, sage ich.

Ganz langsam nimmt Mister Galahad erst die Moretta ab, dann die Narrenkappe. Diesen schmerzverzerrten Ausdruck in seinem Gesicht habe ich schon einmal gesehen: damals, als er mich in der Bibliothek auf die Knie gezwungen hat.

»Gehen Sie fort, Miss Emris. Ich flehe Sie an.«

Wieder leckt die Kreatur über meine Augen. Rot, alles rot. »Lassen Sie mich durch. Ihr König erwartet mich.«

»Bitte, Rea.«

»Sie wagen es tatsächlich, sich den Befehlen Ihres Königs zu widersetzen?«, frage ich ihn in dem vollen Bewusstsein, dass ich ihn damit kleinkriegen werde. Unvorstellbar, dass Mister Galahad ausgerechnet jetzt Rückgrat beweisen sollte.

Zumindest nicht meinetwegen. Nicht aus Eifersucht, Liebe oder wie auch immer man es nennen möchte.

Mister Galahad schließt kurz die Augen. »Bitte.«

Die Weißen Sirenen dröhnen, der rote Film vor meinen Augen verdunkelt sich. Ich versuche, mich an ihm vorbeizuschieben.

Wie aus dem Nichts kracht seine Faust gegen meinen Kiefer. Mir bleibt ungefähr eine halbe Sekunde Zeit, um schockiert zu sein. Und um zu bereuen, dass er Handschuhe trägt. Wer weiß, wozu ich in der Lage wäre, jetzt, wo die Tabletten endlich wirken. Dann setzt der Schmerz ein. Taumelnd weiche ich zurück, während die Nervenenden in meinem Gesicht in Flammen aufgehen. Die Kreatur kreischt: »Sie werden alle sterben!« Wie ein großer, aufgeblähter Glaskoloss steht sie hinter mir.

Ich ziehe mich ein paar Schritte zurück und streife die entgeistigten Schuhe ab. Dann fange ich an, Mister Galahad zu umkreisen, wie ich es bei Blanc gelernt habe. *Behalte deinen Gegner immer im Auge,* hat er damals gesagt. *Denk an ihre Handschuhe, an ihre entgeistigten Marienkrägen. Verunsichere deinen Gegner. Deine Nerven sind aus Stahl – seine nicht. Denn die anderen mussten nicht ihr Leben lang fürchten, erwischt und weggesperrt zu werden, bis man sie in den Wahnsinn treibt.* Genau das hat er gesagt.

Allerdings trifft das auf Mister Galahad leider nicht zu.

Er wartet nicht ab, bis ich wieder vorrücke, sondern greift sofort an. Ich weiche mit einem Seitwärtsschritt aus und versuche trotz Rotschleier auf seine Wange zu zielen. Ich treffe zwar, aber sein verdammter Marienkragen ist im Weg. Nach einem kurzen Stolperschritt geht er wieder auf mich los. Auch jetzt versuche ich auszuweichen, aber diesmal ahnt er die Bewegung voraus. Sein Tritt erwischt mich eiskalt. Ich gehe zu Boden, nutze den Sturz aber dazu, mich herumzuwerfen und ihm die Beine unter dem Körper wegzuziehen. Ein Schlag in die Kniekehlen, und er knickt ein. Mühsam stemmen wir uns beide wieder hoch. Er fängt mit links meinen Schlag ab und zielt mit der Rechten auf meine Nase. Mit dem Unterarm schiebe ich seine Faust beiseite. Jetzt ist er ohne jede Deckung, allerdings sind meine Arme gerade beide beschäftigt. Also werfe ich mich mit meinem ganzen Gewicht nach vorne und ramme ihm die Stirn gegen die Nase. Einen Moment lang tauche ich in seinen Geist ein, habe die vielen Schachteln vor mir.

Und ich kann sie sehen. Kein Milchglas, keine Scheibe mehr. Ich kann sie ganz klar sehen!

Schnell suche ich nach der Schachtel, die ich während der Gedankenkontrolle gebaut habe, aber da werde ich bereits nach hinten geschleudert. Mister Galahad hebt stöhnend eine Hand an seine heftig blutende Nase. Mir wird schlecht, als ich Thea Mallorys Gesang im Hintergrund höre, aber gleichzeitig flammt Triumph in mir auf. Und Hoffnung. Wenn ich ihn dazu bringen kann, mich zu berühren, kann ich ihn schlagen.

»Du kannst das sowieso nicht durchziehen, George«, versichere ich ihm. Noch immer fällt es mir schwer zu glauben, dass er sich dem Befehl Seiner Majestät widersetzen würde. Nicht George. »Seine Majestät erwartet mich. Und du bist ihm treu ergeben. Also geh jetzt zur Seite. Oder willst du, dass ich nach ihm rufe?«

Mister Galahad lässt die Hand sinken. »Das Schlafzimmer Seiner Majestät ist schalldicht.« An seinem Handschuh klebt Blut. Rot wie die schmierigen Flecken, mit denen mich die Kreatur überzieht. Meine Augen, meinen Geist, meinen Körper. »Und er hat keine Ahnung, wen er da erwartet.«

Ich runzele die Stirn. »Was ...« Eigentlich wollte ich fragen »... was meinst du damit?«, aber dafür bleibt mir keine Zeit. Schon geht Mister Galahad wieder auf mich los. Hastig weiche ich seinem Uppercut aus. Versuche mich selbst an einem, werde aber abgewehrt. Unter seinem nächsten Schlag ducke ich mich weg, während ich ihm gleichzeitig das Knie in den Magen ramme. Er fängt an zu würgen. Packt aber mein Bein, bevor ich es zurückziehen kann. Dann verdreht er es. Ich schreie vor Schmerzen, versuche mich loszureißen, doch er ist stärker als ich. In einem verzweifelten Befreiungsversuch springe ich ab und reiße das zweite Bein hoch. Es ist nicht ganz einfach, unter Einwirkung der Schwerkraft genau zu zielen. Es gelingt mir trotzdem, ihn an der Schläfe zu erwischen. Zischend vor Schmerz lässt er mich los. Und Thea Mallory spricht immer noch: »So etwas wie eine Feuerschwester gibt es nicht.« Ich lande auf den Füßen, das verdrehte Bein bricht unter mir weg. Mit beiden Händen fange ich mich ab. Als ich wieder hochschaue, rast Mister Galahads Fuß auf mich zu.

Sobald sein Stiefel mein Gesicht berührt, bohrt die Kreatur mit aller Kraft ihre Finger in das Gewebe meines Geistes. Schwarze Flammen toben durch meinen Körper, als der Schmerz meine Nerven verbrennt. Das Feuer tost vor meinen

Augen. Heißes, nasses Blut strömt in meinen Mund. Würgend huste ich es aus und rolle mich zur Seite, um von Mister Galahad wegzukommen. Vor mir taucht die gläserne Wand auf. Die leeren Straßen. Wenn ich nicht bald auf meine Art kämpfen kann, werde ich verlieren. »Das ist nichts weiter als ein Mythos«, flötet Thea Mallory.

»Geh, Rea. Ich werde dich nicht verfolgen. Geh einfach.«

Ich spucke aus und stemme mich hoch. Jetzt haben wir beide Blut im Gesicht, haben beide Blutergüsse. Galle steigt mir in die Kehle. Vor meinen Augen ist jetzt alles rot. Die Gedankenkontrolle von der Glasbläser-Zeremonie hat offenbar gehalten, sonst hätte er meine wahre Natur erschnüffelt, als ich ihm mit der Stirn die Nase zertrümmert habe. Dann wird sie das Folgende auch aushalten.

Ich ziehe die Handschuhe aus. Nur so kann ich ihn schlagen: mit bloßen Händen. Ohne Hemmungen lasse ich die Knöchel knacken. In meinem Inneren passiert etwas, während draußen das Lied endet, die Weißen Sirenen wieder aufheulen. Aber ganz langsam diesmal, fast schon unheimlich.

»Geh beiseite, George. Lass dich nicht von deiner Eifersucht blenden. Hier geht es nicht um dich und mich. Bitte, lass mich durch.«

Mister Galahad rührt sich nicht vom Fleck. Das Blut auf seinem Gesicht trocknet bereits. »Eifersucht?«, fragt er.

Es war dumm von mir, das zu erwähnen. Natürlich würde er es niemals zugeben.

»Bitte«, wiederhole ich.

Er bleibt stehen.

Ein letzter Versuch. Ich schließe die Augen. Hasse mich dafür, hasse den König, hasse das alles.

Dann ziehe ich den Morgenmantel aus. Er muss mich nur berühren. Dann könnte ich ihm einen Bewusstseinsschock verpassen. Ja, ich könnte es. Irgendetwas geht in mir vor. Ich weiß nicht, was es ist. Ich weiß nur, dass die Augen der Kreatur nun rot geworden sind. Glühend rot.

»Dann komm«, fordere ich Mister Galahad auf. »Ich weiß, dass du es immer wolltest. Und du weißt, dass Seine Majestät es will. Beflecke den Körper, den dein König begehrt. Berühre ihn, bevor er ihn berühren kann.«

Ruckartig richtet Mister Galahad sich auf. Er ist ebenso atemlos, wie ich es bin. Seine Hände ballen sich zu Fäusten. Wir sehen uns an. Galahad, der sittsamste aller Ritter. Ich, die sündigste aller Frauen. So wünschen sie es sich: eine hübsch einfach gestrickte Welt.

»Rea ...« Seine Stimme bricht. »Du verstehst nicht. Tu es nicht.«

»Ich gebe dir, was du willst«, sage ich. »Und uns läuft die Zeit davon. Seine Majestät fragt sich bestimmt schon, wo ich so lange bleibe.«

Noch immer sieht er mir starr ins Gesicht. »Ich begehre nicht, was einem anderen gehört.«

»Dann hast du Glück gehabt«, erwidere ich kalt, »denn ich gehöre niemandem.«

»Warum gehst du dann zu ihm? Warum gibst du dich ihm hin?«

»Warum willst du mich daran hindern?«, schieße ich zurück.

»Bitte.« Ihn betteln zu hören schockiert mich. »Zwing mich nicht, es auszusprechen.«

Ich sehe ihn an. Unter meine Schmerzen, unter meine Wut mischt sich Verwirrung. Als er damals herausfand, dass ich eine Magdalena bin, hat seine Liebe zu mir ihn nicht davon abgehalten, mich dem König auszuliefern. Warum verhält er sich jetzt so? Was könnte ihn dazu bringen, sich einem ausdrücklichen Befehl seines Königs zu verweigern?

Hier stimmt etwas nicht.

Während wir uns anstarren, zieht er mit einem Mal die Brauen zusammen. »Rea … deine Augen …«

Ich werfe einen Blick hinunter auf die Straße. Alles ruhig, nur die Panzer sind immer noch da.

Keine Zeit, um es herauszufinden.

Ich greife an.

Meinen angetäuschten Schlag gegen den Solarplexus blockt er wie erwartet ab, aber ich nutze die Gelegenheit, um ihm den Marienkragen abzureißen. Vollkommen überrascht versucht er mit einer fahrigen Bewegung, ihn festzuhalten. Ich schleudere das Ding beiseite und strecke eine Hand nach seinem Hals aus. Mister Galahad weicht seitlich aus und zieht sich zurück, bringt so viel Abstand zwischen uns wie möglich. Wir umkreisen einander. Ich belauere ihn. Registriere jedes Zucken in seinem Gesicht, jede Bewegung seiner Augen. Da seine Handschuhe an den Ärmeln festgenäht sind, kann ich da nicht auf ein Stückchen nackte Haut hoffen. Die Kreatur folgt jedem meiner Schritte. Nein. Die Kreatur ist *in* mir, sie bewegt sich *in* mir. Ich *bin* die Kreatur. Die Erkenntnis trifft mich mit absoluter Sicherheit. Plötzlich erkenne ich die Wahrheit. Sie ist kein Symptom, keine Krankheit. Sie ist ich. Ich bin sie. Ich spüre, wie meine Haut sich in Glas verwandelt – nicht zart und zerbrechlich, sondern hart wie Stahl. Meine Knochen werden schwarz, meine Muskeln, meine Sehnen.

Meine Augen fangen an zu glühen.

So muss ich sein, wenn ich diesen Kampf gewinnen will.

Ich konzentriere mich auf Mister Galahads Gesicht, täusche einen Schlag an. Sofort reißt er die Arme hoch, um seinen Kopf zu schützen. Gut zu wissen. Ich lasse ihm nicht genug Zeit, um seinen Fehler zu erkennen. Stattdessen katapultiere ich mich nach vorne. Im allerletzten Moment ändere ich meine

Zielrichtung vom Gesicht zu seinem Solarplexus und treffe ihn mit der geballten Faust. Seine Arme sacken schlaff herab. Jetzt greife ich nach seinem Gesicht, mit schmerzenden Händen. Er wirft sich nach vorne. Es tut weh, als seine Stirn gegen meine gestreckte Handfläche prallt. Für den Bruchteil einer Sekunde bin ich in seinem Geist – zu kurz, um ihn in einen Schockzustand zu versetzen, aber lange genug, um ihm ein Bild einzugeben: er selbst mit Narrenkappe und Moretta, die Hände auf den Rücken gebunden, und sein Vater in Violett und Orange. Das Bild schreddert seine Schachteln durcheinander, während ich erkenne, was er als Nächstes vorhat: Seine behandschuhten Hände in meinen, er will mich festhalten, will mich mit seiner körperlichen Überlegenheit niederringen. Dann gehen wir zu Boden. Der Kontakt zwischen unseren Geistern bricht ab. Mit einem erstickten Schmerzensschrei fällt er auf mich drauf. Ich ziehe die Beine an, suche wieder nach einem nackten Stück Haut, aber er fängt meine Hände ab. Dickes Leder umschließt meine von der Kreatur schwarz gefärbten Unterarme. Nicht schon wieder. Keine Ringkämpfe mehr.

Aber diesmal ist es ganz einfach. Meine Haut besteht aus hartem Glas, meine Sicht ist tiefrot, und ich bin unbesiegbar. Noch einmal landet mein Knie in seiner Magengrube, und auch diesmal würgt er hörbar. Dank meiner angezogenen Beine gelingt es mir, ihn von mir herunterzustoßen. Da er meine Hände weiter umklammert, zieht er mich mit, bis ich auf ihm liege. Indem ich die Beine auf seine Oberschenkel stemme, nagele ich ihn am Boden fest, dann beuge ich mich hinunter und beiße in das nächste Stück Haut, das ich finden kann. Schockiert lässt er meine Hände los. Sofort schlage ich ihm ins Gesicht. Er brüllt. Noch ein Schlag. Und noch einer. Die Augen der Kreatur glühen hellrot, als ihm das Blut übers Gesicht läuft. Meines rauscht so laut in meinen Ohren, dass ich nichts anderes mehr höre. Die

Schlieren vor meinen Augen färben sich schwarz, dann wieder rot. Noch einmal schlage ich zu. Mister Galahad schreit laut, offenbar kann er den Schmerz nicht mehr zurückhalten. Sein Körper krampft sich zusammen, er hustet, versucht sich aufzusetzen, aber ich habe ihn fest im Griff. Ich prügele weiter auf ihn ein, erhasche immer wieder einen kurzen Blick in seinen Geist. Mein Gesichtsfeld wird kleiner und kleiner, es schrumpft zusammen, bis ich nichts anderes mehr sehe als sein Gesicht und meine Faust. *Die Gewalt ist in deinem Herzen.* Die Kreatur wächst ins Unermessliche, bis irgendwann alles um mich herum schwarz wird, schwarz, erstickt, tot.

Alles außer Mister Galahads Geist. Er bleibt in mir, überall schwarz-weiße Schachteln. Ich zerfetze sie. Hole alle Gewalt hervor, zu der ich fähig bin, setze meinen Geist ein wie eine rot glühende Glasscherbe und hacke auf seine ordentlichen Schachteln ein, bis nichts mehr von ihnen bleibt als Pappfetzen, Papierschnipsel. Überall nur Fetzchen. Du hast ihn besiegt, wispert eine Stimme in meinem Kopf. Mir kommt es so vor, als wäre sie weit, weit weg. Du hast ihn besiegt. Hör jetzt auf. Er kann dich nicht mehr aufhalten.

Aber ich höre nicht auf. Ich will nie wieder aufhören. In meiner Brust reißt etwas auf. Es ist nicht rot, sondern schwarz. Und es übt einen Sog aus, der mir nur allzu vertraut ist.

Das Schwarze Loch.

Mühsam zwinge ich meine Fäuste, innezuhalten. Sie zittern. Schwarz. Rot. Ich schüttele den Kopf, versuche, wieder klar zu sehen. An meiner Faust klebt Blut. Ich stehe auf, will mich von dem Schwarzen Loch entfernen. Mister Galahad wimmert leise. Taumelnd bücke ich mich nach meinem Morgenmantel und ziehe ihn an. Die Handschuhe lasse ich liegen. Nachdem ich wieder in die Schuhe geschlüpft bin, taste ich meine Brust ab, bis ich die kleine Phiole unter den Fingern spüre. Erstaunlicherweise ist sie noch an ihrem Platz. Das Schwarze Loch zieht mich zu sich. Es wird Zeit, die Sache hinter mich zu bringen. Zeit, einen verdammten König zu töten.

Mit Mister Galahads Marienkragen wische ich mir das Blut aus dem Gesicht. Seine Majestät will sicher keine beschädigte Ware. Sobald ich sauber bin, lasse ich den Kragen fallen. Mein Blick wandert die Constitution Hill entlang, den langen, weiten Prachtboulevard.

Dort, ganz hinten – Hyde Park Corner.

Und am anderen Ende Ritter mit ihren Panzern, die auf ihre ahnungslose Beute lauern.

Ich drehe mich um, gehe auf die Gemächer des Königs zu. Die Tür ist offen, der Weg frei. Nichts und niemand steht mir jetzt noch im Weg.

Mord. Ich habe meine Wahl getroffen. Thea Mallory hat recht: So etwas wie eine Feuerschwester gibt es nicht. Das ist nichts weiter als ein Mythos. Ich bin das hier, nichts sonst: eine Kreatur, eine Mörderin. Es ist der einzige Weg. Und es ist alles, was ich je wollte: meine Hände um die Kehle des Weißen Königs legen und so lange zudrücken, bis er tot ist. Ich werde das Gift nicht benutzen. Nein, ich werde ihn mit meinen bloßen Händen töten. Und bevor ich ihm gestatte zu sterben, werde ich ihn leiden lassen. Bis er mit meiner Erlaubnis die süße Gnade des Todes erfahren darf. Ich werde ihm die Gesichter der Liebhaber seiner Frau zeigen, jeden einzelnen von ihnen. Ich werde ihm seine Kinder zeigen, die jetzt glücklicher sind, als sie es in seiner Gegenwart jemals waren. Ich werde ihm enthüllen, dass die Königin ihn tot sehen will. Ich werde ihn in einen Bewusstseinsschock jagen, der ihm das Blut aus sämtlichen Körperöffnungen treibt. Ganz langsam werde ich ihn auf das Schwarze Loch zutreiben, sodass er jeden kleinen Schritt bewusst erlebt. Damit er von schrecklicher Furcht und grausamstem Schmerz gequält wird, wenn er schließlich stirbt. Sein Leben wird in einem stinkenden Haufen Dreck enden, und ich werde seinen Tod zelebrieren, und wenn es das Letzte ist, was ich tue. Der unnachgiebige Sog in meinem Inneren verrät mir, dass es wohl tatsächlich so sein wird. Das Schwarze Loch streckt bereits die Finger nach mir aus.

Das ist mein einziges Ziel. Das ist der Grund für mein Sein. Dafür werden Feuerschwestern geboren: um Könige zu stürzen.

Hinter mir gibt Mister Galahad ein gequältes Stöhnen von sich. Ich bleibe stehen. Erst muss ich mich noch um ihn kümmern.

Kapitel 15

Ich drehe mich um. Ja, ich muss mich um diesen Stiefellecker kümmern, diesen Mörder, den Mann, der mich auf den Scheiterhaufen gebracht hätte. Er darf mir auf keinen Fall in die Quere kommen, bevor ich mit dem König fertig bin. Der sich sicher schon fragt, wo ich bleibe.

Mister Galahad versucht aufzustehen, aber ich drücke ihn zurück auf den Boden. Setze mich wieder auf seine Beine. Das entlockt ihm ein schmerzerfülltes Zischen und ein Wimmern. So wird George Buckingham also aus dem Leben scheiden: während er wimmernd seine violette Hose einnässt. Ich hole die Phiole mit dem Gift aus meinem BH. Die Weißen Sirenen verstummen wieder. Das Lied kehrt zurück.

Während ich das Fläschchen prüfend gegen das Licht halte, höre ich ein neues Geräusch, ganz leise nur. Das Rascheln von Stoff. Das Blut rauscht noch immer in meinen Ohren, das Glas beherrscht meinen Geist. Das Schwarze Loch zerrt an mir.

Ich schiebe das Geräusch beiseite, schraube das Fläschchen auf. Wenigstens wird es schnell gehen.

Mister Galahads Augen sind weit geöffnet, als ich ihm die flache Hand aufs Gesicht drücke. Als ich ihn zwinge, den Mund zu öffnen, weiten sie sich noch einmal. Das Rascheln wird lauter. Eine feine helle Linie erscheint in meinem Geist, wie ein Silberstreif am Horizont. Aber sie ist nicht silbern, sondern violett.

Ich halte inne. Wie von allein folgt meine freie Hand dem

Rascheln, gleitet über Mister Galahads Arm, um das Geräusch zu lokalisieren. Die Kreatur will meine Finger festhalten, doch es gelingt ihr nicht. Sorgfältig verfolge ich das Bild in seinem Geist, offenbar eine Erinnerung. Dann, an seinem Handgelenk, spüre ich es. Ertaste den Umriss eines schmalen Bandes.

Ganz langsam krempele ich seinen Ärmel hoch. Er trägt ein violettes Seidenband. Der Stoff spricht flüsternd zu mir. Sanft streiche ich darüber, dann umschließe ich Mister Galahads Handgelenk – Haut an Haut, bis die Seide sich ebenso in meinem Geist ausbreitet wie in seinem.

Innerhalb eines Herzschlages verschmilzt sein Bewusstsein mit meinem. Die Papierfetzen in seinem Geist verbinden sich zu einem violetten Band, das mit atemberaubender Geschwindigkeit auf mich zufliegt. Es ist nicht Feuer, nicht Wasser, nicht Erde, nicht Licht. Es ist Luft. Der Windstoß drängt die Finsternis der Kreatur zurück, lässt meine Finsternis davonwehen. Er bläst alles fort, Dunkelheit wie Licht, bis ich wieder klar sehen kann.

»Rea«, flüstert Mister Galahad, obwohl er unerträgliche Schmerzen haben muss. »Deine Augen. Wach auf.«

Gespiegelt in seinen Pupillen und mit der Klarheit seines Geistes sehe ich meine Augen.

Sie sind rot.

Der Blutrausch.

Die Zeit scheint sich zu verlangsamen. Mit einem Mal, bis ich einfach alles sehen kann, alles begreifen kann, alles weiß. Bisher dachte ich immer, wenn ein Schnüffler dich berührt, kann er sehen, ob du ein Magdalene bist. Aber das stimmt nicht. Wenn sie dich berühren, sehen sie *dich*. Alles von dir. Alles, was dich ausmacht. Und in seinem Geist sehe ich mich selbst. Alles an mir. Und hier sehe ich eines ganz klar: Ich bin nicht die Kreatur. Sie und ich haben nichts gemeinsam. Meine Haut besteht nicht aus Glas, meine Knochen sind nicht schwarz, ich habe keine glühenden Augen. Ich bin nicht die Kreatur. Die Kreatur ist nicht ich. Ich bin Rea Emris: Geliebte, Schwester, Freundin. Eine Kämpferin, ja, aber keine Mörderin. Nur der Blutrausch des Geistesfiebers hat mich dazu getrieben.

»Der Blutrausch«, sage ich mit überraschend klarer Stimme.

»Ein äußerst seltenes Symptom«, presst Mister Galahad hervor. »Ich habe davon gehört. Geistesfieber. Das letzte Stadium vor dem Koma.«

»Aber wie?«, wundere ich mich. »Ich habe Medikamente dagegen genommen, ich war …« Doch nun ist mein Geist wieder klar genug, um es zu erkennen: die Medikamente. Die Tabletten, die ich von Madame Hiver bekommen habe. Und die Warnung meiner Ärztin in Paris: Manche Medikamente machen es besser, andere werden den Zustand verschlimmern. Ich kann es kaum glauben, aber gleichzeitig ergibt es Sinn. Mein Geist ist so klar, so frei. Ich sehe es genau: Madame Hiver wusste, dass ich mir unsicher war. Sie wusste, dass ich Zweifel hatte. Also hat sie mir Medikamente besorgt, um mich zu beruhigen. Aber diese Tabletten werden mich nicht heilen. Nein, sie sollten mich in den Blutrausch versetzen. Sie hat mir Pillen gegeben, um dafür zu sorgen, dass ich den König töte, ohne auch nur zu zögern oder einen Gedanken an Skrupel zu verschwenden. Und als ich sie danach gefragt habe, hat sie mir ins Gesicht gelogen.

Und hinterher wäre ich ins Koma gefallen. Wäre gestorben. Aber sie hätte bekommen, was sie wollte.

»Du siehst mich«, sage ich ungläubig. Das Flüstern seines Seidenbandes hat mich gerettet. Auch jetzt höre ich es noch. Es dringt aus seinen verbliebenen Schachteln, aus den aufgehäuften Fetzen. Und es hallt. Warum hallt es?

Weil diese Fetzen in einem großen – nein, riesigen – Raum liegen.

Moment.

Meine Finger beginnen zu zittern. Ein leiser Schauder zieht durch meinen Geist. Wo ist meine Schachtel?

Wo ist die Kiste, die ich in seinem Geist errichtet habe? Die Kiste, in der all seine eingeschlossen sind, zusammen mit dem Gedanken *Sie ist keine Magdalena?* Selbst wenn ich die zerfetzt habe, müssten hier irgendwo ihre Überreste zu sehen sein. Aber da ist nichts.

Wo ist meine Gedankenkontrolle?

Mister Galahad wimmert. Ich sehe mich um. Sie ist nirgendwo zu sehen. Nein. Das kann doch nicht …

Mir fällt wieder ein, wie lange ich bei der Glasbläser-Zeremonie gebraucht habe: vier Herzschläge. Und dass ich den Deckel nicht schließen konnte. Erst im allerletzten Moment ist er eingerastet. Wie ich noch dachte, ich hätte versagt, wie ich Mister Galahad panisch meine Hand entrissen habe, als er mich ansah.

Wie sich seine Nasenflügel geweitet haben.

Wie er kurz gezögert hat.

Er hat gelogen. Er hat sie alle belogen. Ich hatte seine Gedanken nie unter meiner Kontrolle.

»Nein …«, stammele ich. »Nein.«

Mister Galahad presst die Lider aufeinander, beißt krampfhaft die Zähne zusammen, aber seinen Geist kann er nicht zum Schweigen bringen. *Doch,* denkt er. *Bei Maria, ich musste eine Entscheidung treffen. Möge Maria mir vergeben. Möge* er *mir vergeben.*

»Du hast es gewusst«, erkenne ich. Wenn ich es laut ausspreche, kann ich es vielleicht sogar glauben. »Du weißt es schon seit der Glasbläser-Zeremonie.«

Er schüttelt den Kopf, aber wieder verraten mir seine Gedanken die Wahrheit. *Seit der Zeremonie? Nein, nicht seit dem Glasbläser.*

Eine Erinnerung drängt an die Oberfläche.

Mir wird schwindelig. Der gesamte Gläserne Turm scheint zu kippen, sich auf den Kopf zu stellen, bis der Himmel unter unseren Füßen ist und der Boden über unseren Köpfen. Nein, diese Erinnerung kann nicht stimmen.

Das kann nicht sein.

Er erinnert sich an den Tag in der Stahlkammer, als ich gegen ihn gekämpft habe. Als Ninon und ich in seinem Geist waren. Damals hat er eine Falle ausgelegt, und Ninon wurde in eine seiner Schachteln gesogen.

Mehr muss ich gar nicht sehen, denn das alles ist auch in meinem Gedächtnis für immer abgespeichert. Wie ich die Schachtel in Brand gesteckt habe, mich selbst entzündet habe, um Ninon zurückzuholen. Ich habe mich selbst verbrannt.

Mich selbst. Nicht ihn.

Die Erinnerungen des Königs habe ich in einem Feuer schmelzen lassen, das heiß genug war, um damit den Himmel zu entflammen, aber die von Mister Galahad habe ich nie angerührt. Ich habe nur Ninon gerettet, und dann sind wir geflohen.

Jetzt stürmen meine eigenen Erinnerungen auf mich ein: Wie er mich in Paris angesehen hat, als er mir diese Handschuhe brachte. Wie sein Blick kurz zu mir huschte, als René Robin rügte: *»Die Geheimnisse anderer sollte man für sich behalten, Königliche Hoheit.«* Wie er mir mit den Worten von Cyrano de Bergerac seine Liebe gestanden hat.

»Du hast es gewusst«, wiederhole ich mit zitternder Stimme. Fahrig gleiten meine Finger über sein Gesicht. Über den Bluterguss, der sich bereits dunkel färbt, und über die Stelle, an der unter meinen Schlägen seine Haut aufgeplatzt ist. »Die ganze Zeit.«

»Die ganze Zeit«, flüstert er.

»Wieso?« Völlig verloren stehe ich zwischen seinen Schachteln. Ich verstehe es einfach nicht. »Du würdest alles für ihn tun. Beim letzten Mal hast du …«

Einige der Schachteln fangen an zu beben, spucken mir Bilder entgegen. Bilder von mir, von unserer ersten Begegnung. Damals saß er mir im Auto gegenüber und wünschte sich, er könnte die Hand nach mir ausstrecken. Dann, später, wie er die Aufnahmen von Robin sah, als der in einer dunklen Gasse in den Heiligen Höfen meine Hand küsste. Und seine Wünsche: eine Welt, in der er einfach hätte zu mir kommen und meine Hand nehmen können. Eine Welt, in der er mich nicht in der Wohnung meines Bruders abgeholt hätte, um mich dem Kronprinzen in den Rachen zu werfen, sondern um mich zum Tanzen auszuführen. Und zwar nicht im Rahmen eines Rendezgroupe, sondern ein richtiger Tanz, wie bei dem Ball am Hof der Farben. Er malt sich aus, wie wir zusammen über die Tanzfläche in Paris schweben, wo ich in Wahrheit nur an Ninons Seite stand und die Tapfere mimte. Dann sieht er das Avalon vor sich, wo wir ganz anders zusammen tanzen – er und ich, nicht René und ich. Natürlich sieht er nicht mein wahres Ich in diesen Wunschträumen. Es ist eine idealisierte Version von mir, die perfekte Frau: schön, ehrlich, treu, Mutter seiner Kinder. Ja, auch das hat er sich schon vorgestellt: wie ich ihm einen Sohn gebäre. Aber auch, wie er seinen Vater umarmt, ohne dass der Duke ängstlich vor ihm zurückweicht. Wie er die Hand seiner sterbenden Mutter hält, während er an ihrem Krankenbett sitzt, anstatt die Arme der Etikette folgend im Kummerbund zu behalten. Wie er einem kleinen Jungen die Wange tätschelt. Einem Jungen, der ihm verblüffend ähnlich sieht. Einem Jungen, der nie existiert hat.

Du hast mir eine andere Welt gezeigt. Eine Welt, wie ich sie mir immer gewünscht habe.

»Aber als du es damals herausgefunden hast …«, beginne ich

flüsternd, doch seine Gedanken sind schneller als ich. Er kehrt im Geist zur Glasbläser-Zeremonie zurück. Erinnert sich daran, wie er mich berührt hat, wie sich all seine Schachteln öffneten – das Gefühl, das eine Mensatorin in ihm auslöst. Wie er meinen Geist gesehen hat, die zwei miteinander verflochtenen Seidenbänder, rot und blau.

Ich musste eine Entscheidung fällen.

Ich schließe die Augen.

Ich habe mich für dich entschieden.

Alles um mich herum ist so klar, zum ersten Mal wieder, seit ich Berlin verlassen habe. Sein Geist lässt mich alles durchschauen, ihn ebenso wie mich. Sämtliche Gedanken, Erinnerungen und Ängste. Sein Vater hat sich stets darauf verlassen, dass Mister Galahad allein die Ehre der Familie retten wird. Dabei hat er solche Angst, selbst jetzt noch: Angst zu sterben; Angst davor, den Namen seiner Familie niemals reinwaschen zu können; Angst davor, aufzubegehren, auf die Straße zu gehen, sich öffentlich dem König zu widersetzen – auch wenn er tief in seinem Innersten weiß, dass es richtig wäre. Das würde seine gesamte Welt auf den Kopf stellen. Bevor er eine solch fundamentale Umwälzung durchleidet, trägt er lieber diese Kappe.

Aber genauso sehe ich meine Gedanken, meine Gefühle, meine Erinnerungen. Träume, die ich einst hatte, die ich habe, die ich noch haben werde – reale wie eingebildete. Das alles liegt klar und deutlich vor mir ausgebreitet.

Spiritus apertus, es ist wundervoll. Und schrecklich.

Ich betrachte meine Trauer und meine Freude, meine Zweifel und meine alles verzeihende Liebe. Mister Galahad hebt die Hand, nestelt an dem Seidenband an seinem Unterarm herum. Schnell lege ich meine Hand auf seine. Jetzt bin ich so stark und körperlos wie der Wind, bin ebenso verspielt und Furcht einflößend. *Wir haben eine andere Welt verdient,* denkt Mister Galahad. *Du hast eine andere Welt verdient. Selbst er hat eine andere Welt verdient.* Seine Gedanken wandern zum König und zu der Krone, die er trägt. Englands Krone. Seine Familie hat ihr über Generationen hinweg treu gedient, in guten wie in schlechten Zeiten. Er liebt dieses Amt, bewundert es, glaubt unerschütterlich daran. Und auch an denjenigen, der es ausübt. Deshalb schmerzt es ihn so, dass diese Krone heute auf dem Kopf eines solch unwürdigen Mannes ruht. Doch es ist und bleibt Englands Krone, und sie muss geschützt werden. Geschützt für den Nächsten, der sie tragen wird. Wie all die vielen Buckinghams vor ihm wird er die Krone von England schützen, unabhängig davon, wer sie gerade trägt. Auch wenn er mit seiner Würde dafür bezahlt. Oder mit seinem Leben. Daran glaubt er.

Aber das heißt nicht, dass er es sich nicht anders wünscht. Und so ist Mister Galahad mit seinen Gedanken bei mir, bei seinem Vater, seiner Mutter, seinem ungeborenen Sohn, als er das Seidenband von seinem Handgelenk löst und es mir gibt.

Trage es auf der Demonstration.

Ruckartig setze ich mich auf.

Demonstriere für eine bessere Welt. Für mich, für dich, für uns. Für ihn. Sogar für ihn.

Morden oder marschieren.

Hin- und hergerissen starre ich ihn an. Doch bevor ich ihm eine Antwort geben kann, öffnet sich die Tür zu den Gemächern des Königs. Jemand ruft meinen Namen.

»Miss Emris?«

Ich blicke auf. Mister Galahad presst das Seidenband an meine Brust, und automatisch schließe ich die Finger darum. Der König tritt aus seinen Gemächern. Er trägt nur eine weiße Hose und ein weißes Hemd, keine Waffen.

Die Zeit ist gekommen. Jetzt muss ich es nur noch tun. Blutrausch hin oder her, an den Fakten hat sich nichts geändert.

Ich werde ihn nicht foltern, sondern ihm einen schnellen Tod bescheren. Aber er muss sterben, wenn der Mann, den ich liebe, gerettet werden soll. Wenn mein Bruder, meine Freunde, die Magdalenen und so viele andere Untertanen dieses Königs sicher sein sollen. Er trägt weder Kummerbund noch Marienkragen. Auch seine Hände sind nackt.

Blasse, alte Hände mit blauen Adern. Hände, die meine Haut betatschen wollen, nachdem sie unzählige Todesurteile für Hautstreicher unterzeichnet haben. Hände, die Attentäter engagiert haben, um seinen eigenen Sohn zu töten. Hände, die mehr Menschen den Tod gebracht haben, als er selbst zählen kann. Und sie sind ganz nah. Ich muss sie nur ergreifen. Sie nehmen und so sein Todesurteil unterzeichnen. Er muss sterben. Daran hat sich nichts geändert.

Und dann wären meine Hände genau wie seine. Hände, die den Tod bringen. In voller Absicht, genau geplant. Die Hände einer Mörderin.

Draußen schwellen wieder die Weißen Sirenen an.

»Bei Maria unserer Jungfrau und der Königin, was ist hier los?«, setzt er an, verstummt aber, als ich aufstehe. Er starrt auf das violette Seidenband, das ich noch immer an die Brust drücke. Und ich lasse es ihn sehen. Genau wie das Giftfläschchen in meiner anderen Hand.

Wortlos starren wir uns an. Dann sehe ich nach draußen, die Constitution Hill entlang bis Hyde Park Corner.

Der Boulevard ist nicht mehr leer.

Ich beobachte die winzigen Gestalten. Das sind keine Ritter, keine Panzer. Nein, diese Menschen streben über die weißen Rasenflächen des Parks zum Treffpunkt. Ich sehe zu, wie sie sich versammeln, so voller Hoffnung. Das sind meine Freunde. Dort unten versammeln sich alle Menschen, die ich liebe. Um für eine Welt zu kämpfen, in der nicht mehr gemordet wird.

Mein Blick wandert zu Mister Galahad.

Wenn sogar er sich eine andere Welt wünscht, werden sich die Menschen vielleicht doch erheben.

Dann mustere ich die Kreatur. Sie steht noch immer im Vorraum, hoch aufgerichtet, und starrt mich an. Doch selbst wenn die Menschen sich nicht erheben, weiß ich eines jetzt mit Sicherheit: Das bin ich nicht. Und das will ich auch nicht sein.

Ich muss eine Entscheidung fällen.

Erst jetzt verstehe ich, warum meine Großmutter so gehandelt hat. Sie war nicht naiv. Sie wollte nur nicht zu dem werden, was meine Mutter heute ist.

Entschlossen sehe ich den König an. »Vergiss das niemals«, sage ich. »Vergiss niemals, dass ich dich verschont habe. Dass ich gegangen bin. Vergiss niemals, wem du dein Leben verdankst.« Ich werfe Mister Galahad einen Blick zu, bevor ich wieder nach draußen sehe. Hyde Park Corner ist jetzt voller schwarzer Punkte. Und am anderen Ende der Constitution Hill warten die Ritter mit ihren weißen Panzern.

Noch einmal wende ich mich an den König: »Und bei allen freien Gedanken – lass sie nicht schießen.«

Damit wende ich mich ab und renne los. Die Geschichte ist dabei, sich zu wiederholen. Der König ruft erst meinen Namen, dann den von George. Ich achte nicht darauf. So schnell ich kann, laufe ich weiter. Die Kreatur schafft es nicht, mit mir Schritt zu halten, das violette Band drängt sie zurück. Während ich die Treppe hinunterhaste, schlinge ich es um mein Handgelenk, bis es klar und ruhig auf meiner Haut liegt. Bei ihren Versuchen, mich einzuholen, lässt sich die Kreatur wieder auf alle viere fallen. Es funktioniert. Doch ich renne weiter, werde von niemandem aufgehalten. In Nottinghams – nein, Georges – Quartier stürme ich in mein Zimmer, reiße mir die Sachen vom Leib. Diese schrecklichen, schrecklichen Sachen. Mit ihnen streife ich mein schreckliches Selbst ab. Hastig ziehe ich eine schwarze Hose und ein einfaches schwarzes Shirt an. Dazu noch ein Cape. Dann nehme ich meine Seidenbänder, löse das violette von meinem Handgelenk und flechte sie alle ineinander – Violett, Blau, Rot, Grün, Gelb. Die Kreatur will sie mir entreißen, aber sie hat sich zurück in eine Bestie verwandelt, sodass sie nur die Zähne in den feinen Stoff schlagen kann. Sie erwischt das grüne. Helles Licht breitet sich aus, der Geruch von Erde und frischer Luft, die Hitze des Feuers und die Stärke von Wasser und Eis. Die Kreatur knurrt. Ich ziehe meinen Ärmel über die verflochtenen Bänder und laufe wieder los. Ich weiß, wohin ich gehen muss: zur Königin, zur Kaiserin, zu meiner Mutter. Sie sind alle bei der Pressekonferenz, die sich bestimmt Millionen von Menschen ansehen.

Wenn sogar Mister Galahad sich für ein anderes Leben entscheidet, dann können sie das auch.

Während ich auf den Pressesaal zurenne, ziehe ich die Nadeln aus meinen Haaren, bis sie mir offen über die Schultern fallen. Dienstboten und Ritter bleiben stehen und gaffen mich an, aber niemand hält mich auf. Einer greift nach seinem Funkgerät und bittet um Anweisungen. Ich kriege nicht mehr mit, ob Mister Galahad antwortet. Oder vielleicht der König selbst. Ohne anzuhalten, stürme ich an den Rittern vorbei in den Pressesaal.

Er ist voll besetzt, und alle starren mich an – Zeitungsreporter, Radiomacher, Fernsehleute. Die Königin sitzt vorne am Tisch, neben ihr die Kaiserin. Hinter den Herrscherinnen sind vier Ritter aufgereiht, und einen halben Schritt hinter dem Stuhl der Königin steht Madame Hiver. Die Ritter wollen zu den Waffen greifen, werden aber durch eine Geste der Königin daran gehindert. Offenbar glaubt sie, es wäre etwas schiefgegangen, und man müsse mich sprechen lassen, um unseren Plan noch zu retten.

Doch ich bin im Moment nur auf Madame Hiver fixiert. Mir geht so vieles durch den Kopf, was ich ihr sagen könnte. Und fast ebenso vieles, was ich mit ihr machen möchte. *Glaubst du wirklich, eine Welt, in der Mütter ihre Töchter opfern, wäre eine bessere Welt? Hast du denn ehrlich nie begriffen, warum Großmutter so gehandelt hat? Damit sie eben nicht so wird wie du? Wie er?*

Aber mir ist bewusst, dass ich keine Zeit dafür habe. Sobald der Königin klar wird, was ich zu sagen habe, wird sie mich nicht weitersprechen lassen. Und während ich in die Kameras blicke und mein eigenes Gesicht live auf den Bildschirmen sehe, wird mir noch etwas bewusst: Es gibt kein Zurück. Wenn ich das tue, gibt es kein Zurück mehr.

Aber ich will auch nicht mehr zurück.

»Wenn Ihnen Ihr Leben und das Leben Ihrer Kinder lieb ist«, ich sehe die Königin direkt an, »wenn Sie sich eine bessere Welt wünschen«, mein Blick streift die Kaiserin, bevor ich mich zur Presse umdrehe – jeden von ihnen kann ich ansehen, nur meine Mutter nicht –, »dann sollten Sie sich die Geschichte von George Buckingham anhören.«

»Rea«, unterbricht mich meine Mutter panisch, aber ich rede einfach weiter: »Und meine.«

Jetzt sind sämtliche Kameras auf mich gerichtet. Die Kreatur schlägt ihre Krallen in meinen Rücken und will mich von den Füßen reißen. Sie ist wieder ganz in ihren tierischen Zustand zurückgekehrt, was ihr nichts von ihrer Kraft geraubt hat. Meine Knie geben kurz nach, aber ich richte mich wieder auf. Dann krempele ich langsam meinen Ärmel hoch. Mit aller Kraft versucht die Kreatur, mich daran zu hindern, gräbt ihre Zähne in meine Hand. Im ersten Moment lässt der Schmerz mich aufschreien, aber dann verdränge ich ihn. Ich hebe den Arm an den Mund und ziehe den Ärmel mit den Zähnen hoch.

Ein hörbares Keuchen geht durch die Menge. Wieder wollen die Ritter einschreiten, und wieder hält die Königin sie zurück. Einer von ihnen greift trotzdem zum Funkgerät und erbittet neue Befehle, während ich fortfahre: »Ich bin eine Magdalena.« Ich sehe direkt in die Kamera. Schockiertes Schweigen hat sich über den Saal gesenkt. Die Kreatur lässt von meiner Hand ab, klettert an mir hoch und beißt mich in die Lippen, um mich zum Schweigen zu bringen. Zischend und brennend reagieren die Seidenbänder. »Ich bin die Feuerschwester.«

Schwarze Flammen flackern vor meinen Augen auf. Ich brauche Hilfe, brauche Blanc, René, den Comte, Ninon, Liam, Robin … »George Buckingham hat sich für mich entschieden, und ich entscheide mich für ihn«, sage ich in die Kameras und versuche krampfhaft, den Schmerz, die Angst und die Finsternis der Kreatur zurückzudrängen. »Ich entscheide mich für euch.«

Jetzt erst sehe ich meine Mutter an. Sie starrt zurück. Dann drehe ich mich wieder zu den Kameras um. Die Ritter werden noch immer von der erhobenen Hand der Königin zurückgehalten. Ein weiterer greift nach seinem Funkgerät, bittet um den Befehl des Königs oder des Interimscaptains. »Aber ich will nicht, dass ihr euch für mich entscheidet. Entscheidet euch nicht für die Feuerschwester.« Ich muss schlucken. Alle scheinen vollkommen paralysiert zu sein, sogar die Königin. Sogar die Ritter. »Ich will, dass ihr euch für die Menschen entscheidet, die ihr liebt. Für eure Geschwister, eure Freunde, eure Nachbarn oder Kollegen. Für euch selbst.« Ich zögere. Dann sage ich es: »Denn in einem Punkt hat das Königshaus recht. Die Feuerschwester ist nichts weiter als ein Mythos. Eine Geschichte, die wir uns erzählen, weil wir an einen Heilsbringer glauben wollen, an jemanden, der kommt und die Welt zu einem besseren Ort macht. Jemanden, der uns alle rettet.« Ich hole tief Luft und kämpfe gegen die Schmerzen an, die mir die Kreatur durch ihre scharfen

Bisse zufügt. »Aber so jemanden gibt es nicht. So jemanden kann es gar nicht geben. Denn nicht die Feuerschwester kann so etwas bewirken, sondern nur wir zusammen. Nur jeder Einzelne von uns.«

Mein Atem geht nur noch stoßweise. Lange halte ich das nicht mehr durch. »Also kommt. Kommt und schließt euch mir an. Hyde Park Corner. Jetzt oder nie. Es hängt nicht davon ab, ob die Feuerschwester auf die Straße geht. Es kommt nur darauf an, ob ihr auf die Straße geht. Kommt mit mir. Lasst uns gemeinsam demonstrieren.«

Ein Funkgerät rauscht, gerade als ich fertig bin. So können alle die Worte hören, die aus dem kleinen Lautsprecher tönen. Es ist die Stimme des Königs.

»Vor den Palasttoren sammeln, bis auf den letzten Mann. Sie kommen.«

Dann geht der Alarm los.

Meine Mutter ruft meinen Namen, die Kreatur brüllt. Die Kaiserin erhebt sich, stolz und wutentbrannt. Doch die Königin sieht mich einfach nur an. Ihre Haut ist noch blasser geworden als ihr Make-up. Verzweiflung spiegelt sich in ihrem Gesicht.

Ich drehe mich um und fliehe. So bin ich schon fast an der Tür, als die Königin schreit: »Haltet sie!«

Ich stürze nach draußen. Hinter mir höre ich die vier Ritter. Und überall dröhnen die Weißen Sirenen, unterlegt mit der Stimme des Königs: »Sie kommen.« Draußen auf dem Flur sind noch mehr Ritter unterwegs. Der Befehl wird weitergegeben. *Sammeln.* Aus jedem Funkgerät schallt es, aus jedem Lautsprecher, sodass es wieder und wieder von den Glaswänden zurückgeworfen wird. *Sammeln. Sie kommen.*

»Haltet sie auf«, brüllt es hinter mir, während ich den Korridor entlangstürze. Aber hier können sie nicht zur Waffe greifen, sonst würden sie das Leben ihrer Kameraden gefährden, die uns entgegenkommen. Einige dieser Kameraden bleiben stehen und drehen sich um, aber da bin ich schon an ihnen vorbeigestürmt. Widersprüchliche Befehle, steht ihnen ins Gesicht geschrieben. Einer der Ritter hinter mir flucht laut. Ich halte auf den Dienstboteneingang zu, kann sie aber nicht abschütteln. Vier Paar schwere Stiefel laufen dröhnend in meine Richtung, während der Rest der Mannschaft in die andere marschiert. Als wir den Gläsernen Turm erreichen, schreit wieder einer: »Haltet sie auf!«

Jetzt kommt einer der Ritter auf mich zugerannt und wirft sich mir in den Weg. Ich ducke mich, weiche seitlich aus und trete ihm gezielt die Beine weg, bevor ich weiterlaufe. Ich höre, wie meine Verfolger mit ihm zusammenstoßen, doch ich drehe mich nicht um.

Drehe dich niemals um.

Als sie die Verfolgung erneut aufnehmen, höre ich nur noch drei Paar Stiefel. Wieder und wieder brüllen sie: »Haltet sie auf!«

Die Kreatur holt mich ein und springt auf meinen Rücken. Wie ein Klotz hängt sie an mir, bohrt mir die Krallen ins Fleisch. Als links eine Tür auftaucht, stürze ich hindurch. Noch ist der Palast nicht komplett abgeriegelt. Solange die Ritter abrücken, können sie die Ausgänge nicht dichtmachen. Ich hechte über eine Chaiselongue hinweg, schlängele mich zwischen zwei Sesseln hindurch, laufe durch eine zweite Tür. Gerade als ich sie hinter mir zuwerfe, ertönt ein Schuss. Ich blicke mich um, aber die Kreatur leckt über meine Augen, sodass ich nicht mehr klar sehen kann. Plötzlich muss ich an Mister Zwei-Meter-Zehn denken, dessen Tod ich miterlebt habe. Sein Geist hat sich einfach aufgelöst, noch während ich ihn festhielt. Als ich in den nächsten Raum hetze, höre ich, wie die Männer sich gegen die geschlossene Tür werfen und sie unter ihrem Gewicht nachgibt. Mit einem Knall fliegt sie auf. Ich renne weiter.

War es das wert?, zischt mir die Kreatur ins Ohr. *War es das wert, Rea Emris? War es das wert, wenn du jetzt stirbst, abgeknallt von der GVK?*

Sie zerrt an mir, hält mich auf. Ich erinnere mich, wie ich damals von unserem Küchenfenster aus den Wagen der GVK vor dem Haus habe vorfahren sehen. Erinnere mich an Liam, der mir zurief, wegzulaufen, erinnere mich an Mister Galahad in unserem kleinen Flur. Ich versuche, schneller zu laufen, aber die Kreatur ist so schwer. Dröhnend schlagen die Stiefel hinter mir auf den Steinboden. Meine Lunge brennt. Die Kreatur malträtiert sie mit ihren Klauen. Der Kampf gegen Blanc, in Renés Hinterhof, nachdem Robin mir gesagt hatte, er wolle mich vergessen.

Ich bin zu langsam. Die Kreatur will mich in die Knie zwingen.

Die Seidenbänder pulsieren an meinem Handgelenk – Blau, Rot, Gelb, Grün und Violett.

Ich höre, wie ein Abzugshahn entsichert wird.

Meine Mutter, die mir in einer dunklen Gasse in Paris eine Klinge an den Hals drückt.

Während die Kreatur sich immer fester an mich presst, sehe ich Robin vor mir, wie er zum ersten Mal meine Hand geküsst hat.

Hinter mir fällt ein zweiter Schuss. Dann schießen sie immer weiter und weiter, bis ich nicht einmal mehr die Weißen Sirenen hören kann oder die Stimme des Königs. Am liebsten würde ich laut brüllen, aber ungeweinte Tränen ersticken meine Stimme. Kopflos renne ich weiter, breche durch die nächste Tür.

Der Ritter, der den Theaterbesucher erschossen hat.

Der Mann, der Ninon erschießen wollte.

»Da ist sie!«

Noch mehr Schüsse. Ich wende mich nach rechts. Ich muss wieder raus in den Korridor. Noch sind sie nicht im selben

Raum wie ich. Ich renne so schnell weiter, wie ich kann, aber sie holen auf. Ich höre ihre schweren Schritte näher kommen. Blut läuft über mein Gesicht, das überall wehtut. Mister Galahad hat kaum eine Stelle ausgelassen. Es erinnert mich an das Blut an meinem Rücken nach der Auspeitschung. An die Narben, die mir immer bleiben werden. An Liams Schreie, an Renés blasses, regloses Gesicht im Krankenhaus.

Dann höre ich das Rauschen eines Funkgerätes. *Sammeln. Bis auf den letzten Mann.* Die Schritte meiner Verfolger werden langsamer. Der Befehl ist klar und deutlich. Ich höre, wie sie stehen bleiben. Alle bis auf einen.

»Fähnrich!«

»Die Königin hat befohlen …«

»Fähnrich, wir haben den Befehl des Königs zum Sammeln!«

Ich fühle das Blut auf meinen Lippen. Schlucke es runter, laufe mit dem Geschmack von Eisen auf der Zunge weiter.

»Die Königin hat uns einen Befehl erteilt! Wenn ihr nicht mitkommen wollt, fange ich sie eben alleine.«

Wieder Schritte hinter mir. Ein Mann. Nur noch ein Mann.

Im nächsten Raum werfe ich wieder die Tür hinter mir zu, um mich vor den Schüssen zu schützen. Endlich sehe ich den Korridor.

Erinnere mich an Robin und jeden einzelnen Kuss von ihm – im Theater, in der Stahlkammer, in Paris.

Hinter mir fliegt die Tür auf, der Fähnrich stürmt herein. Ich sehe nicht mehr, wie er die Waffe hebt, höre nur den Schuss, während ich in den Flur hinaus flüchte, hinein in die Menschenmasse. Überall sind Ritter, Dienstboten, Presseleute. Alle sind verwirrt, panisch. Im ersten Moment bin ich völlig orientierungslos. Die Kreatur leckt über mein Herz, bis es zu Eis erstarrt. Taumelnd laufe ich weiter. Meine Feuerseide knistert. Flammen rasen durch meine Adern, direkt auf mein Herz zu. Irgendwie schaffen es meine Beine, sich weiter zu bewegen. Ich schiebe mich durch die Menge, blicke immer wieder über die Schulter. Vielleicht kann ich zwischen den vielen Menschen abtauchen und mich unbemerkt rausschleichen …

Nein, der Fähnrich ist immer noch hinter mir her. Er hat blaue Augen und blondes Haar, sein Gesicht wirkt so jung. Viel zu jung. Es hat eine gewisse Ähnlichkeit mit dem von James Noah, oder zumindest mit dem James Noah aus den verschwommenen Erinnerungen der Königin. Unsere Blicke treffen sich. Hier kann er nicht auf mich schießen, aber laufen kann er noch. Wenn er dadurch seiner Königin gefallen kann, wird er mich immer weiter und weiter verfolgen. Und wenn sie sich so ihren Thron sichern kann, wird sie alles daransetzen, mich in die Finger zu kriegen. Wieder hallt die Stimme des Königs durch die Flure, blechern durch Lautsprecher und Funkgeräte: »Sie kommen.«

Ich renne weiter. Diesmal folge ich den Dienstboten und den Presseleuten, den Höflingen und Politikern, die sich alle auf den Dienstboteneingang zuschieben. Der größere Strom wälzt sich allerdings in die entgegengesetzte Richtung: die Ritter auf ihrem Weg zum Haupteingang. Draußen ertönen Sirenen. Die Zivilisten um mich herum geben sich alle Mühe, die Ordnung aufrechtzuerhalten, indem sie nicht panisch losrennen. Da bin ich keine große Hilfe. Ich schubse sie aus dem Weg und dränge so schnell vorwärts, wie ich nur kann. Aber die Kreatur zerrt an mir, wird immer schwerer und schwerer. Erschöpft kämpfe ich mich weiter voran. Jede Bewegung kostet unendlich viel Kraft.

»Passen Sie gefälligst auf, wo Sie hinlaufen!«

»Hey, was soll denn das?«

»Ist die verrückt geworden?«

»Warum rennt sie denn so?«

»Sie kommen!«

»Bleiben Sie ruhig«, ruft der Fähnrich den Leuten zu, während ich immer langsamer werde. Die Kreatur drückt mich nieder. Hier in dem engen Korridor dröhnen die Weißen Sirenen ohrenbetäubend laut. Ich kann nicht weiterlaufen. Ich kann nicht … weiter.

Aber die Menge schon.

»Bleiben Sie ruhig und gehen Sie weiter«, wiederholt der Fähnrich. Seine Stimme ist erschreckend nah. Ich drehe mich um. Man darf sich niemals nach seinem Gegner umdrehen.

Er ist viel zu nah herangekommen. Triumphierend heult die Kreatur auf. Ich versetze der Frau vor mir einen so heftigen Stoß, dass sie das Gleichgewicht verliert und hinfällt. Die Menschen sind das alles hier nicht gewöhnt – die Enge, die körperliche Nähe, die *Berührungen.* Ich sauge so viel Luft in meine Lunge, wie ich aufnehmen kann, dann schreie ich: »Sie kommen! Lauft! Lauft! *Lauft!*«

Jemand greift meinen Befehl auf: »Lauft!«

»Sie kommen!«

»Macht schnell!«

»Sie sind hier!«

»Sie sind im Palast!«

»Oh Gott, sie sind schon im Palast! Lauft!«

Panik bricht aus. Ein Ruck geht durch den Menschenstrom, und die Leute fangen an zu rennen. Sie ziehen mich mit. Der Fähnrich verlangt brüllend Disziplin, aber niemand hört auf ihn. Seine Stimme geht in hysterischen Schreien unter. *Sie kommen.* Jetzt bin nicht mehr ich diejenige, die schubst, sondern ich werde geschubst. Die Weißen Sirenen schrillen. Die Menge trägt mich geradezu den Flur hinunter. Die Kreatur kann sie nicht aufhalten. Hier sind sie, all diese Adeligen und Höflinge … Sie streifen die Schultern ihrer Nachbarn, berühren ihre Arme, prallen aufeinander, gehen taumelnd zu Boden. Niemand hält sich mehr an Bahnen, es gibt auch keine mehr, nur nackte Angst.

Ein Stück weiter vorne blitzt ein blaues Cape auf. Ein Diener. Das muss der Diener von Thea Mallory sein. Und dort ist die Lady höchstpersönlich: Mit zerzausten Haaren versucht sie, in ihren albernen Schühchen zu rennen, stolpert aber nur hilflos voran. Ihr Diener gibt sein Bestes, um sie auf den Beinen zu halten, kann sie durch den losen Halt, den ihre Schleppe bietet, aber kaum stützen. In ihren Augen flackert nackte Panik. Um sie herum brüllen die Leute. »… im Palast …«

»… hinten im Pressesaal gesehen!«

»Lauft um euer Leben!«

»Lauft!«

Thea Mallory strauchelt. Jemand versetzt mir von hinten einen Stoß – ein Mann mit Brille, dem offenbar vollkommen egal ist, was mit ihm oder mir passiert, solange wir hier nur rauskommen. So werde ich näher an Thea Mallory herangeschoben. Als ich den Kopf hebe, sehe ich gerade noch, wie ihr Arm vorschießt und sie die Hand ihres Dieners packt. »Bitte«, fleht sie ihn an, »nicht loslassen.« Obwohl sie leise spricht, filtert mein Gehirn ihre Stimme aus all dem Lärm heraus, wohl weil sie tief in meinem Gedächtnis abgespeichert ist. *»Kummerbund und Gladiés …«* Und es geht nicht nur mir so. Auch andere drehen sich zu ihr um: vor ihr ein Mann mit dunklen Locken und gläsernem Marienkragen; hinter ihr eine ältere Dame, die leicht humpelt. Diese sieht sich nun nach ihrer Begleiterin um, einer jüngeren Frau, die ebenso edel gekleidet ist wie sie selbst. Vermutlich ihre Tochter. Sie tastet nach ihrer Hand. »Nicht loslassen«, flüstert auch sie.

Die Kreatur heult laut auf. Immer mehr Menschen greifen nach der Hand ihres Nachbarn. Frauen suchen Halt, weil ihre Schleppen sie nicht stützen können. Männer tun es, um ihre Angst zu bekämpfen. Dienstboten, Journalisten, Adelige, ganz egal. Zusammen biegen wir um die nächste Ecke. Da vorne, der

Ausgang! Durch diese Tür habe ich mich in die Heiligen Höfe geschlichen, um mir die *Verbannten* anzusehen. Diese Tür hat mich zu Ninon gebracht und zu Robin. Und nun wird sie mich wieder zu ihnen bringen.

Die Stimme des Fähnrichs ist in dem Lärm nicht mehr auszumachen. Und egal, wie oft die Kreatur mich beißt, ich spüre den Kontakt zu den anderen überall am Körper: Eine Brust drückt sich an meinen Rücken, fremde Schultern streifen meine, ich presse mich an meinen Vordermann. So werde ich aus dem Palast gespült.

Wie ein Sturzbach ergießen wir uns auf die Straße. Das milchige Sonnenlicht blendet uns. Noch immer geschlossen drängen wir weiter in die Seitenstraßen, hin zum Stratford Place und damit fort von dem breiten Boulevard am Buckingham Gate. »Kommt zum Hyde Park Corner!«, fordere ich. »Kommt mit!«

Aufgeregte Rufe, ängstliche Rufe. Leise Stimmen genau wie laute. Die Weißen Sirenen tönen jetzt ohne Pause, nur unterbrochen von der Stimme des Königs: »Sie kommen. Bleiben Sie ruhig. Verlassen Sie nicht Ihre Häuser. Sie kommen.«

»Kommt zum Hyde Park Corner!«, wiederhole ich, als die Menge sich bereits verläuft. Ich beobachte, wie sie auseinanderstreben. Die meisten halten auf die andere Seite des Palastes zu, weg von The Mall und Constitution Hill.

»Hyde Park Corner!«

Nein, nicht die meisten.

Sondern alle. Sogar jene, die sich gerade noch an den Händen gehalten haben, wollen jetzt so schnell wie möglich weg. Ich bin die Einzige, die sich nach links wendet, Richtung Wintergarten. Zur Vorderseite des Palastes, zur Constitution Hill.

Die Einzige.

Ich nehme die engen Nebenstraßen, um Buckingham Mews zu erreichen, einen kleinen Innenhof, niedrige weiße Ziegelbauten, breite Glasfronten. Ich stürze zu seiner hinteren Ecke, zwänge mich zwischen zwei Häusern hindurch und links auf den Catherine Place. Hier sind die Bauten komplett aus Glas, aber alle Vorhänge sind zugezogen. Hinter ihnen zeichnen sich panisch umhertigernde Silhouetten ab. Ich versuche zu rennen, schaffe es aber nicht. Stattdessen laufe ich, so schnell ich kann, während die Kreatur von meinem Rücken hängt. Die violette Seide scheint mich vor dem Blutrausch zu schützen, aber auch ihr gelingt es nicht, die Kreatur ganz zu vertreiben. Als meine Beine mir den Dienst versagen wollen, muss ich mich an einer Hauswand abstützen. Meine nackten Hände hinterlassen weiße Abdrücke auf dem Glas, flüchtig wie schemenhafte Gespenster. Dann reibe ich mir erschöpft das Gesicht. An meinen Fingern klebt Blut. Der nächste Abdruck ist leuchtend rot. Im Inneren des Hauses gellt ein Schrei. Die Weißen Sirenen malträtieren meine Ohren wie die blutigen Zähne der Kreatur, die vollends rasend ist.

Geduckt schleiche ich am Buckingham Gate vorbei. Der direkte Weg zur Hyde Park Corner wird mir von den Rittern versperrt, die sich vor dem Palast sammeln, aber auch, wenn ich einen Bogen um sie mache, ist es nicht mehr weit. Von hier aus in den St. James's Park, über die breite Prachtstraße The Mall, dann in den Green Park, zuletzt die Constitution Hill hinauf zur Hyde Park Corner. Es trennt mich nur noch ein schmiedeeiserner Zaun vom St. James's Park. Doch die Kreatur zwingt mich in die Knie, drückt mich nieder, bis meine Hände das Pflaster streifen. Fast kriechend schleppe ich mich weiter. Ich zwinge mich, an Robins Augen zu denken, an Ninons Strahlen, an Renés Lächeln. An das verhaltene und doch so bedeutungsvolle Nicken des Comte, an Blancs Grinsen, an Liams Sinfonie. Konzentriere mich voll und ganz auf diesen Zaun. Solange ich ihn im Blick behalte, werde ich es schaffen. Weiter die Gasse hinunter, auf den Park zu.

Am Zaun wird mir klar, dass ich keine Kraft mehr habe, um darüberzuklettern. Reines Glück, dass der Fähnrich die Verfolgung aufgegeben und den neuen Befehl befolgt hat. Jetzt wüsste ich gerne, wie spät es ist, aber mein Handy liegt in meinem Zimmer, und Liam hat meine Taschenuhr. Ich habe nichts bei mir außer der schwarzen Kleidung, den Seidenbändern und meinem Cape.

Als ich die Finger um eine der Eisenstreben schlinge, brennt das Metall kalt und hart auf meiner Haut. Schon während ich mich hochziehe, hängt sich die Kreatur an meine Schultern. Mit einem lauten Schrei schiebe ich mich über den Zaun, falle auf der anderen Seite herunter. Der Schmerz schießt durch sämtliche Knochen. Irgendwo knackt etwas. Ich kann nicht einmal mehr sagen, wo genau es wehtut. Meine Nase blutet wieder. Ich wische das Blut weg, aber es kommt immer mehr.

René damals auf dem Kirchhof; das grüne Seidenband am Hals des Comte; Liams Musikstück, nach mir benannt; Robins inständige Bitte: *Komm mit mir.*

An meinem Handgelenk flüstert die Seide. Rot brennt in meinen Adern, Blau kühlt mich wieder ab. Grün stützt mich noch immer, Gelb schenkt mir strahlendes Licht. Und Violett schärft meinen Blick.

Mühsam stemme ich mich hoch, wische mir das Gesicht ab. Humpele in den St. James's Park hinein, zwischen den weißen Bäumen hindurch. Rote Tropfen lösen sich von meiner Nase und fallen auf das angesprühte Gras. Irgendwie schaffe ich es bis zum Teich. Das Wasser ist ebenso weiß wie der Kies auf seinem Grund. Hoch über mir ragt der Gläserne Turm auf. Wohin ich auch sehe, egal wie tief ich mich ducke, er ist immer da. Er kann mich sehen.

Ich folge dem Fußweg, der mich direkt zu The Mall führt. Von hier aus kann ich die Königlichen Ställe sehen, und Green

Park. Nicht mehr viele Stationen: Green Park – Constitution Hill – Hyde Park Corner.

Jetzt muss ich nur The Mall überqueren.

Still und schwankend stehe ich hinter einem kleinen Baum – ein schmaler schwarzer Strich in all dem Weiß, der rot tropft. Mein Blick wandert über den Boulevard. Die GVK wird mich kaum bemerken, denn sie blickt nicht Richtung Osten, sondern nach Norden. Die Constitution Hill hinauf, zu all den Menschen, die ich liebe.

Hoffentlich komme ich nicht zu spät.

Ich verharre noch immer zögernd hinter dem Bäumchen, die zentnerschwere Kreatur auf dem Rücken, als ich die Glocke höre.

Der erste Glockenschlag. Trotz der ewig gellenden Weißen Sirenen schallt der dröhnende Klang vom Ufer der Themse hinauf, der volle Ton des Glockenturms, den jedes Kind kennt.

Mittagsstunde.

Los. Los jetzt, sonst ist es zu spät.

Beim zweiten Schlag trete ich auf den Boulevard hinaus. Mit starr nach vorne gerichtetem Blick gehe ich los. Rennen kann ich nicht mehr, nur noch gehen. Als der dritte Schlag erklingt, habe ich die Hälfte geschafft und gehe zwischen den weißen Bäumen auf dem Mittelstreifen hindurch. Beim vierten trennen mich nur noch drei Schritte vom Greenpark. Zwei. Einer.

»Im Namen der Königin!«

Diese Stimme kenne ich.

Trotzdem drehe ich mich um, sehe mir an, wer da auf mich zustürmt. Eine schwarze, kräftige Gestalt, die sich im Eiltempo vom Palasttor aus nähert. Noch ist er ziemlich weit entfernt, aber ich erkenne seinen blonden Schopf. Das junge, eifrige Gesicht darunter. Es ist der Fähnrich.

Erinnerungen an Robin schießen mir durch den Kopf, an

seine schützenden Arme. An Ninons liebevolle Umarmungen. An diesen schönen Moment mit Liam auf der Bank am Seine-Ufer. An den Augenblick, als der Comte meine Hand nahm. Als Blanc mich von den Füßen riss.

Und ich denke an Eira Emris, wie sie sterbend in ihrem eigenen Blut lag. Niemand möchte so enden.

Jetzt flüstert die Seide an meinem Handgelenk nicht mehr – sie brüllt. Ihre Kraft hält mich auf den Beinen, gerade so. Meine Freunde, mein Bruder, mein Liebster: Sie alle warten auf mich. George wartet auf mich. Darauf, dass ich demonstriere.

Beim fünften Glockenschlag betrete ich Green Park, schleppe mich über die weißen Rasenflächen unter den hohen, alten Bäumen, die unter der dicken Farbschicht verkümmern. Das trockene Gras bricht unter meinen Füßen, sodass ich dunkle Abdrücke hinterlasse. Eine schwarz-rote Spur für den Fähnrich. Da es hier keine Hauswände gibt, an denen ich mich abstützen könnte, stolpere ich von Baum zu Baum, laufe wie eine Betrunkene in Schlangenlinien über den Rasen. Es ist nicht mehr weit. Es kann nicht mehr weit sein. Wenn ich nicht geblendet wäre von diesem verdammten, ewigen Weiß, könnte ich sie sicher schon sehen – die Constitution Hill und Hyde Park Corner.

Wie Eis zersplittert das Gras. Ich höre das laute Knacken. Die Weißen Sirenen und die Stimme des Königs sind dumpf geworden, dumpf in meinem Kopf, ein Hintergrundrauschen. Beim neunten Glockenschlag verstummt sogar das Flüstern der Kreatur. Jetzt klammert sie sich nur noch an mir fest. Keucht mir ins Ohr. Außer ihrem kalten, feuchten Atem höre ich nichts als meine Schritte. Und die des Fähnrichs. Nicht umdrehen. Man darf sich nie umdrehen.

Ich weiß noch, wie ich vor meiner Mutter geflohen bin. Vor der GVK. Vor Mister Galahad. Zehnter Glockenschlag, und jetzt sehe ich die Constitution Hill: weiß wie der Himmel. Davor trennt ein niedriger Zaun den Park von der Straße. Weiß wie das Gesicht der Königin. Weiß wie die Narben meiner Mutter im Mondlicht. Weiß wie der milchige Film vor meinen Augen.

Die Glocke schlägt zum letzten Mal. Die Feuerseide brennt auf meiner Haut. Ich trete an den niedrigen Zaun, packe die Eisenstäbe. Die Kreatur verbeißt sich in meinem Genick. Mein ganzer Körper krampft. Mit der Erinnerung daran, wie Blanc mich hochgehoben hat, bis meine Füße in der Luft schwebten, stemme ich mich über den Zaun. Während ich hinübergleite, sehe ich für einen Moment den Park hinter mir. Dort ist der Fähnrich. Näher als gedacht. Viel näher als gedacht.

War es das wert, Rea Emris? Die Seide brennt, fließt, streckt sich, strahlt, weht durch mich hindurch, noch ein Mal. Ich zerre meinen Körper Richtung Hyde Park Corner. Weg von den Rittern, die links von mir vor den Palasttoren aufmarschiert sind, bis an die Zähne bewaffnet mit Pistolen, Schwertern und ihren Panzern. Selbst das fahle Sonnenlicht reicht aus, um diese weißen Ungetüme glänzen zu lassen.

Ich versuche zu rennen. Höre meine dumpfen Schritte auf dem Marmor. Der Fähnrich ist immer noch hinter mir her. Jetzt tönt keine Glocke mehr. Selbst die Weißen Sirenen scheinen verstummt zu sein, wie die Stimme des Königs. Es ist totenstill. Ich höre nichts außer unseren Schritten. Alles ist weiß.

Alles außer den Menschen.

Dort vorne. Sie tragen *manchettes,* unzählige bunte Bänder in den Farben Rot, Gelb, Blau, Grün und Violett – am Körper, an Flaggenstangen, einfach zwischen sich ausgebreitet. Ihre nackte Haut ist ebenfalls bunt, von blassem Weiß bis zu tiefem Schwarz ist alles vertreten, oft verschmolzen, wo sie sich an den Händen halten. Und sie blicken alle in meine Richtung.

Meine Schritte beschleunigen sich wie von allein. In der ersten Reihe erkenne ich Liams roten Schopf. Er hält Ninons golden glitzernde Hand. René in seinem bunten Mantel, mit grünem Gehstock. Die hoch aufragende Gestalt des Comte. Blancs silbrig schimmernde Narben auf kaffeebrauner Haut. Und Robins strahlend blaue Augen, er wird eingerahmt von seinen Geschwistern. Ich renne los. Hinter mir werden die Schritte des Fähnrichs langsamer, dann verhallen sie ganz. Er bleibt stehen. Er ist stehen geblieben!

Ich schreie ihre Namen heraus. Robin entdeckt mich als Erster, stürmt als Erster auf mich zu. Liam und Ninon folgen ihm, nur knapp vor den Mousquetaires. Robin ruft: »Rea!«

Wir laufen aufeinander zu, mitten auf dem Boulevard. Es ist vollkommen still, nur unsere Schritte und Robins lauter Freudenschrei sind zu hören. Bis er die Augen aufreißt. Ich sehe genau, wie es passiert. Mit vollkommen veränderter Stimme brüllt er: »Rea, hinter dir!«

Ich drehe mich um.

Dann fällt ein Schuss.

Niemand schreit. Da ist wieder nur Stille. Stille, bis auf das leise Wimmern, das aus meiner Kehle aufsteigt.

Ich breche zusammen.

Kraftlos rollt mein Kopf hin und her. Dort steht der Fähnrich, breitbeinig, die Pistole noch im Anschlag. Ein trockener Husten packt mich, lässt meinen Kopf wieder herumrollen. Jetzt starre ich in den Himmel. Die Geschichte wiederholt sich. Ich sehe Robin, der sich neben mir auf die Knie fallen lässt. Als er meine Hand packt, fangen seine Seidenstränge Feuer. So warm, so stark. Ich muss wieder husten. An meinem Gesicht klebt Blut. Liam springt über mich hinweg, richtet sich vor meinem Körper auf, um mich vor dem Fähnrich zu schützen. Der Comte und Blanc tauchen auf, stellen sich neben ihn, geben ihm, René und Ninon Deckung, die nun ebenfalls an meiner Seite sind. All das scheint Stunden zu dauern, obwohl nur ein Moment vergangen sein kann. Ninon greift nach meiner freien Hand und hebt sie an die Lippen. Sobald ihr Geist in meinem erstrahlt, vereinen sich ihr Licht und mein Feuer zu einem goldenen Band. Es leuchtet wunderschön. Renés raue Hand streicht über meine Wange, über meine Stirn. Die grüne Seide schlägt Wurzeln neben meinem Ball aus Eis, das kleine Bäumchen wird riesenhaft und stark. Es erdet mich, legt sich schützend um mich. Verscheucht die Kreatur. Und selbst als René die Hand zurückzieht, bleibt das seidene Bäumchen erhalten, es wächst sogar noch weiter. Jetzt tastet er meinen Körper ab, sucht nach der Wunde. Nach dem Einschussloch. Ich höre Liam, den Comte und Blanc. »Nicht schießen!«, brüllen sie. »Nicht schießen!«

Ihre Stimmen scheinen weit, weit weg zu sein.

Robin und Ninon laufen Tränen über das Gesicht. Warum weinen sie? Ich versuche die Hände zu heben, will ihnen die Tränen abwischen, doch ich schaffe es nicht. Ihr müsst nicht weinen. Ich liebe euch. Mein Versuch, es ihnen zu sagen, es laut herauszuschreien, endet in einem Wimmern.

Dann findet René die Wunde. Unerträgliche Schmerzen schießen durch meinen Körper. Anders als ein Peitschenhieb oder ein Faustschlag brennt dieser Schmerz immer weiter, er hört nicht mehr auf. Ich muss würgen, aber mit jedem verzweifelten Atemzug wird es noch schlimmer.

»Rea«, flüstert René. Ich sehe, wie sich Robins Gesicht verzieht. Wie er die wundervollen Augen schließt. Er umklammert meine Hand so fest, dass es wehtut. Eine Träne tropft auf mein Gesicht. Sie ist heiß.

Ninon zieht ihn mit dem freien Arm an sich, drückt mir wieder einen Kuss auf die Hand und hält sie fest. *Je t'aime,* denkt sie immer wieder. *Vergiss das nicht: Ich liebe dich.* Robins Geist besteht nur aus Schmerz. Er ist zu keinem klaren Gedanken mehr fähig.

Plötzlich spüre ich ein Ziehen in meinem Innern, ganz tief in mir drin.

Das Schwarze Loch.

Ich schreie laut auf, als René auf die Wunde drückt. Die Kreatur rollt sich an meiner Seite zusammen. »Blanc!«, ruft René.

Mit einem Mal gerät alles in Bewegung; die Demonstranten haben uns erreicht. Sie stellen sich um uns herum auf. Ganz vorne erkenne ich Victoria und William, sie halten sich an der Hand. Mustern mich. Uns.

»Es ist die Feuerschwester«, ruft Victoria laut. »Rea Emris ist gekommen. Lasst uns an ihre Worte denken. Lasst uns nicht vergessen, dass wir für jene kämpfen, die wir lieben. Für die Menschen, die wir lieben!«

Dann löst sie eine *manchette* von ihrem Oberarm. Es ist die rote. Sie nimmt das Handgelenk ihres Zwillings und wickelt das Band um seinen und um ihren Arm, bis sie an ihn gebunden ist. An den Bruder, den sie liebt. Andere folgen ihrem Beispiel. Viele, sehr viele. Glaube ich.

Victoria und William marschieren los, Hand in Hand, auf Gedeih und Verderb aneinandergefesselt. Marschieren die Constitution Hill hinunter. Die Menschenmenge geht mit ihnen. Nun lösen sie alle ihre roten Seidenbänder und schlingen sie um den Arm ihres Nachbarn, ihres Bruders, ihres Liebhabers, ihrer Freunde. Sie ketten sich an die Menschen, die sie lieben.

Und endlich begreife ich. In der Geschichte von der Feuerschwester ging es nie um einen einzigen Menschen. Es gab nie nur einen Heilsbringer. Nein, in dieser Geschichte ging es um zwei Menschen. Um die Menschen, die wir lieben, und was wir für sie zu tun bereit sind.

Sobald wir durch die vielen Demonstranten geschützt sind, lässt sich Blanc neben mir auf die Knie fallen, genau wie Liam und der Comte. René weist Blanc an, eine Kompresse auf die

Schusswunde zu drücken. Sie ist irgendwo in meinem Unterleib. Ich muss husten. Habe Blut im Gesicht. Und das Schwarze Loch in meinem Innern dehnt sich immer weiter aus. Ganz anders als die Kreatur. Still. Langsam. Unaufhaltsam.

Liam legt eine Hand an meine Wange, und seine Sinfonie übertönt alle anderen Geräusche. Ninons Licht lässt die Töne erstrahlen. Die Blumen des Comte, als er kurz über meine Stirn streicht. Mein Eis und mein Feuer. Alles, alles wird von dem Schwarzen Loch verschlungen.

Aus dem Augenwinkel sehe ich, wie René in seinem Arztkoffer wühlt, dabei aber eine Hand an meinem Hals liegen lässt, um meinen Puls zu fühlen. Er kämpft gegen das Schwarze Loch. Die Wurzeln des Baumes graben sich tiefer in mich hinein. Sie halten meinen Geist zusammen.

»Mehr Druck, Blanc«, befiehlt er mit schriller Stimme. Zwischen Blancs Fingern quillt mein Blut hervor. »Fester drücken! Sie muss durchhalten, bis sie kommen. Sie muss durchhalten …«

René unterbricht sich und stöhnt vor Schmerz. Meine Schmerzen lassen so weit nach, dass ich den Mund öffnen kann. Sprechen kann.

»Ich entscheide mich für euch«, flüstere ich. »Habe mich für dich entschieden.«

»Fuck!«, brüllt Robin.

Ich finde keine anderen Worte mehr: »Ich habe mich für dich entschieden.«

Ich wünschte, das hättest du nicht getan. Er drückt die Stirn in meine Handfläche. Fleht stumm. *Bitte, bitte, bitte, beeilt euch. Bitte, bitte, du musst es schaffen, bitte, bitte.*

Wieder wird das Schwarze Loch ein Stückchen größer. René ruft: »Kann sie die Hände bewegen?«

Ich schließe die Augen. Es ist zu anstrengend, sie offen zu

halten. Schließlich sind sie alle hier. Ich muss sie nicht ansehen. Und sie sollen nicht sehen, wie groß meine Angst ist.

Die Angst, die mich zu verschlingen droht.

René spürt es natürlich. *Halte durch. Hilfe ist unterwegs.* Seine Gedanken sind verworren. Er strapaziert seine Kräfte bis ans Limit. »Hebt die Wunde an. Deckt sie zu. Müssen sie warm halten«, presst er zähneknirschend hervor.

»Mon cher«, sagt der Comte leise.

Mein Unterleib wird angehoben, Liam schiebt seine Beine unter mich, um ihn oben zu halten. Schlaff rollt mein Kopf zur Seite. Liam schreit meinen Namen. Schwach drücke ich Ninons Hand. Das Schwarze Loch ist so tief, so tief. Seine Leere breitet sich in mir aus, saugt Liams Musik und Ninons Strahlen in sich auf, verzehrt die Blumen des Comte, Blancs Stärke und Robins Feuer. Als wäre das alles nichts. Als hätten sie alle keine Bedeutung. Meine Angst schmerzt nun schlimmer als die Wunde. Es fühlt sich an, als fiele ich immer tiefer. Etwas Schweres, Warmes bedeckt meinen Körper – Blancs Cape. »Sprecht mit ihr«, höre ich René sagen.

»Rea, kannst du mich hören?« Ninons Stimme. »Es wird alles wieder gut. Es wird alles wieder gut.«

Ich klammere mich an den Klang ihrer Stimme, an die Musik, das Licht, den Baum. Zwinge meine Lider, sich zu heben, nur ein kleines bisschen. Die Demonstranten ziehen noch immer an mir vorbei. So viele. Wie kann es sein, dass ich sie vom Turm aus nicht gesehen habe? Sie heben die Arme, recken ihre roten Seidenbänder in die Höhe.

War es das wert, Rea Emris?

»Nein«, schluchzt Robin. Wieder und wieder: »Nein.«

»Bleib bei mir, *myrddin*«, flüstert Liam mit tränenerstickter Stimme.

»Hör mir zu, Liebes.« Noch einmal Ninon. »Hilfe ist unterwegs. Wir sind alle hier. Schau doch nur, wie viele noch gekommen sind.«

Der Boulevard ist voller Menschen, und es werden immer mehr. Sie marschieren jetzt auch durch den Park. Ein endloser Menschenstrom, miteinander verbunden durch rote Seide, überall auf der weißen Straße, dem weißen Gras, zwischen den verhassten Glasfronten. Sie alle sind Feuerschwestern.

Mühsam kneife ich die Augen zusammen. Die Ersten haben den Palast schon fast erreicht.

»Halt durch, mein Hase«, flüstert Blanc mir ins Ohr. »Hilfe ist unterwegs.«

Ich klammere mich an den Überresten ihres Bewusstseins fest, doch das Schwarze Loch dehnt sich noch weiter aus. Es ist zu spät. Als ich die Sirene höre, fallen mir die Augen zu.

Aber da ist diese Stimme, dicht an meinem Ohr. »Ich entscheide mich für dich, Rea.« Die Feuerseide spannt sich, zerrt an meinem Geist. Sie will mich festhalten. Als könnte sie dem Schwarzen Loch etwas entgegensetzen. »Ich entscheide mich für dich.«

Jetzt kann ich nur noch lauschen. Auf Robins Stimme lauschen. Auf die Sirene, die grell die Stille zerreißt. Auf die Schüsse, die kommen werden.

»Sie sind schon fast am Palast«, sagt jemand. »Seht nur.«

»Ja, sie haben den Palast erreicht.«

Stille. Ich lausche angestrengt, während das Schwarze Loch seinen Schlund öffnet. Lausche auf Schüsse. Auf die Sirenen.

Stille.

Ich höre nichts. Das Schwarze Loch umschlingt mich. Es ist zu spät.

Nichts als Stille.

Meine Lider heben sich mit einem Ruck.

Das Summen des Defibrillators rauscht in meinen Ohren. Meine Brust hebt sich. Mein Rücken biegt sich durch. Das Schwarze Loch zieht sich zusammen, doch sein Sog ist unwiderstehlich. Leere. Stille.

Bis auf die Feuerseide, straff gespannt wie eine Bogensehne.

Dann explodiert das Schwarze Loch.

Warm.

Es ist warm.

Und weich.

Seidene Laken.

Laken und Decke unter meinen Fingerspitzen. Ein Kissen unter meinem Kopf. Leichter Druck an meinem Hals. An meinem Handrücken ein feines Brennen.

Langsam öffne ich die Augen. Die Haut an meinem Handrücken spannt unter dem Pflaster, das eine Kanüle hält. Meine nackte Haut. Irgendwo an meinem Hinterkopf pocht etwas, sehr rhythmisch, sehr gleichmäßig. Da-damm. Da-damm. Da-damm.

Es ist mein Herzschlag.

»Hallo.«

Ich öffne die Augen etwas weiter. Jemand steht an meinem Bett. Der junge Arzt mit dem Bart und der Brille. Er hat Robin nach der Aktion in der Korrektive enttarnt.

»Hallo«, antworte ich. Oder versuche es zumindest. Mein Hals ist völlig ausgetrocknet, weshalb kaum mehr als ein Husten herauskommt. Der Arzt trägt einen weißen Kittel und hält ein Klemmbrett in der Hand. Das legt er schnell ab, verschwindet kurz aus meinem Gesichtsfeld und kehrt dann mit einem Glas Wasser zurück. »Hier.«

Ich trinke gierig.

Mit einem Blick über meine Schulter fragt er: »Was meinen Sie?«

Erst als der Druck an meinem Hals nachlässt, erkenne ich, woher er kam: von einer nackten Hand.

Eine Frau erscheint neben dem Arzt. Sie hat dunkle Haare, dunkle Augen, braune Haut. Ihre Miene ist ernst, bis sie mir ein Lächeln schenkt. Ihr Kittel ist grün. Meine Lider sind bleischwer. Sie antwortet dem Arzt in einer fremden Sprache, Italienisch, vermute ich. Dann wendet sie sich wieder mir zu. »Hallo.«

Jetzt kann ich die Begrüßung auch erwidern. »Wo bin ich? Wo sind die anderen?«, will ich wissen. Der Blick der beiden Ärzte geht zum Fenster. Der Himmel ist nicht mehr weiß, sondern ... orange. Violett. Gelb. Rot. Wie ein Sturm. »Sie sind auf der Intensivstation. Und die anderen sind dort draußen«, antwortet er.

Ich blinzele verwirrt. »Was ist passiert?«

»Sie wurden gerettet«, erklärt der Arzt. »Ein echtes Wunder. Hätte Ihr Prinz Ihren Geist nicht festgehalten, wären wir zu spät gekommen.«

»Aber wie?« Es fällt mir immer noch schwer, die Augen offen zu halten. Diesmal antwortet die Frau. Ihr Akzent ist stark, klingt irgendwie beruhigend. »Die Leute neigen dazu, zu glauben, in der Geschichte von der Feuerschwester ginge es darum, eine mächtige Königin zu bezwingen. Eine Fehlinterpretation.«

»Ach ja?«, frage ich schläfrig. »Worum geht es denn dann?«

»Darum, den Tod zu bezwingen natürlich. Menschen, die wir lieben, vor dem sicheren Tod zu retten, wie das Dienstmädchen in der Geschichte ihre Zwillingsschwester, die Magdalena, rettete. Oder wie Ihr Prinz Sie dort draußen auf der Straße gerettet hat. Jetzt sind Sie wahrhaftig eine Feuerschwester, Rea Emris.«

Mir fallen die Augen zu.

»Und natürlich ist es auch eine Metapher«, fährt die Ärztin

fort. »Selbst wenn der Körper den Tod nicht besiegen kann – die Liebe kann es.«

Ich kann ihr kaum noch folgen, aber ihre Stimme klingt so warm und friedvoll. »Wie lange bin ich schon hier?«, murmele ich.

»Ungefähr sechs Stunden«, antwortet der Mann. »Wir haben Sie hergebracht und sofort notoperiert. Sie hatten sehr viel Blut verloren. Außerdem haben wir Ihnen etwas gegen das Geistesfieber gegeben. Die Demonstranten halten noch immer die Constitution Hill besetzt.«

Er blickt kurz auf die piepsenden Maschinen hinter meinem Kopf, bevor er seine Kollegin ansieht, die ihm nachdrücklich zunickt. »Ich werde jetzt ebenfalls dorthin gehen«, sagt er. »Ich wollte nicht los, bevor ich nicht wusste, dass Ihr Herz von alleine schlägt.«

Dankbar schaue ich ihn an. »Sagen Sie ihnen …«

»Werde ich machen«, verspricht er mir schlicht. »Aber Sie müssen jetzt schlafen.«

»Nein«, protestiere ich schwach, kriege aber kein weiteres Wort mehr heraus, da mir schon wieder die Augen zufallen.

London brennt nicht.

Bunte *manchettes* flattern im Wind. Sie hängen an Laternenpfählen, an Bäumen, schmücken die Menschen auf der Straße. Ich bin zur Constitution Hill zurückgekehrt. Hier ist es nicht mehr weiß. Die Straße ist mit bunten Seidenblumen bedeckt. Die gläsernen Häuser wurden mit roter Farbe bemalt.

Robin steht neben mir. Er lächelt mich an. Unsere Finger sind fest ineinander verschlungen. Ich küsse ihn, genieße das Gefühl seiner weichen Lippen an meinen. Auf meiner anderen Seite steht Ninon. Ihr helles Licht scheint in meinem Geist, und ich höre sie lachen. Sie hat mir einen Arm um die Taille gelegt.

Wir hören Liam zu, der sein zahlreiches Publikum vollkommen in den Bann schlägt. Fast liebevoll drückt er seine Violine unters Kinn, während an seiner Brust ganz offen die Taschenuhr funkelt. Er spielt das Stück, dessen Partitur ich bereits einmal gesehen habe: *Der Tapfere.* René schiebt sich durch die Menge und verteilt trotz Gehstock fleißig Tee. Sein Mantel bauscht sich hinter ihm, während er sich nützlich macht und dabei hemmungslos flirtet. Victoria und William stehen an vorderster Front, den Blick zum Palast gewandt, und halten das rote Seidenbanner hoch. Blanc hat sich neben Liam gesetzt und blättert für ihn die Noten um, während er nebenbei Kartoffeln schält. Der Comte hingegen hält sich am Rand der Menge, obwohl er nicht weniger *manchettes* am Körper trägt als wir anderen. Er lehnt am höchsten Baum des Parks und beobachtet alles.

Beobachtet die andere Versammlung.

Die Ritter stehen wie eine dunkle Wand vor dem Gläsernen Turm. Noch immer haben sie Schwerter und Pistolen gezückt.

Der Comte behält sie im Auge. Bislang haben sie noch nicht zugeschlagen. Wir ebenfalls nicht.

Die Ärzte haben mich dreißig Stunden lang im Krankenhaus festgehalten, bevor sie mich gehen ließen. Sie wollten sichergehen, dass weder meine Verletzungen noch das Geistesfieber mich umbringen, sobald ich mich bewege. Als ich hierherkam – ausgerüstet mit allem, was man sich an pharmazeutischen Hilfsmitteln nur wünschen kann –, fand ich dieses Lager vor, begleitet von meinem Liebsten, meinen Freunden und meinem Bruder. Die Straßenbesetzer der Constitution Hill. All die Demonstranten waren noch da, waren noch immer mit roter Seide an ihre Partner gefesselt. Bis jetzt hat die GVK noch keinen einzigen Schuss auf das Lager abgefeuert. Die Weißen Sirenen und die Stimme des Königs sind verstummt.

Inzwischen sind drei Tage vergangen. Wir halten die Stellung. Wir belagern den Palast. Der Comte lässt sie nicht aus den Augen. An vorderster Front der Armee steht der Fähnrich, die Pistole fest in der Hand.

Ich mustere meine Finger, Ninons Haare, Robins Handfläche. Meine Knöchel sind verheilt. Ganz über den Berg bin ich zwar noch nicht, aber es ist nur eine Frage der Zeit.

Während ich mich wieder Liam und seiner Musik zuwende, entdecke ich Zadie in der Menge. Wir tauschen ein Lächeln. Sie hat sich uns vor siebzehn Stunden angeschlossen, nachdem sie mich im Fernsehen gesehen hatte. Zum ersten Mal konnten wir ehrlich miteinander sprechen. Ich lege den Kopf an Ninons Schulter und drücke Robin einen Kuss auf die Hand. Er gibt mir ebenfalls einen. Dann wandert mein Blick zum Turm. Ich weiß, dass sie uns sehen können – der König, die Königin, George. Madame Hiver.

Ich starre zurück. Direkt zu ihnen hoch. Dann lasse ich Robins Hand los, löse sanft Ninons Arm von meiner Taille. Die beiden sehen mich fragend an, aber ich habe mich bereits auf den Weg zum Comte gemacht. Während ich mich durch die Menge schiebe, muss ich plötzlich an Seyran denken, die Frau vom Seidenen Hof. Das hier würde ihr sicher gefallen. Es machen Gerüchte die Runde, laut denen die Kaiserin England verlassen hat und die Marine des Kaiserreiches in den Häfen der Nordsee zusammengezogen wird. Was würde Seyran wohl dazu sagen?

Als ich den Comte erreiche, frage ich ihn: »Räuberleiter, bitte?« Er versteht mich, oder zumindest ist sein Vertrauen in mich groß genug, um mir den Gefallen zu tun. Er verschränkt die Hände, ich stelle einen Fuß hinein, und er hilft mir in den Baum hinauf. Ich hangele mich durch die Äste, wobei ein wahrer Blätterregen niedergeht. Die weiße Farbe erstickt seine Lebenskraft. Als ich die höchste Spitze des Baumes erreicht habe, löse ich die

Feuerseide meiner Großmutter von meinem Handgelenk. Einen Moment lang drücke ich sie an meine Lippen, dann schlinge ich das Band um den höchsten Ast.

Als ich herunterklettere, fängt der Comte mich auf und stellt mich vorsichtig auf dem Boden ab. René ist an seiner Seite aufgetaucht, reicht ihm einen Becher mit Tee und drückt ihm einen Kuss auf die Schläfe. Dann verpasst er mir ebenfalls einen – auf die Wange –, bevor er weiterzieht. Wir sehen ihm nach.

»Zuerst wollte ich nicht kommen, weißt du«, sagt der Comte.

Wir sehen uns an. »Ich auch nicht«, antworte ich.

Dann schieben wir uns gemeinsam durch die Menschenmenge, bis wir die anderen erreichen. Der Comte bleibt kurz bei Ninon stehen und drückt ihre Hand, bevor er weitergeht, Blanc von hinten die Arme um die Taille schlingt und seinen Nacken küsst. Blanc klaut ihm seinen Tee, wirft ihm ein Messer zu und zeigt auf den Kartoffelberg. »Wisst Ihr, wie man mit so etwas umgeht, Eure Hoheitlichkeit?«

Der Comte wird rot, und Blanc fängt schallend an zu lachen.

Ich gehe zu Robin zurück und schaue noch einmal kurz zum Turm hinauf, bevor ich mich ganz auf ihn konzentriere. »Küss mich«, sage ich leise.

Er schiebt mir eine Strähne hinters Ohr. Seine Augen leuchten, aber das wilde Feuer flackert nicht mehr in ihnen. Nun sind sie klar und ruhig wie ein windstilles Meer. »Wenn du so fragst …«

Unsere Lippen treffen sich, und ich lege die Hand auf seine Wange. Die Feuerseide brennt in unserem Geist. Und sie weht im Wind, hoch oben an der Spitze des Baumes.

Dort weht sie, als die Nacht anbricht.

Dort weht sie, als die Sonne aufgeht.

Dort weht sie, als der erste Schuss fällt.

Danksagung

Jedes Buch ist nur so stark wie die Mannschaft, die hinter ihm steht. Deshalb möchte ich neben jedem Einzelnen, dem ich bereits im ersten und zweiten Band danken durfte, hier noch hinzufügen:

Jana Breunig, die mir eine so wunderbare Lektorin ist, wie ich es mir nur wünschen könnte.

Allen umwerfenden Mitarbeitern des Verlags, mit denen Rea und ich auf der Leipziger Buchmesse auf so einen Höhenflug starten durften: Natürlich Carolin Schimpf, außerdem Kristin Rosenhahn sowie dem gesamten Presseteam, nicht zu vergessen dem tollen Team vom Vertrieb und Andrea, Christian und Werner sowie allen Kollegen am Stand.

Adriana Popescu, bewundernswerte Autorenkollegin und beste Einführung in den Messetrubel, die ich mir hätte erträumen können!

Außerdem Angela Kuepper und Beatrice Lampe, die diesem dritten Band besonders viel Liebe und Zeit gewidmet haben, obwohl sie auch hätten freihaben können. Und natürlich, wie immer, Charlotte Lungstrass-Kapfer, insbesondere für die Schweinebacke.

Meiner Familie und meinen Freunden, die mich alle an diesem besonderen Wochenende und am Erscheinungstag von PALACE OF GLASS nicht nur unterstützt, sondern auch manchmal ermutigt und die ganze Zeit ausgehalten haben. Ihr seid ein Geschenk.

Besonderer Dank an Johannes Frohnhofen und Lena Westermann, die es mir ermöglicht haben, einmal die Arbeit zu vergessen und die Magie des Büchermachens zu genießen. Was täte ich ohne euch?

Und zuletzt, da so wichtig: Allen Leser_innen, Blogger_innen und Buchhändler_innen, die Rea von Anfang an geliebt, auf Büchertische gelegt und ihren Freunden empfohlen haben! Ihr seid es, die Rea zu dem gemacht haben, was sie ist. Gemeinsam sind wir furchtlos. Danke für eure Zeit, eure Worte und eure Unterstützung!

All's well
that ends well.